U0556873

文联版
http://www.clapnet.cn

中国艺术学文库·艺术学理论文丛　　总主编　仲呈祥

LIBRARY OF CHINA ARTS · SERIES OF ART THEORY

当代文艺理论家如是说

王文革　李明军　熊元义　主编

中国文联出版社
http://www.clapnet.cn

图书在版编目（CIP）数据

当代文艺理论家如是说 / 王文革　李明军　熊元义主编 . -- 北京：
中国文联出版社，2015.1（中国艺术学文库·艺术学理论文丛）
ISBN 978-7-5059-9486-7

Ⅰ. ①当… Ⅱ. ①王… Ⅲ. ①文艺评论—中国—当代
Ⅳ. ① I206.7

中国版本图书馆 CIP 数据核字 (2014) 第 312609 号

中国文学艺术基金会资助项目
中国文联文艺出版精品工程项目

当代文艺理论家如是说

主　　编：王文革　李明军　熊元义	
出 版 人：朱　庆	
终 审 人：奚耀华	复 审 人：曹艺凡
责任编辑：邓友女　王　斐	责任校对：俞武松　马　玲
封面设计：马庆晓	责任印制：周　欣

出版发行：中国文联出版社
地　　址：北京市朝阳区农展馆南里 10 号，100125
电　　话：010-65389682（咨询）65067803（发行）65389150（邮购）
传　　真：010-65933115（总编室），010-65033859（发行部）
网　　址：http://www.clapnet.cn
E - mail：clap@clapnet.cn　　　　dengyn@clapnet.cn
印　　刷：中煤涿州制图印刷厂北京分厂
装　　订：中煤涿州制图印刷厂北京分厂
法律顾问：北京市天驰洪范律师事务所徐波律师
本书如有破损、缺页、装订错误，请与本社联系调换

开　　本：710×1000	1/16		
字　　数：418 千字	印张：27.5		
版　　次：2015 年 2 月第 1 版	印次：2015 年 2 月第 1 次印刷		
书　　号：ISBN 978-7-5059-9486-7			
定　　价：80.00 元			

《中国艺术学文库》编辑委员会

顾 问
（按姓氏笔画）

于润洋　王文章　叶　朗

邬书林　张道一　靳尚谊

总主编

仲呈祥

《中国艺术学文库》总序

仲呈祥

在艺术教育的实践领域有着诸如中央音乐学院、中国音乐学院、中央美术学院、中国美术学院、北京电影学院、北京舞蹈学院等单科专业院校，有着诸如中国艺术研究院、南京艺术学院、山东艺术学院、吉林艺术学院、云南艺术学院等综合性艺术院校，有着诸如北京大学、北京师范大学、复旦大学、中国传媒大学等综合性大学。我称它们为高等艺术教育的"三支大军"。

而对于整个艺术学学科建设体系来说，除了上述"三支大军"外，尚有诸如《文艺研究》《艺术百家》等重要学术期刊，也有诸如中国文联出版社、中国电影出版社等重要专业出版社。如果说国务院学位委员会架设了中国艺术学学科建设的"中军帐"，那么这些学术期刊和专业出版社就是这些艺术教育"三支大军"的"检阅台"，这些"检阅台"往往展示了我国艺术教育实践的最新的理论成果。

在"艺术学"由从属于"文学"的一级学科升格为我国第13个学科门类3周年之际，中国文联出版社社长兼总编辑朱庆同志到任伊始立下宏愿，拟出版一套既具有时代内涵又具有历史意义的中国艺术学文库，以此集我国高等艺术教育成果之大观。这一出版构想先是得到了文化部原副部长、现中国艺术研究院院长王文章同志和新闻出版广电总局原副局长、现中国图书评论学会会长邬书林同志的大力支持，继而邀请我作为这套文库的总主编。编写这样一套由标志着我国当代较高审美思维水平的教授、博导、青年才俊等汇聚的文库，我本人及各分卷主编均深知责任重大，实有如履薄冰之感。原因有三：

一是因为此事意义深远。中华民族的文明史，其中重要一脉当为具有东方气派、民族风格的艺术史。习近平总书记深刻指出：中国特色社会主义植根于中华文化的沃土。而中华文化的重要组成部分，则是中国艺术。从孔子、老子、庄子到梁启超、王国维、蔡元培，再到朱光潜、宗白华等，都留下了丰富、独特的中华美学遗产；从公元前人类"文明轴心"时期，到秦汉、魏晋、唐宋、明清，从《文心雕龙》到《诗品》再到各领风骚的《诗论》《乐论》《画论》《书论》《印说》等，都记载着一部为人类审美思维做出独特贡献的中国艺术史。中国共产党人不是历史虚无主义者，也不是文化虚无主义者。中国共产党人始终是中国优秀传统文化和艺术的忠实继承者和弘扬者。因此，我们出版这样一套文库，就是为了在实现中华民族伟大复兴的中国梦的历史进程中弘扬优秀传统文化，并密切联系改革开放和现代化建设的伟大实践，以哲学精神为指引，以历史镜鉴为启迪，从而建设有中国特色的艺术学学科体系。艺术的方式把握世界是马克思深刻阐明的人类不可或缺的与经济的方式、政治的方式、历史的方式、哲学的方式、宗教的方式并列的把握世界的方式，因此艺术学理论建设和学科建设是人类自由而全面发展的必须。艺术学文库应运而生，实出必然。

二是因为丛书量大体周。就"量大"而言，我国艺术学门类下现拥有艺术学理论、音乐与舞蹈学、戏剧与影视学、美术学、设计学五个"一级学科"博士生导师数百名，即使出版他们每人一本自己最为得意的学术论著，也称得上是中国出版界的一大盛事，更不要说是搜罗博导、教授全部著作而成煌煌"艺藏"了。就"体周"而言，我国艺术学门类下每一个一级学科下又有多个自设的二级学科。要横到边纵到底，覆盖这些全部学科而网成经纬，就个人目力之所及、学力之所逮，实是断难完成。幸好，我的尊敬的师长、中国艺术学学科的重要奠基人于润洋先生、张道一先生、靳尚谊先生、叶朗先生和王文章、邬书林同志等愿意担任此丛书学术顾问。有了他们的指导，只要尽心尽力，此套文库的质量定将有所跃升。

三是因为唯恐挂一漏万。上述"三支大军"各有优势，互补生辉。例如，专科艺术院校对某一艺术门类本体和规律的研究较为深入，为中国特色艺术学学科建设打好了坚实的基础；综合性艺术院校的优势在于打通了艺术门类下的美术、音乐、舞蹈、戏剧、电影、设计等一级学科，且配备齐全，长于从艺术各个学科的相同处寻找普遍的规律；综合性大学的艺术教育依托于相对广阔的人文科学和自然科学背景，擅长从哲学思维的层面，提出高屋建瓴的贯通于各个艺术门类的艺术学的一些普遍规律。要充分发挥"三支大军"的学术优势而博采众长，实施"多彩、平等、包容"亟须功夫，倘有挂一漏万，岂不惶恐？

权且充序。

（仲呈祥，研究员、博士生导师。中央文史馆馆员、中国文艺评论家协会主席、国务院学位委员会艺术学科评议组召集人、教育部艺术教育委员会副主任。曾任中国文联副主席、国家广播电影电视总局副总编辑。）

目 录

001／前　言　推进当代文艺理论的有序发展

001　陈　涌谈：马克思主义文艺理论中国化的新境界
011　钱谷融谈：文艺批评的"奥秘"
024　李希凡谈：文艺批评的世纪风云
035　钱中文谈：文艺理论的新理性精神
047　田本相谈：百年中国现代戏剧
059　胡经之谈：诗意的裁判与文艺的价值
072　谭霈生谈：戏剧理论批评与戏剧发展方向
085　吴元迈谈：追求中外文学的共同"文心"
095　王元骧谈：文艺理论的使命与承担
106　陆贵山谈：从宏大视野深化文艺理论研究
118　童庆炳谈：从"审美诗学"到"文化诗学"
131　孙绍振谈：建立中国特色的文学批评学
143　彭立勋谈：构建中国特色现代审美学
155　陈美兰谈：珍惜作家精神劳动的成果
162　叶　朗谈：美学要关注人生关注艺术
170　杜书瀛谈：审美与价值
181　何镇邦谈：建设科学的文学批评学

188　王先霈谈：文艺理论的本土化与时代化

199　董学文谈：建构文学理论科学学派

209　朱立元谈：当代文论建设与文艺批评发展

221　冯宪光谈：他山之石，可以攻玉

230　仲呈祥谈：文艺批评要增强文化自觉和文化自信

241　鲁枢元谈：文艺理论研究的超越与跨界

252　郑欣淼谈：鲁迅的方向仍然是中国先进文化的前进方向

264　陆建德谈："伟大时期"需要什么样的文学

276　陈跃红谈：现代中文教育与文学职业理想

288　党圣元谈：重拾民族美学自信

300　王岳川谈：发现东方与再中国化

314　谭好哲谈：焕发马克思主义文艺理论的思想活力

325　余三定谈：文艺批判与文艺创新

336　南　帆谈：文学话语的波长

347　陈众议谈：重构当代文艺理论

360　徐放鸣谈：文学的使命与国家形象塑造

372　王　杰谈：让马克思主义美学重返当代公共话语空间

386　韩永进谈：中国特色社会主义文化理论研究

400　李心峰谈：艺术学的基础理论创新

412　王一川谈：自觉应对"艺术学"面临的新挑战

421　熊元义谈：尊重并把握文艺批评的发展规律

439　高　玉谈：文学理论建设与文学批评实践

451／后　记

CONTENTS

001 / **Preface**

001 / *Chen Yong's* talk: New Realm of the Sinicization of Marxist Literary Theories

011 / *Qian Gurong's* talk: The "Mystique" of the Literature and Art Criticism

024 / *Li Xifan 's* talk: The Century of The Literature and Art Criticism

035 / *Qian Zhongwen's* talk: The New Rational Spirit of the Literature and Art Theory

047 / *Tian Benxiang's* talk: The Chinese Modern Drama in One Hundred

059 / *Hu Jingzhi's* talk: Poetic Judgement and The Value of Literature and Art

072 / *Tan Peisheng's* talk: Drama Theory Criticism and Drama Development Direction

085 / *Wu Yuabmai's* talk: The Core of Common in Pursuit of the Chinese and Foreign Literature

095 / *Wang Yuanxiang's* talk: The Mission and Responsibility of the Literature and Art Theory

106 / *Lu Guishan's* talk: From the Grand Vision Deepening the Research on the Theory of Literature and Art

118 / *Tong Qingbing's* talk: From "Aesthetic Poetics" to "Cultural Poetics"

131 / *Sun Shaozhen's* talk: To Establish the Chinese Characteristic Literature Textual

143 / *Peng Lixun's* talk: To Build the Chinese Characteristic Modern Aesthetics

155 / *Chen Meilan's* talk: Cherish the Writer's Mental Labor

162 / *Ye Lang's* talk: Aesthetics Need to Pay Attention to the Life and Art

170 / *Du Shuying's* talk: Aesthetics and Value

181 / *He Zhenbang's* talk: The Construction of Scientific Literature Textual

188 / *Wang Xianpei's* talk: Localization and Modernity of the Literature and Art Theory

199 / *Dong Xuewen's* talk: Construct Scientific Schools of Literary Theory

209 / *Zhu Liyuan's* talk: The Construction of Contemporary the Literary Theory and the Development of the Literature and Art Criticism

221 / *Feng Xianguang's* talk: Advice from Others may help One Overcome One's Shortcomings

230 / *Zhong Chengxiang's* talk: The Literature and Art Criticism should Enhance Cultural Awareness and Cultural Self-confidence

241 / *Lu Shuyuan's* talk: Beyond and Cross-border of the Literature and Art Theories Study

252 / *Zheng Xinmiao's* talk: The Direction of Lu Xun is Still in the Direction of Chinese Advanced Culture

264 / *Lu Jiande's* talk: "Great Times" Need What Kind of Literature

276 / *Chen Yuehong's* talk: Modern Chinese Education and Literary Career Aspirations

288 / *Dang Shengyuan's* talk: To Pick Up the National Aesthetic Confidence

300 / *Wang Yuechuan's* talk: Found That the East and the Sinicization Again

314 / *Tan Haozhe's* talk: Coruscation of Marxist Theory of the Literature and Art Thoughts Vitality

325 / *Yu Sanding's* talk: Criticism and Innovation of the Literature and Art

336 / *Nan Fan's* talk: The Wavelength of the Literary Discourse

347 / *Chen Zhongyi's* talk: Reconstructing Contemporary the Literary and Artistic Theory

360 / *Xu Fangming's* talk: The Mission of Literature and National Image

372 / *Wang Jie's* talk: To Return Marxist Aesthetics to the Contemporary Public Discourse Space

386 / *Han Yongjin's* talk: The Study of the Theory of the Socialist Culture with Chinese Characteristics

400 / *Li Xinfeng's* talk: The Innovation of the Basic Theory of Art

412 / *Wang Yichuan's* talk: Consciously to Deal with Art is Facing New Challenges

421 / *Xiong Yuanyi's* talk: Respect and Master the Law of Development of the Literature and Art Criticism

439 / *Gao Yu's* talk: The Construction of Literary Theory and the Practice of Literary Criticism

451 / **Afterword**

推进当代文艺理论的有序发展

熊元义　李明军　王文革

中国当代社会正从学习模仿的追赶阶段转向自主创新的创造阶段。在中国当代社会转型时期，理论创新是先导。然而，中国当代文艺理论界却出现了中青年文艺理论人才的断档危机。这是很不适应中国当代社会转型阶段的。为了推进中国当代文艺理论的有序发展，我们连续与中老年文艺理论家就当代文艺理论发展问题进行了对话。在与这些文艺理论家的对话中，我们既看到了当代文艺理论的缓慢发展，也发现了不少文艺理论问题。这些文艺理论问题既是当代文艺理论界搁置文艺理论分歧所产生的，也夹杂着一些理论偏见。还有不少当代文艺理论创新看似文艺理论的发展，实则不过是过去的文艺理论重复，只是换了精致的包装而已。因而，只有彻底清除当代文艺理论界日渐弥漫的鄙俗气和清理文艺批评界的含混概念，积极开展文艺理论争鸣，才能真正推动当代文艺理论创新。

清除当代文艺理论界的鄙俗气

在中国当代文艺理论界，随着文艺理论争鸣的开展日益艰难，不少文艺理论家尤其是文艺理论史家身上的鄙俗气日趋严重。这种鄙俗气主要表现为一些文艺理论家尤其是文艺理论史家不是把握中国当代文艺理论发展的客观规律并在这个基础上客观公正地评价文艺理论家的理论贡献，而是以个人关系的亲疏远近代替历史发展的客观规律。这些文艺理论家尤其是文艺理论史家追求人际关系的和谐甚于追求客观真理，他们既不努力挖掘文艺理论家的独特贡献，也不继续肯定这些文艺理论家在当代文艺发展中仍起积极作用的理论，而是停留在对一些与个人利益密切相关的文艺理论家的评功摆好上。这种鄙俗气严重地制约了这些文艺理论家尤其是文艺理论史家客观公正地把握当代文艺理论的发展，并极大地助长了当代文艺理论发展中的歪风邪气。

当代文艺理论界的鄙俗气首先表现为文艺理论家不是追求客观真理，而是迎合狭隘需要。这种倾向严重恶化了当代文艺理论的生态环境。

在2014年《江汉论坛》第2期上，我们曾在《理论分歧的搁置与文艺批评的迷失》这篇论文中指出，20世纪80年代初以来，中国文艺理论界在反思中国现代文艺发展史时重申了知识分子的审美趣味。这并无不可。但是，美学家李泽厚却将人民大众的审美趣味和知识分子的审美趣味完全对立起来，认为人民大众追求的是头缠羊肚肚手巾、身穿土制布衣裳、"脚上有着牛屎"的朴素、粗犷、单纯的美，知识分子则追求的是纤细复杂、优雅恬静和多愁善感的高贵的美。而知识分子工农化，就是把知识分子那种种悲凉、苦痛、孤独、寂寞、心灵疲乏的心理状态统统抛去，在残酷的血肉搏斗中变得单纯、坚实、顽强。这是"既单纯又狭窄，既朴实又单调"。这带来了知识分子"真正深沉、痛苦的心灵激荡。"[①] 20世纪80年代初以来，知识分子的审美趣味重新抬头并逐渐占据主导地位。在这种审美趣味的轮回中，李泽厚鲜明地提出："追求审美流传因而追求创作永垂不朽的'小'作品呢？还是面对现实写些尽管粗拙却当下能震撼人心的现实作品呢？当然，有两全其美的伟大作家和伟大作品，包括如陀思妥耶夫斯基、托尔斯泰、歌德、莎士比亚、曹雪芹、卡夫卡等等。应该期待中国会出现真正的史诗、悲剧，会出现气魄宏大、图景广阔、具有真正深度的大作品。但是，这又毕竟是可遇不可求的。如果不能两全，如何选择呢？这就要由作家艺术家自己做主了。"而"选择审美并不劣于或低于选择其他，'为艺术而艺术'不劣于或低于'为人生而艺术'。但是，反之亦然。世界、人生、文艺的取向本来就应该是多元的。"[②] 李泽厚尽管承认艺术作品是有价值高下的，即大作品在艺术价值上比那些"小"作品高得

---

① 李泽厚：《中国现代思想史论》，东方出版社1987年版，第235—246页。
② 同上，第263—264页。

多，但他却认为文艺的取向是多元的，即"选择审美并不劣于或低于选择其他，'为艺术而艺术'不劣于或低于为人生而艺术'。但是，反之亦然。"这又否定了文艺作品的价值高下判断。李泽厚之所以在美学理论上左右摇摆，难以彻底，就是因为他在迎合中国当代文艺多元化发展的潮流中迷失了方向。李泽厚在文艺批评中不是追求客观真理，而是迎合狭隘需要，消极影响很大，不少文学批评家就是这样在跟着文学现象跑时陷入了自相矛盾的境地。

二是表现为文艺理论家不是积极修正已知的理论错误，而是陶醉在文艺理论的社会影响中。文艺理论家缺乏深刻的反省是很不利于当代文艺理论的发展和提高的。

20世纪80年代中期影响很大的刘再复的"人物性格的二重组合原理"，不但在哲学和逻辑上存在错误，即思维方式是形而上学的，而且在对文学作品中的人物形象的具体分析也存在错误，即没有看到人物性格的前后变化和发展。正如法国存在主义哲学家萨特所说的，一个人不是天生就是懦夫或者英雄。懦夫可以振作起来，不再成为懦夫，而英雄也可以不再成为英雄。①

刘再复认为："在反对斯宾诺莎的机械论时，黑格尔的巨大贡献，正是阐明了这种正确的辩证内容，道破偶然性就是双向可能性，必然性与偶然性正是统一在这种双向可能性的矛盾运动之中。"黑格尔在把握必然与偶然的辩证法时提出，凡是偶然的东西，总是既具有这样的可能性，也具有那样的可能性。黑格尔在《逻辑学》（下）中说："可能与现实的统一，就是偶然。——偶然的东西是一个现实的东西，它同时只被规定为可能的，同样它的他物或对立面。"又说："偶然的东西，因为它是偶然的，所以没有根据；同样也因为它是偶然的，所以有一个根据。"刘再复以黑格尔的这些论断为前提提出："所谓偶然性正是双向可能性。就是说，凡是偶然的东西，总是既有这样的可能性，也有那样的可能性。这种对偶然性的见解是非常重要的，它正是我们打开必然与偶然这对哲学范畴之门的钥匙，也是我们理解二重组合原理哲学基础的关键。"接着，他进一步地指出："偶然性的真正含义在于双向可能性，也就是说，偶然性包含着可

---

① 萨特：《存在主义是一种人道主义》，上海译文出版社1988年版，第20页。

能性的两极,而这两极的最终统一,就是必然性。人物性格的二重组合的深刻根源就是事物的必然性与偶然性的矛盾运动,就是这种可能性两极的对立统一运动。在哲学科学里,个性与共性、现象与本质、偶然与必然、差异与同一都是统一序列的概念。在典型塑造中,必然性就是人物性格的共性,偶然性则是人物的个性。必然性是抽象的存在,偶然性才是具体的存在。必然性总是寓于偶然性之中,共性总是寓于个性之中。这里问题的关键在于偶然性是双向的可能性,即既可能这样又可能那样,既可能是善的,又可能是恶的,既可能是美的,又可能是丑的,既可能是圣洁的,又可能是鄙俗的,等等。因此,偶然性本身是二极的必然性。这就是必然性与偶然性的内在矛盾,因此,任何事物都是必然性规定下的双向可能性的统一。就一个人来说,每个人的性格都是在性格核心规定下的两种性格可能性的统一,这就是二重组合原理的哲学根据。"① 刘再复的这些论断涉及可能性、偶然性和必然性这样三个范畴。对这三个范畴,黑格尔在《小逻辑》中分别对它们及其关系作了深刻的把握。

首先,刘再复想当然地认为:"事物的必然性表现为无限的可能性,但这种可能性并不是朝着同一逻辑方向运动,而是双向逆反运动。只有这种双向的可能性才是真正的偶然性。也就是说,必然性正是通过双向可能性的矛盾运动才与偶然性构成一对辩证范畴。"② 这种幻想不但歪曲了黑格尔关于可能性的思想,而且割裂了黑格尔关于必然性的思想。黑格尔明确地指出:"凡认为是可能的,也有同样的理由可以认为是不可能的。因为每一内容(内容总是具体的)不仅包含不同的规定,而且也包含相反的规定。"但是,"一切都是可能的,但不能说,凡是可能的因而也是现实的。"这就是说,一个事物是可能的或是不可能的,不都是现实的。因为"一个事物是可能的还是不可能的,取决于内容,这就是说,取决于现实性的各个环节的全部总合,而现实性在它的开展中表明它自己是必然性。""发展了的现实性,作为内与外合而为一的更替,作为内与外的两个相反的运动联合成为一个运动的更替,就是必然性。"③ 黑格尔曾经讥笑"一个人愈是缺乏教育,对于客观事物的特定联系愈是缺乏认识,则他在观察事物时,

---

① 刘再复:《性格组合论》,上海文艺出版社1986年版,第346—348页。
② 同上,第346页。
③ 黑格尔:《小逻辑》,商务印书馆1982年版,第298—310页。

便愈会驰鹜于各式各样的空洞可能性中。"① 幻想无限的可能性的刘再复可以说就是黑格尔所讥笑的这种缺乏教育的人。

其次，黑格尔认为："偶然的事物系指这一事物能存在或不能存在，能这样存在或能那样存在，并指这一事物存在或不存在，这样存在或那样存在，均不取决于自己，而以他物为根据。"② 刘再复在引用这段话的时候，把"或"曲解为"和"了。黑格尔关于偶然的事物的思想是丰富的，"或"存在三种现实情形：一是不可同假但可同真，一是一真一假，一是一假一真。而"和"只有一种情形：可以同真。这样，刘再复就阉割了黑格尔丰富的辩证思想。

显然，刘再复对黑格尔关于偶然性的思想的理解是肤浅和错误的。

其实，1987年，在《性格转化论》③ 中，我们就对《性格组合论》进行了全面的清理和批判，指出刘再复不仅混淆了可能性与偶然性，把可能性视为偶然性，而且混淆了动机和行为的现实，把动机当作了行为的现实，典型地表现了一种新的形而上学思维方式——亦此亦彼的形而上学思维方式。可以说，刘再复的人物性格二重组合原理不过是建立在流沙上而已。到了1999年，刘再复在安徽文艺出版社再版《性格组合论》时并没有修正这些理论错误，而是陶醉在没被遗忘中。当代文艺理论界在总结中国当代文艺理论发展时不是深入地探究这个"人物性格的二重组合原理"的是非，而是侧重肯定它的影响力。这种重视文艺理论影响而轻视文艺理论是非的倾向助长了当代文艺理论界重视怎么说而不关心说什么的倾向。文艺理论界如果不认真甄别所说内容的真假，而只注重怎么说，就会模糊甚至混淆是非、善恶和美丑的界限。

三是表现为文艺理论家在文艺争鸣中不尊重对方，而是自以为是。这种倾向严重影响了文艺理论争鸣的充分开展，极大地阻碍了文艺理论的有序发展。

近些年来，我们和文艺理论家王元骧围绕文艺的审美超越论进行了激烈的论战，在深入而系统地批判后发现文艺的审美超越论不过是一种精致的自我表现论。王元骧认为，文学作品所表达的审美理想愿望不仅仅只是

---

① 黑格尔：《小逻辑》，商务印书馆1982年版，第299页。
② 同上，第301页。
③ 熊元义：《回到中国悲剧》，华文出版社1998年版。

作家的主观愿望，同样也是对广大人民群众的意志和愿望的一种概括和提升。这种将作家的主观愿望完全等同于广大人民群众的意志和愿望的审美超越论不仅妨碍广大作家深入人民创作历史活动并和这种人民创作历史活动相结合，而且在当代社会是不可能实现的。恩格斯在把握人类社会历史时指出："人们自己创造自己的历史，但是到现在为止，他们并不是按照共同的意志，根据一个共同的计划，甚至不是在一个有明确界限的既定社会内来创造自己的历史。"他们的意向是相互交错的。① 这就是说，作家的主观愿望与广大人民群众的意志和愿望是不可能完全吻合的。既然作家的主观愿望与广大人民群众的意志和愿望不是完全等同的，那么，作家的主观愿望是如何成为广大人民群众的意志和愿望的概括和提升的？难道是自然吻合的？王元骧接着说："文学作品所表达的审美理想愿望自然是属于主观的、意识的、精神的东西，但它之所以能成为引导人们前进的普照光，就在于它不仅仅只是作家的主观愿望，同样也是对于现实生活的一种反映，因为事实上如同海德格尔所说的'形而上学是"此在"内心的基本形象'，'只消我们生存，我们就是已经处在形而上学中的'。理想不是空想，它反映的正是现实生活中所缺失而为人们所热切期盼的东西，在这个意义上，作品所表达的审美理想从根本上说都是以美的形式对于现实生活中人们意志和愿望的一种概括和提升，所以鲍桑葵认为'理想化是艺术的特征'，'它与其是背离现实的想象的产物，不如说其本身就是终极真实性的生活与神圣的显示'，是现实生活中存在于人们心灵中的一个真实的世界，是人所固有的本真生存状态的体现，它不仅是生活的反映，而且是更真切、更深刻的反映，它形式上是主观的，而实际上是客观的。"② 这实际上是认为广大作家在文学创作中只要挖掘自我世界就可以了。首先，这种人所固有的本真生存状态是人生来就有的，还是人类历史发展的产物？这是很不同的。如果这种人所固有的本真生存状态是人生来就有的，那么，作家在文学创作中只要开掘自我世界就可以了。如果这种人所固有的本真生存状态不是人生来就有的，而是人类历史发展的产物，那么，作家所愿望看到的样子（"应如此"）与广大人民群众所愿望看到的样子（"应如

---

① 《马克思恩格斯选集》第 4 卷，人民出版社 1995 年版，第 732—733 页。
② 王元骧：《求实严谨的科学态度 求真创新的学术精神》，《文艺理论与批评》2014 年第 2 期。

此")不可能完全相同,有时甚至根本对立。其次,既然在现实世界中作家的主观愿望与广大人民群众的意志和愿望之间是存在很大差异甚至对立的,那么,这种历史鸿沟是如何填平或化解的?如果作家在审美超越中可以填平或化解这种历史鸿沟,那么,作家在文学创作中只要挖掘自我世界就行了。显然,这种将作家的主观愿望完全等同于广大人民群众的意志和愿望的审美超越论不过是一种精致的自我表现论而已,乃是以更为精致的形式重复了中国现当代文艺理论家朱光潜、刘再复等人的自由主义文艺理论。这场文艺理论论战虽然并不亚于20世纪80年代中期的重大文艺理论论战,但却没有引起当代文艺界应有的重视。这充分反映了当代文艺批评界理论兴趣的丧失。2011年,我们在《中国当代文艺理论的分歧及理论解决》(载于《河南大学学报》2011年第4期)一文中深入而系统地批判了王元骧近些年来在文艺理论上的探索,初步把握了中国当代文艺理论的分歧。2012年,王元骧在《理论的分歧到底应该如何解决》(载于《学术研究》2012年第4期)一文中对我们进行了反批评。这种文艺理论争鸣本来是有助于解决中国当代文艺理论分歧的,但是,王元骧的反批评却既没有真正把握中国当代文艺理论的分歧,也没有全面回应我们的质疑,而主要是自我申辩。

在反批评中,王元骧提出了论辩原则,认为在开展文艺争鸣时,文艺理论家如果能准确地理解对方的思想,抓住彼此之间思想的根本分歧,从根本上把正误是非的道理说透彻了,那么,无需给对方扣上多少帽子,对方的理论也会不攻自破。王元骧提出的论辩原则是我们非常赞同的。可惜的是,王元骧并没有遵循这些论辩原则。在反批评中,王元骧只引用了我们的结论而阉割了这个结论的理论前提,就认为我们全盘继承了"打棍子"、"扣帽子"这种简单粗暴的作风。这种割裂结论和前提的联系的反驳可以说既不能真正解决文艺理论分歧,也是对对方的不尊重。在《理论分歧的解决与文艺批评的深化》(载于《河南大学学报》2014年第4期)这篇论文中,我们深入地比较了彼此的理论并鲜明地指出了彼此理论分歧所在。接着,在《文艺批评家的气度》(载于《南方文坛》2014年第5期)这篇论文中,我们认为王元骧在文艺争鸣中不仅缺乏文艺理论家的气度,而且不够尊重对方,没有真正把握对方在理论上的发展,而是割裂对方理论前提和结论的联系,以自我证明代替对对方的逐层驳斥。王元骧的这种自我申辩既无助于文艺理论争鸣的充分开展，也无助于当代文艺理论的有序发展。

四是表现为文艺理论家在梳理和总结当代文艺理论发展史时不是尊重前人的劳动成果，而是阉割历史。这极大地挫伤了当代文艺理论家的创造心理。

中国当代社会实行改革开放30年后，文艺理论发展在新世纪进入了一个转折关头。对于这段即将谢幕的文艺理论发展，文艺理论界进行一定的反思和总结是很有必要的。近些年来，文艺理论界相继有人对这段时期文艺理论发展进行了总结和反思。2006年12月，春风文艺出版社以"文学创作·理论研究·教材编写丛书"的形式隆重推出的文艺理论家朱立元主编的《新时期以来文学理论和批评发展概况的调查报告》（以下简称《调查报告》）既凝结了这些年来文艺理论界对这段时期文艺理论发展总结和反思的成果，也凸显了文艺理论界反思和总结这段时期文艺理论发展的不同立场。这个《调查报告》既是童庆炳主持的一项马克思主义文艺理论研究的重大课题的子课题最终成果，也是教育部重大攻关项目"马克思主义文艺理论中国化研究"的中期成果之一。2004年，这个《调查报告》还被列入中国作家协会重点作品扶持工程。可见，这个《调查报告》是经过不少文艺理论权威专家论证和多次讨论后才出版的。所以，我们批评这个《调查报告》所存在的严重不足和根本缺陷就不是针对极个别人。也就是说，这个《调查报告》所暴露的问题是普遍的，而不是个别的。这个《调查报告》在对不少重要文艺理论问题的把握上可以说是既很不客观，也很不全面。譬如，在关于马克思主义文艺理论体系的研究部分，这个《调查报告》只是分别列举了两种针锋相对的倾向即否认马克思主义文艺理论有理论体系和承认马克思主义文艺理论有理论体系。但是，它没有全面考察这些倾向的源流、先后和主次，只是平行地罗列了一些文艺理论专家的认识。这就很不客观。20世纪70年代末以来，中国文艺理论界较早涉及这个文艺理论问题的是陆梅林。陆梅林提出这个文艺理论问题主要不是针对文艺界一些人的片面认识，主要是针对中国思想理论界的一个重要人物的糊涂思想。1978年底，陆梅林在第一次全国马列文艺论著研究会上应邀就这个问题作了一次发言，较为系统地把握了马克思恩格斯文艺思想的科学体系和精神实质，并指出：我们过去没有提出和探讨过这个问题，在如何评价马克思恩格斯的文艺理论遗产上,产生一些不同的看法,是很自然的事情。这需要我们做大量的研究和阐发工作,深化我们的认识。发表在《马克思主义文艺理论研究》创刊号上的《体系和精神》一文就是陆梅林在这个发言基础上整理出来的,此文随后分别收入《中国新文艺大系》(理论一集)和《马克思主义与文学问题》二书。此后,陆梅林又在《马克思主义美学的崛起》(一、二)和《从整体上把握马克思美学思想》等文中继续探讨了这个文艺理论问题。至于中国文艺理论界有人大肆散布马克思主义文艺理论没有理论体系,只是"断简残章",那已是20世纪80年代初才出现的事情。这当然遭到广大正直的文艺理论家的抵制和批判。《调查报告》不仅没有客观地梳理这个发展过程,有意或无意地遮蔽了马克思主义文艺理论研究发展史,而且对抵制和批判"断简残篇"说的各种思想出现的时间先后顺序没有严格区分。这样,《调查报告》所提及的各种思想没有任何逻辑顺序,有些则是因人设事。这种对前人的劳动成果极不尊重严重地干扰了当代文艺理论的发展秩序,很不利于当代文艺理论的有序发展。

当代文艺理论界的鄙俗气严重地妨碍了当代文艺理论争鸣的充分开展和当代文艺理论分歧的科学解决。其实,不少文艺理论家在文艺理论发展上是存在根本分歧的。当代文艺理论界只有正视并解决这种文艺理论分歧,才有助于当代文艺理论的有序发展。毛泽东在倡导百家争鸣时尖锐地指出:"同旧社会比较起来,在社会主义社会中,新生事物的成长条件,和过去根本不同了,好得多了。"但是压抑新生力量,仍然是常有的事。不是有意压抑,只是鉴别不清,也会妨碍新生事物的成长。在中国当代文艺理论界,不少文艺理论家不敢正视并解决文艺理论分歧,而是搁置这些文艺理论分歧,甚至打压和排斥那些挑战既有秩序的新生力量,以至于出现了中青年文艺理论人才的断档危机。

清理当代文艺批评的含混概念

20世纪末期以来,中国文艺批评界出现了"告别理论"的倾向。有些文艺批评家虽然没有公开拒绝文艺理论,但却对文艺理论相当忽视。有些文艺批评家对文艺理论即使在口头上重视，但在实际上却是基本上不重视。有些文艺批评家以为加强文艺批评，就是增加文艺批评的数量。这是本末倒置的。这不仅是当代历史碎片化的产物，而且充分暴露了当代文艺批评发展的危机。有些文艺批评家在文艺批评中之所以难以透彻，是因为他们理论不彻底，提出并推销了一些似是而非的含混概念。因此，当代文艺批评界只有彻底清理这些似是而非的含混概念，才会有精准的文艺批评。

生命写作与历史正气

本来，文学应为历史存正气。但是，不少当代作家在中国当代社会不平衡发展中却没有自觉抵制文学的边缘化发展趋势，而是躲避崇高，自我矮化。有的文学批评家在诊断中国当代文学的弊病时不是严格区分弘扬正气的文学与宣泄戾气的文学，而是提出了一些似是而非的含混概念。这些文学批评家认为，中国当代文学的缺失，首先是生命写作、灵魂写作的缺失。这显然没有把握中国当代文学缺失的要害。作家的才能虽然有高低大小，但只要他是真正的文学创作，就是生命的投入和耗损，就是灵魂的炼狱和提升，就不能不说是生命写作、灵魂写作。这种对中国当代文学缺失的判断没有深入区分生命写作、灵魂写作的好与坏、高尚与卑下，而是提倡生命写作、灵魂写作这些空洞的概念，就不可能从根本上克服中国当代文学的缺失。

19世纪俄国作家列夫·托尔斯泰曾这样界定艺术活动，认为"在自己心里唤起曾经一度体验过的感情，并且在唤起这种感情之后，用动作、线条、色彩，以及言词所表达的形象来传达出这种感情，使别人也能体验到这同样的感情，——这就是艺术活动。"[①] 俄国文艺理论家普列汉诺夫尖锐地批判了列夫·托尔斯泰的艺术论，认为艺术不"只是表现人们的感情"。普列汉诺夫指出：列夫·托尔斯泰"说艺术只是表现人们的感情，这一点也是不对的。不，艺术既表现人们的感情，也表现人们的思想，但是并非抽象地表现，而是用生动的形象来表现。艺术的最主要的特点就在于

---

① 转引自《普列汉诺夫美学论文集》，人民出版社1983年版，第308页。

此。"① 在这种补充的基础上，普列汉诺夫还修正了列夫·托尔斯泰的艺术论。这就是普列汉诺夫所指出的，任何情感都有一个真善美与假恶丑的区别，而不是所有的情感都是文学表达的对象。普列汉诺夫在把握艺术与社会生活的关系时认为："没有思想内容的艺术作品是不可能有的。甚至连那些只重视形式而不关心内容的作家的作品，也还是运用这种或那种方式来表达某种思想的。"在这个基础上，普列汉诺夫进一步地指出："如果说不可能有完全没有思想内容的艺术作品，那也不是说任何思想都可以在艺术作品中表达出来。赖斯金说得非常好：一个少女可以歌唱她所失去的爱情，但是一个守财奴却不能歌唱他所失去的钱财。他还公正地指出：艺术作品的价值决定于它所表现的情绪的高度。他说：'问问你自己，任何一种能把你深深控制住的感情，是否都能够为诗人所歌唱，是否都能够真正从积极的意义上使他激动？如果能够，那么这种感情是崇高的。如果它不能够为诗人所歌唱，或者它只能使人觉得滑稽可笑，那就是卑下的感情'。"② 因此，普列汉诺夫对艺术所要表现的思想内容作了两个深刻的规定：一是一个艺术家要看见当代最重要的社会思潮，"艺术作品没有思想内容是不行的。但是一个艺术家如果看不见当代最重要的社会思潮，那么他的作品中所表达的思想实质的内在价值就会大大地降低。这些作品也就必然因此而受到损害。"③ 二是艺术要表现正确的思想，"一个有才能的艺术家要是被错误的思想所鼓舞，那他一定会损害自己的作品。"④ 而"不管怎样，可以肯定地说，任何一个多少有点艺术才能的人，只要具有我们时代的伟大的解放思想，他的力量就会大大地增强。只是必须使这些思想成为他的血肉，使得他正像一个艺术家那样把这些思想表达出来。"⑤ 普列汉诺夫的这种文学思想是19世纪俄国文学批评家别林斯基文学思想的发展。别林斯基在《给果戈理的信》这篇战斗檄文中不但指出了当时存在两种文学，而且区分了这两种文学的内在质地和价值高下。这就是别林斯基所指出的，"在这个社会中，一种新锐的力量沸腾着，要冲决到外部来，但是，

---

① 《普列汉诺夫美学论文集》，人民出版社1983年版，第308页。
② 同上，第836—837页。
③ 同上，第848页。
④ 同上，第863页。
⑤ 同上，第886页。

它受到一种沉重的压力所压迫，它找不到出路，结果就导致苦闷、忧郁、冷漠。只有单单在文学中，尽管有鞑靼式的审查，还保留有生命和进步。这就是为什么在我们这里作家的称号是这样令人尊敬，为什么甚至是一个才能不大的人文学上是这样容易获得成功的原故。诗人的头衔，文学家的称号在我们这里早就使肩章上的金银线和五光十色的制服黯然失色。"[1] 别林斯基热情地肯定了进步文学，坚决地否定了那些宣扬基督教的顺从与虔敬、拥护农奴制和专制制度、歌颂沙皇和教会的反动文学。1846 年 12 月，作家果戈理出版了反动的《与友人书信选集》，一方面否定了他以前所写的一系列优秀文学作品，认为那些文学作品毫无用处；另一方面极力宣扬基督教的顺从与虔敬，拥护农奴制和专制制度，歌颂沙皇和教会。别林斯基并没有丝毫的姑息，而是毫不留情地进行了尖锐的批判，认为"一个曾经通过他奇妙的艺术的和深刻的真实的创作强大有力地促进俄罗斯的自觉，让俄罗斯有机会像在镜子里一样，看到了自己的伟大作家现在却带着这本书出现，他在这本书中为了基督和教会教导野蛮的地主向农民榨取更多的钱财，教导他们把农民骂得更凶……这难道不应当引起我的愤怒吗？"[2] 别林斯基认为不管怎么样，果戈理的《与友人书信选集》绝不会成功，不久就将被人遗忘。显然，果戈理的《与友人书信选集》被人忘却绝不是缺少生命写作、灵魂写作，而是思想反动、灵魂卑下。而当代文学批评家提出中国当代文学缺失生命写作、灵魂写作这种似是而非的含混概念则是历史倒退。因此，真正优秀的中国当代作家绝不能躲避崇高，自我矮化，而是与中国当代社会这个伟大的进步的变革世代相适应，站在人类历史发展的先进行列，勇立潮头唱大风，成就文学的高峰。

底层文学与人民文学

在人类文学史上，凡是伟大的文学作品都绝不局限于反映某一社会阶层，而是在深刻把握整个历史运动的基础上尽可能反映更为广阔的社会阶层。然而，在中国当代文艺批评界，有些文学批评家却不是深刻把握整个历史运动，而是热衷于抢占山头，甚至画地为牢。"底层文学"这个概念

---

[1]《别林斯基选集》第 6 卷，上海译文出版社 2006 年版，第 471 页。
[2] 同上，第 466 页。

就是这些文学批评家抢占山头的产物。

21世纪初,我们提出中国当代青年作家直面现实、感受基层这种深入生活的方向是有感于中国当代文坛所有最有活力、最有才华和最有前途的青年作家几无生活在社会底层的这种现象。这种深入生活的方向既不是要求广大作家只写中国当代社会底层生活,也不是要求广大作家肢解中国当代社会。而"底层文学"这个概念却狭隘地划定创作范围,既肢解了中国当代社会,也限制了广大作家的视野。首先,社会底层生活是整个社会生活不可分割的有机组成部分。社会底层人民的苦难就不完全是社会底层人民自己造成的。作家如果仅从社会底层人民身上寻找原因,就不可能深刻把握这种社会底层人民的苦难的历史根源。那些反映社会底层生活的优秀作家不仅写了自己艰辛劳作时的汗水,写了自己孤独绝望时的泪珠,写了工友遭遇不幸时的愤懑,而且写了他们在争取自身权力时与邪恶势力的斗争,是不可能完全局限于社会底层生活的。下岗工人诗人王学忠在《石头下的芽》这首诗中就既深情地讴歌了压在石头下的芽不妥协不屈服的抗争行为,也愤怒地谴责了压迫嫩芽的石头的淫威与卑鄙。"压吧,用你全部的淫威与卑鄙/但千万不要露出一丝缝隙/否则,那颗不屈的头颅/便会在鲜血淋漓里呼吸//呼吸,只要生命还在/抗争便不会停息/风雨雷电中、继续/生我的叶、长我的枝……"石头下的嫩芽的弯曲和变形绝不是自身基因的变异,而是压在身上的石头的压迫和扭曲。这就是说,作家如果不把社会底层生活置于整个社会生活中把握,就不可能透彻地反映社会底层生活。其次,文学批评家可以提倡广大作家反映社会底层生活。但是,广大作家却不能局限于这种社会底层生活,而是应从这种社会底层生活出发,又超越这种社会底层生活。作家只有既有入,又有出,才能真正创作出深刻的文学作品,才能达到高远的艺术境界。

有些文学批评家在把握中国当代底层文学时不仅没有看到底层文学的根本缺陷,而且以局部代替整体,在底层文学与人民文学之间画上等号。这是相当错误的。21世纪初期,诗人王学忠的身份曾引发文学批评界的一次争论。王学忠是一位下岗工人,写出了不少反映下岗工人在沉重生活中挣扎的诗。有的文学批评家认为他是工人诗人,有的文学批评家则认为他是工人阶级诗人。这虽然只有两字之差,但有根本的区别。前者是从职业上识别诗人,后者是从思想上界定诗人。其实,王学忠是工人诗人,还是工人阶级诗人？文学批评界不能仅从职业上判断。王学忠的诗虽然集中反映了被抛弃在社会生活边缘的当代工人阶级的一部分的命运，但却没有揭示整个当代工人阶级的历史命运。这些被抛弃在社会生活边缘的工人不是当代工人阶级的整体状况。当代工人阶级在中国现代化建设的过程中已发生了很大的变化。在中国当代工人阶级这个整体中，不同的人有不同的工作境遇：有的下岗，有的在岗；不同的人的社会地位也不相同：有的在国营企业，有的在合资企业，有的甚至在私营企业。当代工人阶级因为工作环境和地位的不同，境遇就各不相同，他们对生活的具体感受也就千差万别。也就是说，作为整体的工人阶级在一定程度上发生了分化，有的仍然是主人，有的却转化为雇佣工人。这种历史的巨变不仅造成工人阶级的每一部分对现实生活的感受很不相同，而且造成工人阶级的不同部分无法沟通、理解和支持。这就造成了不少当代工人对工人阶级的历史命运和历史使命缺乏充分的理论觉悟。王学忠作为一位下岗工人，不仅饱受了现实生活的艰辛、苦涩、痛苦，而且比较真切地表现了这种具体的感受。但是，这种具体的感受还不是整个中国当代工人阶级的深切感受。有的文学批评家认为，王学忠是近年来从下岗工人中出现的诗人。他的不少诗相当真实地描写了众多下岗工人的悲惨命运及底层人民的生活。可以说，王学忠是一个中国当代诗坛崛起的工人阶级的诗人，至少他已经向这个目标大步迈进了。这是不确切的。如果文学批评界认为那些描写中国当代工人阶级的一部分人的生活的诗人是工人阶级诗人，那么，这是将一部分人当作中国当代工人阶级的主体了。因而，王学忠不是工人阶级诗人，而是工人诗人。有些文学批评家之所以在工人诗人与工人阶级诗人之间画上等号，是因为他们没有看到中国当代社会底层并非铁板一块，而是分化的，因而将中国当代底层文学等同于人民文学。

在中国当代历史发展中，无论是工人阶级、农民阶级，还是知识分子，都已不是一个完整的整体，而是处在不断分化重组中。这正是中国当代社会的巨大活力所在。有些文学批评家看不到这种巨大变化，仍以那些固定模式框定这种巨大变化，是徒劳的。这些文学批评家在肯定诗人王学忠时犯了这种错误，在肯定艺术家赵本山时仍犯了这种错误。有些肯定小品《不差钱》的文学批评家则认为，赵本山——刘老根——"二人转"代表的是农民文化、民间文化和外省文化。而赵本山在主流媒体上争到了农民文化的地位和尊严。赵本山通过与"毕老爷"的来往吐露了中国当代社会底层的"二人转"艺人攀登"主流文艺"与"上流社会"的辛苦，他们感谢上流社会的"八辈祖宗"，绝对听毕老爷的话。赵本山不但代表中国八九亿农民发出了宣言和吼声即我们农民要上"春晚"，我们农民要上北京忽悠城里人，而且悄悄地进行了一点点农民文化革命。这种肯定批评混淆了具有农民身份的个人与农民阶级的区别。真正的农民文化革命是那些维护和捍卫农民的根本利益、反映和满足他们的根本需要的文化成为主流文化的一个有机组成部分，而不是那些具有农民身份的个人跻身上流社会，成为有文化的人。这些跻身上流社会的个人往往可能最后背叛农民。这种现象在中国当代社会是屡见不鲜的。在小品《不差钱》中，赵本山和徒弟小沈阳、毛毛（丫蛋）所演的农民角色只是会唱歌，想唱歌，而不是倾力唱反映农民命运的歌，倾力唱吐露农民心声的歌。因此，他们跻身上流社会除了个人命运的改变以外，根本看不到中国当代农民命运的丝毫改变。这哪里有农民文化革命的一丝影子？其实，赵本山和徒弟小沈阳、毛毛（丫蛋）本身就是地道的农民。随着他们在演艺圈走红，他们的命运的确发生了根本改变，并且过上了非常奢华的生活，但是他们原来所属的农民阶级的命运却依然故我，哪怕是引起社会的一丝关注都没有。显然，这种认为赵本山掀起了农民文化革命的文艺批评不过是将局部等同于整体，混淆了局部与整体的辩证关系，因而不可能真正准确地把握艺术作品。

生理快感与心理美感

在中国当代文学界，不是所有的作家都能深刻认识到单纯感官娱乐并不等于精神快乐这个美学的基本道理。正如有的文学批评家所指出的，有些作家没有认识到生理快感和心理美感的本质区别，而是乐此不疲地叙写人的欲望生活、渲染人的原始本能、粗俗的野蛮行为和毫无必要地加进了许多对脏污事象与性景恋事象的描写。从世界美学史上看，这种文学创作的恶劣倾向不过是德国诗人、戏剧家和美学家席勒所批判的一些不良现象的沉滓泛起。

18世纪末期，席勒尖锐地批判了当时德国艺术的一些不良现象，认为许多德国小说和悲剧仅仅引起眼泪流干和感官情欲的轻快，而精神却成为空空洞洞的，人的高尚力量全然不由此变得强大；那些流行音乐更是只有令人愉快的搔痒的东西，而没有吸引人、强烈感动人和提高人的东西。也就是说，感官在尽情享受，但是人的精神或自由的原则却成为感性印象的强制的牺牲品。① 接着，席勒对人的自然本性和道德本性在艺术中的表现进行了深刻的把握。在《论激情》这篇论文中，席勒特别反对艺术单纯表现情绪激动，认为"情绪激动，作为情绪激动，是某种无关紧要的东西，而表现它，单从它来看，不会有任何美学价值；因为，我们再重复一遍，没有什么仅仅与感性本性相联系的东西是值得表现的。"② 而"激情的东西，只有在它是崇高的东西时才是美学的。但是，那仅仅来自感性源泉和仅仅以感觉能力的激发状态为基础的活动，从来就不是崇高的，无论它显示出多大的力量，因为一切崇高的东西仅仅来源于理性。"③ 这就是说，感官上的欢娱不是优美的艺术的欢娱，而能唤起感官喜悦的技能永远不能成为艺术，"只有在这种感性印象按照一种艺术计划来安排、加强或者节制，而这种合计划性又通过表象被我们所认识的时候，才能成为艺术。但是，即使在这种情况之下，也只有能成为自由快感的对象的那些感性印象才会是属于艺术的。也就是说，只是使我们的知性快乐的、安排好的审美趣味，才会是属于艺术的，而不是肉体刺激本身，这种刺激仅仅使我们的感性欢快。"④ 在这个基础上，席勒区分了艺术的庸俗的表现和高尚的表现。席勒指出："表现单纯的热情（不论是肉欲的还是痛苦的）而不表现超感觉的反抗力量叫做庸俗的表现，相反的表现叫做高尚的表现。"⑤ 然而，有些中国当代作家却并不执著于艺术的高尚的表现，而是热衷于庸俗的表现。有的文学批评家曾尖锐地批判作家贾平凹的消极写作，认为在贾平凹的几乎所有小说中，关于性景恋和性畸异的叙写，都是游离的，可有可无的，都显得渲染过度，既不雅，又不美，反映出作家追求生理快感的非审美倾向。这种过度的性景恋和性畸异叙写是一种应该引起高度重视的文学病象。⑥ 其实，这种文学病象不仅贾平凹有，而且在20世纪90年代以来的中国文学创作中还形成了一种不大不小的潮流。这就是不少文学作品不

---

① 参见席勒：《席勒美学文集》，人民出版社2011年版，第151页。
② 席勒：《席勒美学文集》，人民出版社2011年版，第151页。
③ 同上，第152页。
④ 同上，第50—51页。
⑤ 同上，第152页。
⑥ 李建军：《消极写作的典型文本》，《南方文坛》2002年第4期。

以真美打动人心，而以眩惑诱惑人心。这种眩惑现象突出地表现为一是在人物的一些对话中，不顾及人物的个性和身份，一律都以性方面的内容为谈资；二是硬塞进一些既不是整个故事情节发展的必要环节，也与人物性格的刻画、环境气氛的渲染烘托没有特殊的联系的性描写；三是将私人生活主要是性生活赤裸裸地暴露出来，没有任何掩饰和净化；四是在集中描写人物的社会生活方面的行为时，不管人物的身份、个性等，也刻画人物的一些琐碎的趣味。尤其是在性方面的趣味，似乎不突出这方面的就不足以写出人物的整个"人性"。这些文学作品有意无意地添加一些恶俗笑料和噱头，甚至脱离历史胡编乱造，肆意歪曲历史。这些恶俗笑料和噱头除了单纯的感官刺激以外，没有任何社会思想内容。有些恶俗笑料和噱头正如古希腊哲学家柏拉图所批判的，满足和迎合人的心灵的那个低贱部分，养肥了这个低贱部分。眩惑这个概念是20世纪初期文学批评家王国维在引进叔本华的美学思想研究中国古代长篇小说《红楼梦》时提出来的。王国维在《〈红楼梦〉评论》中所说的眩惑这个概念就是19世纪德国哲学家叔本华所说的媚美概念。19世纪早期，叔本华认为有两种类型的媚美，一种是积极的媚美，还有一种消极的媚美。这种消极的媚美比积极的媚美更糟，那就是令人作呕的东西。叔本华认为在艺术领域里的媚美既没有美学价值，也不配称为艺术。① 显然，那些仅以眩惑诱惑人心的中国当代作家严重违背了美的规律。

不过，有的文学批评家虽然准确地看到了贾平凹的小说存在的病态现象，但却没有深入把握这种病态现象产生的根源。贾平凹等作家乐此不疲地叙写人的欲望生活、渲染人的原始本能、粗俗的野蛮行为和毫无必要地加进了许多对脏污事象与性景恋事象的描写，绝不仅是贾平凹等作家过高地估计了包括性在内的本能快感的意义和价值，没有认识到生理快感和心理美感的本质区别，忽略了人的深刻的道德体验和美好的精神生活的意义，而是他们没有在沉重生活中深入地开掘出真美，不能上升到更高的阶段，仅能以眩惑诱惑人心。美国美学家桑塔耶纳明确地指出，感性的美虽然是最原始最基本而且最普遍的因素，但却不是效果的最大或主要的因

---

① 叔本华：《作为意志和表象的世界》，商务印书馆1982年版，第290—291页。

素。① 美学家蔡仪在深刻把握快感与美感的辩证关系的基础上认为，快感只是美感的阶梯，快感在美感心理中只能居于从属地位，"我们并不否认快感在美感中的作用，我们承认快感可以作为美感的阶梯，例如：过强的光线刺目，过弱的光线费眼，过高的声音和不协和的噪音震耳欲聋，都会使感官不快，也不能产生美感。但美感毕竟不能归结为快感，因为美不能完全属于单纯的现象（除部分现象美外），而美感也不能全都停留在感性阶段。这是第一点。第二点，美感固然以快感为重要条件和感性基础，但快感在美感心理中只能居于从属地位。"② 贾平凹等作家由于在审美理想上发生了蜕变，所以不能开掘沉重生活中的真善美，没有从感性的美上升到更高的阶段，即不能以真美感动人，就只能以眩惑诱惑人心。

2014 年 11 月 13 日

---

① 桑塔耶纳：《美感》，中国社会科学出版社 1982 年版，第 52 页。
② 《蔡仪文集》第 9 卷，中国文联出版社 2002 年版，第 273 页。

陈涌谈：马克思主义文艺理论中国化的新境界

熊元义

熊元义： 您长期从事文学研究，能否谈谈新中国文学研究的经验教训？

陈　涌： 旧中国是一个小生产者和小资产阶级占势力的国家，作家艺术家也以小资产阶级出身的居多，小资产阶级思想在中国的影响是深远的。而时代又是无产阶级领导的人民革命的时代，这就使得革命文艺运动出现这样一个矛盾：历史发展和广大人民对文艺的要求同文艺工作者对这种要求不适应或者不完全适应的矛盾，鲁迅在1931年左联成立会上的讲话，毛泽东1942年在延安文艺座谈会上关于文艺工作者思想改造和思想建设的问题，正是针对中国的实际提出来的，这正是中国化的马克思主义的文艺思想，何其芳、林默涵参加了延安整风，对这个思想是理解的，胡风在中国左翼文艺运动中反对教条主义的机械论是有积极意义的，但他对鲁迅、毛泽东在文艺问题上最根本的思想不理解，他对文艺工作者应该进行思想改造是有抵触的。何其芳、林默涵他们对胡风的批判有合理的方面，但我认为在有关艺术规律、有关艺术真实、艺术现实主义的问题，胡风却比其他的批判者更接近真理。

为什么我们文学研究的道路、方向、做法都是大体正确的，但却没有培养出大的学者、大理论批评家，这个到底是什么原因也很值得深思。郭沫若曾讲过这样的话（我忘记哪本书里，原文我现在也不可能准确地背下来），大概意思是：我们这些人有马克思主义，王国维、陈寅恪他们没有马克思主义，但是他们掌握很丰富的材料。我们掌握的材料方面也应该达到他们那样，甚至应该超过他们……这意思是很好的。这就是培养大学者大理论批评家的一种要求。但是，到现在还没人能做到。这到底是什么原因？我看既有客观原因，也有我们自己的主观原因，我看最根本的就是没有正确解决文艺与政治，政治跟业务，红与专的关系的问题。过去经常反对只专不红，只反对重视业务不重视政治，事实是我们过去往往把政治与业务，把红和专隔离起来、对立起来。这当然不是哪一个单位的问题，首先是当时大气候、大环境的问题。我们没有培养出大师，根本问题就是长期以来我们没有把业务与政治、红与专的位置摆正，只讲政治不讲业务。四大名旦是勤学苦练出来的，梅兰芳小时候学艺是很辛苦的，甚至挨打，当然这种做法不全合适，他们都是吃了很多苦头的。陈云同志有过一个意见，他对财经干部说，你们要三分政治七分经济，这话我觉得今天还用得着。我们搞文艺也要三分政治七分文艺，用三分的时间三分的精力来学政治，用大部分的时间和精力搞业务，这才是合理的。我看陈云的看法是比较客观的科学的。即使是政治挂帅也不一定要用大部分时间和精力去搞政治才算数。记得周扬同志在延安给我们讲课，他对过去左联工作的缺点错误是这样总结的："理论上教条主义；在组织上关门主义；在创作上公式主义。"这就是说过去的左联既脱离中国实际，也脱离文艺的实际，既不符合中国国情，也违背艺术规律。当然，这是就缺点和错误的方面来说的，并不否定过去左联对中国革命文学运动作出的重要贡献。后来他到了延安办鲁艺时，恐怕也考虑到左联时期的经验教训，主张我们要埋头学习，埋头学习业务，认真读书，要像蜜蜂采蜜一样广泛吸收。不要光学托尔斯泰。光学一个托尔斯泰，将来只能成为"小托尔斯泰"，他的意思是你应该广泛吸收各方面中外古今传统，希望党所办的这第一个比较正规的高等艺术学校能产生大艺术家、大作家和大理论批评家。但也造成了另一偏向，就是忽视了政治，最后整风时他受了批评。正是延安整风，包括文艺整风，使文艺和政治关系的问题回到马克思主义的轨道上来。现在大家在讨论中国没有诺贝尔奖，文学上没有诺贝尔奖，其他哲学社会科学也没有。美国都有，甚至其他小国也有，就是我们这个泱泱大国没有，而且人说距离很远。美籍华人倒是有，土华人没有。看来一个重要的原因是，我们很多做法违背了科学规律，违背科学民主的要求。现在中国的知识界不是经常谈到中国没有得过诺贝尔奖的问题么？对文学艺术说来，当然主要问题还不在于得不得到诺贝尔奖。文学的评价是有阶级标准的，得奖的未必就是最出色的作家，不得奖的也未必艺术成就都不如得奖的。不是连高尔基、鲁迅也没有得奖么？问题还在于用我们社会主义的标准来看，还没有产生能够有世界地位的大作家，大理论批评家。

熊元义： 当前，我们提出自觉推动文化的大发展大繁荣。而文化的大发展大繁荣的显著标志就是出现伟大作家伟大作品。您认为如何才能产生不愧这个时代的伟大作品？

陈　涌： 我是1938年的秋天到延安的，第二天便见到一个早几天来到延安的在广州认识的一个朋友，说话之间，他便告诉我，延安前不久文化界还在议论中国为什么没有伟大作品的问题。说是有一种意见，中国是有过不少伟大的革命斗争，但要进入文学创作，是需要经过长时间的沉淀、酝酿才有可能，但毛泽东不同意这个看法，他说：大革命（指1924—1927年的中国国内战争）过去已经十年了，为什么还没有人写出表现这个伟大的革命斗争的作品？难道沉淀、酝酿了十年还不够？

直到过了半个世纪以后，我看到了1938年4月28日毛泽东《在鲁迅艺术学院的讲话》，这次讲话，正是他对"中国为什么没有伟大作品"这个问题的回答以及中国怎样才能产生伟大作品的看法。当时延安只有速记，记得不全，而且未必都很准确，是可以想见的，我的朋友告诉我的那些内容，这个讲话的记录文本就没有，但也可能是在另外的场合说的。讲话当时没有公开在报刊上发，从现在公布的文本看，恐怕也未经毛泽东本人过目、修改、订正。但我认为，它的基本精神，是符合毛泽东的文化艺术思想的一贯精神的。

毛泽东说："鲁迅艺术学院，要造就有远大的理想、丰富的生活经验、良好的艺术技巧的一派艺术工作者。"毛泽东对他提出的这三个方面有自己的看法，对于"远大的理想"，他是这样说的："不但要抗日，还要在抗日过程中为建立新的民主主义共和国而努力，不但要为民主共和国，还要有实现社会主义以至共产主义的理想，没有这种伟大理想，是不能成为伟大的艺术家的。"

鲁迅艺术学院是中国共产党建立的第一个比较正规的培养革命艺术工作者的高等学校，毛泽东去讲话时还成立不久，当时中国正在进行抗日的民族民主革命战争，毛泽东便把抗日战争和民主革命的任务联系起来，而且和未来为实现共产主义中国革命的最终目的联系起来。这首先就是毛泽东的伟大理想,毛泽东当时就把这个伟大理想的实现寄希望于年轻的学子,尽管当时人们还意想不到,半个多世纪以来中国所走过的道路是这样艰难曲折,而且未来还会有更多的艰难曲折,但正因为这样,毛泽东这个伟大理想在今天是更加吸引人、更加激动人心的。

毛泽东在这个并不长的讲话里,对"丰富的生活"问题,讲得最多,也更具有他人所熟悉的特殊的风格。他把当时的青年艺术学子比作大观园的人物:"你们的大观园是全中国,你们这些青年艺术工作者,个个都是大观园中的贾宝玉或林黛玉,要切实地在这个大观园中生活一番,考察一番,单单采取新闻记者的方法是不行的,因为他们的工作带有过路人的特点。俗语说,'走马看花不如驻马看花,驻马看花不如下马看花。'我希望你们要下马看花。"

这里说的,也就是希望艺术学子要扩大视野,深入生活,这和后来的《在延安文艺座谈会上的讲话》精神上是完全一致的。现在是连主要表现农村生活的作家也主要聚居在大城市,这和毛泽东认为"不行"的作法,是否有些相近,和毛泽东所倡导的作法是否还有差距,对于中国为什么没有伟大作品,只是在作家和生活的关系的问题上,也是可以找到合理的解释的。

关于艺术技巧的问题,毛泽东认为和远大的理想、丰富的生活同样重要。其实,对一个艺术家在艺术上的要求,还不只是技巧,首先还要有充分发展的艺术地掌握生活的能力,也就是形象思维的能力,这也和艺术技巧一样,主要是靠多接近多钻研优秀的艺术作品和多从事艺术实践取得的。毛泽东认为"中国近年来所以没有产生伟大的作品,自有其客观的社会的原因,但从作家方面说,也是因为能完全具备这三个条件的太少了,……这三个条件,缺少任何一个便不能成为伟大的艺术家。"

毛泽东70年前对当时的青年艺术学子提出的三大要求,就像对我们今天的艺术学子以至作家艺术家说的一样,一点也没有过时。它是不会过时的。因为这三大要求今天是,明天也是产生无愧于我们的民族我们的时代的伟大作品的必要条件。

毛泽东的《在延安文艺座谈会上的讲话》,是《在鲁迅艺术学院的讲话》的继续。从1938年到1942年,中国的政治生活和精神生活都有不少新的变化，也有不少新的经验，毛泽东的文艺思想也有了新的发展。

我们也可看到，毛泽东为什么在他的《讲话》里特别提出，特别重视作家艺术家的思想改造和思想建设的问题呢？为什么着重从理论上解决政治和艺术，生活和艺术的关系问题呢？大家知道，毛泽东在这个时期，在另外的地方，对文化艺术传统的继承和创新的问题也提出"古为今用，推陈出新"，这又是为什么呢？应该认为，毛泽东对文艺问题的思考，说到底，一个重要的原因也是为了中国产生无愧于我们的民族和我们的时代的伟大作品。

熊元义： 近些年来，有些中青年文艺批评家提出文学应回到时代的思想前沿，引起了强烈的反响。在20世纪80年代中期，您就对思想和艺术的辩证关系进行了深入而系统的探讨。您能否再次谈谈？

陈　涌： 作家艺术家不能没有思想，伟大的艺术需要伟大的思想，因此，也需要具有伟大的思想的人去创造。一个伟大的艺术家，同时应该是一个伟大的思想家。在整个世界文学艺术的历史上，我们看到过歌德、海涅、高尔基、鲁迅这样的杰出人物能够把艺术家和思想家统一在自己身上。但在许多时候，伟大的艺术家，同时应该是伟大的思想家，需要从特定的意义去理解，事实上，不可能每一个伟大的作家艺术家都是通常意义的思想家，都是一个精于抽象思维的行家。伟大的思想在许许多多的作家艺术家身上，都是和形象思维连接在一起的。这就是说，对于一个艺术家说来，思想，如果是真正成了他的血肉的思想，就不但需要经过他们头脑的思考，而且需要经过他的心灵的感受。

不可否认，不少作家艺术家也会出现思想与艺术的矛盾。在俄国作家果戈理身上，思想和艺术的关系出现了往往使人迷惑的复杂现象。果戈理在思想政治方面没有超出地主阶级的范围，作为思想家是平庸的，但作为艺术家，却又是一个天才，他有着深刻、敏锐的艺术洞察力。别林斯基说，果戈理不是作为一个思想家而是作为一个艺术家去认识俄国的。但怎样去理解这种现象呢？政治思想上的庸人，在艺术上又是天才，这种矛盾怎样才能得到解释呢？作家艺术家，即使他无力从政治经济的关系去认识阶级社会的人的本质，但如果他是一个真正有才能的作家艺术家，如果他熟悉生活，有"敏锐正确的美感"，他是完全有可能真实地反映人的社会生活和精神生活，并通过它，使人从另外的角度认识到阶级社会的阶级关系的本质。真正有才能的作家、艺术家，不但是有敏锐的正确的美感的，而且也是善于从道德层面上去批判地观察自己时代的生活的。不能不承认这样的现象，一个并不打算根本否定过去的剥削和压迫制度的作家艺术家，也可能从道德层面上揭发、批判剥削和压迫制度对人的残暴，对人性的毁灭。果戈理所写的地主阶级的人物，看似无害，但精神极度空虚、贫乏、贪婪、鄙吝、丑陋，而这些，又都是地主阶级的实际地位的必然产物，因而对它说来是本质的，以致人们不可能不从心底里鄙弃这些人间废物，以及养育这些废物的封建制度。而最伟大最杰出的作家、艺术家，总是和现实生活接近的，即使暂时在政治上、思想上还存在着这样那样的局限，但他们在自己对现实生活的观察中，甚至某些方面走在思想战线的最前面，也是完全可能的。

思想与艺术的矛盾在中国现代作家身上也有突出表现。如果说，《蚀》《莎菲女士的日记》，在艺术上有些重要方面，是茅盾、丁玲后来的创作所不及的，而他们在思想变革以后一些创作中的弱点，正是他们早期创作所没有的。茅盾所创作的《子夜》没有完全把理论思维渗透到艺术思维中去，成为它的有机部分，而是理论思维排挤乃至压倒了艺术思维。这就不可避免地削弱了艺术的真实。丁玲所创作的《太阳照在桑干河上》还未能完全做到设身处地去体会她所写的农民的内心世界，就像她设身处地去体会莎菲的内心世界一样。显然，丁玲对农民的了解不如对知识分子的了解。而这些弱点只有在深入到生活中才能得到彻底解决。如果说茅盾、丁玲的后期创作出现了从思想政治这个方面去排挤以至否定艺术真实的偏向，那么，曹禺、沈从文等作家的创作则出现了用艺术真实这个方面去排挤以至否定思想政治的偏向。曹禺根据巴金的原著改编的《家》，在艺术上无疑比巴金原著更成熟，更炉火纯青，但另一方面，改编本比起巴金原著来，那种更强烈的反封建的激情，那种义无反顾的反封建的精神是明显地减弱了。如果说，巴金的原著曾经教育了一代青年，把他们推向进步的道路，就因为这部作品的主角觉慧那种对封建主义的青年式的进攻，成了许多要求向上的青年的榜样；那么，在曹禺的改编本里，觉慧就从主角退居配角的地位，而且已经很大程度上失去了它的锐气了。这部艺术上经得住人们反复考验的作品，和巴金朝气蓬勃的原著不同，它仿佛是一个老者，多少带着怀旧的心情，回忆和咀嚼自己的往事，已经不很为热血的青年所向往了。曹禺的思想缺憾严重地损害了他的艺术作品的艺术力量。而中国现代作家沈从文的艺术才能也是超过了他的思想才能的。沈从文和现实的政治是疏远的，他缺少例如曹禺那种习惯于深沉的思索，那种力求探究生活的底蕴的个人的禀赋。沈从文有敏锐的艺术家的感觉，善于感受周围的感性的世界的气氛和动态，但他不善于概括，他给我们带来许多真实的生活画面，但并不是许多时候都能做到对生活的本质的把握。真实，不能只看到局部的真实，狭小范围内的真实，还应该看到整个时代的真实，革命本质的真实。沈从文的作品缺少深刻的典型，未能像曹禺所做到的那样。沈从文也缺少像鲁迅、曹禺那种强烈的道德感。在《雪晴》中，沈从文虽然相当细致地描写了一个寡妇接受"沉潭"这个极端野蛮残酷的处罚的过程，但对这种非人所能忍受的人民的苦难，缺少感同身受的切肤之痛，缺少由于强烈的道德感所激发的激情，而这正是鲁迅、曹禺，也是十九世纪批判现实主义作家那里经常表现得异常突出的。

熊元义：中国当代文学界思想混乱的重要原因之一就是文艺理论准备不足。中国当代文学界在一些基础文艺理论的研究上极其贫乏，一些人甚至没有兴趣。尤其是那些患了理论恐惧症和理论无能症的人对文艺理论总是口头上重视，实际上基本上不重视，有时甚至相当忽视，更不要说深入地思考和探讨了。这种文艺理论准备不足的严重后果已在中国当代文艺批评实践中表现出来了。有些人之所以文艺批评不到位，就是理论上不彻底。您相当重视文学的基础理论建设，一再呼吁重视文学的基础理论建设，晚年甚至对美的本质进行探讨。您认为当代文艺界如何更好地发展文艺理论？

陈　涌：文学领域需要加强基础理论的研究。这是我们的一个薄弱环节。20世纪80年代中期至今，我反复地谈论这个问题。但是，近20年过去了，这个问题不但没有得到解决，反而更加严重了。

中国当代理论批评赶不上创作的发展，问题主要并不是理论批评文章太少，问题主要是还未能很好地回答文艺生活提出的问题，还不很善于对文艺经验进行理论的总结。中国当代文艺批评就事论事的"手工业"方式，停留在对具体作品的介绍、解释和歌颂的现象还相当普遍，说明了我们这方面的弱点。理论上的准备不足，这是未能克服这个弱点的重要原因。

这个弱点所造成的危害是很严重的。只有从理论上解决，才能说是真正彻底的解决。如果在理论上含糊不清，心中无数，在反倾向的时候也就很可能从一个极端走向另一个极端。过去很长时间做理论工作容易左右摇摆，我们不一定把这种情况都看成"风"派。恐怕更多的是在理论上准备不足，没有把握，在重大的变化面前分辨不清，拿不准。

有人提出，我们要把马克思主义文艺理论现代化，就是要大量学习西方现代文论。西方文论只要包含着真正有价值的科学成果，当然要学。对过去的中外思想文化遗产和当代西方思想文化的批判继承和吸收，是不可缺少的，是发展我国社会主义文化艺术，发展马克思主义的必要条件，但马克思主义的普遍原理和中国社会主义实践相结合，这是坚持和发展马克思主义的必由之路。在文艺方面，坚持和发展马克思主义文艺思想，也需要在理论和实践结合的过程中解决。发展中国化的马克思主义文艺理论，还是要理论联系实际，还是要总结我们自己的实践经验，总结我们本国的实践经验，同时还要总结世界文学的经验，特别是总结世界社会主义文学的经验，这是主要的。我们要建设有中国特色的马克思主义，或者说中国化的马克思主义，就必须研究中国条件下的社会主义的文艺运动和文艺创作的规律，而不能停留在一般的文艺规律，或一般的革命文艺规律上面。对典型作家、典型文学现象要有深刻的研究。如果我们研究好一两个作家和一两个历史时代，我们的理论就会丰富起来。马克思、恩格斯对欧洲文艺现象知道得很多，许多文艺现象他们了解得很清楚，他们对古代希腊、文艺复兴和十八、十九世纪的欧洲文学史、艺术史最重要的时代十分熟悉，他们两个人的艺术思想，也着力概括了这几个时代的历史经验。如果我们对这几个时代的文学艺术很少了解，我们也很难深入理解马克思、恩格斯的思想。我们不少搞理论的人不关心创作。研究马克思主义理论不看作品，现在不是个别现象。如果搞文艺理论的人对文艺作品没有热情了，这是很可怕的，是反常的。这不是一个小问题，归根结底是一个理论和实际是否脱节的问题。

中国化的马克思主义文艺理论就是马克思主义和中国革命文艺实践的结合。马克思主义及其文艺理论输入中国已经大半个世纪，它走过曲折的道路，有了丰富的经验。我认为，为了更好地建设中国化马克思主义文艺理论，很需要全面深入地总结过去的历史经验，不但要总结成功的经验，也要总结错误和失败的经验；不但要总结改革开放 30 多年、新中国 60 多年的经验，也要总结全国解放以前，在党领导下，革命文艺和反动的统治阶级，以及各种错误的文艺思想斗争的经验。历史是不能割断的，今天，社会主义文艺的蓬勃发展和前人打下的思想和艺术的基础是分不开的，而今天一些不正确的违背社会主义方向的倾向和历史上存在的问题也是有联系的。越是全面深入地总结我们过去的历史经验，马克思主义的文艺理论便越丰富，越完善，越是中国化，越是符合中国历史发展的要求和广大人民的要求的。现在，党中央也着重提出党需要进行思想建设，文艺界也需要进行思想建设。思想建设，艺术规律，"双百"方针，民族形式，这些都是我们革命文艺运动的重要问题。这里面每一个问题都有它的复杂性，需要文艺理论界下大力气进行研究，我在有生之年，也想力所能及地研究一些这方面的问题。

熊元义：当代文艺批评界提出了如何增强文艺批评的有效性的问题。您认为当前如何推动文艺批评的科学发展？

陈　涌：中国化的马克思主义文艺理论发展要理论联系实际，就是开展科学的文艺批评。这种科学的文艺批评是用思想要求和艺术要求相统一的标准来观察、衡量、评价文艺创作，既不同于教条主义的、机械的、公式化的批评，也不同于那种放弃思想要求和艺术要求的单纯的形式批评。思想要求不只指革命的政治思想，而且也指一切革命思想、革命意识，其中也包括伦理思想、道德观念，等等。我们既反对把政治、阶级斗争、阶级观点和阶级分析方法加以庸俗化、简单化、扩大化，认为这种倾向是应该避免、应该反对的，也反对所谓"淡化政治"。在文艺领域里，过去出现的所谓"淡化政治"，否定文艺批评应该有正确的政治标准，实践证明，这种错误倾向对文艺工作和创作带来了很坏的影响。文艺批评的原则的确定，只有同时体现了文学艺术的特殊规律和社会历史生活的普遍规律，只有这种特殊和普遍的统一，才是科学的。现代和当代西方的现实主义以外的表现方法、形式、手法、风格，只要它能从一个方面，一个角度，或者在某一点上真实地反映生活，我们便应该给它以应有的地位，而不应该加以排斥。只承认现实主义才有可能真实反映生活这个思想是狭隘的。西方现代主义文学方法、形式、手法等，常常与现代西方资产阶级的思想纠缠和连接在一起，这也是事实。我们有些人，在吸收西方现代主义艺术的一些合理方面的时候，往往同时也引进了西方现代主义的消极思想。在文艺批评方面，也往往为西方现代主义的手法、形式、方法的创新所吸引，而忘记了用批判的态度来对待现代主义的思想，对一些在现代主义影响下的创新尝试，也或多或少地放弃了思想要求，以致创作上出现的一些带有悲观、颓废、非理性的个人主义的思想倾向的作品，没有受到应有的注意和批评。

马克思主义文艺批评家不但应该是一个有马克思主义理论修养的人，而且也应该是一个有文艺修养，有敏锐的艺术辨别力的内行专家。在艺术作品里，思想不能离开艺术，思想分析不能离开艺术分析。而艺术又往往是一个复杂、细致的精神领域，作家艺术家的思想情感往往表现得十分微妙，十分隐蔽曲折，一个不熟悉艺术、缺乏艺术修养、缺乏艺术感受力的人，对艺术作品的思想很难完全、准确地掌握。文艺批评是一种科学工作，需要应用唯物辩证法，但文艺批评同时也是一种艺术工作，批评家不只是科学家，也应该是艺术家，他是具有科学家和艺术家双重身份的。

中国化的马克思主义文艺理论是在斗争中发展起来的。中国化的马克思主义文艺理论不但反对宗教迷信和种种反科学的唯心主义思想，还必须与其他进步的文艺思想建立思想联盟。为了战胜敌对思想，为了克服人民群众中的愚昧落后和种种唯心主义思想影响，马克思主义不能孤军作战，它有必要联合一切先进思想共同完成思想战线的共同任务。只有这样，才能见出马克思主义的指导作用，或者如列宁所说的先锋作用。这种思想联盟不会削弱而只会加强中国化的马克思主义文艺理论的指导地位。而在这种思想联盟中，既不能放弃批评和自我批评这个武器，也不能放弃中国化的马克思主义文艺理论的文化领导权。如果放弃中国化的马克思主义文艺理论的文化领导权，就会削弱中国化的马克思主义文艺理论的指导地位。中国当代文艺界出现某些思想混乱现象，就是放弃中国化的马克思主义文艺理论的文化领导权的结果。

钱谷融谈：文艺批评的"奥秘"

夏 伟

阶级本质论才是抽象的人性论

夏　伟：《论"文学是人学"》是您最负盛名的作品，亦是您个人的一座里程碑。很多人或许像我一样，并未经历或已经淡忘了您写作的那个年代，毕竟半个多世纪过去了，"阶级论"或"人性论"这样的词也不再如雷贯耳，您是否愿意谈一谈这起"冲突"及其起源呢？

钱谷融：我被人知道，无非是因为我写了《论"文学是人学"》（以下简称《人学》）并受到了批判，大家可能也想了解与《人学》有关的事。其实我已经好几次谈过这方面的情况了，这里不妨再讲一讲。

事情是这样的。1957年3月，华东师范大学召开了一次大规模的学术讨论会，全国各地许多院校都派代表参加了会议。之前，我们学校、系的各级领导也为这次会议作了许多准备，多次郑重地向教师们发出号召，要他们提交论文。我一向只知道教书，不大写文章，但那时候正值"双百"方针提出不久，学术气氛也比较活跃，所以在各方面的一再动员和敦促下，我可以说受到了鼓舞，就在那年的2月初写了《人学》。我那时也不懂得什么顾虑，只求能把自己的一些想法写出来就是了。我没有想到自己的文章一出来就会遭到如此多的批评。在学术问题上，总免不了会有不同的意见，受批评、遭反对也是常有的事。但看到自己的观点竟成为众矢之的，还是很难过。

夏　伟：《人学》的诞生似乎纯属偶然，但实际上，您当时一提笔就写了洋洋洒洒近4万字，而且字里行间充满了激情。比如谈到李煜的诗词时，您写道："诚然，在李后主的诗词里，所写的都是他个人的哀乐，既没有为人民之意，也绝少为国家之心。亡国以后，更是充满了哀愁、感伤，充满了对旧日生活的追忆和怀恋，很少有什么积极的意义。但是，文学作品本来主要就是表现人的悲欢离合的感情，表现人对于幸福生活的憧憬、向往，对于不幸的遭遇的悲叹、不平的。……而且，每个人既都必有其独特的生活遭遇，独特的思想感情，为什么又不能把他的个人的哀乐唱出来呢？假如他唱得很真挚，很动听，为什么又不能引起我们的喜爱，激起我们的同情呢？"这都让人觉得，《人学》绝非单纯地"顺时而作"，它更像一种被压抑的激情的迸发，而这激情里则包含着对当时学界主流理论的不满。

钱谷融：压抑啊迸发啊，倒真没有这么严重，我一直很懒，没什么创作欲望，但既然答应写了，就一定写得非常真诚，也一定会很动情的。但当时也的确对"理论家"们有些意见。我总觉得，文学是来自作家对人的观察，而批评和理论，则来自对文学和对人的观察。但在那时候，好像事情是反过来的：理论家规定了作家要怎样写、作品要怎样读，甚至人应该怎么想、怎么说，最后就走进了一条死路。最明显的是"阿Q的典型性问题"，用何其芳的话说，"阿Q是一个农民，但阿Q精神却是一个消极的可耻的现象"，在当时已经成为鲁迅研究最主要的困难和矛盾之一。

你说怪不怪，这个问题真有那么难解决吗？为什么农民身上就不会有或者不能有消极的可耻的现象呢？是谁做过这样的规定的？你无论从实际生活中，或者从马列主义经典著作中，都找不到这种根据。这就是当时把典型归结为社会本质、阶级本质的观念在作祟。

夏　伟：这就叫"阶级本质论"吧。

钱谷融：对，就是"阶级本质论的典型论"。好像不谈典型则已，一谈典型，就必然得是某一个特定阶级的典型，就要首先要求他必须充分体现出他所从属的阶级的阶级本质，必须符合这一阶级在当时的历史条件下的客观动向。否则，那就是非典型的，就要被认为是歪曲了这一阶级，歪曲了现实。

夏　伟： 现在看起来，这些所谓"理论"真是太荒谬，甚至荒诞了。

钱谷融： 但就是这种理论，它在当时的影响非常大。我记得解放初期，还有许多人提出：像阿Q这样的人竟然被认为是农民的典型，是对我们勤劳勇敢的农民的侮辱。之所以会有这种指责，正是受了理论家的"熏陶"。于是他们只能亡羊补牢地解释说：阿Q只是个落后农民的典型，并不是一般农民的典型。

关键是把阿Q说成是落后农民的典型，问题依旧没有解决。落后农民毕竟还是农民，按照"阶级本质论的典型论"，农民身上是决不会有这些缺点的。即使有，那也是"偶然的、个别的"，即"非本质、非典型"的，如此推演下去，"落后农民"就不可能成为一种"典型"，那么阿Q就根本不值得写。

然而，阿Q是鲁迅写的。一方面，鲁迅把阿Q塑造得那么活灵活现、真实可信，从文学角度讲，可以说这个人物是无法怀疑、无法推翻的；另一方面，鲁迅在当时被公认为"最伟大和最英勇的旗手"，是"中国文化革命的主将"，是"伟大的文学家、思想家和革命家"，所以理论家们也不可能去怀疑和推翻鲁迅塑造的小说人物。

怎么办呢？当时先是冯雪峰提出，应该把阿Q和阿Q主义分开来看，认为阿Q主义是属于封建统治阶级的东西，不过由《阿Q正传》的作者把它"寄植"在阿Q的身上罢了。何其芳看出了这种说法无论在理论上在实际上都是不大说得通的，他于是提出阿Q精神"并非一个阶级的特有的现象"，而是"在许多不同阶级不同时代的人物身上都可以见到的"，"似人类的普通弱点之一种"。何其芳这种说法一出来，又立即遭到了李希凡的反驳，认为这种说法和被何其芳同志自己在同一篇文章中批评过的"某种精神的性格化和典型化"的观点类似。

夏　伟： 何其芳的"普遍弱点"一说，似乎较为接近鲁迅的本意啊。

钱谷融： 没错，但你要知道，"普遍弱点"这种提法，已经快触及到"阶级本质论"的边缘，甚至接近"人性论"了。其实"人性"与"阶级性"并不矛盾，因为文学作品中的典型人物，必须是一个在一定历史条件下的具体的、活生生的人，在阶级社会里，他必然要从属于一定的阶级，因而也就不能不带着他所属阶级的阶级性。譬如，阿Q是农民，就不能没有农民的特性；奥勃洛莫夫是地主，就不能没有地主的特性；福玛·高尔杰耶夫是商人，就不能没有商人的特性。但我们能不能就说，所有阿Q的特性都是农民的共性，所有奥勃洛莫夫的特性都是地主的共性，所有福玛·高尔杰耶夫的特性都是商人的共性呢？按照"阶级本质论"，精神胜利的农民阿Q、善良仁慈的地主奥勃洛莫夫、纯洁真诚的资本家福玛·高尔杰耶夫都是失败甚至可以说反动的人物造型了，这就是"阶级本质论"的荒谬之处。阿Q、奥勃洛莫夫、福玛这些文学作品中的所有的典型，正像我们现实生活中的每一个人一样，他们身上既有阶级的共性，又有他们各自的个性，还有基本的人性。那时候还强调个性只是阶级性"在特殊的时间和地点的条件下的具体表现"，若依此逻辑，阶级性不过是普遍人性"在特殊的时间、地点和条件下的具体表现"呀。

夏　伟：当时困扰理论界的"阿Q问题"的根源，就在于当时权威的"阶级本质论"否认人身上存有"阶级性"之外的品质，因此就无法解读伟大作品中除"阶级性"之外的那部分人物性格。

钱谷融：你说得对，这真是片面、残疾的理论。当时一致批判"抽象的人性论"，我就想，作家笔下活生生的人物都被你们"抽象"得只剩下阶级性了，你们才是"抽象的人性论"。

夏　伟：这部分我的印象特别深，您的原话是："人道主义和阶级观点并不矛盾，和抽象的人性论倒是格格不入的"，因为"阶级性是从具体的人身上概括出来的，而不是具体的人按照阶级性来制造的。从每一个具体的人身上，我们都可以看到他所属阶级的阶级性，但是从一个特定阶级的阶级共性上，我们却无法看到任何具体的人"。

钱谷融：每个人身上都有阶级性，这是客观现实，但只写阶级性，是不可能写出"具体的人"的，而文学，必须写具体的人。

夏　伟：能否说，这就是《人学》的核心思想呢？

钱谷融：可以这样说。我在《人学》里谈到了五个问题：一、关于文学的任务，二、关于作家的世界观与创作方法，三、关于评价文学作品的标准，四、关于各种创作方法的区别，五、关于人物的典型性与阶级性。我认为谈文学最后必然要归结到作家对人的看法、作品对人的影响上，而上面这五个问题，也就是在这一点上统一起来了：文学的任务在于影响人、教育人；作家对人的看法、作家的美学理想和人道主义精神，就是作家的世界观中对创作起决定作用的部分，就是我们评价文学作品的好坏的一个最基本、最必要的标准，就是区分各种不同的创作方法的主要依据；而一个作家只要写出了人物的真正的个性，写出了人物与社会现实的具体联系，也就写出了典型。这就是我那篇文章的内容大要。

我当时以为，"人性论"受到批判，是因为它只讲普遍人性，否定阶级性的存在，那当然是错误的；但"人道主义"不同，它是承认阶级性的。而且我说的"人道主义"，是作家应该要塑造具体的、活生生的人，强调"具体"嘛，所以根本不是"抽象的人性论"。当然，也预计到会有人误解，但不是说真理越辩越明吗？我是觉得我的观点可以拿出来讨论，共同探讨共同进步，最后受到那么大的批判，确实没想到，没料到思想上的分歧会导致那么严重的后果。

夏　伟：尽管如此，您并未放弃你所信仰的"人道主义"，并坚信能否写出活生生的人才是评价文学作品的第一标准。

钱谷融：可以说我从来没有放弃过我的观点，我也从来没有承认过我有错。我写《人学》，只是想把自己对文学的理解表达出来，并且很希望得到大家的批评指正，所以读到最初一些批评文章时，我本来是想就一些问题进一步申述我的观点，提出答辩的。毕竟在大量的批判我的文章中，并没有一篇能令我真正信服。

夏　伟：我记得您在1958年还有一篇小文，叫《"特写"与"小说"》，名义上是在讨论两种不同的文体，而实际上还是在强调人物塑造才是小说的本质。这或许就是您独特的"答辩"方式吧。

钱谷融：可以这么说，不过后来反右运动的浪潮越来越汹涌，对我的批判也越来越严重，我确实有些怀疑自己世界观方面存在问题了，那可以说是我最接近动摇的一次。于是就在这一年写了一篇自我批判的文章《〈论"文学是人学"〉一文的自我批判提纲》。文章的写法是这样：按照《人学》一文中所涉及的五个问题，先列出"原文要点"，其次说明我"当时的想法"，再谈一谈我"今天的认识"。总的来说，当时我的态度是真诚的，的确是想检查自己的错误，并认真探讨一些问题，也曾极力在强使自己接受当时一些批判者的观点；但决不是一味苟合取容，一味随风倒。特别是对我当时的想法的叙述，更是经过思考的，是十分真实的。并且我觉得，其中的有些意见，在之后很长一段时间内都很值得讨论。后来我在生活经历中益发感到了人道主义的可贵价值，所以基本上坚持了自己的观点，也并非是固执己见。

夏　伟：在当时，您就好比处在飓风的风眼中，若是还要苛求"毫不动摇"，未免就太不"人道主义"了，何况我读过那篇自我批判提纲，虽并非完整版，但还是能读得出骨气和气度的。据说这篇文章 1980 年代发表在《文艺研究》上时，还曾引起了不小的轰动，被称之为"没有自我批判的自我批判提纲"。

钱谷融："没有自我批判的自我批判提纲"，是有这件事。

曹禺和鲁迅是真正的诗人

夏　伟：从时间上看，您的写作有三个时间段，一是 1942 年到 1948 年，您执教交大期间，写了不少文章，之后 9 年几乎封笔，再次写作就要到 1957 年那篇一鸣惊人的《人学》了，期间又陆陆续续发表了一些作品，1961 年发表《〈雷雨〉人物谈》，之后再次封笔 16 年之久，直到 1978 年所谓"恢复名誉"之后才重新开始写作，或者说开始发表文章。如果说 1961 年之后的封笔是因为受到了不公平的待遇而不得不停，那么 1948 到 1957 年这近 10 年的创作空白又是如何产生的呢？

钱谷融：1942—1948 年期间，我先是教了一年中学，然后去交大。交大时间很空闲，教两个班，一共 4 小时课，就等于每周只要备 2 小时的课。

再加上当时年纪轻，还比较血气方刚，就愿意写文章。解放初期我也是很兴奋的，有一种"焕然一新"的感觉，也会想自己不应该过分沉溺于书本，应该做些什么。但后来，到处都在搞运动，永远都在搞运动，我就觉得没什么意思，还是自己读读书教教课来的好，也就从此越来越懒，就很少写作了。比起写作，我还是更喜欢读书。

夏　伟：虽然一再强调自己懒惰，但事实是您在因《人学》受到批判之后并未马上停笔，而是于1961年左右完成了好几篇有关曹禺和鲁迅的长文，而1978年"恢复名誉"后，您又续写了《〈雷雨〉人物谈》，还写了一些关于鲁迅小说的论文，能不能说他们是您特别喜欢的两位作家呢？

钱谷融：鲁迅和曹禺都是真正的诗人，原本我是只喜欢古代文学，不喜欢现代文学的，但唯独他们两人，我是真的很喜欢。

但写《〈雷雨〉人物谈》，最主要的原因还是不愿意看到那么好的作品被误读。那大概是1959年的事。我从市里开会回来，电视里正好在转播新排的话剧《雷雨》，我就瞧了两眼，发现实在看不下去，因为演的都不是曹禺的本意。《雷雨》首先是一出悲剧，而不是革命剧。曹禺自己说，他对剧中的每一个人物都充满着悲悯，注意是"每一个人物"，其中当然就包括周朴园，也包括蘩漪，他们可以说都是牺牲者。只有围绕着这一点，才能理解曹禺特意为《雷雨》设计的"十年后"的序幕和尾声，曹禺反复强调过自己很重视这个"十年后"，其实就是担心自己剧本中的悲悯被表演者忽视。结果呢？话剧演出时，每一句台词都是生硬的干吼，完全感觉不到人物的心灵。当时我就觉得，一定会有人写文章批评的，谁知等了好久都没有人写，于是只能我自己写了，没想到一写，反倒是我自己受批判了。

夏　伟：但是受到批判仍旧没能使您停笔，您紧接着又写了《曹禺戏剧语言艺术的成就》一文，有点"顶风作案"的味道。

钱谷融：我当时也不能说一点都不怕，但我对曹禺还是有点"执迷不悟"的，受到了批判，反而更想把自己对他的艺术的感想表达出来。记得曹禺在《雷雨》的序文中有这样的话："《雷雨》对我是个诱惑"，我想曹禺对我也是个诱惑，我情不自禁地想要深入下去，把自己的感受写出来。我想，谈主题、谈思想、谈人物可能会被批判，但谈语言总要好一点，更纯粹一点。更重要的原因是，我确实太喜欢曹禺剧本中的语言了，每次读曹禺先生的剧本，总有一种既亲切又新鲜的感觉，他那色彩明丽又精练生动的语言，常常很巧妙地把我带进一个艺术的世界，给予我，真的可以说是无限的喜悦。

夏　伟：您能不能再具体谈谈这种喜悦的由来呢？

钱谷融：这个是一定要有书才说得清楚的，我这里只能大概讲一讲。比如《北京人》和《日出》中就有几段台词，就能从台词中感受到每个人都处在尖锐的矛盾冲突中，都在为自己的利益进行着紧张的斗争，曾皓、思懿、潘月亭、李石清等人，都想用自己的语言去压倒对方，争取优势，去损伤对方的自尊感，触痛对方心灵中的脆弱的部分，而他们的语言也的确起到了这样的作用。最最重要的是，同时这些语言又充分显示了他们自己的心情、处境，泄露了他们自己内心的秘密和隐私，把他们自己的精神面貌和道德品质清楚地展现了出来。真是令人回味无穷啊！你去看看《日出》最后潘月亭和李石清的对话，他们互相的称呼，李石清是一会儿"月亭"，一会儿"经理"；一会儿称"你"，一会儿称"您"。潘月亭则是从"石清"到"李襄理"，再到"李先生"，这些顺序都是不能改的，不能移的，一移味道就没有了。还有《北京人》里，（翻书），你看曹禺这么写：

　　思　懿（提出正事）：媳妇听说袁先生不几天就要走了，不知道愫妹妹的婚事爹觉得——
　　曾　皓（摇头，轻蔑地）：这个人，我看——（江泰早猜中曾皓的心思，异常不满地由鼻孔"哼"了一声）。

曹禺没有直接描述，但他只用几句对话，就把人物相互之间的角力写得异常生动，我们仿佛看得到思懿的媚态，曾皓的动摇和江泰的白眼，这就是曹禺的才华啊，他就能用最简单的台词把人物的动态和内心微妙的波动以及即时的反应描绘得惟妙惟肖，真是回味无穷。

夏　伟：《日出》和《北京人》我都读过，但还真没意识到您谈到的这几点，比如潘月亭和李石清的称呼问题，以及《北京人》剑拔弩张、环环相扣的对话气氛，可您一提，就能认定确有其事，可见您似乎对作家在作品中的用心特别敏感，特别有鉴赏力。

钱谷融：确实也有人问过我，为什么能从曹禺的作品中读出那么多东西，是不是和本人的生活经验有关，这里面有好几种情况，比如《雷雨》中的繁漪，有人说从她身上能看到我的影子，我想想确实是有一点，像是都经历过生活中希望、失望、绝望的反复，而且也都有点倔脾气，或许就是因为这样，所以我一直很喜欢这个角色。但比如对《北京人》台词的感觉，并不是来自于生活的，我生活经验很少，应该说，我对文字中动态、气氛以及纸背文章的体悟，大部分还是来自阅读经验。

夏　伟：您高超的艺术鉴赏力竟被误认为丰富的生活经验，这也算是"文学是人学"的一个佐证吧。

钱谷融：但我还是要强调，最关键不是我读得多深，而是曹禺写得真的好。应该说，诗歌、小说、戏剧的写作各有各的难点，但是我觉得剧作家面对的困难总要多一点，因为剧本要求每个人物用自己的语言和行动表现自己的特征，而不用作者揭示，就是说人物被创造出来，仅仅是依靠他们的台词，即纯粹的口语，而不是叙述的语言，这就对作家提出了极高的要求，曹禺的戏写得那么好，只能说他是个天才，是个诗人。

夏　伟：您一直说曹禺是"诗人"，但他其实并不以诗作闻名。能不能这么理解："诗人"称谓是您对一个作家除写作技巧之外的内心情怀的一种强调，比如说曹禺对其笔下人物的那种悲悯。

钱谷融：对，作家有时候听上去就是一个职业，而"诗人"就感觉更加抒情。我一直讲，文学是有情思维，好的文学没有情是不行的。

夏　伟：您也说鲁迅是"诗人"，但大家都似乎更记得他怒目金刚的一面。

钱谷融：鲁迅怎么可能只有怒目金刚的一面呢？他内心其实是有非常

多的温情的。从生活中看，他对母亲非常好，还有对柔石等青年学生，也都是不遗余力地给予帮助。有人说鲁迅的作品里只有冷静和冷酷，我不这么看，我最喜欢的鲁迅小说是《孤独者》《在酒楼上》和《伤逝》，他把知识分子充满梦想，试图反抗，最后却因为缺乏力量而不得不以失望告终的感情，慢慢地却又那么深刻地一刀一笔地表达出来，里面既有很重的情，又有很重的痛在，何况，没有很重的情，又怎么会有那么重的痛呢？所以我说鲁迅是真正的诗人。

夏　伟： 您提到的这种充满梦想，试图反抗，最后却以失望甚至心死告终的心路历程，再一次让我想起了蘩漪，也想起了您自己。

钱谷融： （笑）我现在过得很开心啊，以前也称不上什么心死。还有我要讲的是，除了知识分子以外，鲁迅对劳动人民的感情也是非常深的，这个可以从《祝福》里看出来，我们都了解，《祝福》里的祥林嫂可以说是被"吃人"礼教压迫致死的，但你发现没有，祥林嫂临死之前，是对"吃人"礼教产生过怀疑的，也就是说，她其实是整个鲁镇里面，除了偶然在场的那个"我"之外，惟一开始怀疑旧礼教即"吃人"礼教的真实性和正当性的人。

你看书里是这样写的，祥林嫂临死前，头发全白，"脸上瘦削不堪，黄中带黑，而且消尽了先前悲哀的神气……"当已经陷入绝境的她，偶然碰到一个"识字的"，"见识得多的'出门人'"时，"她那没有精彩的眼睛忽然发光了。

"'我正要问你一件事——'"……

"'就是……'她走近两步，放低了声音，极秘密似的切切地说：'一个人死了以后，究竟有没有魂灵的？'"

这真是一个伟大的怀疑，是一个即将被旧礼教压死的人最后也是最大胆的挣扎。你看，鲁迅写她"那没有精彩的眼睛忽然发光了"，这说明她在被压迫中看到了一线希望，更重要的是这个希望是她自己找到的，没有受到任何人的指引。虽然这只是一个刹那的、朦胧的、处于绝望中的怀疑，远远无力挽救她自己悲剧的命运，因为毕竟人言可畏，但从作品来看，这个怀疑却好像黑雾中的一道闪电，虽然转瞬即逝，但毕竟是黑暗中出现的光。现在我们大都还是津津乐道于《药》里的那个花环，但祥林嫂的怀疑才是鲁迅对未来的希望的表征,而这个希望,他是寄托在祥林嫂这样的劳动人民身上的。所以有些人说鲁迅对知识分子是批判的,有些人说鲁迅对劳动人民不抱希望,我觉得这都不准确,至少是不全面的。鲁迅对知识分子也好,劳动人民也好,都是怀有悲悯和温情的,只是他用情太深,所以时常只能收获到痛,而写下来,有时就显得冷了。

批评的奥秘

夏　伟:您对曹禺和鲁迅的解读真可谓独具慧眼,而更令我惊奇的是,从文章中看,您的这些观点早在1978年甚至1962年以前就产生了,回顾历史,这些研究成果显然"木秀于林",用今天的眼光看,也毫不过时。您认为,是什么特质使您能抓住那么多其他人找不到的作品中的细节与奥秘呢?

钱谷融:其实我真的是既懒惰又无能,非要说有什么坚持的话,应该说是"感觉"。我一直是"跟着感觉走"的。

现在听起来,好像"感觉"两个字太简单了,谁没有感觉啊?但在当时,很多人都不讲感觉,真的没有自己的感觉的,因为他们都是领导人说什么就是什么,领导人说要怎么做,就得怎么做,要把文学史做成革命史的一个分支,要把人都变成革命事业里的一个个螺丝钉。这其实就是把文艺、把自己都当成工具了!人是有感觉的,甚至可以说是离不开感觉的,但工具没有感觉,工具也创造不出文艺,只有人才行,所以要搞文艺批评,也一定要有自己的感觉。我所以能留下这几篇文章,可能就是在别人都不讲感觉的时候,仍旧相信与坚持自己的感觉吧。

夏　伟:坚持人的感觉,坚持把人当作人,这就是您"人道主义"的真意吧。最后,能不能请您为今后文学理论和文学批评的建设提一些建议呢?

钱谷融:我刚刚说过我并不喜欢现代文学,其实也不懂理论,所以讲不出什么太有分量的话,这里就文艺工作随便说两句吧。

首先还是要讲"感觉","感觉"是文艺与科学最重要的区分,虽然现在环境与以前相比，已经开放很多了，但还是有很多人以不讲感觉，只谈科学方法的方式做文艺批评，做到后来，他的批评里甚至连作品分析都不需要，找不到了，好像变成了社会学批评。我想，文艺批评和社会学批评应该还是不同的。

夏　伟： 您的意思是，对作品中情感的共鸣和细节的把握是文学批评与文艺理论建设的基本。

钱谷融： 你说的不错，除了这个基本之外，我觉得还有三点非常重要，这就是真诚、谦卑和宽容。

我说过，文学的最低标准是"人道主义"，是"把人当作人"，但文学还有一个较高的标准，那就是探究人类灵魂深处被忽略或掩盖了的真实，对庸人来说，这种真实或许是细碎甚至难堪的，但其实它们却是最值得珍贵的人性标本。对作家来说，要写出这种真实，非真诚不可；对文学批评来说，要发掘、直面、探讨这种真实，也非真诚不可。这或许是文艺工作和其他工作最大的不同，农民种地或建筑师设计房屋，只需要认真的态度和专业的知识，但文艺创作与批评的成绩，却与一个人的思想感情有更直接的关联。

其次就是谦卑，文艺批评的目的是探求真实，可以说，探求是文艺工作者一生的工作，他们必须清楚，这种探求是永远不会结束，永远没有终点的，如果一个人没有这种谦卑，自以为已经得到了所探求的东西，有了结论，明白了一切，那么他的精神就松懈下来了，他的态度就不再专一，不再真诚了，他就会以一种冷漠的、无所谓的态度用他所理解的唯一的标准去衡量作品，把批评变成炫耀他的智慧，卖弄他的知识的媒介，这样的批评我不喜欢。

最后就是宽容了。我想，能做到谦卑的人，一定也是宽容的，因为他懂得，世界那么大，人的灵魂那么深，那么复杂，一定还有很多值得观察、倾听、吸收的东西，只有保持这种宽容，文学批评才能真正走进作家的心，真正读懂作品，也才会被人民所接受。

夏　伟： 说着说着，您好像又从文学批评绕到您做人的准则上了。

钱谷融：（笑）没错，"文学是人学"嘛，做文章做批评的道理，我想和做人是一样的。也可能我是这样的人，所以就喜欢这样的批评吧。

采访接近尾声时，钱老告诉我，虽然自己最为人熟知的作品是《人学》，但实际上却更享受讨论曹禺与鲁迅。因为后者能令他回忆起沉浸作品时的出世氛围，而前者则只是被嘈杂与荒谬映衬着的"大白话"。与钱老的对话也使我更坚信文学批评的价值，有先哲说过，文学让读者得以使用作家的眼睛观察世界，而在我看来，钱老的曹禺与鲁迅批评，就是将自己的眼睛甚至肢体借给读者，令他们得以真正触摸文学这一心灵媒介的细腻，并体会其深邃。或许会有一天，《人学》被渐渐固定于某段历史，但我相信钱老的那些批评，却能如他所钟爱的莎士比亚的作品一般永存。我曾惋惜历史的不公，让一位如此有才华的艺术鉴赏家承受近半生的冤屈；但也不得不承认，就是这种不公，才逼出钱老一篇又一篇作品，不然，他必定宁愿"两耳不闻窗外事，一心只读圣贤书"的。曹禺曾说，"《雷雨》所显示的，不是因果，不是报应，而是一种'命运'"。有时，我们确实也只能感慨命运，令钱老承受不幸的同时，也使他写下了那些瑰宝，成为中国文艺界之大幸。

李希凡谈：文艺批评的世纪风云

孙伟科

追求大历史观

孙伟科：您被称为20世纪新中国重要的文学批评家，您如何评价自己在历次重大文学批评中所扮演的角色？

李希凡：谈不上什么"重要"，只是在那个时代搞文艺理论批评的人中间，我写得比较多而已，特别是从声名鹊起的"两个小人物"开始，约我写稿的报刊也多，虽然也有"遵命文学"，但观点都是我自己的，错了也怨不得别人。不过，从1954年到"文革"前，我有些文章和观点暗合了当时的政治要求，所以得到了推荐，引起了反响，那也是历史的产物，并非我的自觉。比如1954年我和蓝翎合作写批评俞平伯先生的文章，因为受到毛泽东同志的肯定，从此"一夜闻名天下知"。而有些文章则未必那么合时宜。比如对《三国演义》中曹操形象的评价，1959年4月到9月我写了四篇为《三国演义》辩护的文章，有三篇发表在《文艺报》上。我认为小说中对曹操这一人物艺术形象的塑造是成功的，也是符合历史真实的，也有大量的文献资料可以证明。但是，要在历史学上为曹操翻案的学者，则认为《三国演义》歪曲了曹操形象，这是将历史与小说混为一谈的说法。把正确评价历史人物曹操的翻案文章做在打倒《三国演义》上，显然是不正确的。像《三国演义》里的曹操这样一个内蕴丰富、复杂而生动、深刻而又个性鲜明突出的封建政治家的艺术形象，它是千百年来封建阶级政治斗争中有深广概括意义的典型人物，决不像历史学家们所指责的那样，罗贯中只是用"画白脸"丑化出来的，只是在写曹操的"谤书"。

它虽然有"艺术夸张",但也概括了这位"超世之杰"的全部经历。至于所谓"尊刘抑曹"的思想倾向,也不始于《三国演义》,早在魏晋唐宋时期就广泛流传于民间。历史学家可以为历史人物的曹操做出正确的评价,却不该也绝难做到为小说戏曲的艺术典型的曹操"翻案"。虽然那时我是单打独斗,今天我依然坚持这样的观点,和吴晗同志的关于历史剧的争论,关键也在这里。

和文艺理论家何其芳在典型论上的分歧虽然尖锐,但也还是学术上的争论。何其芳认为阿Q精神是"人类普通弱点之一种"(虽然是借用别人的话),还说什么爱哭的女孩子,就是林黛玉的"典型共名";一个男孩子喜欢很多女孩子,又被许多女孩子喜欢,就会被称为"贾宝玉",这"突出的性格特点",就是贾宝玉的"典型共名",我认为这就是抽象的人性论。没有阶级社会的阶级压迫和剥削以及它们统治下的文治武功、上层建筑、意识形态,人类哪来的这样屈辱的"精神胜利法"。现在老庄的学说很受关注,但如果人类只停留在"鸡犬之声相闻,老死不相往来",那倒决不会产生阿Q的"人类普通弱点",可人类也不可能取得今天的发展。如果这种所谓"共名"现象,就是这些伟大文学经典的意义和价值,它有什么思想意义?这是违背马克思主义文艺典型论的,这是基础观点之争。钱谷融先生最近又重提他的《论文学是人学》,批评我的观点,在1957年我曾写《论"人"和现实》做过答辩,马克思主义讲的是"人是社会关系的总和",人类也从不存在脱离社会关系的抽象的人性,高尔基所谓"文学是人学",也是马克思主义文学观的"人学"。

当时有领导劝我不要使用"抽象人性论"来题名、定位这种观点,我没有同意。我说这不能改,因为这是论争的核心命题。在"文革"评红热时期,人民文学出版社出版了我的《红楼梦评论集》第三版,其中的后记和附记,是我写的,序言是蓝翎起草的,我也做过修改,签了名,对俞平伯先生又一次进行了"批判",对何其芳同志的反批评,更带有个人情绪。我和何其芳的分歧始于1956年春季,中国社会科学院文学研究所召开一次学术讨论会时就有了,那次会由何其芳同志领衔,已写成一批文章,对《红楼梦》讨论中诸如历史背景、思想倾向、宝黛典型意义问题发表了"总结性"的意见,自然主要是批评我们的观点。总之,在他们的研究中,《红楼梦》的思想以至贾宝玉的性格,都是"古已有之",何其芳的《论

〈红楼梦〉》和其他文章把所谓"市民说""资本主义萌芽说"评价为"教条主义加牵强附会"——你说我是"教条主义加牵强附会",我就说你的"典型共名"说是"修正主义加人性论"。我的《红楼梦评论集》后记和附记,对何其芳的反批评有报复情绪和粗暴之处,我也不喜欢他的批评的刻薄和拐弯抹角骂人的文风。这是历史旧账,没有任何人授意。

圣人说出的很多哲理,似乎都有"普世"价值,譬如孔夫子、孟夫子的教育思想,至今都很令人信服和受到推崇,但当我们还原历史真实时,也不能忘记他们曾明确地讲到:"民可使由之,不可使知之";"劳心者治人,劳力者治于人"。这也就是说:在他们心目中,民,是氓,是奴隶,不是应该受教育的对象。我认为对圣人的思想,也不能"抽象"地歌颂。我和何其芳同志关于典型问题争论持续了近20年,是我主动挑起的。我记得,20世纪80年代陈涌同志有过一篇对双方的片面性都有批评的文章。

孙伟科:吕荧是新中国早期很重要的美学家,他有独立的识见与人格,他特色鲜明的理论实践对您的文学批评有何影响?

李希凡:吕荧是我学生时期在文艺理论家中崇拜的偶像,我在1948年就读过他的《人的花朵》,那真是美文学的评论。后来在山东大学读书时,吕荧先生是我们文艺学课的老师。他讲授的文艺学,在当时就已有系统的理论体系,贯穿着鲜明的马克思主义观点,例证、分析都出自他自己的研究心得和体会,这些都是我们当时已有的文艺理论教材中难以见到的。我那时是文艺学课代表,与吕荧还是接近的。我的第一篇文章《典型人物的创造》,本是一篇学习笔记,吕荧布置的作业,是被吕荧推荐到《文史哲》上发表了,这也是《文史哲》第一次发表学生的文章,自然是一件新鲜事。1951年11月发生了《文艺报》借读者来信批评吕荧教学的事件,说吕荧的教学是教条主义的,违反了毛泽东文艺思想,题目叫《离开毛泽东思想是无法进行文艺学教学的》,《文艺报》始终没有去山东大学调查核实,实际上文章作者并没有听过吕荧的课,此文的内容举例都不符合吕先生讲学的实际,不能服人。而《文艺报》是文联作协的机关报,威信很高,这在山东大学就造成了一场批判运动,使吕荧蒙受打击。吕荧坚持自己观点,没有听校领导的劝阻,严词拒绝做违心的检查,以辞职愤然告退,终其一生,再也没去大学执教。(1953年,吕荧曾应雪峰邀请,做了人民文学出版社的顾问,月薪200元,不知这是否是为了挽回《文艺报》的影响。)吕荧的耿直脾气和个性预示了他后来的命运。由于吕荧受到冲击,我又在后来校方组织的批判中违心地批评了我的老师,所以使我当时不得不调整了方向,更多地关注古典文学领域的文学研究和批评。直到20世纪80年代,上海文艺出版社大量出版美学著作时,他们接受了我的建议,由我编辑一本《吕荧文艺与美学论集》,出版时,我写了一篇《回忆与哀思》作为编后记,以弥补我的错误和缺憾。其实,那时高校的文科教学中,旧的意识形态的遗存还相当严重,老师们的马克思主义学习也刚刚起步;如果真有点教条主义的缺点,倒还是正常现象。假如连马克思主义的词句都没有了,或者看见马克思主义的词句就认为是生硬套用和教条主义,那么,还怎么学习和坚持马克思主义呢?

没有论争就没有学术进步

孙伟科:因为批评胡适、俞平伯等人的红学观点,您也成为大家眼中的红学家,不再是一个小人物了。

李希凡:关于红学家,我实在不敢当,尽管我写过(包括和蓝翎合作)关于《红楼梦》的三本书,100多万字,但都是文艺评论,没有一篇是做考证的,我也反感对小说情节、人物做索隐和考证,因为《红楼梦》的感人的艺术魅力,主要是它的艺术形象、艺术境界、文学典型的创造,决不只是俞平伯先生讲的那些"小趣味儿和小零碎儿",更不是胡适所谓的"平淡无奇的自然主义",而是伟大的现实主义对封建社会的真实反映和艺术形象的深刻概括和创造。显然,小说的价值在其深刻的思想内容和完美的艺术表现上,所以,我将自己的主要精力用在了思想艺术和人物形象的分析研究上。当然,我过去轻视考证工作也是错误的,而且曹雪芹的身世经历,特别是《红楼梦》,只是一部未完成的杰作,确实也需要科学的考证工作。

某些红学史家认为,毛泽东所领导的那次思想批判运动,也包括所有的批评文章都是对"红学才子"俞平伯著作的"误读",这也是不实事求是,因为有许多文章都是出自名家,有的还相当精彩,说理性很强,而且切中了新红学的要害。在真正的文学评价上，"新红学派"虽在考证作者曹雪芹的家世上有他们的贡献，但他们认定小说是作者自传，并斤斤计较于小说的琐细，对于《红楼梦》博大精深的思想艺术，却始终真的在"误读"或完全没有读懂。"新红学派"的研究是趣味研究，是为了"消夏"，为了他们"琐屑"考证的爱好，他们是按照"洋文学"的标准，哪能瞧得起东方文学，更不会读懂《红楼梦》的博大精深。无论是在胡适还是俞平伯的心目里，《红楼梦》就是闲书一部，不入近代文学之林。如果没有1954年的"评俞批胡"运动，《红楼梦》深广的思想艺术价值是不会得到重视的，"红学"也不能有今天这样的繁荣和发展，持续地具有"显学"地位。

在文艺批评中，我从来也不是什么大人物，我也没有把论争对手当作大人物，那样的话，可能我就不会喜欢论争与论辩了。同时我还坚信，没有论争就没有学术进步。不怕稚嫩，不怕匆促，展开批评是对著者的最大尊重。即使扭曲的批评也需要在新的批评实践中纠正，直面的批评有助于双方提高。是的，论争是学术争鸣的重要方式。

我参加的论争很多，大多数是向不同观点的挑战。1980年黄秋耘（他也是我国当代著名文学评论家，已于2001年不幸去世）在《文艺报》第一期上发表了评价当时"新人"佼佼者张洁小说《爱，是不能忘记的》的评论文章《关于张洁作品的（评论）断想》。张洁的小说描写了两位革命者在现实中"错过"了不能实现的铭心刻骨的爱，假想成能在天国实现……而黄秋耘则把这种病痛的爱上升到社会学的高度，试图使这种超现实的爱情完全摆脱社会道德和革命情谊的"精神枷锁"连在一起，实现绝对自由，不受良知的谴责。这是我很以为怪的，记得列宁曾引过一位诗人的诗："生命诚可贵，爱情价更高，若为自由故，两者皆可抛。"而秋耘同志是老共产党员，怎么会有这样廉价的"人道主义"感情，我想到了苏联小说《钢铁是怎样炼成的》，想到了小说主人公保尔·柯察金和丽达，于是我"不识时务"地在当年的《文艺报》第5期发表了《假如真有所谓天国……》，引来了某些新兴作家的不满，幸亏主编冯牧说了作家和批评家都要保护……我向来不怕挑战，这篇文章仍收编在冯牧、阎纲、刘锡诚主编的"中国当代文学评论丛书"《李希凡文学评论选》一书里。自认为我与黄秋耘的商榷，是充分说理的。

红学不能成为俗学

孙伟科：您认为，红学中的"自传说"完全违背了文学创作的规律？

李希凡：1954年红学运动中的大批判有其消极面，即把学术方面的意识形态问题搞成群众性的批判运动，却同时也开启了马克思主义红学研究的新起点。1954年最集中批判的观点就是唯心主义和自传说。胡适的《红楼梦考证》对作者曹雪芹及其家世的考证，解开了作家之谜，但把《红楼梦》和作者曹雪芹联系起来，已早有确证，并不始于他。而他的考证却混淆了素材与创作的关系，认定《红楼梦》是写曹家家事的——"贾政即曹頫""贾宝玉即曹雪芹"，把这部伟大的文学作品完全归结为平淡无奇的自然主义。如果《红楼梦》真是平淡无奇地记述家事，曹雪芹如何能创造那么多个性化的典型人物和优美的艺术意境，感人至深、动人心魄？自然《红楼梦》问世以来，很长时间都停留在索隐抉微的泥潭里，这是旧红学的误读。新红学反对捕风捉影的索隐，可事实上他们的考证不过是改变了索隐对象罢了！新红学有许多观点，根基都是自传说，研究《红楼梦》，似乎是为了编一本曹雪芹的传记。更是对曹雪芹卓越创作才华的贬低，是对《红楼梦》艺术画卷反映的广阔生活内容的漠视。将《红楼梦》说成是作者的"写实自传"，"感叹身世"或为"十二钗作传"，"怀念闺友闺情"，甚至说曹贾两家的历史"可以互证"，"二者符合的程度是惊人的"，是"作者精裁细剪的生活实录"，等等，还说这是研究《红楼梦》"最有意义的收获"，这些观点岂非都是唯心主义的主观臆断和穿凿附会的产物，完全不符合文学创作的规律。如此红学之路，必然越走路越窄。对此鲁迅早在20世纪30年代就有过尖锐的批评："……现在我们所觉得的却只是贾宝玉和马二先生，只有特种学者胡适之先生之流，这才把曹霑和冯执中念念不忘记在心里儿，这就是所谓人生有限，而艺术却较为永久的话罢。"（《且介亭杂文末编·〈出关〉的"关"》）实际上鲁迅先生早在20世纪20年代小说史的讲课中，就给予《红楼梦》崇高的评价。"至于说到《红楼梦》的价值，可是在中国底小说中实在是不可多得的。其要点在敢于如实描写，并无讳饰。和从前的小说叙好人完全是好，坏人完全是坏的，大不相同，所以其中所叙的人物，都是真的人物。总之自有《红楼梦》出来以后，传统的思想和写法都被打破了。"（《中国小说史略》）我只能跟着说，因为我永远说不出鲁迅对《红楼梦》这种真知灼见的评论语言的，也因为我没有伟大作家深入作品的敏感和体验，鲁迅是无可逾越地表述了《红楼梦》在中国文学史上的独有的价值。而所谓"如实描写，并无讳饰"，所谓"都是真的人物"，用现代文学术语来说，就是"现实主义"。所以，尽管《红楼梦》有多姿多彩的艺术创造，鲁迅还是肯定地说："它那文章的旖旎和缠绵，倒是还在其次的事"！时隔七八十年之后，我们有些红学家却偏偏要用这"倒是还在其次"，去否定那首要的"如实描写，并无讳饰"，这可能也是迎合时代思潮的需要吧！

孙伟科：当前"揭秘文化"借强势媒体大肆流行，其中有些揭秘完全是主观臆造的"谜案"，实际上是在"炒冷饭"，是在"博眼球"。您和几位红学家多次发表过批评意见，这些"揭秘文化"的实质是什么？

李希凡：我认为，揭秘红学虽喧闹一时，却此路不通。这些揭秘颇有绑架红学的意味。是的，直到今天，红学依然是显学，红学中的许多问题至今还是热门话题，比如，作者是不是曹雪芹，《红楼梦》后四十回作者是不是高鹗的问题。回顾历史，从新红学的自传说谬误，就已经发展到了"宫闱揭秘"，《红楼梦》简直不再是文学杰作，而成了"索隐大全"，完全否定了《红楼梦》作为一部伟大的文学杰作的深广的社会意义和光辉的时代精神。

红学研究，近几十年无论作品思想艺术的深入探讨，作家身世和版本研究的发掘和考证，都取得了很大的成就，但也同样有回潮和灾害，如某些强势媒体和背后商业利润所驱使的"揭秘"文化流行，使红学这一显学成为大俗学。近些年来，各种不负责任的观点，各种没有根据胡编乱猜的观点，借助于炒作需要，制造了一个又一个所谓的文化热点，这实际上是红学发展中的透支。只是很多人还没有看到这种透支的危害，这种危害不仅是学术上的，更是对民族优秀精神文化遗产的。

马克思主义文艺批评仍有强大生命力

孙伟科：20世纪中国文学批评的重要历史成绩和经验是什么？请您对马克思主义文学批评在新中国的实践所取得的成绩和经验，试谈一二。您批评的方法是什么？

李希凡：有些人认为，新中国几十年的文学实践，似乎不证自明地展现马克思主义错了，把马克思主义视为庸俗社会学和单线思维、机械决定论。这是不符合实际的。至今我们党的文艺政策仍然是"二为"方向和"双百"方针，这都是毛泽东文艺思想的精髓，不少作家还在努力实践。当然，如何将马克思主义理论与实践的辩证关系处理好，也是当前重要的理论任务之一。

的确，在新中国成立后十七年文艺思想领域，毛泽东和文艺界的领导以至我们这些党员文艺工作者，都犯有或大或小的错误。但是，意识形态学说是马克思主义的重要组成部分，是社会上层建筑的一部分，正如邓小平所说："文艺是不可能脱离政治的"，这也是不以人们的意志为转移的，只不过意识形态里的矛盾和斗争是复杂的，又是深层次的，而且大量属于人民内部矛盾，属于精神世界里的问题，既不是用阶级斗争的大批判方式可以解决的，也不能整齐划一地归属于政治上的左右派。可完全否定上层建筑包括文艺的意识形态性，恐怕也是个人的主观好恶。譬如关于《红楼梦》，过去由于毛主席讲过，它是一本反映阶级斗争的书，后又为极左路线在"文革"中的"评红"加以夸大利用，有过消极的影响。但不能因此而否定马克思主义的阶级观点，甚至《红楼梦》中反映出来的阶级矛盾的存在、红楼人物的封建观念的存在和影响。不然怎么理解鸳鸯的反抗，金钏儿、晴雯被逐惨死，荣宁二府几十个贵族主子，役使二三百家奴，有不少生活的纠葛，那不是阶级矛盾是什么？连年轻女奴间，都有着鲜明的等级差别。曹雪芹本想构建一个大观园"理想国"，但无情的贵族社会现实的种种矛盾冲突，逼迫他只能写出女主人公们的"勘破三春景不长"的悲剧。我是一个阶级论者，从一开始，我们就是从社会意义上分析《红楼梦》的，可能很幼稚、很浅薄。而且《红楼梦》并不只是写了社会矛盾和阶级斗争，曹雪芹也不可能有明确的阶级观点，他是在深刻描绘封建贵族生活和人物的复杂矛盾关系中写出社会真貌和它的深邃的文化底蕴的。即使毛主席多次讲到《红楼梦》，也不只是讲了它对阶级斗争的反映，他是看到曹雪芹笔下的"真的人物"——"大写的人""人是社会关系的总和"的深刻表现。而且他对《红楼梦》创作艺术也有许多独到的理解，是自成一家的。马克思主义的文艺批评，就是重点关注作品的社会意义和思想意义。

前些年有一种观点，叫"五四"以后一部分知识分子背离了"五四"精神，脱下了皮鞋，穿上了草鞋，走上了一条救亡压倒启蒙的路，其实他们所要的不过是资产阶级民主自由、资产阶级个性解放的"启蒙"。至于广大苦难人民如何从阶级压迫、阶级剥削下解放出来，获得生存权、温饱权，自己成为社会和国家的主人，这已经是辉煌近一个世纪的马克思主义的革命启蒙。在半封建半殖民地的中国，如果没有脱下皮鞋，穿上草鞋，深入中国最广大的农民群众，用工人阶级思想启发他们的阶级觉悟，依靠他们，组织武装力量，用这些"启蒙"论者的话说，发动一场农村大变动，哪来的人民共和国的今天！在中国，启蒙本来就是救亡的启蒙，没有广大人民的觉悟，哪有钢铁般坚强无畏的人民解放军！没有人民群众"个性解放"的启蒙即反抗压迫的自由，怎能推翻国民党反动派的统治，并把它的主子美帝国主义赶出中国！今天的所谓新启蒙，哪会理解救亡与启蒙的这种辩证关系！

从 1987 年应《红旗》杂志约稿写的纪念毛泽东同志《在延安文艺座谈会上的讲话》发表 54 周年的《偏离方向不会有社会主义文艺》开始，到 1999 年 12 月答《文艺理论与批评》记者问的《关于建国初期两场文化问题大讨论的是与非》，22 年间，我写过三十几篇从各种角度阐述毛泽东文艺思想和我们党新时期文艺指导思想的文章。

孙伟科：1954 年和 1963 年都是红学的特殊年份，今年恰值曹雪芹逝世 250 周年，您有些什么宝贵的回忆值得与大家分享？

李希凡：1954 年的回忆文字已经很多了，这里就不赘言了。1963 年文学界酝酿纪念伟大作家曹雪芹逝世 200 周年，要举行一次较大规模的纪念活动，这可能是作家协会提出的，由社科院文学所承办。这次活动得到了周恩来总理和陈毅副总理的关怀，开纪念会、办展览，发表纪念文章，据说有关领导胡乔木、周扬、邵荃麟同志还参观过预展，谈过不少意见。但是，由于曹雪芹逝世究竟是壬午还是癸未，曾发表不少文章展开争论，并无定见，因此就把这个活动放在了壬午和癸未之间，又曾在读者中掀起一次阅读《红楼梦》的热潮。当时，我的上级、文艺部主任陈笑雨向我传达，要我写一篇纪念文章，在《人民日报》上发表。尽管自《红楼梦评论集》结集出版，蓝翎被错划为右派后，我从没有单独写过"评红"文章，也未再读《红楼梦》，但往事非烟，终难忘却，这时我的小女儿出生，我记起旧谊，也并不知道蓝翎对我有很深的"忌恨"，女儿起名为"蓝"。纪念文章《悲剧与挽歌——纪念曹雪芹逝世二百周年》写出后，文字虽然是新写，但观点仍然是我们原来的基本观点，写完后，就先寄给蓝翎一份小样，请他看，无非是表示我仍然坚持1954年的基本观点并无改变，没想到他并不喜欢。这篇文章经过林默涵同志审稿，吴冷西同志签字付印，他们都没有做任何改动，刊登在1963年10月7日的《人民日报》文艺评论版上。文章并无新意，却影响很大，可能因为是发表在《人民日报》上，我接到很多青年朋友的来信。对于曹雪芹这样一位伟大的作家，我真诚地希望，今年也会有一个像逝世200周年同样隆重的纪念，以表明我们对优秀文学遗产及作家的珍视和尊重。

文学批评家的反省

孙伟科：在评价20世纪中国文学批评时，特别是对人物做评价时，有些人刻意去撩拨人间恩怨，搬弄是非，夸大宗派情绪，从细节上去捕风捉影，没有大历史的观念，导致了严重的历史失实和扭曲。其实，真正值得关注的，是不同观点之间理论立场和对现实的不同态度。对于坚持历史主义的态度，您有什么要说的呢？

李希凡：20世纪的中国文艺界是风云变幻的，但革命文艺也有很大的发展，涌现出一大批优秀作品，不过，道路也不是平坦的。那个时代我只是作为一个普通编辑业余写作发表意见的。在"反右"斗争中，的确有20世纪30年代的恩怨是非在作祟，但不能说都是宗派之争，只能说党的领导有责任,因为全国"反右"都扩大化了。我是革命文艺的热情歌者,写过近百万字的文艺作品的评论,大都发表在《人民日报》《文艺报》《光明日报》《戏剧报》上,虽然有些人曲解那个时代,甚至全盘否定那个时代的文艺,可当时的那些优秀作品在群众中已经成为"红色经典",至今还是影视屏幕上改编再现的对象。

由于我喜欢直来直去的论争,所以在年轻气盛的时候也犯过幼稚病和粗暴的错误。我信奉马克思主义,也试图运用马克思主义去分析文艺作品和创作现象,在这个过程中有得有失。我自认为是一个马克思主义者,其实有时候是一些教条主义观点在作怪。比如我在《文汇报》上对王蒙小说《组织部新来的年轻人》的批评,我不认为首善之区的北京存在官僚主义,而作家对现实生活矛盾的敏感,正是这篇小说的可贵之处。可我就是用这种条条框框评论了这部作品,还给作者扣上了一顶大帽子,叫做"企图用小资产阶级思想改造党"。众所周知,此文受到毛泽东的批评。这次批评对我的触动很大。后来也还犯过这样那样的错误,有些虽然是党发动的"运动",但文章是我写的,责任仍然在我。

回顾历史,我的成长有许多曲折,但我从来不后悔自己的选择。现在有一种倾向是,在反思历史还原真相的时候,有些人故意神秘化那段历史,似乎背后还有什么见不得人的东西。流言是杀不死人的。只要生活在群众中间,慢慢地让群众认识你,流言也好,谣言也好,不攻自破。我在最近刚刚出版的《李希凡自述——往事回眸》中,回顾了我历次参加文艺论争的情况,以及我所坚持的观点和反对的观点,包括我和一些同志在理论上的分歧和争论等,我没有什么要隐晦和隐瞒的,也用不着用"揭秘"去分析什么不可告人的动机。如果坚持历史主义的态度,从大环境和小环境的结合看,不难理解尽管是因素复杂但并非不可知的历史真相。

钱中文谈：文艺理论的新理性精神

丁国旗

丁国旗：您的学术成就主要集中在新时期之后，因此，我想就从20世纪80年代初说起。那时外国的各种文艺思想纷纷被介绍到国内，文学理论与批评界呈现出了前所未有的热闹景象，当时您是如何看待这种现象的？

钱中文：外国的各种文艺思想被大量地译介到中国，我是持欢迎态度的，但外国文艺思想进入中国之后，当时就出现一个重大的问题，就是现实主义与现代主义的关系问题。从20世纪70年代末80年代初开始，西方文艺思想特别是现代主义文艺思想大量输入，使人感到十分新鲜。但是一些现代主义文艺思想的介绍者，往往被现代主义文艺思想所吸引，对现实主义采取了排挤甚至嘲弄漫骂的态度，染上了爱因斯坦批评现代主义者无度张扬自己的主张时所说的那种"势利俗气"。我对现代主义作品并不反感，觉得陌生新奇，后来在巴黎观看了好些荒诞派戏剧的演出，使我深为震撼，觉得其中的优秀之作，真如诉述人的命运的悲怆交响曲，但对它的宣传者的理论观点则不以为然。比如，说现实主义文学已经落后，只是模仿，不具有主观创造精神，今后将是现代主义文学的时代，现实主义将被现代主义文学所替代，等等。实际上，现实创作情况并非如此。于是，我就花了不少力气探讨现实主义与现代主义理论，并对它们各自的诗学原则进行了细致的比较，从而提出一个观点：文学的发展并不是一种文学替代另一种文学。文学史上不是现实主义文学替代浪漫主义文学，也不是现代主义文学替代现实主义文学；更迭的是文学思潮，而文学创作原则是难以更迭的，文学创作原则一旦形成，是会长期存在下去的。所以作为创作原则，现实主义并不会被现代主义所替代，相反它可以在不断地创新与综合中更好地丰富自己。

丁国旗：我记得20世纪80年代初您就提出了文学的"审美意识形态"属性问题，这一观点是在怎样的背景下提出的？

钱中文：20世纪80年代初，文论界对过去的文学基本原理、文学概论颇有微词，这时文学所理论室获得了一个国家项目，要撰写一部以马克思主义思想为指导、适合新时期需要的《文学概论》，我也参与其中。大家商量的结果是，不能重复过去编写的同类书籍，要有超越，为此先要了解中国已有的几十种文学理论书籍的问题所在，以及其他国家的文学理论的最新成果。于是我去北京的几个图书馆多次，找到了美国韦勒克、沃伦合著的《文学理论》（1977年版，初版于20世纪40年代末），后来得知此书在国外已经流行多年，还有苏联波斯彼洛夫的《文学原理》（1978年版），荷兰佛克马与易布思合著的《20世纪文学理论》（1977版）以及美国、英国、法国作家论文学的俄译本，这些著作对我很有启发。这样，在我的提议下，作为《文学概论》的副产品，我们以"现代外国文艺理论译丛"为名，组织翻译了多种外国文学理论著作，以扩大国内学者的视界。由王春元与我任丛书主编，后来丛书加入了不少外国美学、文学理论著作，共出版了14种，在文论界很有影响。

《文学概论》一书的提纲经过反复商量，最后分成了五部分，即"作品论""创作论""欣赏论""批评论"与"发展论"。要知道，将作品的研究作为文学理论的起点，这在当时不失为文学理论的一种新的构成。分工时最后剩下"发展论"，归我来写。"发展论"部分不能不探讨文学本质问题，所以让我颇费思量。过去文学理论把文学看作是一种意识形态，或称认识论文学观，但是这种文学观后来被简单化了。20世纪80年代初一些人对这种哲学认识论、反映论文学观进行了大力批判与否定，在外国的各种文学研究方法、文学观念的影响下，各种文学观念蜂拥而来。有意识形态本性论、结构主义文学观、解构主义文学观、文学符号论、文学语言学、文学心理学、精神分析论、文学感情论、文学表现论、文学生产论、文学接受论、读者反映论、文学现象学、文学是人学、文学心学论、主体性文学论、文学象征论、文学数学化论、信息论系统论控制论文学观，等等。上面这些有关文学观念的说法，都有一定道理，随便选择或附和一个观点十分容易。但是通过反复比较，感到它们是处在不同的层次上的，我还是认为马克思的唯物史观的文学观最能宏观地把握文学的本质特性。历史唯物主义的社会结构理论是令人信服的，在这个结构里，文学艺术作为一种意识形态，和其他意识形态如哲学、政治学、法学等有着共同性即意识形态性，也是正确的。问题是后来一些人在阐述文学时，把各种意识形态的共性当成文学的唯一本性，而忽略了文学作为一种独立的艺术样式的审美特性，或是把审美特性当作附属性的、第二性的东西，因此需要恢复、强调文学审美特性的研究。歌德说过：他在观察事物时，总会注意它们的发生学过程，从而对它们可以得到最好的理解。马克思在《德意志意识形态》的《关于意识的生产》一节中谈到，在一定社会经济基础之上产生的各种意识形态，都可以"追溯它们产生的过程"。因此在《文学原理——发展论》一书中，我试图寻找文学起源、发展的原点，于是就探讨了原始思维、神话意识、审美意识的关系，将审美意识视为逻辑起点，在其长期发展中积淀了人的生存感受与感悟，先在口头形式中获得表现，成为一种审美意识形式。其后融入了具有符号象征意义的文字、具有独特节奏、韵律的诗性语言的文字结构，使审美意识获得书写、物化的形式；特别在话语、文字的多种结构的样式中，显示了与生俱来的诗意的审美与社会价值、意义、功能的复式结构的基本特征。随着人类社会结构进化与演变，在不同形态的制度社会中，最终形成现代意义上的文学——审美意识形态，也显示了文学的审美意识形态性特征。文学审美意识形态的提出，力图做到论从史出，找回其自身的历史感。审美反映则贯穿于审美意识发展变化的历史过程之中。后来审美反映与审美意识形态观念在文论界流行起来。20世纪90年代初，这些观念作当作资产阶级自由化而受到"左"的思潮的批判，前几年这样的批判更为猛烈。不过新世纪的批判都是在马克思没有直接说过或是间接说过文学是意识形态的基础上进行的，或是厌恶文学与意识形态有着联系的基础上进行的，两种批判殊途同归。这类批判罔顾原典、历史与传统，不承认文学观念的多样性与差异性，是很难在同一层次上进行对话的。

文学创作日趋多样，文学理论将发展下去

丁国旗：20世纪80年代的中国是一个学习理论，也需要理论的时代。然而20世纪90年代以后，市场经济的逐步确立，引发了社会生活与文化生活的重大变化，一时理论与批评都失去了重心，陷入一种尴尬的境地，或许此时更需要人文学者明确而坚定的立场与态度。您觉得一个人文学者在现实社会中应该确立什么样的价值观，来为自己的人生和学术安身立命？

钱中文：20世纪90年代文学创作受到市场经济的影响，追求物质、金钱成为社会理想，贬抑人文理性，失去信仰与诚信，引发了极为深刻的文化、精神危机。而人文理性在社会物化中经历着普遍的危机，使人类生存的底线屡遭破坏，一些哲学思潮推波助澜。有的人一听解构就惊惶异常，其实思想需要不断推进，新的思想需要不断建立，这个社会才有生气与活力。一些文学舆论，在反对伪崇高与满纸谎言的时候，采取了消极的态度，贬抑人文精神。文学艺术的感性，也变成了性感的流行与泛滥。面对这样的社会处境，我以为一个人文知识分子不能随波逐流，而应有一个建设性的立足点——反思人文、艺术创造的立足点，因此我提出了"新理性精神"。新理性精神是一种以现代性为指导，以新的人文精神为内涵与核心，以交往对话精神确立人与人的新的相互关系并实现它们；建立新的思维方式，即提倡一种可以去蔽的、历史的整体性观念，一种走向宽容、对话、综合、创新的包含了必要的非此即彼、一定的价值判断、总体上亦此亦彼的思维方式，并包容了感性的理性精神。这几个方面，是文学创作、文学理论批评在几十年的历史过程中不断重复、反复出现的现象，而且对于人文学科来说，基本方面也是如此。新理性精神意在探讨人的生存与文化艺术意义的关系，也就是说要在物的挤压中，在反文化、反艺术的氛围中重建文化艺术的价值与精神，寻找人的精神家园。这是以我为主导、一种对人类一切有价值的东西实行兼容并包、开放的实践理性，是一种文化、文学艺术的价值观。此说拓展了我自己的文学理论的思维空间，试图加强文学理论的人文精神的特性，也是我试图使文学理论介入当下社

会生活的一个想法。有了这种立足点，我在人生与学术中确乎感到有了一个安身立命之处。

丁国旗： 如果说20世纪90年代经济转型、社会转型引发的理论的困境给人们带来的是一种措手不及，那么，新世纪以后，理论的危机与反思却已指向了理论自身。记得《文学评论》2001年第1期上发表了希利斯·米勒一篇关于全球化时代文学研究是否还会继续存在的文章，借助新的电信时代的特点，他提出了"文学终结"的思想。英国马克思主义理论家特里·伊格尔顿则在《理论之后》（2003）一书的开篇认为"文化理论的黄金时期早已消失"，这实际也就是在宣布"理论的终结"，如果我们可以随性地将这两种"终结"嫁接在一起，似乎便可以直观地得出"文学理论的终结"问题。其实从后现代思潮兴起以来，我们也的确看到了价值的被颠覆、中心的被消解，一切的一切都被裁入到平面化之中，理论的终结与消亡似乎真的已经成为我们无法回避的事实。您怎么看？

钱中文： 这些问题十分现实，也很尖锐。先说一下我对《理论之后》的理解。我以为伊格尔顿所说的理论，是针对20世纪80年代前欧美兴起的"文化批评"或"文化理论"而说的。文化理论到了20世纪90年代和新世纪，在喜好花样不断翻新的西方文化界已难以为继，于是盛极一时的"结构主义、马克思主义、后结构主义以及类似的种种主义已风光不再。相反，吸引人的是性"。"在阅读文化的学生中，人体是非常时髦的话题，不过通常是色情肉体，而不是饥饿的肉体。对交欢的人体兴趣盎然，对劳作的身体兴趣索然……中产阶级出身的学生们在图书馆里扎成一堆，勤奋地研究着像吸血鬼迷信、挖眼睛、电子人、淫秽电影这样耸人听闻的题目。"某种意义上可以说是"理论的终结"，而这种文化理论终结之后怎么办？所以叫做"理论之后"。虽然在西方，文化理论把文学理论也包括了进去，但实际上，在研究与课堂中却往往脱离开文学，而大谈泛文化现象，诸如伊格尔顿所说的那些现象。上世纪末，萨义德这样的文化批评的始作俑者进行了深刻的反思，认为文化批评研究把文学理论架空了，把从文学讲授、研究中所应获得的精神、价值掏空了，于是他提出仍应回到文本，回到细读，当然这是一种新的回归。这样说来，我以为文化理论或批评在改变自己的形式之后还会存在下去，发展下去，而文学理论将会吸收文化批评中的合理成分而丰富自己，随着回归而改弦更张，因此不会发生"文学理论的终结"。

更重要的是，人的审美意识将会进一步发展，文学创作将会继续存在下去，而文学发展不可能没有理论思维。20世纪初，一些自然科学家看到物质微观化了，以为物质消灭了。其实由于科学的发现，物质仅仅改变了其存在的形式，文学也是如此。希利斯·米勒的文学终结论主要指的是，一些人把看到的新的文学样式的出现当作是文学自身的终结或死亡了。但是审美是人的本质属性的一个方面，是人的不可或缺的精神需要。人需要通过话语、文字的诗意结构，进行审美的创造、审美的欣赏、审美的阅读、审美的接受，同时从中反观自身，观照自己的精神，并提升它。我们还可以说，优秀的伟大的文学创作，是民族文化的传承，它维系着民族文化精神的发展与更新。因此，纸质印刷的文学作品未来会缩小市场，但通过高技术的多样载体而出现的文学会照样存在与发展。

文学理论同样也会发展下去。其实，不少大作家也写思想精深的理论文章，如托尔斯泰、巴尔扎克、陀思妥耶夫斯基、歌德、雨果、司汤达、席勒、鲁迅。伟大作家的理论著作都是每个民族的精神财富与民族文化的组成部分，没有这种财富，人们在精神上将会变得十分贫困与粗俗。此外，有些作家还有应对教学需要而写文学理论著作的，也别具一格，如老舍、郁达夫的文学概论等。理论与创作并不矛盾，而是相得益彰。作家的思想理论高度，可以使其切入具有巨大震撼力的人的生存处境，助其达到创作的新水平。

泛文化研究难以解决文学理论面临的困境与问题

丁国旗：今天，在信息化、全球化、消费符号化的社会背景下，文艺理论的处境的确举步维艰，它的不断扩容、越界也都证明了这一点。一方面，我们可以说它发展了，但另一方面我们似乎也看到它正在被自身所消解。

钱中文：我对当今文学理论举步维艰的处境，深有同感，但我又有自己的一些想法。其实，一般文学理论大体可包括马列文论、基础理论、古代文论、外国文论、比较文论等，现在又大大拓宽了范围：比如生态文学理论、网络文学文论、视觉文学理论，等等。

现在常常谈到文学理论的危机，理论死了，或是将陷入凋零与绝境，我以为这多半是指文学基础理论而说的，其他理论部门，虽然各有各的问题，但态势似乎比较缓和一些，因为相对来讲，它们都有研究的基本对象。文学基础理论问题多多：一，在当今文学形态发生大变化的时期，比如一般的文学创作变得形式多样，海量的作品价值不高，思想并不丰满，不易筛选。同时，网络文学、视觉文学的大力发展、生态文论的大力呼唤，作品数量的激增非过去所能想象。纸质刊物不登，在网络上自有一席之地，想象之奇特，思想之自由，形式之多样，真是前所未有，据说也有佳作，但还是凤毛麟角。总的说来审美趣味变得粗俗、廉价，人们更难以深入、确切地把握它们，理解它们的问题所在。因此文学批评滞后，而文学理论就更是如此，显得无能为力，严重地跟不上文学创作的实践。二，文学理论中的反本质主义问题。文化批评传入我国之后，这一思潮到新世纪更为活跃，它的反独断论，去中心化，很有影响，鼓舞了很多人。但是中国学者接过来后，他们自己的独断性、盲目性也很明显，如把文学理论对于文学现象本质的研究，当作本质主义加以批判，一时"反本质主义"呼声大作。对于本质主义要做具体分析，事物现象的本质研究与本质主义是有联系而又不同的两码事。事物现象的本质研究，在于弄清楚这一现象的性质、揭示现象后面隐蔽着的东西，以及它的真实形态与功能，它与其他事物之间的相互关系与发展前景，它在社会生活中的作用，等等。研究事物本质，是人的高级认识能力的表现，有何主义之有？"本质主义"则是我预设的都是对的，是一种自我定义为永恒真理的教条主义，是一种抱残守缺、不思进步的僵化思想，因此，怎么可以把本质研究与本质主义等量齐观呢？说实在的，很多事物本质的东西，我们不是研究的太多，而是难以研究，于是就拿文学理论来说事了！既然文学研究可以去探讨象征与修辞现象，多种体裁与形式现象，文学和其他学科的共性特征，那么为什么就不能探讨文学自身的本质特征呢？你说本质特征说不清楚，那么其他诸如象征、修辞、形式、体裁、流派、思潮都已一劳永逸地说清楚了吗？你不愿意研究文学本质，难道别人也不能研究吗？况且文学现象的本质研究，十分艰难，形成一个观念极为不易，很可能要凝聚研究者一生的心血才能做到，而且也不可能是终极真理，事物的真理性只能被不断地接近与认识。其实，文学理论不仅需要提供知识，也应该提供思想。当然，连思想也已市场化的今天，对于一些人来说，思想不思想也是无所谓的了。

丁国旗： 现在很多学者都在撰文谈文学理论的文化转向，您是怎么看文艺理论界的文化研究热这一现象的？

钱中文： 随着反本质主义的传播，事物的不确定性、平面化思潮大为流行。文化研究对象的不确定性与随意性被奉为文学理论研究的创新规则。可是反本质主义的创新原则，使事物失去了质的规定性。文学是什么，它的边界在哪里，使得一些人模糊起来，于是掺和着不少外国人的观点，大声宣布今天的文学还未有定论，不少生活现象还未装入进去。这样，一时要以文化批评代替文学理论的呼声大为高涨。这种紧跟外国"诸子百家"的理论，使得文学理论特别是基础理论的探讨，一时处于变幻不定的状态，而日益走向后现代主义的碎片与拼贴。针对当今的文化现象，可以开设讲座，但它们不是文学理论课程所要扩大的内容，如果把这些现象的讲解当作文学理论来讲，文学理论本身就真给掏空了，它原有的那些价值，都被转换了，被诸如时装设计、时尚打扮、服装展览、香车美女所替代了。现在一些朋友出版了好几种有关审美文化的著作，写得很有分量，也有前卫性，我很欣赏。设置审美文化的课程，倒正是适应了文学课程扩容、补充的需求。

一些学者认为，既然文学本质观念永远也说不清楚，那就应该放弃这类研究，进行看得见、摸得到的文学现象研究即可，于是特别在一些文学研究的杂志中，一些浅表性的实证主义式的研究得到了过分的重视。也有学者认为，现在已进入信息化的时代，认为老师的责任不在于给学生以观念、定义，只需传授各种知识、任其发展即可。但是对于知识不予系统的梳理与综合，不予概括与定性，那么它们可能只是一些毫无联系的散乱现象，一堆知识的拼贴，而使知识失去应有的深度。由于文学中的泛文化研究的转向，放弃了理论的定性与归纳，甚至连文学本身也早被碎片化、拼贴化了。例如2009年哈佛大学出版的一部1000多页的《新美国文学史》，其别开生面之处，就是这部文学史把小说家、诗人与拳击比赛、电影、私刑、控制论、里根、奥巴马等社会文化现象、政治人物和歌手，都当作文学史的写作对象，这种写法可能有着他们的理由（见《文艺报》）。这种现象目前在我国虽然还未出现，但说不定哪天我们也会看到这类著作的。

文学理论的合法性在于回应时代的问题

丁国旗：我也觉得，文学理论应立足于文学，向外看一看，扩大一下眼界，并没有问题，但必须要守住自己的根，否则就会迷失自我。那么，您认为文学理论在今天的合法性究竟在哪里？我们该从何处给它找到合适的定位？这个定位又会是什么？

钱中文：在后现代的解构主义的盛行之中，上述现象流行于中国文化、文学理论中，也有它的合理成分，它毕竟扩大了我们的知识，使我们获得了思想上的某种解放，这是最重要的方面。同时也有避免它的极端性而表现出当代建构性的一面，比如近期出版的几种文学概论一类的著作就是。这些著作普遍地就文学现象论述文学现象，建构各种关系，改变了原有文学理论的面貌，各有特色，力图有所出新，显示了文学理论的多样化与进步性。但这些著作也显出了平面化的特点，大叙事化倒是去掉了，而小叙事的出彩地方也不多，难以达到深思熟虑的哲理化高度。当然还有一些原有的《文学理论》修订本的出版，还有马工程教材中的《文学理论》的出版，有的长期打磨过的著作并不失其权威性。此外审美文化研究、网络文化理论研究、生态文学理论研究以及不少文学理论的专题性研究，都是很有成绩的，它们都要借助于文学基础理论而获得丰富。基础理论在艰难中行进，也显示了它的存在及其价值。

近几年来，中外马克思主义文艺理论研究取得了重大的成果，7大卷"20世纪马克思主义文艺理论国别研究"丛书就是实绩之一。这套丛书，应该说是对20世纪世界范围的马克思主义文艺理论成就、问题的一个总体性的详尽描述，一个综合性的理论总结，一部20世纪全景性的马克思主义文艺理论发展史。这样全面性的介绍、大规模的综合研究，在中国还是第一次，在世界范围内也属首创。20世纪马克思主义文艺理论在各个国家的新的历史条件下，提出了一系列的新命题，显示了马克思主义文论的多样性、当代性与开放性等特征。

改革开放之后，外国马克思主义文艺理论研究被介绍到中国，在"唯我独马"的思想阴影下，那时是"西马非马"。现在看来，这是我们没有在世界范围内把马克思主义文艺理论当作一个整体去了解的缘故。一百多年来，我们看到各国的马克思主义文艺理论提出了许多新问题，它们因国别、地域与文化传统而各自不同，英国的马克思主义文艺理论不同于法国马克思主义文艺理论，德国的又迥异于美国的，什么缘故？在于马克思主义文艺理论都要与该国的文化实际中出现的问题相结合，需要回答时代的问题；如果不与实际相结合，不能使自己成为本土化的研究与本土化的理论，那它本身哪会有什么实际意义？哪会有什么生命力呢？现在对外国马克思主义文艺理论研究刚刚开始，就有人在放风，已经出现"新马化"倾向了，天要坍下来了！这不是一种科学的研究态度。

除 7 卷本的马克思主义文艺理论国别研究外，国内还有多卷本研究马克思主义文艺理论"本体论形态"等专题性研究丛书。这几套丛书很有新锐精神，一改 20 世纪八九十年代那种死气沉沉的注释派和唯我独马派的文风，它们提出了新的思想、新的思路，从而也显示了中国马克思主义文艺理论研究的独创性、中国气派和强大的生命力。

文学理论中的消解现象是存在的，但只是某些人自身的消解。我以为文学理论研究中的上述成绩，就是文学理论存在的合法性理由，以及我们在文学理论中的定位，因时间所限，不好展开了。

理论研究需要真诚与诚信

丁国旗：您的文学理论研究前后跨越了 50 多年，一定会有许多个人的体验与感悟，您对当前文学理论研究有些什么建议？您觉得文学理论的未来会是什么样子？您对文学理论的未来发展又抱有怎样的态度呢？

钱中文：我认为，面对新的世纪，既要有对当下文学理论处境的焦虑与不安，也有期待与展望，我们理论界需要进行自我反省，自我批判。

文学理论需要加强它的实践品格与时代特色。当今我们已处于网络文化之中，面对今天这样复杂而多样的文学现象、文化现象，文学基础理论确实身处窘境。如果我们肯定自己要在这块园地工作下去，那就需要有前沿性的问题感、现实感与时代感，去理解社会的转型，文学的转型。文学理论需要贴近生活，贴近实际，需要多向文学批评家请教，实事求是地去阐明文学活动中出现的各种各样的新形式、新倾向，并在理论上给予恰当的概括。理论具有预言的功能，但它的常态则是去阐明已经发生的现象，确立相对稳定的规则。这需要我们以科学发展观为指导，努力去了解中外文学及理论的历史与现状，培养那种高屋建瓴的综合能力。当然，面对当今琳琅满目的文学现象，也需要有一个不断认识、梳理、消化与积淀的过程，现在看来这个过程会相当漫长。研究者需要心向实际，同时又要避免当今相当流行的急功近利的学风。

在对外国文论的吸收中，需要反省中国文学理论的民族特色、本土意识与国际视域的关系。当今，外国文论的介绍十分普遍，有些国别文论、文论家的个案研究很有特色，相当深入。但是也要防止那种在介绍外国文论时，介绍者被外国文论所介绍的现象，我们不能把我们的文学理论看成是外国文论的各种拼贴，任由感觉无选择的泛滥，跟在外国学者之后，拿他们的观点去引领我国文学理论的潮流，这极有可能成为各种无选择的理论的狂欢。我们每每阅读外国文学理论著作时总会发现，它们都是针对本国的文学或是文化渊源相近的文学而展开的。最近出版的一套"当代国外文论教材精品系列"也是如此，都是与自身文论传统紧密相联的。因此我们建设具有我国民族特色和本土化的文学理论时，必须汇入世界的文明，吸收与融化外国文论的优点，在国际视域中进行。我国具有民族特色的本土资源十分丰富，在这方面，不少学者已提出了值得思考的建议。

在自我反省与自我批判中，也要检验我们的著述，是否具有历史感的品格，真诚与诚信的品格。文学理论、文学史研究，缺乏深刻的历史感，就会缺乏科学性与理论性，就会失去真诚与诚信，而难以取信于人。对于文学理论来说，历史感就是论从史出，论史并重，就是重视问题产生的现实性，它的历史文化语境、历史生成及其发展，它的历史传统。对于文学史来说，历史感就是尽可能地显示史实，揭示事实的真实面貌，它同样需要论从史出，使之史论相映。历史感要求作者的真诚，在实事求是的理论展开中，使其成果获得科学性，进而获得诚信。真诚是学者的一种主观品格，缺乏真诚，就有可能遮蔽历史真相，就有可能利用外力与话语权，歪曲历史，另有所图。这种恶劣作风，已经成为我国社会中极为普遍的生活风习，所以导致社会诚信丧尽，失却了凝聚力。当今某些新时期文艺学史著作，看似史作，实则缺乏历史感，让人感到历史似乎不是他们写的那个样子，因为在这个历史过程中，我们都是在场的。这类文学理论史作，便只能是利用了话语权的缺乏诚信之作。

丁国旗："真诚与诚信"对于人文学研究来讲，的确十分重要。那么，您是如何看待当前学术界的研究现实的？学术研究如何才能获得良性的发展？

钱中文：学术的良性发展，需要良好的环境。多拿课题费当然很好，但很可能使学术变为依附。学术需要说出真话，使真诚融入自由的思想、独立的精神之中，那样才会产生具有独创精神的、原创性的、有价值的文化产品。有的人把重复、宣传当作学术，这使学术研究极为难堪。不过我在这里也要重复一下自己说过的一段话：一个伟大的民族自然要拥有丰富的物质财富，但是最终昭示于世人、传之久远的，则是其充溢着民族文化精神的文化创造。生产这种精神财富，应该在文化、学术中，从发出自己的声音做起，进行原创性的创造。要坚持自己的声音，坚持那种具有学理精神的原创性声音，因为学术认同的只是独创。学术回应时代，也坚持自身的需求：学理的深化、完善与丰富。但是这种回应，应是绝对的个性化的，而不是重复与雷同。

当今文学理论介入的领域实在太多，中心问题是文学理论中的"国际视域"与"中国问题"。中国的文学理论，在国际视域、传统资源与中国问题的相互激荡中，会不断地出现动态的、多样的理论新形态，这是我所热切期望的。

田本相谈：百年中国现代戏剧

王文革　熊元义

王文革　熊元义：您是从中国现代文学研究起家的，但最终成为曹禺研究专家和中国现代戏剧史家，开辟了一条戏剧研究的文化学道路。这可能与戏剧在中国现当代文学发展中的重要地位分不开有关。您能否简要回顾这个学术历程？

田本相：我的导师是鲁迅研究专家李何林，在他的影响下，我曾致力研究鲁迅和中国现代文学史。而引起我研究中国话剧史的兴致，是从研究曹禺开始的。曹禺说田汉就是半部话剧史，而曹禺也可以说是半部话剧史，由此引发了我研究话剧史的兴趣也很自然。但是，真正激发我研究志趣的还是由于戏剧教育和戏剧现状。首先，是1985年初调进中央戏剧学院，竟然发现没有开设中国话剧史的课程。其次，让我惊讶的是一些戏剧的评论家、戏剧理论家，对中国话剧史缺乏足够的知识。再次，更为触动我的是，一些老一辈戏剧家忠诚守候着中国话剧的战斗传统，却被一些人看做落后的保守者；而年轻的学者竟然羞于提起中国话剧的现实主义。还有让我奇怪的是，一些戏剧界的人士竟然把现代主义作为最新最时髦的戏剧思潮，却不晓得"五四"时期中国的现代主义戏剧已经崭露头角，甚至可以说已经有了一个小小的现代派戏剧潮流。而让我更加不解的是一些所谓戏剧界的大腕，他们直言不讳地声称，中国话剧的历史没有留下什么东西，公然地蔑视传统，这种看法就不仅是无知，而且是狂妄了。这些从一个侧面反映了我们的戏剧教育的问题，也反映了关于中国话剧历史研究的弱点，更深刻地反映着中国话剧的危机。

王文革　熊元义：看来您研究中国话剧史的动因是从现实中来。众所周知，如果一个民族真正的、进步的、优秀的东西不是对人类文明的发展和丰富，不是对人类文化的创造和推进，就很难融入人类文明中。在人类文明发展史上，那种融合其他民族文化成分为本民族所有的现象，也是屡见不鲜的。这种民族文艺观强调在人类文明发展的格局中把握民族文化的前进方向，不仅有利于克服民族文化的局限，而且有利于推动民族文化融入人类文明中并为人类文明的发展做出独特的贡献。您曾说过，中国话剧百年的历史，是研究近代以来中西文化艺术撞击、交流的一个具有典型价值的个案。正确地解剖中国话剧有助于中国当代文艺界树立正确的民族文艺观。

田本相：新时期以来，对我的思想触动最深也是经常感到最困惑的问题，即如何对待外来的文学艺术以及如何对待中国的文化遗产。它不但是一个理论问题、历史问题，更是一个迫切的现实课题，即怎样在当代严酷的文化冲突中，使中华民族的悠久的文化传统，包括近现代的优秀的文化传统得以坚守和传承。

话剧作为一个舶来品，进入中国之后，成为全国性的一大艺术品种。这样一个历史过程中，所蕴藏的若干规律、传统、惰性遗留、经验教训等，不但仍然在制约着影响着今天，而且有着深远的学术价值。中国话剧尽管仅有百年的历史，但中国话剧界对它的研究还不是很深入，至今，我们还不能说真正找到了它的发展的逻辑。这些也激励我深入探索话剧历史的秘密。

王文革　熊元义：《曹禺剧作论》作为新时期第一部关于曹禺的专著，曾在20世纪80年代产生了不小的影响，还获得第一届优秀戏剧理论专著奖。您第一次从理论的、历史的和艺术的角度，将曹禺在中国话剧史上的地位和意义给予了充分的肯定。

田本相：没有经受"文革"的遭际，我不可能对曹禺有这样的评价。这场民族灾难，让人们不能不重新审视现实，审视历史。对曹禺的重新审视，就蕴含着对历史的审视，就其意义来说，首先是一场思想的变革。经过"文革"才深切地体味到曹禺在他的人物形象中所蕴含的对中国古老的僵死的封建思想灵魂的深刻剖析，如今这些僵死灵魂依然在中国大地上游荡。作品中响彻着振聋发聩的声音，渴望着人的自由，渴望着人的解放。那时，我就感到最深刻的艺术分析和艺术评论，就其根底来说是思想的评论，透过精湛的艺术分析，渗透的是深刻的思想的理念。

王文革　熊元义：很想了解您是怎样从曹禺研究、郭沫若的历史剧研究转向比较戏剧史研究的。

田本相：你知道早先中国是没有话剧的，它确实是舶来品。从研究曹禺、郭沫若的戏剧中，就看到他们的戏剧作品都深受外国戏剧的影响。国内外都有人说曹禺的剧作是抄袭外国剧作的，甚至说得很具体，这自然影响对曹禺的评价。但是也有人，而且是外国人，如20世纪30年代燕京大学外文系主任美国教授谢迪克，就说曹禺的《日出》同易卜生和高尔斯华绥的社会剧并肩而立毫无愧色；日本学者佐藤一郎说，在中国话剧创作中占居首位的当属曹禺。这些言论，迫使你必须看看他们的看法是否是正确的，这就需要认真地看看易卜生和高尔斯华绥，研究一些同曹禺有关联的外国戏剧，自然也要看看国内其他剧作家们的剧作，同曹禺的剧作进行比较。同时，也必须看看国内外那些以比较文学方法研究曹禺的论著，具体说就是那些影响研究的论著，究竟说的是否准确，是否在理。这样，自然把你裹进"比较"中。

但是，我在这样的"比较"中，却发现一个极为重要的戏剧现象，所谓外国戏剧的影响却是透过中国人的接受而产生影响的，逐渐形成接受主体论的研究思路。提出一部中国话剧史，就是在中国人接受并将其进行创造性转化为中国的民族的话剧的历史，于是有了《中国现代比较戏剧史》的构想。

王文革　熊元义：其实，无论中国古代文学艺术，还是国外文学艺术，都是在现当代作家艺术家的主动创造中转化的。您说的接受主体论不仅是研究的方法研究的思路，也涉及到一个民族接受外来文学艺术的规律的问题。

田本相：以中国人对外来话剧艺术的接受来说，必然会打上民族艺术的烙印。对外来话剧艺术的接受过程,也就是民族接受的过程,我称作民族主体。有人否定"民族化",但我认为"民族化"首先是一个事实。否则,这样一个"洋玩意儿",就很难在中国土壤上扎根立足。中国人对外来话剧艺术的认识和把握,由潜在的审美精神到表层的艺术形式手段,都带着民族的审美眼光,为固有的民族审美意识所支配,这几乎是一个天然的审视角度。早期的文明戏,在艺术形态上呈现出一种不中不西、亦中亦西、不新不旧、亦新亦旧的特点,近乎中外戏剧的混合形态,诸如戏曲的自报家门、学唱青衣、间插舞蹈、表演上的行当区分等都揉进文明戏之中。这种现象,反映当时对西方话剧作为一个具有悠久历史的戏剧体系还缺乏了解,从艺术形态上还不能把写意的戏曲同写实的话剧区分开来,但同时也反映了民族戏曲的传统力量的强大制约作用。文明戏的衰落原因是复杂的,但同其艺术本体和形态上的脆弱性有关。当时,西方浪漫主义的戏剧之所以在文明戏中得以施展其影响,也皆因这些剧目在"情"字上沟通着中国人的欣赏心理,联系着中国戏曲的诗化抒情传统。当时就有人说,西方浪漫剧的特点是"用情之痴,用心之苦","盖以为至诚感人,金石可开"。文明戏浪漫主义倾向,可以说是中国话剧诗化之最初征兆。

如果说文明戏阶段,是民族艺术同话剧的遭遇性的嫁接混合,而"五四"时期的话剧重振,则是以彻底摆脱传统戏曲为其开路的,全然把西洋剧作为范本,它给人以"全盘西化"的深刻印象。正是在这种痛切批判戏曲的表层下面,"五四"话剧剧本文学却渗入着民族审美精神,突出表现在浪漫派戏剧的诗化倾向上。

"五四"话剧的浪漫派戏剧在"五四"戏剧文学的建立中有着特殊功劳。诗与戏剧的结合,或者说话剧诗化的美学倾向,是"五四"话剧在艺术上最突出的艺术特色。田汉、郭沫若都是浪漫主义诗人,这自然使他们很容易地把诗切入戏剧,同时,他们也都看到戏剧的诗本体特性,如郭沫若就认为,"诗是文学的本质,小说和戏剧是诗的分化。"[①] 浪漫派戏剧的诗化内涵,即表现生活的戏剧世界是诗意的,着意从人的心灵情感世界透视人生现实。特别是从人的悲剧的"灵"的痛苦达到对社会现实的批判。而作品中又往往有着对未来的理想憧憬。其艺术特征便是抒情性,人物的

---

① 郭沫若:《文学的本质》,《沫若文集》第 10 卷,人民文学出版社 1959 年版,第 223 页。

性格、戏剧的结构和语言，都以抒情为纽带，如郭沫若的卓文君、王昭君，田汉的林泽奇、白秋英、浪漫诗人，白薇的琳丽等人物形象，都是诗意抒情化了的人物。其主情性又导致他们追求借景抒情、融情入景，情景交融的诗的意境，注重诗意氛围的营造。他们有时将音乐、诗歌直接溶入作品之中，以增强其抒情性。对语言词句美的追求，使之注重词句的节奏美和韵律感。田汉就说：戏剧语言应在"内在节奏"和"外在节奏"的和谐中达致极致。所谓"内在节奏"，即人物的"情绪的自然消涨"，"外在节奏"，即戏剧语言的韵律感、节奏感。

　　这种诗化倾向，自然同接受西方浪漫主义的影响有关，但也不可忽视接受主体的投射作用，把民族的艺术精神，包括民族戏曲的质素溶入其中。卢卡奇曾指出："任何一个真正深刻的重大影响，是不可能由任何一个外国文学所造就，除非有关国家同时存在着一种极为类似的文学倾向——至少是一种潜在的倾向，这种潜在倾向促进外国文学影响的成熟，因为真正的影响永远是一种潜力的解放，正是这种潜力的勃发，才能使外国伟大作家对本民族的文化起了促进作用——而不是那些风行一时的浮光掠影的表面影响。"①"五四"话剧浪漫派的诗化倾向，正是中国的剧诗传统的潜力的解放和勃发。中国的曲论家历来把戏曲看作诗的演变与分支。所谓"诗变而词，词变而曲"，故对曲也叫"剧诗"。戏曲的诗体特征，总是"诗人的主体，隐没在剧中的事件的人物关系之中，通过以物观物，达到不知何者为物的境地"。戏剧动作的特点也是蕴藉抒情。人物塑造的诗性特征是"舍情而能达""会景而生心""体物而得神"。情节的设计，不仅要有传奇性，而且"奇不仅要真、要新，还要有情"，情节之奇，也不能脱离人物之情。在戏剧冲突上，也要重视内心冲突的构成②。中国戏曲的诗意抒情传统同西方浪漫主义戏剧，甚至同现代主义戏剧的融合，形成了"五四"浪漫派戏剧的诗化倾向。

　　王文革　熊元义：从这些，让我知道您为什么会提出中国话剧的诗化现实主义传统的问题。我以为，这是您研究中国话剧史的独到发现，从复

---

① 卢卡奇：《卢卡奇文学论文集》，中国社会科学出版社1981年出版，第452页。
② 参看苏国荣：《戏曲文学》，《中国戏曲通论》第237—281页。

杂的中国现实主义表现中找到他的精华,找到中国话剧人对世界话剧的贡献。

田本相:在研究中国话剧史过程中,我就反复地思考一个问题:百年的中国话剧是不是像一些人说的毫无价值?是不是中国话剧仅有的就是一个战斗的传统?中国的话剧有没有自己独到的贡献?单就我对曹禺的研究来说,就可以做出回答了。当我终于发现曹禺的诗化现实主义之后,当我再回溯中国话剧的发展,发现田汉、郭沫若等人的剧作,无不有着诗化的特色,而夏衍就是受到曹禺剧作的影响而写出诗意朦胧的《上海屋檐下》的。加上之后的吴祖光、宋之的等人的剧作,构成中国话剧的一条诗化现实主义的发展脉络。

我知道中国是一个诗的国度。我很赞成李泽厚关于中国哲学的"情本体"的观点。诗化现实主义,就是中国人的诗性智慧,中国的"情本体"哲学同西方戏剧的结合。这种特色,几乎成为中国话剧现实主义杰作的普遍美学特征。

首先,在真实观上,如果说西方现实主义戏剧的真实性,倾向于客观生活的再现,当然也渗透着剧作家的主体审美创造;而中国话剧的诗化现实主义更注重真情,在"真实"中注入情感的真诚和真实,甚至是缘情而作。如曹禺说:"写《雷雨》是一种情感的迫切的需要。""《雷雨》是一种情感的憧憬,一种无名恐惧的表证。""《雷雨》的降生是一种心情在作祟,一种情感的发酵。"(《雷雨·序》)这点正像中国戏曲的抒情传统,如汤显祖创作《牡丹亭》就说:"情不知所起,一往而深,生者可以死,死可以生。生而不可与死,死而不可复生者,皆非情之至也。"(《〈牡丹亭记〉题词》)把情真提高到一个超越一切的境界,同时也把理想的情愫铸入知识性之中,如曹禺、夏衍的剧作都渗透着一种目标感,于残酷的真实、灰色的人生中写出希望的闪光。夏衍虽然多写些卑琐的小人物,一种龌龊的生活,但他却从中发现:"眼睛看得见的几乎是无可挽救的大堤般的溃决,眼看不见的却像是遇到了阻力而显示了它威力的春潮。"[①] 在诗化现实主义中兼容着浪漫主义因素,既有着先进思潮的影响,又闪烁着时代的亮色,更熔铸着民族艺术精神,我把这种真实,称之为"诗意真实"。

---

① 夏衍:《忆江南》,《夏衍杂文随笔集》,三联书店1980年版,第306页。

其次，与追求诗意真实相联系的，是对戏剧意象的创造。意象，这是中国传统的诗学范畴。中国话剧诗化现实主义，对创造戏剧意象有着一种为传统支配的共同追求。刘勰说："窥意象而运斤"（《文心雕龙·神思》），王廷相则说，"言征实则寡余味，情直而难动物也。故示以意象……"（《与郭介夫论诗书》）意象所要求的是情景的和谐统一，是一个有机的内在的和谐完整而富有意蕴的境界。它有着一种放射性的指涉作用。它透过一个特定的情境、一个物象、一个人物等具体的真实的描写，而赋予更深层更丰富的蕴含。而中国话剧的诗化现实主义，便特别注意戏剧意象的营造，追求真实的诗意、意境的创造和象征的运用。如《雷雨》中的雷雨意象、《上海屋檐下》的梅雨意象、《秋声赋》中的秋的意象、《风雪夜归人》中的风雪意象、《雾重庆》中的雾的意象等，这些意象把细节的描写、真实的物象同人物的命运、戏剧冲突等都统摄在一个特定的戏剧意象之中。雷雨的意象，是整个《雷雨》的戏剧氛围，是剧情开展的节奏，也是破坏性世界力量的象征，更是人物性格和感情的潮汐和激荡，是为作家雷雨般的热情所构筑的情景交融的诗意境界。梅雨意象，也是夏衍对生活的诗意提炼和概括，不但如作者所说："剧中我写了黄梅天气，这暗示着雷雨就要来了"，同时也有着对时代低压的象征寓意。梅雨沟通了那些在苦难中挣扎而内蕴的压抑、烦燥和忧郁的感情，从而又由人物内心的情绪构成它具有诗意的戏剧氛围。《秋声赋》对诗意境界的追求，突出地表现在以秋的意象来揭示人物内心的"秋意"以及执意由此挣脱出来的追求。对"秋声"的渲染，即对人物心境的刻画，"心""声"交融，从而形成深远的意境感。同时更以《落叶之歌》《潇湘秋雨歌》《银河秋恋曲》分别切入不同情境之中，更形成了全剧的浓郁的诗意。这些对戏剧意象的审美追求，使中国话剧的现实主义有了民族审美精神的深层渗透。在真实性上就不单纯是一种主体选择性和提炼性的真实，而是把中国诗学的意象创造，也可以说是象征性真实、写意性真实融入其中了。中国话剧的诗化现实主义，正是以民族审美精神、诗学特性和内涵以及它特有的真实观，作为一种"潜在的倾向"，沟通了或者说打通了同西方现实主义、浪漫主义甚至现代主义戏剧与之相关相似的审美精神、艺术方法和手段的联系。从人物塑造、情境设置、戏剧冲突直到语言，都透露出诗化的特色，从而使中国话剧现实主义实现了民族独创性的转化。民族的艺术传统，特别是它的精神和手段，是既古老而又现代的。没有深厚而活跃的民族艺术精神，是很难走向民族独创，实现所谓民族化的，也很难实现所谓现代化。对传统的现代复活，（自然经过扬弃）正是诗化现实主义所昭示的。

应当承认，诗化现实主义是中国话剧现实主义的精华，也是对世界话剧现实主义的一个发展和贡献。

王文革　熊元义：从您主编的《中国话剧》和《中国话剧艺术通史》中，都可以看到诗化现实主义构成中国话剧史发展的脉络，也可以说是中国话剧发展的规律吧。这就从现象的铺陈和罗列走向了对历史发展规律的探寻。听说您主编的九卷本的《中国话剧艺术史》已经杀青，让我们感到在这样的学风浮躁的空气中，您以80高龄还在坚守阵地，笔耕不已，令人钦佩。

田本相：在当下，一个知识分子能够做好自己的教学和研究，也就是自己的担当了。蔡元培说，大学最重要的是造就学者，这样才有助于国家和民族。对于我来说，如果在中国话剧史的研究上尽自己一份绵薄之力，也就心满意足了。

我在2000年退休之后，几乎把全部精力都投到《中国话剧艺术史》（九卷本）的工作上，我和我的几位朋友还有我的几个学生，做这个项目已历时8年之久。

新时期确实出了多部话剧史的专著，都做出不同的贡献。但是，大家感到不够满意的是，我们写出来的话剧史是缺腿的：或者仅仅是话剧运动史，或者仅仅是话剧文学史，或者是话剧运动加话剧文学史。这样的历史叙述模式，使作为综合艺术的戏剧历史失去其全貌，也可以说失去其本体。我想在我有生之年，对中国的话剧史有一个突破，希望有一种新的叙述，还中国话剧史一个本来的面貌。还有，随着两岸三地不断增进的文化交流，发现长期以来，我们将台湾、香港、澳门的话剧历史置诸话剧史之外，也想将台港澳的戏剧史写进来。于是有了《中国话剧艺术史》的构想。

这也是一个历尽艰难的过程。譬如舞台美术、导演艺术，还有表演艺术，还没有很好的艺术积累，也很少有专门的史著，因此资料收集就需要花费很大的工夫。当将这些史料放进整体的戏剧历史之中，就更深刻认识到中国话剧发展的复杂性、丰富性和创造性，更深切看到中国戏剧人的奋斗的精神，尤其是看到中国话剧在文化启蒙和人民解放事业中所建立的为其他艺术不可替代的历史功勋，同时更看到中国人在接受和消化这样一个洋玩意儿所体现的诗性智慧。

台港澳的戏剧历史，除台湾有一点戏剧史著，港澳地区可以说一片空白。资料收集都要从头做起。这些要感谢台港澳朋友的合作。在这样地区性的艺术门类的历史研究中，第一，台港澳虽然属于一个中国，但是在话剧发展中却展现出不同区域戏剧历史的特性和优长。如台湾话剧在殖民时期发展的艰难和曲折性，20世纪80年代的后现代戏剧的浪潮，在戏剧史研究上的细化；如香港戏剧由发烧友所支撑的业余戏剧（包括校园戏剧）成为香港戏剧的中坚，翻译剧兴盛以及同世界舞台剧的紧密联系，都有着自己的特色；澳门的老人戏剧、土生葡人的戏剧也有其特色。第二，无论在它们的发展历史上，尤其在中华文化艺术传统上，都可以看到其内在的中华血脉的联系，甚至一些弊端也是共通的。第三，包括台港澳的中国话剧艺术史，也使我们对中国话剧史的研究，有了更多的视角，在地区性戏剧的发展比较和观照中，可以更深刻看到中国话剧的发展趋势，以及共同的经验和教训，也可以更清楚地看到中国话剧未来的发展道路。

王文革　熊元义：您对戏剧界的先锋派有何见解？坚持者即认为先锋派戏剧是中国话剧的希望，是反传统的先锋，是创新的榜样；反对者被视为保守者、传统的固守者。在一些习惯简单贴标签的人那里，似乎都有所偏执。

田本相：创新和保守、传统和反传统，不仅在戏剧界存在着，在今天存在着，几乎贯穿着中国近百年的思想史。

"五四"时期，以胡适为代表的新剧的倡导者，不但要打倒旧剧，而且也否定文明戏，他们可以说是"五四"时期的新剧创新派、先锋派；张厚载作为保守派就成为被批判的对象；但是，先是宋春舫，稍后从美国归来的"国剧运动"派，余上沅、闻一多等人，不赞成胡适的主张，从理论上阐明旧剧的美学价值。后来，有的史家就把国剧运动视为保守，宋春舫的理论贡献也被忽略了。

把"创新"和"保守""传统"和"反传统"，视为截然对立的两派，在理论上是有偏颇的。仍然以"五四"时期创新派和所谓保守派来看,新剧倡导者以西洋剧为榜样,创立新剧,批判旧剧,有其历史的进步的逻辑;但是,他们对戏剧的理解,譬如对易卜生仅仅理解为"易卜生主义",对旧剧的批判建立在非学术性的批判的基础上,带来深远的负面影响。而作为保守的"国剧运动"派,尽管也有其偏狭,但对于"五四"新剧的创新派的理论偏颇也是一次很好的纠正,自有其学术的贡献和历史的价值。

在新时期,这样的争论在20世纪80年代是十分激烈的。一些"创新"派,是激烈的反传统,以为今天话剧的一切弊端均来自传统。在这里就反映出"创新派"的弱点,一是不能正确理解创新的正确内涵,二是不晓得创新必然建筑在对传统的洞悉和识见上。一个不懂得传统并轻视传统的人,是不可能实现真正的创新的,也不可能是真正的先锋派。

我曾经说过,在艺术上,不应有什么保守和先进之分,更不能以保守和创新来判断艺术的优劣。若就艺术发展史来看,应当说,真正的创新力量和保守力量,是此消彼长、相互制约、相互影响的。而就一个艺术家来说,如果他没有保守的力量,也可以说不具有传统的力量和基础,就不能产生真正的创新的力量。

我牢记着曹禺对我说的,如果我们没有像田汉、夏衍、老舍、吴祖光等老的传统文化的根基,没有中国戏剧文化的老底,是啃不动西洋话剧的。

王文革　熊元义： 中国当代文艺界普遍感到文艺批评同中国文艺创作的发展是不适应的,是落后的、薄弱的。当文艺批评失效时,既有文艺批评家的文艺批评不够准确而透彻的原因,也有一些作家艺术家和文艺批评家对准确而透彻的文艺批评的拒绝接受的原因。中国当代文艺批评界对这种文艺批评的失效现象虽然有所探究,但却大多集中在责难文艺批评家的文艺批评不够准确而透彻上,而不是深入地解剖一些作家艺术家和文艺批评家对准确而透彻的文艺批评的拒绝接受这种现象,并追究这种现象产生的历史根源。这就无法彻底根除中国当代文艺批评失效现象。您能否结合话剧批评的发展谈谈?

田本相： 随着中国现代戏剧的发展,中国现代的戏剧理论批评也随之诞生和演进,并取得了一定的成就,这是肯定的。但是,历史发展并非是那么平衡和谐的，戏剧创作发展的成熟，并不意味着戏剧理论批评也随着成熟起来。当我们对现代戏剧理论批评史的资料作了也许不够广泛不够深入的调查之后，发现它的基础是相当屡弱的。

对于中国现代的戏剧批评，我们不必全面地回顾，它的确有过"闪光"的时刻，有过一些实绩，如20世纪20年代围绕着《华伦妇人之职业》演出失败之后的讨论，30年代围绕着曹禺戏剧的批评，像周扬的《论曹禺的〈雷雨〉和〈日出〉》等的出现，以及由萧乾主持的《大公报·文艺副刊》关于对《日出》的笔谈，等等，都可以说是中国现代戏剧批评史值得记载的盛事。还有，从文明戏阶段开始，就出现了一些专门的戏剧刊物，也在开展着戏剧批评。从"五四"之后，随着戏剧文学的兴起，在一些文学刊物上，也有一些戏剧批评出现，并出现了不少精彩的戏剧批评文字。这些都是抹杀不了的。但是，如果认真地追索下来，确实感到中国现代的戏剧批评同中国戏剧创作的发展是不适应的，是落后的、薄弱的。在中国现代戏剧史上，我们就很难找到几个专业的戏剧批评家，始终没有形成一支戏剧批评的队伍，形成一种戏剧批评的阵势，甚至形成一种戏剧批评的气候，更没有形成什么戏剧批评的流派。像向培良、李健吾、刘念渠等，这样一些从事过戏剧批评的人，也是极个别的，而且他们有时还有其他的"副业"和"主业"。

我对于中国现代戏剧理论的历史状况有如下的概括：两个特点、两个潮流、一大弱点。两个特点，一是中国现代戏剧理论的移植性、模仿性和实用性；二是中国现代戏剧理论的经验性。两个潮流，一是诗化现实主义的戏剧理论潮流，一是实用现实主义的理论潮流。一个弱点，是学院派理论的屡弱。两个特点：一是模仿性、实用性；二是经验性。前者是大量的译介性质的实用性的理论，或是编写，或是编译；后者主要是指一些戏剧运动的领导人物对于中国戏剧运动发展中的问题所提出的见解，对于一个历史阶段戏剧运动的经验和教训的总结，特别是剧作家根据自己的创作实践，以及环绕着戏剧创作提出的一些见解。如熊佛西的《佛西论剧》《戏剧大众化之实验》、欧阳予倩的《予倩论剧》、曹禺的《雷雨·序》《日出·跋》等。在我看来，这种经验型的戏剧理论，是中国现代戏剧理论的主要形态，而且是最能体现中国人自己的戏剧美学见解、最具有中国特色的，因此也最能体现中国现代戏剧理论的成就。在这个现代戏剧理论批评史上，很少看到具有独特创造性的戏剧理论著作，很少看到具有深厚戏剧学术根基的戏剧理论家，更很少看到真正的戏剧理论的学术争鸣，而更多的却是非学理式的"批判"。甚至理论受到轻视，始终没有形成理论的风气，没有形成理论生成的优化环境。

王文革　熊元义：最后希望您谈谈对中国话剧的期望。

田本相：我自然期望它能够不断发展，期望有更好的杰作涌现，期望话剧重新赢得观众。中国话剧处于一个转型时期。中国话剧的危机是戏剧文化的危机，说到底是戏剧思想的危机。从表层看来，譬如现代传媒所引起的文化艺术系统的结构性的变动，以及市场经济带来的冲击，还有戏剧体制的变革等，自然造成话剧前所未见的困境。这些客观的外在的冲击是客观的因素，我以为更应注意内在的因素，即戏剧的自身的因素，这里有着看不见的手，是思想在操纵着。如果承认思想具有超越历史的力量，那么，竟然被我们严重地长久地忽视、轻视了。当戏剧失去自身的精神的内驱力，那么，就很难摆脱困境了。我希望中国话剧要迈向新的路程时，不要忘记自己的历史。话剧本来是西方的剧种，它伴随着近代世界文化交流的潮流，以及中国人民追求民主科学、实现现代化的历史进程传入中国。百年来，中国话剧走过了曲折而艰难的历程，尽管当前的话剧处于一个转折的时期，低迷徘徊，但是，当我们回顾百年中国话剧之际，我们依然感到骄傲，为它取得的辉煌成就而自豪，回顾历史，它会给我们以自信，以力量，以教训。

胡经之谈：诗意的裁判与文艺的价值

熊元义　王文革

文艺批评确实需要有标准

熊元义　王文革：在人们的印象中，您是文艺理论家。其实，您的文艺美学研究是从文艺批评开始的。您能否谈谈这个转变过程？

胡经之：不久前，香港举办了一年一度的书展，作家王安忆特别提到，改革开放之初，她的创作获益于文艺批评良多。她和文艺批评家结为朋友，相互切磋，从而不断地提升创作水平。那个时候，"批评家很诚恳地告诉你，你的写作局限性在哪里，然后，批评家和作家一起设想未来的蓝图。"文艺批评的对象当然是文艺作品本身。既然要评价作品的优劣、好坏、高下，就必然要有评价的标准，若无标准，评价就会自说自话，各说各话，莫衷一是，说了白说。因此，王安忆呼吁：希望能够有一个标准，至少能够判断这是文学那不是文学，这是好东西那不是好东西。我绝对不相信这是没有的，否则的话，这个世界简直太虚无了。真的，文艺批评确实需要有标准，半个多世纪前，我正好遇上了高扬文艺批评的时代，也曾参与到文艺批评的行列，深感文艺批评标准的重要。20 世纪 50 年代后期，中国文坛上涌现出不少优秀的文艺作品，如《青春之歌》《红旗谱》《林海雪原》等，茅盾、周扬、邵荃麟等在文艺创作会议上先后提出发展文艺评论，以推进新的文艺创作。周扬还亲自带着邵荃麟、林默然、何其芳、张光年到北大开设文艺理论讲座，倡导建设中国的马克思主义美学。张光年、侯金镜为在《文艺报》推动文艺批评，约请了报社之外的李希凡、李泽厚等担任特约评论员。当时，我和严家炎、王世德正在杨晦门下攻读文艺学副博士，亦在特聘之列。国内开展"读书辅导"运动，上海文艺出版社专门出版了《读书辅导丛书》，约我写了一本评论李英儒《野火春风斗古城》的小书，一下就印了 10 万册。后来，我又陆续写了多篇评论王愿坚短篇小说的文章，其中一篇分析《七根火柴》的文章，还由中央人民广播电台向全国播放。在那个时代，我亲自体验了文艺批评所具有的力量。我所依据的批评标准只是政治标准第一，艺术标准第二。这是革命高潮时代社会公认的价值标准，我真诚地信奉，自觉地遵循。只是，当时我还是个涉世不多的年轻学人，虽然参加过学生运动，却没有亲身经历过战火纷飞的艰难生活，缺乏真切的生活体验，无从切入那历史意蕴的深处，只能笼统地谈论作品的认识价值和思想价值，不懂得要从美学分析着手去揭示审美价值。

随着认识的与时俱进，文艺批评的标准也渐渐演进，政治批评拓展为历史批评、社会批评，而艺术标准的演进也逐渐转向美学批评。恩格斯谈他所做的文艺批评，乃是从美学观点和史学观点来衡量作品的价值的，而且还说，这是他作文艺批评的"最高标准"。马克思、恩格斯在评价希腊史诗、莎士比亚、歌德、巴尔扎克等作家、作品时，都把美学观点和史学观点结合起来，揭示出了历史价值、社会价值和审美价值。列宁在评价托尔斯泰、冈察洛夫、赫尔岑等作家、作品时，也都既运用了美学观点，又运用了历史观点，揭示了历史内容和审美意义，旗帜鲜明地提出："应该把美作为社会主义社会中艺术的标单。"从马克思、恩格斯、列宁、普列汉诺夫一直到毛泽东，尽管对历史批评、社会批评、政治批评的关注中心略有不同，但一致地都重视美学批评。可什么是美学批评，美学批评如何与史学批评结合得好？为解这种困惑，我对文艺学的关注逐渐转向美学的思索。

熊元义　王文革：您是在文学批评的过程中遇到了理论难题之后从文艺学转向美学的思索的。您最早接触的，不是苏联美学，而是中国现代美学。您曾提到中国现代美学有两大走向，您能否详谈？

胡经之：我在北大最初接触的是中国现代早期初创的美学。那时北大不开任何美学课程，只开了一门课程《文学概论》，由中文系主任杨晦开讲。我在听《文学概论》的同时，特向杨晦请教，我想自学美学，该从何着手？杨晦要我先读蔡元培、梁启超的美学，再读蔡仪的美学。1953年初，我又去朱光潜家里请教，他却教我先读王国维、吕澂的美学，然后，再读宗白华的美学和他的《文艺心理学》。我综合了他俩的建议，先从蔡元培、梁启超读起，再读王国维、蔡仪。从1953年初到1954年夏苏联专家来之前的一年多里，我先后读了中国20世纪前半个世纪的中国现代美学著作30部左右。所以，我最早接触的，不是苏联美学，而是中国现代美学。

中国现代美学乃是人生的美学，着重探讨的是人生如何能美好。尽管美学必谈文学艺术，但又不限于谈文学艺术，而是广及人类的物质生活、社会生活、精神生活。并不是只有艺术才美，生活中也有美，自然中有美，艺术中当然更有美。人类之所以要创造出艺术美为了什么？中国现代美学的主流虽然首肯艺术是为了人生而创，但人生是什么，却有不同的理解。因而，艺术为人生也就有了不同的路经。王国维在《人间词话》中曾自分了两种不同的诗人，一种是"忧生"的诗人，还有一种是"忧世"的诗人，"忧生"者，立足于个体生命之生，感叹人生艰难，苦多乐少，为个人遭遇而忧。"忧世"者则放眼世道人心，感慨世事难料，人心险恶，为周围环境艰险而忧。在近代向现代转折的启蒙时代，梁启超最重视文学艺术的启蒙作用，特别推崇和倡导"忧世"之作，鼓吹"诗界革命""文界革命"和"小说界革命"，要在新小说里"熔铸新理想"，"创造新意境"，"运用新语句"，开启民智，启蒙新民，培育"新人心"，"新人格"。梁启超希冀通过文学的革命，启蒙新民，唤起民心，从而投身社会变革。由梁启超开启的艺术要为社会服务的这一美学传统，在"五四"新文化运动以后得到了继承和发扬。鲁迅、郭沫若、胡适、茅盾、曹靖华等在回忆中都说到了所受梁启超的影响，连毛泽东、周恩来也受过影响。

王国维的美学和梁启超的美学有所不同。他的美学虽也关注"忧世"，但更重视"忧生"，而且，他的"忧世"不仅没有像梁启超那样激起变革社会的决心，反而为他的"忧生"增添了更多的烦恼。在他看来，生活的本质正如叔本华所说，充满了欲望，欲望不能满足就痛苦；而欲望满足之后，又感到倦厌。"故人生者，如钟表之摆，实往复于苦痛与倦厌之间者也。"那么，人有没有办法从痛苦和倦厌中解脱出来呢？王国维说有，那就是，"唯美之为物，不与吾人之利害相关可，而吾人观美时，亦不知有一己之利害"。王国维把审美看作是从生活之欲中跳出来的解脱之道，他研究文学艺术也就是探索如何进入艺术之境，以求得解脱。但最终，王国维自己也没有从艺术之境获得彻底的解脱。

朱光潜的美学自成特色，对文艺创作过程中的意象运动作了较深入的探索，他称自己的美学为文艺心理学。他早期受王国维美学的影响甚多，所以劝我研究美学也从王国维入手。他比王国维更关注"忧世"，深感到这世道人心缺少美。1932年他在《谈美》中深深叹息："现世只是一个密密无缝的利害网，一般人不能跳脱这个圈套，所以转来转去，仍是被利害两个大字系住。"怎样才能跳出这世上的利害网？朱光潜劝青年要进入艺术的境界，艺术美化了人生，超越了人生，这是因为，"美感的世界纯粹是意象世界，超乎利害关系而独立。在创造或是欣赏艺术时，人都是从有利害关系的实用世界搬到绝无利害关系的理想世界里去"。（珠光潜《谈美·开场话》）王国维要从生活之欲中解脱，朱光潜则劝人从实用世界中搬出，都到艺术的意象世界中得到慰藉。朱光潜美学特别推崇艺术之美，所以再三阐明，美在物乙，美在意象，美只能是意识形态。到了后期，朱光潜美学发生变化，认识到文学艺术不只是意识形态，还是生产劳动，承认生活中也有美，美不只有意识形态的，也还有非意识形态的，但始终认定，艺术美要高于其他美。

中国现代美学中最吸引我的，还是蔡元培的美学。蔡元培的美学没有像梁启超美学那样，慷慨激昂，催人奋起，去立即投身社会改革，也不像王国维美学那样研究精深，引人潜入古典诗词的艺术意境，而是综合吸收了两家之长，平和全面而又自成特色。他把自己的美学建立在价值论基石之上，把美看作是一种价值。当时西方美学中的"移情说"影响甚大，认为自然之所以美，就是因为人类把感情移入了自然。蔡元培在那时就清醒地觉察到了："感情移入的理论，在美的享受上，有一部分可以先用，但不能说明全部。"自然还是有自己独特的美，不能由其他的美来代替，"自然上诚有一种超过艺术之美"，但自然美也不能代替艺术美，因为，艺术之美，在"与自然相关以外，还有艺术家的精神，寄托在里面"，所以，艺术美"有一种在自然美以外独立的价值"。在他看来，艺术的价值，主要取决于作品"激刺之情感的价值"，这就和道德教化、科学研究大不一样。道德教化在求善，科学研究在求真，而艺术审美在求美，获得美的享受,唤起美的精神。"美学的主观与客观,是不能偏废的。在客观方面,必须具有可以引起美感的条件;在主观方面,又必须具有感受美的对象的能力。与求真的偏于客观,求善的偏于主观,不能一样"。这样看来,审美活动这一精神活动,就是要使人的主观和客观达到动态平衡,从而获得审美的愉悦。在蔡元培看来,艺术的功能,不仅在于给人以审美享受,而且还潜移默化,陶冶人的情性,培养美的人格,进而,再可以去改造社会。依他之见,"爱美是人类性能中固有的要求",我们的教育,"知其能够持这种爱美之心因势而利导之,小之可以怡性悦情,进德养身,大之可以治国平天下"。

探寻文学艺术独特的精神价值

熊元义　王文革：您对中国现代美学两大传统的梳理非常精彩。其实,中国当代文艺批评界发生的不少理论分歧都可以从这两大源头中寻找。科学地总结和梳理中国现代美学的这两大传统分歧并超越它,这恐怕是中国当代文艺理论发展的未来。

胡经之：1958年,周扬在北大开设"文艺理论"讲座,呼唤"建设中国的马克思主义美学"。作为马寅初、陆平特邀的兼职教授,周扬带领了邵荃麟、张光年、林默涵、何其芳主动到北大来开设这个讲座。当时,我和严家炎正在跟随杨晦攻读文艺学副博士研究生,我受命担任这个讲座的助教,因而有缘出入周扬家,亲临受教,从而,决定了我今后的学术方向,由古典文艺学转向当代美学。

这次重拾美学目标明确,朝着"建设中国的马克思主义美学"方向发展,而且,关注点把文学艺术放在中心,专攻文学艺术中的美学问题。周扬在演讲一开始,就开门见山地说:生活和艺术都要美,但毛主席说,艺术可以而且应该比生活更美。他没有说艺术美就一定必然比生活更美,而是说可以而且应该,这就要看作家、艺术家有没有这个本事了。马克思主义美学应当从这里开始,来研究如何创造艺术美,艺术美怎样才能比生活更美。于是,我的学术志趣也就逐渐转向艺术美的探讨。此时,我已经注意到,20世纪50年代后期的苏联文艺学已从美学上对艺术的审美特性作了较为深入的研究。斯大林时代过去之后，苏联文艺学早已兴起了审美学派、文化学派，揭示了文学艺术的审美价值。当时的苏联哲学，已从价值论上区分出了使用价值、交换价值、剩余价值、物质价值和精神价值等不同价值。苏联文艺学中的文化学派更进而对精神价值作了深层的区分，揭示了审美价值和认识价值、道德价值的异同。那么，文学艺术具有什么样的精神价值呢？文化学派的代表卡冈认为，文学艺术不仅具有审美价值，而且具有认识价值和道德价值；优秀的文学艺术，应是真、善、美正面的精神价值的统一。而审美学派的斯托洛维奇则认为，文学艺术虽然也包含认识价值和道德价值，但主要的还是审美价值；优秀的文学艺术，在作品中都要使善、真转化为美。当时我就觉得，历史的文学艺术形象错综复杂，必须根据其具体情况作具体分析。历史上出现过大量的假、丑、恶的文艺现象，也创造出了众多真、善、美的文学艺术。最伟大的文学艺术能达致真、善、美的统一，但也有许多优秀作品，或以真见长，或以善见长，不一定能做到真、善、美统一，具体作品具体分析。其实，正是因为复杂多样的文学艺术具有各不相同的价值内涵，或具真、善、美，或具假、丑、恶，所以才需要有文艺批评来加以审辨，而文艺批评也需要有自己的真、善、美的价值理念。

当代文艺美学发展的得与失

熊元义　王文革：1980 年初，您倡导"文艺美学"可以说既是时代发展的需要，也是文艺发展的需要。您能否谈谈中国当代文艺理论界探讨文艺美学的经验教训？

胡经之：改革开放之初掀起的那场启蒙运动，激发了我重新投入美学研究的热情。1980 年初春，我和朱光潜、杨辛三人去昆明参加全国第一次美学会议。在全国高校美学学会成立大会上，我积极倡导文艺美学，提出在艺术院校和文学系科应该开设和哲学美学不同的文艺美学。回北大后，我陆续办了三件事。一是在当年研究生高年级开了一门课，就叫"文艺美学"。二是在文艺学研究生招收方案中，新辟了文艺美学这一专业方向，并在 1981 年首次招收了文艺美学硕士生。三是我和叶朗、江溶一起在北京大学出版社主持了《文艺美学丛书》的编著。我在北大的讲稿，后整理成《文艺美学》一书，百年校庆时又收入《北京大学文艺美学精选丛书》。我作了较大的修改和增补，成为第2版。

尽管文学艺术不必然和一定是美的，但应该而且可以是美的，这是人类的价值追寻所使然，我们渴望生活要美好，希望艺术更美好，而艺术要能美，就必须按照马克思所说的，按照美的规律来创造。文艺美学就是要研究文学艺术是怎样按照美的规律来创造。美的规律不是抽象的，而是具体的，渗透在物质实践和精神实践的多种多样活动中，互有异同。艺术创造，作为人类掌握世界的一种独特方式，和其他实践方式互有异同，具有自己的美的规律。在艺术创造的整个过程中，从作家，艺术家的审美活动开始到构建艺术作品，再到作品走向社会为人接受，每个环节中都要美的规律发生作用，但美的规律在作者——作品——读者的不同环节中却各有异同。再进一层，不同的艺术品种，文学、音乐、雕塑、绘画、建筑、舞蹈等，美的规律又互有异同，不能一律。作家、艺术家在生活中所感受到的审美体验，更是千差万别。发现自然美，构建人文美，欣赏精神美，都存在各自不同的美的规律。就是在已经完成了的艺术作品的结构中，怎样把符、象、意多层次因素构建成一个有机整体，这里就有艺术创造的美的规律的存在。这些，文艺美学都应加以研究。

在这里，最大的困难还在于怎样才能阐明深入生活对于艺术创造的深刻意义和价值，作家、艺术家对生活要有广泛和深刻的审美体验，深入领悟到生活的意义和价值，才能成功地把现实生活转化为意象、境界，按美的规律创造一个意象世界，从而物化为符号。直接经验对于作家、艺术家来说特别重要，要以直接经验为基础，不断吸收丰富间接经验，才能创作出优秀的艺术作品。深入生活，直接参与实践活动，"读万卷书，行万里路"，这是艺术创作的正途。所以，在探讨艺术创作过程之前，我专辟了一章，阐明作家、艺术家在实践生活中直接参与审美活动，从生活中获得丰富而深刻的感受。回想起来，我对文学艺术的关注，还是封闭在作者——作品——读者这三个环节，没有把艺术创作进程放在时代历史、社会生活史更广阔视野中来考察，重视了美的自律，相对忽视了历史的规律。

熊元义　王文革：文艺批评是在反省中发展的。您认为您对文学艺术的关注，重视了美的自律，相对忽视了历史的规律。这种自我批评是令人敬佩的。这恐怕是中国当代文艺理论界重视王国维美学传统而轻视梁启超美学传统所致。中国当代文艺理论界没有超越中国现代美学两大传统，而是走了极端。

胡经之：反顾一下普列汉诺夫对法国文学艺术的研究，颇能给我们很好的启发。他善于把美学的分析和历史的分析结合起来，把法国18世纪的戏剧放在整个社会的历史发展中来考察，揭示出了当时的戏剧，从"闹剧"发展为"悲剧"，再发展为"流泪喜剧"，反映了不同历史阶段的审美趣味的变化。这种审美趣味的变化恰正表现出了社会问题的变化。他对文学艺术所做的历史分析和美学分析，令人信服。中国自改革开放以来的文学艺术发生了激烈的变化，现代的、前现代的、后现代的文化特征，几乎是同时显现，审美时尚不时变换，使人眼花缭乱，目不暇接。我们迫切需要像普列汉诺夫那样，用历史唯物主义的眼光，对当下的文学艺术巨变作历史的和美学的分析。

由此想到，我觉得对文学艺术的美学探讨，当前更急需和文艺批评相结合，更好地发扬李长之所倡导的传统。文艺美学这一学科的冠名不是我想出来的。我在20世纪70年代看过台湾学者王梦鸥一本论文学的美学问题的小册子《文艺美学》，觉得这书名简洁醒目，我在后来用了。当时我孤陋寡闻，没有看到李长之的著作，直到我在20世纪90年代看过他的《苦雾集》之后，方才知道，他早已提出过"文艺美学"这一概念。1935年，李长之在《论文艺批评家所需要之学识》一文中提倡，文艺批评家要有多种学识，而"文艺美学是文艺批评家的专门知识"。1942年在《释文艺批评》一文中，又再提倡文艺批评需要文艺美学。李长之自己就付诸实践，积极运用文艺美学原理来从事文艺批评，所以，他的文艺批评就很富有美学色彩，他的理论文章也密切联系文艺创作实践。我以为，文艺美学在今后的发展，应该继承和发扬文艺美学和文艺批评相结合的这种传统。

追求文艺美学和文艺批评的结合

熊元义　王文革：中国当代文艺批评界认识到应提升文艺批评的理论

品质。但是，如何提升，很多人不是很清楚的。您提出文艺美学和文艺批评相结合，这的确是一条有生气的发展道路。

胡经之： 文学艺术的社会意义和价值，只有置于社会生活之中才能见出。如果把文学艺术放在整个结构中考察，那么，文学艺术乃是属于社会的上层建筑领域的那种"悬浮于空中"的意识形态。马克思说得好："在不同的所有制形式上，在生存的社会条件上，耸立着由各种不同情感、幻想、思想方式和世界观构成的整个上层建筑。"文学艺术的内容，就是由各种不同的情感、幻想、思想按不同的方式熔铸而成，它由社会产生，反过来，又对社会发生反作用。说它"悬浮于空中"，那是因为它离社会的物质基础较远，中间隔着政治、法律、道德等许多"中介"环节，不是直接发生作用和反作用。但是，文学艺术还是社会生活的反映，问题在于如何理解。

20世纪60年代初，我参编蔡仪主编的教科书《文学概论》，受命撰写第一章"文学是社会生活的特殊的意识形态"。在这一章中，要简明扼要地体现出主编蔡仪的最基本的文学观念。两年里，我先后写了五六稿，中间和蔡仪有多次交谈，反复琢磨，最后由蔡仪改定。此章的第一节开宗明义就先说"文学是社会生活的反映"。照我当时的理解，这"社会生活"应是作家参与其中的现实的社会生活？应涵盖物质生活、人际生活、精神生活多层次。那么，这第一章是否要从作家参与社会实践谈起，从社会实践的展开，深入到多层次的社会生活。作家之所以能在文学作品中构想出丰富多彩的意象世界，就因为反映了社会生活。"问渠哪得清如许，为有源头活水来。"但蔡仪觉得，不要一开始就从现实的社会生活谈起，还是要从已被反映在文学作品中的社会生活说起，然后才追溯到创作的源泉——现实的社会生活。听从主编的旨意，我改变了思路。从阅读文学作品着手，我把文学作品中所描写的社会生活现象归纳为三类：一是人文现象（《红楼梦》《子夜》里所写的），二是自然现象（广义的社会生活包括了人类接触到的自然现象，如山水诗里所写的），三是精神现象（感情生活、幻想生活都在内，如《西游记》所写的）。蔡仪基本同意这说法，但他把描写幻想生活的这一类特别分出来，像古代的神话、现代的童话以及《西游记》《聊斋志异》这一类，描写的是超现实的事物，是对社会生活的幻想的反映。说到文学艺术中所写的自然现象时，蔡仪要我这样写："无论哪种作品中所描写的自然事物，总是人们生活中所接触的，为人们所关心的事物，总是和人们的生活有关系，而不是无关系的事物。因此描写自然景物的作品，实质上也仍然是社会生活的反映"。至于说到文学中描写人的精神生活现象，蔡仪则特地加上了一句，说这是"整个社会生活的一个方面"。文学在反映社会生活时，必然表现了作家的思想倾向性。蔡仪当然很重视文学的思想倾向性，主张作家要有先进的世界观，但他几次对我说，文学的真实性是第一位的，文学的根本是要反映生活的真实。文学的最高成就是反映生活的本质，这只有创造出典型形象才能做到，最优秀之作就是要创造出典型环境中的典型性格。

对生活现象的典型化，确是使艺术创造能高于生活现象的重要手段。要能创造出典型环境中的典型性格，不是普通文学艺术所能达到的，这是艺术创造的极高境地。艺术创造的美的规律多种多样，容许有不同的新的探索。普列汉诺夫对车尔尼雪夫斯基的美学多有肯定，指出文学艺术不仅仅只是再现生活，而且还说明生活和评判生活。在一些文学作品中，甚至把说明生活和评判生活放在首要地位。而作家艺术家要去说明生活和评判生活，心里就要有自己的价值理念：什么才是美好的生活，应当如何生活。在普列汉诺夫看来，关于美好生活，应当如此的生活，还是现实中尚未实现的理想。作家艺术家要能真实地再现生活，说明生活，评判生活，就是有美好的生活理念。所以，普列汉诺夫在1897年就说："艺术家如果同时不能告诉我们，他是怎样了解社会生活现象的，就是说，不能以自己的方式向我们说明生活现象，他就不能对于生活现象作出自己的判断。"因此，他提出，文学艺术的创造应该由现实主义和理想主义相混合。在恩格斯的心目中，优秀的剧作应该具有较大的思想深度，意识到的历史内容，情节生动而丰富，应是三者的"完美的融合"。这当然是很高的要求，需要作家、艺术家有丰富的生活经验，广阔的视野，更重要的是，要能对生活做出"诗意的裁判"。1883年，恩格斯在给拉法格的信中，特别称颂了巴尔扎克的《人间喜剧》真实地反映出了1815到1848的法国历史，对这一重大的历史转折时期的社会生活，作出了"诗意的裁判"。恩格斯高度赞扬了巴尔扎克的作品："在他富有诗意的裁判中有多么了不起的革命辩证法。"裁判，就是作家对所描写的生活现象作出价值判断，对那些生活现象的意义和价值给予评价。而这种裁判，在文学艺术中不是理论的评析,而是诗意的裁判。俄国的文艺批评家沃洛夫斯基早在近百年前就把文学艺术称作"审美的意识形态",以区别于"政治的意识形态",在他看来,"人类创作的这个领域,其实质是对生活作出诗意的反映"。依我看,文学艺术对生活的"诗意的反映",其核心则是"诗意的裁判",是价值判断。只是这种价值判断蕴含在人生体验中,融入艺术创造的意象世界中。"诗意的裁判"当然涵盖对真、善、美的肯定,但不限于此,也还有对假、丑、恶的否定。巴尔扎克所写的人间喜剧,既展示了贵族的可悲,也写出了商人的可笑,对社会生活中的丑恶作了讽刺。对此,当代已有不少作家、艺术家有了自己切身的领会。一向重视电影中的诗意的导演贾樟柯,在谈及最近的新作已接触到社会中的罪恶、暴力、丑陋时说到,"一个导演站在这样一个社会里,你要对人的命运有基于历史、社会和美学纬度上作个人的判断,真实地呈现你的判断和感受",只有对人生有了真实的判断和感受,才能有诗意,从而,"观众才能感同身受,才能有一种美感"。从他导演的电影来看,确实接近普通百姓的感受,颇具一种新的人民性。

按照美的规律来创造

熊元义　王文革:"诗意的裁判",一个精彩的文艺美学思想!可是,中国当代文学正如有的作家所提出的,中国当代作家创作的技术没有问题,问题在于没有价值上的"总体性",缺少对任何世界整体理解的确定性,价值观念极其混乱,以至于能不能对事物给出判断这一重要的事情变得不重要了。作家按照美的规律来创造,但是,作家如何"诗意的裁判"却不是很清楚。

胡经之:关于文学艺术,马克思主义创始人不同的场合有过不同的论说。有时说,文学艺术是人类掌握世界的一种方式;有时说,文学艺术是社会意识形态之一;有时说,文学艺术是生产劳动的一种方式及其产物。这些论说,其实是互补的,而非矛盾的。对文学艺术,确可以从不同的视角来揭示其不同方面的特性和规律。而我最为关注的还是文学艺术要怎样才能按照美的规律来创造。马克思说,人类懂得按照任何物种的尺度来进行生产,并且随时随地都能用内在固有的尺度来衡量对象,所以,人也按照美的规律来创造。这里所说的生产，乃是物质生产，那么，作为精神生产的一种，艺术生产就更应按照美的规律来生产了。并不是所有的文学艺术就必然一定遵循美的规律，但应该而且可以遵循美的规律，以求创造出为人喜闻乐见的优秀作品来。

我们的文艺美学当然不能只停留在对马列经典的阐释上，而应在正确阐释的基础上，接着马列经典继续向前言说。更重要的是要从马克思主义的根本精神出发，和中国的文艺实践相结合，回答和解决我们中国的问题。这就需要运用马克思主义来对新的文艺现实作新的探索。大众文化的兴起，日常生活审美化，文化产业的发展，使文学艺术本身也发生了变化，都需要面对。

熊元义　王文革：您在深圳接触到了不少大众文化，您如何看待大众文化与高雅文化的关系？

胡经之：来深圳的最初几年，我在这里亲身体验到了大众文化的兴起。在香港，大众文化绝对占主导。但是，在大学校园里，受推崇的还是高雅文化。校园文化还是以高雅文化为主，文化精英受到尊敬。金庸、倪匡、亦舒的书无论怎样畅销，但这些通俗作家绝对不可能进入大学讲堂。大众文化中确有不少优秀之作能吸引人，这里应有其"美的规律"在，只是我当时尚未作进一步的探索。

自到深圳之后，我对新的文化艺术现象的关注多了起来。一是文艺美学应从过去的关注古典转为面向现实。二是文艺美学应该拓展新的领域，把文学艺术置于整个文化系统中来研究，吸取文化研究之长，走向文化美学。三是面向新的现实，文化艺术应呼吁新的美学精神，促进大众文化、高雅文化和主流文化良性互动，提升时代的审美水平，推动文学艺术向时代化、人性化、超越性方向提升。弘扬主旋律，提倡多样化，这是文学艺术发展的正确方向。主旋律、多样化都要发挥正能量，关键还是价值理念要以人民为中心。所谓主旋律不能只仅仅看作是题材的问题，而是价值导向问题。大众文化、高雅文化、主流文化的区分，只是为了适应不同文化层次人群的审美需要，但都应有正确的价值导向，施送正能量。如今的文学艺术产品的数量已达空前规模，关键是如何提高质量。我希望今后的发展，应以"精"为要，以"民"为本，以"特"为贵。

文学艺术的功能不能只归结为审美。优秀的文学艺术蕴含着真、善、美的追求，美只是一个维度。仅就审美这个维度而论，审美既可使人放松，也能使人振奋。我们的文学艺术，应该发挥这样的作用：让那些急功近利、暴躁激进的人能沉静下来，而使那些意志消失、无所作为的人能够振奋起来，共同为实现中国梦而奋斗。国家富强，民族复兴，人民幸福，这正是中国人的共同目标。我们的文化艺术要为实现中国梦作出新的贡献。

谭霈生谈：戏剧理论批评与戏剧发展方向

王文革　熊元义

情境是戏剧的中心环节

王文革　熊元义：从您新时期伊始的第一本书《论戏剧性》（1981年版）到您新世纪最后一本《戏剧本体论》（2005年版），您一直深入地探讨戏剧自身规律，并以此为基础建构了较为完整的戏剧理论体系，您的戏剧研究成为中国戏剧理论发展的一块重要的里程碑。能否结合您艺术思想的发展谈谈当时写作这些书时考虑的问题？

谭霈生：《论戏剧性》这本书是我对自己的戏剧观念进行的全面反思，是一次自我批判的产物。

记得1961年，当时戏剧界正在为自己创作、演出的剧目自鸣得意的时候，周恩来在一次会议上说，我们的文艺作品很多，质量不高，文艺队伍很大，水平不高。比较起来，话剧问题更弱一些。话剧不能被人接受，原因是什么呢？就是不讲基本规律。当时我正在中国人民大学文学研究班读研究生，是从报纸上看到周总理这段话的，感到非常震惊。因为那时候我跟大家一样，对话剧界的情况自满自足，想不到国家领导人会有这样的评价。由于当时的环境问题，周恩来总理谈到要重视艺术规律的这个讲话，我在实践当中根本没有兑现。现在回想起来，在周总理讲话之后，我写的东西和这个讲话完全是相悖的。后来出文集，有的同行希望我将"文革"以前的文章收录一下，我回头看了一下过去写的东西，觉得没有价值，基本上都是错的，所以一篇没收。在"文革"的时候，我开始反思自己，反思自己做的事情，特别是在专业领域里面做的事情。在反思当中，我又回想起周总理的这段话,于是,我便思考了以下问题:如果讲戏剧艺术,那么,戏剧艺术的艺术规律到底是什么?戏剧的艺术规律到底在哪里?我过去写的东西违背艺术规律的地方又在哪儿?当时,我觉得戏剧艺术的规律体现在一个问题上,就是戏剧性,也就是有戏和没戏的问题。我读了很多当时能看到的戏剧,从中寻找艺术的规律,寻找戏剧性所在,就这样写了《论戏剧性》。

《论戏剧性》出版以后,我接到很多信,也听到很多反映,大家都认为写得不错。但是,我也听到了一些意见。这些意见集中在两点上。第一,你写论戏剧性,谈了动作、冲突、悬念、情境等,但没有见到你对戏剧性下一个明确的定义。确实如此。在《论戏剧性》中,我没有对戏剧性下定义,因为下不了。第二,你这本书对于国外现当代剧本的新的经验、现象、问题,做出的总结不够。这个问题也确实存在。因为"文革"刚刚结束,翻译的作品还不多,我不可能读到那么多外国的现当代作品。

《论戏剧性》出版之后,我继续思考了这两个问题。第一个问题,就是给戏剧性下定义。如果要对戏剧性下定义,你必须能够把握戏剧本体的核心。在《论戏剧性》中,我对动作、冲突、悬念、情境、场面这些戏剧的形式元素,是平等对待的,把它们分解开来逐个分析哪些是戏剧性的,哪些不是戏剧性的。但是这些元素当中,哪个是中心,我没有找到,还不明确。当时对于冲突论,我模糊感到"没有冲突就没有戏剧"这句话不对。我在《论戏剧性》里曾提到这样的问题:有些戏没有冲突,但是它有戏;有些戏有冲突,且冲突很激烈,但是它没戏。因此,从正反两个方面来看,这句话是不全面的。但是,我当时对于这个问题,只是到此为止,至于冲突到底是不是戏剧的本质所在,我还不能够否定。后来在思考这个问题的时候,我有机会阅读到很多国外不同流派的当代剧作及主张,在这样的过程中,我逐渐思考,对于情境在结构中的地位,我看得更清楚了。在这之后,我写了一本书,叫作《戏剧艺术的特性》。在这本书中,我初步回答了这个问题:情境是戏剧的中心环节,但是从戏剧本体的这个角度,还有许多问题没来得及思考。后来经过进一步研究,在1988年和1989年间,我发表了《戏剧本体论纲》。在2005年,我将这个论纲加以扩充,写成了《戏剧本体论》。

可以这么说,《戏剧本体论》是我对《论戏剧性》反思的产物。在

《论戏剧性》中,我觉得有些问题需要继续深入思考,而这些问题,就在戏剧本体论中体现出来。我觉得我自己如果在学术研究上有一点心得,那就是:一个人,不管你搞什么,你都必须不断对自己进行反思。一个人做一件事情,你要知道它的价值在哪儿,它的局限在哪儿。只有发现了局限,你才会继续前进。这是我的一点体会。

在《戏剧本体论》中,我试图回答这样一个问题:戏剧的对象是人。这个人指的是具有感性丰富性的人,不是抽象的人、概念的人。戏剧要表现这种感性丰富性的人,就需要借助特殊的形式,这一形式到底是什么呢?戏剧本体论当中一个基本观念,就是人与情境这两者的契合。情境是人的规定形式,也是他的实现形式。戏剧的中心在于人与情境的契合,也就是在这个意义上,我才称它为戏剧本体论。

基础理论提供艺术发展的具体方向

王文革　熊元义：您对自己的文艺思想发展的梳理和总结对我们很有启发。初学者如果不能抓住事物发展的根本,就不可能成其大,甚至会走错道。您这一代中国学人的思想发展在一定程度上可以说是中国当代文艺思想发展的一个缩影。您总是强调自己搞的是戏剧学科的基础理论。您对基础理论怎么看?

谭霈生：对于基础理论,大家有不同的看法。有人认为基础理论并不重要,过于重视基础理论可能会流于保守。我不同意这个看法。我认为基础理论也是随着实践的发展不断深入的。我开始重视基础理论,有这么个契机。大概1986年,我被评选为国家级有突出贡献的中青年专家,文化部召集我们开座谈会,大家就提出这样一个问题,为什么现在进行这项选评工作?当时参加会议的,有一位国家计委的领导人,他说,我们国家现在要甩开膀子搞实践、搞生产建设。国内外有些专家在这个时候提醒我们,在甩开膀子搞生产建设与实践的同时,不要忽视各个学科的基础理论研究。如果忽视了基础理论,实践当中出现了问题,你都不知道问题出在哪儿,你连药方都开不对。因此,国家决定,在这个时候评出一批中青年学者,鼓励大家在各个学科追踪基础理论的先进水准。后来,我在实践当中，慢慢感觉到这句话是对的。比如戏剧艺术实践。我们在创作当中遇到一些问题，但是，开出的好多药方都是不明确的、不解决问题的。比如说，戏剧家创作不出好的作品，大家就批评他们，说你们远离生活了，应该深入生活。提出"需要深入生活"这个问题，在提出之前，应该先回答另一个问题：之于戏剧创作，生活指的究竟是什么？如果你要从"戏剧是社会生活的反映"这个角度来说，那么，提出"深入生活"的这个要求就意味着：你要写工厂，就要深入到工厂去，捕捉工厂里的社会矛盾到底是什么。但是，如果你要从戏剧基础理论这个角度来说，答案便会有所不同：戏剧家对应的生活应该是人，是人的内在与外在的世界。因此，倘若你从"戏剧是社会生活的反映"出发，认为戏剧就是问题剧，就是反映社会矛盾、社会问题的，那么，"戏剧的对象是人"，这个概念就可能落空，人就可能变成手段而不是目的本身。如果是这样的话，对剧作家并没有好处。所以，我慢慢体会到，戏剧艺术的发展也需要基础理论提供一些具体的方向。

还有一点，戏剧理论要发展，不管理论研究走什么方向，用什么方法，基础理论都是必要的。比如说，我强调内部研究，但我并不忽视戏剧的外部研究（基础理论是内部研究，外部研究就是对戏剧外部关系的研究）。我认为，无论是戏剧社会学、戏剧心理学还是戏剧文化学、戏剧人类学……这些研究都是非常重要的。但是，如果你在做这些研究的时候，对戏剧的基础理论一知半解的话，那么，对于这些研究，你也研究不好。例如，要研究戏剧社会学，对于戏剧的基础理论和社会学的基础理论，你都应该掌握，只有这样，你才能研究对路，才能研究到位。相反，如果你对社会学一知半解，对戏剧学也一知半解，两个一知半解加到一块，这样的交叉学科你也研究不好。我看到过一些交叉学科的研究，结果就是这样的，都是夹生的。

再谈谈基础理论对于戏剧批评的影响。戏剧批评的基础，也是基础理论。你可以搞社会学批评、心理学批评、文化批评甚至意识形态批评，但是如果你研究的对象是文本的话，那么，只有掌握基础理论以后，才能进入文本本身。因为单从社会学、心理学、文化学、人类学的角度来说，戏剧形式并不重要，无所谓戏剧形式，也不涉及戏剧形式。然而，这种只是根据社会学、心理学……的需要，从剧本中找根据的批评，只能说是政治批评、社会批评，而不能说是艺术批评。

因此，从各个方面来说，基础理论都是十分重要的。但是，老实讲，研究基础理论难度很大。对此，我的体会是，要研究基础理论的话，就要自甘寂寞，这是需要长期下功夫的。而不管你搞什么，基础理论必须扎实。只有这样，你将来的路子才能走得正、走得宽。这就是我对于基础理论的看法。

只有对问题进行思考才能有思想

王文革　熊元义："从各个方面来说，基础理论都是十分重要的。"您之所以取得这么高的学术成就，并对新时期戏剧的舞台实践产生这么大的影响，是因为重视基础理论研究。而这恰恰是不少中青年学者极为忽视的，甚至在文艺批评界出现了告别理论的倾向。您能否结合自己的理论研究谈谈您对戏剧理论研究的体会以及这个领域的现状和存在问题？

谭霈生：至于戏剧理论研究现状，可以从几个方面来看。从研究队伍来看，目前状况还不错。原来对于戏剧理论的研究，只有戏剧院校、戏剧研究室研究所这样一批专业队伍。新世纪以后，好多综合性大学开设了戏剧学学科，一批中青年学者投入了戏剧理论的研究，使得队伍壮大起来。并且，这批中青年学者有一个优势：综合性大学是多学科交叉的，这样可以增加研究的活力。但是我有一个看法，要进行戏剧理论研究，至少要有两个基本的功底：一个是艺术鉴赏力。如果没有鉴赏力，对作品的形式及情感内容把握不住，对它的理论研究就容易空乏。我认为，真正的理论大家，凡是涉及到戏剧艺术的，鉴赏力都很高。比如康德、黑格尔、马克思、恩格斯。马克思对戏剧提出这样一个要求：戏剧要莎士比亚化，不要席勒化。在我们看来席勒已经是高水平的了，但是马克思、恩格斯能够对于这两个作家做出这样的比较，说明他们的鉴赏力都是出众的。你仔细研究的话，他讲的是有道理的，是不是？所以，鉴赏力非常重要。第二个，就是基础理论。无论你搞哪一方面的研究，基础理论都是十分重要的。目前，理论队伍壮大，这是一个好的条件，但是在理论研究上也有些不好的环境条件，比如，学术体制问题。学术研究采取量化管理，我认为这种方式对于理论研究、学术研究是不利的。因为在实践中已经证明了,学术只讲量,不讲质,这对学术理论研究是不利的。还有一个问题,就是实用主义思潮。现在,实用主义思潮对各行各业的冲击十分厉害。实用主义说到底,是对学术研究背道而驰。这是我看到的不利条件。

如果要问我们的戏剧理论研究到底缺失什么,我是这样看的:有人说,我们的好多理论专著缺少思想、没有思想。这是对的。因为学术研究的灵魂就是思想,没有思想的理论著作,生命力是不会长的,价值也不大。如果追问一下,为什么缺失思想?我觉得一个前提就是,理论研究家脑子里没有问题,缺失问题意识。我有一个看法,不知道对不对。我觉得,理论的品格不是给实践抬轿子。戏剧理论只是给剧作家、导演、演员抬轿子,扮演的角色是轿夫,这不是理论的品格。真正理论的品格是能够不断发现实践中的问题,进行思考、予以回答。若没有问题意识,脑子里不思考问题、抓不住问题,就只能跟在实践后面摇旗呐喊,这样的理论价值不大。

不过,说到缺失问题意识,也不是一两天的事了。你要搞研究就必须要有问题意识。比如说,在现在的实践当中,问题很多,我正在思考两个问题。首先就是戏剧与叙事的关系。这个问题是世界性的问题,它关系到戏剧艺术的发展,你必须思考。还有一个问题,当代有好多戏剧演出是实验性的,戏剧理论到底应该如何面对这些各种各样的实验性戏剧?在这里,我得出了两个教训。一个是关于布伦退尔的教训。布伦退尔主张:戏剧表现了人的自觉意志,是理性的,戏剧的本质在于冲突。当意志遇到阻碍的时候,要冲破阻碍,就会发生意志冲突。他甚至讲,只有自觉意志支配的行动才是真正的行动,否则就不是真正的戏剧行动。但是,当象征主义戏剧出来的时候,比如说梅特林克的《群盲》《闯入者》,布伦退尔发现,在这些作品中根本没有自觉意志,自觉意志已经失去价值了。面对这种情况,他得出的结论是全盘否定,认为戏剧发生了危机。在当时,象征主义戏剧是具有实验性的,你这样对待他,认为凡是不符合自己主张的东西就一概否定,这是不正确的。实际上,那个时候不是戏剧发生危机,而是戏剧在往前走,戏剧在革命、在前进、在发展。这是一个例子。还有一个例子。现代实验性戏剧,有的说不要对话了,只要独白,也不讲戏剧性了,只强调叙事性。面对这样的实验戏剧，你也要分析。实验戏剧是这样的，既然是实验戏剧，它可能失败也可能成功。失败就被淘汰，也就过去了，成功的话，世界戏剧就会吸收它新贡献的东西，但是，你不能看到一点实验戏剧，在哪个方面实验了，就认为这种东西将来肯定是戏剧的主流方向，甚至提出来，不这样搞的话，就不对，就应该否定。你若得出这样的结论，那也是错误的。实验戏剧到底成功在哪儿，不成功在哪儿，这是戏剧理论家需要关注的，需要进行科学分析的，只有这样，你的理论研究才有价值。所以我觉得，戏剧理论要研究的课题还有很多，但是有一点，戏剧理论家必须有问题意识，只有对问题进行思考，你才可能有思想。

说到思想，我还有个看法。若是搞戏剧史的研究，由于它工程庞大，要看的资料很多，一个人承担不了，需要集体研究，我认为可以。但是理论论题不适合搞集体研究。因为理论研究要求思想，思想是个人的发现，不是集体的成果。集体研究的话，你对这个问题这么认识，他对这个问题那么认识，若要取一个折中的话，其实就没思想了。所以我觉得集体研究值得商榷。理论研究，我还是强调应该提倡个人研究，这样才会有思想。但是这个问题，在量化管理原则之下，就容易出现问题。

王文革　熊元义：现在有些文艺批评家不太重视基础理论。您不但相当重视戏剧理论，而且对戏剧理论与戏剧创作的关系有深刻的把握。您反对戏剧理论给戏剧创作抬轿子，反对戏剧理论给剧作家、导演、演员抬轿子，反对戏剧理论跟在戏剧创作后面摇旗呐喊，是十分精辟的。这可以说是抓住了一些戏剧批评缺失的要害。您能否谈谈戏剧批评和戏剧理论的关系？

谭霈生：戏剧批评是很重要的。而戏剧批评和戏剧理论是相联系的。布鲁克说过："一种艺术如没有评论家来评论，便会不断地面临更大的危险。"这句话是对的。1980年代的时候，我们的戏剧批评是很活跃的，也真正地发挥了批评的作用（在这里，我讲的是真正的戏剧批评）。不过，自从20世纪90年代起，便逐步形成这样一个趋向：商业炒作取代了真正的批评。商业炒作不是正常的批评，它是出于商业目的，不能用商业炒作，代替真正的批评。因为，如果没有真正的戏剧批评的话，戏剧创作中出现很多问题，是很麻烦的。所以，我认为，国家在抓原创戏剧的同时，应该注重戏剧批评。比如现在的实践创作,一方面意识形态化,一方面产业化,戏剧到底要如何发展,确实更需要批评发挥作用。

原创剧目很重要

王文革　熊元义:前面您不断提到您的文艺思想的发展就是您不断反省的结果。"只有不断地反思过去的局限,才能找到未来的形式,如果一个人不反思,就没有未来。"真正有成就的文艺批评家不仅敢于批评,而且善于自我反省。可以说,您和一些大文艺批评家的深刻的自我反省为我们树立了难得的榜样。现在国家在大力扶持戏剧,搞精品工程,可还总是缺少打动人心的剧本。您能否结合中国戏剧包括戏曲的历史和现状谈谈这个问题?

谭霈生:这几年,我看到戏剧正在走向兴旺。除了大的剧团之外,小的剧团剧社的演出,搞得很活跃。经常演出的剧目不少,观众也在增多,这当然是好的现象。不过,问题还是存在。其中,主要的问题是缺少好的原创剧本。国家投资很大,搞精品工程,目的在于扶持好的原创作品。这个考虑是正确的。因为一个国家如果没有好的原创作品,对于戏剧发展来说是不正常的。比如,美国戏剧史上有一句话:在奥尼尔之前,美国只有剧场,没有戏剧。那标示什么呢?标示奥尼尔作为剧作家,他有自己的作品,而且这个作品是具有世界水平的,因此大家承认了美国有戏剧而不是只演出别人的东西。因此,原创剧目很重要。国家搞了这么多年精品工程,结果还是精品难求。这就很值得思考:我们的剧作家到底缺失了什么?为什么出不了好剧本?

有人提出剧作家要深入生活,有人提出我们的作品缺少文学性。这些说法我认为都不全面,不明确。依我看来,戏剧家缺少两个东西:戏剧的对象是人,这里的人指的是具有感性丰富性的人。人的世界,不仅是外在世界,更重要的是内在世界,而戏剧的对象主要是精神世界的东西。从这个角度来说,我们的剧作家首先缺少的,是对人的情感体验的深度及广度。还有一点,是对时代、对我们的社会、对人生(所谓人生就是人的生存状态、心理状态)的认识。比如说,对时代的认识。什么是时代精神?

以我的理解，我们谈的主旋律就是要强调时代精神，那么，这个精神到底是什么？有一个作家跟我讲，我们这个时代不可能出现伟大的剧作家。我觉得恰恰相反。是否能出伟大的作家，关键看你对这个时代怎么认识。我们这个时代，跟过去的时代相比，有一个突出的特点，就是个性的张扬。这个时代，恰恰就是剧作家大显身手的时候，如果在这个时候我们出不来好的作品，只能说明我们这代剧作家无能，除此无他。但是对于这一点，我们的认识远远不够。我们对当代人的内心世界的体验还是很不够的。

我认为，所谓"深入生活"，更重要的是一个情感体验的问题。比如，易卜生老是强调：我写的东西都是我内心体验过的东西，不是我亲身经历过的东西。一个作家，你再深入生活，你经历的外在生活也是有限的。但是有一个基本点应该把握：我的职业是写人，我对人的体验的深度，应该是超越一般人的。不过，恰恰在这一点上，我们的剧作家缺失了。如果真是这样的话，出现不了好的作品，也可以说是正常的。

曹禺的方向

王文革　熊元义：您对剧作家和时代的关系、当代剧作家的缺失的认识太深刻了。理论创新离不开对历史的正确总结和梳理。您反对以社会责任感取代艺术责任感，提出中国现当代戏剧发展的曹禺方向，这是很有价值的戏剧思想。您能否结合中国现当代戏剧历史详细谈谈这个问题？

谭霈生：说到中国戏剧的历史，我认为有好多问题需要反思。首先，关于话剧的名称问题。我一直在思考这个问题，我写文章的时候，很少使用"话剧"这个概念，我用的是"戏剧"。人们所说的"话剧"，原本是由西方引进的，Drama 一词通译为"戏剧"，引入中国后，曾有"新剧""文明戏"等称谓。1928年在上海的一次集会上，洪深建议命名为"话剧"，由此而定名，一直沿用到今天。当时，洪深的解释是："话剧是用片段的、剧中人的谈话所组成的戏剧。"他还说："话剧的生命是对话。"数十年来，这一名称以及命名者的解释，都已成为约定俗成，一直在运用，而且，在某些领域也成为学科结构的主流称谓。认真地说，把西方戏剧限定为"用对话组成"的"话剧"，是不贴切的，这一称谓及其解释，是把这种艺术形式的表现手段单一化了。"对话",固然是戏剧艺术的重要手段,但并不是唯一的手段。多年来,戏剧艺术的实践证明,"对话"的重要性被绝对化,甚至走向"独尊对话"的极端,并不利于戏剧艺术的发展。有些剧作家、戏剧家指出,剧本越来越"台词化",对话越来越冗长,甚至利用对话进行说教,使人感到厌烦。在这种情况下,像阿尔托、尤奈斯库等,都主张探索"对话"之外的"舞台语言",使戏剧的表现手段更为丰富。无疑,"话剧"这一称谓极大地束缚了这种探索。还有,在20世纪发展起来的"音乐剧",一方面,充分发挥音乐(声乐)、舞蹈表现情感的功能,同时,仍然是以戏剧表演为本体。因此,大家都认为它是"戏剧"。但是,如果因袭"话剧"这一名称,就只能把它排除在外。据此,我认为还是应该用"戏剧"这一名称。

其次,再来谈谈我对传统的看法。无论是戏剧创作,还是理论批评,我们到底应该如何定位传统?中国从二十世纪三四十年代以来、从曹禺以来,一直有一个现象:对曹禺的评价很高,但是继承他的创作经验、路线的几乎没有。实际上我们继承的还是胡适开辟的"问题剧"的路子,从理论到创作实践,主要抓社会问题,以至于我们对剧作家的要求就是一点:你要有高度的社会责任感、甚至是政治责任感。那么,我提一个问题:社会是有分工的,剧作家是搞艺术的,没有艺术责任感行吗?而我们的剧作家所缺少的恰恰是艺术的责任感。用社会责任感取代艺术责任感,这点是否值得反思?

这里谈到的"问题剧",需要简要的说明。所谓"问题剧"是胡适提倡的一种特殊的戏剧类型。它的主旨在于及时反映现实的各种社会问题,并对这些问题做出回答。目的在于为社会改革、社会革命服务。而曹禺的戏剧创作,是以人为对象,以人自身为目的。在他的作品中,人是真正的主人公,是具有感性丰富性的人。在问题剧中,人只是说明某种社会问题的手段。在戏剧发展的相当长的历史时期之内,继承的是"问题剧"的方向,而不是曹禺的方向,原因是深刻的,可以说具有历史的必然性。在20世纪的大部分时段,中华民族肩负的历史使命是政治革命。西方戏剧被引入中国,从它的童年起,就将其自身的生存与发展定位在时代的伟大使命——政治革命中(从民主革命、民族解放战争到社会主义革命),同时,也就形成了主流戏剧的传统——自觉地为政治革命服务。这一传统生成于

20世纪20年代，以胡适倡导的"问题剧"为标示，穿越二十世纪三四十年代，在二十世纪五六十年代大大发扬，一直延续到20世纪70年代末。这里有辉煌、有值得自豪的成就，也造就了一些问题。比如说，戏剧自身的职责是什么？戏剧的对象是什么？戏剧的功能、目的是什么？当民族的伟大使命转向经济建设时，当戏剧已成为艺术欣赏的对象时，它已经不能适应。时代要求它转型。所谓"转型"，就是反思过去，重塑自身。要完成这样的任务，就需要戏剧人认清时代的要求，认真反思传统，包括剧作家、导演、演员，也包括戏剧史家、理论家、批评家。这样的使命我们还远远没有完成。

创立中国演剧学派

王文革　熊元义：百家争鸣，不同学派展开争鸣，的确有利于发现真理和发展学术，还可以在这种学术争鸣中发现人才、推出人才，而不是以外在的身份衡量人才。但是，目前不同学派很难展开学术争鸣。尤其是有些学者不是在学术争鸣中追求真理、解决理论分歧，而是搁置矛盾和分歧，跟着感觉走。这是极不利于学术发展的。中国演剧学派就没有在斯坦尼学派、梅耶荷德学派和布莱希特学派中非此即彼，而是融合这些学派的所长而自成体系。您能否谈谈中国戏剧的走向？

谭霈生：有人提出这样的问题：今后世界范围的戏剧走向，应该是融合的。所谓融合指的是：在戏剧创作上，既不是单纯的悲剧、又不是单纯的喜剧，而是悲剧喜剧的融合；既不是单纯的社会剧（这里说的社会剧，是阿瑟米勒的社会剧，而不是"问题剧"），也不是单纯的心理剧，而是社会剧和心理剧的融合（虽然阿瑟米勒提倡社会剧，但像他的《推销员之死》其实就是社会剧和心理剧的融合）。而在演剧体系上，既不是单纯的斯坦尼学派，梅耶荷德学派或布莱希特学派，而是这些学派的融合。其实，包括前苏联的时候，俄罗斯的戏剧已经朝着这个方向发展了。总之这二者是可以融合的。在这以前，我们将布莱希特和斯坦尼看成是对立的，要么是布莱希特，要么是斯坦尼，实际上并非如此。布莱希特曾经说过，表现不是不要体验，强调表现并不意味着不要体验。所以，这也是可以融合的。

谈到中国戏剧，以前一些重要的导演艺术家已经走上了这条路：将斯坦尼的表演体系和中国戏曲表演方法相融合。像欧阳予倩、焦菊隐、黄佐临，都做了这个工作，但是他们没有完成。有人说，他们做的是"中国学派"，比如说焦菊隐就是"中国演剧学派"。不过，我认为，要说中国演剧学派的话，不光是包括焦菊隐先生的实践经验，也包括欧阳予倩的经验，虽然两个人走的路不完全一样，但是总的来说都在朝这个方向发展。

当然，不光是老一辈艺术家，后来徐晓钟导演的《桑树坪记事》、王晓鹰导演的《理查三世》，都是在朝这个方向走。那么，我们是否可以认为，从表演艺术、导演艺术这个角度来说，将来能够完成这样一个学派，也就是中国演剧学派呢？我个人认为，就是把中国戏曲和斯坦尼学派相结合、相融合，这样形成我们自己的一个学派，这是可行的。当然，这也只是线路之一，不能要求所有导演都这样做。为什么中国戏曲的表演艺术必须和斯坦尼体系融合呢？因为这样，才会更有活力。若是戏曲和布莱希特结合，会是另外的样子。

至于戏曲，虽然我不是专门研究戏曲的，但是对戏曲我有一些看法。我认为，应该反思一个问题：从二十世纪五六十年代起，戏曲便开始两条腿走路，一方面重视传统的保留，一方面重视戏曲现代戏，要求反映现代生活，这个路子当然是对的。因为一种艺术如果不表现现代生活，那它会出现很多问题、会被人遗忘。但是用戏曲表现现代生活，这么多年下来，应该反思一下，它得的是什么，失去的是什么？我有个感受，戏曲艺术的本体不是用歌舞演故事。用歌舞演故事，那是歌舞剧，不是戏曲。戏曲的本体是程式化。京剧、昆曲都有完整的程式化体系，假如失去这个本体，戏曲可能就不存在了。像京剧、昆曲，有人讲京剧是国剧，是国家级的传统艺术，是非物质文化遗产，是国粹，所以应该把这种形式原原本本地保留下来，成立一个国家剧院，专门做这件事情。有外宾来了，一看，这就是我们的京剧。不要丢失传统，这个观念我是认可的。但是，不能否认，程式化也有这样的问题：现代生活是排斥程式的。因此，戏曲在反映现代生活的过程当中，程式在一点一点地丢失。所以有人说，戏曲在向话剧靠拢。我认为，这个丢失很麻烦。京剧原来的风貌不存在了，这是个麻烦事，但是程式确实又是戏曲表现当代生活的障碍。有人说可以创建新的程式，但这并不容易。

因此，我想，要表现现代生活，程式如果成为束缚的话，可不可以更大胆地革命、往前走？走的路是什么呢？我认为是京剧音乐剧。以京剧的音乐为基调，动作的形态也是原来京剧的。比如说舞蹈。但是进一步，就像样板戏当年追求的一样，将音乐、交响乐全部融入，使得歌、舞的表现力更强。这样，以京剧的音乐为基调，发展一种音乐剧，使之不受程式的束缚，拉近与现代观众的距离。我认为这样的改革是可行的。谈到这里，不得不提提日本。日本的好多东西我不喜欢，但是有一点，他们对传统的保留和对现代化的追求都非常注重。我觉得我们应该有这个精神，不要受什么束缚。我认为，搞样板戏的时候，将交响乐引入，加钢琴伴唱，那是试图在音乐方面改革，这样的改革应该继续向前走。我认为，这个用意就是为了京剧和音乐剧的融合。因为音乐剧本来就是和中国戏曲相通的。

现在有一批青年人介入戏曲理论研究，他们一方面研究中国戏曲艺术，一方面研究西方戏剧，视野比较开阔，这是好事。另外，也要把实践跟理论这两者融合起来，我觉得这样戏曲理论研究可能更有生命力。若是孤立的只就中国戏曲研究戏曲，那么这路子不够宽阔。

吴元迈谈：追求中外文学的共同"文心"

熊元义　王文革

文学理论与文学创作的关系

熊元义　王文革：您对外国当代文艺及其文艺理论有相当深入的研究，提出了不少真知灼见。您是如何从总体上看待文学理论与文学创作的关系的？

吴元迈：文学理论与文学创作的关系，这并不是新问题，而是一个很遥远的老问题。公元前几百年，无论是从古希腊还是从中国古代的文学理论起，两者既相对独立，又处于辩证和互动的作用和影响之中：有时文学创作可能走在文学理论的前面，有时文学理论可能走在文学创作的前面。但是，文学理论总是对文学创作的概括和总结；而文学创作也总离不开文学理论的引导和推进。两者不可分开，相辅相成，这已是人们的共识。然而在20世纪的西方，这个看法基本上受到了严重的质疑和否定，并成了一个不成问题的问题。

熊元义　王文革：20世纪西方一些文学理论的片面发展是令人深思的，为中国当代文艺理论的发展提供了前车之鉴。中国当代文艺理论的发展如何避免这些文艺理论的失误？

吴元迈：第一，20世纪的西方文学理论为数众多，各式各样，而且千差万别，互相对立。归结起来，大致有三种情况：以作者为中心的、以文学作品为中心的和以读者为中心的。这三种文学理论均犯了片面化和绝对化的通病，把一个有机的和动态的不可分割的过程与系统，即现实——作者——文学，作品——读者——现实，人为地和机械地分割开来。其结果，不是说现实与作者无关，便是断然为"作者死亡"，要不就是以文本代替文学作品，认为文本仅仅是"互文性"的文本，一个文本仅仅因为另一个文本而存在，同时把读者绝对化，声言文本仅仅同读者有关，而同作者无涉等。于是便产生了众所周知的形式主义和新批评、结构主义和解构主义等文学理论。同样，这些文学理论也有其积极和合理的内核，无须否定。不仅如此，这些文学理论都不同文学创作打交道。只有俄苏形式主义是个例外，它建立在马雅可夫斯基等未来主义者的文学创作之上。所谓文学创作，即一个作家如何艺术地、独特地、辩证地展现这一动态过程中的各个环节。否则，乃是不可能真正谈论文学理论和文学创作及其结合问题的。

第二，西方批评理论界有一个著名提法："20世纪是批评时代"。这准确地表明了20世纪西方批评理论的新变化、新特点，它不再同文学创作发生关系，而且还力图使文学批评与文学批评的对象、文学研究和文学研究的对象平起平坐、平分秋色，使之成为一种理论与理论之间的对话，而不是它们同对象之间的对话。于是，它们热衷和关注的，是文学领域之外的其他各种理论。结果便导致西方文学批评理论和文学研究的"入侵者"纷至沓来，例如有来自自然科学领域的控制论、信息论、系统论和模式论等；有来自社会科学和人文科学的符号学、人类学、弗洛伊德主义、原型学、集体无意识、新历史主义、女权主义、后殖民主义、结构主义和解构主义等。其实，这些批评理论当中有好多并不是为文学批评和文学研究所设，如女性主义等。但它们却在西方风靡一时，趋之若鹜，成为西方文学批评和文学研究的理论主流或基本形态。它们在中国也影响不小。20世纪80年代中期以来的一个长时间里，中国争先恐后地加以引进并仿效，尤其是在各种学位论文的写作中，几乎以为这就是文学研究的前沿和方向，并在中国掀起了一场新方法热和新观念热。对于当年出现的那种热烈情景，我们至今仍记忆犹新。

第三，20世纪西方文学理论还出现了一种新倾向、新潮流：鼓吹文学重新回到200年前"大文化"的含义上去，以"大文化"研究来代替文学研究。在这种情况下，西方便出现了一些名为"文学理论"的著述，而实为去文学理论化的"大文化"研究。其中最重要的一部代表作是1997年美国学者乔纳森·卡勒的《文学理论》。它名为《文学理论》，内容上却无所不包、无边无际，涵盖了社会学、哲学、人类学、政治学、伦理学、语言学、心理学和电影学等多种学科。为什么西方的《文学理论》会呈现出如此之模样，按卡勒自己的话说，既然目前文学研究中的理论并不是纯粹的文学理论，那么理论已无必要去搞清阅读的是不是文学文本，文学作品和非文学作品的区别已变得不重要。该书出版10余年后，他在上海接受两名中国同行专访时，进一步表示道："当今的理论不同于以往。它们更多针对的是多种性质混杂的文本类型：如今的作品挑战并改变了那种认为它们明显属于某领域的想法……就像我在《文学理论》一书中讨论的问题那样，这本书再版了，并增加了最后一章'伦理学与美学'，之所以增加这一章，也是基于上述的考虑。"① 也就是说，他的这本书既否定了文学作品和非文学作品的区别，也否定了文学研究和非文学研究的区别，从而成为各个学科或各个意识形态汇集的"大拼盘"。这显然是作者解构主义立场之表现，也是对"文学理论"内涵的一种无情颠覆。我以为，这种大拼盘式的"文学理论"，既不妥当，也不科学。因为这本书纳入了各种意识形态，而文艺作为一种意识形态，那么文艺领域中的文学理论究竟同意识形态是什么关系。关于意识形态问题，马克思、恩格斯早就说得十分明白，其中他们指出的两个方面特别值得注意和重视。第一，作为上层建筑的意识形态不仅为经济基础所决定，而且多次指出，政治、法律、道德、宗教、哲学等各种意识形态之间的"互相影响和交互作用"。这种互相影响和交互作用，并不意味着文学理论必须或政治化或道德化，更不是说要把文学理论全部意识形态化，将它们全部纳入"文学理论"之中。这是两个不同性质的问题，不能混为一谈。第二，马克思\恩格斯说，各种意识形态都具有相对的独立性，因此一定时代意识形态形成过程的特点，是"把思想当作独立地发展的，仅仅为服从自身规律的独立存在的东西来对待"的过程②。毫无疑问，文学理论同样具有自身相对独立的本性，必须按照其自身的本性来接受其他意识形态的影响，绝对不是要搞它的全部意识形

---

① 2012年1月30日《文汇报》。
② 《马克思恩格斯选集》第4卷，人民出版社1995版，第254页。

态化。那种把文学理论搞成各种意识形态大拼盘或大杂烩的做法，实质上既否定了文学理论的相对独立性，也否定了它自身的本性和特点，这是文学理论的非文学理论化。对于一部真正的文学理论来说，这两个方面密切联系，不可分割。这是马克思主义同解构主义在这一问题上的根本分野，也是我对这位外国学者所要请教并与之讨论的地方。未来的"文学理论"的发展，究竟是不是这种"大拼盘"式的东西，人们将拭目以待。

熊元义　王文革：文艺批评的不少分歧其实都源于美学和文艺理论的分歧。任何文艺批评家的文艺批评都是与他的文艺思想分不开的。在文艺批评和文艺思想这两者的关系中，文艺思想是起决定作用的。而文学理论如果仅仅是文学创作的理论概括和总结，那么，这种文学理论就似乎只能在文学创作的后面亦步亦趋，而不可能在文学创作上发挥引导作用。您能否谈谈文学理论的构成因素及其来源？

吴元迈：在我看来，文学理论的构成，至少有以下几个方面。

第一，文学理论是文学的一部分。无论是过去还是现在，凡是那些卓越的作家与诗人，他们在创作文学作品的同时，都不同程度地对文学的本质和特点发表了深沉的思考，也概括和总结了自己文学创作的丰富经验。例如，后来人们根据他们的文学观点编辑而成的论集，诸如《莎士比亚论文学》《巴尔扎克论文学》《托尔斯泰论文学》《高尔基论文学》等。这些文选包含了他们关于文学的本性和特点的真知灼见。在这里我没有可能也没有必要一一列举他们的主张和观点。仅仅拿高尔基来举例说，他在"论文学"中提出的文学是"人学"的观念，作家是"人道主义的生产者"等，在今天并没有过时，仍然具有重大的意义和启迪，它们同20世纪西方文学理论中那些去人化或去人道化的文学命题大相径庭，而且背道而驰。此外，世界各国的文学批评史或文学理论史著述，均设有专门章节来阐述大作、家大诗人的批评理论观点。足见大作家、大诗人的批评理论观点，是文学理论的一大宝贵财富，也是文学理论不可或缺的组成部分。对它们绝不能等闲视之。

第二，虽然文学理论必须与文学创作相结合，但文学理论在自身发展的历史长河中，从来是历史的、开放的和与时俱进的，并从不拒绝人类文明的成果，也从不离开人类文明的大道。相反，它总是吸收和借鉴那些非文学领域诸如自然科学和社会科学及人文科学的有益观念和思想，来丰富自己和发展自己。这个过程在19世纪以前是如此，例如亚里士多德《诗学》中的"净化"一词来源于医学，文艺学中表示结构统一的"和谐"来源于音乐，而表示一种热烈感情的"激情"则来源于黑格尔的哲学等。对于获得日新月异进步和发展的20世纪的自然科学和社会科学及人文科学，20世纪文学理论同样是如此。例如"系统论及系统分析"来源于生物学，"共时性和历时性"来源于语言学，"意识流"来源于心理学，"蒙太奇"来源于电影学，"后现代主义"来源于建筑学，生产和消费的关系来源于经济学等；这种例子不胜枚举。总之，这是一个无法阻挡也是不可能阻挡的自然的历史过程，它任何时候都不会停步，将直至永远。但话得说回来，即便如此，对于文学理论，重要的是对文学创作和文学经验本身的概括和总结，在当今时代，这同样是其他领域所不能代替的，也是不可能代替的。

熊元义　王文革：我们过去往往不是看不到文学世界的联系，就是看不到文学世界的差异。有时候，我们陷入凡是存在的都是合理的庸俗哲学的泥淖；有时候，我们则陷入用既有规范抹煞一些有生命力的新的文学创作现象。您认为如何克服这些偏向？

吴元迈：随着时代的发展和艺术的发展，过去对某些文学现象的定义显然已经过时，需要新思考，需要重新定义，搞教条主义只能削足适履。当今世界文坛，"文学死亡之声"不绝于耳。其实有一些是定义文学现象的那个定义的死亡，而不是文学本身的死亡。拿现实主义来说，它随着现实的变化和发展，无论在内容和形式方面，现实主义也在变化发展。特别在20世纪现实主义的表现形式和手法上，已发生巨大变化，这同20世纪人类所经历的前所未有的两次世界大战的苦难，以及无数次各种各样的革命战争的牺牲密切相关。不仅是现代主义创作，也包括20世纪现实主义创作在内，均运用了大量的荒诞、变形、联想、内心独白、意识流、时空颠倒、神话等形式和手法，过去现实主义运用的细节描写和生活本身的形式虽然还存在，但是现实主义为了表现20世纪的现实状况和人类的生存状况，特别在西方为了表现资本主义社会人的异化和孤独，对艺术的"十八般武艺"基本都运用上了。这并不是现实主义的异化，也不是现实主义的现代主义化，而是生活使然。列宁曾经写道："随着每个时代的发现，甚至在自然科学领域里,更不用说人类的历史,唯物主义必然要改变自己的形式。"布莱希特也有一句名言:"关于文学形式,必须去问现实,而不是去问美学,也不是去问现实主义美学。"这无异于说,这是时代的呼唤。然而,20世纪的一些著名文学理论家批评家诸如卢卡奇,曾经认为巴尔扎克和托尔斯泰的创作中,按生活本身的样子反映生活,是现实主义的唯一模式。在苏联和我国的一些教科书里也认为,现实主义是"以生活本身的形式表现生活"或"按照生活本来的样式精确而细致地加以描写"。这些观点至少以偏概全,不能反映20世纪现实主义创作的全部丰富性,否则只能削足适履。这把尺子同样无法衡量莫言的现实主义创作,因为他也是不以生活本身的形式表现生活。至于他的文学创作属于什么样式的现实主义,目前众说纷纭,这可以仁者见仁,智者见智。但不管怎么样,莫言决不是非现实主义作家。

其实,对古典作家,对19世纪现实主义作家,也不能"以生活本身的形式反映生活"这个公式,进行"一刀切"。例如,俄国作家果戈理的小说《鼻子》中的鼻子,我们知道,它可以走路、骑马、上教堂等,这不是生活中的形式。这是一种怪诞现实主义。19世纪末20世纪初契诃夫创作的《樱桃园》和《海鸥》等作品,已不是按生活本身的样子来反映生活,而是运用了象征主义的象征,这两个作品的书名就是象征性的,至于作品的情节淡化,则运用了印象主义的手法。可见,19世纪俄国现实主义是有不同类型或不同内在流派的。在英国也一样。有的英国文学研究家提出狄更斯是"浪漫的现实主义"。

可以说,以简单的形式和手法来评判什么是现实主义的时代已经过去。这必须另辟蹊径,必须有新思维。但真正的创新,包括如何重新定义现实主义这个问题在内,都是艰难的、不易的。去年我在北京俄罗斯文化中心同北京一部分高校外语学院研究生座谈时,提到了自己的几点初步思考。第一,要以作品中呈现出的世界观念和人的观念之不同,来看待它的不同"主义"。一般地说,存在主义文学中的世界是荒谬的,人是孤独的,无法与社会沟通;荒诞派文学中的世界是荒诞的,人是异化的人;表现主义文学中的世界是充满敌意的,人是惶惶不安的;现实主义文学中的世界尽管艰难而充满各种矛盾,人是不可被战胜的,是有希望有信心的。这说的可能很不全面,但总得有人迈开探讨的步伐。第二,在表现形式和艺术手法上，现实主义与非现实主义一个重要的不同，是前者从不把某种形式和手法绝对化，而是综合使用它们。现实主义如果把某种形式手法绝对化，就变成了象征主义和意识流或其他主义。这是我一点极其初步的思考，说出来，目的在于抛砖引玉。

不同民族的文学文化的相同性和差异性

熊元义　王文革：中国特色社会主义文化既充分反映了中国特色社会主义伟大实践，也充分体现了人类文明发展的前进方向，而不是脱离人类文明发展的共同大道的封闭自足体。这种中国特色社会主义文化是人类文明的丰富和发展，绝不会引起所谓的"文明的冲突"，恰恰相反，必将大大促进世界"文明的共荣"。您提出不同文学和文化的对话，目的在于求同存异和求同化异。尤其是您提出的求同化异这个思想是相当深刻的，有助于克服所谓"文明的冲突"。请您谈谈文学与文化的相同性和差异性。

吴元迈：20世纪90年代以来，针对亨廷顿的"文明冲突论"的某些不合理性，世界众多团体和组织，包括联合国教科文组织以及各国的许多有识之士，纷纷携起手来，加以反驳，并针锋相对地提出人类文化的多样性、尊重不同文化、"和而不同"等一系列重要命题或思想，呼吁不同文化或文明之间进行对话，以增进了解，解决分歧，加强合作。这无疑是一项十分及时、必要和重要的举措。从此在世界范围内，以"不同文化的对话"为题的论坛或研讨会，如雨后春笋一般展开。人们有目共睹，这些论坛或研讨会，已为不同文化的交流与世界的和谐做出了积极贡献，应该加以肯定。

但同时不能不看到，这些年来举行的如此众多的与热烈的不同文化对话的论坛与研讨会，往往强调文化的多样性即相异性与独特性、民族性等方面，这是正确的与毫无疑义的，可是，与它们休戚与共的另一个方面：文化的相同性与可通约性，却谈论得不多不够，这未免失之偏颇，而且产生了一些似是而非的阐释。要知道，文化多样性即一个民族、一个国家文化的独特性和民族性，同各国、各民族的文化的相同性、可通约性，乃是一种两相对立而又统一的联系与关系，如果只强调其中一点而无视另一点,甚至把两者人为地、机械地分割开来,这不仅不全面和不完整,而且在学理上也讲不通;如果把文化的多样性与相异性进一步推向极致,使之绝对化,以为只有本民族、本国、本地区的文化最高最好,唯我独尊,而其他多种多样的文化都不如自己优秀,那就会走向文化相对主义或民族文化至上论之路,甚至陷入形形色色的文化原教旨主义与文化霸权主义的泥坑。而这些都并非空穴来风,向壁虚构,而是历史发生的客观事实。实践已经表明,而且还将继续表明,在人类历史发展的长河中,一个民族、一个国家、一个地区的文化,并不是孤立地前行和发展,也不是与其他民族、国家、地区的文化平行地行驶,如同火车的铁轨那样;恰恰相反,它们总是经历着一个互相交流、互相吸纳的"你中有我"和"我中有你"、异中有同和同中有异的动态演变过程。这是不同文化发展的实际历史,也是不同文化发展的历史辩证法。从这个意义上说,除远古时代以外,在人类文化领域里,既不存在一种纯粹的或绝对的本民族、本国、本地区的文化,也不存在一种纯粹的或绝对的东方文化或西方文化。例如,作为西方文化的源头的古希腊文化,它受到了那时的埃及与西亚等文化的影响;至于近代的古老东方文化的发展,它无疑也借鉴了西方文化多方面的成就。所以不能设想,只要强调与尊重人类文化的多样性与相异性,就可以避免不同文化之间的冲突。实际情况远非这样简单。至于说到现在国际社会所倡导的不同文化之间的对话,是有意义的,也是正确的,但必须明确一点,不同文化的对话之目的,在于求同存异或不断求同化异,而不能仅仅限于强调文化的多样性与相异性。

同样重要的,必须从学理上讲明文化的相异性与文化的相同性的相互关系,把它们看成是一个问题的两个方面,如同一枚硬币那样,互为存在,不可分割。也就是说,两者都具有同样的意义与价值,不可偏废。1957年,毛泽东说过:"一棵树的叶子,看上去是大体相同的,但他细一看,每片叶子都有不同。有共性,也有个性。有相同的方面,也有相异的方面。这是自然的法则,也是马克思主义的法则。"① 这是毛泽东从哲学层面上对个性与共性、相异性与相同性之关系的论述。在西方,这样的论述同样屡见不鲜,例如,18世纪德国的海尔德认为,叶子、人的面孔与有机

---

① 《党和国家领导人论文艺》,文化艺术出版社1982年版,第15页。

体，看上去似乎都一样，但实际上并"没有相同的两片叶子，同时也没有完全相同的两个人的面孔和有机体"。这是海尔德对相异性与相同性之关系的描述与肯定。黑格尔在《逻辑学》一书中也写道：如果坚持不可通约性，只谈相异而无视相同，则一切人文活动（例如宣讲相异性理论本身）都失去了意义。可见，这两者的关系是事物的普遍真理，也是中外人士的共识。

熊元义　王文革：正如有人所指出的，人类共同的文化理想应该是文化的多样化，经济全球化应当有利于不同国家和民族文化的交流，使各种文化各展所长，而不是推行一种或几种文化模式。文化如果整齐划一了，必将是世界的一场文化灾难。这就是说，世界当代文化虽然是发展的，然而却是在合唱中发展的，而不是在独唱中发展的。因此，世界不同民族只有平等和彼此尊重各自的民族文化，相互学习，相互促进，世界当代文化发展才会有美好的未来。而这个学习的前提就是承认不同民族的文学、文化既有相同性，也有差异性。

吴元迈：可是，今天中国有的著述却发出了另一种声音，力图将不可分割的东西硬要分割开来，认为西方在文明或文化上是一种"求异的模式"，而中国文明或文化则是一种"求同"的模式，似乎后者要高于前者，并以此来区分中国文化与西方文化的"文化基因"之不同。其实，很久以前，陈独秀和胡适等也有类似的观点，认为西方重物质，中国重精神。这些说法十分偏颇，与西人海尔德、黑格尔的上述观点大相径庭（下面还将谈到其他西方学者的同样看法），而且与文化发展的历史和现实都不相符合。这是其一。

其二，从宗教层面看，拿全球范围的宗教来说，如基督教、东正教、儒教或儒家文化、佛教等，它们的相异不言而喻，极为明显，人们不会有异议；但是对它们所具有共同性的一面却很少论述，或视而不见，例如，基督教文化中的"博爱"、东正教文化中的"聚合"、儒家文化中的"仁爱"、佛教文化中的"慈悲"等。不仅于此，在犹太教、伊斯兰教等的形成与演变中，它们也是互有联系、互有交流、互有吸纳的。事实表明，把相异性加以绝对化，将它与相同性分离开来，这无助于问题的真正解决，也不可能真正走向真理的探讨之路。

其三，从人类学层面看，意大利的维柯的人类学研究，主要在于阐述各民族的共同性。在他看来,"起源于互不相识的各民族之间的一致的观念,必有一个共同的真理基础";而"共同意识(或常识)是一整个阶级、一整个人民集体、一整个民族乃至整个人类所共有的不假思索的判断"①。

其四,从文艺学层面看,文艺的相异性与相同性之对立统一的辩证关系同样如此。我们知道,欧洲浪漫主义十分强调与肯定文艺的相异性、独特性、民族性,但它从来没有将它们绝对化,而无视欧洲各国浪漫主义的相同性。作为欧洲浪漫主义的主要理论家弗·施莱格尔,他曾经写道:"尽管某些民族具有独特性与差异性,但是各民族的欧洲体系展示在过去时代的许多痕迹里,由于明显的相似精神,它展现出了自己在文化、语言、风俗与制度上的共同来源。"又说,欧洲文艺尽管不同,但是"具有很多的共同特点"②。19 世纪俄罗斯文学理论家与批评家别林斯基在论述文艺的民族性与人类性之对立统一的辩证关系,即个性与共性之对立统一的辩证关系时,也写道:"很显然,只有那种既是民族性的同时又是一般人类的文学,才是真正民族性的;只有那种既是一般人类的同时又是民族性文学,才是真正人类的,一个没有了另外一个就不应该,也不可能存在。"③ 在别林斯基看来,19 世纪俄国大文豪普希金的创作,之所以具有俄国真正的民族性,在于它吸纳了人类艺术发展的精华,同时又立足于俄国的历史与现实,达到了民族性与人类性的完美统一。像别林斯基一样,俄国著名小说家陀思妥耶夫斯基在谈到普希金的创作中的民族性与世界性及人类性之对立统一的关系时,也说:普希金的创作一方面充溢着俄国的精神,到处跳动着俄国的脉搏,表现出俄国的民族力量;俄国文学从普希金起独立地开始了;另一方面又认为,"你们只要看普希金的一个方面,一个特点:体察全世界性、深谙全世界性"就可以了。

在中国,大家都熟悉钱锺书关于文化与文艺的相同性那段精辟论述:"东海南海,心理攸同,南学北学,道术未裂。"④ 而钱锺书本人学术探讨的鲜明特色,就在于求同,即追求中外文学的共同"文心"。这从一个方面说明了中外文化与文艺的某些相同性和可通约性。

---

① 维柯著,朱光潜译:《新科学》,人民文学出版社 1986 年版,第 87—88 页。
② 施莱格尔:《美学、哲学、批评》,莫斯科,1983 年俄文版,第 97—98 页。
③ 《别林斯基文集》第 3 卷,上海译文出版社 1980 年版,第 186—187 页。
④ 《谈艺录》,中华书局 1984 年版,第 1 页。

王元骧谈：文艺理论的使命与承担

金　雅

金　雅：半个多世纪以来，您在文艺理论研究的道路上辛勤耕耘，取得了丰硕的成果。请问您是怎样走上文艺理论研究的道路，又是如何数十年如一日坚守在这个领域的？

王元骧：这完全是出于领导的安排。我一直以为我的形象思维能力比抽象思维的能力强。我小时喜欢画画、唱歌、看戏以及无师自通的做一些小玩意儿。读初中时又偏爱文学，梦想长大后当作家。所以进大学的时候我就毫不犹豫地选择了中文系。到了大二，在撰写学年论文时，感到分析难以深入，找了一些文学理论的著作来看，才对文学理论初步有所接触，但我的兴趣还是在文学作品方面。1958年秋毕业留校任教，我当时所读的浙江师范学院是1952年院系调整时由浙江大学文学院、师范学院、理学院的一部分以及之江大学等单位组成的（1958年冬更名为"杭州大学"，1998年又与其他三所由原浙大分出的学校联合，组建成"新浙大"），师资力量较强，但在新中国成立以前不论浙大还是之大中文系所授的课程都只限于"国学"范围，像现代文学、文学理论等课程一概没有，当然也没有文学理论教师。所以毕业留校，领导就安排我教文学理论课，一教就是50多年。我从事文学理论研究，当初也完全是由于教学工作的推动。

审美反映比情感反映更确切

金　雅：20世纪80年代，您结合文艺实践对反映论原理作出了深入的阐发，特别是强调了情感的特性及其在审美反映中的中介作用，这个思想很深刻，对新时期文艺理论的发展与深化也是重要的推进。后来我国文艺理论界也普遍把您视为新时期"审美反映论"的代表人物之一，您自己是怎么看的？

王元骧：像我们这代人学习文学理论在很大程度上都受了当时苏联文学理论的影响。苏联理论界把马克思主义视为是一种认识论哲学，并以唯物论与唯心论作为区分马克思主义与非马克思主义的界线，把"反映论"作为马克思主义文学理论的思想基础。我认为这是可以接受的，问题在于对"反映"的理解在很大程度上带有直观论和机械论的倾向，在不同程度上都把主观与客观、反映与创造对立起来。我当时就不大认同这一观点，在1962年发表于《文艺报》的《关于"熟悉的陌生人"》和发表于1964年《文学评论》的《对于阿Q典型研究中一些问题的看法》中，就是不赞同仅仅从客观对象方面，而主张联系作家的创作个性来看待典型问题，把典型不只看作是生活反映，一种社会学的标本，而认为同时是作家对生活的一种独特发现和创造。这从某种意义上说，也就是我后来所主张的审美反映论的思想滥觞。我之所以一开始从事文学理论研究就比较重视文学的特性而避免教条主义和庸俗社会学，这一方面与我从小就接受各种艺术的熏陶，心目中有较多的艺术参照系有关；另一方面也得益于我当时从《文艺理论译丛》和《古典文艺理论译丛》中所读到的一些西方古典文论以及俄国革命民主主义批评家如别林斯基等人的著作；当时国内的著作虽然可读的不多，但是像胡采的《从生活到艺术》、毛星的《形象、感受和批评》以及中国作家协会广东分会理论研究组的《典型形象——熟悉的陌生人》等，都对我有较大的启示。我在1987年写过一篇文章，叫《反映论原理与文学本质问题》，可以看作是我前期文艺思想的系统总结。在这篇文章中我认为文学是以作家的情感为心理中介来反映生活的，并对之作了较为系统的论述，被学界概括为"情感反映"说。但后来觉得情感是一个较为笼统、宽泛的概念，像理智感、道德感、宗教感、美感等都包括在内，所以觉得当时学界流传的"审美反映"比"情感反映"更为确切，于是我也就接受了这个概念。

金　雅：梁启超有句名言，"不惜以今日之我，难昔日之我"。我觉得这种不计名利得失纯粹追求真理的勇气是非常值得敬佩的。而您数十年来，不仅始终在文艺研究的领域坚守，还不断有所自我突破与超越，我觉得是非常难能可贵的。有学界同仁把您过去文艺思想的主要发展，概括为"审美反映论""文艺实践论""文艺本体论"三个阶段，您自己赞同吗？

王元骧：如果按我不同时期论述的重点来看，也不妨这样说；但我不赞同认为这是我文艺思想的"转轨"。因为这三者有着内在的深刻联系。或者可以说都是由审美反映论的发展、深化和完善而来的。这是因为情感是客体能否满足主体需要所生的一种内心体验，是以体验的形式所表达的对客观事物的一种态度和评价，它不属于"事实意识"而属于"价值意识"，所反映的不是"是什么"而是"应如何"。而"应如何"是一个理想的尺度，它是需要通过人的活动去争取的。所以我不赞同传统的反映论文艺观所理解的把文学纳入知识的系统，认为它只是给人以认识，而认为它的职能主要是表达一种人生信念，以充实人实践的心理能量和精神动力。这是我20世纪90年代所发文章的论述重点。但不久又发现从这种价值论维度来理解文艺的性质尚欠周全，因为现在是一个价值多元的时代，我们凭什么来判断价值取向的正误，选择和确立我们所应该遵循的价值坐标呢？这样我就想到了"文艺本体论"的问题。因为唯此我们的价值评判才有科学的思想依据。作于2003年的《评我国新时期的"文艺本体论"研究》《关于艺术形而上学的思考》和2007年的《文艺本体论的现实意义和理论价值》等文大致代表我在这个问题上的思考成果，不过在后来的一些文章中又陆续有所补充和完善。

文艺本体论乃审美反映论的深化

金　雅："文艺本体论"问题对文学来说是很重要的，但难度也比较大，理论性比较强。您觉得自己在"文艺本体论"研究中有哪些新的发现与突破？

王元骧："本体论"在古希腊哲学中视为关于世界本原和始基的学问。文艺是以人为对象和目的，这决定了"文艺本体论"与"人学本体论"有着天然的不可分割的联系。人是从猿进化而来的，是由历史和文化造就的，因此要研究人就要有历史的观点，"历史是追求一定目的的人的活动"，这样"目的论"也就成了"人学本体论"的应有之义。所以对于"文艺本体论"我认为只有把存在论的维度和目的论的维度结合起来，才能获得正确的解释。实际上在古希腊哲学中"本体论"原本就是与"目的论"联系在一起的，视目的论为本体论的核心内容；只是由于后来被发展成为"上帝创世说"，认为世界都是按上帝的旨意而创造和安排的，以致到了近代被有些哲人未经深入研究就予以舍弃。这一点康德却另有眼光，他把本体论看作只是认识论中的构成原理，而在实践论、伦理学中作为范导原理，作为把人不断引向"至善"境界的价值坐标保存下来，使人从"实是的人"进入"应是的人"，有了方向和目标。我认为这是很值得我们注意的，此其一。其次，"目的论"与"永恒性"的关系非常密切。"永恒性"把本体世界看作是凝固不变的而引起了许多人的质疑，但这并不排除它有深刻和合理的思想在。因为它把时间的观念引入了"人学本体论"，表明人是一种时间性的存在，正是由于时间使一切美好的东西都成了暂时的、瞬息即逝的，这才引发了人追求永恒的渴望和冲动。这样，追求永恒也就成了对暂时、有限、当下的超越，它激发人的生存自觉，让人感到正是生命的有限应倍感珍惜，而不虚度年华，如何把个人有限的生命投入到为人类发展进步的永恒的事业之中，而使有限的生命在人类的事业中得到延续。再次，传统的本体论后来之所以遭到否定，根本的原因就在于它把世界的本体看作是一种超验的东西而与经验的东西对立起来走向二元论。而我认为如果按照前述从人学的角度把"本体"理解为一个把人不断引向"至善"境界的价值坐标，那么它就不可能完全是仅凭理性认知和逻辑推论而确立，同时也是建立在自己人生体验基础上的一种道义上的选择和追求。按我国传统哲学的话来说，它不属于"认知""闻见之知"，而是"体知""德性之知"。这两者的区别是：前者的对象是外在于人的，是由人的感官所得；后者的对象是内在于人的，是由人的体验所得，它需要通过自身的"着实操持，密切体认"等"心上功夫"才能建立。这样就克服了二元论的倾向而把超验与经验、信仰与知识有机统一起来，而走出纯思辨的囹圄。"人学本体论"就是按历史的、文化的眼光来对人的本性的一种界定，我们把"文学本体论"建立在"人学本体论"的基础上，既表明要说明文学是什么、它的意义何在，是不可能孤立地从文学自身而只有联系人的生存的需求才能找到正确的回答,也强调了文艺在完善人的本体建构上应该发挥自身所应有的作用。

走向人生论美学

金　雅：我国文化与哲学传统具有浓郁的人文情怀。儒道释的学说中都潜蕴了审美的维度,注重人格情趣的提升与人生境界的建构。这种传统在20世纪上半叶中国现代美学与艺术理论中得到了进一步的发展。如梁启超、朱光潜、宗白华等以深厚的人生情怀创化中西资源,提出了"趣味""情趣""人生艺术化"等范畴与命题。近几年,您在《我看20世纪中国美学》中肯定了这一方向,并发表了《美:让人幸福、快乐》《审美:让人仰望星空》等一批文章,出版了《论美与人的生存》的论文集,倡导把审美、艺术、人生统一起来,这是否标志着您开始转向"人生论美学"的研究,它与您过去的思想之间有什么联系?

王元骧：我对美学早有兴趣,在1963年就为本科生试开过美学课,只是由于工作的需要,我才把主要精力都花在文学理论教学和研究的方面。其实美学与文学理论的联系是非常紧密的。因为美学研究的是人与现实的审美关系,而文学艺术就是这种审美关系发展到一定阶段的产物,是人的审美需要和审美理想的集中体现,所以文学艺术的许多根本问题也就是美学的问题。而直接促使我这些年来把思考的重点转移到美学上来的原因有二:一、我觉得我国的文艺理论美学基础较弱,不仅美学中的许多优秀成果都没有予以吸取,而且对之充斥了种种误解和曲解,如对于美与真和善的关系,审美愉悦和感觉快适的关系,审美的无利害性与利害性的关系的理解等都非常混乱,含含糊糊、一知半解,以致各说各的,不仅讨论了半天,什么问题也没有解决,而且由于曲解而把问题引入歧途。所以我觉得要使文艺理论得以健康的发展,很需要加强美学的基础研究;二、就美学方面来看,在当今我国"实践论美学"与"后实践论美学"的对峙中,我也有点自己的想法,认为实践论美学主要从宏观的、社会历史的观点来理解审美关系,所探讨的还只是审美关系所产生的社会根源,要解释具体的审美现象和审美经验,尚有待向微观的个体的心理的层面的研究深入;而

"后实践论美学"转向从微观的、个人心理的方面来理解"审美关系"时,放弃和否定了对审美关系作社会历史层面的研究,不仅难以揭示审美在人的生存活动中的重要地位,而且由于丧失理论根基而容易走向主观主义和相对主义。如何克服前者的不足和后者的片面?我认为就应把宏观层的研究与微观层的研究结合起来以"中观"的眼光来进行研究。于是我就想到"人生论美学"。因为"人生论"所理解的"人"既非作为社会历史的普遍的人,也非个体的心理的人,而是两者统一的现实的整体的人,这样,从"人生论"的角度来研究美学就更能把审美与完善人格建构紧密地联系起来,这不仅是我国传统美学的精神所在,也是从古希腊柏拉图开始,经由中世纪基督教美学、德国古典美学所沿承下来的思想,我在《美学研究:走两大系统融合之路》《再论美学研究:走两大系统融合之路》以及《康德美学的宗教精神和道德精神》《论国人对康德美学的三大误解》等文中,曾对之作过较为周详的论证;我还写过一篇《王阳明与康德美学思想的比较研究》,说明在这个根本问题上,中西哲人的思想是完全一致的。这些研究可以说是我提出"人生论美学"的前期准备。我提倡"人生论美学"就是希望美包括文学艺术在内对于人走向自由自觉、自我完善方面有所作为。这里也融入了我对"人学本体论"思考所得的体会在内。所以"人生论美学"与"文艺本体论"之间我觉得是可以互补、互证的。

金　雅:"人生论美学"把审美与人的生命与生存、提升人格与生命境界联系起来,因此,也就关涉到审美教育与艺术教育的问题。近年来,随着素质教育的倡导,以及人们对现代商业社会和科技时代的一些共同问题的关注,艺术教育、文学教育、情感教育等已日渐引起重视。您赞同审美教育属于情感教育,请您具体谈谈情感教育在完善人格建构方面有什么作用?

王元骧:我赞同美育是情感教育,但并不认为它的意义只限于愉悦身心,而认为它对人的全面发展有着十分重要的意义和作用。人如何才能走向完善?亚里士多德提出"人是理性的动物",培根又提出"知识就是力量",以致直到今天人们所看重的只是知识的教育,而很少看到情感在整个人格结构中的地位和作用。知识只不过是人们谋生的一种工具和手段,而对于一个整全的人格来说,"知""情""意"三者是缺一不可的,其中

"情"又是从"知"过渡到"意",使三者有机统一起来的不可缺少的中介。因为认识到了的东西不一定就是属于自己的东西,只有体验到了的东西,才能内化为自己有血有肉的思想,成为人的行动的内在动力,在行动中得到落实,这就充分说明情感的陶冶和提升在完善人格结构中的地位的重要。而人的情感生活中最可贵最不可缺少的无非是"爱"与"敬"的情感,爱驱使人无私奉献,敬激励人奋发有为。而美是由优美与崇高两种形态组成的,它的目的正是为培养人的"爱"与"敬"的情感,使人通过审美在情感上获得全面的陶冶和提升。所以要谈人的自由意志和独立人格,人的全面发展,要谈人生的意义和目的,人生的快乐和幸福亦即苏格拉底所说的"善生"的问题,也就离不开对人的情感生活的研究,离不开审美教育。

倡导人生艺术化

金　雅:近年来,西方后现代"日常生活审美化"思潮也引起了不少人的关注,您所主张的"人生论美学"与它又有什么区别?

王元骧:"人生论美学"译成英文也就是"Aesthetics of life",也就是"生活美学",好像就是"日常生活审美化"的意思,这是由于汉语中的"人生"这个词很难为英语所对译之故。这得追溯到中西哲学文化背景的差异。在西方特别是英语国家中,经验与超验是二元对立的,所以所谓的"日常生活审美化"就是把美当作是一种消费文化,以满足人的一时的享受的需要,并不指望通过它来陶冶和提升情感;而中国哲学中经验与超验是统一的,像《大学》中说"修、齐、治、平"、《左传》中说的"三不朽"以及张载的"四句教"等都强调通过"践仁"来达到"成圣"的目的,在经验生活中实践人生超验的价值,由此产生了我国所特有的"人生哲学"。"人生论美学"就是对于这一精神的一种肯定和继承。它把审美看作是一种精神愉悦,主张通过审美来提升人生而达到"人生艺术化"的目的;而"日常生活审美化"则视审美是一种"感觉的快适",美其名曰可以"缓解生存的压力"。"感觉的快适"是一时的、生理性的、纯消费的,是没有精神方面的内容的,这样就把美仅仅视作为一种手段,而丧失了它自身所固有的目的——即"以人为目的"。所以我不赞同有些学者把"日常生活审美化"当作是文艺的发展方向,是"当代形态的文学研究"来提倡,认为只不过是对"消费社会"文艺现状的一种描述。因为理论不能只局限于描述现状,它更需揭示规律,让人们看清客观地形成的美与人的生存所固有的内在联系。

金　雅：我很赞同您的观点。但也有学者认为您一直偏重于情感、精神方面的美化提升,尽管在理论论述上比较周全,但这种思想倾向本身有些"高蹈"。对此您怎么看?

王元骧："高蹈"是脱离社会现实之意,所以人们把出现于法国19世纪中叶的以阿波罗和缪斯诸神居住的山名而命名的主张诗歌应远离社会斗争回避政治问题,以"为艺术而艺术"为宗旨的"巴那斯派"又称之为"高蹈派"。而我的理论刚好相反,我的问题始终是从现实出发的,是针对自市场经济以来人们在物欲驱使下不断地走向物化和异化以及由此而带来文艺放弃精神上的承担趋向消费化、娱乐化而发的,认为理论不能只停留在对经验现象的描述上,而应该是批判的反思的,这样,才能与现实形成一种必要的张力,引导文艺朝着正确的方向发展。而反思就需要一个思想前提,现在既是一个价值多元又是一个价值迷误的时代,正如现实生活中许多人已找不到生存的根基不知为何而活着那样,我们的文学理论也不知道把自己的价值坐标定位在哪里,这又怎么能承担和引导文艺发展的使命呢?我这些年来一直不放弃基础理论研究,也就是想使我们的文学理论有一个较为合理的反思的前提。认为我的理论有些"高蹈"可能是由于站在经验主义、实证主义、实用主义的立场,把理论看作只是为了说明现状而不理解它的反思性、批判性的品格之故。

理论是一种看待问题的智慧

金　雅：按照您对于理论的性质和功能的理解,您认为我国文艺理论研究的现状如何?存在哪些问题?主要原因是什么?

王元骧：现在理论研究不被人们所看好，认为它是"大而空"的不解决现实问题，有人甚至提出要"告别理论"，认为它的出路只能是向批评转移。这观点我认为既不正确又有一定的道理。之所以不正确，因为理论乃是对事物本质规律的一种把握，是抽象思维的产物，相对于经验现象的"多"来说，是属于"一"的东西，以致人们误以为理论都是抽象的。这是由于人们把"本质"和"关系"开来分割的结果。而在辩证法看来，在"本质中一切都是相对的"，"它们只是在它们的相互关系中才有意义"，因此真理总是具体的，它"只是在它们的总和中以及它们的关系中才会实现"。所以理论不是一种教条，它只有在实际应用过程中才能彰显它的真理性，我们不能脱离现实关系对它作抽象的理解。如我们古代对诗的理解有"言志"与"缘情"二说，前者重社会的、普遍的、伦理的情感，它反映了上古社会人们对文学的理解。到了魏晋时期，随着"人的觉醒和文的自觉"，陆机提出了"缘情"说，把文学中个人的、心理的、当下的情感突出起来，这自然是对文学认识的一种发展和深化，但由于轻视情感的社会、普遍、伦理的内容，又造成了六朝绮靡的诗风。所以到了唐代孔颖达试图把两者统一起来，提出"在己为情，情动为志，情志一也"。我们到底应该怎样评价它们的是非正误呢？我想只能结合实际情况来下判断而不能抽象地作结论。这就说明真理是具体的，理论只能联系实际、在实际应用中彰显它的真理。所以认为凡是理论都是"大而空"的，显然是把理论看作是一种抽象的教条而没有理解理论是一种看待问题的智慧。但如果是对我国当今文学理论研究所较为普遍存在的弊病的概括，那我是完全赞同的。"大而空"就是脱离实际高谈阔论，不解决实际问题。这种不良倾向的具体表现在我看来，有这样几方面：一、缺乏问题意识。理论是由于实践中遇到了问题，需要解决而进行研究的。所以问题乃是理论的核心评价，一篇理论文章、一部理论著作，首先就要看它所提问题的意义的大小以及需要解决的紧迫程度。问题只能是从实际中来。而环顾我国当今的文学理论，似乎极少从我国的文艺的实践中提问题来加以研究，不是追随西方，拿西方学者的观点来现贩现卖，就是回避现实去钻研一些细枝末节的、技术性的、牛角尖的问题。这样的"理论"怎么能起到介入现实、促进现实发展和进步的作用呢？二、缺乏人文情怀。问题是现实中存在的，而发现问题需要有我们自己的见识和眼力，见识和眼力与我们自己思想上的追求是分不开的。从这个意义上说，不能发现问题在很大程度上源于我们从事理论研究的缺少应有的人文情怀，缺少对于当今人的生存状态的关注以及文学对于人的生存的意义和价值的思考。这些年来，人们的物质生活有了很大的提高，但许多人都感到生活十分抑郁而并不感到幸福。而这是不是同人们终日为"物质操劳"而忘了对"灵魂的操心"有关？文学向来被人们称之为"精神的家园"，是人的精神的皈依、寄托之所，那么面对当今人的生存状态，我们的文学在对人精神疗救方面到底应该发挥怎样的作用？我看文学理论界就很少考虑，相反地宣扬"娱乐至上""娱乐至死"的却大有人在。这是不是又是一种脱离实际？三、缺乏应有的学养和训练。文学理论是对文学问题的哲学思考。所以从事文学理论研究，文学知识和经验的积累以及理论思维能力的培养是不可少的。文学经验包括文学创作和文学阅读两方面，我们不能要求每个理论家都兼搞创作，但是阅读经验却不能没有，只有深得文学的三昧才能在理论上提得出真知灼见。但现在的一些理论文章连篇累牍都是从西方移植过来的时髦的概念，却少有作者自己研究文学艺术的真切的感受和发现，空洞浮泛而又高深莫测。但我这样说并不等于文学理论研究回到经验的描述。因为理论既然是以问题为核心的，理论研究在逻辑程序上说就是个提出问题、分析问题、解决问题的过程。这就需要理论工作者必须具有一定思维的能力。思维是有一定的形式和规则的，因而要有效地进行思维就必须懂得思维科学。它是一种引导我们获取科学真理的思想工具和武器。如唯物辩证法，我认为就是一种很有效的思想工具和武器。有人把它比作一种"智力体操"，正如我们的身体只有经过操练才能行动自如那样，我们的思想也只有有了辩证思维的武器才能目光敏锐、机智灵活，这样才能把问题不断地引向深入，在看待和处理问题上才不至于走向极端、陷入僵局，有望做出科学的解决。现在我国文学理论界多为浮泛之论不解决实际问题，也与缺乏理论思维能力的训练不能有效地回答问题有关。综合我们当今文艺理论普遍存在的这些现象，我认为以"大而空"来概括并不过分。

金　雅：理论思维能力对于理论研究确实非常重要，或许目前从事文学理论研究的人不一定都深刻意识到这一点，以致所发表的意见可能只是停留在个人感觉的层面，未能充分向学理层面深入。记得您曾提倡过"综合创新"的方法，您是否认为这就是您所推崇的唯物辩证法在文学理论研究中的具体运用？它的优势又在哪里？

王元骧：这是由于文学是一个整体，需要我们多视角、多维度才能对它做出全面而完整的把握。历史上的许多研究成果由于人们视角的褊狭，虽然难以达到这一目的，而凡是留到今天的，都必然有它的合理、可取之处，都值得我们继承吸收。但这需要我们在正确的观点指导下，对之进行分析批判，才能吸取其合理的成分，为我所用。任何理论创造都不可脱离历史成果的吸取从零开始，我们所掌握的理论资源愈丰富，在理论创造中可资参照和借鉴的材料愈多，我们的理论发展所能达到的水平也就愈高。这也是我所推崇的唯物辩证的思维方法在理论研究中的具体应用和体现。

金　雅：从20世纪80年代开始，我就学习您的论著，在理论立场、研究方法等方面都深受教益。我认为您的文艺理论具有很好的学理性、深刻性和反思意识，具有很强的问题意识和现实针对性。特别是，您不管在哪个阶段，谈论哪个具体问题，实质上，都没有脱开文艺理论的人生使命与现实承担的问题，您的基础理论研究与文艺实践与现实关怀是密切联系在一起的，我个人认为这是您的文艺理论最具个人特征和理论价值的方面，请问您自己是怎样看的？

王元骧：我的文章重在学理上的论证，因为我觉得理论是以理服人的，不能只谈点个人的意见和感想，要把道理说透彻，所以给人的感觉有点学院气。其实我写的都是自己人生和阅读的真切体验。我是在向读者交心，有好几位年轻同志说我的文章"让他们看得很激动"，就是由于我所说的都是发自内心的，故能做到"以情动人"。文学理论属人文科学，人文科学是研究人性、人的教化、人格的完善的学问。它的本性就是拒斥以个人自由主义的立场去从事研究，要是连人文学者都没有是非、善恶、美丑、爱憎的观念，对于社会上发生的一切都取冷漠的态度，而没有批判激情，那么，这个社会还有救吗？我知道我的许多想法在当今社会并不为多数人所理解，但我的文与人、言与行是一致的。我所说的也就是我身体力行的；只要我自己已尽到了责任，我也就问心无愧了！让时间去检验吧！

陆贵山谈：从宏大视野深化文艺理论研究

王文革　熊元义

建构宏大的文艺理论的框架体系

王文革　熊元义：您认为文学的本质是系统本质并提出了宏大的文艺理论的框架体系。这在文艺理论界产生了很大的影响。您能否结合自己的理论研究历程具体谈谈这个宏大的文艺理论的框架体系？

陆贵山：我的文艺理论研究是与新时期大致同步的。20世纪80年代初的中国文坛，竭力破除"瞒"和"骗"的文艺，倡导恢复现实主义的文学传统。为了适应和推动、恢复和弘扬现实主义的文学潮流，在一些重要报刊上，我发表了一系列阐发文艺真实性的论文。1984年结集出版了我的第一部学术专著《艺术真实论》。20世纪90年代初，中国文艺理论界开展了"文学主体性"的论争。我一方面觉得应当肯定倡导文学主体性的意义和价值，同时又感到"文学主体性理论"倡导者存在着比较明显的理论缺陷。《艺术真实论》是强调文学的客体性的，理应吸纳主体性的理论资源加以丰富和深化。1998年出版的《审美主客体》对文学主客体的辩证关系进行了比较系统的论述。如果说《艺术真实论》是凸显文学与现实、文学与历史的关系研究，《审美主客体》是突出文学与审美的关系研究，那么稍后出版的《人论与文学》则强调文学与人文的关系研究。《人论与文学》这本书是开始从人学视阈探讨文学基础理论的尝试。2000年，我把上述文学与历史、文学与人文、文学与审美的研究进行了初步的辩证综合的创新研究，出版了《宏观文艺学论纲》。《宏观文艺学论纲》中，提炼出三大观点：即史学观点、人学观点、美学观点；概括出三大精神：即历史精神、人文精神、美学精神；总结出三大理念：即为历史发展和社会进步而艺术、为人生而艺术、为艺术而艺术。

从新时期到新世纪，当代中国的文论界相继或同时掀起了注重"内部规律"的形式语言符号研究热、文化研究热、生态研究热。这些社会文化文论思潮，启发我深切地感到《宏观文艺学论纲》中所论述的"文与史的关系""文与人的关系"和"文与美的关系"的覆盖面显得狭小，应当进行更加宏观、辩证、综合的理论创新。我吸纳了研究人与自然、文学与自然的关系的文艺生态学、研究文学与文化的关系的文化学、研究内部规律层面上的形式语言符号学的成果，提出由六大文论学理系统构成的一个更加宏大的文艺理论的框架体系。这六大文论学理系统是：研究文学与自然的关系，可以生发出各式各样的自然主义的文论学理系统；研究文学与社会历史的关系，可以总结出各式各样的历史主义的文论学理系统；研究文学与人的关系，可以提炼出各式各样的人本主义的文论学理系统；研究文学与审美的关系，可以概括出各式各样的审美主义的文论学理系统；研究文学自身的内部关系，可以抽象出各式各样的文本主义的文论学理系统。

文学的本质是系统本质，文学的观念模式和研究文学的思维方式同样应当是系统的，是多维度和多向度的。把握和驾驭系统的文学的本质、价值、功能和作用，必须采取多维度和多向度的研究方法。我提出从四个向度来叩问和探寻文学的系统本质，即从横向和广度上，拓展文学的本质面；从纵向和深度上，开掘文学的本质层；从流向和矢度上，捕捉文学的本质踪；从环向和圆度上，把握文学的本质链。

王文革　熊元义：诚如有人所言，文学和文学研究开始进入了多元对话和综合创新的时代。您认为在多元化中如何坚持马克思主义文艺理论的指导地位？

陆贵山：当代中国文论的结构应当是有主旋律的多声部合奏。无多元的主元或无主元的多元，都是不可取的。

文学和文学研究开始进入了多元对话和综合创新的时代。凡是存在着合理性的文艺观念都拥有自身的疆域、人口和主权，都拥有自己生存和发展的空间。不同文艺观念之间的差异可以形成一种张力结构和竞争机制，有利于促进学术思想的发展。其实，各种文艺观念和批评模式都是有一定道理的。具有合理性的道理与道理之间的关系应当是以邻为伴和与邻为善的关系，应当是互补互激、并存共进的关系、应当是互相尊重和平等对话的关系。任何一种学理或观点，如果脱离它所赖以存在的位置或坐标是很难说清楚的，相反，只有从与整体理论框架的关联中，才能获得准确到位的科学阐释。任何的道理都是有边界的。一旦超越自身的适用范围，随意侵占相邻学科的辖区，甚至危及相关学科的生存权力和发展空间，一定会酿成学界的论争。其实，这种论争往往表现为一种道理和另一种道理的各执一端，应当本着彼此宽容、相互吸纳、取长补短的原则和态度去化解。我至今仍然记得俄国体验派戏剧大师斯坦尼拉夫斯基说过的至理名言：一台戏要有主角，同时每个演员在自己所处的位置上又都要是主角。各种学术观点，在自己的位置上都是主角，都是重要的和不可或缺的。因此，文化上的单边主义是不利于学术事业的发展的。真理是朴素的，学者们也应当像真理那样朴素，谦虚谨慎，尊重他者，发展自己，切忌顾盼自雄、唯我独尊。

我的学术道路，以马克思主义文艺理论研究为基础，从对文学与现实生活和社会历史的关系研究中经对文学与人文的关系研究、文学与审美的关系研究，走向了对文学的多维度、多向度和更加开放的宏观文艺学研究。对文学的微观研究和宏观研究都是需要的。但探讨文艺领域中的全局性问题，就应当创构宏观文艺学。宏观文艺学即是大文艺学或战略文艺学。如果说 20 世纪是以微观研究和分析思维见长的时代，那么新世纪可能是以宏观研究和综合思维取胜的大综合、大改组、大创新的时代。我们应当尊重、珍惜和吸纳分析思维取得的一些"深刻片面的真理"，但只有把这些"深刻的片面的真理"整合到宏观的学理系统中，才能创立文论的合理有序的生态结构。为了适应创构宏观文艺学的需要，我们应当自觉地树立宏观、辩证、综合、创新的思维方式。

深入研究文艺创作与艺术生产的二重化矛盾

王文革　熊元义：在发展中国社会主义市场经济的条件下，文艺理论不能只是研究纯审美、纯艺术的问题，还要研究文艺在商业化过程出现的一系列新问题如审美与功利的矛盾、社会效益与经济效益的矛盾、文艺作品的意识形态性与商品属性的矛盾等。您认为如何科学地解决这些新问题？

陆贵山：当前，市场经济条件下，文艺理论研究面临一个难点和热点问题：即文艺创作与艺术生产的二重化矛盾。文艺作品和文艺产品分别隶属于两大系列：一是文艺创作与文艺欣赏的关系；一是艺术生产与艺术消费的关系。前者是考察文艺的传统视域，后者在市场经济条件下日趋凸显。这两大系列之间存在着既对立又统一的深刻的二重化矛盾，中外学界尚未进行理论形态的系统研究。马克思曾指出文艺作为作品和产品的二重化关系，一方面指出文艺是"按照美的规律来塑造"的作品，并认为资本与诗歌的本性相敌对，但同时又指出文艺作为一种"特殊的精神生产"的产品，必然作为消费对象进入流通领域。这样，必然表现出一系列的二重化矛盾：前者强调审美，后者强调功利；前者强调审美属性，后者强调商品属性；前者强调创作原则，后者强调市场原则；前者强调社会效益，后者强调经济效益；前者强调文化精神，后者强调文化利益；前者强调精神提升力，后者强调文化软实力；前者强调精神价值，后者强调消费指数或票房价值。

市场经济加速了当代中国现代化的历史进程，同时使文艺创作和文艺生产的观念和实践发生了蜕变。文化产业的兴起和文化体制的改革，有助于提高文化软实力和综合国力，同时使文艺的商品化竞相发展、越演越烈。追求文化利益和经济效益几乎成为一种时尚。一些推崇审美的书斋学者和文化精英陷入难以摆脱的无奈和尴尬。如何看待审美和功利的关系，成为市场经济历史条件下重新思考的问题。传统的美学观念应当改写和重塑。从理论层面解析，文艺的审美与功利的关系，呈现多种形态：完美的融合形态，即相对的均衡形态；合理的倾斜形态：或侧重于审美，或侧重于功利；失衡的极端形态：或排拒功利，滑向纯审美；或脱净审美，沦为超功利和唯功利。

应当全面地、理性地、清醒地考量审美与功利的关系，尽可能地实现两者的统一和双赢。狭隘的、近视的功利主义是要不得的，纯粹的审美主义也是行不通的。降低和牺牲文艺的审美品位、文化精神和社会效益，单纯地追求文艺的功利原则、文化利益和经济效益是不可取的。但也不能只强调文艺的思想文化方面的质量和价值,忽视通过市场消费的途径,提高文化的软实力。市场经济条件下的文艺和文化的商品化是不可避免的。把文艺作品当作商品进行交易不足为怪,本来古已有之。文艺复兴时期的艺术大师达·芬奇、拉斐尔、提香等人也接受定单,向皇宫、教堂、官邸和豪宅输卖自己的作品,并不因为这些名画作为商品而玷污和亵渎作品的艺术质量。一些以追求利益为目标的商业大巨制,如悲情的灾难大片《泰坦尼克号》和中国的《开国大典》《建国大业》《亮剑》《激情燃烧的岁月》,都取得了社会效益和经济效益、文化精神和文化利益、审美价值和功利目标的双丰收。

既唯物又辩证地解析一些重要的文艺理论问题

王文革 熊元义:有两种类型的学者,一种类型的学者热衷于体系建构,比较追求学问的自身完善;一种类型的学者强调改造社会,比较重视学问的社会作用。您的文艺理论研究尽量结合这两类学者的优势,这是不是与您长期坚持艺术辩证法、反对走极端有关?您在文艺理论研究中是如何坚持马克思主义艺术辩证法的?

陆贵山:世界上的任何事物包括文学理论的各种观点、学理、思想,都是既唯物又辩证地存在和发展的。我们应当既唯物又辩证地看待和分析文艺理论中的一些观点、学理和思想。

(一)关于文学的主体性和客体性的关系问题。主体性与客体性是唯物的辩证统一。而主体性和客体性的辩证关系,一般说来,客体性是基础和源泉,而主体性是主导和动力。基于客体性的主客体的交互作用形成各种形态的文艺作品。

(二)关于文学的社会历史研究和人文研究的关系问题。既要重视社会历史研究,也不能忽视人文研究,我们应把对文学的人文研究和对文学的社会历史研究联系起来,完整地反映文学的社会历史的、人文的本质、价值、功能和作用,全面地表现文学的历史精神和人文精神、表现文学的社会理性和人文关怀。强调对文学的社会历史研究,不能排斥对文学的人文研究;强调对文学的人文研究也不要忽视、厌烦和拒斥文学的社会历史因素。尽管特定条件下，人和历史会发生这样那样的矛盾和冲突，或人阻挡历史的前进，或历史压抑人的生存和发展，但两者之间也存在着一致性，因为人是历史的人，历史是人的历史。人文精神应当促进历史的进步，历史精神应当推动人的自由幸福解放和人的全面健康发展。

（三）关于文学的现代性与社会的现代化的关系问题。我们要现代化，也要包括审美现代性在内的现代性，但应当防止和克服审美现代性阻碍现代化历史进程的弊端。应当在肯定审美现代性的借鉴作用和警示作用的同时，注意到审美现代性与当代中国的国情、人情和文情相悖，反启蒙理性和反科技理性的局限性。我们应当主张与现代化相适应的审美现代性，适当地抑制审美现代性的负面影响。

（四）关于审美与政治的关系问题。马克思主义文艺理论是比较强调文学与政治的关系，但并不是唯政治，《在延安文艺座谈会上的讲话》谈为政治服务，也是首先谈为人民服务，为大多数人即工农兵服务，在当时的历史条件下，为人民服务，必须首先为人民的政治服务，为政治的最高形态——民族解放战争和人民解放战争服务。从根本上说，这并没有错。现在有人走极端，说政治不是文学，文学"不能沾政治的边"。西方的"审美意识形态"理论是通过审美挺意识形态，搞政治，而当代中国的"审美意识形态"理论是通过审美来淡化意识形态，消解政治。情况很不相同。诚然，对那种不好的、非人的政治是应当被消解的。政治表现为三种形态，即生活形态、制度形态和观念形态，只要这三种形态的政治存在，文学与政治的关系永远是一个真问题和新问题。我们认为，"文学即政治"，或"文学非政治"这两种极端的观点，都是值得研究的。

（五）关于文学的内部规律和外部规律的关系问题。应当把对两者的研究有机地融通起来。我们过去比较强调和突出外部规律研究，新时期后形成反弹，内部规律研究取得长足进展。用内部规律补充外部规律是对的，但不能取代外部规律。我们应当加强艺术规律的研究，特别要努力发掘马克思主义文艺理论中关于内部规律的理论资源，弥补和充实马克思主义文艺理论这方面的学理内涵，同时阐明外部规律和内部规律的辩证关系。

（六）关于文艺的科学研究和对文艺的诗学研究的关系问题。文学是既具有"思性"，又具有"诗性"的。着眼于思性，产生对文学的科学研究；钟情于诗性，引发出对文学的诗学研究。文艺学不管划归为社会科学，还是人文科学，都是科学，都应理所当然地对文学的存在规律和发展规律进行科学研究，探寻科学的规范和科学的结论。这是学科内涵中的应有之意。但这种科学性又是具有诗性的。诗性是文艺学学科的重要特征。因此，对文学进行科学研究和对文学进行诗学研究都是需要的。用对文学的诗学研究排拒对文学的科学研究，或用对文学的科学研究否定对文学的诗学研究，都是行不通的。

（七）关于反映论和价值论的关系问题。没有价值诉求和价值取向的反映是没有意义的；离开反映论这个基础，价值诉求和价值取向会失去明确的方向感和目标感。简言之，没有价值论的反映论是空洞的；缺乏反映论为依托的价值论是盲目的。与此紧密相关的，还有一个反映论和表现主义的关系问题。其实，从哲学层面上说，两大文脉中的一系列问题，诸如：客体性和主体性的关系问题，现实主义和浪漫主义的关系问题，对文学的社会历史研究和人文研究的关系问题，对文学的科学研究和对文艺的诗学研究的关系问题，都可以归结为侧重于体现客体性、现实主义、对文学的社会历史研究、对文学的科学研究的反映论和侧重于体现主体性、浪漫主义、对文学的人文研究、对文学的诗学研究的表现主义之间的差异和统一、对立和互补。作家描写生活时，既要再现对象世界，又要表现主观世界。脱离表现的再现，或完全排除再现的表现，实际上都是不存在的。这两种文学样式和思维方式互为生命，相激共生，将永远以新的形态存在和发展。

（八）关于文学的理性元素和非理性元素的关系问题。我们不能只要理性，不要非理性。非理性是人的思想意识结构中的不可或缺的组成部分。非理性对反对和冲击过时的僵化的理性有作用。我们应当给两者以合理的定位，应当把文学中的理性元素和非理性元素有机地结合起来，反对非理性主义的"去理性化"，从而把文学全然非理性化，也反对理性主义的"去非理性化"，从而把文艺全然理性化。特别应当克服和防止非理性主义反对认知理性、反对道德理性、反对科技理性的片面性和局限性。

（九）关于本质主义和反本质主义的关系问题。后现代主义和解构主义一味地反本质主义，实际上是不要理论，不要逻辑，不要探索规律和追求真理，忽视理论的概括和提升，是不对的。本质是相对稳定的，一段相当长的时期内，拥有历史的持续的合理性，当这种合理性还没有消失的时候，是不能被驱赶出历史的、社会的和精神生活的舞台的。但有的本质、规律、理性和真理僵化了、不合时宜了，所以要反对。反本质主义对冲破旧的本质理论，建构新的本质理论是有益的，从这个意义上说，具有解放思想的积极意义。马克思、恩格斯、列宁既是旧本质主义的反对者，又是新本质主义的建构者。这是一个问题的两个方面，不能只看到问题的一个方面，忽视和取代问题的另一个方面。这个问题是和解构与建构的问题紧密联系在一起的。关于文学理论的解构和建构的关系问题，一味地解构是不行的，解构的目的是为了建构。应当解构便解构，应当建构则建构。在解构中建构，在建构中解构。不解构应当解构的东西，也不能真正的建构，对建构无益和无助的解构，又有什么意义呢？只有解构了那些陈旧的、过时的、失去了历史的合理性、进步性和先进性的观念、模式和思想，才能实现理论创新，建构起新的富有时代感的文学理论。

（十）关于审美幻想和语言崇拜问题。西方现当代文论特别强调审美幻想和语言崇拜问题。一些学者甚至把审美视为解放人的重要途径，倡导"审美乌托邦""审美救赎"和"诗意的栖居"等。实际上审美只能有助于但并不能实际地解决人的生态和人的解放问题。马克思把反对人在纯审美和纯理论领域中的解放视为"世俗社会主义的第一原理"，认为"这是幻想"。西方现当代文论对语言的结构和功能的研究，取得了重大的新成果，值得承接、吸纳和发扬。但认为能通过改变语言结构来改变社会结构，通过语言的人文主义阐释来实现历史变革的企图，同样是一种幻想。

（十一）关于对待实践的地位、功能和作用问题。我们既反对实践第一性的观点，又主张实践第一位的观点。实践本体论能否成立是需要研究的，但实践的确具有本体论的意义。如果在创造论的意义上，强调实践的地位和作用，大多数的学者会认同的。这里存在着一个物化的、人所创造的世界与未经物化的非人所创造的自然界的区别和差异问题。实践的观点是马克思主义的基本观点。主张通过社会实践，改造和变革现实世界，是优势于和有别于包括西马文论在内的西方现当代文论的根本标志和关键所在。马克思主义学说的精髓是通过实践改变世界，因此，应当给予特别高度的重视。

带有规律性的学术研究经验值得珍视

王文革　熊元义：过去有人力倡"深刻的片面",而您则始终倡导和躬行主导、多元、开放、兼容的学术精神。您在文艺理论研究方面有何经验教训?

陆贵山：历史转型必然带来文艺变革。研究主体应当强烈地感受到并适应时代的需要,增强创新和变革的自觉意识,倡导和躬行主导、多元、开放、兼容的学术精神,特别注意在冲击和重塑传统的同时,呵护和珍惜传统的精华。只有从宏观大视野和全息整体性的学理框架上,才能比较准确把握每种文艺观念的定位,相互之间的学理关系以及各自的性质、地位和功能。文艺理论研究中应当尽可能地避免"一叶障目""坐井观天"等短视和盲点现象。

凡是具有真理性和合理性的思想、学理和观念都具有自身存在和发展的空间,都拥有自己的人口和疆域。这些具有真理性和合理性的元素,不能相互取代,不能削足适履,践踏一种理论的相对的自主性和独立性,随意用一方要求另一方,更不宜随意越界、侵犯和掠占各自所属的领土和主权。不同文艺观念的历史同样悠久,源远流长,可以上溯到古希腊的柏拉图和亚里士多德开创的两大文脉。应当自觉地维护文艺物种的多样性和生态的和谐有序性。凡是有价值的思想、学说和理念,谁也打不倒谁,谁也吃不掉谁。想消灭其中一种文艺观念,只是学人的思维和头脑中的幻想。这种矛盾关系是永存的。矛,灭不了盾;盾,也灭不了矛。两者是彼此依存和竞相发展的。

当代中国社会正处于从前现代向现代过渡和生成的过程中,可以说,现代和后现代还是一个未竟的事业。在这种特定的国情和历史条件下,移植现代主义和后现代主义,从整体上说,显得有些时空错位。当然,由于历史发展的不平衡性,造成当代中国社会结构的多元性,使超前和滞后现象并存。不同地域和族群,确实不同程度地存在着现代主义和后现代主义元素。

发展和建构中国特色马克思主义文艺理论

王文革　熊元义：发展和建构中国特色马克思主义文艺理论不但是中国几代文艺理论家的夙愿，而且是中国当代文论建设的目标。周扬、陈涌等文艺理论家都对这个问题进行了探索和思考。您认为在大力推进马克思主义中国化、时代化和大众化的今天，我们如何发展和建构中国特色马克思主义文艺理论呢？

陆贵山：从宏观、全局和整体上看，马克思主义仍然是最先进的科学，有学理优势，在西方还是显学。时下的中国，由于现实生活中存在着信仰危机，由于西方现当代各种社会文化思潮和文论思潮的强烈冲击，马克思主义文艺理论陷于被边缘化的困境。

我们应当把马克思主义文艺理论的发展和建构放到全球文论的宏大背景中加以考察。我们面对三种最有代表性的文论：西方现当代文论、中国古代文论和马克思主义文论。关键在于理解和处理好这三大文论的相互关系。这三大文论都肩负自身的使命：西方现当代文论的本土化、中国古代文论的现代转化、马克思主义文论的中国化。这三大文论都要化好。三大文论之间的关系不是相互排斥、相互贬抑的关系，而是相互对话、竞相发展的关系。我们应当确立把马克思主义文艺理论中国化置放在西方现当代文论的本土化和中国古代文论的现代转化的总体宏大格局的联系中加以研究，在实现西方现当代文论的本土化和中国古代文论的现代转化的过程中推进马克思主义文艺理论的中国化，并把这"三化"视为同一件事情和同一个过程。马克思主义文艺理论家应当以西方现当代文论和中国古代文论为思想资源，逐步把马克思主义文艺理论建设成为占主导地位的强势文论。

通过对中国古代文论的梳理、承接、吸纳和重铸，融入马克思主义文艺理论的建构中，以增强马克思主义文艺理论的中华性和民族特色。首先应当努力发掘中国古代文论中的现实主义传统话语，以便和马克思主义文艺理论建立学理联系。中国古代文论以直观感悟为特征的思维方式和马克思倡导的体现"多样性统一"的"具体总体"的思维方式肌理相通，可考虑以此作为搭建两大文论之间的思维方式和学理框架的桥梁。通过创造性地传承西方现当代文论和西方现当代文论本土化的理论资源，以及其学术成果，深化和丰富对马克思主义文艺理论的研究，以增强马克思主义文艺理论的时代性、世界性和人类性。为此，必须对西方现当代文论进行检视和挑选，把握西方现当代文论的魅力与局限。西方现当代文论脱离生活和实践，极端的个体化、主观化、心理化、内省化、欲望化，并反对逻各斯中心主义、反对实践理性、科技理性和启蒙理性，遁入非理性的精神领域。西方现当代文论脱离历史抒发人文诉求，脱离民生表现审美幻想，宣扬虚假的、浪漫的精神救赎、审美乌托邦和所谓"诗意地栖居"。西方现当代文论脱离实践凸显批判精神，用语言批判、舆论批判、精神批判、文化批判、感性欲望批判取代对现实的物质实践批判。它缺乏富有震撼力的思想和学说，迷信精神呼吁、思想造反、文本解构、语言革命、形式符号暴力，虚假地解决人的解放问题。令人不解的是，这种极端内化的、充满幻想的，实际上并没有什么力量的思想和理念，竟然成为时下的主流文论和强势话语。

近日重读马克思主义文艺理论中国化的经典文本《在延安文艺座谈会上的讲话》，慷慨系之。《讲话》以原创的智慧和超越的精神提出的一些文艺思想实际上要比西方现当代文论的一些文艺理念高出一筹，如《讲话》具有最广大、最鲜明的人民性，而西方现当代文论并不具有；《讲话》具有自觉的、强烈的变革意识，勇于和敢于面对所属时代的社会矛盾和民族危机的残酷现实，采取正面积极干预和介入的姿态，开创了承担历史使命，利用文艺变革现实，推动社会进步，促进民族解放的艺术道路。这种文艺理论不同于迷信和推崇审美幻想、审美救赎和审美乌托邦之类的只停留在空洞的和虚脱的思想层面，而富于历史的现实的变革精神。正如《讲话》所论述的：文艺要把人们看来"很平淡"的"现实生活中""到处存在着的""人剥削人，人压迫人""这种日常的现象集中起来，把其中的矛盾和斗争典型化，造成文学作品和艺术作品"，"使人民群众惊醒起来，感奋起来，推动人民群众走向团结和斗争，实行改变自己的环境"，"帮助群众推动历史的前进"，并转化为在实践中具体地实现人的解放，在当时的历史条件下，即赢得抗日战争的胜利，实现人和社会的民族解放。《讲话》所阐发的思想，不只是把文艺作品的功能仅仅局限和停留在语言和幻想层面，诸如审美乌托邦、审美救赎和"诗意地栖居"等艺术幻象之中，而是切实有效地把精神诉求转化为物质存在，变成现实生活中的物化形态，即变成活生生的现实。所谓"实行"，指的是通过实践和变革，改变自己的环境。只有实际地改变自己的生存环境和生存状态，才能有助于改变人们所置身的社会结构，从而推动历史的进步和实现人的解放。这些思想在西方现当代文论中并不存在；《讲话》倡导通过表现"新的人物，新的世界"，以宣扬先进思想体系和核心价值体系，而西方现当代文论所主张描写的人物，多半都是单面的人物、扁形的人物、畸形的人物、被压抑、被异化的荒诞的小人物，这类人物并不能从正面充分表现新的思想观念和新的价值诉求。《讲话》所体现的思想是先进的，是有力量的。这里，发生了一个好像不应当发生的问题：本来是非先进的、没有力量的文艺理念却占据了主导地位，而本来是先进的、有力量的文艺思想反而被边缘化了！这是一个值得长深思之的社会文化现象。

马克思主义文艺理论家应当认真提升当代中国的文学经验，满足大众的文化需求，了解大众文化的新期待，以增强马克思主义文艺理论的当代性和人民性。总之，我们要建构一个具有世界性、时代性、民族性、当代性和人民性相结合、相统一的全新的中国化马克思主义文艺理论。

童庆炳谈：从"审美诗学"到"文化诗学"

吴子林

提出文学审美特征论

吴子林：有很多学者像我一样都是读着您的一系列著作走上文艺理论研究道路的。我很想听您谈谈从事文艺理论研究的宝贵经验，以及您对当下文学理论研究的真知灼见。

童庆炳：新中国成立以来，从巴人到以群，再到蔡仪，都认为文学和科学的对象是同一的，不同在于：文学以形象来说话，科学则以逻辑来说话——"文学的根本特征就是用形象来反映生活"，这几乎成了不容置疑的"定律"。在这"定律"的影响下，文学创作始终存在"公式化""概念化"的问题。对这些问题不仅读者感到不满意，就连一些文艺界的领导，像周扬、张光年也感到不满意。周扬就提出，文学特征是形象，要通过形象表达艺术思想，创作不能停留在图解一些概念、口号上面。但是，这样的想法不但毫无效果，"公式化""概念化"的现象反而愈演愈烈，并在"文革"中大行其道。当时，我认为问题的关键就是在文学特征问题上出了差错，不解决这个问题，当代文学就没有出路。

吴子林：为此，您参与了文学"形象思维"问题的讨论，特别是在1981年发表了重要论文《关于文学特征问题的思考》。您当时的想法是怎样的呢？

童庆炳：我的这篇论文首先对文学"形象特征"论作了追根溯源的探

究,指出它源于俄国19世纪文学批评家别林斯基。他提出,哲学家用三段论法说话,诗人则用形象和图画说话,然而他们说的都是同一件事。别林斯基的观点存在一个理论的重大"失误",即只说明了文学的形式特征,没有说明文学的内容特征。别林斯基的这一文学"形象特征"论,是由于受到黑格尔"美是理念的感性显现"观念的影响所致,它不过是黑格尔唯心主义哲学观念在文学问题上的翻版而已。我们没有必要也不应该将这样一个黑格尔式的文学特征论奉为圭臬。在清理别林斯基的文学"形象特征"论后,我提出了关于文学特征的理论假设。在我看来,文学的独特内容是规定文学基本特征的最根本、最主要的东西,文学和科学的具体对象与内容是不同的,文学反映的生活是人的"整体生活",即现象与本质、个别与一般具体的有机融合为一的生活。这种"整体的生活"能不能进入文学作品中,关键看这种生活是否与"审美"发生联系,是否具有审美价值,或是描写之后具有审美意义,即成为"人的美的生活";此外,更进一步还要看这种生活是否经过作家的思想感情的灌注、留下作家个性的印记,成为"个性化的生活"。

吴子林:您的这篇论文有别于文学"形象特征"论,提出了文学"审美特征"问题。后来,您又对文学"审美特征"作了更为深入的论述。您能概括一下文学"审美特征"论的基本思想吗?

童庆炳:现实的审美价值不会自动性地转化为文学作品,它有待于创作主体的审美把握,即创作主体的感知、表象、想象、理解和情感的自由融合的心理过程。创作主体的审美把握就是情感把握,情感的介入与否和介入的程度,是创作主体审美把握的关键。我认为文学是一种广延性很强的事物,有着社会性、政治性、道德性、宗教性、民俗性等种种属性。文学的多元性质只是文学的一般属性,它们往往为多种事物所共有,还不足以将艺术与非艺术、文学与非文学区别开来。构成文学之所以为文学的充分而必要的条件,不是认识而是审美。文学的这些属性只有"溶解"于审美活动之中,才可能是诗意的。如果说文学是社会生活的反映,那么它就是一种"审美反映"。

吴子林:1984年,"审美反映"作为核心概念第一次进入了您编写的

《文学概论》（红旗出版社，上下卷）。后来，您为什么又提出了"审美意识形态"论？

童庆炳：经过1985年文学"方法年""观念年"的洗礼之后，随着讨论的深入，学界逐渐认识到，不能局限于从某个属性上去界定文学的本质，而必须用系统和综合的观点来整体把握，力图从历史唯物主义的宏阔的视角来考察文艺现象，以推进对文学本质的理解和认识。于是，到了20世纪80年代中后期，我和一些同行提出了文艺作为"审美意识形态"的命题。1992年出版的《文学理论教程》对此有较为系统的论述。我想强调的是，"审美反映"和"审美意识形态"都是一个完整的概念，都是一个具有单独的词的性质的词组，不是审美与反映、审美与意识形态的简单相加或拼凑；它们本身是一个有机的理论形态，是一个整体的命题。文学"审美反映"论和"审美意识形态"论力图说明文学作为人类的审美活动，它在审美中就包含了那种独特的认识或意识形态，在这里审美与认识、审美与意识形态，作为复合结构已经达到了合而为一的境界，如同盐溶于水，体匿性存，无痕有味……

心理诗学与文学主体性的深化

吴子林：20世纪80年代中后期，在"审美诗学"建构的同时，您还率先进入现代文艺心理学美学的研究领域。促使您致力于"心理诗学"建构的内在动因是什么呢？

童庆炳：20世纪80年代中后期，文学理论的思考由对于人的一般肯定走向了对于文学主体性的具体论证。刘再复的"文学主体性"理论是为纠正以往文学理论中重客体轻主体的倾向，它力图建构一个以人为思维中心的文学理论体系。刘再复的文学主体性论为探索和恢复文学的审美特质铺平了道路，但是，它的提出带有明显的政治色彩，并局限于哲学的范畴，对主体性的理解不无抽象化、简单化、绝对化的倾向。文学活动是审美主客体相互作用的审美创造，对于文学"审美反映"的理解应从文学反映活动过程中主客体的相互联系、作用和转化切入。这是一个亟待解决的问题。当时理论界部分人包括我都意识到这一问题的重要性，同时感到可以转向"文艺心理学"领域加以研究。1986年我申请到国家"七五"社科重点项目——文艺心理学研究，当时我和程正民老师领着14个人的团队力图深入到美学的层面去解释它。经过几年的努力，我们终于获得了令人欣慰的成果，出版了"心理美学丛书"（14种），并以50万字的《现代心理美学》作为最终成果，得到理论界的关注。"体验"成为我们的文艺心理学的关键词。我们把"体验"这个观念具体化、审美化和现代化了。

吴子林：跟以往的"文艺心理学"相比较，您的"心理诗学"的特异之处在哪里？

童庆炳：我提出了"心理美学"的概念，将美的问题置于研究的中心位置，从文学艺术的事实出发去寻求美学的解释，而与一般的文艺心理学区别开来。在我看来，心理美学是美学不是心理学，普通心理学的方法必须经过改造之后才能运用到美学研究之中；心理美学研究的对象是审美主体在一切审美体验中的心理活动，其中既包括研究艺术美的创作和欣赏中的心理律动，也包括研究自然美和社会美中的心理活动轨迹。不过，由于艺术美是美的最高的和最集中的表现，所以，心理学美学研究的主要对象是艺术创作和接受活动中的审美心理机制。在我的《艺术创作与审美心理》一书中，就是通过审美知觉、审美情感、审美想象等范畴力图揭示艺术创作心理机制的复杂性和辩证矛盾性。如果说朱光潜20世纪30年代研究的还是古典文艺心理学的话，我们则将文艺心理学提高到了现代的水平，把朱光潜提出来的文艺心理学研究大大地推进了一步。

文学文体与形式的力量

吴子林：进入20世纪90年代，您的研究方向又一次转移，聚焦到了当时国内很少有人涉足的"文体学"，您当时是基于什么样的考虑？

童庆炳：这有一个历史背景。1987年以后很多问题不能谈，文学中能谈的就是语言。所以20世纪90年代整个的文学界就发生了"语言论"转向，研究语言特征、叙述方法等。除了历史大背景外，文学文体问题是一个既关乎内容又关乎形式的问题，是内容和形式密切相关的问题。正好这时中国文坛引进了很多新的方法，如意识流、叙事形式上的颠倒、弧线结构等，都是和文体有关的。就文学创作而言，从改革文学、反思文学、寻根文学，一下转变为先锋文学。作家们认识到，题材的新款、奇特，不能保证自己作品的不朽，如果写得毫无韵致，毫无文体的话。题材是身外物，只有文体才属于自己。中国当代作家的文体意识空前觉醒和强化了，他们领悟到"怎么写"跟"写什么"是同样的重要，追求文体的时代开始了！比较而言，理论则落后于创作，批评家们有点匆忙上阵，理论准备明显不足。语言是文学的第一要素，如果不把文学问题沉潜、落实到语言层面来加以把握，要真正揭示文学的审美特征和相关的一系列理论问题，是不可能的。于是，我带领一批学者展开了关于文学文体学的研究。

吴子林：其成果便是1994年云南人民出版社出版、由您主编的"文体学丛书"。这套书前后印刷了3次，影响甚广。其中，《文体与文体的创造》是您所有著作中被引用次数最多的一部，能请您谈谈其中的"文体三层面"吗？

童庆炳：过去一提到"文体"，人们通常笼统、粗糙地把文体理解为"文学体裁"，实际上，"文体"这个概念涉及面很广，十分复杂，它的内涵要比"文学体裁"丰富得多。如，英文 style 这个词，就可以根据具体情况分别翻译成"文体""语体""风格""文笔""笔性""笔致"等等。在我看来，文体是指一定的话语秩序所形成的文本体式，它属于形式问题，这形式是内容的形式，因此，形成文本内容的作家的资禀、气质、性格、思想、情感、愿望、理想等一切条件，以及相关的文化传统、现实生活的一切实在，都直接或间接地、或强或弱地制约着文体。文体折射着一切主客观因素，同时又受制于这一切主客观因素。因此，只有将文体视为一个"系统"，从不同的层面做纵深的探讨才能予以把握。从显在方面看，文体是指文体独特的话语秩序、话语规范、话语特征等。从形成文体的深隐原因看，文体的背后存在着创作主体的一切条件和特点，同时也包括与本文相关的丰富的社会和人文内容。文体的显在方面的诸要素则通过相互联系又相互区别的三个范畴体现出来，这就是体裁、语体和风格。"体裁"

指不同文学类型的体式规范；"语体"指语言的体式，即用以体现文学的体裁并与特定体裁相匹配的文学语言；"风格"指引发读者持久审美享受的、作家创作个性在作品的有机整体中所显现出来的基本特色。概括地说，体裁的审美规范要求通过一定的语体加以完美的体现，语体和文学的其他因素相结合发挥到极致就形成风格，三者的有机统一形成了"文体"。我特别珍惜的是，我提出了"文学内容与形式相互征服"的观点，充分肯定了形式的力量，发现了艺术文体作为雕塑题材的重要关键，从而批判了那种"唯题材决定论"，并非写什么才是重要的，怎么写有时更重要。

比较诗学的现代视野

吴子林：20世纪90年代后期，继"文体诗学"之后，您转向"比较诗学"的研究，几乎将大部分精力投入于《文心雕龙》的研究。当时您是怎样考虑的呢？

童庆炳：建设当代文学理论有四种资源——当下文学创作经验的总结、"五四"以来的现代文学理论、中华古代文学理论和西方文论中具有真理性的成分。我致力于古代文论的研究，主要基于建设属于中国自己的文学理论的思虑。在经过十余年的西方现代文论的引进之后，人们终于觉悟到它们不过是西方文化的产物，一味地照搬照抄是不可取的；中国文学理论新形态的建设必须以"我"为主，如何继承中国古代文论便显得特别的重要。中国古代文论传统博大精深，而传统作为一个民族的"经历物"，是永远不会消失的，它不仅体现在"物"的方面，而且凝结于观念和制度之中，并以无意识的状态深藏于人们的心里。中华古代文论中实际上有很多可贵的东西尚处于沉睡中，要承继中华文论传统，必须通过现代阐释来激活它们，并与西方现代文论打通。这是继承与革新中华古代文论的必由之路。我在1991年由人民文学出版社出版的《中西比较诗学体系》的"后记"里写道："继五四之后，中西两种文艺思想的再次交汇、碰撞是历史的必然，而在这种交汇、碰撞中我们要做出什么样的抉择，就是时代向我们提出的一个迫切而困难的问题。为了回答这个问题，我们就必须对中国和西方的、在完全不同文化背景下产生的两种异中有同、同中有异的诗学进行比较研究。只有在比较中，祖国传统诗学的精华才会显露出来，我们才会认识到抛弃传统照搬西方是不明智的……中西对话、古今对话是实现新的形态的文艺理论建设的基本途径。"

吴子林：通观您的古代文论研究论著，它们往往体现为一种现代学术视野，即跨学科的研究路径和思维方式。您特别重视文学理论与现代语言学、心理学、历史学、哲学等学科之间的联系，将古代文论概念、范畴的现代阐释自然引申到对文学理论领域中具有普遍性、规律性的基本原理的探讨，而将古代的理论命题融化进了现代文学理论的形态之中，并时出新义，熠熠生辉。关于古代文论研究的方法论，您的想法是怎样的？

童庆炳：在诠释中华文论著作中提出的观念、体系时，我们必须克服两种倾向：一是"返回原本"，它多承乾嘉饾饤考订之余弊，把古代文论仅仅当作一个死的东西来对待。这一训诂工作的意义是很有限的，还没有进入真正研究的层次。二是"过度阐释"，即"以中证西"或"以西释中"。这种研究消解了中国古代文论原有的、精微的民族个性。为此，我提出了古代文论研究的"三项原则"。其一，历史优先原则，即将古代文论放置到历史语境中去考察，尊重历史事实的本来面貌，让它们从历史的尘封中苏醒过来，以鲜活的样式呈现在我们的眼前，变成可以被人理解的思想。其二，"互为主体"的对话原则。西方文论是一个主体，中国古代文论也是一个主体，要取得一个合理的结论，需要两个主体互为参照系进行平等的对话。其三，逻辑自洽原则。中西文论对话是有目的的，是为了达到古今贯通、中西汇流，让中国古代文论焕发出青春活力，实现现代转化，自然地加入到中国现代形态的文学理论体系之中去。这里的"逻辑"不仅是形式逻辑，更是辩证逻辑；所谓"自洽"，则是指我们所论的问题必须"自圆其说"，实现古今学理的会通、融洽。

文化诗学与现实关怀

吴子林：20世纪90年代到新世纪您提出并论证了"文化诗学"。您的"文化诗学"这一理论构想是怎样产生的呢？

童庆炳：我提出"文化诗学"的创构，与社会的发展变化有关。20世纪90年代中期以来，随着市场经济的确立，全球化思潮的不断激荡，社会政治和文化都发生了激变，拜物主义、拜金主义成为时髦，价值世界更多地关注平面的、感官的快适。于是，学界掀起了一场有关文学滑坡、重振"人文精神"的讨论。20世纪90年代中后期，人文关怀的感性呼求逐渐形成"文化转向"。国内一批中青年学者极力倡导文化批评或"文化研究"，即以后现代理论为指导的跨学科文化研究。"文化研究"是有价值的；但是，随着研究对象日益偏离文学文本，它成了一种无诗意或反诗意的社会学批评。这种"文化研究"不过是"文化社会学"研究，而非文学理论研究。于是，1998年，我在扬州的会议上第一次提出创建中国的"文化诗学"。1999年，我连续发表了《中西比较文论视野中的文化诗学》《文化诗学的学术空间》和《文化诗学是可能的》三篇论文，之后，还发表了多篇论文。我对"文化诗学"的解释和理解不断有所发展，迄今为止，我的"文化诗学"构想，大体上可概括为"一个中心，两个基本点，一种呼吁"。

所谓"一个中心"，是指文学审美特征而言的。"审美"作为20世纪80年代的美学热的产物，我认为是可以发展的，却是不能丢弃的，而且还要作为"中心"保留在"文化诗学"的审美结构中。审美是人类的一种对象性活动，在这活动中，人们实现了情感的评价。审美的重要性在哪里？审美是与人的自由密切相联系的。今天我们的自由问题解决了吗？当然没有。过去完全被政治束缚住，今天我们的文艺往往是被商业主义的意识形态、被一心只想赚钱的文化老板的思想束缚住了，我们手中没有权力，我们所能掌握的只是文学艺术话语，因此，我们搞文学研究也好，搞文学批评也好，审美的超越、审美的自由就成为我们的话语选择。我们选择审美的话语来抵制商业主义的意识形态。文学必须首先是文学。如果一篇文学作品被称为深刻的智慧的，却没有起码的艺术审美品质，那么文学不会在这里取得胜利。不要让那些没有意义或只具有负面意义的商业文化作品一再欺骗我们，我们需要的是真正具有审美价值和积极社会意义相融合的文学艺术精神食粮。总之，文学是一种审美文化，我们不能在这里迷失。

吴子林：审美是"务虚"即"无用之用"，它在培育生命意识，涵养人的情性，使我们的人格构成趋向健全的同时，通过改善现代人的人性以推动社会结构的变革。那么，什么是文化诗学的"两个基本点"呢？

童庆炳：一是要有过细的文本分析，二是分析文学作品要进入历史语境，并把这两点结合起来。换句话说，我们在分析文学文本的时候，应把文本看成是历史的暂时的产物，它不是固定的、不变的，因此不能就文本论文本，像过去那样只是孤立地分析文本中的赋、比、兴，或孤立地分析文本隐喻、暗喻、悖论与陌生化等，而要将文本放在特定的历史语境中，以历史文化的视野去细细地分析、解读和评论。

吴子林：进入历史语境分析文本，这是很有新意的观点。

童庆炳：对于"历史语境"的理解，要与马克思主义的历史主义联系起来考察。马克思在《哲学的贫困》中指出，人所揭示的原理、观念和范畴都是"历史的暂时的产物"。这也就是说，精神产品，其中也包括具有观念的文学作品，都是由于某种历史的机遇或遭遇，有了某种时代的需要才产生的，同时这些精神产品也不是永恒不变的。某个时期流行的精神产品，在另一个历史时期，由于历史语境的改变而不流行了。后来，列宁把这一问题提到更高的程度来把握，说："在分析任何一个社会问题时，马克思主义理论的绝对要求，就是要把问题提到一定的历史范围之内。"离开马克思等人所讲的伟大"历史感""历史性"和历史发展观这一点来理解"历史语境"，我们就不可能真正理解其内涵。

吴子林：您说的"历史语境"与以往常说的"历史背景"的差异在哪里呢？

童庆炳："历史背景"只是关注到那些作家作品和文学的发生和发展，产生于哪个历史时期，那个历史时期一般的政治、经济文化的状况是怎样的，这段历史与这段文学大体上有什么关系等。这完全是浅层的联系。"历史语境"则除了包含"历史背景"要说明的情况之外，要进一步深入到作家、作品产生的历史具体的机遇、遭际和情景之中，切入到产生某个作家或某部作品或某种情调的抒情或某个场景的艺术描写的历史肌理里面去，这就是深层的联系了。显然，"历史背景"所指的一段历史的一般历史发展趋势和特点,最多是写某个历史时期的主要事件和人物,展示某段历史与某段文学发展的趋势和特点大体对应;"历史语境"则不同,它除了要把握某个历史时期的一般的历史发展趋势和特点之外,还必须揭示作家或作品所产生的具体的文化语境和情景语境。换言之,历史背景着力点在一般性,历史语境着力点是在特殊性。文化诗学之所以强调历史语境,是因为只有揭示作家和作品所产生的具体的历史契机、文化变化、情境转换、遭遇突显、心理状态等,才能具体地深入地了解这个作家为何成为具有这种特色的作家,这部作品为何成为具有如此思想和艺术风貌的作品。这样的作家和作品分析才可以说具有历史具体性和深刻性。

吴子林:"文化诗学"还有"一种呼吁",指的是什么呢?

童庆炳:新时期以来,改革开放取得了巨大的成果,我们民族正在复兴,这是不容否认的事实。但同时,社会主义市场经济也给我们带来了许多严重的问题,环境污染、官员贪腐、房价高涨、贫富不均、坑蒙拐骗、金融动荡、物价通胀、矿难不断、城乡发展不平衡、东西部发展不平衡,任何一个对国家事务关心的人,都可以列出十大矛盾,情况难道不是这样吗?我们的部分作家意识到了这个问题并予以艺术地反映,我们的理论家和文艺批评家为什么不可以通过对这些作品的评论而介入现实呢?关怀现实是文化诗学的一种精神。我当时这样想,今天仍然觉得是对的。不过,现在我又有了一种具有超越性的想法。那就是以文化诗学内部研究与外部研究、结构与历史、文本批评与介入现实的诸多结合所暗含的走向平衡的精神,对现实进行一种呼吁——走向平衡。我甚至可以说,今天的中国也要"文化诗学"化。因为,我们前面所指出的十大社会问题,几乎都是社会失衡的表现。文化诗学在20世纪90年代末和新世纪初被提出来,就是要从文本批评走向现实干预。社会在发展中许多地方失去平衡,文化诗学的出现是对于社会发展平衡的一种呼吁。它是一个文学理论话语,但这个话语折射出了社会的、时代的要求。

当下文学理论的困局与出路

吴子林：您觉得我们的文学理论研究存在什么问题？有什么样的对策？

童庆炳：长期以来，文学理论研究常被说成比较"空"，"空洞无物"，"不及物"，或"大而无当"，人们这样说，不是没有道理的。这是目前中国文学理论的困局。这种困局是怎样形成的呢？这就是因为我们的文学理论研究经常置于认识论的框架内，常常变成概念与术语的游戏。认识论作为一种哲学理论是重要的，对于自然和社会科学是很有用的，但对于美和艺术的这类特别富于人文情感的事物的复杂情况，往往缺乏解释力。认识论只能解决文学中的认识问题，不能解决一切问题。认识论的框架，无非是一系列的二元对峙：现象与本质、主观与客观、主体与客体、个别与一般、个性与共性、偶然与必然、有限与无限等，它们很难切入文学艺术和美的复杂问题中，很难解决艺术与美的问题。如对文学的本质、文学的真实、文学的典型等许多问题，都无法用这些二元对峙的概念去解决。这是被事实所证明了的。因此，抽象的哲学认识论常常不利于文学问题的具体解释。但是，文学、文学理论与历史的关系则有着深厚的联系。任何一个文学问题都是在具体的历史语境中针对一定的现象提出来的，我们的研究就必须放回到一定的历史语境中才能得到具体的解释。因此，可以说，无论文学问题的提出，还是文学问题的解答，都与历史语境相关。离开历史语境，孤立地运用概念进行逻辑的推理，不但显得空洞，而且解释不了更解决不了任何问题。文学理论作为一种理论首先是求真，真的问题都解决不了，如何去讲求善与美呢？所以我反复强调，文学理论的力量就在于对历史语境的把握。"论从史出"是我的一贯主张。我多年前就在批判所谓"新现实主义"文学思潮和作品中，提出"历史—人文张力"说，并把它运用于各种作品的解释中，就是一种立足于现实的文学创作的理论，其解释力经受住了实践的检验。由此，我觉得我们的理论要有一种伟大的历史感，这才可能是真正的有力量的理论。归结起来，当前文学理论的困局的出路有二：一是文学理论应面对现实，并与当代的文学创作、文学现象保持密切和生动联系，只有认真去研究和解决从中国的现实里面提炼出来的真问题，做深入的细致的探讨，才可能有真学问；二是做到前面说的"历史语境化"，对文学理论问题放回到原有的历史语境中去把握，作一种溯源式的具体化历史研究。

吴子林：近年来，不时有"反对理论"或"理论已死"的论调，对此您怎么看？

童庆炳：马克思说过，"理论只要彻底，就能说服人"，"就能掌握群众"，"所谓彻底，就是抓住事物的根本"。我不同意"反对理论"或"理论已死"的论调。理论创造是有独立存在的价值和意义的，它是对一个事物深层次的、本性之物的理解与把握，理论的抽象有助于我们摆脱无知、半无知的状态。文学理论不是文学创作的附庸，它是文学理论家与作家一道面对生活的发言，是在一定现实生存境况下的探索，它有着思想的力量。即便只是面对作品发言，作为"不断运动的美学"，文艺批评也有它独立的价值。文艺批评的根基既不在政治，也不在创作，而在生活、时代本身。生活、时代既是创作的根基，也是批评的根基。创作与批评的根基是同一的。优秀批评家应该根据自己对生活与时代的理解，对作品做出自己的独特的评判，或者借作品的一端直接对社会文本说话。这样，一个优秀的批评家如何来理解现实与时代，想对现实与时代发出怎样的声音，就成为他的批评赖以生存的源泉。创作与批评是两种不同的社会"身份"，不存在高低贵贱之分，也不存在谁依靠谁的问题。但它们合作，共同产生意义。批评家创造的世界与作家、艺术家所创造的世界是同样重要的。袁枚就说过："作诗者以诗传，说诗者以说传。传者传其说之是，而不必尽合于作者也。"

吴子林：正如伽达默尔所揭示的，"理论的原初意义是真正地参与一个事件，真正地出席现场"。现在某些"理论家"从生活事件之中抽身出来，已然遗忘了理论的这一原初本义了。未来的文学理论研究前景将会怎样？

童庆炳：我认为，未来的文学理论与纯文学一起边缘化是很正常的事情，文学和文学理论做什么"时代的风雨表"，究竟对我们有什么益处呢？我一直认为，当经济和社会问题成为时代的中心，是社会正常的发展。把文艺当成中心是非正常的危险的现象。在文学理论边缘化的情况下，我们讲潜心研究文学理论和批评自身领域的问题，那时，文学理论和批评将变得更加学理化、专业化和学科化，而不断向深度拓进。在与现实文艺发展的密切生动的联系中，在进入历史语境的深度把握中，在发扬文学理论批判精神中，形成一种深厚的学术力量。真正的文学理论不会与世俗的商业力量同流合污，而独立走向自己的未来。在这个发展过程中，不断地总结经验教训，不断地摆脱困局，不断地纠正我们的航向，是十分必要的。

孙绍振谈：建立中国特色的文学批评学

王文革　熊元义

王文革　熊元义：自从1981年《新的美学原则在崛起》发表以来，您一直在文艺批评和文艺理论这两个方面勤奋耕耘，取得了丰硕的成果。中国当代社会的发展正由赶超的模仿和学习阶段逐渐转向自主的创造和创新阶段。在这种历史转折阶段，中国当代文艺理论界在精神上绝不能因循守旧，而要奋发图强，开拓创新；绝不能对一切强有力的和崇高的东西麻木不仁、无动于衷，而要有对崇高和尊严的强烈感受。您认为中国当代文艺理论在与西方文艺理论的碰撞和交流中应该如何发展？

孙绍振：从20世纪80年代起，中国文学理论界冲破了封闭性的蒙昧，享受了放眼全球的兴奋，在强烈的落伍感的驱迫下，文学理论界把相当大的热情献给了西方理论，一波又一波的新理论被当作普罗米修斯的火种引进，表现出"饥不择食"的贪婪，其更新速度之快，可能创造了吉尼斯纪录，这可以从急于改变弱势文化处境的心态得到解释。20世纪80年代的"新名词大轰炸"的实质乃是抢占话语的制高点，在话语解放中体验节日的狂欢，由之而产生的最乐观的预期乃是"发出自己的声音"，在最短期间与世界文论最高水平接轨，在学术前沿平等对话中，展示中国文学理论的更新和建构。然而，多年的实践证明这种"乐观主义"多少带有空想的性质。平等对话的起码要求，乃是有话可对，也就是具有自己的、不同于对方的话，如果所说和对方一样，那就是废话。问题在于，许多热闹非凡的话语都不是自家的，问题是人家的，大前提是人家的，方法也是人家的。将西方文论奉为"放之四海而皆准"的真理，充其量不过是为之举出中国的例子而已。这就不成其为对话，而是仆人对主人的"喳"。

西方文论不管什么流派均以对权威的质疑挑战为荣，故天马行空，以原创性和亚原创性为生命；中国学人则鲜有把西方权威当作对手（rival）进行质疑和挑战，故只能爬行，疲惫地追踪。在这一点上，倒是美国人比我们清醒，在他们从欧洲引进大量思想资源以后是有所质疑的。美国理论家 J. 希利斯·米勒对 1960 年代以来从欧洲大陆的大规模引进的理论进行了反思，得出了一系列发人深省的结论：理论并不如一般人想象的那么"超脱大度"（impersonal and universal），而是跟它萌发生长的那个语境所具有的"独特时、地、文化和语言"盘根错节、难解难分。又如，在将理论从其"原址"迁移到一个陌生语境时，人们不管费多大的劲总还是无法将它与固有的"语言和文化根基"完全剥离。"那些试图吸收外异理论，使之在本土发挥新功用的人引进的其实可能是一匹特洛伊木马，或者是一种计算机病毒，反过来控制了机内原有的程序，使之服务于某些异己利益，产生破坏性效果"。我们引进的那些西方理论、我们热情追随的"大师"，是不是"一匹特洛伊木马，或者是一种计算机病毒"呢？是不是"反过来控制了机内原有的程序"，对我们的理论建构"产生破坏性效果"呢？是值得深长思之的。乔纳森·卡勒说过，作为理论，其本身的准则就是反思。难道我们接受乔纳森·卡勒就不该反思吗？而反思的起码条件就不是俯首帖耳，而是站起来，理直气壮地冲着西方文论进行反质，提出西方人没有提出的问题，迫使其接招、就范，此乃改变一代人被动的状况的唯一道路。

王文革　熊元义：的确，中国当代文艺理论家接受西方文论应该有所批判和反思。但是，中国当代文艺理论家的这种批判和反思必须有两个立足点。一是中国当代文艺理论家是主动创造的。中国当代文艺理论家只有立足本民族的现实并在文化上主动反映和创造新的文艺理论形态，才能真正批判和反思西方文论。否则，就只有被动接受的份儿。二是中国当代文艺理论家在创造和接受中厘清中国传统文论和西方文论各自的优势和劣势。您是怎么看待这个问题的？

孙绍振：西方文论所表现出来的智商被认为可以列入当代最高层次。这一点，是否毋庸置疑姑且不论，和他们对话必须有相应档次的智商，则可以肯定。但是，"最高层次"是多方面的组成，不是铁板一块，不可能各个方面都是绝对平衡的，其不平衡正是我们应该分析的对象。最明显的乃是在文化价值和意识形态方面，他们发挥到极致，这是他们的强项。这一点，可能是世界的共识。要和他们的强项对话，对之发出质疑和挑战，难度是比较大的。问题是，他们有没有弱项呢？我相信，没有一种学术文化群体是没有弱项的。最为明显的就是他们在文学审美价值方面表现得极其软弱。第一，号称"文学理论"却宣称文学实体并不存在，伊格尔顿在《二十世纪文学理论》，乔纳森·卡勒在《文学理论导论》坦然如此宣称。事情荒唐到这种地步，除了用"危机"，很难用任何其他话语来概括，这样的危机对2000多年来西方文学理论来说如果不敢说是绝后的，至少可以说是空前的。无视西方文学理论如此之危局，就看不到我们的机遇。第二，他们几乎不约而同地宣称，对于具体文学作品的解读的"束手无策"是宿命的，因为文学理论只在乎概念的严密和自洽，并不提供审美趣味的评判。第三，他们绝对执着于从定义出发的学术方法，当文学不断变动的内涵一时难以全面概括出定义，便宣称作为外延的文学不存在。事实上，由于语言作为声音符号的局限性，一切事物和概念的内涵都有定义所不可穷尽的丰富性，并不能因此而否决外延的存在。第四，他们的理论预设涵盖世界文学，可是他们对东方，尤其是中国古典文学和理论却一无所知，他们的知识结构和他们的理论雄心是不相称的。西方文论失足的地方，正是我们的出发点，从这里对他们的理论（从俄国形式主义到美国新批评，从结构主义到文学虚无主义的解构主义，从读者中心论到叙述学）进行系统地梳理和批判，在他们徒叹奈何的空白中，建构起文学文本解读学，驾驭着他们所没有的理论和资源，和他们对话，迫使他们和我们接轨，在文学文本的解读方面和他们一较高下，也许这正是历史摆在我们面前的大好机遇。

王文革　熊元义：文学理论与文学创作的确存在矛盾。文艺理论家解决这种文艺理论与文艺现象的矛盾，一是调整原有的文艺理论，适应文学创作的巨大变化；二是批判那些坏的文艺现象，引导文学创作的健康发展。这二者在不同的时候可以偏重，但却不可偏废。否则，文艺批评家不是与新生的文艺现象失之交臂，就是与即将灭亡的文艺现象同流合污。您如何解决这个矛盾？

孙绍振：理论只能来自实践，文学理论的基础只能建立在文学创作实践上。创作实践不但是文学理论的来源,而且应是检验文学理论的标准。创作实践尤其是经典文本的创作实践是一个过程,艺术的深邃奥秘并不存在于经典显性的表层,而是在反复提炼的过程中。过程决定结果,高于结果,从隐秘的提炼过程中去探寻艺术奥秘,是进入解读之门的有效途径。如《三国演义》中的"草船借箭",其原生素材在《三国志》里是"孙权的船中箭",到《三国志平话》里是"周瑜的船中箭",二者都是孤立表现孙权和周瑜的机智。到了《三国演义》中则变成"孔明借箭",并增加了三个要素:盟友周瑜多妒;孔明算准三天以后有大雾;孔明算准曹操多疑,不敢出战,必以箭射稳住阵脚。这就构成了诸葛亮的多智是被周瑜的多妒逼出来的,而诸葛亮本来有点冒险主义的多智,因曹操多疑而取得了伟大胜利,三者心理的循环错位,把本来是理性的斗智变成了情感争胜的斗气,于是多妒者更妒,多智者更智,多疑者更疑,最后多妒者认识到自己智不如人,发出"既生瑜,何生亮"的悲鸣。情感三角的较量被置于军事三角上。实用价值由此升华为审美经典。这样的伟大经典历经一代代作者的不断汰洗、提炼,耗费时间不下千年。这一切奥秘全在于文本潜在的特殊性,无论用何种文艺理论的普遍性对之直接演绎,只能是缘木求鱼。

此外,文学作品的价值和功能最终只有在读者阅读过程中实现。文学解读以个案为前提,它关注个体而非类型。由于文学作品的感性特征往往给读者一望而知的感觉,但这仅是其表层结构,深层密码却是一望无知甚至是再望仍无知的。因此,文学需要解读,深刻的解读就是深层解密。让潜在的密码由隐性变为显性,并化为有序的话语,这无疑是提高文学文本解读的有效的艰巨任务。

理论的基础和检验的准则来自实践,理想的文学理论应是在创作和阅读实践的基础上作逻辑和历史统一的提升。然而,西方文论家大都是学院派,相对缺乏创作才能和体验。本来,这种缺失当以文学文本个案的大量、系统解读来弥补,但学院派却将更多精力耗于五花八门的文学理论(如"知识谱系")的梳理。这些文论家的本钱,恰如苏珊·朗格所说,只有哲学化的"明晰"和"完整"的概念。他们擅长的方法也就是逻辑的演绎和形而上学的推理。这种以超验为特点的文学理论可批量生产出所谓的"文学理论家",但这些理论家往往与文学审美较为隔膜。这就造成一种偏颇:文学理论往往是脱离文学创作经验、无力解读文本的。

在创作和阅读两个方面脱离了实践经验，就不能不在创作和解读的迫切教学需求面前闭目塞听，只能是从形而上学的概念到概念的空中盘旋，文学理论因而成为某种所谓的"神圣"的封闭体系。在不得不解读文本时，便以文学理论代替文学解读学，以哲学化的普遍性直接代替文学文本的特殊性。这就导致两种倾向：一是只看到客观现实、意识形态和文学作品间的直线联系，抹杀文学的审美价值和作家的特殊个性；二是以文学批评中的作家论，以作家个性与作品的线性因果代替文本个案分析，无视任一作品只能是作家精神和艺术追求的一个侧面和层次，甚至是一次电光火石般的心灵的升华，一度对形式、艺术语言的探险。即使信奉布封"风格就是人"的著名命题，以文学批评中的作家论代替文本分析，也不可避免会带来误导。用鲁迅的国民性批判思想去解读《社戏》中对乡民善良、诗意的赞美，就文不对题；用"哀其不幸，怒其不争"解读《阿长与山海经》也不完全贴切，因为文中另有"欣其善良"的抒情。在某种意义上，即使是黑格尔所说的"这一个"，也是一种普遍性追求的表现，而文本个案只是作家的这一次、一刻、一刹那体验与表达。在文学作品中，作家的自我并不是封闭、静态的，而是以变奏的形式随时间、地点、文体、流派、风格等处于动态中。作品的自我，并不等于生活中的自我，而是深化了、艺术化了的自我。因此，文学文本解读不仅应超越普遍的文学理论，而且应超越文学批评中的作家论。

追求普遍性而牺牲特殊性，这是文学理论抽象化的必要代价。从某种意义上说，文学理论越普遍，涵盖面越广，就越有价值。然而，文学理论越普遍，其外延越大，内涵则相应缩小。而文学文本越特殊，其外延递减，内涵则相应递增。不可回避的悖论是，文本个案以独一无二、不可重复为生命，但文学理论是对无数唯一性的概括。在此意义上，二者互不相容。文学理论的独特性只能是抽象的独特性，并非具体的唯一性。文本个案的唯一性，与理论概括的"独特性"构成永恒的矛盾。

当然，这并不仅是文学理论，也是文学解读理念的悖论，甚至是一切理论都可能存在的矛盾。但是，一切理论并不要求还原到唯一的对象上去。文学文本解读则相反，个案文本的价值在于其特殊性、唯一性。由此可知，文学解读学与文学理论虽不无息息相通，但又是遥遥相对的。

追求个案的特殊性正是文学文本解读的难点，也是它生命的起点；但是，对于文学理论来说，局限于文本的特殊性却可能是它生命的终点。理论的价值在于作"文本分析"的向导，但是，它对所导对象的内在丰富性却有所忽略。文本个案的特殊内涵永远大于理论的普遍性。因而，以普遍理论为大前提，不可能演绎出任何文本个案的唯一性。因此，文学理论不可直接解决文本的唯一性问题，理论的"唯一性""独特性"只能是一种预期（预设）。说得更明确些，它只是一种没有特殊内涵的框架。文本的特殊性、唯一性只有通过具体分析将概括过程中牺牲的内容还原出来。这是一个包括艺术感知、情感逻辑、文学形式、文学流派、文学风格等的系统工程。

王文革　熊元义： 本来，文艺理论是文艺批评家在把握文艺现象时的指南，不是裁剪文艺现象的现成的公式。有些思想糊涂的文艺批评家却没有这样做，而是在按照文艺理论裁剪文艺现象。这就难免出现失误现象。尽管独创是艺术的第一特性，但是，这种艺术独创既有可能是有意义的，也有可能是无意义的。如果盲目崇拜精神生活的例外，个体的审美感受，那么，就无法区别有意义的文艺创新和无意义的文艺创新。文艺批评家如果盲目地追新逐异，就可能阿世媚俗。您20世纪80年代初大力支持当时的诗歌新潮，90年代末您有力地批判了当时的诗歌新潮。看来，您并不是肯定所有的诗歌创作现象。

孙绍振： 严格地说，一切事物和观念都具有不可定义的丰富性：第一，由于语言作为声音象征符号系统的局限，事物和思维的属性既不可穷尽，又不能直接对应，它只能是唤醒主体经验的"召唤结构"；第二，一般定义都是抽象的内涵定义，将无限的感性转化为有限、抽象的规定，即使耗费千年才智，也难达到普遍认同的程度；第三，一切事物和观念都在发展中，不管多么严密的定义都要在历史发展中不断被充实、突破和颠覆，以便更趋严密。一切定义都是历史过程的阶梯，而非终结。由此观之，定义不应是研究的起点，而是研究的过程和结果。若一切都要从精确的定义出发，世上能研究的东西就相当有限。

自然，离开严密的定义，文学研究也难顺利、有效地展开。在此关键问题上，马克思主义文论的经典作家具有相当深刻的认识，普列汉诺夫在《论艺术》中说过，研究不能没有"严格地下了定义的术语"，但是，一个

"稍微令人满意的定义,只有在它的研究的结果中才能出现",所以,研究就面临着为"还不能够下定义的东西下个定义"的难题。对此,他提出"暂且使用一种临时的定义,随着问题由于研究而得到阐明,再把它加以补充和改正"。

严密的定义实际上是内涵定义。不完善的内涵定义与外延(事实)的广泛存在发生矛盾。轻率地否认对象的存在就放弃了文学理论生命的底线。西方文论家也强调问题史的梳理,但他们的问题史只是观念、定义的变换史,亦即为定义和概念(知识)的历史。这就必然造成把概念当成一切,在概念中兜圈子的学术。成功的研究都只能是先预设一个临时定义,然后在与外延的矛盾和历史发展中继续深化、不断丰富它,最后得出的也只能是一个开放的定义,或曰"召唤结构"而已。观念和定义的变换是一种显性结果,它的狭隘性与对象的丰富性及历史发展变换的矛盾,正是观念谱系发展的动力。谱系不仅是观念和定义的变换系统,更是观念与对象的矛盾不断被丰富、颠覆和更新的历史。

片面执着于观念演变梳理的失误还在于,对"理论总是落伍于创作和阅读实践"这一事实的忽视。与无限丰富的创作和阅读实践相比,文学理论谱系所提示的内容极其有限。同样是小说,中国的评点和西方文论都总结出了"性格"范畴,但我们却没有西方文论的"典型环境"范畴。这并不意味着中国小说创作没有"环境"因素,《水浒传》的"逼上梁山"为其一,只是尚未将之提升到观念范畴。同为诗歌,中国强调"意境""乐而不淫,哀而不伤,怨而不怒",西方文论却强调"愤怒出诗人""强烈感情的自然流泻"。其实,许多中国古典诗歌也注重强烈感情的表现,如屈原的"发愤以抒情"(《九章·惜诵》),只是未形成普遍的概括,但是有实践:"长太息以掩涕兮,哀民生之多艰";西方的文学中也有非常节制情感的诗歌,如歌德、海涅、华兹华斯的一些诗作。因而,仅梳理理念只能达致概念的完整性和系统性,实际上与复杂对象及其历史性相比则不成谱系。

可见,推动知识观念发展的动力是创作实践,而非知识观念本身。文学理论的生命来自创作和阅读实践,文学理论谱系不过是把这种运动升华为理性话语的阶梯,此阶梯永无终点。脱离了创作和阅读实践,文学理论谱系必定是残缺和封闭的。问题的关键在于,文学理论对事实(实践过程）的普遍概括，其内涵不能穷尽实践的全部属性。与实践过程相比，文学理论是贫乏、不完全的，因而理论并不能自我证明，实践才是检验真理的准则。

在此意义上，一味梳理观念谱系的方法即便再系统也带有根本缺陷，这表现在：从概念到概念，从思想到思想，脱离了实践的推动和纠正机制，带着西方经院哲学传统的"胎记"。当然，观念史梳理的方法也许并非一无是处，它所着眼的并不是文学，而是观念变异背后社会历史潜在的陈规。但无论是在性质还是功能上，它与文学解读最多也只能是双水分流。

王文革　熊元义：为了改变中国当代文艺理论界唯西方文论是从的积习和有效地克服西方文论的局限，您提出了建构文学文本解读的理念。您能否进一步地谈谈？

孙绍振：西方文论一味从概念（定义）出发，从概念到概念进行演绎，越是向抽象的高度、广度升华，越是形而上和超验，就越被认为有学术价值，然而，却与文学文本的距离越来越远。文学理论由此陷入自我循环、自我消费的封闭式怪圈。文学理论越发达，文本解读越无效，滔滔者天下皆是，由此造成一种印象：文学理论在解读文本方面的无效，甚至与审美阅读经验为敌是理所当然的。文学解读的目标恰恰相反，越是注重审美的感染力，越是揭示出特殊、唯一，越是往形而下的感性方面还原，就越具有阐释的有效性。归根到底，这使文学理论不但脱离了文学创作，而且脱离了文本解读。

文学文本解读无效或者低效，是由于读者的心理预期状态（图式scheme）的平面化，以表层的一望而知为满足。其实形象是一种立体结构，它至少由三个层次组成。一是表层的意象群落，包括五官可感的过程、景观、行为和感性的语言等，它是显性的。在表层的意象中渗透着情感价值，这就构成了审美意象。意象不是孤立的而是群落式的有机组合，其间有隐约相连的情志脉络，这是文本的第二个层次，可称之为意脉（或为情志脉）。其特点为：第一，意脉以情志深化表层的意象；第二，对表层的整体意象在形态和性质上加以同化；第三，意脉所遵循的不是实用理性逻辑，而是超越实用理性的情感逻辑。这在中国古典诗话中叫作"无理而妙";第四,在具体作品中,不管是小型的绝句,还是大型的长篇小说,意脉都以"变"和"动"为特点。意脉是潜在的,可意会而难言传。要把这种意味传达出来,需要具体分析原创性的话语。缺乏话语原创性的自觉和能力,往往会不由自主被文本外占优势的实用价值窒息。在中层的意脉中,最重要的是真、善、美价值的分化。与世俗生活中真、善、美的统一不同,文学文本是真、善、美的"错位"。它们既不完全统一,也非完全分裂,而是部分重合又有距离。在尚未完全脱离的前提下,三者的错位幅度越大,审美价值就越高。三者完全重合或脱离,审美价值就趋近于无。保证审美价值最大限度升值的是文学的规范形式,这是文本结构的第三层次。作家的观察、想象、感受及语言表达,都要受到特殊形式感的制约和分化,主观和客观并非直接发生关系,而是同时与形式发生关系。只有当形式、情感和对象统一为有机结构后才具备形象的功能。只有充分揭示主观、客观受到形式的规范制约,文学理论才能从哲学美学中独立出来,通向独立的文学文本解读学。值得注意的是,形式的稳定性与内容的丰富发展是一对永恒的矛盾。内容是最活跃的因素,它不断冲击着规范形式,规范与冲击共生,相对稳定的规范形式在积淀历史经验时也不能不开放,不能不随着历史的发展而突破和更新。

不可讳言的是,不管什么样的形式规范,都是共同性的概括,都不能不以个案文本特殊性的牺牲为代价。而文本个案解读的任务却是把独一无二的特殊性还原出来。这正是文学解读的有效性不可回避的矛盾。本来,最干脆的方法似乎就是直接对个案感性文本作直接的具体分析。当然,这不是绝对不可能,但是却有难以想象的难度。直接分析的对象是矛盾,然而文学文本却是天衣无缝、水乳交融的,个案的特殊矛盾是潜在的。要把这种矛盾揭示出来,才有分析的对象。

人的心灵是很丰富的,哲学(逻辑学等)只要表现其理性,其情感审美方面则更为丰富复杂,没有一种文学形式能够将之全面的表现,因而,在数千年的审美积累中,文学分化为多种结构形态,以不同的功能表现心灵的各个层次和方面。诗歌的意象乃在普遍性的概括,不管是林和靖笔下的梅花,还是辛弃疾笔下的荠菜花,不论是华兹华斯笔下的水仙,还是普希金笔下的大海,不论是艾青笔下的乞丐,还是舒婷笔下的橡树,都是没有时间、地点、条件的具体限定的普遍的存在,在诗里,得到充分表现的往往是心灵的概括性，甚至是形而上方面，在爱情、友情、亲情中，人物都是心心相印的，具有某种永恒性的，故从亚里士多德《诗学》到华兹华斯都以为诗与哲学是最接近的。而在叙事文学和戏剧文学中，个体心灵在不同的时间、地点、条件下表现的差异性是绝对的，而且处于动态之中，情节的功能在于，第一，把人物打出常规，显示其纵向潜在的深层心态，列夫·托尔斯泰在《复活》中说"他常常变得不像他自己了，同时却又始终是他自己"。第二，不管是爱情还是友情、亲情，心心相惜才有个性，才有戏可看。俄国形式主义者维·什克洛夫斯基说："美满的互相倾慕的爱情的描写，并不形成故事……故事需要的是不顺利的爱情。例如 A 爱 B，B 不爱 A；而当 B 爱上 A 时，A 已不爱 B 了……可见，形成故事不仅需要有作用，而且需要有反作用，有某种不相一致。"故李隆基与杨玉环在白居易的《长恨歌》中，爱情不但超越空间（在天愿为比翼鸟，在地愿为连理枝），而且超越时间和生死（天长地久有时尽，此恨绵绵无绝期）。而在洪升的戏剧《长生殿》中，则是要偷情吃醋，发生情感错位的。故杨玉环两次吃醋，李隆基两次后悔迎回最为精彩。依照这个形式错位的理念，托尔斯泰的修改稿，表现了两个人的特殊的错位。第一次对话的局限在于，玛丝洛娃对聂赫留朵夫从心灵的表层到深层，只有仇恨，只有斩钉截铁的对立。定稿的优越在于，纯情少女变成了妓女。以妓女的眼光看待来人，在感知上又不完全是对立，而是错位；公爵真诚的求婚，她却认为是蠢话，但同时又有互相重合之处，她向他要钱来买烟，并且不让他把钱花在看守长身上。同样是对待钱，一个是要用来挽救她，同时拯救自己的灵魂，一个却用它来买香烟。这也正显示了玛丝洛娃虽然认出聂赫留朵夫，但是她的深层记忆并未完全被唤醒，纯情少女的记忆还被表层的妓女职业心态所封冻。这也正说明她的痛苦有多深。

这样的分析当然可以说比较有效，但是，潜在的矛盾并未完全消除，个案的唯一性仍然不能不与规律的普遍性相联系。但是，这里的规律的普遍性（深化心灵层次和心理错位），是用来阐明文本的唯一性的，正如用纯粹的水（二氧化氢）说明林黛玉的泪水和武松的酒水，并没有以牺牲其独一无二性为代价，而是对文本的唯一性做出更加深邃的阐释。

然而，问题并不这样简单，因为，把读者带进作家创作过程的资源，虽然并非罕见，然而比之浩如烟海的文学作品来说，毕竟是凤毛麟角。这样的模式缺乏普遍的可行性。要把潜藏在水乳交融的、天衣无缝的文学形象之下的矛盾揭示出来，还要借鉴现象学的"还原"的方法。也就是把形象"悬搁"起来，当然，和现象学不同的是，不是为了"去蔽"，而是把形象未经艺术化的原生状态（认识理性、实用理性的）想象出来，与审美形象比较，分析其差异或者矛盾。

就规范形式本身而言，首先，它并不是一个抽象的层次的框架，而是多层次的立体结构。其次，它也不是某种纯粹形式，而是与内容息息相关的。因而具体分析，不但有形式的方面，而且还有内容的方面，不但有逻辑的方面，而且有历史的方面。

就形式方面而言，第一层次是意象分析，这就要进行艺术感知的还原，揭示出感知变异的根源是情感，如吴乔所说，好像把米酿成酒，"形质俱变"，乃是结果，情感审美乃是原因。第二层次是情感逻辑的还原，揭示出情感逻辑与理性逻辑的差异。李商隐《锦瑟》中的名句"此情可待成追忆，只是当时已惘然"，好就好在自相矛盾。"此情可待"，说的是眼下不行，但是可以等待，未来有希望。可是，等待的结果，不但是落空，而且早在"当时"，也就是等待的当初就明知是空的（惘然）。明知没有希望还要把没有结果的等待当作希望，深刻地表现了李商隐式的绝望的缠绵、缠绵的绝望。清代诗话家贺裳、吴乔把这叫做"无理而妙"。现代派诗人甚至喊出"扭曲逻辑的脖子"的口号，从某种意义上正是这种规律的表现。这种逻辑就是审美逻辑，在叙事和戏剧文学中，则更为复杂一些，人物的自相矛盾越是多元，越有个性。第三层次的具体分析，借助流派的还原和比较。形式规范是相当稳定的，与最活泼的内容发生冲突是不可避免的，因而，发生种种变异是正常的，当某种变异成为潮流，成为共同的追求，包括自觉的和不自觉的就成为流派。不同流派在美学原则上有不可忽略的差异甚至反拨。浪漫派美化环境和情感，象征以丑为美，把徐志摩的《再别康桥》的潇洒审美和闻一多的《死水》的以丑为美混为一谈，无异于瞎子摸象。但是，流派仍然是众多作品的共性，要达到作品的唯一性，就还要具体分析第四个层次：从风格的还原和比较中入手。也就是在同一流派中不同的个人风格，更重要的是在同一作家笔下不同作品的不可重复的风格。如《再别康桥》中的潇洒温情不同于《这是一个怯懦的世界》的激情。最可贵的风格并不是个人的，而是篇章的，越是独一无二的、出格的，越是要成为阐释的重点。有时连统计数字都可能成为必要的手段，如在写战争的《木兰词》中，通篇真正涉及木兰参战的只有"将军百战死，壮士十年归"。在被认为是叙事诗的《孔雀东南飞》中，叙事的只有122句，对话却占了压倒优势，364行。《醉翁亭记》中，一连用了20个"也"字，等等。这类出格的表现，很难不对普遍的形式规范有所冲击，有所突破，有所背离。这种背离是一种冒险，同时又可能推动规范的发展。这才是艺术的生命线所在。

就内容而言，通过还原进入具体分析，主要是母题的梳理。任何天才杰作，其主题都是历史传统的继承和发展，李白的《将进酒》使得传统的生命苦短的悲情母题变成了豪迈的"享忧"。武松打虎使得"近神"的英雄变成"近人"，比之《三国演义》对英雄的理解，大大进了一步。《简·爱》把英国小说传统中美人与高贵男性的爱情变成了相貌平平和一个瞎了眼睛的男人终成眷属。所有这一切对母题的突破，都是文本唯一性的索引。

文本的特殊性、唯一性，不是一步到位的，而是在层层具体分析中步步紧逼的，第一层次的具体分析，得出的结论，有如普列汉诺夫所说的暂时性定义，后续的每层次的分析，都使其特殊内涵递增，也就是定义的严密度递增，层次越多，内涵愈多，则外延愈少，直至最大限度地逼近唯一文本。

文本特殊的唯一性只有凭借这样系统的层次推进，才有可能逼近，解读的有效性才有可能提高。不论是反映论还是表现论，不论是话语论还是文化论，不论是俄国形式主义的陌生化还是美国新批评的悖论、反讽，都囿于单因单果的二元对立的线性哲学式的思维模式。文学解读上的无效、低效似有难以挽回之势。西方对之徒叹奈何已长达百年，如今我们应抓住机遇发出自己的声音，以寻求新的解决方案和道路。

彭立勋谈：构建中国特色现代审美学

李明军

推动审美学学科建设和体系创新

李明军： 在中国当代美学界，您不仅研究审美活动和审美经验见长并形成鲜明的特色，而且是比较唯物的。您的代表作《美感心理研究》和《审美经验论》在美学界和文艺界都产生了较大影响，对中国当代美学在注重美的本质探讨的同时也关注审美和艺术问题研究起到推动作用。您是怎样选择和坚持这一研究方向的？

彭立勋： 1980年春，我赴北京筹建全国马列文论研究会，拜访了周扬、朱光潜、蔡仪等美学前辈，向他们请教了一些美学问题。同年6月，参加了在昆明召开的第一次全国美学会议，在大会上就马克思主义美学研究问题作了发言。接着，北京师范大学举办全国高校美学教师进修班，我在那里听了朱光潜、王朝闻、蔡仪、宗白华、李泽厚等美学家的讲课。在此期间，我主要学习和研究了马克思《1844年经济学哲学手稿》。经过学习和思考，我觉得当代中国各派美学对于美的本质的主张，各有优长，也各有缺陷，都难于完全令人信服。沿着旧的思路，难于获得突破。美固然具有客观性，但却不能脱离人的审美活动而存在。因为只有通过人的审美活动，客观对象才对人显现出美的价值。但长期以来，我国美学界对审美活动和审美经验的研究严重不足。而现代西方美学却越来越重视审美经验的研究，实现了从美的本质到审美经验的研究重点的转移。这一切，都使我感到把审美经验作为研究重点，是大有可为的。于是，我将对于审美活动和审美经验的研究作为主攻方向。

1985 年，我的专著《美感心理研究》出版，这是我国新时期最早出版的审美心理研究专著之一。在书中，我将美学和心理学、社会学、文艺学等多种学科结合起来，对美感心理的性质、特点、要素、结构、过程、形态等作了比较全面、系统的研究和论述，对美感的心理结构和功能特性，以及美感发生的心理机制作了一些新的探索。此书出版后，反响较大，多次再版，获得了全国优秀畅销书奖。但我觉得意犹未尽，继续研读了国内外一些相关研究成果，感到有许多问题有待深入探索。1987 年，国家教委派我去剑桥大学做访问学者，我利用这个难得的机会，在国外阅读和收集了许多新资料，形成了一些新思想。回国后，撰写和出版了《审美经验论》。相对于《美感心理研究》，此书更加注重审美经验的复杂性和特殊性的考察，也更加注重对于审美心理特殊结构方式的研究，同时，在运用当代新学科、新方法和借鉴当代西方审美经验研究新成果方面，也作了更多新的尝试。书中以现代科学方法论为基础，以分析审美心理特殊结构方式为中心，构建了一个较完整的审美经验的理论体系。此书获得了广东省优秀社会科学研究成果专著一等奖。

　　除了审美经验研究之外，西方美学研究也是我着力较多的一个领域。我在英国考察和研究西方当代美学发展情况时，对重视审美经验研究的英国经验主义美学产生了浓厚的兴趣，并且依凭剑桥大学得天独厚的图书资料优势，收集了较丰富的研究资料。后来，我以此为基础，将经验主义和理性主义两大美学派别单独列为一个研究课题，对其作全面、系统、综合、比较研究，撰写和出版了《趣味与理性：西方近代两大美学思潮》。这本书虽然是对西方近代两大美学思潮和派别的历史研究，但几乎涵盖了西方美学发展中产生的各种基本理论、学说、概念、范畴的探讨。其中，有关审美经验研究的历史梳理则是一个重点。

　　通过对审美活动和审美经验的理论研究和研究历史梳理，我觉得有必要提升到学科建设上加以推进。这促使我在原有研究成果的基础上再加发展，撰写和出版了《审美学现代建构论》，试图对审美学的学科体系建构、审美经验研究方式及方法创新以及构建中国特色现代审美学等做一些新的探索。这本书也是我长期从事审美学研究的心得和思想成果的一个小结。

　　李明军：您提出要把审美学作为一门独立的综合性的学科来建设，这对推进我国当代美学创新发展具有怎样的意义？

彭立勋：首先，这是美学本身转型发展的要求。西方美学的研究重点从美的本体、美的本质向审美主体、审美经验转移，是20世纪美学转型发展的重要表现。心理学美学的异军突起使审美经验独立成为美学的研究对象。从哲学、心理学、艺术学各种不同角度研究审美经验的学说和派别层出不穷，以致西方美学家不约而同地指出，审美经验以及与此相联系的各种艺术问题的研究已成为当代美学研究的重点。这种变革被公认为是当代美学区别于传统美学的一个主要标志。美学的这种变革必然推动学科的转型发展。在研究对象重点转移的同时，美学的学科体系和研究方法也产生了重要变化。许多当代有影响的美学家往往以审美经验作为构造全部美学体系的出发点，或作为研究所有美学问题的基础。这极大地推动了审美学的建设和发展。我国20世纪50年代以后的美学大讨论，基本集中在美的本质问题上，造成审美经验研究的长期缺失。改革开放以来，追赶世界美学转型发展的趋势，对审美经验的研究有了长足发展，推进审美学学科建设和创新发展已成推进我国当代美学研究的必然之举。

其次，这也是美学回应艺术实践和现实生活的要求。美学研究本来是出于解释和指导艺术实践的需要，艺术向来是美学的主要研究对象。黑格尔认为美学的正当名称是"艺术哲学"。他说："我们真正研究对象是艺术美，只有艺术美才符合美的理念的实在。"可是，我们的许多美学研究几乎和艺术实际无关，美学研究和艺术研究成为不搭界的两大块。朱光潜说过，把美学和文艺创作实践割裂开来，悬空的孤立的研究抽象的理论，就会成为"空头美学家"。要解决这个问题，就必须重视审美经验的研究。因为审美经验研究是联结美和艺术研究的一座桥梁。从美的本质到艺术创造、艺术欣赏和批评，需要依靠审美经验来贯通。以艺术为中心研究审美经验和结合审美经验探讨艺术问题，将两者统一起来，已成为当代西方美学发展的重要趋势。这既是美学研究范式的转变，也是艺术研究范式的转变，极大地拉近了美学研究和艺术研究以及艺术创造和欣赏实践之间的距离。20世纪末以来，随着审美文化研究、日常生活美学、环境美学、生态美学等陆续走向美学的前沿，开始了美学面向现实生活的全方位转型。与这些领域相关的不同于艺术的审美经验成为美学家关注的新热点。这也对审美学研究提出了新的要求，并且成为推动审美学发展的新动力。

李明军：正如您所说，在西方现代美学中，对审美经验和相关的艺术问题的研究已经有丰富的成果，审美学的各种形态都有发展。比较而言，我国的审美学建设还存在不足，您认为推进审美学建设要解决的主要问题是什么？

彭立勋：推进审美学学科建设，首先需要拓展和深化关于审美活动和审美经验的研究领域和问题，完善和创新审美学学科体系。审美活动和审美经验是审美学的研究对象，也是构建审美学学科体系的出发点。但是，什么是审美经验，应当从哪些方面进行深入研究，包括哪些需要研究和解决的课题，等等，都还是需要进一步探讨的问题。目前，人们普遍认为审美经验主要是指人在欣赏和创造美和艺术时发生的心理活动，因此将审美心理活动研究作为审美学的研究重点。这是有一定道理的。审美心理是审美经验产生的出发点，是一切审美意识形成的基础，因而审美心理研究也应成为审美学的主体构成部分。但如果因此将审美学和审美心理学完全等同起来，那就忽视了审美经验的丰富内涵，把审美经验狭窄化了。

审美的意识活动表现为心理活动，但又不限于心理活动。审美意识作为审美主体对于审美对象的反映和反应，具有复杂的结构和不同的水平、不同的层次，包括不同的形式。它既包括审美心理，也包括审美心理之外的其他各种审美意识形式。审美心理活动是审美意识的不够自觉的、不够定型的形式。除此之外，包括审美观念、审美趣味、审美理想、审美标准等在内的审美意识形式，是审美意识中的自觉的、定型化的形式。审美心理和其它审美意识形式是互相关联、互相作用的。审美观念、审美理想、审美标准等意识形式是在审美心理活动的基础上形成的，但它是对于审美心理的提炼和升华，是通过自觉活动形成的定型化的思想观念。审美心理活动总是在一定的审美观念、审美理想、审美标准影响下发生的，是受这些审美意识形式制约的。此外，在审美心理活动的基础上，在审美观念和审美标准制约下，审美主体对于审美对象的审美价值所产生的审美判断和审美评价，也是审美意识的一种重要形式。以上所述，都是审美活动和审美经验相关的内容，也都是审美学需要研究的对象，当然是审美学的学科体系建设必须包含的各个组成部分。

从当前情况看，审美心理部分的研究比较受到重视，成果也比较丰富。相对而言，对于审美意识的历史起源、社会本质和发展规律的研究，对于审美理想、审美趣味、审美标准、审美价值、审美判断、审美评价等问题的研究，则显得较为不足。虽然在西方审美学研究中，关于这些问题也有一些较为深刻的论述，但总的看来，成果并不理想。由于受到哲学观点的局限和存在问题的影响，许多西方美学家对于上述各种问题的看法仍较缺乏全面性、科学性。以艺术为主体的审美经验，既是一种心理现象，也是一种社会现象。对审美经验的考察和研究，不能仅仅停留在心理学层面，还必须从审美经验与人类社会实践的关系深入揭示其社会历史本质和规律性。在这方面，普列汉诺夫在《没有地址的信》中运用唯物史观，从社会学角度，对原始民族审美感觉、审美趣味、审美观念与社会生活条件关系所作的精辟分析和论述，至今仍然是我们学习的典范。可惜在当代美学研究中，很少再能见到这方面具有丰富考察资料、富有真知灼见和说服力的成果。因此，如何在正确的哲学观点和方法指导下，将美学和价值论、心理学、社会学、文化人类学、艺术史和艺术批评等学科结合起来，对审美经验进行全方位研究，做出深入的分析和科学地阐明，是完善和创新审美学学科体系的一项重要任务。

更新审美经验研究的思维方式

李明军： 您在《审美经验论》和《审美学现代建构论》中，都提出要更新审美经验研究的思维方式，并倡导运用现代科学方法论于审美经验研究，这是出于怎样的考虑？

彭立勋： 审美经验的性质和特点是什么，审美经验的心理结构和发生机制是怎样的，这是审美学要解决的核心问题，是美学家长期以来要揭示的审美之谜。要在这些重要问题上得到突破，必须从更新思维方式入手。传统思维方式的一个根本特点，就是按照"孤立的因果链的模式"思考对象，把一切事物都看作由分立的、离散的部分或因素所构成，试图用孤立的组成部分去解释复杂系统的整体。这种思维方式在以往的审美经验研究中一直有很大影响。西方许多审美经验理论和学说的一大弊病，就在于脱离整体去孤立地分析其各个构成要素，乃至简单地把某种构成要素的性质和特性当作审美经验整体的性质和特性。这就容易造成一叶障目、不见泰山,难免对审美经验做出种种片面的解释。从康德的审美判断说、克罗齐的审美直觉说到弗洛伊德的审美无意识说等,无不存在同样的片面性。现代系统科学方法论突破了传统的思维方式,它把事物看作是由各部分、各要素在动态中相互作用、相互联系而形成的系统,要求从整体性出发,把对象始终作为一个有机的整体,从系统与要素、整体与部分、结构与功能的辩证关系上去把握对象。由于审美经验是一种包含着许多异质要素的多方面的复合过程,是多种异质要素共同整合的结果,它的特性和规律只有在各种异质要素的整合中才能体现出来,因此,应用系统方法论这种新的思维方式或哲学方法论,对于纠正历来对于审美经验的一些片面理解,全面地、整体地认识审美经验的性质、特性和规律,就显得特别适合和重要。

  按照系统论观点,系统整体水平上的性质和功能,不是由其构成要素孤立状态时的性质和功能或它们的叠加所形成的,而是由系统内各个要素相互联系和作用的内部方式即结构所决定的。审美经验和认知、道德及其他日常经验的区别主要不在于其构成要素的多寡,它的整体特性也不能由它的构成要素的孤立的特性或其相加的总和来解释,而是要由它的全部心理构成要素相互联系、相互作用所形成的特殊结构方式来说明。如果我们不去认真研究在审美经验中感知和理解、知觉和情感、情感和理性、想象和思维、意识和无意识等各种异质要素是以何种特殊方式相互联系和作用的,不去认真分析美感中的特殊的认识结构、情感结构以及二者之间的相互关系,我们就无法从整体上去认识和把握审美经验的特性和功能。对于人们常常遇到的特殊的审美心理现象以及常常用于描述审美经验的特殊概念和范畴,如直觉性、愉悦性、形式感、移情作用、同情作用、非确定性、非功利性、不可言说性、意象、趣味等,也就不能从整体上给予科学的阐明。

李明军:您以现代系统科学方法论为基础,通过分析审美心理的特殊结构方式,构建了独特的审美经验的理论体系,受到同行专家的高度评价。这方面研究您获得了哪些新的认识和新的成果?

彭立勋:我在《审美经验论》《审美学现代建构论》等著作中,以系统科学方法论为基础,从审美经验特别是艺术创作和欣赏的经验出发,提出了审美心理系统整体论、审美认识结构方式论、审美情感结构方式论、美感发生中介机制论以及审美生成主客体互动论等理论观点,形成了一个较为完整的、独特的审美经验的理论体系。通过深入分析和探讨审美经验的特殊心理结构方式以及美感发生的中介机制,我确信审美经验的整体性质和特点不是由心理构成因素的孤立性质或各种心理因素相加的总和所决定的,而是由它的特殊心理结构方式决定的。审美中各种感性认识因素和理性认识因素以特殊方式相互联系、相互作用,形成感性与理性相统一的审美认识结构(形象观念、意象、形象思维等);审美中情感因素和不同认识因素以特殊方式相互联系、相互作用,形成情感与认识相交融的多层次审美情感结构(情景互生、移情作用、同情共鸣、人物内心体验等);审美认识结构和审美情感结构以特殊方式交互作用、相互协调,导致合规律性与合目的性相统一的自由和谐的心理活动,最终形成以情感愉悦和心灵感动为特点的审美总体体验。审美经验表现出的特殊心理现象如直觉性、形式感、愉悦性等,都是由于审美心理的特殊结构方式以及美的观念的中介作用所形成的整体效应。因此,发现并科学地解释审美心理的特殊结构方式,是揭示审美经验特殊规律的关键所在。

在审美经验形成中,美的观念的中介作用非常重要。康德在《判断力批判》中阐明的"审美理想""审美理念"也就是一种美的观念。他说:"我把审美理念理解为想象力的那样一种表象,它引起很多的思考,却没有任何一个确定的观念、也就是概念能够适合它,因而没有任何言说能够完全达到它并使它完全得到理解。"美的观念是审美心理特殊结构方式的产物和体现,是感性与理性、认识与情感、特殊与普遍、主观与客观、合规律性与合目的性的统一,集中表现着审美经验的系统整体性。美的观念的中介作用,既可以从皮亚杰的发生认识论关于同化和顺应理论得到科学说明,也可从现代控制论关于大脑活动受非约束性信息与约束性信息双重决定作用理论得到有力支撑。弄清美的观念在美感发生中的中介作用及其形成的心理机制,是揭示审美心理奥秘的一个重要突破口。

如果我们能从审美经验的特殊结构方式去认识和把握审美经验的整体性质和特性,那么对美学中长期争议的审美非功利问题就可以有新的认识。人们在获得审美愉快时,确实没有自觉的个人利害考虑,但这种愉快是审美中各种心理要素以特殊方式相互作用、共同整合的结果，其中已渗透着想象、理解、情感、意愿等心理要素，而人的这些心理要素及其形成的整体意识总是自觉不自觉地受到一定的社会生活条件制约的。所以，审美愉悦的个人主观形式中必然寓含着客观社会功利内容，是非功利性与功利性的统一。这就是为什么艺术的审美愉悦功能和教育感化功能总是不能偏废的原因。

推进中国特色现代审美学建设

李明军：您在《审美学现代建构论》中认为，对百年中国现代审美学的发展进行系统的科学的分析和总结，是推进中国特色现代审美学建设的重要前提。您对王国维、朱光潜、宗白华审美学研究的比较分析相当精确，对中西结合探索经验的总结也非常深刻。

彭立勋：百年中国现代审美学是在不断探索西方美学和中国美学及文艺传统相结合中向前发展的。如何接受西方美学的影响并使之与中国传统美学相交融，是中国现代审美学建设需要解决的一个主要问题。由于中、西美学在理论形态和范畴、话语及表达方式上都存在明显的差异，因此，在两者的结合中，如何使双方互相沟通，在观点、概念、范畴上产生彼此关联，同时又保持各自的特色和优点，在融合、互补中进行新的理论创造，成为实践中一个难题。在解决这个难题中，20世纪前期在审美学研究中进行的中西结合的探索，有过多种多样的尝试，提供了许多好的经验。从王国维、朱光潜到宗白华，既能准确地把握中西美学的融通之点，又能充分展示中西美学各自的特色，做到异中有同，同中有异，在比较、融合、互补中实现观点和理论的创新。

值得注意的是，在实现这一目标中，王国维、朱光潜、宗白华都发挥了个人的独创性，采用了各自不同的方式。如王国维主要是运用西方美学的新理论、新观念和新方法，研究中国古典文艺作品和审美经验，对中国传统审美学思想范畴进行新的阐发。他的"境界"说堪称运用西方美学观念和方法阐释中国传统审美学范畴的经典成果。朱光潜则以西方美学理论特别是各种现代心理学美学的理论为骨干，补之以中国传统美学思想和概念，试图建构一个中西结合的心理学美学体系。《文艺心理学》从体系上看，基本上是以西方审美学理论和范畴为框架的，但具体论述中，却处处结合着中国传统审美学观念和文艺创作的经验，两者互相印证，达到"移西方文化之花接中国文化传统之木"。至于宗白华，则以中国艺术的审美经验以及中国传统美学思想为本位，着重于中西艺术审美经验和美学思想的比较研究，在比较中探寻中国艺术创造和审美心理的特色，发掘中国艺术和传统美学思想的精微奥妙。他对于中西艺术不同审美特点和表现形式的分析，对于中国艺术意境的"特构"和深层创构的发掘，至今无人企及。尽管他们各自探索中西美学结合的方式不同，但着眼点却都是要通过吸收、借鉴西方美学和继承、改造传统美学，形成独特的见解，创造新鲜的理论。这一成功经验对于我们推进中国特色现代审美学建设具有重要意义。

虽然百年来中国审美学建设沿着中西结合之路，获得了丰硕成果，但仍然存在一些问题。由于盲目崇拜，自觉或不自觉地把形成于西方文化土壤、哲学基础及文艺传统之中的西方美学理论、概念、范畴，无限扩大为一种普泛性的范式和标准，试图用它去套中国文艺创作实践和传统美学思想，结果就出现了"以西格中"、生搬硬套的现象。这就使中国现代审美学建设在民族化、本土化方面存在严重不足。这个问题如不解决，势必影响中国特色现代审美学的建设。鉴于此，我们必须调整中西美学结合研究的思维方式和方法，改变以西方美学为本位和普遍原则，简单接受移植的研究方式，倡导中西美学之间的文化对话，把中西美学的结合看作是对话式的、多声道的，而不是单向的或单声道的，使中西美学结合真正成为一种跨文化的互动，在真正平等而有效的对话的基础上，达到中西美学的互识、互鉴、互补。

李明军：您将推动中国传统审美学思想创造性转化，使其与中国当代审美和文艺实践相结合，作为建设中国特色现代审美学的关键问题，很有见地。那么，究竟应当如何推动中国传统审美学思想的创造性转化，传统审美学思想对构建中国现代审美学具有怎样的价值？

彭立勋：建设中国特色现代审美学需要对中国优秀的传统审美学思想进行创造性转化。实现这一目标，应从两方面努力。首先要进一步深入研究和揭示中国传统审美学思想的特点。尽管20世纪以来，对中国古代审美学思想的研究已有重要进展，中国传统审美学思想的一些重要概念和范畴正在逐步得到较深入的阐释，中西审美学思想的不同特点也在比较中逐步得到较明晰的揭示，但是对中国古代审美学思想进行全面清理和系统研究仍嫌不足，对中国特有的审美学的范畴、概念和命题进行深刻挖掘和创造性阐发仍需加强。中国传统审美学思想不仅有其独特的观念、命题和概念范畴，而且有其独特的理论形态和思维方式，而这些又是同中国传统文化和艺术审美经验的特点相联系的。在中国传统哲学辩证思维方式影响下，中国传统审美学思想强调审美中主客体的辩证统一和二者的相互作用，强调审美中情感因素和理性因素的互相渗透和有机融合，视审美观照和审美经验为一种超越性人生境界。它所形成的一系列基本学说和范畴，和西方美学的基本理论和范畴，构成具有不同内涵、优势和特点的两大美学体系，不仅具有鲜明的民族特色，也为世界美学做出了独特贡献。从中国哲学特有的思维方式和传统文化的独特语境出发，全面、系统地分析其形成和演变，准确、科学地揭示和把握其内涵和特点，使其形成具有中国民族特色的传统审美学思想理论体系，是在新的现实条件下对其加以继承和发展的基础和前提。中西比较研究对于揭示中国审美学思想的特点不失为一种好方法，而且可以在比较中见出中西美学思想各自的优势和互补性。新时期以来这种比较研究有了较大进展，但要注意避免比较中的生拉硬扯、以偏概全及主观臆断等现象，使比较研究真正建立在对中西美学思想的科学分析和真知灼见的基础上。

其次，要从当代现实生活以及审美和艺术实践需要出发，从新时代的高度，对传统审美学思想进行新的审视和创造性阐释，使其与当代审美观念与艺术实践相结合，成为构建中国特色现代审美学的有机组成部分。近年来，美学界和文艺理论界讨论的中国古典美学和文论的现代转型或现代转换问题，对于促进中国特色现代审美学和文艺学建设是十分有益的。我们所理解的"现代转型"和"现代转换"，就是要从新的时代和历史高度，用当代的眼光对传统美学和文艺理论中的命题、学说、概念、范畴和话语体系进行新的阐述和创造性发挥，以展示其在今天所具有的价值和意义，从而使其与当代美学和文艺观念相交织、相融合，共同形成中国特色现代美学和文艺学的新的理论形态和话语体系。中国传统诗文理论中一直贯穿着"心物感应"说、"情景交融"说，既肯定审美活动和文艺创作的客观来源，又强调主客、心物、情景之间的互相联系、互相作用、互相交融；也一直倡导"情志一体"说、"情理交至"说，既肯定审美活动和文艺创作的情感特点，又强调情感和理性的互相渗透、互相制约、互相交织，这些充满唯物辩证的审美学思想，是中国传统美学思想的精华，经过创造性转化，和中国特色现代审美学和文艺理论的观点和话语体系是完全相融合的，对中国特色现代审美学和文艺理论建设具有极其重要的理论价值。

推动中国传统审美学和文艺理论的创造性转化，需要研究者既有对中国古典美学和文论的透彻理解，又有对符合时代要求的当代审美意识和文艺观念的准确把握；既要回到原点，从中国文化的特定语境中，去深入理解传统美学与文艺理论观念和范畴的历史本来含义，又要立足当代，对传统美学与文艺理论观念和范畴的时代价值和当代意义进行重新发现和创造性转化，使两者真正达到融会贯通、水乳交融。这是一项具有探索性和开拓性的工作，应当提倡和鼓励探索多种多样的研究途径、研究方法，创造多种多样的理论形态和理论体系。我们应在过去研究成绩的基础上，更自觉地推动这项工作，使研究更加深刻化、系统化，更具有完整性和创新性，从而推动中国特色现代审美学建设。

李明军：美学研究与哲学研究密切相关，美学思想总是以一定的哲学方法论为基础建立起来的。您提出建设中国特色现代审美学必须确立正确的、科学的方法论，这是一个带方向性的问题，对当前美学和文艺研究具有很强的现实意义。

彭立勋：20世纪以来中国审美学发展历程和当代美学论争都表明，要建立科学的现代审美学体系，必须使审美活动和审美经验研究奠定在正确的、科学的方法论的基础之上。方法论有不同层次，最高层次的就是哲学方法论。审美学研究要沿着正确的方向前进，必须有科学的哲学方法论作指导。审美学中的一些根本问题，本来就同哲学的基本问题密切联系，何况美学本身就属于哲学的领域。审美学研究只有在正确的哲学方法论指导下，才能取得真正科学的成果。它从经验或实验以及其他相关学科中获取的大量资料，更需要进行哲学的综合。如果没有哲学的帮助，要形成、解释、阐述审美学的概念、范畴、理论并形成体系，将是不可能的。建构有中国特色的现代审美学体系所需要的哲学方法论,既不是否定审美经验具有客观来源和社会制约性的主观唯心主义,也不是否定审美主体在审美经验中具有能动作用的机械唯物主义,而只能是辩证唯物主义和历史唯物主义。马克思主义的实践论和辩证唯物主义的能动的反映论,应当是科学的审美学的方法论基础。哲学方法论的区别,不仅可以使我们能站在一个理论制高点上去审视、鉴别西方各种现代审美学流派和思潮,真正从中吸取科学的、合理的成果,避免生吞活剥、亦步亦趋,而且将使我们建构的科学的、现代的审美学体系真正具有不同于西方审美学的理论特色。

现在,美学界、文艺界思想活跃,学术观点越来越趋向多元化发展。这就更加需要强调确立正确的、科学的哲学方法论的重要性。当前在美学和文艺领域产生的许多理论分歧和争论,归根到底还是哲学方法论上的分歧所引起的。有的人在美学和文艺理论研究中,不加分析地搬用某些现代西方哲学理论作为基础,或者用某些现代西方哲学理论来改造马克思主义的哲学观点。这就在哲学方法论上产生了问题。以此作为研究美学和文艺问题的出发点,在观点上难免不出现偏颇。这也从另一方面说明确立正确的哲学方法论对于美学和文艺研究沿着正确方向前进是至关重要的。

哲学的方法论只能包括而不能代替具体学科的方法论。审美学与和它密切相关的心理学一样,还是一门正在走向成熟的学科,它的具体的研究方法还处在发展和更新之中。当前西方心理学美学的发展趋势是越来越重视多种研究方法的综合运用,可供我们借鉴。审美学要形成独立的学科并取得科学的成果,绝不能简单的套用一般心理学的方法,而必须形成适合本身研究对象和内容的独特的方法。一般心理学研究方法的发展趋势将是越来越自然科学化,越来越强调定量分析的重要性。而审美心理研究则由于其研究对象本身具有更为复杂的社会人文内涵,具有社会性精神现象的微妙难测的特点,因此,要达到完全自然科学化和定量分析,肯定是难于实现的。这就使审美学的特殊方法问题成为审美学发展中不能不引起高度重视的一个问题。对审美经验的研究不仅要借助心理学,也要借助社会学、文化人类学、文艺学、符号学等,这就必然使审美学的研究方法具有综合性和多学科性。我们应当在推进审美学学科建设中,继续探索符合学科研究对象和内容的特殊研究方法,这也是推动中国特色现代审美学建设和创新发展的一个重要方面。

陈美兰谈：珍惜作家精神劳动的成果

王文革　熊元义

王文革　熊元义：您是怎么走上文学批评的道路的？请您谈谈您从事文学批评的机缘。

陈美兰：我从事当代文学批评工作可以说既有必然，也有偶然。1962年我毕业留校任教，我的老师刘绶松教授分配我的教学任务就是在贯通"五四"以来新文学的基础上重点给学生讲授当代文学，这就使我自然要关心新中国成立后的文学创作，除了研读作品外，还要关注当时文坛的各种动态，包括思潮、理论探讨、文艺论争，等等，当时在教学之余就有了写点文章的冲动，也写了一些小文章。可是不久，阶级斗争浪潮再度掀起，学校师生奉命到农村搞"四清"，接着，文化大革命开始，光阴也就荒废了。

20世纪70年代末，社会动荡结束，文艺也开始复苏。1982年我突然接到中国作协创研部的通知，要我参加首届茅盾文学奖评奖读书班，也正是这样一个偶然的机缘，使我有了接触文艺界、参加文学评论实践的机会。在近50天的时间里，我和读书班的十多位朋友被"幽禁"在北京香山的一座陈旧的古庙里，日以继夜地阅读作品、认真地研讨、激烈地争论，这些对我这个习惯于书斋生活的人来说，是如此的新鲜，我曾在一篇回忆文章中写道："我仿佛走进了一片郁葱而又驳杂的文学原野，同时，又仿佛走进一个不能只抽象地谈玄论道，而是要在生动的、变化着的创作实践面前比试'真格儿'理论武器的战场"。后来，我又接连参加了第二、三、四届茅盾文学奖读书班，这样，使我对当代小说、尤其是长篇小说有了更多的阅读积累，也有了更认真的理论思考，所以这二三十年来在文学批评方面我主要是集中在文学思潮和长篇小说创作方面。

王文革　熊元义：在文学多元格局中，您在文学批评方面有些什么追求？

陈美兰：记得我在20世纪80年代中期，曾在贵报发了一篇文章：《珞珈书简——就当今长篇小说创作致友人》，主要是探讨进入新时期后长篇小说如何摆脱长期以来我国长篇小说创作所形成的思维定势，即小说故事情节的铺衍往往严格依赖于生活的实有过程；小说矛盾支架的确立直接受制于社会矛盾形态的制约，也就是矛盾对立的"一体两极"方式。文章发表后，我直接或间接地听到一些作家的反映，认为这样的文章有助于他们解开创作上的一个"结"。来自作家的这些反映其实也帮助了我，让我更明确自己进行文学批评时的立足点：在面对一种创作潮流或一种创作现象时，不能只停留在对它的表面描述、简单梳理归纳这样的层次上，还应该努力去探寻、揭示这种思潮、创作现象出现的内在原因，它是必然的抑是"反逆"的。90年代中我写作了《"文学新时期"的意味》一文，针对当时文坛对文学多元格局的争议、现实主义是否过时、文学价值基准如何确立等问题所做的探讨，就是朝这个目标在努力。对一部作品的评论自然也应该如此，它的创作成就和存在的缺陷其实都有其非常复杂的潜在因素，要是我们能进入到更深层次去思考，而不只是停留在对作品的复述性阐释，这样对作家、对读者都是会有启发的。我90年代初出版的《中国长篇小说创作论》没想到会得到文艺界、学术界那么多同行的认可，大概就是因为它能透过一些具体的创作现象比较深层次地、多角度地去找出这些现象存在的因由，症结所在，并提升到理论上做出有说服力的论述。

当然，由于自己的学识、视野、艺术感受能力等因素的限制，我的追求至今仍是一种追求，一种努力的方向而已。

王文革　熊元义：虽然对文艺批评重要性的认识与文艺批评在文学发展中所发挥的重要作用是两回事，但是，对文艺批评重要性的清醒认识却是前提。您能否谈谈对文艺批评重要性的认识吗？

陈美兰：这是一个大问题。其实，在这方面，许多专家已经有不少精辟的论述。我只能从我个人的体会来谈点认识。

固然，提升人们的艺术鉴赏力、帮助读者更深入全面地理解作品、对文学的发展发挥它的导引作用，等等，这些无疑都是文学批评的重要职能。除此之外，我觉得还有一点认识也是很重要的，尽管我们都认为文学批评与文学创作同是文学领域不可分割的两翼，但应该看到，文学批评不是从属着文学创作而存在的，更不是依附着作家而存在的，它有自己相对的独立性。曾经有一位台湾诗人好心劝导我："你应该多写些有名作家的评论，这样你也出名了"。我听了淡然一笑，他对文学批评理解得太肤浅了。他不知道文学批评也是推进文学发展的有骨有肉的"一翼"，而不是纸糊的点缀性的"一翼"。一个文艺批评家具有对人类、对世界、对生活独立的观察力、理解力，具有对文学艺术发展的历史洞察力，由此而生长出他作为生命主体的一套思想理念，他对文学作品、文学现象做出自己的评价，正是他这种能力和理念对象化的结果。如果说，作家的创作是他对自己所理解的生活、世界、历史、对他被感染的情感思绪进行艺术转化的话，那么评论家对一部文学作品的评价、对一种文学现象的透析，则是他理解世界、洞察历史的一部分，他是从艺术感受中发现这种对生活、情感作艺术转化的确切性、合理性，由此而对它的意义和价值做出评判，这是他作为一种生命力量认识世界的独立方式。正如一部文学作品的价值最终需要由历史来检验一样，一个文学评论家他的评判是正、是谬，也不是由作家"拍板"，而是由历史"拍板"。

王文革　熊元义：您作为文学评论家经常阅读文学作品，并长期和作家保持密切的关系。您能否谈谈文艺评论家与作家的关系？

陈美兰：评论家与作家应该是朋友，以私人身份来说还可以是"哥儿们"。作为评论家我对作家不管有名还是尚未成名都是尊敬的，也特别珍惜他们精神劳动的成果。不过从职业身份来说，我个人却持有一种不一定对的"原则"，我认为评论家与作家的"交往"，还是"若即若离"为好，即使对我周围熟悉的作家如方方、刘醒龙等也是如此。因为评论一个作家作品固然需要"知人论事"，但也有必要拉开一定的距离，只有对自己的研究对象、评论对象拉开距离来审视，才能保持某种客观性，不受亲疏好恶所左右，不会讲"哥儿们"义气。加上我这人比较木讷，不大善于交际，即使遇到很有名的作家，我有时也怯于交谈。记得2004年我随中国作家代表团到巴黎参加中法文化年的文学沙龙，在飞机上恰好与作家阿来邻座，但我似乎也不敢打扰他，他看来也比较内向，所以在九个小时的飞行中几乎没有作什么交谈。现在想起来真有点可笑，责怪自己过于迂腐。不过我感到我是了解他的，因为我认真读过他的一些重要作品，这是个有思想、有个性的作家，常常会在他所独有的生活富矿中挖掘出一些令人感到陌生、惊愕、震撼的东西。

确实，我与作家接触的方式，主要是阅读他们的作品、阅读他们写得真诚的创作谈。对一些有代表性的作家我还会有意识地跟踪他们一个时期的创作变化，在跟踪过程中去把握他们的创作是在提升或是在下沉。过程性的跟踪，是了解、判别作家的一个必要手段。倾听作家的自我诉说自然也会有收获，但作为评论家我以为"静观"，也就是做一个冷静的、过程性的"旁观者"最重要。在对各类不同作家作"静观"中我会逐渐明确一些作家的定位，比较有把握地判断他们创作的等次，不会受一些情绪化的干扰。在过程性的"静观"中，其实也是自然地与作家在精神上"交往"。这种"交往"有时比在一般场合见见面还要有内涵。前两年我到陕西师范大学参加一个学术会议，见到了作家陈忠实，他在会上致辞中说到今天是第一次与我见面。会后一些青年朋友惊讶地问我：你真的一直未与陈忠实见过面吗？我说是的，只是"神交"已久而已。

王文革 熊元义：不少人认为当代文艺批评的发展滞后于文学创作的发展。您是怎样看待当前文学批评的现状的？

陈美兰：谈到当前的文学批评时，我不禁回想起20世纪80年代的文坛，那正是一个文学新时期的开始，为了冲破思想牢笼，创建文学新天地，不少作家以无畏的选择突破禁区创作出一批批体现新的文学精神、新的艺术创意的作品，而当时的文学评论家们也在以对新的创作理念的弘扬与文学创作相呼应，同时，又以果敢的姿态给那些体现了我国文学新趋向的创作以有力的支持和导引。文学创作与文学批评的互动，体现出非常明显的"时效性"和"实效性"，营造了一种动人的文学景观。

今天来看文学批评的现状，情况有很大的不同。我觉得，当我们对文学批评现状进行评估时，不能无视它现在所面临的处境。首先是它生存的空间。从某种角度来看，当今文学创作生存的空间是越来越扩大，它的广阔性可以说是过去从来未有过的，那么多的报刊杂志、出版物，那么自由廓大的网络天地，都可以成为文学创作的载体。这自然大大引发了大大小小的作家、写作爱好者创作欲望的生成，只要你写，不出格，有偿无偿甚至倒贴点钱都可以出版、刊登；纸媒上不行，还可以到网络上去，那天地就更无拘束了。可是文学评论呢？恰恰相反，它的生存空间却越来越缩小，越来越狭窄。比如，过去省级的文艺刊物都设有文学理论批评的栏目，但这些年都基本取消了，只发文学作品，不发文学评论，大概是考虑刊物的销路问题吧。我不大理解，许多省级文艺刊物都是靠政府拨款"养"的，为什么就只能"养"作品而不"养"文艺评论呢？虽然现在也有极少省份办了文艺评论专刊，但相对于文学作品的天地来说毕竟太小。当然，对等倒没必要，但总不能过于狭小嘛。其次，是文学批评所面对的文学创作生产量负荷过重。现在文学创作的产量是空前的，听说光是长篇小说年产量就达数千，很惊人。这就给文学评论带来极重的负荷，试想，一个评论家的阅读时间需要多少？如果比较认真，读其产量的十分之一也是不容易的，这种情况也就给评论家对一个阶段的创作面貌、重要收获、值得注意的创作问题等的把握造成困难。现在我也经常看到一些文学创作的时评、述评，固然给我们提供不少信息，但也不可避免挂一漏万，难以切中要害。对如潮涌般的这么多作家作品给予准确评价定位，就更困难了。如果说当前文学评论工作有些萎缩和滞后，与它所面临的处境是有密切关系的。

王文革　熊元义：那么，您认为在当前这种处境下文学批评应该有些什么作为？

陈美兰：其实在不同时期文学批评的处境都会遇到不同的问题和困难。今天从整个文学环境来说是良好的，文学创作的丰富、多彩，创作队伍人才辈出，为我们的文学理论研究、文学批评提供了许多新课题、新的认知角度。所以我觉得当前的文学批评工作还是大有作为的。

我注意到近年来，有关文学批评的工作会议、研讨会议开得特别多，对文学批评工作的重要性、取得的成就、存在的问题都谈得非常充分，也开出了一些改变现状的良方，说明社会对文学批评工作有着热切的期待。

正因为如此，所以我认为文学理论批评界现在不要老是"坐而论道"了，更重要的是"身体力行"，实实在在地做点有效的工作。

以我个人肤浅之见，我以为现在文学批评界在这几方面应该有更突出的作为。

首先是认真为文学创作的发展、提升，做好把脉工作。现在的文学生产犹如大江奔腾，巨浪涌涌，如何认识这汹涌的浪潮含有什么流向，身在江中的"弄潮儿"有时很难认准和把握，这就需要岸边有一双具有宽广视野和透视力的眼光，对流动着的创作浪潮给予量测、给予辨析和疏导。我以为这是文学批评最艰巨的工作，当年你鼓励我写的那篇《行走的斜线——论九十年代长篇小说创作艺术探索与精神探索的不平衡现象》，就花去了我不少精力，因为它提供给社会的不应是随意性、扫描式的东西，而是需要在潜心的广泛阅读中，去发现最值得关注的亮点和暗礁，并做出富有启示性的理性说明，让人们对整个文学发展的势态获得一种不是抽象的、格套式的而是贴近实际的清晰把握，这对推动文学的正确运行是很必要的。我想，作家和读者都会有这样的期待。

其次是进行扎扎实实的作家研究，认真撰写一批有分量的作家论。我想，在新时期文学行进了三十多年的今天，应该发出这样的呼唤。文学的历史可以说是由作家的创作写成的，我们对于一个时期文学的演进、转型、突破……的了解，往往都是从对一个个具体作家的创作开始的。我记得20世纪80年代文坛出现的一批相对厚重、扎实的作家论，后来就成为了文学史家撰写新中国文学历史的重要基础。现在，一批从新时期开始进入文坛的作家，已有近30年的创作经历，许多人成就斐然，为我们的研究提供丰厚的资源，写出有分量的作家论是完全可以的，像前几年洪治纲撰写的《贾平凹论》就很受称赞，并获得了鲁迅文学奖。即使是正在成长中的优秀作家，也值得给予及时的专门性的研究。这里我还想插一句，我对现在流行的"70后、80后、90后作家"的提法很不以为然，这种提法一个最大的弊端就是以"代际"掩盖了个体，以年龄的边界取代了文学的个性。市场上可以以此招引人们的眼球，但对文学研究是很不利的。当年我们关注余华、苏童、格非，难道在意他们的是"60后"吗？是因为他们在文学的先锋实验中做出了贡献，是因为他们体现出新的文学个性。现在同是七十年代或八十年代出生的作家，他们的创作追求已经不受"代际"的限制,正在各显神通,关注他们各自不同的成功创造,才是最重要的。

还有一点,现在人们对频频举办的那些新闻发布式的"作品研讨会"诟病不少,意见确有合理之处,但我觉得这些活动在当今文学的生态环境下恐怕也是难以避免的,一个地区、一个出版部门为了推出新人新作,利用这种场合发发声,并无不可。不过,我觉得作为文学的有关领导部门更应该有计划地举办一些专题性的、有深度的创作研讨会,通过研讨会促进一些新的创作理论研究成果的出现。像二十世纪六十年代初中国作协举办的"农村题材短篇小说创作座谈会",就很有时效性和前瞻性,它提出的理论见解,有力地打开了作家们的创作思路,尽管后来曾受过无理的批判,却被今人把它载入文学史册。

王文革 熊元义:您如何看待当代文学批评的未来?

陈美兰:现在我看到,一批在知识结构、文学视野、思维方式都具有新创性、并经过学院的严格训练的中青年文学理论批评家正成为文学评论界的中坚力量,这是非常可喜的现象,只有像他们这样的一代学者才可能对一个新的文学领域持有这样的敏感和卓见,从思想到语言都是那么自然地与研究对象获得沟通。看来,一代人必然会有一代批评家,这话是对的。这也是我对文学批评界的未来充满信心和期待的原因。

叶朗谈：美学要关注人生关注艺术

余三定

一部美学史主要是美学范畴发展的历史

余三定： 在美学史研究方面您先后出版过《中国小说美学》和《中国美学史大纲》等重要著作，您曾提出过一部美学史主要是美学范畴发展的历史的观点。请您给予简要阐述。

叶　朗： 一部美学史，主要就是美学范畴、美学命题的产生、发展、转化的历史。因此，我们写中国美学史，应该着重研究每个历史时期出现的美学范畴和美学命题。这样做，有助于我们把握中国古典美学的体系及其特点，有助于我们把握中国美学史的主要线索及其发展规律，从而使历史和逻辑统一起来。我把这种具有方法论意义的看法贯彻到《中国美学史大纲》的撰写中，使这部著作有着显著的"范畴史"的特点。该书对中国古典美学体系中的范畴、命题的理论蕴含及产生、衍变、发展的历史过程，作了明确、清晰的论析、展示。

我认为，中国古典美学的秘密不在表现论，而在元气论。西方的模仿说着眼于真实地再现具体的物象。而中国美学的元气论则着眼于整个宇宙、历史、人生，着眼于整个造化自然。中国美学要求艺术家不限于表现单个的对象，而要胸罗宇宙，思接千古，要仰观宇宙之大，俯察品类之盛，要窥见整个宇宙、历史、人生的奥秘。中国美学要求艺术作品的境界是一全幅的天地，要表现全宇宙的气韵、生命、生机，要蕴涵深沉的宇宙感、历史感、人生感，而不只是刻画单个的人体或物体。所以，中国古代的画家，即使是画一块石头、一个草虫、几只水鸟、几根竹子，都要表现整个宇宙的生气,都要使画面上流动宇宙的元气。我在《中国美学大纲》中以"气"诊"道",以"无"和"有"的统一释"道",我认为道之为物的自然造化过程所具有的那种"妙",以及我们对道的体会所达到的"妙悟",总之一个"妙"的范畴,才是中国古代美学的中心范畴。只有从"妙"上着眼,才能说明为何中国艺术不满足于停顿在"美"的境界,而总要从意象超越进入意境这个有着浓厚形而上意味的境界。我就是在充分把握内涵"道"论的"元气论"这个中国美学的哲学根据的基础上,颇为透彻地分析了与其紧密相联(或者说由其派生)的"意象说""意境说""审美心胸论"。我试图从"元气论""意境说""意象说""审美心胸论"这"四大奇脉"入手,比较充分地展示出中国古典美学的外部轮廓和内在逻辑结构。

余三定:您上面所说可以看作是对中国美学史的整体和宏观把握,请您结合具体内容或局部问题来谈谈。

叶　朗:我们先看老子美学。从历史和逻辑相统一的角度看,老子美学是中国美学史的逻辑起点。我们知道,老子提出的一系列范畴,如"道""气""象""有""无""虚""实""味""妙""虚静""玄鉴""自然"等,对于中国古典美学形成自己的体系和特点,产生了极为巨大的影响。中国古典美学关于审美客体、审美观照、艺术创造和艺术生命的一系列特殊看法,关于"澄怀味象"("澄怀观道")的理论,关于"气韵生动"的理论,关于"境生于象外"的理论,关于"平淡"和"朴拙"的理论,关于审美心胸的理论等,它们的思想发源地,就是老子美学。我们再看《管子》四篇(《心术》上下、《白心》《内业》)。表面看来,《管子》四篇并没有直接谈到审美和艺术问题,前人都只肯定其在哲学史上的重要作用。其实,《管子》四篇提出的精气说,构成了中国美学思辨逻辑演进的重要环节。在中国古典美学体系中,"气"是一个十分重要的范畴,"气"本来是一个哲学范畴。但在魏晋以后,"气"转化成为美学范畴(当然它同时还是一个哲学范畴)。中国古典美学认为,宇宙的本体是"气",艺术的生命也是"气",艺术的创造和欣赏都离不开"气"。这个"气"的范畴,最早由老子提出,经过《管子》四篇的发挥,又经过荀子,到汉代王充就形成了元气自然论。就是在王充的元气自然论的直接影响下，魏晋南北朝时期出现了"气"的美学范畴。因此，《管子》四篇的精气说，不但是哲学史发展的重要环节，而且是美学史发展的重要环节，这个结论是非常令人信服的。

美在意象

余三定：您怎样理解"美在意象"的观点（或称命题）？

叶　朗："意象"这个概念成为一个词之前，"意"与"象"分别使用在《山海经》中。将"意"与"象"放在一个句子中，最早出现于《周易系辞》。"意象"作为一个词最早可追溯到王充的《论衡》里，而正式把"意象"引入到文学理论中，则始于南朝的刘勰。刘勰之后，将意象理论作为理论范畴加以考察，可以说是在唐代确立起来的。在宋元时期得到进一步发展。为什么欣赏自然美会选择花朵、月亮，欣赏社会美会选择飞机、摩天大楼，欣赏人体美会选择身材高挑的美女呢？这是因为这些事物本身具有着客观的审美性质。李斯托维尔曾说："审美的对立面和反面，也就是广义的美的对立面和反面，不是丑，而是审美上的冷淡，那种太单调、太平常、太陈腐或者令人太厌恶的东西，它们不能在我们的身上唤醒沉睡的艺术同情和形式欣赏的能力。"他认为，主体的"情"和"景"不是在任何情况下都能够交融、契合沟通的。那些平凡的、陈腐的、令人厌恶的"象"，根本不可能激起主体的美感，因而主体不可能进入审美活动，当然也就不可能产生"意象"。也就是说，审美主体选择的"象"不仅不会遏止消解美感的产生，而是会促使美感的发生，那么这就使得"象"要具有审美的性质。

同样是花卉，对于高考落榜的学生来说，再鲜艳的花朵也无法进入他们的审美视野。同是一部《红楼梦》，看法却各有不同。不仅同一对象，不同的审美主体的审美存在个别差异，而且同一个人在不同的环境下也会存在审美差异。杜甫"我昔游锦城，结庐锦水边。有竹一顷馀，乔木上参天"，而以后对竹子的描写又有"新松恨不高千尺，恶竹应须斩万竿"，这些都说明个人的审美经验并不是固定不变的，而是具体的、变化的。

审美心理结构本质上是一种社会历史的产物，它所构成的审美经验是来自社会文化的，由这种审美经验提炼而成的审美观念、审美趣味、审美理想更直接地与一定的社会生活、一定的社会价值意识相联系，因而渗透着这种审美价值意识的审美心理经验，必然随着社会生活、文化心理的发展变化而发展变化，具有十分鲜明的时代、民族、阶级的情调和色彩。因此，在社会历史文化语境下，当具有审美性质的"象"符合主体之"意"，且主体对之进行审美观照并达到了景中含情、情中见景的完整的、充满意蕴的感性世界时，便形成了"意象"。

余三定：您在论述"美在意象"的观点时，很重视柳宗元"美不自美，因人而彰"的看法，希望您能对柳宗元的看法作出分析。

叶　朗：唐代柳宗元在《邕州柳中丞作马退山茅亭记》中有这样一段表述："夫美不自美，因人而彰。兰亭也，不遭右军，则清湍修竹，芜没于空山矣。"在这里柳宗元提出了一个重要的思想：只有在审美活动中，通过审美主体的意识去发现"景"（清湍修竹），并"唤醒"它，"照亮"它，使这种自然之"景"由实在物变成一个完整的、有意蕴的、抽象的感性世界即"意象"时，自然之"景"才能够成为审美主体的审美对象，才能成为美。也就是说，"清湍修竹"作为自然的"景"是不依赖于审美主体而客观存在的，美并不在于外物自身，外物并不是因为其自身的审美性质就是美的（"美不自美"），美离不开人的审美体验，只有经过人的审美体验，自然景物才可能被彰显出来，"彰"就是彰显、发现、唤醒、照亮（"因人而彰"）。

无论在东方，还是在西方，表述过类似的说法的人有很多。孔子的"知者乐水，仁者乐山"，庄子的"山林与！皋壤与！使我欣欣然而乐与！"萨特也曾说："这颗灭寂了几千年的星，这一弯新月和这条阴沉的河流得以在一个统一的风景中显示出来，这个风景，如果我们弃之不顾，它就失去了见证者，停滞在永恒的默默无闻的状态之中。"这些表述都是说，美依赖于人的意识，有待于人去发现，去照亮，有待于人的"意"与自然的"象"的沟通契合。

对柳宗元的"美不自美，因人而彰"的命题，我们可以将其分为三个层面来理解。第一，美不是天生自在的，美离不开观赏者，而任何观赏者都带有创造性。美离不开人的审美活动，美在意象。这个意象世界不是一种物理实在,也不是抽象的理念世界,而是一个完整的充满意蕴的感性世界。用宗白华的话就是"主观的生命情调与客观的自然景象交融互渗,成就一个鸢飞鱼跃、活泼玲珑、渊然而深的灵境"。可见,自然界存在的物理之"象"(物)与情景交融形成在主体头脑中的抽象的"意象"之"象"是有明显区别的。太阳作为物质实体的"象",虽然具有审美性质,但未必能进入审美活动中。太阳在做农活的庄稼汉眼里,是"毒辣辣"的,不是美的。就是说,作为物质实体的"象",它只有激发起欣赏者的美感,并使主观情感与之交融形成了"审美意象"时,才是美的。不同的观赏者会形成不同的"审美意象",因此"意象"包含着人的创造性。即使某一物具有审美性质,若无人欣赏,也不能成为美。美离不开观赏者,任何观赏者都带有创造性。第二,美并不是对任何人都是一样的。不同的观赏者由于个体审美理想、审美趣味的差异,即使面对同一"象"时,也会产生不同的"审美意象"。同样是秋天的枫叶,在不同人的眼里,则有着不一样的情怀。杜牧"停车坐爱枫林晚,霜叶红于二月花"。不难想象,杜牧以一种悠然闲适的心情欣赏这随风飘落的枫叶时,心中的枫叶早已变了模样,比那二月的鲜花还要红艳呢!此时的枫叶在杜牧眼里,是一个充满着收获与欢乐的意象世界。而在《西厢记》中则有"晓来谁染霜林醉,总是离人泪"。秋天来了,万物凋落,莺莺因爱而感伤,在她的眼里,秋天的枫叶像是被泪水染过一般,是一个充满伤感心碎的意象世界。而在戚继光那里则是"繁霜尽是心头血,洒向千峰秋叶丹"。这又是另一种意象世界。在国家存亡的危难之际,他抛开个人情愫,充满着忧国的情思,这里的枫叶又呈现出一种豪迈悲壮的感情色彩。同是枫叶,但是不同的人们形成的意象世界不同,给人的美也就不同。第三,美带有历史性。应站在社会历史性的高度,将个体的差异性放到整个人类社会历史的角度来加以考察,运用意象论阐释"美"。美带有历史性具体表现在审美的时代差异、审美的民族差异、审美的阶级差异等方面。

可见,在审美过程中,主体的"意"是在一定的社会文化环境中形成的,某个具体的个体(他)只能选择能够使自己产生美感的,符合他自己的审美经验的"象"来作为情感的寄托,从而达到寄情于景、情景交融的一气流通的"审美意象"之美的境界。而此时形成的"意象"不同于客观存在的物理之"象",已是人们头脑中的"美之象",它是具体的,是以个体存在的,是专属于他自己的美。

美学要关注人生、关注艺术

余三定:您多次提出美学要关注人生、关注艺术的看法,请问怎样理解?

叶 朗:美学从朱光潜开始,包括宗白华,他们做美学有两个特点:一是美学要关注人生;二是美学要关注艺术。我们先看美学要关注人生。过去我们讲学习美学对做艺术创造和艺术欣赏有好处,这是对的。但是光这么说是不够的,最根本是要使人们去追求一种更有意义、更有价值、更有情趣的人生,要使人活得有意思、有味道。美学的每个环节都要指向人生,最后归结为提升人生境界。冯友兰说,中国传统哲学里最有价值的部分就是关于人生境界的理论,这个境界和美学有关系。学美学,进行审美教育,进行审美活动,最终是为了提升我们的人生境界,所以美学要和人生结合起来。

我们再看美学要关注艺术。美学要和艺术结合,特别是和当代艺术结合,这一点我们过去做得也不够,我们的美学和艺术有点脱节了,对当代艺术不关注。我想起了俄国革命民主主义者,他们代表了当时一种时代的精神,他们的思想引领了一个时代的艺术潮流。我觉得我们新一代的美学也应该有这样的能力,要引导艺术的潮流,要关注艺术。我们现在有的媒体喜欢吹捧一些乌七八糟的东西,还有选秀节目,做做也无所谓,但是我觉得炒得那么热没有必要。可能我和一些人的审美趣味不一样,社会也许是多样化的包容的。但是我们应该更加关注那些埋头努力、真正体现时代精神、在艺术上可能会有发展前景的艺术家。我觉得我们这个时代是一个伟大的时代,虽然我们有很多的问题,如贫富差距过大等,这些问题很多。但是不管怎么说,我们这个时代还是一个伟大的时代,这个伟大的时代必然会产生伟大的艺术,对于这一点我是有信心的。现在我看到一些人,也不光是年轻人,包括四五十岁的中年人,比如说北大塞克勒博物馆曾举办了一位青年画家的画展,画家名叫彭斯,我觉得他的油画很有意思,很有发展前途。另外还有一位丁方,他的画早先是属于比较前卫的,后来他画山水，也画人物，他一次一次地行走，去过丝绸之路，玄奘走的路，海拔4000多米的高原，他去走那些路，感受就不一样，对中国文化的感受、对文化根底的感受以及对宇宙的感受，这种近乎神性的东西，我们一般是看不到的，这样他的山水画才会有很多的创新。我们为他的画办了一个小型的沙龙。我觉得，现在确实有一批年轻的艺术家在发展着。最重要的，我觉得美学要关注当代艺术，应该让那些真正反映这个时代的艺术展现出来。我觉得要有反映时代的伟大的艺术。我们应该在这方面做一点推动的工作。

余三定：您认为美学关注当代艺术当前最应该注意的是什么呢？

叶　朗：美学关注当代艺术当前最应该注意的就是要主动去发现和评论、研究好的艺术作品。我们有好的东西，问题是我们要去发现。我们要在这方面做点工作，虽然我们力量有限。大学应该发出只有大学能够发出的声音，我们是从学术的角度平心静气地深入研究。你看爱因斯坦写的文章，爱因斯坦给别人写的回信，那么谦和，那么温柔敦厚、文质彬彬。给他写信的什么人都有，包括中学生、大学生，一个老百姓说我生了个小孩，你是不是给他写几句话呢？爱因斯坦都给他们回信，非常认真，字斟句酌，语气那么谦和。这就是大人物。我想这个人太伟大了。我们过去有段时间批判温柔敦厚，我后来体会到要做到温柔敦厚非常不容易，那是非常高的境界，爱因斯坦就是这样。所以现在我提倡写文章一定要平心静气、温柔敦厚，把问题说清楚，围绕问题来说，其他的东西不要说。我们的美学要把当代真正有价值的艺术家照亮，把他们推出来，让大家知道他们，这在某种意义上也可以说是引导当代的艺术潮流，使全世界看到和重视能够真正反映我们时代精神、代表中国的国家形象的艺术作品。也就是说，让中国的艺术走向世界。

人应当追求"审美人生"

余三定：您富有创造性地将人生分为生活层面、事业层面、审美层面等三个层面，请您做出具体解释。

叶　朗：人生可以分为生活层面、事业层面、审美层面等三个层面，这三个层面既相对独立，又有着紧密的联系，并且是成梯级往上延展的。追求生活丰裕、事业发展是人生的基础层面，但是我认为人生的完善，必须是在审美层面展开，人应当追求"审美人生"。生活、事业，是功利层面的人生，而审美是超功利的人生。审美人生，是诗意的人生、创造的人生、爱的人生。在审美人生这种最高的人生境界当中，人的心灵超越了个体生命的有限存在和有限意义，得到一种自由和解放。在这种最高的人生境界当中，人回到了自己的精神家园，从而确证自己的存在。

余三定：那么我们怎样在行动中去追求"审美人生"呢？

叶　朗：审美人生的核心是诗意的人生。诗意的人生就是跳出"自我"，跳出主客二分的限隔，用审美的眼光和审美的心胸看待世界，照亮万物一体的生活世界，体验它的无限韵味和情趣，从这个"现在"，回到人的精神家园。换言之，审美人生是让自我体验到个人与世界的根本统一，从而扩大自我的人生境界，感受人生的情趣，确证自我生命的价值。更简单地讲，审美人生是让个人体验人生的根本意义和趣味的人生。"趣味"是人性的自然的要求，是人的生命的表现。

我们要在生活中表现出浓郁的审美人生意趣。待人接物，读书论学，都要"有趣"。我认为，一个人"无趣"，是其人生的很大缺陷，因为"趣味"是来自于跳出小我而复归于人生世界的整体感。一个人只有具备这种基于自我与人生世界的统一感，才能赋予他在跨越各人生阶段时始终保持着一种新鲜活泼的人生意趣，而且感染着、影响着与他接近的人们。这正如王羲之诗所说的："群籁虽参差，适我无非新。"

杜书瀛谈：审美与价值

陈定家

陈定家：您1964年从山东大学中文系毕业后，考入中国科学院文学研究所，做了美学家蔡仪的研究生。此后就没有离开过文学所。从您做美学研究生，踏进学术领域，眼看就有50个年头了。半个世纪以来，您笔耕不辍，著作等身，是当代文论界成果丰硕、影响深远的学者，能否简要概括一下您的学术经历和研究成果。

杜书瀛：我从事的学术工作主要有四个方面，一是文学基本理论研究，一是中国古典诗学研究，一是李渔研究，一是美学研究。而我自己最看重的是最后一项，我始终把自己看作一个美学学徒，努力终身，不敢懈怠，并以此为荣。

我的美学学徒生涯从观察、体认二十世纪五六十年代中国进行的那场全国性的美学大辩论始。今天看来，这是在中国政治批判接连不断、政治几乎掩盖一切的特殊环境中，在诸如批判《武训传》、批判胡适、批判胡风、反右派、反右倾机会主义等政治运动夹缝中，少有的基本属于学术本身的自由大辩论。大辩论的主要代表人物是朱光潜、蔡仪和后起的李泽厚。他们在中国现代美学史上演出了一场有声有色的美学"三国演义"，他们在激烈的学术交战中，各自申说、阐发、修正和完善自己的美学主张，形成各具特色、三足鼎立的美学学派，共同促进了中国当代美学的建设和发展。

陈定家：您认为朱光潜、蔡仪和李泽厚美学观点的主要分歧表现在哪些方面呢？

杜书瀛：用最简单的几句话概括他们三派的观点，或许可以这样说：蔡仪主张美是客观的、自然的；李泽厚主张美是客观的、社会的；朱光潜主张美是主客观的统一。

陈定家：您虽然是蔡仪的第一个研究生，但我觉得朱光潜和李泽厚对您的影响似乎并不亚于蔡仪的影响，我甚至看到您在很多问题上似乎与蔡仪的观点存在明显的差异，为什么？您是如何看待学术发展规律的？

杜书瀛：在美学上，我涉及了两个不同于我的老师的研究领域，一是文艺美学，一是价值美学。

文艺美学是一门新兴的学科，这个名称的出现在我国不过是20世纪80年代初的事情，如果从我国台湾省学者王梦鸥的《文艺美学》算起，亦不过再提前10年——即20世纪70年代。当然，如果不拘泥于名称，而是看理论活动的实质内容，那么，不论在中国还是在外国，也可以说文艺美学思想十分古老。因为，把文艺看作一种审美现象，探讨和阐述文艺的美学规律，这在古代中国、古代希腊罗马、古代埃及、古代印度以及古代阿拉伯各民族等，都早已有之。但是作为一门学科的建立，却是中国当代学者的贡献——它是由中国学者提出来的。

陈定家：所以，您认为文艺美学学科的建立是中国当代学者对世界学术的贡献？

杜书瀛：是的。文艺美学学科出现之后，在学科建设方面中国学界同仁做了一系列工作：初步确定了文艺美学的学科性质和对象范围；初步厘定了文艺美学的学科位置；发表和出版了一批文艺美学论文；有些大学还培养了一批文艺美学研究生。几十年来中国文艺美学实践，已经使人不能无视它的存在和它的价值。我在文艺美学方面的工作主要是与学生合作写了一本《文艺美学原理》，以及超越认识论文艺美学而从人类本体论文艺美学立论写了《文学原理——创作论》。

1985年以前，我基本上持传统的以认识论为哲学基础的现实主义美学观点。之后，便感到，这种美学不能完全恰切地抓住艺术和审美的特点，说"艺术是认识、是再现"，只把握了部分真理、只适宜于部分艺术，而不能解决所有的艺术问题和美学问题。譬如，书法艺术、音乐艺术、建筑艺术认识了什么、再现了什么？我不是说这种美学错了、不中用了、应该完全否定了，而是说不能像以往那样，把它看成解释艺术问题、美学问题的唯一方式和唯一的理论形态，看成包治百病的灵丹妙药。这样，我开始从认识论美学阵地挪开脚步，踏入人类本体论美学和价值论美学的领地。我开始强调"文学创作作为一种审美活动，是人类最重要的本体活动形式之一"，是"人之作为人不能不如此的生活形式、生存形式之一"。从人类本体论的立场来解说"创作""作品""欣赏"，可以得出同认识论美学不同的结论："文艺创作从根本上说是人的生命的生产和创造的特定形式，也就是由作家和艺术家所进行的审美生命的生产和创造活动"；"文艺作品（本文）就是人的审美生命的血肉之躯，是人"进行审美生命的生产和创造的结晶"；"文艺欣赏主要是由读者和观众所进行的一种审美活动"，也是"审美生命得以再生产、再创造"，"文艺作品不断被欣赏，其审美生命也就不断地被生产和创造"，"文艺欣赏是审美生命的存活方式、运动方式和延续方式"。

陈定家：您认为人类本体论文艺美学有哪些特点呢？

杜书瀛：我们可以从认识论文艺美学和人类本体论文艺美学的对比中发现二者的区别。

（一）如果说认识论文艺美学老是把眼睛盯着外在客观现实，它所强调的是文艺对现实的认识性，因此它也可以称为现实本体论文艺美学；那么，人类本体论文艺美学则把目光凝聚于人自身，它所强调的是文艺对人自身生命的体验性。文艺活动当然也包含着认识性和解释性；但在人类本体论文艺美学看来，更根本的却是体验性，甚至可以说，它认为文艺要把认识性因素和解释性因素也都消融于体验性之中。

如果说在认识论文艺美学看来，文艺写某物是为了写得像，在于把握某物的现象真实和本质真实（即典型性）；那么，人类本体论文艺美学则认为文艺写某物不是为了写得像，而是借某物来表现人自身，表现人的价值，表现人的情感，表现人的生命体验，而体验又离不开人的感觉、感受活动和情感、情绪活动。

（二）如果说认识论文艺美学以及其他某些美学理论常常把文艺与生

活看成是彼此区别很大的两回事，强调两者之间的距离；那么，人类本体论文艺美学则总是强调文艺同生活（即人的生命活动）的同一性，认为文艺是生活的一部分，在一定意义上可以说文艺与生活直接就是一个东西，而不是两个东西。前者常常不是贬低了文艺，就是抬高了文艺：要么认为，同生活相比，文艺是雕虫小技、饭后余事，或者是什么工具、手段，上不了人类本体活动的台面；要么认为文艺高于一切，提倡文艺至上，把它捧到君临一切人类活动（从而也就离开人类很远）的最高皇座上。这都是不符合文艺的实际的。

人类本体论文艺美学既不贬低文艺，也不抬高文艺。它从人类本体论意义上确定文艺的性质和位置，并且规定文艺与生活的相互关系。它认为，既然文艺活动是人的生命活动的基本方式和形式之一，那么，在这个意义上提出"文艺即生活""生活即文艺"的命题就是对的，有道理的。它意味着，作为审美活动的文艺是一种特殊形式的人类生活，是生产和创造人的审美生命的生活；凡是真正表现出人的本质的生活活动，都是人的自由的生命活动，这也就是审美活动和艺术活动。当然，在一定意义上也应该看到文艺与生活的不同，这里所说的不同并不是截然相反、冰炭不容的两种东西的不同，而是指人的两种生命活动之间的不同，这种不同并不否定它们作为人的生命活动形式的同一性。

（三）认识论文艺美学因强调文艺与生活的区别和距离，强调文艺是对生活的认识（反映），这就"先天地"决定了文艺创作即审美创造活动在时间上是一种"拖后"活动：有了现实生活，然后才有文艺创作；有了被反映物，然后才有对它的反映活动。一般地说，在认识论文艺美学看来，文艺活动比生活本身是晚了一拍的活动，至少是晚了半拍的活动。"再现"这个术语很典型地表达了认识论文艺美学的"拖后"反映的特点。

人类本体论文艺美学则不同：它认为文艺活动本身就是生活活动，就是人的生命活动的一部分。因此，从总体上说，文艺活动不是"拖后"活动，而是即时创造的活动，是正在进行时的活动，而且一般说也是一次性的、不可重复的活动。其实，在文艺欣赏中也是如此，欣赏者在欣赏一部作品时，也是在进行即时创造的活动；如果换了一个欣赏者，这些形象将是不同的样子；即使同一个欣赏者，在另外的时候、另外的心境和文化气氛下再欣赏以前欣赏过的那部作品时，又会有新的创造，也许是以前没有、将来也不会出现的那种创造。正因为是即时创造，是正在进行时的创造，所以也就是一次性的、不可重复的创造。文艺活动犹如现场进行一场足球比赛而不是事后看比赛录像。

陈定家：除了与认识论文艺美学比较能显示其独特品格外，如果与别的美学理论对比，人类本体论文艺美学也能够突显出其自身的鲜明特色吧？

杜书瀛：的确如此。首先，与浪漫美学相比较。浪漫美学可以说是"作家本体论"美学，它的核心是作家中心论，它认为作家的体验、感觉就是一切，这当然有它的道理，但它也有明显的偏颇之处，即有时不够重视文艺的物化阶段、传达阶段，不够重视本文（Text）、形式。人类本体论文艺美学固然重视生命体验，重视作家、艺术家，但并不忽视文艺的物化阶段、传达阶段，不忽视本文，不忽视形式。它认为没有物化阶段、没有本文、没有形式，也就没有艺术。艺术作为人的生命活动，是具体的、现实的、可以视听的、有形式的，人的审美生命的本体活动既表现在作家艺术家的创作体验、感受（包括克罗齐的直觉）之中，也表现在这种体验和感受的对象化和物化、形式化和本文之中。

其次，与作品本体论美学相比较。作品本体论表现出某种作品本文的崇拜倾向，它的缺陷在于：不够重视人文精神，不够重视人的因素，把文艺仅仅看成是语言自身的构造物，认为作品即本身（兰色姆），或认为作品即"意向性"客体——意识对象的存在物（现象学），看不到或不重视文艺中最根本的东西是人类本体性。显然，作品本体论美学所忽视的，正是人类本体论文艺美学所重视和强调的。人类本体论文艺美学不忽视作品本文，同时也重视作者和读者。它从统一的人类本体论的角度全面地评价上述诸因素对文艺的意义。

再次，与读者本体论美学相比较。读者本体论以接受美学为代表，它表现出读者崇拜的倾向。这种理论自有其价值；但以读者为中心，搞读者崇拜，企图以有限的目光所见代替对整个艺术世界的全面审视，表现出很大的局限。人类本体论文艺美学当然不忽视读者，但把它放在一个适当的位置上，把读者、作品本文、作者等因素，组合在人类本体论文艺美学的有机系统之中，尽量科学地给文艺现象以解释。

人类本体论文艺美学并不排斥上述各派美学理论，而是扬弃它们，否定它们的缺点和偏颇之处，又充分肯定和吸取它们的合理因素，并把它们纳入自己的体系之中。

陈定家：有的研究者注意到您在1992年前后，再度转换研究视角，从价值论哲学出发去解释审美和艺术，认为"美（广义的）就是一种价值形态。审美活动属于价值活动范畴。"您是否认同这个说法。

杜书瀛：这个说法基本准确。的确，到了1992年前后，我进一步从价值论的立场上来解说审美活动和艺术。2008年出版了《价值美学》。前些年人们好谈"转向"（有所谓"人类学转向""语言学转向""文化学转向"云云），其实在思维方式上更值得重视的还有一个"价值论转向"。正如有的学者所说，转向不仅是世界观，而且更是人生观、价值观；价值思维成为哲学思维的重要方式，而且实现从客体的、直观的实体性思维向主体的、实践性的关系性思维转变；哲学不仅追求客观知识，更重要的是关心人、关心人与人类的生存状况和命运，建设一个更加美好的、合乎人性的、自由和全面发展的世界。

我的基本观点是：价值美学，或称为价值论美学，属人文学科，是美学的一个分支，是以哲学价值论为基础建立起来的，在当今这个时代，哲学价值论是把握审美问题的最适宜、最贴切、最合其本性的方法和角度；价值美学把审美活动作为价值活动来研究，它是从哲学价值论角度对审美活动进行感悟、思索、考察和研究的一门学问。

我认为审美的秘密可能隐藏在主体客体之间的某种关系之中、隐藏在它们之间的某种意义关系之中。审美活动属于价值活动，审美现象是一种价值现象。当进行审美活动时，既有主体的对象化，也有对象的主体化。具体说，在审美活动中也像在一切价值活动中一样，一方面主体对客体进行改造、创造、突进，使对象打上人的印记，成为人化的对象，即赋予对象以人的，即人文的社会——文化的意义；另一方面，客体又向主体渗透、转化，使主体成为了对象化的主体，成为对象化的人。这样，审美价值也就诞生了。审美价值就是在人类的客观历史实践中所产生和形成的客体对主体的意义，即事物对人的意义。美（审美价值）的特殊性在于，它是以感性形态呈现出来的对于人的积极意义，丑则是以感性形态呈现出来的对于人的消极意义。悲剧，套用鲁迅的表述，是把那积极意义毁灭给人看，喜剧则是把那消极意义撕裂给人看。艺术的天职就是要弘扬真善美。文学家、艺术家万万不可失职。

价值美学与其他美学之间的关系如何？价值美学与认识论美学已经很不相同了。然而它们并不绝对对立，而是可以互补的，不同的理论视角、用各种不同的方法协同作战，可以更加全面地、透彻地把握审美和艺术的性质和特点。

陈定家：您的《文艺美学原理》和《价值美学》等著作，可以说是超越意识和创新精神的体现。您曾在不少著述中一再强调"向传统找力量和资源"，在这方面您都做了哪些具体工作？

杜书瀛：历史是不能隔断的，世界上没有哪个民族的历史和传统比中华民族更加持久和强大。建设现代文艺学，决不能断了中华民族的根，而以往数十年文艺学研究（包括我自己在内）的缺陷之一，正是对自己的老祖宗不够尊重，有一些著作断了"根"甚至没有"根"。我认为需要特别提倡向传统寻找力量、寻找资源。有鉴于此，十几年前，我和文学研究所的老同事及青年学者合作，编写了一套《中国20世纪文艺学学术史》，由上海文艺出版社印行。在该书的《全书序论》中我曾写道："中国20世纪文艺学学术史，是由古典文论的传统的'诗文评'学术范型向现代文艺学学术范型转换的历史，是现代文艺学学术范型由'诗文评'旧范型脱胎出来，萌生、成形、变化、发展的历史；也可以说是中国传统文论在外力冲击下内在机制发生质变、从而由'古典'向'现代'转换的历史，是学术范型逐渐现代化的历史。这是中国文论历史性的转变和发展。"

我的真正着眼点是如何汲取数千年传统而进行今天的文艺学建设，看看中国古代文化传统、诗学传统在建设今天的文艺学时发挥怎样的作用和怎样发挥作用，也看看外来元素如何同中国元素相融汇、相结合；我特别关注未来的文艺学走向，看看以数千年资源滋养起来的中华民族的文艺学，将会以何等面目迈进21世纪世界学术之林——我所企望的是，在21世纪的全球化世界格局中，中华民族文艺学既与世界学术息息相通、又能够走出中华民族自己的路来，而不是像20世纪七八十年代刚刚改革开放那几年那样，总是跟在别人身后，踩着别人的足迹，说着别人的话语。

陈定家：近十几年来，您在中西文论的范式与概念比较方面费了不少工夫，从学理上厘清了中国传统"诗文评"和西方"文学批评"的界限，这种探索对当代文艺学体系建设有什么特别的意义吗？是否可以说，以"诗文评"代替"文学批评"，远不止是更换一个名称那么简单，它背后隐含着我们如何看文艺学的立场、观点和方法等更深层的东西。

杜书瀛：在一定意义上可以说，文艺学是中外杂交之后产下的"混血儿"，是古今相融之后生出的新生命，是流淌着中外古今多种血液的一种新的学术生命体。

作为"混血儿"，它是中国的但又不是纯粹中国的——它不是也绝不应该是中国古代"诗文评"的翻版，而是它的现代化；它有外来优秀学术文化元素但又不是纯粹外国的——它不能是也绝不应该是外国诗学文论的照搬、挪用，而是它的中国化。它是地地道道的"杂交品种"。

我还想重复地强调几句："混血儿"是文化发展的常态。只有在经过各种文化相交、相克、相融、相生之后，才能出现优秀学术果实——这同生物学上的"杂交"优势一样。单一物种内部的繁殖或近亲繁殖，只能造成物种的退化；而远缘杂交才能产生优秀品种。从古到今皆如是。例如"意境"这个"诗文评"的招牌概念，其实是"混血"的，它身上至少有中华民族和佛学思想两种基因。在现代文艺学中，"意境"仍然生命力十分旺盛。所以，中国现代形态的文艺学作为"混血儿"是一种美称，我高度肯定它，赞扬它。

当然，历史地考察，我们也应该看到：现代文艺学这个"混血儿"，它"混血"之中占优势的一方是外国因素（西方因素或苏联因素）。当19世纪、20世纪之交以至20世纪最初的二三十年中西交融时，西方是强势文化，这时在中国创立新的文论模式总是向西方靠拢；尤其在"五四"时期，"革命"猛士们恨不得"砸烂孔家店"，不分青红皂白推倒一切传统，有人主张干脆"全盘西化"——在这种形势下出现的现代文论，从外在的面孔到内在的蕴涵，当然是西方占主导。20世纪50年代一边倒学习苏联，当时建立起来的"文艺学"模式也类似。

按西方模式或苏联模式发展起来的"文学理论"或"文艺学"，虽然是顺应历史的产物，也符合逻辑；但是，总觉得有缺陷。

到了新时期，清醒过来的许多学者反思当年情况、观察今天的现实，认为中国文论得了"失语症"——我想这"失语"主要是指失去了本民族的话语权和话语能力。在一定的有限的意义上（即不要太夸张），这不是没有道理的，但要作历史的和逻辑的分析。

如何弥补以往的缺陷，如何克服"失语症"，是个十分复杂的问题，在今后的文艺学（文学理论）的建设中也是十分艰巨的任务，需要大家共同探讨，一起努力。

在今天的中国文艺学建设问题上，要防止两种倾向：只强调外来元素而忽视中国元素，或者只强调中国元素而忽视外来元素。如果说前者是"全盘西化"，那么后者就是"狭隘民族化"。

现在我再补充几句：在中国现代文艺学发展中之所以会出现"失语症"，原因之一是过去我们的中华民族各个方面太落后，身体太孱弱，独创性和原创性能力太小、太弱，因而在文化上也失去对世界的影响力，说话没人听，甚至连你真正优秀的东西人家也不一定认为是优秀——不买账。这就需要我们的民族各个方面都强大起来，具有足以震撼世界的综合能力。这特别需要发展和提高我们的民族文化（包括美学和文论）上的原创能力和独创能力——把我们文化上、美学上、文论上真正具有"独立知识产权"的"品牌"拿出来，给自己，也给世界。

陈定家：您曾多次说现代"文艺学"，较之古典"诗文评"，发生了重大变化。我们应该从学术史的角度认识到，现代文艺学身上体现了两种不同学术范型的变换，即由旧的古典形态的"诗文评"之学术范型向新的现代形态的"文艺学"之学术范型的转换。您能不能更具体地说说这方面的情况。

杜书瀛：具体说，从"诗文评"到"文艺学"，这两者之间，不但学术的思维对象发生了变化，而且更根本的是思维方式、治学方法、范畴、命题、观念、术语、价值取向、哲学基础等都发生了变化。譬如说，古典文论（"诗文评"）多以诗文等抒情文学为中心和重心；而现代文艺学则转而多以小说、戏剧等叙事文学为中心和重心。古典文论的思维方式和思维方法大多是经验的、直观的、体察的、感悟的，与此相联系的是其理论命题、范畴、概念、术语等涵义模糊、多义、不确定和审美化，耐体味而难言传，在批评形态上也大都是印象式的、点评式的（眉批、夹批、文前批、文末批等），因而也显得零散，逻辑性、系统性不强；而现代文艺学的思维方式和思维方法则转而大多是理性的、思辨的、推理的、归纳的，理论命题、范畴、概念、术语都有严格的界定而不容含糊，在理论批评形态上也大都走向理性化、科学化、逻辑化，讲究比较严密的理论系统。古典文论的哲学基础多是中国传统以"善"为中心的伦理哲学或"人生哲学"；而现代文艺学则多是从西方借鉴过来的以"真"为中心的现代形态的认识论哲学和进化论、阶级论、科学、民主、平等、自由等现代的世界观、社会观、人生观。古典文论多强调"征圣""宗经""道统""文统""以道统文""文以载道"（视文为道的附庸，为载道、明道的工具），强调文学"劝善惩恶"的道德内涵和"温柔敦厚""思无邪"的诗教；而现代文艺学则更多地从现代哲学和世界观、人生观基础上关注文学与社会生活、人生价值的关系，关注文学与政治、经济的关系，关注文学的认识作用、教育作用、审美作用，并且在一定程度上注意到文学艺术的独立品格，文学自身的价值、规律等。

陈定家：您把自己的研究工作分为4个方面：美学研究，基本理论研究，古典诗学研究和李渔研究。我知道李渔研究不是您的"专业"，但数十年来您从未停止过对李渔的关注，如今您已经是这个领域颇有声名的"行家"和"大家"，其实我认为"李渔美学"与其说是您的"业余爱好"，还不如说是您的"学术根据地"。能否再谈谈您的李渔研究？

杜书瀛：作为"副业"，几十年间断断续续涉笔李渔研究；写了《李渔美学思想研究》《李渔美学心解》《闲情偶寄》等注释、评点，最近又接受了中国作家协会历史文化名人传记丛书《李笠翁传》的写作委托。我深感这是一件于中国文化事业有重要意义的事情，因此兢兢业业，丝毫不敢怠慢。于是从2012年初春起，我便搁下了手头正在进行的一部书的写作以及所有其他工作，全心全意投入到《李笠翁传》的创作中来。

我写《李笠翁传》遵循了丛书编委会给它的两个基本规定：一是真实性（不能虚构，但可有合理想象），一是文学性（要有可读性，有文采）。我认为这是撰写传记文学的根本原则和正确的指导思想。因此，《李笠翁传》须是一部严肃的具有真实性和可读性的历史文化名人的文学传记，应该真实性和文学性并重，而真实性是它的基础。因此在创作中我努力追求的理想状态是，所写内容都真实可靠，有根有据，有文献可查——我想让它经得起历史检验，而且经得起专业人士的查证；在真实性基础上，讲求文学性、可读性。我企望它能够雅俗共赏：既要让尽量多的一般读者看懂和喜欢，为他们呈现出一个具有一颗不安定的灵魂，永不满足现状，总是标新立异、独出心裁、开拓创新，勇于挑战成见，爱做翻案文章，惯于自我作古，任凭千难万险也不低头、不退缩、不认输，穷愁半世却积极乐观，风流倜傥而才思敏捷的李笠翁，创造出一个立体的活生生的文学形象；也要让文化品位较高（甚至专业）的人士所欣赏，吸收李渔研究的最新成果，纠正以往某些疏漏和错误，写出我心目中一个真实可信而有血有肉的戏剧家、小说家、美学家李笠翁。只是由于本人能力和才识所限，可能还达不到这个目标；但是，"虽不能至，心向往之"。

从接受《李笠翁传》的写作委托到现在，我一共写了四稿。其间，心无旁骛而集中进行传记创作的时间，不过一年半左右；但是，其实我是用了几十年有关李渔的几乎全部积蓄的。我实地考察过李笠翁老家浙江兰溪和金华，沿兰江北上循李渔当年从故乡赴省城乡试路线到富春江，辗转到了李渔走上"卖赋糊口"之路、创作传奇和小说达十年之久，并且晚年又选作归宿之地的杭州；我走访了李渔出生地江苏如皋，找寻当年李渔家药铺究竟开在什么地方，还到如皋城外传说李渔读书的老鹳楼故地，发思古之幽情；我又探寻了李渔在他的生命辉煌期生活了十六七年的南京翼圣堂和芥子园遗址，以及李渔水路出游的母港燕子矶码头。

我希望写出一个独特的李笠翁。

何镇邦谈：建设科学的文学批评学

王　昉

王　昉：这些年对文学批评的质疑声音不断，普遍认为当下的批评纠结于各种功利性之中难以自拔。您作为一个从20世纪50年代就从事文学批评工作的老批评家，对批评界的现状怎样看？

何镇邦：20世纪80年代是主题演进式的文学，20世纪90年代的文学则呈现出多元发展的轨迹，进入新世纪以来的文学现象更是层出不穷。现在的文学批评则形成了几大块，传统文学批评、学院派批评（也属于传统批评，学院派批评是比较稳定的）、还有媒体批评。媒体批评现在比较普遍，媒体除了纸质媒体还有电子媒体。批评的平台日益增多，平台多起来后，各种批评现象纷至沓来，让人更觉热闹。但热闹完之后，批评的各种病态就产生得更多。这些年来大家对文学批评不太满意，无论是社会各界、文学创作领域还是文学批评界自身都对文学批评的现状不满。文学批评不能尽到其应有的责任，从"人情批评"一直到严重的"红包批评"，再到"酷评"，文学批评失去了客观性，大多数批评只说作品的好处，而且吹捧得过分，没有客观的判定标准。"人情批评""红包批评"始于二十世纪八九十年代的讨论会批评。这种批评就是开作品研讨会，研讨会的组织者给与会的批评家一定出场费、审读费，为作品造声势。研讨会上大家碍于情面，纠结于利益，当然就要多说作品的好处，而忽略掉作品的不足，这种批评当然就失却了文学批评应有的严肃性。针对这种批评的不足，批评界又产生了另一种批评方式，即"酷评"。酷评并非是现在才有，20世纪80年代就出现了这种酷评的声音。现在有这样一支不大不小的酷评队伍，并且也占据了一部分阵地。酷评的效果如何？它对"人情批评"

有一定的矫正，但也不是科学的，有的批评者仅仅是为了"酷评"而"酷评"，带有很多个人的情绪，不是从科学角度来判断，也并不是鲁迅所说"有好说好，有坏说坏"。看看酷评者的文章，有的批评家对某些人"酷"得厉害，酷得甚至不讲道理，但是对某些作品又吹捧得很过分、很肉麻。归根结底，这种批评还是从情绪出发，从个人的某个角度出发。批评的确是要带有个人的情绪，但是这种情绪不能变成情绪化。所以从我的观察来看，无论是好评还是酷评，都带有个人情绪，这是不科学的。当然，批评也不是纯粹的科学，批评的基础是鉴赏，鉴赏就会有差异，这种差异是允许存在的。比如一个作品有的批评家给打 70 分，有的批评家给打 65 分，这都是正常的。如果我打 50 分，你打 100 分，这就是有偏见的成分在其中。现在有些评论家存在这个问题，本来应该打 70 分，但是给予不理智的贬低，就很伤人，或者有的过分吹捧。创作与批评是文学的两翼，如果批评出现偏颇，创作也必然受到影响。这一点，文坛内外的有识之士想必都已看得很清楚。

王　昉：除了各种研讨会，各种文学奖项与排行榜也是当下批评界遴选作品与作家的主要方式。在您看来，评奖的导向究竟由什么因素来决定？这种方式又给批评造成什么样的影响？

何镇邦：这些年来文学界出现了各种评奖方式，应该说，评奖也是一种批评方式。现在全国有各种评奖，也有各种排行榜，地方上也设有各种奖项和排行榜。各种评奖有他们的倾向性，他们评奖也是在扩大自己的影响，所以排行榜也好评奖也好就是一个风向标。有的文学评奖动静闹得很大，有些文化商人也要介入，利益驱动得很厉害。一个公正的评委不会把客观的判断看得很重，而且，时间的匆忙，很多利益链的介入，也会影响他们做出客观科学的判断。所以评奖当中，无论你怎样讲自己"风清气正"，都有些不正的地方，各种关系在左右着，包括组织者也要考虑他的利益关系。评奖与排行榜的不正之风也给批评带来不正之风，而且是批评界不正之风更重要的来源。

王　昉：您刚才详细分析了当下批评界的各种乱象，那么您认为造成批评界这些乱象的根本原因是什么？

何镇邦：造成这些乱象的原因是多方面的，有社会原因也有文学批评界自身的原因。首先是社会对批评的不宽容。现在，作家希望你说好话，不希望你批评他。一个单位也不接受客观的批评，他们都希望你讲他们的优点。无论是单位还是个人，批评家的正面评价成为他们争取各种利益的砝码。而文学批评界缺乏科学的规范性也是造成批评乱象的重要原因。文学批评从文字上的批评到讨论会，再到各种评奖和排行榜，无论是好评还是酷评都缺乏客观科学性，对批评的本质和任务不了解。指望靠几个批评家来改变批评现状，是不可能的。20世纪90年代以后媒体批评很活跃，但是，据我观察，媒体批评比较粗糙，对作品的解读也不是很深入细致。而高校的学院派往往用理论来框定文学实践，很少从文学现象和文本出发来进行判断。当然学院派也有一个好处，他们的批评显得比较有厚度。归根结底，批评为什么令人不满意就是缺乏客观科学性，客观就是科学性的表现。原来我本人就在批评界，现在我逐渐离开批评界，拉开了空间和时间的距离，就有可能更客观地来看待批评界的问题。

王　昉：文学批评活动是感性与理性的统一，文学批评活动的感性与理性主要体现在哪里？作为批评主体，在批评活动中除了保持情感与理性的统一，批评主体还要具备什么质素才能尽量保持批评的客观性？

何镇邦：文学批评是感性与理性的统一，它不同于其他相对理性的社会科学。文学批评是一种创造，一种关于美和情感的创造。一个批评家没有情感因素在里面，写不出好的文章，批评家一定要有情感因素介入批评，要把自己对作品的见解通过形象化的语言表现出来。但是文学批评从另一层面上看，从认识把握作品的思路方面来说，又是理性的。理性就要讲科学性，所以科学性是文学批评很重要的一个标准。文学批评活动只有坚持理性与感性的统一，才能对文学对象做出相对客观科学的评价。除此之外，作为一个批评家，还要有社会责任感。社会责任很重要，一个批评家没有社会责任感，没有社会判断、历史判断，就不能承担批评的责任。现在有很多历史判断都发生错误，很多批评家将历史唯心主义拿出来鼓吹，鼓吹帝王将相。究竟历史是谁创造的？是人民创造历史还是帝王将相创造历史？因此说情感因素、历史观、社会责任感都要具备才可能做出科学的判断。

王　昉：对文学批评建设而言，怎样才能做到客观化、科学化？

何镇邦：对于文学批评的建设而言，科学化就是对文学批评家要有一个明确要求，要把这要求纳入科学轨道。文学批评的建设从现在来看，要匡正时弊，要解决文学批评的各种乱象，恐怕还要靠文学批评学。大家一起来研究文学批评的作用和它应该有的正确的轨道，不然，你说你的理，我说我的理，根本解决不了问题，因为有利益关系在其中。批评家需要有科学的训练，要有社会责任感，正确的历史观和审美观，要有一个综合训练。我们这一代的批评人就要退了，要让新一代的批评人成长起来，我们要为培育新一代的文学批评人创造条件。那么靠什么来培育，就是要靠建立科学的批评体系，建设文学批评学。

王　昉：您在20世纪80年代曾经致力于文学批评学的建设，文学批评学是一种怎样的学科体系，它的主要概念与主要范畴是什么？文学批评的性质与任务又是什么？建设这个学科体系需要做哪些具体的知识与理论储备工作？

何镇邦：文学批评学的建设由来已久，文学批评在学科上应该属于文艺学的学科范畴。它是一种有实践性的理论，它不是要空讲理论，而是要将文学的基本观点与当代文坛相结合。我们过去讲文艺学包括文艺理论、文学创作、文学批评三个部分。文学批评是活的理论，它是文艺学最有活力、最具实践性的分支。20世纪80年代中后期，是新时期文学的繁荣时期，有一些高校的学者就注意到文学批评学体系的建设问题。那时候华中师范大学的王先霈教授，带着他的学生先搞了一本叫作《文学评论教程》的教材，由华中工学院出版社出版。这本书是以讲义为基础完成的。我和王先霈认识以后，交流了想法，就在1988年的春天，在武汉大学的珞珈山，召开了全国第一次文学批评学座谈会。这次座谈会由鲁迅文学院牵头，武汉大学中文系、华中师范大学中文系和社科出版社几家联合主办，来自全国各地的数十位文学批评家、学者与会。在这次会上，除了对文学批评学若干问题的研讨外，会议还形成了一个共识，就是计划搞文学批评学的学科建设，写一本关于文学批评学的书。会后开始策划这本书，由王先需、我和华中师大的师生来承担写作任务，但是由于种种原因这本书刚写到一半就流产了。在鲁迅文学院，我除了承担教学和行政工作外，当时还想搞3门学科建设：一个是文学批评学，一个是现代文体学，一个是作家学。作为鲁迅文学院，不能光靠讲座来教学，靠讲座培养作家只是一种速成的办法，也不能开一般的普通高校的课程，因为学员都是读过大学来进修的，他再听这些课就没有意义。所以当时就有这个想法，开出这3门课，写出这3门课的讲义，但是后来也由于种种原因没有搞成。文学批评学我只写了一两章，没能继续下去。

文学批评的任务至少有三个方面：阐释、判断、超越。阐释就是阐释作品的内在因素、社会学含义和审美含义。好作品的思想性与艺术性是隐藏在文本后面的，一个批评家的任务就是要把其中的内涵阐释出来。要阐释首先要对文本深入解读、熟悉它，而现在我们很多评论家是不面对文本的。判断，就是对文本的好坏做出判定，是好还是不好，是稍好还是稍坏，这个判断中包含有社会学、历史学、美学因素。最后是超越作品，要从文学现象和作家的创作活动入手，从理论上超越，提出理论性的见解。比如20世纪50年代末60年代初，当时茹志鹃的《百合花》发表后，茅盾写批评文章，他的批评文章并不比作品短。他认为战争文学可以这么写，这就在理论上有所超越。写有所超越的批评文章要有理论的勇气与态度，这种理论的勇气与态度基于美学判断的敏感和对文本的了解。

文学批评学的建设是一个巨大工程，它需要做很多准备工作，就学识贮备上，它除了要打好西方文艺理论的扎实基础外，还需要对中国传统的文学批评的遗产做出整理。要建设中国文学批评学，中国的文学批评遗产是一定要整理的。从春秋战国时期的只言片语到魏晋南北朝比较系统的文学批评理论，要有一个基本的学科梳理。现在从事文学批评的人还有谁愿意去精读《诗品》？谁还能坐冷板凳去读《文心雕龙》，把它读得滚瓜烂熟做到真正理解？但是要搞文学批评学就必须要有这个功底。对于西方的文学理论，现在我们接触的主要还是欧美的，从古希腊到近现代，但是现在流行的都是欧美20世纪以来的文学批评理论，真正对欧美古典文学理论的介绍很少。除此之外我们还要重视对马克思主义文艺理论的研究，讲历史的美学的批评，对马克思、恩格斯的理论不了解，我们就无法讲清楚文学的历史内涵。俄罗斯的三大批评家的理论总是要读一点。所以说这是一个系统而庞大的工程。

王　昉：从文学批评学的角度，文学批评分为很多类型，历史批评、印象式批评等，文学批评也分为不同的批评体裁，您怎样看待不同的批评类型和批评体裁？

何镇邦：从文学批评学的角度可以将批评划分为多种类型：历史批评、印象批评、文体批评、比较批评、原型批评等。现在的批评大部分是印象批评，印象批评写好不容易。文体批评、原型批评、比较批评，这都是很难做的，这些批评要求批评家有足够的学养。比如文体批评，他要求批评家对文体做出辨识。而作家中真正要成为文体家的也很少，一个作家要是文体上成熟了，那就是真正成熟了。搞文学批评真正从文体上进行辨析，要费很大的力气，除非批评家有非常好的职业操守和职业素养，不然要写这样的批评是十分艰难的。我们现在的批评中批评的类型很少。但是从文学批评学的角度看，批评的类型应该是多样的，既要有印象式、感想式的批评，应该还有对文体，或者说对内在艺术品质的批评，各种批评类型都应具备。

从批评的体裁看，现在作家论写得很少，因为太费劲，作家论写起来要比作品论难得多，发表也比较困难。现在的批评其实很需要作家论，关于一个阶段的思潮论更加需要。现在《文艺报》每年都对当年的各种体裁创作发表综论，这样的稿子是很难组到的。作家论与思潮论对作者的要求是比较高的，就文学批评来说，它应该具有这个功能。在20世纪80年代，大家还都比较积极来做作家论与思潮论，也做了一些工作。那个时候的文学思潮很多，文学现象也比较多，文学批评界对当时的文学现象能很快做出反应。在文学思潮方面，批评家应该看到文坛有什么新的文学潜质出现，能从理论的高度发现新的动向。

王　昉：从您所介绍的文学批评学的学科建设来看，建设文学批评学是一个巨大的工程，那么这样一个庞大的工程由谁来承担具体的工作呢？

何镇邦：这样一个庞大的工程，需要一个具体的工作单位，比如中国作协。中国作协经常组织动态批评，比如很多评奖，比如讨论会，但是很少进行这种基础的建设。高校中会有学者感兴趣，但是完成这样的课题要有个积极保证，有资金、有团队，三五年下来，写几本好书，相应开一些课程。文学活动的组织者、有关研究者和批评家们应该共同来想解决的办法。我从 20 世纪 50 年代末开始文学批评，半个多世纪，据我的体会应该建立一个这样的学科。我生命的大部分都从事文学批评事业，我从来没像现在这样讲这么多关于文学批评的话，包括我开这门课的时候，断断续续也讲过，但没有这样系统地讲这个问题。我呼吁文学界重视这个问题，中国作协应该有这个责任。建设文学批评不能是一句空话，应该有若干具体的行为。大家重视起来才可能改变文学批评的风气，真正使文学批评发展起来，应该让真正的有识之士有力量建设文学批评学。现在文学史多得很，批评学应该也繁荣起来。我们应该通过批评学的学科建设和专业培训提高批评队伍素质，使批评家有文学批评的自觉。但是并不是说搞了这个文学批评的学科就是万能的，就可以把文学批评的现状改变过来，也不是这样的。还要靠制度、思想等各方面的改进相结合，社会也应该无论是物质上还是精神上给批评界创造一个比较宽松的空间，不要给批评者太多的限制，真正让文学批评的生态更加健康。

王先霈谈：文艺理论的本土化与时代化

王文革　熊元义

王文革　熊元义：我们对您的文艺理论研究历程大致梳理了一下，可以分为四个主要方面（也可以说四个阶段），之所以不提四个阶段，是因为您的文艺理论研究有些方面是贯彻始终的。这四个方面为：一、中国古代文艺理论研究，主要代表作是《明清小说理论批评史》《国学举要（文卷）》《中国文化与中国艺术心理思想》《中国古代诗学十五讲》。这个方面的成就最为突出；二、文学批评学的建构，主要代表作是《文学评论教程》。这个方面构成了您的文艺理论研究的显著特色；三、"圆形批评"理论的提出；四、文学理论的本土化和广泛性。从中可见，您的文艺理论研究既重视传统文艺理论资源的挖掘，也重视当代文艺理论的建设。您的这种文艺理论研究是怎么形成的？

王先霈：我从事文学理论的研究要追溯到20世纪70年代后期。当时我在华中师范学院京山分院工作，与同事一起发起对中华人民共和国成立以来马列文论研究教学的研究，后来成立了马列文论研究会，这是当时全国最早成立的几个文学研究团体之一。学会正式成立之后，我便离开了那个领域，于1979年转而研究中国古代小说理论。这是因为，第一，继续研究马列文论，要求外语比较好，而且最好懂德文，也懂英文和俄文，我不具备这样的条件，不可能做出多大成绩。第二，当时资料欠缺，我们花过不少时间查找，收获不大，仅凭国内那时的资料，很难使研究深入。至于对古代小说理论发生兴趣，则是因为，此前学术界对中国古代诗歌理论、散文理论，研究得比较多，研究古代小说理论的很少。造成这种现象的原因，是因为在古代很长时间，认为写诗、写文才是正道，写小说的人没有社会地位，有地位的人写小说会受到严厉指责，研究小说的就更没有地位了。在"五四"以后很长时间，这种情况依然改变不大。中国20世纪最早的那几部《中国文学批评史》，没有或者很少谈到小说理论。那时，我花了几年时间，与同事周伟民先生合作，写出《明清小说理论批评史》。这是研究中国古代小说理论的第一部著作，有60多万字。题为"明清"，因为明清两代小说创作繁荣，小说理论著作数量很多，很有系统性。实际上书的内容是涵盖了整个中国古代。现在看来，论述不是很精，但内容还比较丰富，有探索性，资料也还比较全面，在古人"小说"概念的涵义等若干问题上，澄清了一些模糊观点。

而《文学评论教程》，先是为讲课用的讲稿。多年来，我国大学中文系的教学计划里，有文学史一大类，包括中国的和外国的文学史，古代的和现代的文学史，这是占课时最多的，还有文学理论，细分起来，其中包括文学概论，马列文论，西方文论，文艺美学等，但就是没有文学批评方面的独立课程。国外是有的，苏联和美国、英国的有些大学有文学批评的系统课程。1981年，我尝试开设"文学评论课"，单独的一门课，不是夹在其他课程里面的。内容逐渐扩展，逐渐兼顾到理论上有些体系性，介绍不同的文学批评的切入点，介绍不同的文学批评学派，又联系当下实际，引导学生用文学理论观念关注最新文学现象。正好那几年西方文学批评学派介绍的材料逐渐增多，我也是现炒现卖，边学边教。这本教材在华中工学院出版社（现华中科技大学出版社）重印和再版了5次，并且在1988年被国家教委列为"高等学校文科教材"。1999年，被列为"国家教育部面向21世纪课程教材"和"十五规划教材"，以这本教材和相关的系列课程为核心的教学成果，1993年获得了普通高校优秀教学成果国家级一等奖，后来获得教材一等奖。围绕这本教材和相关教材、课程教学，我们的中文系文艺学专业成长出一批人才，这些都很让人欣慰。

王文革　熊元义：您是怎么推进、发展这方面理论研究的呢？

王先霈：从过去较为封闭到现在多元化的社会生活，中国有了很大改变。20世纪末，由于社会生活诸多领域技术化倾向的明显加强，也影响到文学研究和文学评论，好像要把对文学文本的分析弄成可以用方程式、用各种程序来处理。比如说，用精神分析法来评论小说，用文体批评方法来评论小说，都可以很技术化。中国古代文学评论的主体性强，主观色彩比较浓厚。说一首诗、一篇文章好，不一定要求说出个所以然来。经过对多种学派文学批评理论的考察，进行了选择和思考，我提出了"圆形批评"，大意是说，在现在这样的时代，不必像过去那样，一个时期总是以一种批评观念为主导、主流，压倒其他的。比如，曾经很长时间以社会历史批评为主导，后来有的学者出于对服务政治的反感而倡导印象批评，等等，现在应该是认同观察研究文学的多种视角、多种观念、多种立场、多种态度、多种方法同时存在，认同多样并存的合理性。现在，单单只强调唯一的一种，不再可能了。多种方法在它的某个限度内，各有其合理性。

中外历史的实际是，每一个文化发展、文学艺术发展比较好的时代，文学批评家们的学术个性总是多种多样的，而不会是单一的。一个有独特个性的批评家，不要求自己的每一篇文章面面俱到。在一个时代，一个批评家，一个批评学派，只是这个时代文学批评圆圈上的一个点，或者一段很短的切线、一段弧，众多的批评家、批评学派共同构成一个圆圈，在差异和对立中互补，并不是相互遏制、相互抵消。

对一个批评家而言，他有权主要采用一种方法、一个视角来评论某一件作品，即使如此，他的思维方式也不要是简单的，思考的过程最好是螺旋上升，包含曲折变化，这样写出来的文章，与用单一的简单直线式的思维方式写出来的文章是不一样的。思维不是单向不变的直线，而是有转折，是弧线、曲线或者切线。我在1991年发表《建设圆形的批评》，提出这样一种看法。有同行认为，我所说的缺乏可操作性，他们的意见也有道理。不过，我觉得，多年来，文学批评太注意可操作性，也是一个偏向。文学批评不是求解一道数学题，不是标准答案只有一个。我们可以注意到可操作性，不再像中国古代文学批评，说一个"妙""妙绝"，就没有分析阐述了。文学批评的论述，应该有一个逻辑论证。但是，感悟式的、印象描述式的文学批评，也还可以占一席之地。再者，理论观念和操作技术不能等同，不能以后者来判定前者的合理与否。

我一向很不赞成文学理论课对本科生只讲一家一派的观点学说。大学本科的学生，有权利要求教师介绍课程范围里，中国和世界上多种学说，各种重要的有影响、有价值的学说。不能说北大的学生只知道北大老师所提出或者所赞成的学说，华师的学生只知道华师老师所提出或者所赞成的学说，不能只介绍主讲老师偏好的学说。教材也是这样，教材不同于专著，要介绍、讲述多家多派，让学生有比较客观的认识，有选择的可能。如果有些学生，学完这门课程之后，不认同我的观点，而是认同我不赞成的别的观点，这一点不奇怪，甚至可以说，这是教学成功的表现之一，因为这是把学生引到对这门学科思考研究的路上了。

文学评论教材，一是要对本学科历史发展和当前现状客观地反映；另一个是要引导学生尝试文学批评实践。实践性是文学评论课程的特性所在。学生学了这门课程，拿到一件文学作品，知道如何下手去分析。在这方面，有些国外文学理论、文学批评教材做得不错，它们往往采取"读本"的形式，虽然作者也都有自己的理论立场，理论偏向，但还是介绍多种学说。读者不赞成著者的文学观，也能在他的教材里，找到了解学习其他学派的线索。文学理论的论文和专著，学术个性越鲜明越好；文学理论教材，不能有太强的个人好恶。我们正在进行的新的教材撰写，准备在上述两方面下功夫。我们也努力把教材建设和个人的学术研究结合起来，和教学研究课题结合起来。

除了上面提到的两项要求，文学评论的教材和教学，还要注意到本土性，就是，不要只讲外国的、西洋的。把欧美的文学理论批评照搬过来，套用在中国文学作品上，往往十分牵强。我也很喜欢读海德格尔的诗学著述，但是，他主要是从20世纪前期德国的实际、欧洲的实际提出论题，中国还有自己特有的问题。各个国家社会各有特点，各国文学更是各有特点。文学和文学批评，不可能不讲民族性。

王文革　熊元义：从提出"圆形批评"理论到研究"中国文学批评的解码方式"，文学理论的本土化一直是您关心的问题，也有长期的研究实践积累。请您具体谈谈怎样理解"本土化"的含义。

王先霈：文学理论本土化的问题，只能是在一个开放的环境里，而且往往是在本土的文学理论、本土的文化受到外来挤压，甚至是受到威胁的时候，才会被提出来，本土化的呼声才会很强烈。如果是处在封闭的环境，不跟外来文化接触，或者本土文化本身很强势，是一种输出型的、向外扩张型的文化，那就不太会有本土化的问题凸现。所以，在中国，文学理论的本土化问题，是在鸦片战争打开了国门，中国在一百年的时间里被西方列强欺凌的情势下,特别是在"五四"以后才出现的。后来,本土化和"大国崛起"的意愿有深层的关系。

也要看到,在鸦片战争之前的很长时间,中国社会、中国的文化,发展很缓慢,处于停滞的状态,而这正是西方现代化快速进行的时期。国门打开之后,朝外面一看,近代中国的文化和文学理论确实需要向外来文化借鉴、学习。所以,我觉得,文学理论的本土化只是文化现代化大问题的一个方面,不应该成为一个孤立的口号,不要成为一个孤立的目标。文学理论的本土化和现代化、科学化应该是同时并进,也就是说,建立一种系统的、科学的,能够促进文学发展,能够使文学更好地适应时代要求的文学理论,这才是我们要追求的。

"五四"以来在这个问题上可能有这么几种选择。一种是采取从西方引进、移植的方式,有的做得比较简单,就是把它们"搬运"过来。另外一种就是承续传统,把过去两三千年的文学理论加以整理。第三种就是从哲学、从其他社会科学里面推演出来。这三种选择,现在看来都不是很完满的。在当前和平发展的年代,我们怎样以一种更开放的心态,坚持一些基本的原则,来建设能够符合全人类文学发展的普遍规律,也能够适应本土的需要,适应我们选择的中国化社会主义发展的道路的文学理论,这才是我们的目标。

王文革　熊元义:您认为文学理论的本土化是一个动态建构的过程,您觉得在这个过程中应当注意些什么问题?

王先霈:文学理论的本土化不是说有这么个意图,非要去建设中国特别的、和别人不同的一套理论,而是在思考和解决具体问题的过程之中,自然逐步实行和实现的。比较年轻一辈的学者对大众文化理论的接受、理解的过程,就有前后的发展变化。西方马克思主义关于大众文学的理论进到中国来,最早是在20世纪80年代;而恰好是从20世纪80年代开始,中国的通俗文学、大众文化迅猛发展。对于通俗文学的潮流,当时学术界思想上没有准备,没有一个现成的、完整的理论观念来应对。后来接触了法兰克福学派的理论,不少人用它分析中国的大众文化现象。最近几年明显发生了一些变化,大家觉得,只是用法兰克福学派理论来解释中国的20世纪后期、21世纪第一个10年的大众文化现象,实在是很难解释得完满的。因为那些学者当时从纳粹的统治下逃出来，然后面对美国以好莱坞电影为代表的大众文化，建立他们的理论。中国当代的大众文化则是在很不同的情况下出现的。很自然地，若干中年学者，慢慢地调整方向，对伯明翰学派的理论感兴趣。伯明翰学派的理论其实也不完满。中国的大众文化现象是在中国社会变革深入这样大的环境下出现的，所以我看到很多中年学者做了很大的调整，而且还在继续调整之中，有不少新颖的见解逐渐发表。

因此，动态建构过程，我想它是在本土的社会、本土的文学发展过程中间自己做出调整、逐步深入的，这个调整是非常可贵的。不是就理论谈理论，不是坐在房子里面来构想一个什么本土化的理论，而是不断地观察社会以及文学在发生什么样的变化，理论建构自然也不断地变化。要主动地去认识到本土化是一个动态的建构过程，它是在社会的大的变动和整体发展中间去完成的一个过程，这样就不至于去闭门造车，专门在中西术语的异同上面做文章。

王文革　熊元义：您以中国学者对大众文化的接受理解为例，谈到本土化的动态构建过程以及它的重要性。这已经说明了文学理论的本土化，确实很需要直面我们当下的社会生活和社会实际。这也是您最近特别强调的，本土化除了关注本土语言的特质之外，还应该要直面当下的社会生活。但这里有没有这样一个矛盾——我们之所以提出本土化，或者有"西化"这样的担忧，很大一部分原因是我们自己多年以来的文学理论对于文学本身的规律或特性注意不够，比较多的其实还是在强调服务或适应社会发展这个功能。那我们现在又回到这个问题，您特别强调本土化要直面当下社会生活，这会不会与前面所说的关注文学自身的特性和规律有矛盾？

王先霈：现在讲关注本土社会实际，和过去片面要求理论批评为政治服务是完全不同的。从一种政治需要出发，为政治的目的服务，这是一种思路；作为一个研究者，注意到社会的深层需求，认为社会的变动是决定文化变动的一个根本原因，这是另一种很不相同的思路。因为，从政治目的出发，指向性非常明确，不利于这个目的的它就要排斥；对这个目的暂时没有直接功用的，它就会轻视，只是把文学和文学理论当做实现政治目的的工具。而从研究的角度来讲，无论文学怎么具有独立性，它必定会受到社会大的潮流的影响和决定。如果完全脱离社会大的潮流来观察文学，是看不清楚的。比如说俄国革命民主主义文学批评家，现在西方重要的理论学派，法兰克福学派以及拉康等，他们的理论其实都有很强的社会性，关注的是西方社会变化中间一些尖锐的问题。再比如海德格尔的理论，思考的是工业化以后西方现代社会人的生存的问题。西方比较成功的、影响很大的、被我们后来所引进、借鉴的这些文学理论，几乎无一例外地都是对社会变动的一种理论反应，经过若干抽象层次过滤的理论的反应。我想，我们本土理论建设也应该是这样的。只是由于我们过去对狭隘的政治功用强调太过分，所以对这个有点担心，害怕重蹈覆辙。

就文学独立性本身来研究文学当然也是必要的。文学理论的本土化问题，很大程度上是语言问题，是对本土语言特质与文学关系的认识问题。在全世界几千种语言当中，汉语是一种极为独特的语言。但是，中国的语言学界没有给中国的文学界准备一个有中国特色的语言理论；现代汉语的研究，从《马氏文通》开始，是在西方语言学的大框架下进行的。真正用有中国民族特色的语言理论来研究汉语的形式美，这是需要今后长期努力去做的工作。中国古代的声律论从齐梁时代下来一直发展，到韩愈说"气盛言宜"，到桐城派的"因声求气"，这里面有很多很神妙的东西。汉语的音韵和传意功能之间是个什么关系，这些东西并没有很好地去挖掘。汉语字形、字音变化，文学文本中宫羽相变，低昂互节，在文学创作上的作用不仅是形式美的作用，更重要的是表意的作用、传情的作用，这些都没有很好地去发掘。

从内容方面，当代中国社会的特殊性全球瞩目，尤其是最近10年，中国成为一个谁也不能忽视的强大的经济体，发生了许多极其深刻的社会变动。这里面带来的社会发展方面的问题，人的心理方面的问题，也要从文学理论上得到反应，得到回答。只有这样提炼出来的文学理论，才是真正本土化的文学理论。

总之，我们不要单纯地、孤立地提本土化，本土化只是我们文学理论建设的一个侧面。本土化和时代化，和对各国理论、全人类智慧不断的吸纳，应该是同时进行的。我们的文学理论要有全人类的东西，要贡献于全人类。

王文革　熊元义：近30年来文学的发展和变化是翻天覆地的，您能谈谈改革开放后文艺事业经历了怎样的冲击和洗礼吗？

王先霈：20世纪80年代中后期，我们主要面临的是市场化潮流的冲击，文化商业的冲击。文化商业化的冲击，是一个相当复杂的问题。现在，文艺事业受到的冲击是非常之大的，但不能对文化的产业性完全否定，不是可以简单地去抵制的东西。文化与市场的关联，文学艺术与市场的关联，是大势所趋，社会在走这条路，它对文艺的影响需要很理性地对待。

改革开放后，文艺受到的冲击主要是两个方面的，一个是市场经济，它天生地和艺术存在冲突，和审美是有冲突的。因为市场经济的最高原则就是利润，社会主义市场经济也要讲利润，每个企业都是把利润放在突出地位。我们怎么来化解这些东西？这既是一个实践问题，也是一个理论问题。第二个是技术的进步，传播技术、通信技术的进步对于艺术的挑战。具体来说，就是计算机、互联网对于文学艺术的巨大冲击。德国的一个马克思主义理论家本雅明在20世纪30年代写的《机械复制时代的艺术》中提出了这个问题，其实他那个时代远不能和我们现在相比，那个时候基本上没有电视，更不可能有互联网，但是他在书里论述了一个相当尖锐的问题：我们这个时代是个机械复制的时代，艺术成了一种复制性的艺术，不是传统的那种独创型的艺术。所以，互联网、计算机的写作，带来了巨大的变化。它使艺术的传播方式发生了变化。过去，一本小说的发行量都有很大的限制，曹雪芹一辈子写了大半部《红楼梦》，而现在任何一个优秀的作家，只写半部书，能活命吗？不可能的事。作为读者或者评论家，我们总是希望作家不要粗制滥造，但是作家也要赚钱养家，写慢点谁来给钱？这都是很现实的问题。像张艺谋、陈凯歌花几千万的大制作搞《刘三姐》《图兰朵》，虽然采用了大量的技术因素，少见艺术的独创因素，但是他们迎合了市场的需求，你能指责他？如今艺术的独创因素，受到现代机械复制技术的限制，你在家进行艺术创作，多少年才有一点成就，但马上就会被别人盗用，他也不会直接抄袭你。你要苦思苦想多少年的艺术独创，他马上给你机械化复制。

现在我们这个社会已经出现大量的文化经纪人，他们对作家的影响非常大，他们给作家出题目，给作家出点子，然后他们就有把握这部作品大概赚多少钱。他们把握市场信息,甚至有很多手腕,决定接受者的选择。某一年、某一月,你不读什么书,不看什么电视,在公众场合就没有发言权。像我们国家小说发展比较好的明代,就有很多文化商人,他们本身文化程度很高,又有商业头脑。《拍案惊奇》为什么出了"初刻"又出"二刻",三言为什么有"三",因为卖得好,才出第二本、第三本。白话通俗小说就是这样发展起来的,推进了中国小说的发展。我们不应该抨击文化商人,整体来讲,他们对文艺发展是有推进的。但是我们今天这个社会应该更理性化。政府可以做,市场也可以做,市场化也可以出现杰作,在100部平庸作品中可能有一两件好的。不能排除会出现极少数好的作品。古代商业化也可以出现杰作。巴尔扎克一辈子都是为别人写,赚稿费还债。但是国家、政府要推进文化进步,文联、作协、宣传部,不应该完全只是做市场化,应该引导出精品。过去,政府看中的戏,可以规定各单位包场,现在做起来要困难一点,不能经常这样。在这个情况下,怎么发挥政府的作用、领导机构的作用?西方社会有他们一套办法,比如基金会,其中牵涉很多减免税收的政策,用那个来保护高雅文化、高雅艺术。我们这里,精神的建设、心灵的培育要提上日程,为什么现在艺术上、学术上二流三流的东西名利双收,而真正杰出的东西却常常很艰难?主要不是政治干涉,而是市场机制和艺术规律关系的协调的问题,这是改革开放多年来需要进一步解决的重大问题。

王文革 熊元义:作为一位长期密切关注文学创作的文艺评论家、文艺理论家,您认为文学理论批评和文学创作之间是怎样一种关系?

王先霈:在两者关系上,我觉得,理论批评有独立性和依附性两个方面。所谓依附性,就是说创作是批评研究的对象和前提,先有创作,然后有理论批评。无论从一个民族文学发展的漫长历史,还是从一个地区一个时段来看,大体都是如此。但是,另一方面,理论和批评也都有自己的独立性。理论不用说,就是批评,也是如此。批评工作者用自己的观点、立场来检验、分析创作现象,从对创作现象的研究中修正、发展、创新自己的理论,使理论见解不断地深化,不断产生新的形态。对于有的批评家来说,文学现象是他构筑自己学说的材料。从这方面来说,理论和批评有它很强的独立性。从某些时期、某些民族和地区的情况看,理论也可以成为先导，即先有某种理论思潮，然后在它的影响下形成创作潮流。比如19世纪俄国革命民主主义的文艺批评，还有20世纪西方的许多创作流派，像意识流小说、心理分析小说、存在主义文学、女权主义文学等。因此，理论批评和创作应当说是相互影响的，不是单方面的作用。这是两者总体的关系。

我觉得理论批评工作对于文学创作有特别的重要性。首先，当前社会正处在急剧的、深刻的变化中，社会的转型和变迁引起生活各个方面的巨大变化也引起文学本身的变化。文学所反映的对象在变迁，大众对于文学接受的心态在变迁，文学的传播手段和方式在变迁，那么，作家如何面对这种急剧的变化，理论工作者在这个方面可以给作家提供帮助，作家也急需理论工作者的帮助。从我们湖北省来讲，作为一个内陆省，传统的、反映农村的比较稳态的生活方式的作品，在二十世纪五六十年代以来相当长的时间里，一直占有比较突出的地位。而当前，不管农村还是城市，企业或政府部门，各种社会生活的形态都大不同于往昔，作家要怎么反映这些变革中的现实？我知道有些作家产生过不同程度的犹豫和惶惑，评论家有义务思考这些问题。

其次，文学观念本身也在急剧的变化中。什么是文学？20世纪80年代的答案跟20世纪50年代有所不同，现在则带有更大的不确定性。文学和非文学的界限、纪实和虚构之间的界限都变得不那么清晰。文学观念本身急需要探讨，而这不是一个书斋里的纯粹学术问题，是每个作家在创作中都必须面对的非常尖锐的现实问题。

还有，随着我们开放的程度越来越广，越来越深，外来的文化和文学也更多地进入了中国创作者和接受者的视野之中，怎么对待这种种文学现象？怎么对待西方的理论和作品以及各种创作潮流？这是当前作家和读者急需要回答的问题。

要使理论批评与文学创作更紧密结合，有许多实际问题要解决，例如，理论批评阵地问题，还有重要的一条是评论家的合法权益问题。作协有一个任务是保护作家的权益，当然也包括文学批评工作者。狭义说来是要保护其著作权不受侵犯，更广义地，我想是要保护他们依据社会主义的法律创作的权利，工作的权利；还有，无论是作家还是批评家，都有权利以他们正当的劳动获取合理的报酬。这个问题在作家方面解决的相对好一点，评论家的经济方面的权益则有时还没有被意识到。在许多省市，多数理论工作者来自高校，本身承担着繁重的教学和研究任务，对本地创作进行关注只能是在业余时间，往往要花费大量的心力，有时候他们是从作家的手稿看起，一遍遍地提出意见，参与讨论，最后写出评论文章，所获得的报酬与他们的付出远不相称，这种现状应当被创作界所了解和理解，在体制和条例允许的情况下，也应当给他们适当的报酬。评论家个人可以有奉献精神，但要求所有的评论工作者在这种格局下长期坚持，就有困难了。"君子不言利"，身为高校教师的评论家不愿意谈论评论的报酬，作家协会却不能不关心评论家合法的、合理的权益。否则，评论的繁荣就不那么容易实现。

董学文谈：建构文学理论科学学派

金永兵

告别文艺理论危机推进文学理论发展

金永兵：前些日子，《文艺报》刊发了您和王元骧之间的两封通信，其中谈到当前我国文学理论研究已被逼入"绝境"，建议就此开展学术讨论，以振兴文艺理论事业。请您先谈谈当时是出于什么样的考虑？

董学文：客观地说，我国当前文艺理论研究比较薄弱，创新不足，后劲乏力，在学界不受重视，其自身水准距离时代和人民要求也相差甚远。为此，我撰写了《要高度重视文艺理论研究》一文，刊发在2012年2月22日的《文艺报》上。王元骧看到后予以鼓励，并在他给我的信中谈到：当今文艺理论研究受经验主义、实证主义、实用主义影响太深，文艺理论研究几乎被文艺评论所取代，对文艺理论本身也缺少正确看法，这是不利于文艺理论健康发展的。对此我深有同感。可以说，长期以来我们对文艺理论的本性、功能及价值的理解是有不少偏误的，这在很大程度上限制了文艺理论作用的发挥。我认为现在到了改变这种状况的时候了。我们希望通过学术讨论，联系实际，深入分析，集思广益，总结经验，以提高文艺理论素质，切实解决一些基础性的文艺理论问题。正是带着这种期待和潜藏的忧虑意识，促使我们以发表通信的形式，来坦诚直率地引起学界对当前文艺理论状况的关注与思考。两封信哪年6月4日刊发后，产生不小的反响，《文艺报》也陆续登载了一些参与讨论的文章。这说明我们提出的问题是切合现实状况的。文艺理论的"危机"，本是这些年文艺理论研究中不断重复的话题。许多人认识到，形成这种"危机"局面的原因不单在理论本身，而是多方面原因造成的。别的不说，单说在西方各种理论思潮包围下出现的大面积理论播撒过剩、理论话语拥堵，而本土经验缺乏，这就偏离了文艺理论研究的目的与初衷，使它难以在具体的理论阐释和批评实践中奏效。如此一来，文艺理论陷入某种困境是必然的。

　　文艺理论陷入"危机"，可以说是一种世界性现象。我国文艺理论的"危机"，某种意义上是西方后现代"理论抵抗"思潮的辐射。从20世纪60年代开始，西方就有学者探讨文艺理论的"危机意识"，并提出"理论无用"主张。我们当下的文艺理论研究明显受其影响。尤其是在倡导文化价值差异性、非同质及多元化的"后现代"理论背景下，有些理论有意迎合西方话语中"后理论""反理论""理论终结""理论死亡"等论调，这就不可避免地流露出一种理论末路的情绪。这中间其实是有不少误读、误解、思维惯性作用或逻辑错位的成分的。整个西方学界对理论的反抗和抵制，并非简单地否定文艺理论的存在及其功能，而是基于现实的变化在深刻反思文艺理论的价值与意义，在根据接受现状来调整研究的方法和理念，这与我们有些人采取虚无主义态度是不一样的。我们是在"取代"，人家是在"阐发"；我们是在"萎缩"，人家是在"拓展"。这是不同的文艺理论生存生态。面对这种"危机"意识和"反思"研究，我们本应从中获得理论的信心和动力，而不应是相反。再有，就是有人认为西方不存在文艺理论学科，中国文艺理论学科的设置是从前苏联那里学来的，言下之意，它无法与世界接轨，不具备存在的合法性。这是一种只知其一不知其二、缺乏历史常识的意见，对文艺理论的发展妨害颇多。这些乃是我们提出要抓紧进行文艺理论本性、功能、价值讨论的背景性因素。

　　金永兵：具体地说，推进我国文艺理论研究的健康发展，您认为当前重点应当做哪些事情呢？

　　董学文：这是一个长期的多方面的工作。当前，我认为至少要努力做好这样两件事：一是切实加强文艺理论研究同实际——生活实际和文艺实际——的联系，切实加强文艺理论解决现实问题的能力，端正学风，排除各种诱惑和干扰，真正总结出有深度有特色的文艺理论的"中国经验"。许多事实表明，我们的文艺理论研究只有立足于实际，才能提出前人和外国人提不出来的东西；只有立足于实际，才能摆脱各种洋教条或土教条的缠绕和束缚；只有立足于实际，才能摒弃自说自话、故弄玄虚或"客里空"作风。许多人都说当下文艺理论存在着"被边缘化"的倾向，为什么会这样？我看，相当大的程度上是由于一些文艺理论缺乏真切的"中国概括"、缺乏解决本土问题的能力、缺乏价值观和历史观的内在一致性所造成的。我们的文艺理论要赢得信赖、获得威望，就必须在"中国化"上下功夫，这是文艺理论自觉和自信的首要条件。如果我们的文艺学说只是拼凑和演绎国外的理论，只是主观地脱离实际地编织各种好看的"理论花篮"，既无根须，也不"接地气"，那么这种理论注定是没有生命力的。因此，实现文艺理论的"中国化"，应当是理论家们首当其冲的选择。我们须得对新中国成立后尤其是新时期以来的文艺理论演变状况，有一个深入、清醒、客观、透辟的了解，看哪些是实现了"中国化"的，哪些是没实现"中国化"的，从中找出我国文艺理论科学发展的路径和规律。这种研究是文艺理论研究不容忽视的一个重要方面。"真理是一个过程"。我们只有在反思的过程中，才能看清文艺理论运动的界碑和前景，才能总结出真正有价值的东西，才能在思想史和学术史的探讨中减少文艺理论现象化和平面化的毛病。

二是要深入开展马克思主义文艺理论的研究，使它的指导和引领作用发挥到更加有效的程度，并把这作为推进文艺理论健康发展的动力之源。我为何要重申这个"老生常谈"呢？就是因为现实告诉我们，文艺理论上不时出现的一些偏颇和失误，出现的茫然与无措，大多是由于疏离或违背马克思主义基本原理造成的。马克思主义文艺理论研究之所以具有最大的科学性，就是因为它实现了内部研究与外部研究、宏观研究与微观研究的统一，它不仅仅是对某个问题的简单的阐释，而且能够从宏观上进行总体性的把握，对各种不同的理论形态和理论学说进行了历史的、批判的和科学的研究。因此，要使文艺理论走上科学的轨道，就需要有科学思想的指导，而这个科学思想只能是马克思主义，包括它的中国化的最新成果。相当一段时间以来，马克思主义文艺理论是受到冷遇、疏远，处于萧条、淡化的境况的。在文艺理论界，不论是口头上还是背地里，有些人是不情愿承认马克思主义文艺理论的科学地位和学理价值的，是不愿意相信它对现代、后现代文艺现象同样具有阐释和批判功能的。有些人往往把它当作"遮羞布""调味品"或"挡箭牌"，只是虚伪地挂在嘴上或写在"序"

里，而要真去实行那就是另一回事了；有的人干脆把它当作"陈旧""过时"的学说，混同于其他所谓文论"教条"，或丢到脑后或弃如敝履；还有个别人，是说一套做一套，打着马克思主义旗号，却自觉不自觉地用一些非马克思主义或假马克思主义的货色来以次充好，以假乱真，美其名曰"融合""接轨""创新"，结果是使当代某些有其自身理论逻辑和理论指向或者理论价值并不高的西方文论肆无忌惮、无孔不入，对文艺理论的中国化和学科建设造成很大伤害。坦率地说，我是不赞成让文艺理论经常地"转向""融合""换代"的。这不是拒绝理论的"创新"。不妨借用人类考古学的一个术语来说，我是主张文艺理论的演变应"连续进化、附带杂交"的。也就是说，它可以汲取外来营养，但本根的发展演化线条则应是绵延不绝、生生不息、没有中断的。环顾四周，能够科学地保持文艺理论连续性的哲学，只能是唯物辩证法和历史唯物论，其他学说是难以胜任的。我们承认"多元共生"的现实语境，但也要承认"一元主导"的必要性。否则，文艺理论的"众声喧哗"就势必使自身陷入更加软弱无力的境况。这或许是我反复强调要高度重视马克思主义文艺理论研究的一个原因。

金永兵：我知道您是很注重文学基本理论研究的，坚持不懈地进行探索，已经取得了很多成就。您能否根据您的体会，谈谈我们应当如何重视文艺理论自身质素的提升和理论思维品格的训练呢？

董学文：体会有一些，这里我只说一点，那就是要特别重视文学基本理论的研究，因为它是提高理论自身素质和锻炼思维品格的基石，而目前它又是文艺理论发展的一个"瓶颈"。任何文艺学的知识体系、思考方式、评价规范等，都是在基本理论研究的基础上确立的。从一定意义上说，基本理论研究的水准决定着整个文艺学的水准，基本理论研究的成熟是文艺学学科成熟的标志。文学基本理论研究是难的，唯其难才需要攻关。倘若文学基本理论搞不上去，要想文艺理论有个新面貌是不可能的。无可否认，我们面对着文艺理论学院化、体制化的困境，面对着"文化工业""信息技术"的迅猛发展，面对着"消费意识"膨胀与传统跟现代的断裂，这给基本理论研究带来挑战和使命。可是，信奉解构主义和相对主义的学者，使文学理论成为"语言的游戏"和"能指的滑动"，不再关注价值和意义的生成，不再关注具体的文学创作活动，尤其是不再关注文艺学学科基础理论问题的探讨和研究。这就大大降低了理论介入现实的可能性，大大压缩了理论自身垦拓的空间，致使许多理论层面未能展开，不少问题未能得到很好解决。我想，只要我们不放弃文艺理论研究的人文追求和人文关怀，不在一些过度实用或枝节的问题上花工夫，具备现代思想史和文化史的视野，主动从事学科的基础性理论研究，注意厘清以往研究中的枝蔓芜杂成分和"忽悠"出的伪命题，通过对基本理论问题的反思和批判，不断推进和更新我们对文学本体、主体、客体和价值的理解和判断，更新我们的思维模式，那么，文艺理论研究就会越过表面热闹而实质浮躁贫乏的阶段，走上可持续发展之路，就会做出更多的贡献。众所周知，文艺学是认知体系，不是知识体系，它是需要思辨、需要理论抽象的。它的性质不在于描述而在于建构与反思，在于提出问题、分析问题和解决问题，在于不停留在对"是什么"的说明上，而去追问"为什么"和"应如何"。所以，加强基本理论研究，对提高理论自身素质和增强思维能力都是关键的步骤。"理论只要彻底，就能说服人。所谓彻底，就是抓住事物的根本。"马克思的这句话，用到我们文学基本理论研究上也是合适的。

重视理论推进　着力思想创新

金永兵：我从近30多年文艺理论运动的沿革上了解到，您始终非常注重理论的推进性探讨和创新性研究，始终坚持"接着说"，而不是"照着说"。您在多项理论问题上都有所建树，比如较早系统地研究"艺术生产"概念及其理论；较早地全面梳理和开掘了马克思的美学思想系统；较早地提出创建文艺理论"当代形态"设想并努力加以论证，并结集出版了《走向当代形态的文艺学》（1989）和《文艺学当代形态论》（1998）；用"五个W"的系统结构来构制新的《文学原理》（2001）教材；与同仁撰写了我国第一本文艺理论教材史著作《中国文艺理论百年教程》（2004）；创建了"文学理论学"这门学科并写出《文学理论学导论》（2004）这部专著；率先对新时期三十年文学理论的进程与问题进行反思性总结并出版《中国当代文艺理论（1978-2008）》一书；较早编选了"西方马克思主义"美学文选,等等。您已有专著、编著、译著几十部、论文几百篇问世,听说最近又在组织力量撰写多卷本的《马克思主义美学史》。总之,您的学术路径和学术风格是很有个性、很引人注目的。您能谈一谈从事文艺理论研究方面的甘苦和体味吗?

董学文:我的这些研究,得益于新时期的改革开放和思想解放,得益于时代的进步和形势的需要。我在教师岗位,深知教学和科研必须跟上时代步伐、响应现实呼唤才有理论前进的动力。不过,我的所有研究有个特点,亦可说有条主线,那就是不论什么时候、不管面对什么境况,我都力求用科学的思想方法和科学的观念理念来探讨、解决文艺理论实际问题,努力在研究、阐释和建构中实现对文艺理论的科学性诉求。我有个原则:绝不"跟风",绝不"趋时",绝不"左顾右盼",也绝不"轻信迷信"。"咬定青山不放松","任尔东西南北风","我从科学路径行"。即使一时不"风光"、不"时髦",也不摇摆松动。譬如,20世纪70年代,一些人将经典作家的几封信和几篇短文当成马列文论的基本素材,过度阐发,形成教条倾向,我就潜心阅读大量经典作家原著,然后用"海水煮盐"的办法将其文艺与美学思想蒸发出来,撰写了《马克思与美学问题》(1983)一书,颇受好评,第一版就印了5万册。再如上世纪80年代,有人提出所谓"文学主体性"理论,甚为流行,热捧如潮,我通过仔细分析研究则认为,这是典型的主观唯心论主张,于是就学习《反杜林论》的手法,写了一部26万字的著作《两种文学主体观》(1992),对其加以批驳、透视和辨析。再如新世纪以来,有种"反本质主义"思潮,认为文学理论已在"衰败""死亡",正被"文化研究"和"文学批评"所取代。我觉得这种"后现代""解构"见解虽属新颖,但毕竟不符合事实,既曲解了文学理论的本性,也搅乱了文学理论的应有秩序,于是,我就决定把文学理论作为一门学科的研究对象,为此给博士生开设"文学理论的理论"课,并在这个基础上写《文学理论学导论》(2004年)出版,力求通过对文学理论性质、要素、范式、特征、话语方式、活动法则等的揭示,找出文学理论存在的理由及其运动法则,以回应各种对文学理论研究的冷落和嘲弄。新时期三十年是一个重要节点,如何看待这30年来文艺理论的演变、转型和脉动,众说纷纭,尤其是有人喜欢把一条并非正确的链条描绘成改革开放以来文艺理论的主要成就,这就颠倒了是非曲直。基于此,我组织研究力量爬梳材料，对比分析，拨乱反正，正本清源，贯彻科学理念，最终写出了《中国当代文艺理论（1978-2008）》一书。

说到这里，你心里肯定会有个疑问，即我所说的"科学的思想方法和科学的观念理念"到底指的是什么？其实，这个答案很简单，指的就是马克思主义，就是辩证唯物主义和历史唯物主义。理由也很明了，那就是只有马克思主义才能使文艺理论成为严格意义上的一门科学。基于这个认识，我力图把这一方法和观念贯彻到文艺理论的方方面面，使之真正成为文艺理论研究的"显微镜"和"望远镜"。我有个不成熟的看法，那就是我们常说的学理原则与马克思主义原则之间不是"二选一"的关系。如果我们不能把这两个原则统一起来、结合起来，那么我们的文艺理论在哪个方面都难以取得大的进展。在文艺理论研究中，有人提出既要坚持马克思主义原则，又要坚持学理原则。这种提法表面上面面俱到、照顾齐全，可它给人的感觉是马克思主义只是一种意识形态性的立场观点，并不包括学理的原则在内，好像从事文艺理论研究还需另备一套原则。这种提法显然是似是而非的，因为它违背了经典作家的一贯忠告："马克思的整个世界观不是教义，而是方法。它提供的不是现成的教条，而是进一步研究的出发点和供这种研究使用的方法。"换句话说，马克思主义就是科学，而科学是内含有学理原则的。如果把马克思主义原则和学理原则人为区分开来，那么写成的文学理论与马克思主义之间一定是"油水"关系，其结构也注定是"牛蹄子——两瓣"。我知道自己在体现马克思主义精神方面做得也并不都好，我只是从"甘苦和体味"角度来谈点看法。你刚才说我的理论研究有"风格"、有"个性""引人注目"，大概也主要是指这些吧。

建构文学理论的中国学派

金永兵：您的看法很有启发性。与刚才谈到的学术个性和风格有一定关联，您多次呼吁文学理论上要有"学派意识"，要打造文学理论的"中国学派"，要对文学理论学派进行考察和研究，要开展学派之间的竞争和竞赛。这说明您有更深层次的考虑，说明您对文学理论的研究途径是看得很重的。您能不能谈谈有关这方面的一些想法？

董学文：我认为学科中的"学派"，既是理论发展的平台，也是理论推进的引擎。有了学派，才能"百花齐放"；有了学派，才好"百家争鸣"；有了学派，才会克服陈陈相因的看法；有了学派，才能克服"宗派"或"门派"的影响和纠缠。尤其是我们面临着全球化和多媒体的时代，我国文艺理论要想发出自己的声音，拿出独特的创见，就必须展示出各式的"中国学派"，营构出有中国作风和中国气派的话语系统。我国文学理论要获得与世界对话的主体身份，就得大力改变只是"引进""复制"或"跟踪"的被动状况，就得超越总是淹没在外来文论话语之中的尴尬局面。我国的文学理论正处在一个急剧分化和重新整合期，汲取外来文论的合理成分，在某些层面与世界文论接榫，这是需要的。但这中间不能缺少我们独立的思考和自主的鉴别，不能缺少自己的分析、判断、选择和扬弃。我们要学会发现文学理论的"中国问题"，形成文学理论的"中国范畴"，展示文学理论的"中国表述"，这就需要拿出建设自己文学理论学派的自觉和自信。只有这样，我们中国的文学理论才能在世界上占有一席之地。据我观察，如果我们在交错共响的混乱争辩中进行大致的分类梳理，那么这几十年可以说我国文学理论界还是形成了学派萌芽或雏形的，比如"唯物派""实践派""审美派""科学派""形式派""否定派""宏观派""生态派"等，可以大致找到这些学派的代表性人物和代表性作品。不过，仔细分析起来，尽管各派观点鲜明、立场各异、态度笃定，但组建理论学派的意识还相对比较薄弱，学派内部的理论要素还不够完整，因之我将其称之为"雏形"或"萌芽"。但我相信，随着各派理论的深化、体系的完备、学说的连贯和稳定、核心范畴的突出和明确，我国各文学理论学派之花竞放的局面是会形成的。

金永兵：我知道，您一直为建设中国文学理论的"科学学派"而努力，为此您花费了大量的心血和精力。您仿佛是在自觉地通过展现"科学学派"的面貌，来使自己的理论同其他学派区别开来。我想询问并十分关心的是，您为什么将自己这派定为"科学学派"？这一学派的独特性主要表现在哪些方面？

董学文：文学理论同哲学有近似性，那就是它也是自己时代精神的精华。我一直以为，文学理论倘不能成为当代文学和社会的呼吸，不能传达对文学命运和隐痛的思考，不能对有碍审美或积极功利的理念与手法发出警告，那么这样的理论是不配称为文学理论的。我倡导的所谓"科学学派"，简单地说就是力争使文学理论成为一门科学的学派，就是力争实现文学"自律性"和"他律性"内在统一的学派，就是力争使文学理论更加符合变动中的文学实际的学派。如果换个角度，也可以说就是一个为追求文学真理而注重理论反思的学派。它不是"唯科学主义"，而是力图透过科学性的诉求，走向一种更高层次的坚持和还原，走向一种更加自觉的突破和创新。文学理论界多年来有种意见，认为文学理论既不是社会科学，也不是人文科学，而只是一个人文学科，应当像进行小说、诗歌创作一样来从事文学理论写作。还有种意见认为，文学理论的目的不仅在"求真"，而且还要"求美"。这些意见，乍一看是思想"解放"了、精神"自由"了，无拘无束了，可它却混淆了"文学"和"文学理论"的界限，让理论的科学性诉求荡然无存。我是不赞成这种意见的，至少认为它对文学理论建设是没有好处的。文学理论的"科学学派"，主张要把文学理论当作一门科学来看待，要去认真严谨地研究它，要承认"科学本性乃是文学理论学科安身立命之所在"。文学理论研究倘若到了"想怎么说就怎么说"的地步，那它应有的本真价值就注定会丧失。文学理论可以写得很漂亮、带诗意，但它探索和揭示文学本质及其运动规则的宗旨却不能改变。文学理论当然也涉及"审美"问题，但那同自身"求美"绝非一回事。如若不把文学理论看成一门"科学"，那它只会继续保持其越来越不受重视的命运。

　　文学理论"科学学派"是重视基础理论研究的，把基础理论研究看作是学派建构的基石。而在基础理论研究中，又一向把概念、范畴、术语的研究即"关键词研究"放在突出的位置。这是因为它认为文学理论新范式的出现不是自由选择的结果，而是基础理论研究取得重大进展的产物。因之，"科学学派"主张一方面要面向文学实际，一方面也要面向理论实际，注意回到基本范畴，抓住基本问题，靠理论、实践自身内涵和逻辑产生的张力，来孕育出文学理论学理推进的动能。我常讲，文学理论不是庞杂炫目的"知识箩筐"，不是口味丰富的"水果拼盘"，它应是一种带哲学根底的研究文学问题的方法论的"工具"。正因为"科学学派"强调其理论的科学性，所以它必定要注重对文学理论本身的解剖和反思，认为这是关涉到学科定位和正常发展的不能绕过的课题；同时，它也必定要注重对文学理论学科进行专心致志的建设,认为这是克服精力分散的教训、提供新鲜成果的保障。譬如说,对文学理论的"历史性"和"本体性"问题,对文学理论的"现代性"和"后现代性"问题,对文学理论的"实用性"和"非实用性"关系问题,对文学理论中"反映""反应"与"审美"的关系问题,对文学理论中"经验"因素和"逻辑抽象"的关系问题,以及对文学与文学理论价值成分移动的问题等,就格外需要关注和研究。

我认为文学理论"科学学派"应比任何其他学派都更重视"文学理论史"的研究,这是因为它相信"历史就是我们的一切",相信"历史的启示"作用。我常常提倡文学理论研究要向中外文学史研究的方法和技巧学习,对待文论家、文论成果及其理论发展,要像文学史家对待作家、作品与文学的发展那样去细致探讨和深入开掘。只有有了好的"文学理论史",文学理论的建设才会有希望。眼下,要特别注重总结新中国成立以来尤其是新时期文学理论的进展、经验和教训,准确客观地评价各阶段的基本状况,努力找寻和发现我国文学理论演变和拓展的客观规律。这是时代赋予我们的不容推卸的责任。只有在反思和推进中,我们才能预见到理论的未来;只有在反思和推进中,才能防止出现"打着新旗帜、播撒旧思想"的毛病。

文学理论"科学学派"也是不赞成相对主义立场的,主张对各种研究要有自己鲜明的理论判断。别的不讲,就拿人性论、人道主义问题来说,目前存在"普遍人性的本质主义观念",亦称"广义的人道主义人性观念",也存在"历史主义的人性本质观念",到底哪种观念科学、合理呢?"科学学派"显然主张后者。因为探讨人性本质,如能始终从人的社会实践及其历史进程来加以理解,而不是抽象地去想象和假设某种确定不变的东西,如能对人性的变迁和异化现象始终坚守一种历史的批判态度,那么,这种"人性观"、这种"历史人道主义"才符合实际,才符合科学原理。再如,研究中外文学理论史,"科学学派"主张把它写成既是文学理论的,又是有清晰脉络和有历史感的,而不能只是作者和作品串联起来的"糖葫芦",更不是五花八门的"大杂烩"。我们出版的《西方文学理论史》(2005),就是力图这样做的。总之,既然是文学理论的"科学学派",那就应该以追求"科学"为本分,就不能大而化之、人云亦云,就不能对一些问题浅尝辄止、模棱两可。这大概就是文学理论"科学学派"独特性的一些表现吧。

朱立元谈：当代文论建设与文艺批评发展

熊元义　王文革

对新时期以来中国文艺理论现状的基本估计

熊元义　王文革： 近30多年来，中国当代文论取得了很大成就。如何充分认识中国当代文论所取得的巨大成就？中国当代文艺理论界恐怕很难一致。文艺理论家尤其是文艺批评史家如果准确地把握和公正地评价一位文艺理论家的理论成就，就不能仅看他在社会中的位置，而是主要看他在文艺批评这一有秩序的进程中的位置。这就是说，文艺理论家尤其是文艺批评史家如果准确地把握和公正地评价一位文艺理论家的理论成就，就既要看到文艺理论家的文艺理论满足现实需要的程度，也要看到这种文艺理论在文艺批评发展史中的环节作用，并将这二者有机地结合起来。近10年前，您曾带领一个学术团队对新时期以来中国文艺理论与批评现状进行了调研。您是如何认识20世纪90年代以来中国文论发展的？

朱立元： 新时期以来，文艺理论界在总结、反思过去的历史经验，继承百年来逐步形成的现代文论新传统的基础上，思想解放，视野宏阔，开拓创新，取得了一系列前所未有的重大成果，用"收获巨大，成就辉煌"来概括毫不为过。文艺理论的这种大发展主要表现在文学观念冲破旧有束缚、张扬人文精神，在自律与他律的辩证统一中探索和把握文学的审美意识形态本质，并在此基础上促使文学理论走向多元和成熟；文学研究方法也在借鉴中外文论和其他学科研究方法的基础上取得突破和创新，有力推动了文艺学研究方法的多元化，反过来又促进了新时期文学观念的拓展和更新。这一时期文艺理论所取得的巨大成就以及所达到的理论水平，是前此任何时期都无法比拟的，超越了20世纪前半期的几十年。对此应当给予足够的估计和充分的肯定。

同时，也应当清醒地看到，20世纪90年代以来中国文论存在着虽属局部却严重的问题和危机，它主要不在话语系统内部，不在于有的学者所说的"失语"，而在于同文艺发展的现实语境的疏离或脱节，即在某种程度上与文艺发展现实不相适应：一是对中国当代文学发展的新现实、新思潮、新特点有所疏离；二是对世界文学发展的新现实、新思潮、新特点有所隔膜；三是对信息、图像时代的大众传媒文艺、网络文学等新鲜的文学形态和体制，关注不够，研究相对薄弱，近年虽有改进，但还不尽如人意。

中国当代文论的建设，应当从这样一个现状出发，在马克思主义文艺理论的指引下，弘扬已取得的巨大成就和追求理论创新的进取精神，正视上述种种问题，努力解决和克服之。相信中国文论一定能在不久的将来开创出新局面，攀上新高峰。

中国当代文论与中、西文论传统

熊元义　王文革：中国当代文论的发展主要是总结中国当代文艺创作实践和反映民族、时代对文艺的本质诉求。但是，中国当代文论在发展中不可避免地要汲取中国古典文论和西方文论的有益养料。

朱立元：的确，长期以来，关于中国当代文艺理论如何处理与中国古典文论和西方文论的关系问题，一直困扰着文艺理论界，而且一直存在着严重的分歧和争论。这个问题既包含着对百年来中国文论发展道路的评价问题，即基本走的是"西方化"道路，还是仍然走在自身传统的道路上？也包含着中国文论如何继承自身传统、保持民族特色的问题，而这中间又有一个如何认识和继承中国文论传统的问题。这几个问题纠结在一起，不能彼此割裂。

熊元义　王文革：中国当代文艺理论界提出中国古代文论的现代转型这一口号是很不错的，不仅有助于克服当代文艺批评的失语症，而且促进了民族文化发展的文化自觉。但是，不少文艺理论家却停留在书斋里构想这种中国古代文论的现代转型，颠倒了文艺理论产生的源流关系。因而，近十几年来，这些文艺理论家在中国古代文论的现代转型上几无进展。

朱立元：我首先谈谈关于中国传统文化的再认识问题。一、20世纪90年代文艺理论学界曾经对"中国古代文论的现代转换"等热点问题展开讨论。这个讨论既涉及对中国文论传统的看法，也涉及现代文论是否"全盘西化"的问题。在当时有不少学者看来，中国文论传统就是指从先秦到19世纪的古代文论，于是，所谓依托中国文论传统建设面向新世纪的文学理论，就等于是以中国古代文论为母体。这种把古代和现代截然、现成地切割开来的线性思考模式，本身就缺乏动态生成的考量，无助于说明文学理论传统的真实构成。于是，我提出以动态眼光看待中国文论传统的看法，认为现今放在我们面前的中国文化、文论传统不是一个，而是两个：一个是19世纪前的古代文化、文论传统；一个是百年以来、特别是"五四"以来逐步形成的现当代文化、文论新传统。我们不能只看到前一个传统，而无视或轻视后一个传统，更不能认为后一个传统"完全是西化的、跟着西方文论亦步亦趋的"，"完全是反传统或与传统整体断裂的"。我们无法否认，我们所处的直接传统确实是、也只能是20世纪以来现当代文论的新传统。任何时代的任何人无不处在一个直接传统的包围和影响之中，不管他们是否承认或是否意识到这一点。我认为，上述"中国古代文论的现代转换"的主张是正确和必要的，但是应当看到，中国古代文论的现代转换，并不是当代才出现或者开始的。如果从现代解释学角度看，我们目前所立足于其上的现当代文论新传统，并非一个已完成、定型的东西，而是一个中国古代文论不断进行现代转换的动态过程，这种转换已进行了一个多世纪，至今尚未完成，还将继续下去。简言之，这是一个百年来不断进行的过程，在此过程中，同时进行着与西方思想文化、文论的接触、对话、交流、冲突和逐步的融合。正是在古今转换、中西融通的错综、曲折的历史进程中，才逐步建构和形成了现当代文论的新传统。

因此，当我们谈论继承发扬中国文化、文论传统的时候，我们应该首先立足于现当代文论的新传统的基础上，从当代文论建设的现实语境和需要出发，对古代文论中有生命力的东西加以改造、吸收和融化。

虽然中国古代文论的现代转换一直在进行着，但是，这种转换必须是自觉的、有意识的，在唯物史观的指导下进行，才可以健康、有效地展开。中国古代文论的传统是极其深厚、广博和丰富多彩的，但它毕竟是过去时代的产物，它的许多概念、范畴、话语、价值取向、审美趣味、艺术尺度等不一定能直接、简单地套用到当代文论的话语系统上，未必能直接应用于当代文论的建构、建设中。然而，古代文论中确实有许多有生命力的东西、在精神上富有现实启示性的、有永久价值的东西，对于我们古为今用、推进当代文论建设大有裨益。诚如冯友兰所致力于做的："就是把中国古典哲学中的有永久价值的东西，阐发出来，以作为中国哲学发展的养料，作为中国哲学发展的一个来源"。同样，我们应该把中国古代文论中有永久价值的东西阐发出来，作为中国当代文论建设的养料，作为当代文论发展的一个来源。这方面，我国文艺理论和古代文论、批评研究者已经做了大量的工作，取得了可喜的成就。当然，还需要继续坚持开展研究，努力使当代文论的创新建构同古代文论中有生命力、有永久价值的东西的新阐发实现无缝对接、有机结合。

熊元义　王文革：您认为一个多世纪以来中国古代文论不断进行着现代转换，至今尚未完成，还将继续下去。这是一个百年来不断进行的过程，在此过程中，同时进行着与西方思想文化、文论的接触、对话、交流、冲突和逐步的融合。这种动态眼光的确比那些中国古代文论中断论高明。但是，"中国古代文论的现代转换"的提出毕竟反映了文艺理论家在模仿学习西方近现代文论后的回归。您认为中国当代文论的发展如何把握与西方文论的关系？

朱立元：对于这个问题，一直以来文艺理论界有不同看法。其中最为激进的观点认为"文革"以后的中国当代文论走的是一条"全盘西化"的道路，体现为"一场声势浩大的现代性西学东渐运动"，即文论界带着"现代性的焦虑"和"与国际惯例接轨"的动机，"虔诚地拜倒"在各种新奇的西方现代文论面前，"毫无保留地汲取西方现代文论的观念和方法"，"毫无保留地学习、引进并运用西方现代文论话语体系"，"争先恐后地涌向西方现代文论，几乎到了不汲取一些西方现代文论的概念、术语和分析方法便无法在文论论坛上取得话语权的地步"，这就导致当代中国文论的"自我失落"。这个"全盘西化"论是对中国当代文论的全盘否定，其片面性显而易见。更令人吃惊的是，有的论者竟然将中国文论的"全盘西化"从新时期追溯到百年前，认为这个"西化"贯穿于20世纪中国追求现代化的整个过程中，换言之，一个世纪中国文论的发展历程总体上竟然是"全盘西化"的过程。这就距离历史事实实在太远了！距离中国现当代文论新传统形成的实际历史过程确实是不可以道里计了！

事实是，20世纪中国文艺理论走过的百年历程，是在马克思主义指导下，不断汲取、融合中国古代文论理论资源并进行现代转换的历程，是不断借鉴和吸收西方文艺理论（包括现当代西方文论）、并与中国文论传统相融合的历程，也是伴随着民族命运的沉浮而艰难探索、曲折前进的历程。经过百年的发展、革新、积累、创造，中国文学、文论获得了长足的发展，逐渐形成了一个不同于19世纪末之前可概括为"古代文论"传统的一个现代新传统；同时，这个新传统，也与它所借鉴、吸收的西方古今文论有着本质的区别；在某种意义上，可以说它是对中国古代文论和西方文论的双重超越和综合创构。这个现代新传统，尤其在新时期以来的30多年获得了多元的、全方位的大发展，它的既异于古典传统、又异于西方文论之"新"，也得到了比较充分的体现。可以说，新时期以来文艺理论所取得的诸多成果本身就构成了当代中国文论新传统的主要构架。我们只要拿韦勒克、沃伦1949年撰写的《文学理论》（此后西方几乎没有出过同类教材、著作）同新中国60多年出的大批文学理论教材、著作、特别是新世纪以来新出的同类教材、著作（不论它们成就高低、成熟与否）相比，就可以发现两者之间的巨大差异。我们虽然可以从中看到西方文论的某些影响，却无法找到"全盘西化"的明显痕迹。这是对"全盘西化"论的有力反驳。尽管中国文论在百年历程中走过一些弯路，在要不要"全盘西化"上有过争论和反复，尽管这一新传统本身也还需要进一步的丰富和完善，但指认当代中国文论"全盘西化"无论如何是站不住脚的。对此，我想有三点必须分辨清楚：

第一，我们应当如实地把20世纪建构上述现代文论新传统的过程看成整个中国革命和现代化进程这一大系统工程中不可分割的有机组成部分，我们不能离开整个中国的现代化进程来孤立地看待中国现代文论的现代性诉求及其历史建构，不应该将它从这个大系统中割裂出来。而上述"全盘西化"论者不仅把现代文论，而且把整个中国的革命和现代化进程也看成是"全盘西化"的过程。这显然是不对的。实际上,中国现代文论建构过程的社会背景是马克思主义与中国革命和建设的实践日益结合、中国的现代化事业从理想追求一步步走向现实实施的过程。这个历史事实也就是中国现代文论的形成、建构、发展的大背景,后者是前者的一个有机组成部分。"全盘西化"论把中国革命和现代化建设简单地等同于"西化",即所谓"照搬西方现代化",进而把属于这一大系统的中国文论的现代化(即现代转换)也说成是"全盘西化"的过程,这显然既把20世纪构建中国现代文论新传统的过程从整个中国的现代化进程中割裂了出来,又遮蔽了中国现代文论新传统建构的历史真相和全部复杂性。

第二,20世纪中国文论构建现代文论新传统本身也是一大系统工程,其中包括多种因素的交叉、渗透、互动、互补,其复杂性不应当低估,学习、借鉴西方现代文论仅仅是其中一个重要方面,而不是全部,更不是唯一。"全盘西化"论者的思维方式是单一线性的,是片面化、简单化的。实际上,中国文论新传统的现代建构决不只是同西方现代文论发生关系,还同时与中国古代文论密切相关,更重要的是与扎根、萌芽、生长在中国革命和现代化建设的现实沃土中的中国新文学的演进历程息息相关。如果把中国现代文论的发展仅仅归因于西方文论,显然是一叶障目、以偏概全。

第三,把中国现代文论新传统的建构历程说成是"毫无保留地学习、引进并运用西方现代文论话语体系"的过程,也是极其片面的。百年中国文论的演进历史充分证明,我们借鉴、运用西方现代文论,从来都是下面这两种情况:一是从我们现有的期待视野出发有选择地进行的;二是学习、借鉴的主流并不是不加区分地模仿、毫无保留地照搬,而是中西互补、互动、互渗、互相对话交流,把这样一种双向互动简单化为单向照搬的"全盘西化"是根本说不通的。

当然,毋庸讳言,在中国当代文论的建设过程中,局部的或者部分学者盲目崇拜、无批判地吸收、乃至生搬硬套西方文论的情况也时有出现,但这决不是主流和全局,不应当以偏概全。这从近20多年西方后现代主义文论在中国的双重影响看得很清楚。

熊元义 王文革:您对中国现当代文论的发展的把握是辩证的。一些文艺理论家思维简单，看不到中国现当代文论的发展的复杂过程。从总体上说，中国现当代文论没有和中国古代文论断裂。但是，不可否认，的确有些文艺理论家是"全盘西化"的。任何笼统的结论都是不切实际的。您如何看待西方后现代主义文论思潮对中国现当代文论的发展的影响？

朱立元：在中国当代文论发展中，绝对绕不过去的就是对西方后现代主义文论思潮的接受和所受到的影响。这几年，我收集和阅读了许多相关材料，认识到中国当代文艺理论界对后现代主义文学理论思潮的接受，是一个既为中国文艺学的重大转型寻找新思路、又在学理资源和价值目标之间存在若干偏离的复杂的知识社会学现象。应当承认，西方后现代主义文论思潮进入中国20多年以来，确确实实对中国当代文论产生了不可低估的影响。这种影响是双重的，既有积极方面，也有消极方面。

事实上，后现代主义文论思潮本身所蕴含的思想观念和思维方式、方法，正从多个方面潜移默化地影响、改变着国内文论界的运思方式，积极转化为本土文论发展一大资源，它事实上确已有效地介入和参与到中国当代文艺理论的创新建构中，并取得了若干重要的实绩。这集中体现在五个方面：第一，后现代主义文论的批判性、反思性鲜明特征有助于启迪中国当代文论的不断自我反思、自我总结和自我超越；第二，助推中国当代文论面向世界，以开放的姿态走向多元化；第三，对形而上学思维方式形成有力冲击，有助于中国文艺理论界突破和改变长期以来习惯的二元对立、特别是主客二分以及本质主义的思维方式；第四，后现代"文学终结论"引发的争论，对当代文学理论一系列重要问题的深入研讨起了推进作用；第五，后现代生态批评对中国文论的建设性影响。这种积极影响之所以能够发生，不仅仅由于西方后现代主义文论中确有可供我们借鉴的合理因素，而且更决定于作为接受者的中国文艺理论家能够以敏锐的眼光、宽广的胸怀、本土化的态度，紧密结合中国语境和中国问题，对它进行批判性的审视、改造和吸收，使之融入中国文艺学的创新建构过程之中。

同时，我们对后现代主义文论在中国产生的消极影响也不可低估，必须进行深入的反思和批判。这种消极影响也表现为五个方面：第一，它对宏大叙事的彻底否定将导致消解文艺学、美学的唯物史观根基，因而是有害的，行不通的；第二，其反本质主义思想被过度解读和利用，容易走入彻底消解本质的陷阱；第三，它对非理性主义的强化，诱发了国内文艺与文论某种感官主义、实用主义消极倾向和某些偏离、游离、甚至背离审美文化精神的弊端；第四，它具有反人道主义、人本主义的倾向，不利于文艺创作和理论坚持以人为本的底线；第五，它"反对阐释"，意味着从价值中立走向价值虚无。对此，我们一定要保持清醒的头脑，进行有说服力的批判，以消除其负面影响。

而后现代主义反本质主义思想是在中国当代文论的发展中同时发生积极和消极影响、双重影响交织互动的典型例证之一。可以说，一直延至今天的本质主义与反本质主义的学术论争构成了新世纪文艺理论界一个重要事件。在中国当代文艺理论界，本质主义长期以来成为多数学者（包括本人）习惯性的思维方式，其突出标志表现是，认为文学理论的主要任务是寻求文学固定不变的一元本质和定义，在此基础上展开其他一系列文学基本问题的论述。这种思维方式把文学的本质简单化、单一化、固定化、现成化，机械化，对于文学理论的创新建构无疑是不利的。而后现代反本质主义则质疑文学是否存在单一、固定的普遍本质，进而质疑文学本质研究的可能性和必要性。其合理性在于主张将本质问题语境化、历史化、相对化、多元化。近年来，我国一部分学者在编写文学理论的教材和论著时，有意识地尝试打破过去习惯的本质主义思路，倡导文学的建构主义思考方式，分别采取"关系主义""历史化与地方化""本土主义"等消解本质主义的编写思路和策略，取得了新的进展和实绩，充分显示了后现代主义文论的积极影响。然而，后现代反本质主义思想的消极影响在中国当代文论建设中同样表现得很明显，其突出的表现是，将事物的生成性、过程性推到极端，从而根本上消解了本质范畴和对本质认识的可能性，换言之，将本质等同于本质主义，将反本质主义等同于反本质；在文学理论上，就是将反本质主义思维方式误解为根本否定和取消对文学本质的任何思考和探讨。比如文学本质"悬置"论就基于文学的本质一直在变动中无法把握和探讨的认识。再如新世纪前期关于文学和文艺学边界问题的讨论，也起因于对文学的动态本质（边界）能不能确定和认识的分歧。有的学者过分夸大了近20年来"日常生活审美化"造成的文学与其他种种文化现象之间界限的日趋模糊乃至泯灭，也就是认为文学的审美边界（本质）已经消解了。我认为，这是后现代反本质主义思想被过"度"解读，而不知不觉走入了彻底消解本质的陷阱。从历史实际看，无论中外，"文学"这个词

（概念）的现代意义都是19世纪以后才逐步建构、确立起来的。比如中国古代有诗、文、赋、词、曲、小说、戏曲等文体，19世纪末、20世纪初才逐步被以审美为共同特质的"文学"概念统摄为一个整体。这个概念用审美来概括中国2000多年的各体文学的共同本质是合适、有效的；同时，到了今天信息时代、网络时代，虽然文学的具体形态、体裁有许多新变，但是，审美这个"质"的规定性至今仍然没有根本改变，仍然是相对稳定和有效的。从历史语境和建构论角度看，文学这一层面的本质应当是可以研究和言说的。这并不等于本质主义是显而易见的。

熊元义　王文革：不过，我们看到西方后现代主义文论思潮对中国当代文艺批评的影响恐怕消极面大于积极面。正如多元化，的确有利于边缘的新生的弱小的文艺崛起，但却不利于文艺方向的形成，不利于经典的脱颖而出，不利于嫩芽成长为参天大树。我们在研究中国悲剧时看到，中国悲剧在近现代经历了一个否定到回归的过程。但是，这个过程却是反复出现的。这是不利于中国当代文论飞跃发展的。您强调中国当代文艺理论界在借鉴、接受外来理论思潮时的识别力、思考力和消化力是重要的。

朱立元：有少数学者在回顾后现代主义在中国传播、影响时批评国内学界对后现代主义采取了一哄而上、盲目崇拜、生搬硬套、全盘接受的态度，并把后现代主义文论看成为当代中国文论"全盘西化"的典型表现。但这个批评却不符合事实，在某种程度上低估了中国当代文艺理论界在借鉴、接受外来理论思潮时的识别力、思考力和消化力。事实是，近20多年来，后现代主义文论在中国的接受、传播和影响，始终是在借鉴、吸收和拒绝、批判的矛盾博弈中发生、发展的，在总体上是健康的。后现代主义从一开始进入中国，就同时遭遇积极引进和警惕抵制两种不同的声音，但是这两种声音并没有处于截然对立的状态，而往往是在积极引进中有警惕和批判，而警惕、批判并没有拒绝和阻碍积极引进的进程。在这个矛盾博弈的过程中，需要特别强调的是，在接受后现代主义文论中居于主流地位的是一批很有学术胸怀、气度和宽阔眼光、视野的人文知识分子，他们对于当时走红全球的后现代主义文论的态度始终是非常理性、冷静和辩证的。一方面，他们自己组织或支持积极引进后现代主义文论，另一方面，在引进中又始终保持清醒的反思意识和辩证的理性批判。

文艺理论与文艺批评的关系

熊元义　王文革：解决文艺批评的理论分歧是当代文艺理论发展的重要途径之一。文艺批评分歧究其实质是理论分歧。在中国当代文艺批评界，很少有人意识到中国当代文艺批评分歧从根本上说是理论分歧，更不用说从理论上解决这种文艺批评分歧。其实，当代文艺批评的深化有赖于当代文艺批评的理论分歧的解决。近些年来，有些文艺理论家在深入反思中国当代文艺批评的发展的基础上集中思考了文艺批评与文艺理论的关系，认为文艺批评家如果不能从理论上把握整个历史运动，就不可能准确把握文艺发展方向，就会为现象所左右，从而丧失文艺批评的锋芒。在中国当代文艺批评史上，一些深层次的理论分歧严重地制约着文艺批评的长足发展。文艺理论家只有敢于直面这些文艺批评的理论分歧并努力解决它，才能有力推动当代文艺批评的深化和文艺理论的发展。

朱立元：文学理论与文学批评有密切的关系，但属于不同的范畴。总的说来，文学理论是对古今中外文学现象、思潮、流派和文学历史发展的理论概括和某些带有普遍性、规律性东西的揭示；而文学批评则是对具体的文学现象、作品、流派思潮等，进行独立的解读、分析、阐释和评论（包括价值评判）。一般说来，文学理论应当成为进行具体的文学批评的理论指导。从中外文学批评史来看，大凡优秀的、有影响的批评家无不有自己比较自觉的文学理论主张，有的还有比较系统的文学理论思想。中国当代涌现了一批优秀的文学批评家，据我观察，他们也大都有自己明确的文学理论主张，从他们的文学批评论著中，可以清楚地看到其背后有着一定的文学理论在指导。当然，反过来，大量文学批评的实践和经验也为文学理论的不断发展和创新建构提供了源源不断的思想资源，文学理论要发展、要创新，离不开广大文学批评家创造性的辛勤劳动。

不过，关于文学理论与文艺批评的关系问题，我认为，在文艺学（文学理论）与文学批评之间，实际上还存在着一个中介环节，即文学批评理论。我所谓的文学批评理论，是指以某种哲学、文学、美学等理论、理念、观点为背景和基础，对具有一定普遍性的文学现象、思潮等所做的概括性评论和阐述，它对文学与政治的关系、文学的人学基础、文学主体性和主体间性、文学作为审美意识形态的本质特征、文学与人文精神的关系、文学与现代性后现代性的关系、古代文论的现代转型、马克思主义文艺理论的中国化、文学的特殊形式、文学作为语言艺术的修辞特征等有关文学的基础理论问题不作系统、深入的理论研究；它虽然贴近具体的文学批评，但有所不同，它有一定的批评理念、观点和方法，力图指导、调控、约束具体的批评，并以具体的批评作为其理论思考的例证或应用。因而它是介于文艺学基础理论研究与具体文学批评之间的一种批评理论形态。比如，城市文学批评、乡土文学批评、社会历史批评、审美批评、文化批评、类型文学批评、网络文学批评等，再如借鉴自西方文学批评的女性主义批评、心理分析批评、结构主义和解构主义批评、文本批评、叙事学批评、生态批评等。这些批评理论与文学基础理论显然不同，但是又与具体的文学批评不一样，它尚未进入具体批评的操作层面。据此来考察当代中国文论与批评的关系，我们发现，不但基础理论与文学现实有所脱节，而且，首先在文学基础理论与批评理论之间也存在某种脱节。虽然这些文学批评理论在实践中存在这样那样的不足，但是其关注不断变化发展中的当代文学新现象、新思潮、新趋势、新问题却是值得肯定和赞许的。相比之下，这一方面我们文艺学基础理论研究是比较薄弱的，我们对不断发展着的文学现状关注不够、了解不多，存在隔膜，我们甚至对上述种种批评理论也不太重视、不太关心。所以会出现文艺学基础理论研究与文学批评理论的双线平行发展而互相交流、沟通不多的现象。这种基础理论研究与批评理论的隔膜，从一个侧面表明，文艺学基础理论研究没有能够对文学批评理论发挥应有的指导和影响。其结果，就使文艺学基础理论研究与文学创作和文学批评出现双重疏离，不但使许多作家，而且使许多批评家（包括批评理论家）对文艺学基础理论的研究不感兴趣、不闻不问，这就造成文艺学圈子和影响的萎缩。其实，文艺学基础理论研究与文学批评理论本不应该隔离，文艺学基础理论研究理应关注不断发展、变化着的文学现象的文学批评现状，理应直接参与文学批评理论的建设，并不断从发展中的评理论汲取营养，提炼、上升到基础理论的高度；而文学批评理论也应该站得高一点，应该在一定的基础理论指导下开展文学批评并努力从批评实践中提炼、概括出有深厚文学创作实践基础的批评理论。

文艺学与美学

熊元义　王文革：文艺理论与文艺批评的深层关系不仅是文艺学的研究对象，恐怕更应是美学研究的对象。文艺批评接受文艺作品的过程，就是一个审美过程。而从理论上解决文艺批评分歧，则是文艺理论与美学都要总结的。您认为文艺理论如何从美学中得到支撑？

朱立元：文学理论与美学从大的方面说，是两门归属不同的学科：美学属于哲学的分支学科，具有哲学属性和品格，文学理论（文艺学）则相对独立，不属于哲学学科；美学以人与世界的审美关系、审美活动为研究对象，范围极为广泛，也包括作为审美现象的文学艺术在内，而文学理论则以古今中外的文学现象、思潮、流派和文学历史发展为研究对象，范围十分确定，但就审美角度而言，文学理论比美学的范围显然要小得多；不过，文学理论所研究的一系列基本问题，却并不在美学研究的视野内。

但是，文学理论与美学还是有极为密切的关系，两者在许多方面是交叉重叠的。比如，审美性是文学的本质特征之一，文学理论必须对文学作深入、系统的美学研究，否则文学理论将失去其基本的理论支撑。而美学研究也不是纯粹审美的，审美价值的研究有着社会、历史、伦理等的维度，所以马克思、恩格斯在评论拉萨尔的历史剧《济金根》时就提出了文学理论批评的"最高"标准，即美学和历史相统一的标准。这就告诉我们，文学理论与美学在许多方面是紧密联系，不可分割的。文学理论（包括文学批评理论）如果在对当今信息时代、网络时代文学审美的新现象、新现状、新品种、新特征、新发展给予密切的关注、贴近的观察、切身的体验、深入的思考和创新的研究，不仅能够充实、丰富文学理论，克服文学理论与现实有所疏离的缺陷，而且，对于美学理论的建设、创新也大有裨益，能促进美学理论更加贴近无比丰富多彩的大众的现实审美活动，增强美学的时代感和现实感。可惜，目前我们的文学和美学理论在这方面都还做得很不够，都值得认真反思和总结。这需要我们文艺理论界和美学界共同努力，把关注的目光投向文学和审美的新现实，携手打造文艺学和美学齐头并进、互促互动、比翼双飞的新格局。

冯宪光谈：他山之石，可以攻玉

熊元义　王文革

熊元义　王文革：在中国当代文艺理论界，不少文艺理论家和批评家深受西方马克思主义文艺理论家的影响。可是，中国当代文艺理论界对西方马克思主义文艺理论研究不够，不能够真正鉴别其好坏。您是中国当代文艺理论界研究马克思主义文艺理论的专家，其突出成就是较早地推出研究西方马克思主义文艺理论的成果并取得了一定的理论成果。您可以谈一下您研究西方马克思主义文艺理论的情况吗？

冯宪光：在国内，我能够较早地接触西方马克思主义文艺理论的代表性著作，得力于国家改革开放的国策和文化环境。1981年四川大学中文系来了美国进修中国文学的访问学者，他们可能认为中国是坚持马克思主义的国家，给我系送来的礼品是詹姆逊《马克思主义与形式》、伊格尔顿《文学与意识形态》等西方马克思主义文艺理论的代表性著作。那时我刚好研究生毕业留在学校，与我同届毕业留校的另一位文艺学研究生是学俄语的，系主任唐正序教授就把这几本书交到学过英语的我手上，叫我好好读一下。我读过以后，直觉到这些西方马克思主义理论家的观点与我们一直以来流行的来自苏联的马克思主义文艺理论有较大差异，而且我感到他们的许多观点视野开阔，分析具体，对马克思思想的论说有较强的学理。在改革开放的时代气氛感召下，我感觉到中国马克思主义文艺理论的建设和发展不能只走单纯吸纳苏联马克思主义文艺理论的道路，一定要多方面地吸取西方马克思主义文艺理论等国外马克思主义文艺理论的精华，这实际上成为我从当年一直到现在的一个重要学术意识。从这几本书开始，我又根据书中的文献索引到处搜求西马文艺理论著作。1984年我在《四川大学学报》上发表国内第一篇研究西马文艺理论的文章《西方马克思主义文艺理论的四种模式》。1987年出版的《西方马克思主义文艺美学思想》就是我那段时间对西方马克思主义文艺学、美学研究的成果总结。1988年，中国艺术研究院马克思主义文艺理论研究所等单位在成都召开全国第一次"西方马克思主义文艺学、美学思想学术讨论会"，陆梅林、程代熙、郑伯农等前辈师长肯定了我的著作的开拓意义和积极影响，也给了我继续跟踪研究的信心与勇气。

10年以后，重庆出版社在徐崇温主编的《国外马克思主义和社会主义研究丛书》中又出版了我的《"西方马克思主义"美学研究》。与前一本书传记式的书写不同，这本书采取问题式结构，相比较而言，比第一本小册子内容更加丰富了一些，体系也更完整一些。它以西方马克思主义美学研究的5个核心问题即艺术创作方法问题，艺术与意识形态关系问题，艺术的社会功用问题，美学的"语言学转向"问题，艺术与审美的文化内涵问题等为经，以其思想的承继、观点的更新为纬，勾勒出西方马克思主义美学70年发展的整体面貌，拓展了马克思主义理论研究的视野，并揭示了东、西方马克思主义理论研究内在的精神联系。这本书是我在20世纪90年代追踪研究西马文艺理论的10年总结。又过了10年，在国家社科基金支持下，我又主持出版了"二十世纪国外马克思主义文艺理论本体论形态研究丛书"四本。其中，我自己写了一本《在革命与艺术之间——国外马克思主义文艺理论政治学本体论形态研究》。三个10年，在国内西马研究中，我出版了三种著作，出版后都产生了一定影响。这表明我一直没有中断对西马文艺理论的追踪研究，而且都是在积累到有一定研究心得时才撰写著作。这是我比较明确的治学态度。

熊元义　王文革：您在长达30多年的时间中不间断地研究国外马克思主义文艺理论，您怎么认识西方马克思主义文艺理论，它和中国马克思主义文艺理论有什么关系？

冯宪光：第一，在当代世界，不只是中国学者在研究马克思主义，不只是社会主义国家在研究马克思主义，马克思主义的传播、研究遍布全球。20世纪90年代，苏联东欧社会主义国家解体时，詹姆逊就说，这个时候做一个马克思主义者是困难的。而实际上是，不仅像詹姆逊这样的学者继续顽强地坚守马克思主义立场，而且在伊拉克战争、金融危机等事件以后，以马克思的思想作为武器对西方资本主义制度进行质疑和批判的学者越来越多，希望根据马克思思想寻求不同于资本主义的另外的社会制度的道路的欲求越来越强烈。在这样的情况下，中国没有理由不继续坚持和加强中国化马克思主义文艺理论的建设。第二，当代马克思主义是全球化时代的马克思主义，在不同地域形成不同的理论模式。针对如何对待和处理中国共产党与国外一些共产党存在不同观点看法的问题，邓小平曾经指出，"一个党评论外国兄弟党的是非，往往根据的是已有的公式或某些定型的方案，事实证明这是行不通的。各国的情况千差万别，人民的觉悟有高有低，国内阶级关系的情况、阶级力量的对比又很不一样，用固定的公式去硬套怎么行呢？就算你用的公式是马克思主义的，不同各国的实际相结合，也难免犯错误。""人家根据自己的情况去进行探索，这不能指责。即使错了，也要由他们自己总结经验，重新探索嘛！"① 邓小平的这番话同样适用于对世界马克思主义文艺理论的研究。我们衡量和评价国外马克思主义文艺理论主要应当根据它们是不是以马克思的根本思想作为指导，是不是用马克思主义观点对国外社会、文化、文学发展的实际状况进行了有创造性的分析，而不是一定要符合某些流行过的公式，不是一定要符合中国目前的文学理论观点。在不同国情、不同文化、文学状况中产生出不同形态的马克思主义文艺理论正是马克思主义无限生命力的表现。因此，在是否是马克思主义文艺理论的问题上，应该超越苏联模式而具备全球化视野。第三，当代马克思主义文艺理论具有全球性，应该从世界马克思主义文艺理论的历史发展和现实状况的整体语境中，认识当代中国马克思主义文艺理论建设的意义，总结历史，规划未来，突破难题，实现超越。当代马克思主义文艺理论都是在马克思之后由不同地域的马克思主义理论家根据各自不同的国情、文情对马克思美学思想的阐释和建构。纵观20世纪全球马克思主义文艺理论，从中国学者立场看问题，可以把它分为三个主要部分，一是苏联马克思主义文艺理论，二是西方马克思主义文艺理论，三是中国马克思主义文艺理论。中国马克思主义文艺理论在改革开放前主要接受苏联马克思主义文艺理论的直接影响，改革开放以后，特别是在20世

---

① 《邓小平文选》第二卷，第318—319页。

纪与 21 世纪世纪之交时，西方马克思主义文艺理论影响逐渐加大，但是总体来说，中国马克思主义文艺理论在毛泽东、邓小平等的指引下，已经形成为在世界上独特的、有影响的马克思主义文艺理论。我在阅读国外资料时，看到不少国外马克思主义学者对毛泽东、邓小平的文艺思想十分肯定。中国马克思主义文艺理论应该有自己理论的自觉和自信。

熊元义　王文革：在马克思主义文艺理论发展史上，如何鉴别真假马克思主义文艺理论是一个一直存在的问题。目前研究马克思主义文艺理论时，在国外和国内也存在对这个问题的讨论。面对各式各样挂着"马克思主义"名称的理论，您怎么看待这个问题？

冯宪光：马克思在世时，由于他的杰出理论贡献为世所公认，就产生了"马克思主义"这个称谓。在一些人自称为马克思主义者的时候，马克思生前不止一次说："我不是马克思主义者"①。成为一个马克思主义者不能自我标榜，哪一种文艺理论是不是马克思主义文艺理论也不能随意认定。我们并不认为一切自我标榜或者被贴上马克思主义文艺理论标签的，就肯定是马克思主义文艺理论。而国外马克思主义理论家有一种看法可以参考。英国的马尔赫恩认为，某一种自称为"马克思主义文艺理论"的理论是否是马克思主义的，不能在"文学理论"层面界定，而必须在"马克思主义"层面界定。就是说，文学理论中对文学的认识，有许多艺术问题和知识问题，是各种文学理论都可以讨论的，即使是马克思主义文艺理论也并不是对某种文学具体问题只有一种固定认识。马克思主义文艺理论之所以姓马，在于它必须坚守马克思主义的底线。这个底线是恩格斯在《社会主义从空想到科学的发展》（1880）中论述的马克思主义核心思想的两个要点：一是马克思阐述的历史唯物主义基本原理，生产方式在人类历史发展中的结构性作用；二是马克思对资本主义生产关系的分析和批判，以及社会主义代替资本主义的历史必然性。从西马而言，卢卡奇坚持现实主义，肯定 19 世纪现实主义对资本主义社会的批判，而阿多诺则从资本主义社会对人与艺术的全面异化的批判出发，认为现代主义的反艺术（反包括现实主义的传统艺术）形态正是资本主义导致艺术死亡的后果。如果仅从

---

① 《马克思恩格斯文集》第 10 卷，第 590 页。

文学问题来区分真马与非马，就有可能认为阿多诺的观点不是马克思主义的，这样看问题就比较简单和片面。应该说，卢卡奇和阿多诺的共同立场是坚守了恩格斯说的马克思主义的两个要点，他们都支持艺术以不同方式、流派对资本主义制度进行批判。现在异军突起的后马克思主义文艺理论，在一些文学问题上有自己的独特见解，但是他们都否定马克思的历史唯物主义的基本原理，触动了马克思主义的底线，所以伊格尔顿明确地说，它自己不是后马克思主义。后马克思主义现在可以说是后现代时代一些学者对马克思理论的一种解说，是后现代马克思学，在许多根本问题上的见解并不是马克思主义的。

马尔赫恩的说法对我们很有启发，我们在中国建设和发展马克思主义文艺理论应该具有一种马克思主义的理论自觉，就是说应该加强马克思主义基本理论的学习和研究，加强对中国化马克思主义基本理论的学习和研究，把这些基本原理作为中国当代马克思主义文艺理论建设的底线。只有把这个底线守住了，我们的中国马克思主义文艺理论才有扎实根基，才不会左右摇摆，才不会在解释文学问题时出现理论上的偏差。

熊元义　王文革：您不但是文艺理论家，而且是文艺批评家。与一般学院派理论家不同，您比较重视对中国当代文学作品的批评，不但与已过世的作家周克芹是好朋友，而且在王火、阿来、柳建伟等作家获得茅盾文学奖之前，就对他们的作品进行重点评论，发现他们作品的重要价值。您能否谈谈马克思主义文艺批评及其中国化的问题？

冯宪光：在中国当代文学批评中，改革开放以前只有一种马克思主义文学批评，经历过曲折的发展过程，其中有左的思想的扭曲，但是也有应该肯定的成就。那个时候主要接受苏联现实主义文学批评理论影响，形成情节冲突、人物形象等传统、甚至单一的分析模式。有成就，也有局限性。一些人把苏联的马克思主义称为斯大林主义，并且对之进行否定性的批判，以至于对改革开放以前的中国马克思主义文论作为"斯大林模式""苏联模式"全盘否定。这种称谓和态度都是不正确的。黄楠森说，"'斯大林式的马克思主义'这个提法不确切，俄国式的马克思主义实际上就是列宁主义，斯大林的思想虽然同列宁的思想有区别，但基本上是列宁主义的继续，其基本思路和列宁主义是一致的。斯大林主义是西方人的称呼，我们没有用过这种称呼。列宁主义是帝国主义时代俄国的马克思主义,它有两个鲜明的特点,一是时代特点,二是俄国特点。"[1] 中国改革开放以后,文学批评呈现多元化格局,分析方法、话语形态丰富多彩,有许多前所未有的成绩。文学批评话语的多元化是一个进步,但是马克思主义文学批评话语在众声喧哗中不够响亮也是一个应该注意的问题。这里有一个文学批评话语生态调控的宏观性问题。同时更为重要的是马克思主义文学批评队伍建设、理论建设存在若干薄弱环节,不能适应改革开放以后文化和文学发展速度加快、规模扩展、需求众多的形势,中国当代马克思主义文学批评如果只有传统话语和方法,在诸多新的文化、文学现象层出不穷涌现时势必显得捉襟见肘、力不从心。这并不是说马克思主义文学批评在对当下文学的阐释中失去了有效性。我一直认为,马克思和恩格斯反复阐述的"美学批评"和"史学批评"相结合的原则,是马克思主义文学批评任何时候都应该遵循的基本原则。"史学批评"过去翻译为"历史批评",在新版《马克思恩格斯文集》(2009)中翻译为"史学批评"。显然,这个改译更为精准。过去我们把"历史批评"一般理解为把文学作品放到一定的社会历史环境中,去分析它反映社会现实的真实性、合理性等。这个意思也是一种马克思主义观点,但有局限性,容易把文学作品简单地和生活现实比照,忽略艺术创造的想象性、幻想性、反常性等艺术因素。"史学批评"的要义是要在文学批评中始终贯彻历史唯物主义的基本原理,这是政治标准、思想标准,也是文化标准。这是马克思主义文学批评的性质底线。而"美学批评"是文学批评实际操作中的重要环节,文学活动在社会实践活动的分类中是审美活动,对于审美活动的分析必须依靠人类美学的成果,美学批评的实施必然要多方面运用美学成果,对文学创作和阅读进行细致的审美经验的分析,不然就是空话连篇,言之无物,无人问津。

中国当代马克思主义文学批评对马克思、恩格斯的"美学批评"和"史学批评"思想的研究和实践还有诸多缺失。其中之一,就是没有很好梳理"美学批评"和"史学批评"二者的辩证关系。首先,史学批评和美学批评应该结合一体,不能在批评实践中人为地分为两个阶段或者两个步骤。在马克思主义看来,文学文本在价值上是意识形态文本、甚至是政治

---

[1]《关于时代发展与马克思主义本土化的对话》,《当代世界与社会主义》2004 年第 3 期。

文本，但是它在社会生活中的实际存在却一定是审美文本，存在的事实形态一定是审美话语。面对这样的对象，在进行可操作的文学批评时，一定要把美学批评具体贯彻到文学批评的过程始终，而史学批评的历史唯物主义思想则必须融汇进美学批评之中，才能发生它应有的作用。只有如此才能达到二者的真正结合，而不是二者的分离。马克思主义文学批评只有从审美经验的实在分析中才能科学地阐释作品的意识形态面貌。其次，对于"史学批评"与"美学批评"的内涵要进行与时俱进的研究和阐释。史学批评的历史唯物主义的实质是不能变更的，但是中国学者应当根据中国社会主义革命和建设实践，特别是中国特色社会主义建设的实践，去丰富、扩展史学批评的内涵，这是目前做得不够的。另一方面，艺术活动在现代化维度上的延伸和发展，在现代美学和当代世界文学批评理论中出现了许多新问题以及阐释这些新问题的新方法。就当代文学思潮而言，20世纪的世界随着现实主义被挑战、被冲击，现代主义、后现代主义相继登场，这些文学思潮在开放的文学环境中也冲击着中国当代文学，使中国当代文学呈现出丰富复杂的新异面貌。中国当代马克思主义文学批评如果不随机变换自己的"美学批评"模式、结构、意识、方法、话语，就会在新的文学事实面前陷入无力阐释的失语。其实，这是中国当代马克思主义文学批评在当下必须突破的一个瓶颈。不能好好地解决这个问题，它在多元化批评话语中始终会尴尬地缺场，失去的是马克思主义文学批评的公信力。中国当代马克思主义文学批评必须在"史学批评"和"美学批评"原则指引下，加强自身的现代化建设，必须紧紧跟随当代社会、文化、艺术、文学发展的脚步，寻找时代精神与社会形态、生活方式与文学艺术形式生产之间的新型关系，有效地发挥马克思主义文学批评的功能。

　　中国当代马克思主义文学批评的理论建设除了现代化维度以外，还有一个非常重要的中国作风、中国气派的维度。毛泽东在论述把马克思主义普遍真理与中国革命和建设的具体实践相结合时，多次强调这样的结合要具有中国作风和中国气派。包括我自己在内的从事马克思主义文学批评的同行，我们在问题设置、思维方式、概念术语、分析方法等方面一般都不由自主地趋向于西方化，缺少中国作风和中国气派。这是值得深刻反省的。一些马克思主义文学理论家缺少对中国文化、中国文学传统的深刻研究，缺少对中国当代文学现实的认知，在文学批评中提不出实在的中国问题。同样，在研究中国文化传统、中国文学传统的学科领域中，缺少深刻的马克思主义文学批评研究。我希望大家共同努力，解决好这个问题。

熊元义　王文革：中国共产党十八大以后，习近平总书记对"中国梦"进行了一系列深入阐释，文学界已扬起高歌猛进的风帆，为实现中国梦增添正能量。您觉得中国文学在实现"中国梦"的进程中应该如何作为？

冯宪光：习近平对"中国梦"的深刻阐述，揭示了实现国家富强、民族振兴、人民幸福的必由之路，中国当代文学作为中国文化软实力的重要组成部分，应当弘扬中国人民坚强不屈的奋斗精神，凝聚中华民族的共同力量，用文学方式书写"中国梦"的宏伟理想，推动"中国梦"的实现。一个国家的富强，一个民族的振兴，不仅体现在物质文明建设上，而且必然体现在精神文明建设上。"中国梦"的国家富强目标，不仅要使中国成为世界经济大国、政治大国，也要成为文化大国、文学大国。现代世界已经进入马克思说的世界文学时代，已经形成了世界文学空间。中国文学在"中国梦"的大目标中，应该在当代世界文学空间中占有重要地位，成为文学大国。我觉得，在这方面，中国应该有所作为，应该全面实施中国文学走出去的发展计划。中国文学走出去的障碍首先是当前世界文学的格局是不平等的。欧美国家利用现代化概念把他们的民族文学装扮成为主题、形式、语言和故事类型规范化和标准化的文学样板，而且通过文学商品市场化途径，以实现该类商品的"非民族化"快速流通，占据其他民族国家的文学市场，形成所谓文学的全球化。文学全球化目前是一个以西方文学，特别是以"权威英语作家"作品作为规范和样板树立起来，以市场商品化方式推销到世界各地的试图建立一种规范和价值一体化的文学趋势。中国文学要走向世界，必须要打破欧美写作对世界文学格局的垄断。文学是语言的艺术，语言是人类交流的媒介符号。中国国家领导人在国际交往中用双语（汉语和其他语言）与他人交流，代表国家阐述中国国家的主张。同样，中国文学也可以用非汉语的其他语言书写。世界文学空间是由文学作品的交流构成，世界文学的交流是由不同语言的书写、阅读达成的。中国文学走出去要突破汉语原创写作的唯一模式，实现中国文学的多语种写作模式。目前在世界文学空间中，已经有不少华裔作家进行双语写作，英语写作、法语写作等与汉语写作得心应手，并行不悖。双语写作或多语写作是目前国际化作家的重要写作方式。汉语是中国国家的官方语言，中国文学的主干应该是汉语写作，同时在世界文学空间中也应该而且可以用世界主要语种书写中国道路、中国精神、中国力量。这不仅要系统地推出中国文学优秀作品的世界各种主要语种的翻译文本，在国际图书市场上向全世界读者呈现中国文学的实绩，但是文学作品的翻译会流失原创语言写作的审美韵味。中国文学要走向世界不能仅仅依靠对汉语作品的翻译，要培养一批能够使用世界各种主要语种进行文学原创性写作的中国本土作家，使之成为国际化中国作家。中国出版的非汉语的《中国文学》刊物，尽量发表中国本土作家非汉语写作的原创性作品，推进中国文学的多语化、国际化。

同时，要重视诺贝尔文学奖这个世界文学平台的意义和价值。2012年诺贝尔文学奖授予中国作家莫言，再一次证实了卡萨诺瓦在研究世界文学空间时认为诺贝尔文学奖这个文学平台在世界文学不平等格局中具有一定的文学自治性。她认为，世界文学空间的结构具有欧美国家文化霸权的政治统治，也有英语的语言统治，同时起重要作用的还有文学自身的统治（自治性）。这三种统治因素，在世界各种文学活动中经常见到，但是近年来在诺贝尔文学奖中，文学自身的因素，即文学的自治性可以动摇欧美国家文化霸权，松懈英语的语言统治，使得许多拉美国家等边缘地区、边缘语言作家，获得了诺贝尔文学奖，文学自身的成就打破了文化霸权统治和英语语言统治，重写了世界文学格局。"世界文学空间的存在有一个客观指标，那就是对诺贝尔文学奖的至上性的（最）一致的信念。"① 中国当代文学拥有一批像莫言一样优秀的中国作家，中国作家非常有希望再次或者多次获得诺贝尔文学奖。中国文学要为最广大的中国人民服务，满足人民群众对文学艺术的精神需求，同时要推出原创性的文学精品走向世界，在世界文学空间中展现中国文学的巨大魅力，为世界文学发展做出贡献。这是文学的中国梦。

---

① 参见张永清、马元龙：《后马克思主义读本：文学批评》，人民出版社2011年版，第4页。

仲呈祥谈：文艺批评要增强文化自觉和文化自信

冯 巍

文艺批评要"为人民立言"

冯 巍：当前文化自觉、文化自信与文化自强的时代要求，都在呼唤着"为人民"的文艺批评。这是批评家无法拒绝、也不应该拒绝的选择。您潜心文艺批评领域30余年，善于将社会热点与文艺理论共冶一炉，将历史经验与文艺现状融会贯通，对这个问题一定有着更为全局性的理解和把握。

仲呈祥：为生活写真，为人民立言，是文艺批评的核心价值所在，也是我从事文艺批评30多年领悟出的一个道理。懂得了这个道理，我就有了坚守文艺批评领域的信心和动力。文艺是满足人日益增长的多样化精神文化需求、提升人的精神境界和人格品质的一门"学问"。坚持以人为本，把满足人、服务人、提升人当作出发点和落脚点，是文艺创作的题中应有之义。马克思主义认为，人类愈文明，社会愈进步，人对世界的把握就理应愈全面、愈完整、愈和谐、愈科学。其间，既有经济的、政治的、宗教的、哲学的、历史的等多种方式的把握，也必不可少地需要有艺术的即审美方式的把握。文艺创作与鉴赏就是以独特的审美方式去把握世界、反映世界，去作用于人民群众的精神世界。

与文艺要为人民服务一样，文艺批评也要为人民服务，这是由马克思主义的美学观、历史观所决定的。70年前《讲话》对于文艺批评也要"为人民"的回答，至今掷地有声。"为人民"的文艺批评，要求批评家在行动上成为对人民负责任的批评家，要求批评家自觉地深入生活以人民创造历史的奋发精神来哺育自己,从而做到以科学的文艺批评,去培养高雅、文明、幽默、机智的审美创作与鉴赏群体,同时抵制以庸俗的市侩的文艺批评,去造就浮躁、平庸、浅薄、低俗的社会文化氛围。

十七届六中全会关于文化大发展大繁荣的决议,与《讲话》精神一脉相承,充分表达了中华民族文化复兴的自觉、自信与自强,具有重大的现实意义。人类发展的历史,尤其是当代历史,已经反复证明:在和平时期,国家与国家、民族与民族、地区与地区的竞争,归根到底是文化软实力的竞争。在现阶段,强调要高度的文化自觉,就是因为某些地方、某些人在发展社会主义先进文化上不那么自觉,比较盲目;强调要高度的文化自信,就是因为有的人对中华民族的优秀文化不那么自信,甚至于自卑;强调着眼于提高民族精神素质和塑造高尚人格的文化自强,就是因为有的地方与部门工作的着眼点只在 GDP 上。

文化是人类的一种生存方式。完整意义上的人,一方面是为一定的文化所塑造的人,另一方面又是创造有别于传统文化的新文化的人。在宇宙间地球上,唯有人,才能创造文化。"观乎人文,以化成天下。"天下者,乃人之天下。所以,文化也是用来化人的。文化的第一要义,就是要营造氛围,一种启迪智慧、熏陶灵魂、提升素质的氛围。毋庸置疑,这些年的文化氛围被功利浸染得很厉害。人的道德滑坡、精神恍惚,都是文化氛围出了问题。

经济只能致富,文化方能致强。文艺批评与文艺作品应该携手营造一种看不见、摸不着的文化氛围,使每个人都能深入其间,感受到心灵的洗涤、灵魂的升华。这种氛围体现着一个社会、一个时代的文明水准,这种氛围涵养着一个国家、一个民族的文化软实力,能够将精神藏富于民,成为抵御各种风险的不竭动力和智慧源泉。文艺作品不仅可以激发人的创造性思维,而且可以培养善良的人性、美好的情感。在文艺创作和鉴赏上,不能从过去一度把艺术简单地从属于政治、以政治思维取代艺术思维去把握世界的"形而上学猖獗"的极端,走向把艺术笼统地从属于经济、以利润思维取代艺术思维去把握世界的"形而下学泛滥"的另一极端。长期以来,我们在文艺领域吃了不少非此即彼的单向思维的亏。比如,在电影界就有一种倾向,一说主旋律就是拿政府奖的,不计成本,不考虑有没有艺术感染力;一说商业片就是赚钱的,想着如何去打"擦边球",不考虑提升民族精神素质。这类现象深刻地启示我们，自觉坚持全面、辩证、发展的思维，坚持有思想的艺术与有艺术的思想的和谐统一，才能创造出具有较高思想品位、文化意蕴和审美情趣的文艺作品，才能有力推动社会效益和经济效益双赢局面的出现。我们必须谨记，一切文艺作品的灵魂，最后都是通过视听感官和阅读神经的快感进而达于心灵、思想深处，并化为受众的精神美感。

冯　巍：文艺作品的表现对象和服务对象都是以"人"为中心的，必然折射着社会的心理和意识，渗透着浓郁的人文情怀，并且持续地以弥散的方式对经济基础、政治制度和道德观念产生影响。今天的文艺批评，成就很大，问题也不少。大家现在谈"问题"谈得比较多，其实是体现了批评界的一种集体焦虑，希望为文艺批评的复兴找到一条出路。但所有"问题"的关键，还是根源于批评家采取什么样的批评姿态面对作品与受众。

仲呈祥：国家在新形势下以高度的文化自觉和文化自信倡导文化大发展、艺术大繁荣，落实在文艺批评战线的具体表现，就应该是高度重视"为人民立言"的批评宗旨，凝聚民族精神和民族力量，走向文化自强。对于今天的文艺界而言，文化自觉就是要自觉认识文艺化人养心的独特功能，自觉把握文艺创作与批评不从属于经济思维和工具理性思维的独特规律，自觉践行文艺不可逃避的历史责任和时代担当；文化自信就是自信中华民族的优秀传统文化和中国共产党领导革命的红色文化在新的历史条件下永存的魅力，自信世界先进文明中适合中国国情、民情的东西能够为我所用，自信与时俱进的中国化的马克思主义对文艺创作与鉴赏的一元化主导作用。我们也拥护创新，也主张创新，但要在捍卫这些中华民族文化艺术大厦的根根支柱的同时，顺势方向去丰富深化发展，而反对逆势方向去颠覆拆卸解构。

文化氛围出了问题，文艺批评界是有责任的。检视我国市场经济进程中的文艺批评，其滞后于创作、不很健康的现状，不仅是人民群众，就连作家、艺术家和批评家在内，都颇有微词——有的批评趋时媚俗，将科学地评判作品优劣得失的神圣职能，跌落为评功摆好、庸俗吹捧；有的批评浮躁起哄，人为地制造热点，将引导创作健康发展、升华大众审美情操的社会责任，蜕变为随波逐流、浅尝辄止；有的批评东施效颦，或食古不化，或食洋不化，将东西方八面来风、生机勃勃的大好局面，损毁为不分良莠、削足适履；还有的批评也许是出于对过去极"左"思潮影响下，那种动辄把文艺批评搞成大批判或无谓论争的厌倦，将健康的文艺批评也斥为棍子而加以排斥。于是，文艺批评的舞台看似热闹，常常是你未唱罢我就登场，但实则生命力不足，甚至丧失了鲜活灵动的生命之魂。

另外，"文艺不迎合观众迎合谁啊？"这种流行论调，未免失之轻率。乍一听，如果从"二为"方向之"为人民服务"的维度来理解，似乎说得过去，但实质上却是以"为人民"之名，行"伪人民"之实。这种迎合论，容易导致一些作品消极地适应当代观众中尚存的那种落后的审美心理和情趣。而这种消极地适应，无疑强化了有悖于现代化进程的落后的审美心理和情绪。于是，被强化了的这种审美心理和情绪，又进而反过来刺激创作者生产文化品位和审美情绪更为低下的精神产品。这样，文艺的生产与消费之间部分地形成了一种"二律背反"式的恶性循环。

纵观历史，"俗雅之争"古已有之，"普及与提高"更是时代命题。是让欣赏者"高攀"，还是让文艺创作与批评"低就"而丧失引领？这是任何一个文艺工作者都无法绕过的、需要慎重思考的问题。客观地说，欣赏者的审美品位并非整齐划一，但文艺创作应当防止"尾巴主义"，那种"群众要怎么办就怎么办"、以"迎合"的形式来"为人民服务"的方式是十分错误的。如果文艺批评无视创作中对于一部分人的艳情化、娱乐化需求的一味迁就，那么，就是在纵容那些肤浅的作品让欣赏者止于养眼而无益于养心、止于视听快感而错失诗意美感，甚至是花眼乱心、败坏性情。批评家应该以具有"独立之精神，自由之思想"的一双慧眼，辨析出思想性艺术性俱佳的作品来引导人、塑造人、鼓舞人，这才是文艺批评"为人民立言"的正确选择。古今中外的经验反复证明：一切优秀的文艺作品都是既反映人民精神生活、又引领人民精神世界的。

文艺批评要有宏阔的哲学视野

冯　巍：文艺批评的失语现象，确实是中国当下文艺生态环境中一个发人深省的问题。"失语"这种说法，既是文艺批评对于自身失去了引领文艺创作与欣赏的现实效力的慨叹,也是文艺批评对于自身道路一度跑偏、跑窄的历史教训的反思。

仲呈祥:失语,就是失去了生命力,失去了存在价值,失去了合法性。当然,批评家没有权力对文艺创作随便指手画脚,更没有权力强迫欣赏者选择"法定"的文艺作品,但这并不意味着批评家可以放弃自己应该承担的责任,即引领文艺创作与鉴赏求真、求善、求美。文艺批评放弃了追求真善美的"失节",就是"失语"的真正根源所在。

历史证明,一部优秀文艺作品的最佳社会效益和经济效益的产生,即其价值的最终理想实现,不仅凭借作品自身思想精深、艺术精湛、制作精良,而且有赖于作品面世后批评家们辩证的哲理思辨及其指导下的科学的文艺批评。对作品做出实事求是、入木三分的科学评价,才能超越作品实现感性认识基础上的理性升华,也才能帮助欣赏者提高审美修养。读点哲学,悟点历史,懂点辩证法,这是非常重要的事情。哲学管总,氛围养人。文艺批评要加强哲学关注,要提倡批评家从哲学思维层面考虑问题。文艺批评有了宏阔的哲学视野,就能够敬畏历史、珍惜今天、放眼未来,也才有可能重新赢得鲜活的批评生命力。

近年来,文艺创作上出现了"过度娱乐化"倾向,还被美其名曰为了满足广大人民群众的审美需要。这种现象看似有理有据、缘由复杂,但从哲学思维层面深究,根子就是哲学思维的钝化甚至缺失,导致文艺创作在指导思想上出了毛病。具体表现在文艺创作上,就是从过去一度忽视作品审美化艺术化程度的公式化概念化、忽视观众娱乐快感的说教化教条化的极端,跑到以视听感官的娱乐刺激冲淡甚至取代精神美感、以大制作大投入"营造视听奇观"的唯美主义形式主义的极端;从过去一度盛行的"高大全"式的伪浪漫主义形象塑造的极端,跑到"好人不好、坏人不坏"的"无是无非""非英雄化"的极端;从过去一度不分青红皂白一概排斥帝王将相、才子佳人的极端,跑到违背唯物史观、失度讴歌帝王将相历史作用和把才子佳人当成审美表现的主要对象的极端;从过去一度把"人性""人道主义"列为创作禁区的极端,跑到以展示"人性恶的深度"和"窥人隐私"为"审丑"之能事的极端;从过去一度对传统经典敬若神明不敢越雷池半步的僵化极端,跑到专门逆向解构、颠覆传统经典以吸引眼球寻求"娱乐"的极端;从过去一度在历史题材创作中混淆历史思维与审美思维、历史真实与艺术真实的界限的极端，跑到随意解构历史、戏说历史、消费历史的另一极端。凡此种种都导向了"过度娱乐化"，都有悖于"提高民族素质和塑造高尚人格"。

文艺批评对此既不能居高临下、大话套话式的指责满天飞，也不应该取悦低俗、津津乐道于某些局部或细节的引人入胜，而是必须入情入理地进行总体分析。不仅要在捡起芝麻的同时不要丢了西瓜，而且要在珍惜美玉的同时不忘点明瑕疵。哲学通，一通百通；哲学思维失之毫厘，必然导致创作实践谬以千里。马克思说："人类最精致、最珍贵和看不见的精髓都集中在哲学思想里。"文艺批评只有立足于哲学思维，才能够在"治本"的层面上根除"过度娱乐化"。

我不反对娱乐，健康适度的娱乐有益身心，但我反对恶俗过度的娱乐。像现在电视综艺娱乐节目就是失衡的，十多家电视台在炒作相亲，几十家电视台在搞才艺比拼；电视剧产量过大、题材重复，一窝蜂地都是婆媳争斗、小两口吵架。如果承认电视节目承载着当代中华民族的大众审美趋向，那就要重视它的内容调控和方向指引。文艺创作应当充分尊重并服务于人民群众，但是，这种尊重并非不加分析一味迁就、一味消极适应，这种服务并非顺从不健康、不文明的审美情趣。我们不能淡化甚至消解文艺工作者传播民族文化的使命意识和责任意识，不能须臾忘却"重在引领"。

冯　巍：文艺批评在社会生活中应该扮演怎样的角色，是批评界至今还在思考的一个问题。批评是难的。既有文艺作品的创作者和接受者视其为"无价值的"，也有批评者对确认自身价值模糊了立场、失去了勇气的。如何造就成熟而深邃的文艺作品，既保留文化传统的丰富性，又具有艺术变革的清新气息，以及如何拓展广泛而诚挚的受众群体，既保留审美品味的差异性，又具有人类共通的崇高追求——文艺批评要回答这些跨世纪的问题，就不能忘记人类对真善美的渴望，其自身也要追求真善美。

仲呈祥：文化化人，艺术养心，重在引领，贵在自觉。这句话我已经说了十几年。文艺批评是激发文艺作品的引领作用、深化人民群众的文化自觉意识的最适宜的媒介。上升到哲学思维高度的文艺批评，不是跟在社会时尚潮流的后面做诠释性的工作，而是自觉站在社会思潮的前端，引领思想、艺术与技术有机结缘，攀登更高的艺术、思想高峰——揭示文艺作品独特的文化品格和美学个性，探寻文艺创作和鉴赏思潮的历史走向；揭露精神形态的"瘦肉精""毒奶粉"，敬畏自己民族的文化传承，在历史观上寻求思想的甲胄。文化化人，教育育人，艺术养心，国泰民安。文不化人，教不育人，艺不养心，长此以往，国将不国。文化、艺术的主体都是人，关键也都在人，其积极价值都在于提高人的素质、提升人的精神境界。

有人说，上帝丢下了三个苹果，第一个被夏娃摘走了，于是造就了人类；第二个苹果落在牛顿头上，人类进入了机械时代；第三个苹果被乔布斯接到了，手机新媒体的时尚文化打开了新的时代大门。这样的联想与联系不无道理，也给了我们深刻的启示：在如何理解文化的重要性，以及怎样推动文化建设的认识层面，哲学意识的树立与灌注非常关键。乔布斯自己就说，他愿意用一生靠科学技术创造的财富，去交换与苏格拉底聊上半天。这足见其对哲学营养的珍视。哲学管总，是人类的智慧学。马克思主义的哲学，是科学的智慧学，也是坚持先进文化前进方向、坚持"为人民立言"的文艺批评的灵魂。在深化改革、扩大开放，社会生活日趋多样、多元、多变，各种思想观念相互交织、碰撞、激荡，民族的文化精神和审美范式正在重构的新的时代背景下，文艺界要为整个国家的政治稳定、人民团结、社会和谐营造舆论氛围和文化环境，就必须下功夫学懂弄通马克思主义的辩证唯物论和历史唯物论，充分吸取和借鉴中华民族优秀文化传统中至今仍有生命力的"天人合一""协和万邦""执其两端取法乎中"等兼容并包、辩证和谐的思维营养，追求健康的美感与卓越的思想启迪的和谐统一，尤其要从哲学层面上彻底摒弃那种简单的二元对立、非此即彼的单向思维方式，代之以科学发展观所坚持的全面、辩证、发展的思维方式，从而真正做到"不唯上，不唯书，只唯实"，"按美的规律和方式"进行文艺创作、鉴赏和批评。

文艺批评要坚持科学标准

冯　巍：当今天的一些批评热衷于提醒人们电影年票房过百亿、电视剧年产过万集之类的战绩,或者如同一些文艺作品一样沉醉于"个人身边的小悲欢"并以这小悲欢为"大世界"时,我们不禁想问,批评的未来要走向哪里?创作能产生意义、批评却不能产生异议,以及"批评无标准"的思想倾向,很是让人忧虑。

仲呈祥: 批评,在某种意义上是需要与创作保持一定距离的,不能既当运动员又当裁判员,只有冷静观照,才能客观求实。如果按照实用主义的观点,谁的收视率高,谁的票房高,谁的发行量大,谁就是批评家的上帝,那么,电视节目锁定收视率,电影争夺票房,出版物吹捧码洋,以及现今网络时代对于点击率的推崇,唯物质指标至上就成了天经地义的了,这个样子继续下去,精神指标怎么办呢?这种数字崇拜的批评,必然会带来一系列的文化问题。科学的文艺批评的体系建设,首先要有科学的批评标准。我一向坚信,"美学观点和历史观点"的辩证统一是评判文艺作品价值的最高准绳。

恩格斯当年在《致斐·拉萨尔》中把"美学观点"置于"历史观点"之前,在他看来,考察一部文艺作品在美学上的优劣程度,即审美化、艺术化的程度,应当是第一步的工作。如果一部文艺作品经不住美学标准的检验,即它不是靠审美的方式去把握世界,而是公式化、概念化、说教式地把握世界时,就不值得再对它进行历史评析。题材再重要、主题再深刻的文艺作品,倘若审美化、艺术化程度太低,其"吸引力和感染力"就低,其征服受众和占领市场的能力也会很低。文艺创作坚持以人为本,服务人、满足人、提升人的目的就很难实现。这是问题的一方面。

另一方面,历史标准也是不可缺少的。文艺创作始自人类的审美活动,但终究贯穿着人类对世界的历史评价。别林斯基就强调过:"历史的批评是必要的。特别在今天,当我们的世纪有了肯定的历史倾向的时候,忽略这种批评就意味着扼杀了艺术。"当新世纪已经奏响了时代主旋律的时候,忽略文艺创作反映历史的深度和广度也就意味着扼杀了文艺。

我认为,所谓美学观点的评析,是指科学揭示作家、艺术家在作品里表现其意识到的历史内容所采用的审美形式所达到的美学高度,这就需要批评家自身"必须是一个有艺术修养的人";所谓历史观点的评析,是指深刻揭示作家、艺术家意识到的历史内容即作品反映的生活的深度、广度,这就需要评论家"置身到创造那些作品的时代和文化里去"。前者即艺术性，后者即思想性。两者相辅相成，交融统一，才能既防止在历史层面失去宏观价值判断的大智慧而津津乐道于形式层面的细枝末节的小聪明，又防止离开对艺术本体真切的美感体验，去空洞地做出大而无当的价值判断。

冯　巍：您所强调的科学的文艺批评，不仅是对已有的文艺现象的言说，还承载了相关的文艺理论、政治诉求、道德规范和宗教哲学等思想，尤其是承载了重大的文化使命。也就是说，批评应该致力于凝聚文艺作品的精气神，提升文艺创作的文化气质，在优秀的文艺作品中为人们的精神、心灵、灵魂找寻栖息之地，唤起人们内心理智和情感对作品的回应，实现文艺创作本身所内化的民族文化的价值传递，促进多元共生的文化繁荣，以及健康而富于活力的国民人格养成。

仲呈祥：各种门类的文艺作品，都是民族文化的重要载体。我们要通过科学的文艺批评提升整个民族的文化自觉，营造一种健康向上的文化氛围。这需要从构建民族文化宝塔做起。宝塔里面有一个底线。你不要解构、消解、反对我们的价值取向。你只要符合我们的伦理道德底线，都有一席位置，我们都不反对。但是，塔尖只能是那些艺术上品。"先进文化引领民族文化"不能成为一句空话。现在与此相反的倾向却很明显，一些所谓的"文化偶像"就引领青少年天天都来做"一日成星""一夜致富"的美梦，而不去"好好学习，天天向上"。这样做就是等于放弃了引领，放弃了一个民族的未来。

我之所以用"民族文化宝塔"做比喻，是想说明当前文化建设的紧迫性。文化建设的自觉和自信是有时代内涵的，坚持引领还是放弃引领则是评价民族文化自觉与自信的重要标志。文化是流淌在一个民族肌体内无处不在的软实力，需要长期积累，水到渠成，不能急功近利地违背规律让文化直接去化钱。文化化钱，以牺牲人的素质为代价，将来低素质、低境界的人不仅会把积累起来的物质财富吃光、花光、消费光，还会从根本上成为中华民族宝贵的精神财富的"败家子"。这是完全背离科学发展观的。

科学的文艺批评的任务，就是要以长远的眼光引导文艺界和社会各界携手构建一座民族文化的宝塔。科学的文艺批评，是以马克思主义的美学观、历史观为指导的实事求是、充分说理的文艺批评。它与健康的文艺创作相辅相成，是社会主义文艺不可缺少的两翼。文艺批评薄弱，宝塔的设计与构建就会出现位置错乱的现象：在市场经济无形之手的作用下，"泛娱乐化""观赏性第一"和"唯收视率"等倾向把一些理应位居塔尖的文艺经典和精品，强行拽到了塔座，甚至挤出了塔身；把本来仅有资格停留在塔座、尚需提升品位和格调的作品，炒作上了塔尖，误导了大众的文艺鉴赏。快感只是审美的途径，美感才是审美的宗旨。快感过度之时，伴随而来的往往是精神反思能力的衰减。鲁迅先生说得好："若文艺设法俯就，就很容易流为迎合大众，媚悦大众。迎合和媚俗，是不会于大众有益的。"

冯　巍：我们应该用人民听得懂、看得懂的方式，积极开展科学的文艺批评，引导文艺成为社会生活的有益的组成部分。如果能够由此实现文艺创作对感性与理性的超越，实现文艺鉴赏从实际兴趣到审美情趣的升华，文艺批评才无愧于历史的检验和文艺界的期待。

仲呈祥：应当看到，在文艺创作中，只强调美学观点即艺术性而忽视历史观点即思想性，或反过来只强调历史观点即思想性而忽视美学观点即艺术性的倾向，都不同程度地存在。前者如一批以"玩艺术"自诩，声称"回到艺术本体自身"，实质淡化时代、远离群众、远离生活的技巧至上的作品；后者如一批仅凭题材重大而缺乏艺术魅力的应景趋时之作。这种创作思维方式上的片面性，是文艺创新的大敌。

富有生命力的文艺批评，应该能够与文艺创作携起手来，传精神、铸灵魂、出思想。文艺能不能化人，能不能养心，坚不坚持引领，关键还在于文化自觉。只有不断反思自己的历史并获得生存智慧的民族，才是有希望的民族；只有对历史进行扎实研究与严肃思考并赋予它隽永的美学品位的文艺作品，才能给受众以理性思考的快感和诗意的美感，才能赋予此类作品以美学价值和历史价值。在文艺批评中，我们要坚守中华民族审美创造力表现上的特点不能变，坚守中华民族心理素质上的特征不能变，坚守中华民族独特的思维方式不能变，坚守中华民族价值系统中的核心概念不能变。倘若变了，中华民族就失去了自立于世界先进民族之林的文化根基。

文艺批评的科学性，集中体现在准确地给予不同思想品位、不同美学格调的文艺作品，在宝塔中的适当位置，从而令民族文化宝塔既坚实又美观。塔座，盛世包容，只要不逾越中华民族倡导的价值和伦理道德底线，只要能满足人民群众多层次多样化的精神需求，那么愈丰富则愈繁荣，都有一席之地；塔尖，则应顺着塔身拾级而上，由科学的文艺批评把经受住了历史和人民检验的、精选出的"有思想的艺术"与"有艺术的思想"完美和谐统一的优秀文艺作品推上去，以引领整个民族的精神航程。

要充分重视文艺批评家的作用，应该组建一个全国性的文艺批评家协会，因为现在缺乏一个贯通艺术各个门类、把握民族文艺思潮和鉴赏普遍规律的文艺批评家学术团体。这样一个全国性、综合性、统一性的文艺批评组织，非常有利于各省市、各条战线的文艺批评家广泛开展交流，尤其是有利于改变各个门类的文艺批评一直以来分头研究的状态，让文艺批评家能够站在各个艺术门类交汇的顶峰对当下民族的创作思潮、批评思潮、鉴赏思潮做出宏观的评价，让科学的文艺批评发出声音。

鲁枢元谈：文艺理论研究的超越与跨界

刘海燕

刘海燕：20世纪80年代初，您立足于文艺心理学研究领域，并参与了新时期中国文艺心理学学科建设，出版了专著《文艺心理阐释》《创作心理研究》，主编了《文学心理学教程》《文艺心理学大辞典》、"文艺心理学著译丛书"等，形成文学盛世的重要脉流。后来，您在《文艺报》（1986）发表《论新时期文学的"向内转"》一文，在文学界引起广泛反响和争鸣。您步入这个研究领域的初衷是什么？"向内转"的讨论对当时的文学界和您本人产生了什么影响？

鲁枢元：现在看来，文学心理学在中国20世纪80年代的重建，与新时期的文学思潮、文学运动是完全一致的。文学是人学，是人的心灵学，文学再度回归人的主体，文学的审美风范发生了划时代的变革。你提到的《文艺报》发表的《论新时期文学的"向内转"》一文，也可以说是我对这一文学时代浪潮的个人的回应。

在20世纪80年代初，我怎么跨入文艺心理学研究领域，并参与了新时期中国文艺心理学学科的重建，至今仍然说不清楚。我虽然曾在大学念过书，但是并没有学过"心理学"这门课程。大约1974年前后，我在"文革"中被查封的禁书中"窃取"一本人民教育出版社1962年版的《西方现代心理学派别》，作者是美国哥伦比亚学派的主要代表人物R. S. 吴伟士（Robert Sessions Woodworth），这本书就成了我的心理学启蒙读物。1978年中国文坛解冻，我赶上了这段好时光，更有幸得到一些学界前辈如钱谷融、王元化、蒋孔阳先生的及时点拨，风生云起，风云际会，就这样我在文学心理学的风口浪尖上折腾了许多年。

当时国内流行的心理学理论多以苏联的认知心理学、实验心理学为蓝本，大约正是由于吴伟士的那本书，使我一开始便把目光投向西方心理学史，对构造主义心理学、机能主义心理学、行为主义心理学、精神分析心理学、分析心理学、格式塔心理学、人本主义心理学以及心理学的日内瓦学派、"维列鲁"学派逐一进行了虽然粗疏却兴致盎然的扫描，后来结集成《文艺心理阐释》一书。我的用意倒也单纯，就是试图直接从积淀深厚的西方心理学资源中探测、寻觅与文学艺术相关的知识与理论，让文学理论与心理学理论在我的视野内发生碰撞，这种撞击如果能够生发出些什么新的东西来，那可能就是我的发现。

至于初衷，直接的可以说是好奇心。我承认我不能像许多批评家那样冷峻与超脱，我对于杰出的作家、诗人、艺术家始终怀有神秘感，怀有敬畏之心，认定他们是天地间的精灵，几乎是不可言说的。最初，我致力于创作心理研究就是出于这种好奇心，即所谓试图打开文学艺术创作的"黑箱子"。如果虑及研究者的天性，我可能属于"内倾感觉"的人格类型，加之受中国传统文化的浸染太重，总相信"重内轻外""被褐怀玉""重于外者而内拙"之类古训。所以，我在评价20世纪80年代文学的走向时选择了"向内转"的说法，该是出于我自己真实的心灵体验。当然，这篇文章也在相当一部分作家、评论家那里引起共鸣，在某种程度上纠正了长期以来文艺理论过度外倾的偏颇。《文艺报》为此组织了一年多的论争，使我自己对文艺学中"内""外"的关系也获得了较全面的认识。

刘海燕：1990年，您的《超越语言》一书出版，当时在文艺理论界引起强烈反响，也引起了强烈争议，推动了国内创作界、理论界对文学语言转向的关注。当时结构主义盛行，各种科学手段被移植到文艺批评中来，批评家们热衷于用符号学、叙事学等来阐释文本，裹挟各种意义。您的"语言转向"逆向而行，这种学术信心和立场的根基在哪里？

鲁枢元：有人说，《超越语言》至今仍是我写得最好的一本书。我自己觉得，从书写风格上它的确拥有自己的个性与特色；从学术规范上，它又是青涩稚嫩、漏洞百出的。现在看来，有点"无知无畏"，"不知山有虎，敢在虎山行"的唐突与懵懂。

事发原因或许竟出自"防守自卫"的心理。20世纪80年代末，理论界的风向突然开始转变,结构主义的文学理论向"主体论""心灵论"的文学理论展开猛烈攻势,直指我从事文学心理学研究的立足之地,对此我很难保持冷静镇定的态度,便仓促上阵,把矛头指向结构主义营盘的纵深——结构主义语言学。该书出版之际,那场漫卷中国知识界的风潮尚未完全平息,却还是获得一些诗人、作家的激赏与赞扬,随即便又遭到几乎所有看过此书的语言学家的痛斥与批驳。之所以形成如此冷热相激、褒贬悬殊的局面,我想,除了我自己惹出的麻烦外,深层里面恐怕还是文学与语言学这对亲兄弟之间旷世持久的隔阂与偏见、猜忌与怨怼。

新世纪之初,复旦大学语言学家宗廷虎在他主编的《20世纪中国修辞学》一书中设置专节对这场公案做出如此评价:"语言学界的人士读鲁枢元的《超越语言》,大都有云遮雾罩、扑朔迷离的感觉。其概念使用的模糊化、语言表述的文学化,尤其是研究方法的'非科学化'乃至'反科学化',往往让人摸不着边际。""鲁氏以文学评论起家,缺乏语言学的严格训练,但同时也少了些语言学研究中的清规戒律","鲁枢元不是修辞学家,也没有十分自觉地去研究文学修辞。然而,他对文学语言从'未移为辞'到'已移为辞'整个过程的悉心探讨,他对文学优化表达做出的满怀深情的阐释,却正是修辞学家要做的事情。"这些话充分体现了语言学家对一个文艺理论工作者友善、爱惜、理解、宽容的态度,我更愿意把这看作语言学与文学的和解、沟通与相互体认。

对于现代人类而言,语言无疑就是一种是强有力的统治,"普天之下莫非王土",尽管如此,我相信也还存在着化外之地。语言与言语,语言与文学,语言与个体生命,语言与诗人、作家的独特心灵之间仍然存在着幽微莫测的空隙。立足于文学的经验,我相信"私人话语"的存在与价值,而不能接受笼统否定"私语言"的命题;从文学的经验出发,我更愿意继续坚守"心灵"的隐匿城堡,不相信结构主义的方法能够解析关于人的精神、人的灵性、人的情绪的所有底蕴。在语言之上、之下,是一个通向永恒奥秘的无限,一个中国道家意义上的"无"。

语言沙文主义的背后是逻辑中心主义、理性主义、科学主义、人类中心主义,这与人类的实际生存状况并不完全符合。曾经写下《逻辑哲学论》的维特根斯坦,在他的许多言论中倒是为"神秘事物"留下足够的余地。他以自己为例说:"我成功地表达的事物,从未超过我想要表达的一半","一个人对于不能谈的事情就应当沉默"。文学却不能甘于沉默，文学恰恰就是要在"语言不能表达之处"下功夫，诗歌的难能可贵就在于要"用语言表达那些用语言不能表达的东西"。人类学的发现已经证明，在语言问题上，人与动物之间也并没有绝对的界线，人类在还不会说话的时候就已经会"唱歌"，在还不很会走路的时候就已经会"跳舞"，在没有文字的时候就已经会"画画"，文学艺术比语言与文字更原始，也更自然，更充盈，也更高蹈，那是人类存在的出发点与制高点，是人类精神的深渊与峰巅，因而也更具维特根斯坦意义上的"神秘"。对此，作家、诗人、艺术家应有更多的发言权。

刘海燕：1992年以来，您开始把研究重心转移到对当代精神生态的研究中来，从文艺学、心理学、生态学、社会学、人类学等多学科的角度，探讨人类精神性的存在，把自然生态、社会生态、精神生态作为一个有机的整体进行研究，为现代社会的健康发展提供新的理论依据。在这个过度消费、生态被严重破坏的时代里，您在新著《陶渊明的幽灵》中，把陶渊明作为一个"诗意地栖居在大地上"的优美典范，置身简朴的日子享受高贵的精神，希望他成为世人的青灯，重新照亮人类心头的自然和美好生活的本源。可以看出，20世纪80年代以来的人文理想依然流淌在您思想的血液中。在这个利欲熏心的时代，您认为文学和学术对社会还有怎样的作用？

鲁枢元：我对于现代社会生态问题的关注，其实是从读A. N. 怀特海的《科学与近代世界》、V. R. 贝塔朗菲的《人的系统观》两本书开始的。怀特海指出"人类的审美直觉"与"科学机械论"之间充满矛盾与冲突，审美价值更多地依赖于自然，"艺术的创造性"与"环境的新鲜性""灵魂的持续性"是一致的。贝塔朗菲的一句话更使我感到无比的警策："我们已经征服了世界，但却在征途的某个地方失去了灵魂！"一位佛教徒偶尔说出的一句话：生态解困在心而不在物。这使我又联想起海德格尔的说法：重整破碎的自然与重建衰败的人类精神是一致的，拯救的一线希望在于让诗意重归大地。也就是从这时开始，我将自然生态、人类精神、文学艺术一并纳入我的研究视野，并尝试着将"生态"观念注入文学理论的机体，将"诗意"植入当代生态学的体系。

最近出版的《陶渊明的幽灵》一书，是我实施生态批评的一个具体案例，也是我努力将西方生态批评理论与中国传统生态文化精神相互沟通的一次实验。在撰写这本书的过程中，我发现海德格尔、利奥塔、德里达等西方哲人的"现象学还原"与古代中国老子、庄子、陶渊明的"回归哲学""回归诗学"原本是声气相投的。要弄清文学与自然在现代社会的来路与前程，就不能不摆脱现行"文学理论"的框架，"返回隐而未见的事物本身""返回逻辑学、伦理学诞生之前的思的本真状态"。

有人说"生态学是一门颠覆性的学科"，但我生性怯懦，缺少颠覆的英勇气概，自从关注生态批评以来，焦虑、哀伤、无助乃至绝望的心情一天甚于一天。我不能理解，在生态环境如此险恶的情况下，我们的社会与时代为何还如此放纵物质主义、消费主义近乎疯狂地蔓延扩张？在如此嚣张的房地产开发与汽车生产面前，所谓"低碳"统统变成"扯淡"。

如今再谈"拯救"，往往引来的只是一片嘘声。

"科技"与"管理"，曾经最受人尊崇，也被认作最强大有力的拯救者，如今都成了有意无意的"合谋者"。剩下的只有潜隐在心灵幽深处的"憧憬"与"审美"，这也是文学与艺术的领域，且也已经遍体鳞伤。相对于坚实、强大、明朗、时尚的科技与管理，文学、艺术是如此的轻柔、虚飘、幽微、苍老，所谓"文学的拯救"，恐怕只能招来更多的嘘声。然而，我们就只剩下这些了！好在还有中国古代圣哲的言说：反者道之动，弱者道之用；明道若昧，进道若退；知其白而守其黑。柔弱有可能胜于刚强，二十四小时的通体明亮毕竟也不是人过的日子。

我在为《陶渊明的幽灵》一书所做的特别提示中写道："本书尝试在后现代生态批评的语境中、运用德里达幽灵学的方法，对中华民族伟大诗人陶渊明做出深层阐释。祈盼陶渊明的诗魂在这个天空毒雾腾腾、大地污水漫漫、人类欲火炎炎的时代，为世人点燃青灯一盏，重新照亮人类心头的自然，重新发掘人间自由、美好生活的本源。"曾有文论界的朋友带着诧异的口吻对我说："你怎么还是一个理想主义者？"我承认这一辈子怕是改不了啦。在我看来，古今中外的优秀文学总也离不开理想、幻想，甚至梦想、空想、痴想。你可以说这是人类的弱点，那恐怕也还是人类仅存的天真之所在。

刘海燕：2011年，学林出版社推出您的"文学的跨界研究"三卷本（1980—2010）：《文学与心理学》《文学与语言学》《文学与生态学》，请您谈谈"跨界研究"的意义。

鲁枢元：按照亚当·斯密与马克思的说法，现代学科的分类是由工业社会的劳动分工促成的，幕后的推手是生产的效益与资本的利润。现代"文艺学"作为一门独立学科出现，也应是现代工业社会崇尚概念思维、逻辑分析、专业分工的结果。一些文艺学的研究者，俨然以文艺学的"专门家"自居，把他自己面对的诗人、艺术家、作品、文学艺术活动当作外在的、客观的分析研究对象，不但要概括出文学艺术的"本质"、抽取创造活动的"规律"，还要竭尽全力把它构建成一门严格意义上的"科学"。文艺理论家走上了一条与作家、诗人、艺术家的工作背道而驰的道路。文艺创作向往的是感性化、情绪化、个性化、独特化，文艺理论追求的却是理性化、概念化、逻辑化、确定化、普遍化。文艺理论与文艺创作成了两股道上跑的车，文艺学家的理论成了文学艺术家看不懂也不愿看的"学术成果"。应该说，这是一个时代性的问题，是一个以培根、牛顿、笛卡儿、黑格尔为标志的时代的理论走向，也是后来的卢梭、尼采、胡塞尔、海德格尔以及那些量子物理学家们试图加以扭转的那个时代的理论走向。

在过往的一段时间里，中国的文艺学界把文艺学学科的衰落归结为文艺学家患上了广为流行的"失语症"，我想，我们最初失去的恐怕并不是语言，在失去语言之前，也许我们已经失去了时代、失去了理想、失去了生活的自信和学术的自信，失去了提出问题的心理机制，失去了对世界感悟与整合的能力。

法国当代学者埃德加·莫兰（Edger Morin）说："科学不能科学地思考它本身，不能确定它在社会中的地位、作用。"他认为，对于科学是什么的解释，应当在由"物理学、生物学、人类—社会学"三大学科领域相互沟通、连接组成的一条学术"环路"上进行。其实，在文艺学研究领域，同样也存在着这样一个"环路"。这条"环路"就是由"作家、艺术家""自然与社会""作品、文本""接受者"四个支点组成的一条"环形跑道"。多年来，众多的文艺学家们就在这条环形跑道上奔走着：从最初的文学艺术是社会生活的反映，文学艺术是作家心灵的外射，到后来的文学艺术是叙述方式、文本结构、符号系统，文学艺术是对于文本的接受过程,以及在此基础上先后推出过"社会批评""心理批评""原型批评""形式批评""符号批评""接受批评"等,无外乎这同一"环道"上的角逐。这场角逐至今仍然没有"尘埃落定",甚至仍然没有分出胜负,这种无休无止的"角逐",可能正是学术探讨的常态。

文艺学研究的过程,文艺学学科建设的过程,又必然是通过个人的"实际生存状态"和"天然的言语技艺"展示出来的。学科建设进入这般境界,真的已经像海德格尔说的那样:已经近乎"诗",那是一种"人与世界的相互交融生发的意境"。文艺学研究如果走入了这一境界,那么,作为理论活动的文艺学与作为创造活动的文学艺术,就取得了精神上的一致性,它们不再是"本质"与"现象""主观"与"客观"的对立,而全都成了一个完整的、有机的、开放的、充满活力的、不断生发、拓展的生命活动过程。

我认定这才是跨学科研究的真义之所在,30年来朝着这一方向实施,其结果就是你说的那三卷书。虽然我做得很谫陋,很粗糙,但我已经竭尽我的能力了。

刘海燕:在当前高等教育的科学管理体制下,您认为应当如何处理学术独立与学科建设之间的关系?

鲁枢元:在这个问题上,我并不具备指导别人的资格,只能谈谈自己走过的道路。我进入"跨界研究"的领域其实是很偶然的,进入的路径也很不"专业"。从起步到如今,我经历了一个从懵懂跨入、努力实践、全面认同到反躬自问、再度反思、犹疑彷徨的过程。

人们习惯于把学科建设比作构筑一座学术殿堂。我不太喜欢这种刚性的比喻,我还是愿意将文艺学比作一棵树,我曾有些沾沾自喜地宣称:心理学、语言学、生态学的三次跨界研究,就像从我的这棵生命之树上(也许只是棵小草)自然生发的三根枝条,蕴含着我自己生命的汁液。这样的文学研究已不仅是教学、科研的知识空间,它同时也是一个人"实际生存状态"和"天然言语技艺"的展示过程。当我在多种学科中倘徉、游弋时,虽然不乏困顿、焦虑,倒也常常能够体验到一种近乎"飞天"似的升腾与坠落的欢愉。

但我并不总是这样超脱,我还是难以完全清除掉自己的"教书匠"习气。那就是对于"学科"的无端执着。我曾经痴迷于"学科创建",矢志于"文艺心理学""生态文艺学""文学言语学"的学科建设……还煞费苦心地提出种种学科筹建的路径。这种对于"学科"的崇拜心理,在当下高等教育的科学管理体制下终于渐渐破灭了。学科的制定总是与明确性、既定性、规范性以及程序化、模式化、数字化捆绑在一起,教育部历年搞评估,不但要检查每门学科的教学大纲,还要检查每个教师的教学提纲、教学进度、教案教法、作业试卷等,年年月月报不完的数字、填不满的表格。一门门学科成了一个个"笼子",木笼、铁笼,不见形迹的"电子牢笼"。"笼子"精工细作,且由专职人员严加看管。1600年前的陶渊明就说过"久在樊笼里,复得返自然",现代人"久在樊笼里",却反而表现出对"樊笼"过度的依赖与兴奋,这又何苦呢?

我很佩服爱德华·赛义德(Edward·Said)的独立个性,他号召知识分子不要做标准的专门家,要永远做一个不失关切与热爱的"业余者"。还有伟大的启蒙者卢梭,他对于现代社会的学科分类始终保持高度警惕,拒绝人们对他进行严格的定位,明确地提醒世人:"你们要经常记住,同你们讲话的人既不是学者,也不是哲学家;他是一个普通的人,是真理的朋友,既不抱什么成见,也不信什么主义"。卢梭的学术道路是对于"学科前"的回归,他所钟爱的是学科"原生态",这样的学术反而更富生命力。学科的跨界研究,不能只是某些知识领域、理论范式的交叉融合,也不单是为了催促更多学科的生成,那同时也是对某些学术体制、教育体制的跨越,对某些权力话语方式的跨越。当然,首先还是对于我们自己的思维方式、治学心态、写作模式的跨越。学科跨界不是改建一个更大一些的"笼子",而是要打开一片广阔的未知天地。

刘海燕:在"文学的跨界研究"中,您谈到两点体会或两点主张:一是性情先于知识,二是观念重于方法,您还特别强调研究者的主观因素。这对当今的文艺理论界、评论界有着怎样的矫正作用?

鲁枢元:我公开了我的这两点所谓体会之后,一直有些惶惶不安,担心继之而来的学理上的反驳与追问。因此更谈不上对于文艺理论界、评论界的"矫正",还只能算是纯个人的体会。

关于"性情先于知识"。我相信跨学科研究的前提是人的自由意志、自然情性，我所倾慕的哥本哈根学派的物理学大师们，一个个也都是具有真性情的人，都是些凭仗个人的天性与天赋在物理世界的天地间自由翱翔的人。在他们看来，所谓规律只是些在自然界某些特殊范围内才会生效的"处方"，"自然规律"的说法也不过是对于某些根本不存在的东西的一种颂扬或神化。物理学尚且如此，遑论文学。不少谈论跨学科的人都把专门的知识领域预设为可以跨越或不可以跨越的前提，认为你如果不具备另一门学科的充足的理论知识与严格的技能训练，你就不具备跨越的资格。这固然有一定道理。学科与学科之间的确存在一定的界面，但并非一堵冰冷坚硬的墙壁，而应是一片可以散步或漫游的谷地。文艺学学科与其他学科之间的这片谷底，比起其他学科来总还是要更开阔些。

回顾我的文学跨界研究历程，我发现我的所谓跨越差不多总是在缺乏专业系统知识与专门技术训练的时刻启动的。最初到手的往往只是些斑驳的知识碎片，我就凭了自己"裸露的生命"与"神往的心"，玩味这些碎片并将其拼接组合，就像一个孩子玩积木游戏，玩得心神激荡。我自己感觉，这种类似格式塔心理活动的拼接过程有时会使我豁然开朗地进入另一境界。我自诩它为："读杂书，开天眼"，天眼一开，界限全无；天眼一开，异径突现。所谓"开天眼"，那其实不过是心理学中说的"直觉"与"顿悟"，是人的自然天性，是人人都具备的普遍心理机能。问题出在，我们的这一天性被从小接受的概念形而上思维模式教育遮蔽了，只相信概念、逻辑，只相信专业知识，不肯相信自己的情感与直觉。

关于"观念重于方法"。文艺理论界与我同时代的许多学人，不少是从20世纪80年代初的"方法热"中起步的，似乎是那些由西方引进的各色"研究方法"成就了这些评论家、理论家。现在想来，并不完全如此。刘再复先生当时就曾明确指出，方法热缘于思维空间的拓展，首先是对于某些思维定势的超越，对于诸多固有文化观念的突破，那也是知识分子对于自身"精神蜕变"的开悟。这就是说，为"方法热"提供能量的还应是观念的变更。以我为例，20世纪80年代我以自己是一个人道主义者而豪情满怀，相信人类中心，相信人类的利益至高无上。30年过去，随着经济高速发展、消费迅速升级，自然生态系统濒临崩溃，我发现人类作为天地间的一个物种太自私、太过于珍爱自己，总是把自己无度的欲望建立在对自然的攻掠上，以及对于同类、同族中弱势群体的盘剥上，有时竟显得那么鲜廉寡耻！对照饱受创伤的自然万物，人类在我心目中已不再显得那么可爱，反而有些可恨、可悲，其中也包括对我自己某些行为的懊恼。我突然明白，人类作为一个整体也是会犯错误的，而且犯下的是难以挽回的错误。正是这种观念的转变使我不由自主地步入生态学的学科领域，试图运用生态学的知识、理论与方法阐释文学现象、分析当代文学面临的问题。要知道，20年前要想在国内书店找到一本生态学的书、30年前要想找一本心理学的书，全都一样困难。然而，我还是在知识准备、技能训练几乎一片空白的时候迈进了这些领域。因此，我敢说我的"跨学科"始于"转念间"，"转念"即"观念转变"，最初并不在于知识、方法、技能，而就在于那个"一念之差"。

一些饱学之士曾嘲笑我，说我的那点学问都是"拍脑袋"拍出来的，这并非没有道理。我知道自己的浅薄，但我们不能总是求告别人的脑袋，不管它是柏拉图、亚里士多德的脑袋，还是尼采、德里达的脑袋，做学问最终恐怕还是只能依赖自己的脑袋吧。

刘海燕：您的学术研究中，始终有种建设性的改造现实的气息和人类性的现代眼光，落到文字里就是思想的自由气息，这种气息使得您的学术，即便是研究古人陶渊明，也有种穿越时空的现代性情。思虑缜密而富有才情，观点前卫而表述诚恳。您的这一路数，对您的数代研究生也产生了很大的影响。请您谈谈，作为一个学者型、思想型教授，在学术思想传承和教书育人方面的经验。

鲁枢元：你说的这些表扬的话，或许只是我所心仪的，我并没有做到。说到底，我还是一个教师。20世纪80年代我带过的一些研究生，不少人都在文艺理论与文艺批评领域做出了自己的贡献，我常常以他（她）们为荣。但作为当前教育体制下的一个教师，我越来越感到自己是不称职的。我教书尽管一如先前一样认真，学生们虽然喜欢听我的课，却又觉得我往往不按常规出牌，讲的东西不够规范，不谙时务，不切实用，使他们在应付种种考试、竞赛中常常成为落败者，以致影响了他们的仕途和生路，对此我不能不感到内疚。但尽管如此，我教过的绝大多数学生仍然以坦诚与挚爱待我，我把这看作我人生积累下的最为宝贵的财富。

说到"教书育人"，我发现我似乎持有一些"保守主义"的东西。比如带研究生，我还是倾心于传统的"师傅带徒弟"那种手工业生产方式，如两千多年前孔子"教书育人"的做法，看不惯现代社会的车间生产流水线。对此我有自己的"理论"，那就是后现代社会如果要想变得比现代社会更完善、更美好些，就一定要从前现代社会吸取更多的生存大智慧，而不能像现代性思潮对待以往时代那样，总是采取割裂、断绝的革命姿态。这也可以看作我对我们所处时代的精神走向的一己之见。

郑欣淼谈：鲁迅的方向仍然是
中国先进文化的前进方向

熊元义

熊元义：2006年是鲁迅诞生125周年、逝世70周年。鲁迅研究是一门显学，特别是中国改革开放以来，随着思想的解放，一些新的材料的陆续发现，一些新的理论和方法的应用，鲁迅研究进入了一个崭新的阶段。请您谈谈近20多年来我国鲁迅研究的状况和特点。

郑欣淼：新时期的鲁迅研究走过了坚实的历程，是鲁迅研究史上极为重要的阶段。改革开放，思想解放，使鲁迅研究焕发了生机。我们纠正了以往对鲁迅的有些"左"的解读，纠正了对鲁迅的曲解和拔高，冲破了许多禁区，取得了丰硕的成果。目前全国的鲁迅研究者已经组成了一支精干的队伍，具有多学科相互配合的集体优势，正符合从多侧面研究这位百科全书式的伟人的要求。

近二十多年的鲁迅研究，大致有这么四个特点：一是侧重挖掘和把握鲁迅的精神特征。人们先后从反封建、个性解放主义、精神哲学等角度，对鲁迅文本进行了"重读""深读""细读"和对鲁迅进行了"重估""重构""重塑"。这些研究大大地丰富了研究课题。还有关于鲁迅与日本的研究、关于鲁迅生命哲学的思考、关于苏俄文学与鲁迅的探索、关于鲁迅史料的梳理、关于鲁迅"立人"思想的阐释以及鲁迅研究史的爬梳等，都有不少创见，使这个学科不断丰富并壮大起来。二是研究越来越细化，学院派的体系建立起来了，"鲁迅学"正成为公认的存在。一些史学界、哲学界的人加入了队伍，研究者在不断扩大增加。思想研究、文化研究、创作研究、方法论、文献学等的多方位拓展，走近了鲁迅。三是跨国际间的交流增多，美国、俄国、日本、韩国、新加坡、意大利等国，都举办过和鲁迅相关的国际性学术会议。鲁迅作为亚洲20世纪文学的代表性人物，开始得到了广泛的认同。有的学者甚至把他比成基督式人物，认为其原创性和神圣性以及丰富性，已超过了前人。四是民间读解鲁迅一直是一个热点。关于鲁迅的网站、学术期刊一直十分活跃。民间的解读五花八门，观点不一。但作为一个存在，人们一直认为鲁迅是绕不过去的，这是没有争议的。鲁迅在中国经久不息地被讨论、被言说，恰恰证明了他的价值所在。

值得一提的是台湾地区的鲁迅研究。早在1925年，台湾的报纸就刊登了鲁迅的作品。1989年以前，鲁迅作品在台被列为禁书。1989年解严，鲁迅作品才得以大量出版。目前鲁迅作品的出版已非常普遍，甚至被列为高中和大学课程的教材。在解严前与解严后，台湾研究鲁迅及其作品者大有人在，尤其是解严后，逐渐有更多的人士参与研究，从心理学、民族学、美学、社会学、教育学、文化批评、比较学、象征诗学等不同面向去诠释，呈现多样化的观点，出版了一批论文和专著。台湾学者一直把鲁迅当作一个作家来对待，正如台湾有的研究者所说，结果越研究越发现他的伟大。

熊元义：国外鲁迅研究也是很活跃的。他山之石，可以攻玉，请介绍一下这方面的情况。

郑欣淼：在冷战时期，国内鲁迅研究中的泛政治化倾向，在国外鲁迅研究中同样存在。20世纪60年代初，美国学者夏志清与捷克学者普实克之间关于中国现代文学研究和鲁迅研究的著名论争，就十分典型地反映了当时国外鲁迅研究中完全对立的意识形态特征。

冷战结束后，国外鲁迅研究也翻开了新的一页。英语世界有澳大利亚的寇志明从旧体诗看鲁迅生平的研究，他把每首诗都译成英文，然后详加注释。张钊贻的"知识传"（所受知识与学术的影响）研究，他的《鲁迅：中国"温和"的尼采》一书，着眼于鲁迅对尼采美学的中心主题的吸收，以及鲁迅与尼采哲学的政治因素方面。另外，美国李欧梵的心理学研究，香港卜立德的作品解读都有很大影响。

鲁迅是东亚共有的文化遗产。在日本、韩国，甚至在新加坡，鲁迅文学作品被广泛而持续地阅读着。近来"竹内好与鲁迅""韩国学者论鲁迅"

"日本的鲁迅研究传统"等话题,很引人注意。仅 1997 年至 2003 年,韩国的鲁迅研究就有 3 种专著与 100 篇以上的论文问世,博士论文 5 篇以上,硕士论文 24 篇以上,另有海外学者鲁迅专著韩译本 4 种以上。在日本,关于鲁迅的史料实证研究堪称独步。这方面的北冈正子与阿部兼也对鲁迅的留日经历进行了严谨、精细的考评,贡献很大。丸尾长喜《鲁迅:"人"与"鬼"的纠葛》一书,从鲁迅生活的思想文化背景,到他的精神产品的创造,再直逼他的精神世界的结构和系统,可以代表日本鲁迅研究的高度和深度。藤井省三的《鲁迅〈故乡〉阅读史》,开创了一个接受研究的先例,是独辟蹊径、别开生面的。现在,全译本的日文版《鲁迅全集》已经出版,鲁迅的作品也被日本的中学国语教科书收录。可以说,日本人几乎是把鲁迅作为"国民作家"来接受的。

熊元义:20 世纪 70 年代末期以来,围绕鲁迅曾发生过多次争论。当前,我们如何站在时代高度理解和把握鲁迅?

郑欣淼:新时期以来,围绕鲁迅问题展开过多次论争,从重评中国左翼文艺运动的历史功过,到所谓"神化鲁迅",再到鲁迅"被专制利用"的问题,乃至"断裂""哀悼"事件,一些更年轻的作家对鲁迅的贬损等,这一方面反映了鲁迅思想的丰富性、复杂性,也从另一个方面说明了鲁迅、鲁迅的作品、鲁迅研究均没有过时。当下的价值观念出现了多元化趋势,人文环境也宽松化了。比起刻板的思想禁锢年代,百家争鸣的局面毕竟是令人欢欣鼓舞的。这些争鸣无疑从正反两方面一次次地验证着鲁迅的永恒性和无限阐释的可能性。

当然,有些观点有市场炒作和情绪化痕迹,这是不好的,争鸣应该限制在学理的范围内,要从中国历史的过程中把握鲁迅,不能把今天的一些尺度都强加到前人身上。鲁迅主张斗争,是不错的。人被压迫了,怎么不反抗呢?鲁迅主张"痛打落水狗",也是有个前提的,就是狗上岸后不再咬人才可。我们分析鲁迅的言语,不可断章取义,要把问题放在历史的语境里才能显示出历史的原色。研究鲁迅尤其不能离开鲁迅的文本,其实,上述论争中有的观点是想当然的,漏洞很多。可以看出,关于鲁迅,在论者心中还有很多盲点,在还没有完全搞清楚研究对象历史的情况下,就其一点就大声喧哗,这是拿鲁迅说事儿,抢夺话语权,不是真正的挑战和创新。针对这样的不良倾向，鲁迅本身的做法就很有教育意义。鲁迅善于用发展的、辩证的眼光看人，看作品，比如研究一个人要弄清他的环境，了解他的经历，熟悉他所有的作品，否则就会发生偏差；对于人的复杂性、多面性，要进行充分的了解，不能只看某个侧面。如果不考虑当时的环境，一味苛责，则很容易导致新的偏激或错误。坚持全面的、历史的观点，坚持实事求是，这应该成为每一个鲁迅研究者的基本素质。

熊元义：鲁迅主张积极大胆地吸收域外文化。他是怎样吸收和融会的？这对我们今天的文化建设有什么启示？

郑欣淼：鲁迅一生有多半精力是用来译介域外艺术的。其翻译的作品近三百万字，比他文学创作的数字还多。最早是译介科幻小说，希望把科学幻想与文学结合起来，后来关注反抗者的文学，对尼采、拜伦、裴多菲等颇有热情。留日时期还译了东欧与日本的小说，旨在从反抗压迫者的文字里，寻找中国人新生的道路。后来对苏联的文学发生兴趣，借着域外思想思考中国新文艺的途径。其中对普列汉诺夫、卢那察尔斯基的译介，丰富了他的思想。晚年又广泛接触外国版画，推动新生的木刻运动。他对外来文化的选择是有鉴别的，不是无条件地引进，其中也有扬弃的过程。比如早期重视尼采，后来就与这个德国哲学家很有距离。鲁迅不喜欢欧美的贵族文学，看重的是平民的、知识分子自我审视的作品。对他而言，关心平民，不断向小布尔乔亚的习气挑战，是殊为重要的。他借助一些翻译，也是为了引进先进的思想，以及驱赶自己身上的"鬼气"和"毒气"。另外，他希望以"硬译"的方式改变书写习惯的努力，对汉语的改造意义很大，这种语言学上的努力，现在还没有引起世人的广泛注意。

鲁迅推崇汉唐气魄，就是汉唐时候国力强盛，魄力雄大，人民具有不至于为异族奴隶的自信心，因此，毫不拘忌地取用外来事物，绝不介怀。他指出，要进步或不退步，总须时时自出新裁，至少也必取材异域，倘若各种顾忌，各种小心，各种唠叨，这么做即违了祖宗，那么做又像了夷狄，终生惴惴如在薄冰上，发抖尚且来不及，怎么会做出好东西来？因此一定要有自信心，要放开度量大胆地、无畏地吸取域外有用的事物，做到"外之既不后于世界之思潮，内之仍弗失固有之血脉"。鲁迅的这种气魄和态度，对今人的启示是巨大的。改革开放为我们提供了全球多元文化的参照系，我们应该在深入研究和不断探索的基础上，创造出一种全新的、有个性的文化。这种文化不是简单地追随西方，而是带有东方人的色调，同时又汇入了现代意识。在封闭的意识里产生不了鲁迅这样的思想者，在洋奴、"西崽"的环境里也诞生不了自由的民族新文化。鲁迅是在一种悖反的价值冲突与文明冲突里，找到了东方现代的精神表达式的。今天，面临着转型和复兴的中国文化，需要有鲁迅这样既有深厚中国文化根基，又吸收了丰富的外国文化营养的先哲为榜样。

熊元义：人类传统文化对于一个文化研究者和一个文化创造者是不同的，一个文化研究者根据一些文化创造者接受文化传统的不同可以区别精华和糟粕；而一个文化创造者对任何文化传统都是一视同仁的。鲁迅既是一个文化研究者，更是一个文化创造者，我们如何看待鲁迅对中国古代传统文化的态度？

郑欣淼：鲁迅与传统文化的关系，是个很复杂的问题。"五四"新文化运动中，鲁迅是以彻底地"反传统"的面目出现的，这与《新青年》同人是一致的。从近代以来中国文化的衰落，西学东渐，以及民族危亡的背景来看，《新青年》的这种"反传统"，实则反映出他们变革中国社会和思想文化的急迫心情和激愤情绪。对鲁迅的反传统，还有几点应该注意：其一，鲁迅较之同时代许多人，对中国传统的积弊的感受更为深切，在他看来，历史转折期的传统积弊凭借强大的社会力量和根深蒂固的习惯势力而存在，使中国社会和中国文化变革尤为艰难。他并不把民族文化作为一个纯粹的文化问题来考虑，而是将此与人的解放和社会的改造、进步相联系。他的思想逻辑起点是人的自由，人性的正常发展。中国之所以难以改革，原因之一也在这里。其二，鲁迅的反传统不是笼统的，而是从改造国民性主旨出发，对长期桎梏、影响国民精神的封建专制主义进行了猛烈的批判，特别是维护封建秩序的等级制度，鲁迅斥之为"吃人"的制度。鲁迅还对社会上各种反映旧思想、旧道德、旧文化的光怪陆离的现象进行了坚决的揭露和剖析。这种深刻的"社会批评"与"文明批评"已成为鲁迅思想遗产的重要部分留给了我们。其三，鲁迅曾反复申明"我来自旧营垒"，并且对瞿秋白评价他为"逆子贰臣"深以为然，他文化批判的最终指向是在传统文化的"染缸"中浸润出来的种种国民劣根性，而首先面对的是自己灵魂中的"鬼气"和"毒气",毫不留情面地剖析自己。其四,鲁迅对传统的认识也有一个转变的过程。他后期对于文化的新与旧、现代与传统的关系有了更为科学的说明:"新的阶级及其文化,并非突然从天而降,大抵是发达于对于旧支配者及其文化的反抗中,亦即发达于和旧者的对立中,所以新文化仍然有所承传于旧文化,也仍然有所择取。"显然鲁迅的"反传统",同时又是对传统的一种继承,是在批判中继承,是"弃去蹄毛,留其精粹,以滋养及发达新的生体"。

一直以来,大家似乎公认鲁迅在文化上的贡献是"破"大于"立",解构大于建构。其实,鲁迅看似偏激的反传统姿态,是一种文化策略上的选择,不是最终目的。实际上,鲁迅是传统文化的集大成者,他有着深厚的传统文化根底,不但文学作品的用语深得中国古典文学美的神韵,更著有《中国小说史略》《汉文学史纲要》等研究传统文化的学术专著。鲁迅在日常生活中的处世行为也与传统文化并不相悖。鲁迅不是一个民族虚无主义者,而是中国传统文化所具有生命活力的因素的拯救者和阐扬者。可以说,鲁迅的破传统,是破除传统文化几千年的流弊,是反对"奴才式"的破坏和"盗寇式"的破坏的,他力主要做"革新的破坏者",对待传统文化遗产主张采取"拿来主义"的态度,以"沉着,勇猛,有辨别,不自私"的精神,"或使用,或存放,或毁灭",分别做出不同的处理。

熊元义:过去,我们在人的发展上犯过片面的错误。今天重温鲁迅提出的"立人""致人性于全"的思想,我们仍然感到鲁迅的思想是深刻而超前的。鲁迅的这些思想没有过时。

郑欣淼:是的。鲁迅早期提出的"立人"思想,现在引起人们的广泛重视。鲁迅考察了当时欧美的强盛,认为"根抵在人"。一个国家要在列国中站住脚,最重要的是"立人","人立而后凡事举",也才能建立"人国"。"立人"就是让人懂得个性之尊严,人类之价值,也就是民族精神的建设,人的素质的现代化。因此,鲁迅与同时代许多知识分子,以民主和科学为武器,对国民进行深刻的思想启蒙,反对旧道德、旧思想、旧文化,以新的理性精神去开启中国的心智,以现代健全的人格向民族"硬化"了的精神展开强有力的挑战,以达到"国人之自觉至,个性张"。鲁迅始终关注的是人,是以人为本的,对于个人乃至人群的重视与肯定构成了他人文价值关怀的中心。

　　"致人性于全",是鲁迅1907年在《科学史教篇》中提出的一个十分深刻的思想,对于"立人"有着特殊的意义。鲁迅十分重视科学技术,认为它是"神圣之光,照世界者也",社会的进步、国家的强盛都离不开科学技术。但对一个社会来说,则需要全面发展,不能走极端,不仅要有物质文明、科学技术,还要有精神文明、人文素养。他说了这么一段有名的话:"盖使举世唯知识之崇,人生必大归于枯寂,如是既久,则美上之感情漓,明敏之思想失,所谓科学,亦同趣于无有矣。"鲁迅认为,片面追求科学和物质文化,可能给人生带来负面影响;不能把知识、科学当成人生的目的,否则会丢掉人性健全发展这一根本。精神的力量影响长远。他提醒人们,要防止社会发展的偏颇,不能"日趋为之一极",如果逐渐失去了精神,"则破灭亦随之"。这是不可忽视的大问题。因此,人们所需要的不仅是科学家牛顿,也呼唤莎士比亚这样的诗人和剧作家;不仅要有拉斐尔这样的艺术巨匠,也要有物理学家、化学家波义耳这样的科学大师。"凡此者,皆所以致人性于全,不使之偏倚,因以见今日之文明也。"鲁迅的论述在当时很有针对性。从欧洲来说,进入19世纪后出现了"重物质而轻精神"的偏向,"诸凡事物,无不质化,灵明日以亏蚀,旨趣流于平庸",人们精神的光辉愈是黯淡;从国内来说,以康有为的《物质救国论》为代表,兴业振兵之说日腾于口,"仅眩于当前之物,而未得其真谛"。当然,鲁迅并不是要抵制物质文明,不是反对科学进步,他认为中国要向西方学习科学和物质文明,但是应注意吸取西方的教训,不能以为"科学万能",还应警惕从西方可能传过来的"新疫"。在近一个世纪之后来看鲁迅的这一观点,对我们仍有深刻的启示。在我国经济快速发展的同时,物欲横流、人文亏蚀、道德滑坡等问题日益引起人们的重视。今天提倡科学发展观,就是要使社会全面、协调、可持续地发展,物质文明与精神文明一起抓,科技与人文相融合。这也是"致人性于全"的发展观。要建设一个伟大的强国,要使中国实现现代化,当然需要坚实的物质基础,需要科学技术和生产力的现代化,但如果没有精神力量的支撑,没有人的素质的现代化,现代化就不会真正实现,暂时实现了也不会长久。可见,鲁迅的"立人""致人性于全"思想是深刻而超前的。

熊元义：鲁迅是伟大的文学家，他的创作和理论奠定了中国新文学的坚实基础，他的作品充满着恒久的魅力。请谈谈鲁迅的文学创作主张对我们今天的启示。

郑欣淼：鲁迅弃医从文，走上文学道路，是出于改变国民精神的启蒙主义。鲁迅认为改变国家面貌，"第一要著"是改变人们的精神，而文艺则能很好地起到这个作用。他说过："文艺是国民精神所发的火光，同时也是引导国民精神的前途的灯火。"他的目的很明确，是"为人生"，而且要改良这人生。正是从对文艺的社会功能的认识出发，鲁迅的创作态度十分严肃，有着强烈的责任感，总是考虑作品的社会效果。有一次一个学生买他的书，从衣袋里掏出的钱还带着体温，这体温烙印在鲁迅的心上，他说至今要写文字时，还常使他怕毒害了这类的青年，迟疑不敢下笔。从改造国民性的宗旨出发，鲁迅的创作始终与现实人生紧密相抱，关注着下层人民的生活、命运，大胆地承认和揭露矛盾，体现了清醒的现实主义精神。但是，中国人向来缺乏正视人生的勇气，害怕直面现实，便只好瞒和骗。鲁迅坚决反对任何形式的瞒和骗，强调真实和真诚的文学，要求作家敢于正视人生，毫无粉饰地反映令人颤栗的现实生活，用"为人生"的文学来克服国民精神的危机。要大胆暴露社会人生，但这种暴露又不是光怪陆离、纷然杂陈的社会现象的罗列，也不是为暴露而暴露，而要顾及作品的社会效果。怎么做到这一点呢？鲁迅认为，重要的是作者要有"理想之光"。鲁迅指出世间有两种毁坏：一种是"奴才式"的破坏和"盗寇式"的破坏，即志在掠夺或单是破坏；一种是革新者志在扫除的破坏。二者的区别在于后者内心有"理想之光"。这个理想是对美好未来的殷切希望，是建立在真实基础上的理想。对于一个革命的、进步的作家来说，首先必须有理想，有追求，紧跟时代步伐，执着地向往美好的未来，这样写出来的作品才会显出"亮色"，在促人猛醒的同时，还能够激励和鼓舞大众同一切不合理的现象进行斗争，满怀信心地争取美好的未来。

在文艺与人民的关系上，鲁迅坚持既要为人民大众欢迎，又要提高大众的审美趣味。他认为，要发挥启蒙的作用，就要把作品交给大众，让大众能看懂、能接受，坚决反对那种"作品愈高，知音愈少"的偏见。但鲁迅又认为，大众化并不是"迎合大众"。那种"主张什么都要配大众的胃口，甚至于说要'迎合大众'，故意多骂几句，以博大众的欢心"的论调和做法，是不会于大众有益的，甚至"可要成为大众的新帮闲的"。媚悦、迁就一些人思想中落后的、不健康的地方，这是一种庸俗化的做法。进步的、革命的文艺作品，必须符合美的要求，通过它去提高群众的审美趣味和思想水平。

鲁迅关于文艺的社会功能、作家与人民群众的关系、作家与社会现实的关系、作品的社会效果等方面的论述与实践，在今天仍然有着重要的启示。在当前社会主义先进文化建设时期，文艺更应该发挥引导国民精神前途灯火的作用。当前有人慨叹文艺日渐边缘化。这种状况的产生不是文艺在社会生活中不重要了，或者位置发生变化了。无论在革命时代，还是在建设时代，文艺的地位和作用都是一样的。现在文艺之所以边缘化，是因为有些作家自我放逐和自我边缘化了。因此，我们仍然需要向鲁迅学习。

熊元义：鲁迅文艺批评思想和实践是丰富的，这对于我们今天开展积极的健康的文艺批评有什么作用？

郑欣淼：文艺批评对于读者、创作者，和文艺本身的发展，都是很重要的。鲁迅十分重视文艺批评，他一再说，"文艺必须有批评""必须更有真切的批评"，这样才能使文艺和批评一同前进，才有真的新文艺和新批评产生的希望。文艺批评要担负起引导读者、为创作者提供借镜、促进文艺健康发展的任务。好的文艺批评，对于端正读者的欣赏态度，培养读者健康的欣赏趣味，和鉴别香花毒草的能力，会起到积极的作用。文艺作品内容的好坏，也需要有正确的、真切的批评来加以匡正、提倡和引导。批评家通过揭示文艺作品的美点和缺点，使佳花得以更好地生长，使美得到张扬。创作者如果拒绝一切批评，批评家也"一律掩住嘴"，这看似"文坛已经干净"，然而文艺的发展，所得的结果倒是相反的。

鲁迅提出要科学地把握批评家的主观作用与批评对象的辩证关系。文学批评既可以只说"是"，也可以只说"不"。这不取决于批评家自身，而取决于批评家所把握的对象。文艺批评如果没有正确地把握所是和所非这种客观对象，而是盲人摸象或睁眼说瞎话，那么，无论是鲜明的"是"与"非"，还是热烈的"好"与"恶"，都可能陷入捧杀与棒杀的尴尬境地。因此批评要有对批评对象的真切了解，要有正确的标准，"必须用存在于现今想要参与世界上的事业的中国人的心里的尺来量"。在此基础上，是好就是好，不好就是不好，不能"彼亦一是非，此亦一是非"，一律拱手低眉，不敢说或不屑说，或者发一通不偏不倚的公论。鲁迅反对"骂杀"或"捧杀"，他说："批评的失了威力，由于'乱'，甚而至于'乱'到和事实相反，这底细一被大家看出，那效果有时也就相反了。所以现在被骂杀的少，被捧杀的却多。"鲁迅认为，批评家的职务不但是剪除恶草，还得灌溉佳花——佳花的苗。他满腔热忱地扶持青年人，反对在嫩苗的地上驰马的恶意的批评家。作品起初幼稚，不算耻辱，"因为倘不遭了戕贼，他就会生长，成熟，老成"。

现在市场经济发展了，文艺界也出现了一些不太好的风气。有些评论家受商业利益驱动，炒作宣传，这是对社会、对读者不负责的态度。而有些创作者对外界批评反应过激，也没有体现出应有的学养。文艺界要讲和谐，不是说不要争论和交锋，大家一团和气，而是要在批评与创作之间建立健康和谐的互动互补关系，营造良好的文艺批评生态环境，这需要文艺家与批评家之间互相尊重，善意沟通，对话式地平等交换意见，以促进文艺园地的繁荣。

熊元义：什么是鲁迅的方向？今天为什么还要提出坚持鲁迅方向的问题？鲁迅是中国重要的思想文化遗产，今天应该如何对待这个遗产？

郑欣淼：毛泽东同志在20世纪40年代提出，鲁迅的方向，就是中华民族新文化的方向。这种看法在现在仍是正确的。鲁迅的方向就是建立一种健全的现代人文理性和科学理性的"人的文化"，就是汲取传统有意义的因子，用"拿来精神"摄取域外文明，创造一种平等、自由、富有创造性的开放的东方文化。

现在纠缠人们的仍然是如何看待传统，如何面对外来文化，以及如何认识现实公平发展的问题。鲁迅在这些方面的思考都很有建设性。他否定了旧文明中"主奴"的逻辑方式，也否定了狭隘的民族主义意识，主张在人类共有的文明里建立普世的、合理的文化，倡导真的、无伪的价值。一方面直面现实，另一方面又要怀抱着美好的梦想。在困境里有一种不屈的韧的精神，尤其是那种在没有路的地方走路的勇气，仍是感人的。鲁迅的方向不但是中华民族新文化的方向，而且是当代中国先进文化的前进方向。

鲁迅以其博大、深刻及由此形成的巨大的精神内涵和人格魅力，已成为现代理性和民族良心的卓越体现者，成为民族文化精神的杰出代表者，并成为对民族的后来历史产生深远影响的思想文化遗产。在当今社会急剧变化的时代，在中华文化转型与重构的过程中，继承、弘扬鲁迅的遗产有着重要的意义。

鲁迅遗产的特点在于，它是精神的一种开始，永远在进行中。他的思想建立在一种人的潜能的调动的基点上，不会让人停在一个框子里。鲁迅让人从"铁屋子"里走出，到旷野里去，有一种阳刚的、朗然的状态。"人各有己，自他两利"，是他的价值态度。"人各有己"就是应有独特的自我；"自他两利"就是要彼此处于和谐的状态，是非暴力的对立。这种既强调个性意识，又关注社会良知、道德的心绪，是十分可取的。

鲁迅是具有殉道感和斗士气的人。他思想的核心就是向一切奴役之路开战，反对对人的压迫和奴役。鲁迅的反压迫的方式，搏击的方式，呈现出了他的思想底色，这种硬骨头精神是十分可贵的品格。鲁迅的硬骨头精神，就是在半封建半殖民地社会中斗争的那种不屈不挠的精神，对增强我们民族的凝聚力，提高我们的民族自信心都起到了重要的作用。这个精神是我们民族精神的具体体现。在我们争取民族独立的过程中，这种精神发挥了重要的作用，我认为在建设中国特色社会主义事业中，这种精神也是不过时的。

今天，我们要珍爱鲁迅的宝贵文化遗产，但不能把他象牙塔化、学究化，这是十分重要的。鲁迅有学术上的价值，但他反对八股和一切形式主义的东西。学习鲁迅，首先不要忘记的是现实情怀，但不能把鲁迅实用化，正像不能把马克思主义庸俗化一样。鲁迅的伟大在于立足于现在时，直面身边的问题。反对一切超时空的"永恒"和"纯粹"。既不逃遁于过去，也不沉醉在未来的梦幻里。现实的拷问与选择，构成了他思想灵动的一面。如果放弃鲁迅清醒的现实主义精神，就离他的世界很远了。

二十多年的鲁迅研究虽然取得了很大成就，但我们不能满足。鲁迅的价值与意义还需要进一步阐发，新时期的研究成果还需要全面地整理，有些基础性的工作还有待进一步加强，特别是在鲁迅思想和著作的普及方面还大有可为。这些年，我们在鲁迅著作的普及方面有了显著成绩，出版了适合各个层次读者阅读的鲁迅读本，有多部以鲁迅著作改编的影视作品上演。但普及的路必须继续走下去。社会上出现的对鲁迅的冷漠、轻视乃至否定，大部分起因于对鲁迅缺乏正确的了解。我们还要运用教学、展览、朗诵、研讨、戏剧、影视等多种形式向广大读者宣传鲁迅的精神。让高深的思想为普通群众所了解，本身就是一门高深的学问、一项繁难的工作。鲁迅逝世前不久说过，"无穷的远方，无数的人们，都和我有关。"我们要学习鲁迅这种关怀大众的精神，为广大群众提供更多优秀的文化食粮。

陆建德谈:"伟大时期"需要什么样的文学

王文革　熊元义

王文革　熊元义：记得在《中国文学年鉴》（以下简称《年鉴》）创刊30周年的时候，您曾写过一篇论文《我们可能正在目睹一个伟大时期的开端》，这个题目很有气势，给我留下了深刻的印象。我们很想进一步地了解您对这个伟大历史时期的文学包括文学研究有何期待？

陆建德：《年鉴》创刊于1981年，是一种"在场实录"式的、活生生的文学编年史，它见证了我国改革开放以来文学创作与研究方面的巨大成就。现在30多卷图书已经成了中国文学的研究和教育机构的必备之书。

1981年陈荒煤为《年鉴》创刊号撰写了前言，既是一篇总结，也是对文学的捍卫。这30年来我们的语言变了，我以乐观的态度看待这种变化。荒煤强调"文学的客观规律和特殊规律"，无非是指文学是"形象思维"，是"人学"，不同于哲学和政治，这是针对当时"'左'的思想流毒"而言。1981年，"伤痕文学"还在发酵，荒煤想为之正名，强调这新兴的文学在特定时期也是政治上的批判武器。现在回想起来，把"文革"期间所发生的一切归罪于几个人，未免过于简单。巴金在回忆录里就追问自己的责任并深刻反省，这是新的声音，但是很微弱。

王文革　熊元义：当时缺少这种"问责与反省"的声音，这是否与那时的政治文化氛围有关？

陆建德：当然与时代的政治文化背景有关，还有更复杂的原因。譬如说，"文革"期间下乡的知识青年会写作，这是农村本地的青年一般所不具备的能力。马克思谈到法国农民时说："他们无法表述自己，他们必须被别人表述。"农村和农民主要靠来自城市的知青来写，这其实牵涉到社会权力关系问题。青年学生到了农村，像农民那样生活，就自叹不幸，那么农民就命该如此吗？这样说绝无为当时政策辩解的意思。城市青年到乡下后，也可以敞开自我，从新的生活方式中认识社会，得到人生的教育。但是那段时期的文学主流却假定，被发配到农村是罪过，至于当地人生活状况如何，城市户口的种种特权和工农业产品的剪刀差是否合理，一律不问。城里人对自己习惯性的势利和自私是有点麻木的。

王文革　熊元义：当代文学对您所说的这类"势利与自私"普遍缺少"问责与反省"意识，我们是否可以把这种缺失看作公共精神的缺失？它是否仍然是文学与政治关系失衡的外在表现？国外文学是否也有这方面的例子？

陆建德：捷克作家昆德拉在批评奥威尔的《一九八四》时说过，作者无视生命中顽强的欢乐，却执迷于恐怖的幻想，这恰好走向了艺术的反面。真正优秀的文学作品，应力图照亮政治学或哲学社会科学无法进入的神秘领地。从这个意义上讲，《一九八四》是一部失败的小说，它或许有反对专制之意，但它自身就是专制精神的体现。生活有丰厚的肌质、多样的格局，而奥威尔却以单一的政治层面来统摄它，结果生活被缩减为政治，政治被缩减为宣传。我国改革开放之后，我们部分作品是不是也有这样的特点？人们谈到过去就像背书似的说"十年浩劫""失去的十年"，仿佛当时的生活全无教益，没有任何欢乐、友谊和爱情。这其实是为符合所谓的时代精神而改变观点，也是"政治挂帅"。我相信，很多人即使有机会找到苏联儿童文学作家盖达尔笔下的那块烫石头，他们也不会把它砸碎了，以便自己回到童年，另过一种生活。他们就像那位瘸腿爷爷一样，珍视过往的经历（包括苦难和幸福）所赋予人生的价值和分量。

王文革　熊元义：您的这种反思十分深刻。我还注意到，您对知青小说有许多独到的见解，譬如说，您曾经以"生活在别处"的视角阐释"上山下乡"，为我们反思"文革"和更深入地理解知青文学提供了新的思路。能不能具体说说您对这类问题的看法？

陆建德：其实，生活在别处，也是一种青春期的姿态。对"文革"期间很多城市知青而言，这个"别处"可以是黄山的茶场，也可以是东北的林海雪原。"上山下乡"恰好为那些向往生活在别处的年轻人提供了获得自由与解放的机会。这种机会对当今在升学压力下喘息的中学生来说何尝不是一种值得羡慕的解脱？有的知青下乡后未能亲近农民，对那里的生活渐渐产生厌倦感，会有不近人情的冷漠和反社会的自私行为。把一切罪过归咎于社会和他人，总是有诱惑力的。有一位作家在 20 世纪 90 年代写道："我们怀着怨愤批判社会，批判时代，把自己放在受害者的位置上，轻而易举地摈弃了责任。当'文革'结束之后，几乎所有的人都选择了受害者的姿态。"这是良知觉醒的声音。毕飞宇曾经明确指出，记忆是动态的，充满不确定性，但是记忆最大限度地体现了人类的利己心，人们为了道德和美学的目的不自觉地修正自己的记忆。因此，不能过分相信自己的情感，要对自己的狭隘和偏见有所警觉，从而在记忆与现实之间建立起较为可靠的关系。这是中国作家变得越来越成熟的标记。莫言获茅盾奖之后表示，要敢于分析自己。

当代中国作家尤其感到，文学因其无限的丰富性总是不受那些泛泛的、干巴巴的、抽象的词语的管辖。文学能培养一种现实感，或者是亚里士多德称之为"明智"的品质。这是与理论知识不大一样的实践智慧。文学指向具体的场景，总是试图体现林林总总的、不可重复的环境细节。现成的观念、铁的规律、朗朗上口的原则在文学作品中往往显得不大可靠。

王文革　熊元义：尤其是在这个"全球化"与"多样性"成为时代关键词的时期，文艺理论与批评的众多"现成观念"处境尴尬，不少"铁的规律"也明显失效，譬如说文学的"民族性"与"世界性"、经济基础与文学发展的关系、诗人和作家与爱国主义等似乎明确的问题，在这个多元共生、快速发展的时代，是不是变得越来越复杂、越来越缺少确定性？

陆建德："唯变为不变"是这个时代的重要特征。我们生活在一个多变的时代。改革开放以来，一些中国作家、诗人离开了自己的祖国，尝试着不同的生活方式和交流手段。他们散居世界各地，就像英国作家哥尔德斯密斯的小说《世界公民》中那位来自河南的中国哲人，用后来习得的语言创作得心应手。这些人士为文学的国际交流起到了不可替代的作用。当然，占压倒性多数的中国作家，选择留在自己的故土，他们坚信创作的源泉来自祖国和母语，来自语言文化共同体的现实和历史。我们看到，不少作家发掘本土资源，关心并热爱外国文学，大胆借鉴和挪用外国文学经验，还善于用比较的眼光来认识自己的文化及其价值。在世界文学的艺术园林中，为中国文学争得了一席之地。我相信，中国文学的未来，主要还是得靠本土的作家来描绘。面对GDP的不断增长，当代中国作家从不满足，甚至感到无奈、愤怒，但是他们也不时发现新的光亮和希望，他们讲述的故事反映了普通老百姓日常生活中的甜酸苦辣；他们呈现了一个充满矛盾和复杂性的中国，一个其内部无限多样化的中国，一个绝对不能想当然地用熟悉的词语来形容的中国。

此外，网上作家的出现完全改变了作品传播的方式和阅读习惯，现在来界说其意义还不是时候。另外，无数来自农村和小镇的青年到城市打工，他们中间也有文学爱好者，有的加入了作家的行列。他们希望瓦解社会等级压迫，同时消除追名逐利导致的内心矛盾、紧张和焦虑。与当年下乡的知青相比，如今进城打工的青年面临的困难要大得多，复杂得多。可喜的是现今的打工文学里有一种比"伤痕文学"更成熟、有力的声音。

王文革　熊元义：的确，我们对当代文学艺术的生存与发展状况，或许应该保持乐观心态。这些年来，在文艺理论与批评界，不少人言必称"终结"，文学终结论的观点甚至在黑格尔、德里达、希利斯·米勒等人的言论中找到了依据，但就中国文学发展的现实情况看，"终结论"的偏颇与不足显而易见。我们注意到，社会生活的快速变化，的确给文学艺术造成了巨大的危机，但同时也带来了空前的机遇。文艺理论与批评是不是应该与时俱进，更多地关注文学的实际？更有效地接地气、攒底气？

陆建德：文学以及文学批评应该是一国核心价值观念的最深刻、最生动的体现，这些观念渗入我们的潜意识，内化为本能或习惯，其表现方式是具体细腻的，相比之下，一些听起来非常熟悉的表述就有点大而无当，缺乏活力。我们的文学传统中也有一些因素，不一定有利于积极健康的价值观念的产生。例如我们虚构了远古的所谓"三代之治"，文人动不动就哀叹"生不逢时"，以为自己的一身本领无处施展，"报国无门"。这种老掉牙的、消极负面的抱怨太有诱惑力了，害人不浅啊。现在影视作品多尔虞我诈、争权夺利的情节，中国人内战的题材也很流行。我们必须通过分析批评已有的倾向，来预示和建构新的核心价值观念。

20世纪80年代，文学理论界非常活跃，爆发出巨大能量，然而有时候人们偏好宏大而且有点飘浮煽情的话语。一些奇奇怪怪的新名词会突然流行，几乎像"文革"期间流行的"鸡血疗法"和"饮水疗法"。老三论（系统论、控制论和信息论）和新三论（耗散结构论、协同论和突变论）之类莫名其妙的理论会对中国的文学研究产生影响，那是十分费解的。也许影响还谈不上，只是留下不少声响罢了。从20世纪末就流行"终结"一说，小说死了，文学死了，不一而足。我曾经引用过一位小说家的话：喜欢讲故事是人的天性，所谓的上帝就是人虚构出来的，小说（英文 fiction 也是小说的意思）的生命长于上帝。哲学家、理论家并不能决定文学的命运。我们的文艺理论与批评不论愿意与否总是与时俱进的，要更多地关注文学创作的实际，更有效地接地气、攒底气，不必搬出个别外国理论概念来规定中国的文学现实。顺便说一下，国外作家大概也不会跟着理论家的指挥棒转吧。

王文革　熊元义：30年前，您就被国家选派留学英国，获得剑桥大学博士学位后，回到中国社科院外文所工作，是外国文学研究方面的资深专家。我们很想知道，您对学术界的国外文艺理论与批评研究的现状有些什么样的看法。

陆建德：近30年来，对国外批评流派和文学理论的介绍一直未曾松懈。很多学者在这一过程中体现了敏锐的问题意识和批判精神。但真正将这些理论用于某一研究领域的却不多见。不管是德里达还是福柯，他们都有研究对象，都善于解读文本，使用原始史料，而到了中国，他们的理论名称以及几个标记性的词汇大行其道，可是很少被用于某个研究对象，或许重要的只是一种姿态。一位法国思想史家如此评说："因为亵渎和怀疑是青年人的通性，所以青年人自然地倾向以为，世界是以阿尔都塞、拉康、福柯和德里达为中心的。这样过分简单化是任何评价现代图景……的企图所遇到的自然危险之一；人们所听到和看到的只是那些大叫大嚷的鼓动者，而那些思考着和默默地工作着的人则不被注意。可是，在大多数情况下，是后一种人代表社会生活和思想的真正结构，他们维持着作为生活本质的运动。"是不是可以这样说,"思考着和默默地工作着的人"对我国30多年来的文学研究贡献最大。古代和现当代文学史料以及各种研究著作的出版量之大,是前所未有的。论文写作要求更高,力求"有真意,去粉饰,少做作,勿卖弄"。学术水准的普遍提高大大促进了与海外汉学的交流。挑战依然严峻。研究手段的现代化(如电子数据库)使得传统文人引以为豪的记忆力不再重要,但是检索不等于读书。我们积欠未做的功课还太多太多。既然强调马克思主义,我们要自问能不能具有马克思的知识储备和阅读热情?在坚持马克思主义的前提下,我们也要像鲁迅那样扫荡新旧八股:"只抄一通公式,往一切事实上乱凑,这也是一种八股"。大量翻译过来的理论著作在带来新视角、新观点的同时还造成料想不到的后果:朦胧难懂不幸被误解为学问深奥。必须承认在理论之风的吹拂下,广大读者也在变得成熟,对一些原来想当然的东西更警觉了。比如越来越多的人意识到文学与历史其实是相通的,历史写作往往带有小说家的笔法。

王文革　熊元义:说到文风,我想起了您在《麻雀啁啾》一书中提到的"非理论的智慧"这样一个说法。您说文学研究和批评对理论和方法极度推崇,而"明智"的生存空间日益局促,这是危险的征兆。能否就这个问题进一步具体谈谈您的看法?

陆建德:我并不是反对文学研究与批评的理论与方法创新,我反对的是理论至上、方法独尊的倾向。我们生活在充满历史的、传统的价值沉积的社会里,对自己习焉不察的预设应该有所意识,但是无法把它们像叫牌法一样交代得一清二楚。我们更不可能真正成为后现代实验室里的机器人,一旦输入某种程序方法就按部就班但又迅捷异常地操作起来。各种理论和方法的诱人之处当然不言而喻。英国批评家伊恩·瓦特曾抱怨说,他的一些学生一心企盼一劳永逸地掌握一把理论或方法的钥匙,凭它开启一切文学作品的奥秘,仿佛它们具有某种普遍的、永久的格局。其实这样的学生一百年前就为人察觉,他们把某一理论用于任何历史时期,"比解一个最简单的方程式更容易",被晚期的恩格斯讥为"最新的'马克思主义者'"。在我国是否也有重理论方法、轻实践智慧的倾向?假如有的话,它是不是唯科学主义的副产品?20世纪初有人信奉克鲁泡特金,称无政府主义以科学为起点;后来有人要把哲学史变为"精密的科学",似乎非如此不能立足于学林。现在我们恐怕不会相信这样的说法了。

明智（也叫实践的智慧）在亚里士多德的《尼各马可伦理学》中，并不是能以抽象形式存在的智性美德。明智考察各不相同的、可变的事物，它来自永远在消长变化中的社会实践，不具理念的光环，只涉人世，其知识是特殊的、具体的，源自日积月累的经验，源自无数个例。维特根斯坦有一段话点出了明智在文学批评中的作用和人文教育的特色：不患色盲的人关于颜色的意见不难统一，要就感情表现是否真诚达成共识就完全不一样了，这方面难有"内行的鉴定"，而这时就要靠经验，靠明智或非理论的智慧。

能对表情是否真诚作正确判断的人，必定是有实践智慧的人，只有出色的批评家，才能成功地将这种非理论的智慧诉诸文字。苏轼在《日喻》一文中把道比为潜水这样的技能，"可致而不可求"。我们不能以拥有若干理论原则自夸自矜，首先必须在阅读实践中认真体验，培养一种对理论是否适用的敏感性。庄子的轮扁斫轮、庖丁解牛说明实践中有一定的规则（"有数存焉其间"），但纯粹从抽象的"数"出发还不能在斫轮解牛时"得之于手，而应于心"。

王文革　熊元义：您是否觉得以诗文评为主导的中国古代文学研究与批评，似乎比西方文论更注重明智，更注重实践智慧？在科技理性凌驾于审美体验、技术理论辖制感性经验的当今时代，您强调亚里士多德的"明智"观念，是否包含着对时下文学研究和批评的批评和引导？

陆建德：中国古代文学的研究与批评里有实践智慧，但是有的概念非常难以把握。在任何时代，彻底原生态的审美体验、感性经验无法言说，它们恐怕总得通过约定俗成的方式表现出来，那就带有一些社会、文化和历史的成分，我们也不宜把科技理性、技术理论简单化。我自己对理论有点偏见，有的用语过于激烈，这是应该反思的。很多理论新概念毕竟大大拓宽了我们的视野。我有点杞人之忧：文学研究过分学院化、理论化就会远离普通读者，这是我所惋惜的。当前，要尊重普通读者就必须抑制一下使批评术语"科学化"的冲动。因此常理还未到淘汰的时候。王佐良在《心智的风景线》中写道，回到"常理"，需要理论上的勇气，这常理"不是纯凭印象，而是掺和着人生经验和创作甘苦，掺和着每人的道德感和历史观"。

王文革　熊元义：不可否认，文艺批评是在理论上深化的。这就是说文艺批评如果不追求真理，不破除主观主义倾向，就不会从理论上进一步地澄清是非，就难以磨砺其锋芒。反之，文艺批评如果在理论上不彻底，甚至糊涂，就不可能真正把握真理，就不可能磨砺其锋芒。然而，美国学者帕格利亚认为，当今的文学理论大而无当，几乎到了可笑的地步，就像一只河马学跳舞，笨拙沉重，处处出错。理论家们使整整一代年轻人丧失了欣赏艺术的能力，面对这灾难性的局面，热爱艺术、尊重学术的人应该为捍卫理想敢作敢为。这种贬低理论的倾向在我国也很有市场。

陆建德：帕格利亚的观点一向偏激，譬如说，她宣称自己非常"痛恨批评理论"，因为"理论是精英的心智游戏，扼杀了教授和学生的灵魂"。但是，理论是无处不在的，否定理论者并非没有一套潜在的理论原则。不过当今文学理论的确存在被神秘化的危险，过度强调理论使得法语化的套语行话充斥于批评杂志。当然，我们也该看到，对文本比较主观的、出于某一理论立场的阐释可能会走极端，但是它们不会对文本造成永久性的伤害，而且还以独特的方式大大丰富了文学批评。

王文革　熊元义：您认为我们的文艺理论与批评究竟应该如何直面于时代、直面于生活、直面于文学呢？

陆建德：说到底，理论不能自寻乐趣，必须直面时代与生活。当代文艺理论与批评应本着求真务实的精神，正确认识自己，要有一定的反思意识和批判精神。不能只关注自己的所谓"正确性"而忽视细节，忽视事物的复杂性。不同的人所看到或感受到的时代、生活可能具有多元的特点，容忍而且鼓励这种多元的格局将大大有利于文学创作。原来我们常说"捕捉时代的最强音"，现在我们意识到细微的声音也很重要，它在考验着我们的听觉，丰富着社会里众声喧哗的"音乐"。文论家、批评家为什么不能做因小见大的文章呢？就创作界而言，如果最优秀的作家缺乏自我审视的习惯，并因此缺乏对人性弱点的洞察，不能反省自己社会文化中一些想当然的前提，只是满足于鲁迅所说的那种"谴责小说"或"黑幕小说"，那么，这个国家的文学就不大会有强大的感染力，不能用"伟大"一词来形容。

中国文明历史悠久，但是我们是不是真正得益于该文明，成为成熟、老练的读者？这个巨大的读者群体应该有着非常敏锐的眼光，不断从被普遍接受的文本里发现问题，从而对自身有更深刻的理解（包括批评的理解）。然而我们这方面要走的路其实还很漫长。胡适说，做学问不疑处应该有疑。所谓的文化自觉绝对不是一种自以为是的傲慢与偏见，它首先要有怀疑求真的态度。

打开中国文学史，到处能看到"生不逢时""怀才不遇"的感叹。一些自以为优秀的个人往往把自己与社会、与众人彻底对立起来，非如此不过瘾。苏东坡说李白"视俦列如草芥"，大致不错，怪的是这一评语并不是负面的。屈原、贾谊这类楷模人物在司马迁的笔下不也是"视俦列如草芥"吗？我们习惯于说中国文化有集体主义的精神，但是另一方面，在文学里面，我们又有一种破坏性的个人主义前提。文人不是说我是社会的一员，而是说我是人类中独一无二的最最优秀的一员。可叹哪，这是个鸱枭翱翔、谗谀得志、方正倒置的时代，我郁郁不得志啊！个人和社会形成一种紧张的、敌意的对立。

王文革　熊元义：个人和社会的对立，这在西方文学作品中不也是普遍存在的吗？

陆建德：但中西方的具体情况却有所不同。亚里士多德说：人是政治的动物。在希腊城邦里面，你是公民，就必须参加城邦事务。人只有成为公共社会的一员才成为人。儒家学说同样认为，人只有进入不同面向的社会关系才能获致美德，任何美德都是社会性的。可是在文学作品里，文人的自我表现却与儒家学说有着距离。

在17世纪的英国，有篇特别有名的布道文，作者就是玄学派诗人约翰·多恩，海明威的小说《丧钟为谁而鸣》书名就是来自那篇布道文："没有谁是一个独立的岛屿；每个人都是大陆的一片土，整体的一部分。大海如果把一个土块冲走，欧洲就小了一块，就好像海岬缺了一块，就像你朋友或你自己的田庄缺了一块一样。每个人的死等于减去了我的一部分，因为我是包括在人类中的。因此不必派人去打听丧钟为谁而敲，它是为你敲的。"这里有一种我们比较陌生的情怀，它的异质性值得好好想一想。海岬上一块泥土被海水冲走了，泥土可能是每一个人，也许是熟人，更可能是陌生人，但是我也要分担，是我的一部分死了。在这个社会里，个人与社会之间有着一种共同体的观念。而这种共同体的观念对任何文学都是非常重要的。你如果作为共同体的一员来写作，来观察世界，认识周围的人，你的态度就与孤芳自赏的抱怨者迥然相异。我不能说，多恩所言就是英国社会关系的忠实写照，但是这种关联性的意识是共同体的力量所在。最近看到的关于黄浦江上死猪的消息让我非常难过。此前无数死猪都是宰杀了以后让陌生人消费的。共同体何在？

王文革　熊元义：我是不是可以这样理解，中国文化在如何认识、评价"自我"的问题上存在缺陷？

陆建德：读古典文学，不妨注意先人如何看待自我。《离骚》的起首就强调屈原身世非常不一般，然后说自己有"内美"，即与生俱来的、先于社会和历史的优秀品质。古代诗人说到自己如何"内美"是不克制的，那些"狂狷之士"都有点"老子天下第一"的派头，他们太像了，想突出个性而没有真正的个性。如果很多人都执迷于自己的"内美"，以为自己是鸾凤或周鼎，一切问题归罪于他人，归罪于社会，那么这个世界会非常可怕。我们的社会很弱，充斥了原子化的个人，合作能力差，公共意识淡薄。如何认识、评价"自我"与社会的关系，在古典文学里是应该讨论的。中国社会"一盘散沙"有其历史原因：每粒沙子都坚信自己最纯洁，前无古人后无来者，在太阳光的照射下闪闪发光，没有一点瑕疵。最近在文学史上读到某诗人"胸怀大志却因报国无门而感到悲伤孤独"。"胸怀大志"和"抱负"之类的套话究竟指什么？是公共精神还是利禄欲望？如果大家都安于其位，把自己职责范围内的事做好；如果一个人真正能无我地去爱身边具体细小的东西，投入与之相关的工作，不问甘苦，那么整个社会各行各业都会有很优秀的人才。我们的诗人所谓"胸怀大志"者，实质上汲汲于荣名，戚戚于卑位，非得到体制里去实现"抱负"，做了小官还不行（那叫"屈沉下僚"），势必呼天抢地地哭喊：我郁郁不得志啊，报国无门！仿佛报国非得做宰相，或者像屈原、贾谊遭流放前那样大权在握，乾纲独断。他们不知道做好身边小事也是报国。这些文人其实也是官本位的。有人称陈子昂"胸中自有万古,眼底更无一人"。不是批评他目中无人,而是说他高迈超绝。如果文人都是"眼底更无一人",他们会跟周围的人合作、看到别人的长处吗?能想到自己必须不断虚心地调适、改造自己以适应新环境的要求吗?

王文革　熊元义:中国现当代文学在这方面的情况是否有改善呢?

陆建德:毛泽东《在延安文艺座谈会上的讲话》强调,作家、文人应该进入社会,应该反映社会生活,要跟普通民众在一起。他了解传统文人,希望作家走出个人的小圈子,融入社会中去。赵树理和茅盾这样的小说家能用几乎是没有自我的眼睛来观察世界,关注社会场景,他们不自恋、不自吹,没有酸腐的文人习气,这样的人是可爱的。关注社会、精确地描写社会,其实远比我们想象的要难。现在我们再看"伤痕文学",会觉得比较自恋,是知青带着怜悯来写自己。如果用无我的眼睛来观察中国社会和农村,那就会是另一种境界。知青最后把离开农村当作天经地义的好事情,他不会想一想,这么多人生活在农村的土地上,大家该如何改变他们的命运?他自己可以做些什么?

王文革　熊元义:所以您呼吁,当代文学工作者要"跳脱出个人对立于社会的僵化模式"。

陆建德:是的,对自己的评价最终要由社会、由旁人来做出。自己想象而且一味赞美的那个自我毫无价值。与自己保持距离,从而观察自己,分析自己,这在中国文学里是表现得不够充分的。有时候我们也说"畏天知命",但是"天命"也可以拿来开脱自己。近些年,莎士比亚的《麦克白》数度被改编为地方戏。莎剧的麦克白能跟自己对话,他知道自己中了邪,这个邪叫作野心和骄傲。于是他产生恐惧感,外面没有声音,他却以为鬼魂在敲门,毛骨悚然。麦克白内心是有争斗的,他能认识自己。中国改编戏里那些弑君篡权的人有个共同的特点:善于自我欺骗。他们硬要说这一切是天意(可以通过做假,如鱼腹中的"陈胜王")。天意成了借口,这是心理上自我欺骗的机制带来的好处。这些人自欺是可以的,但是文学研究者、批评家不能这样,要写文饰背后的文章。如果作家能把这种自我欺骗的机制用细腻的笔法呈现出来，那就更好。打破"举世皆浊我独清，众人皆醉我独醒"的窠臼，跳脱出个人对立于社会的僵化模式，这是中国当代作家、批评家的艰难任务。成熟的文学必然长于自我剖析，长于移情，也就是说，用别人的眼光和心灵来感受事物，不让自怜、怨恨和牢骚蒙蔽自己的视力。

王文革　熊元义：人类只有追求完美，才有激情，才能超越有限，才有创造的活力和动力。如果人类随遇而安，那么，人类永远难有进步和发展。但是，人类对完美的追求不是一挥而就的，而是逐步实现的。这样，人类就不会陷入叔本华所说的"人从来就是痛苦的"即在苦痛与厌倦之间循环往复，而是在每一步的进步中都能感受到快乐和充实。中国当代社会的发展已由赶超的模仿和学习阶段逐渐转向自主的创造和创新阶段，中国民族需要开疆拓土之魂——当然这是指精神上的。

陆建德：人类的发展需要精神的冒险和远游，需要荷马史诗中所说的奥德赛。这种思想的冒险、激情的冒险和审美经验的冒险比一般意义上的旅游更重要。一旦这种冒险停止，一旦我们安于现状并以越来越高的生活水准和GDP人均收入沾沾自喜，人类的发展就会停滞不前。怀特海说：人类精神上的奥德赛必须由人类社会的多样性来供给材料和驱动力。在这丰富多彩的世界里，各种文化形成由质料多样的马赛克拼嵌的美丽图案，它所反映的也就是中国古时候"和而不同"的社会文化理想。我相信，不会有一个文化帝国主义的大熔炉将这美丽图案中的各组成部分粗暴地碾碎，掺水搅拌后重新烧制，使之变为单一的质料，具有单一的颜色。但是我也想强调，马赛克的比喻不一定合适，因为它暗示了明确的疆界。历史上的中国文化一直有着开放的态势，不断在与周围世界的交往中形成新的自我。踏上人类精神上的奥德赛也就是推动不同文明之间的平等对话。让我们带着良好的意愿、谦卑的态度和大胆的想象（也可以称为"移情"）投入到这场伟大的对话中去。正因为这是对话，我们也需要在适当的时候学会用别人的眼光和心灵来感受事物，体会一下他者的智慧。自我封闭、自我欣赏和过分的自我防卫心态，都不利于我们从对话中得益。

我们正在目睹一个伟大时期的开端，我们的文学即将远航。

陈跃红谈：现代中文教育与文学职业理想

熊元义　王文革

中文专业与文学梦想

熊元义　王文革：我记得您曾说过这样的话，即中文系上承中华数千年人文血脉，下系中文学术的现代学科传统，百年来经过众多大师先贤的努力打造，早已是无数学子向往的学术殿堂。如果你打算遨游于中国文学的瑰丽秘境，如果你对汉语的魅力充满好奇，如果你有志于一窥历代典籍的奥秘，如果你18岁的青春理想已经准备好与中文结缘，那么，北大中文系欢迎你！从这里出发，你将走进世界上最深广的语言文学海洋！您能否就这个问题进一步地谈谈？

陈跃红：以我多年在这里的经历，在中文系，每年选择进来的总是比选择出去的要多一些。在市场职业导向，院校经管大热，人人向钱看的今天，这也多少算得上是中文系的魅力证据之一吧。许多考入中文系的同学，心底多多少少都有从事文学创作的冲动，有着成为作家的梦想。然而，当你走进中文系以后，某个师兄师姐也许会告诫你，很多年前某位老教授就说过，中文系不培养作家！这时候，你是不是有些失望，感觉被泼了一瓢冷水？那么我今天愿意在这里特别申明一下，即便前辈学者说过这样的话，那也是在特定时空语言环境下的一种说法，他自有他的前提和道理，但是北大是个选择自由、兼容并包的校园，更何况中文系本来就是一个鼓励自由梦想的地方。你有创作的冲动大可不必压抑，你的作家梦从现在仍旧可以一直做下去，假定某一天你因为文学创作的成绩而声名鹊起，中文系会以你为荣！往远处说，过去北大中文系的教师中许多就是赫赫有名的作家和诗人,像鲁迅、沈从文、周作人、废名、林庚等,可以排出一个长长的名单;往近处说,眼前中文系的毕业生中许多也是著名作家,像刘震云、陈建功等,我们的在任教师中不少也是很优秀的作家、诗人、散文随笔名家、古典诗词作者、影视编剧等,同样也可以排出一个醒目的名单,他们既是作家也是教授。就像曹文轩老师,不仅文学创作成就卓然,学术上也十分的专攻精深,同时还指导着文学创作方向的研究生。目前我们还在酝酿开设文创方向的专业硕士学位,为高端文化产业,包括文学、影视剧、动漫网游、电视广播、网络新媒体、文化出版集团等,培养具有专业性、类型化和现代创意写作能力的专业人才。我们欢迎和支持师生的文学创作活动,系里一年一度的原创大赛,各类文学创作占了很大部分,未名诗会,学生刊物也多见同学的作品。我曾经做过1991级文学专业的班主任,全班五十来个同学,2010年中文系百年系庆的时候返校见面,扳着指头一算,这个班出了十多个作家和编剧,许多在国内已经颇有名气,有人还拿了国内外重要奖项。我个人真的为他们的创作成就感到骄傲!

不过话又说回来啦,中文学科的发展还真的不是为了培养作家而设立,因此培养作家也就不是它的主要使命。因为我们始终认为,尽管目前拥有大学甚至研究生学历的作家、诗人、剧作家等在中国甚至世界上的作家群中的比例已经变得越来越高,但是,真正具有原创能力和文学思想深度的作家却不是中文专业能够培养出来的,他靠的是天分、才情、悟性,对生活的感知和文学认知深度以及超乎常人的勤奋努力写作。这些都与中文系的专业教育关系不大,中文专业的教育可以帮助作家提高文学和语言诸方面的修养不假,但是如果有人说,某位著名作家的成功是大学教育的结果,那对于我们而言就是在偷换概念并且有下山摘桃的嫌疑了。

学科知识结构与职业发展空间

熊元义　王文革:中国现代著名学者王国维曾写道:"哲学上之说,大都可爱者不可信,可信者不可爱。"套用这段名言,对于不少中文学子来说,文学专业可爱但不特别实用,而那些非常实用的专业,又不甚可爱。您能否谈谈中文系的学科性质和专业结构以及中文学子的职业发展方向？

陈跃红：中文系就是个以汉语言文学为研究对象的，学科特别完整系统的专业教学研究机构，专门为国家和世界培养这一专业领域的精深学术研究人才和高端应用型人才。

在中文系，无论是将来研究文学还是研究语言，甚至文献和信息处理，中文学子沿着总体的中文学科方向制定的职业学习规划，都应该包含这个职业方向的相关学科知识结构。要从本硕7年甚至本硕博11年去设计，不能将自己的学习局限在一个狭窄的方向和时段上。由此上溯到20世纪80年代，大学本科基本上就是教育的终极。那时，全国的大学基本都是本科院校，很少有研究生，大学录取率也很低，进来的同学个个专业意识都很明确。现在不同了，从数量上看，中国现在拥有世界上几乎是世界最大的大学生、研究生和博士生群体；从教育体制上看，研究生阶段的教育已经得到很大发展，在北大中文系只要你努力，一大半的本科同学都有机会变成研究生。这些年来，特别是进入21世纪以来的这10多年，在中国高等教育的链条上，从本科到硕士，到博士和博士后，每一阶段都在发生着变革。在研究型大学，一般性本科专业知识灌输和训练的地位在下降，学科通识教育和创新性专业研究思维的地位在上升。也就是说，在这里，本科作为社会职业教育的功能在下降，而研究性思维，学科方法论和人文教育的功能正在得到强化。它讲究完整人格的全面素质培养和批判性、创造性能力的养成。北大中文学子在高中是佼佼者，但是来到北大，一开始还是不要把自己当成多了不起的语言文学人才，只有到了博士阶段，你才会被视作初级的研究人员。大家可以看看自己手里的本科培养方案，除去国家公共课、通选课、大平台课以及一定量的自由选修课，专业课的学分比例并不很大，这和我们那个时代区别很明显，我们那时的本科，主体多是专业课。因此，今天的中文本科学习结构其实只是为学生未来的专业学习或职业选择建构一个基础的平台。大家在设计自己的本科学习时，不妨少谈专业如何如何，而是应该考虑你究竟倾向中文相关的哪个领域的职业方向。一个职业方向往往包含许多专业知识结构和跨学科的素质，如何提高自己的综合素质，比如学好外语，练好写作，完善人文知识储备，培养初步的科研能力和社会交往能力，甚至有意识增加一些跨学科的知识和方法掌握等，这才是现代中文学习的知识结构打造需求。这样，虽然你只是从中文系的学科体制中学习完成毕业，但是你的知识结构却足够面对一个十分广阔的人文社会需求的职业空间。你可以做专业的文学研究和创造性工作，也可以做文学语言应用的更多职业性工作，还可以去做完全与中文关系不大的工作，而且都有理由做到很优秀。

中文教育变革与现代学习方法

熊元义　王文革：在一个需要创造并处在创造阶段的时代，中文学子不能仅仅做个知识容器，在学习中要有问题意识。恩格斯在文学批评时提出了美学的历史的批评，这就是说，中文学子成才恐怕不能完全局限于专业学习，至少得文史哲兼通。您对中国当代文学教育有哪些要求？

陈跃红：一般讲，再优秀的高中生，一旦进入大学，在本科四年中，都会面临很多问题，有的他们或许已经意识到，有的或许暂时还不易察觉，可是，根据多年的教学经验和有关部门对本科生学习情况的调查数据，由于不懂得如何学习，结果本科学习以基本失败告终的例子并不少。在中文系，这样的学子大致可分为三类情况。其一，有些学子在高考中取得很高的成绩，但是进校后经过两三年学习，却始终找不到学习的方向，甚至有的学子进来时是省一级的"状元"，毕业时不但没读上研究生，甚至连找工作都成了问题。其二，有些同学进校后一般成绩也还一直不错，但是既没有职业方向，也缺乏专业准备，懵懵懂懂就进入了保送研究生的资格范围，但是在专业面试中，却不幸被淘汰，不是他不努力，而是他的学习方法有问题，仅仅做了个知识容器，而不懂得什么是问题意识，什么是学术思维和研究方法。目前，专业面试成绩分数在保研选拔中已经占到了30—50%的比重，导师们既重视专业学习的知识基础，更重视你的思维方式和研究能力，弄不好就会出现高分被淘汰的状况。其三，有些学子总算保送或者通过考试成了研究生，但在研究生学习阶段却没有具体可行的未来职业规划，缺乏相应的学习阶段和知识结构安排准备，譬如想做大学教师，你就得完成博士学位甚至博士后研究学习，你得有相应的能力和成果，甚至有出国经历和学术组织能力。如果由于外语不好没法出国交流以致攻读更高一级学位，由于专业能力不强没法参与学术会议交流，由于研究能力弱不能完成论文，发表不了成果等，结果就只好半途而废，改谋别的职业发展。

我觉得学子应该花点时间来研究目前大学教学的发展态势，尤其要花点时间来观察和分析我们语言文学学科教学的变革趋势。俗话说外行看热闹，内行看门道，你要观察那些名牌课程的老师如何上课，观察师兄师姐中的佼佼者如何学习，你更要看看别人如何去制定自己的学科职业规划和学习打算，结合自己的实际情况做出选择。

我现在兼着北大本科教育改革战略小组的文科召集人，了解的情况多一些。仅就目前人文学科本科课程改革趋势而言，一般专业知识性的课程内容会逐渐减少到一定的比例，而基础经典细读课程会增加，大的学科，譬如人文普遍适应性的学术规范和方法论课程，批判和创新思维的课程内容会增加，重要的通识课程和研究实践性课程会增加。由此你也可以看出这种变化的趋势，那都是朝着未来宽口径、厚基础、创造性人才的培养方向去走。因此，同学们要感觉到这种变化。日常学习要有意识注意地搭建自己的合理职业知识结构，要重视经典的研读，重视方法论的学习和问题意识的培养，重视培养自己自主学习、研究性学习的能力。以往的经验，有的同学保研笔试成绩很好，但在面试中，当老师问读过什么学科和文学经典作品时，却无法很好作答，因为他没读过多少经典文本。分析一个学术问题的时候，除了背书本，也几乎没有任何自己的观点，这样很容易被淘汰。不可否认，我们今天的大学中，即使是在北大，传统的教育模式依然不同程度存在，老师在讲台上读讲义，不断地写着整齐的板书；同学们一边听，一边疯狂地抄写；期末请老师给出复习提纲，回去背熟，然后一考，高分！在这种模式里，你变成一个知识的容器，把知识装进大脑，整理成条文，记诵背熟，再还给老师，换取一个理想的分数。但试问，你真的学到东西了吗？可是你如果仔细观察和试听，你会发现一些基础课和选修课目前正在明显改变，正在走向研究性的学习、经典细读的学习、讨论式的学习，也就相当于国外的 seminar 学习，而且表现出越来越普遍的开课趋势。这种课程要求同学们主动参与和自主学习，老师只是扮演开门者、引导者、提醒者和裁判的角色。这样的课程将来必定会越来越多。日常听一听名家讲课和讲座，听老师在讲台上抑扬顿挫，排比对仗，一气呵成，掌声如雷，固然也是有价值的学习，它们可以培养你的兴趣和初步认知，但现代大学教育的精髓更在于沉潜下来的参与性、研究性、创造性学习。这种学习最大的特点是，课堂的中心和主体不再是教员，而是同学们。所以，大学教育与中学教育根本性的不同也许正在于，同学们必须从一个容纳知识的接受主体，变为自觉去进入某一学科领域的参与主体。在这个过程中，只要用心，同学们各方面的能力都会得到很好的锻炼。举个例子，我现在开的一门课叫"比较诗学"，只接受最多 16 个选课同学。在这个课上，我只有一半的时间在讲台上授课，剩下的时间就交给 16 个同学，我全程陪着他们，强制性的要求同学参与课程进程，有文本细读讨论时段，有报告选题论证时段，同学要一个一个按要求做 PPT 和分发提纲，要按照规定程序和范式做报告，要一场接一场组织讨论，每个同学都有发言次数规定，最后根据课上课下的研究心得做出报告诊断，期末完成一份课程论文。这课程成功率很高啊，很多同学的课题研究实践和最初的成果发表由此开始，有些文章录用进入国际会议交流。由于各方面原因，这些改革学校推行起来是比较慢的，但你自己不能慢，在设计自己的学习时，即使是 100 人的大课堂，你也要牢记，你的任务不仅是听课，不仅来做笔记，更重要的是与老师和书中的作者对话。对话可以是公开的，但更多是潜对话。这种潜对话的含义是，老师讲课时，你不是听热闹，也不仅是记笔记，你要思考，老师讲的对不对？为什么对？我还有什么可以补充的？如果是我站在讲台上，我会怎么讲？如此养成新的学习和思考习惯，不知不觉中，你就走进人文学术研究和文学创作的堂奥了。

专业冷热与学术专精

熊元义　王文革：中国当代社会的发展已由赶超的模仿和学习阶段逐渐转向自主的创造和创新阶段。德国哲学家黑格尔曾精彩地概括这种历史变化："时代的艰苦使人对于日常生活中平凡的琐屑兴趣予以大大的重视，现实上很高的利益和为了这些利益而作的斗争，曾经大大地占据了精神上一切的能力和力量以及外在的手段，因而使得人们没有自由的心情去理会那较高的内心生活和较纯洁的精神活动，以致许多较优秀的人才都为这种艰苦环境所束缚，并且部分地被牺牲在里面。"而现在现实潮流的重负已渐减轻，于是时间已经到来，除了现实世界的治理之外，思想的自由世界也会独立繁荣起来。中国当代社会正在超越这个艰苦的时代。在这种历史转折阶段，中文学子在精神上必须有所准备。中文学子是否应该抛弃眼前的热闹而沉心于学术的发展？

陈跃红：不可否认，工商管理和经济类的学科是当下热门，许多高考分的学子都去了那些院系，不少"状元"学子宁愿筹划当个大商人和企业老板，也不愿意做科学家和学者。相对而言，中文学科目前排在高中毕业生报志愿队列的中间。

我也劝中文学子放长远些看问题，学人文的尤其要有点历史在场感。这几十年，我们都见证了各种专业的盛衰起伏，热了，又冷掉，冷了，又可能再热……20世纪80年代，文科很热，咱们中文系曾经一年招7个或者8个状元，但我觉得这不太正常，因为那时政治生活压倒一切，文学的政治和社会功用得到空前的显扬和夸大，它的热门不是一个学科正常发展的结果。这里不妨举个女性择偶的标准变化做例子，1949年刚解放时，女孩子喜欢找军人；后来社会上干部吃香，就喜欢找干部；文革中因为政治原因，流行找工人；改革开放以后，大学生受欢迎；随着经济的开放和发展，又喜欢找商人；目前大概会去追富二代、星二代或者官二代了。就业选择的变化与之极其类似，一个专业的流行，甚至一度成为热门，总是风水轮流转。10多年前的校园，有两个很热门的专业——新闻和法律。但现在你看看，新闻和法律还热吗？媒体节目生产和律师职业的市场化，结果就是现在全国几百个法学院和新闻学院供大于需的难堪局面，学校就业指导部门都很着急，保不定哪天风向又该变了，谁知道现在的热门还能热多久。

事实上，不管哪个专业，只要学深了、学精了，你都会有所成就，自然也会对你和你的家庭有所回报，它会让你有尊严地工作和生活。目前，最重要的是从你的兴趣和职业愿望出发，努力把自己锻造为一个比较优秀的高端人才，去努力培养相同职业方向的别人没有的知识和能力优势。中国的确不缺人，到了目前，也不缺乏一般的大学毕业生，但在今后的几十年内，中国肯定缺才，尤其缺少优秀的人才。比如说，想成为一个普通的汽车修理工，这不太难，上个职业技术学校就可以做到，但如果要能得心应手地修理宝马7系、奥迪8系，甚至能修赛车，那才是这个行业的优秀人才。要达到这个标准，必须具备多学科的知识，因为这些顶级汽车，如同科技的"怪物"，有着非常精密的设计和制造工艺，一般人摆弄不了，于是就注定稀缺和待遇较高。

研究能力培养与国际视野

熊元义　王文革：中华民族的当代历史创造不仅是民族的，而且是世界的。那些将中国当代文化当做一个封闭自足体并陶醉其中的人无疑是井底之蛙，必将为人类文明发展所抛弃。在世界当代文化发展的格局中，如果一个民族的文化要在世界文化中占有一席之地，就必须对人类文明的发展做出自己独特的贡献。这就是说，越是对世界文明发展做出独特贡献的民族文化，越是世界的。这是中华民族的历史创造不可或缺的文化自觉。您作为北京大学比较文学人文特聘教授，能否谈谈中文学子在国际视野中培养研究能力的问题？

陈跃红：在 21 世纪的今天，获取知识已经不是难事。30 年前我们上大学的时候，想看一本经典著作都相当不易，有可能要在图书馆排一个月的队，我当时想看陀思妥耶夫斯基的《卡拉马佐夫兄弟》就等了几个星期方才借到。可是到了今天，只要掌握搜索的工具，打开电脑，你就可以轻松找到大量你想阅读的书籍，获取各种你想了解的知识。现在最大的问题是，当铺天盖地的信息涌到你的面前时，你该如何选择和利用？这才是新的难题。与父辈相比，现代大学生最需要的是能力和方法，获取知识越容易，越是海量，处理知识的能力就越成为关键。在云计算、云储存的技术水平上，比如你要研究《水浒传》，电脑和网络就会为你找出几乎所有已经电子化的版本和续书，所有有关宋江等水浒一百单八将的家族史和关系史，搜索出海量的研究资料，甚至宋江与经济、宋江与做人、宋江与外交等一切相关信息，尽数为你提供。当信息这样铺天盖地涌来，你该怎么办？还有必要炫耀你的知识吗？恐怕更重要的是区分、筛选和处理，进而生产新的学术文化成果。这才是能力所在，这种能力，大家要从现在开始，充分认识到它的重要性，并努力去培养。

到了中文系，需要用心揣摩一下大学文学教育与中学语文课的差别。

中学所给你的语文知识，是一般性的知识，它们基本上是模块化的、相对符号化的，甚至是比较僵化的，不需要你作太多的分析，你只要接受即可。但在大学学中文，意味着研究中文，你必须带着研究的态度来对待学习。在高中，学习语文教材中的文学作品，所做的工作是背诵、了解相关文学知识、分析字词句段、归纳文章主题等，一切答案似乎都很清楚。到了这里，你会发现一切过去似乎确定的知识边界和判断都变得不确定起来，你不得不问自己，曾经的理解是对的吗？还有没有别的解读和看法？其中理解和研究的空间为何这么驳杂和不确定？不断地质疑和独立思考，这才是你要做的。你不再是知识的容器和传声筒，而是要学会选择、过滤、怀疑、更正、添加、进而再创造等。在这一意义上，真正的大学中文教育与高中语文教育存在众多本质的不同。

今天作为一个现代中文系的学生，不仅要注意训练自己的研究能力，还要培养现代学术研究所需要的国际中文研究视野。那么什么是中文学术的国际化呢？掌握外语当然是必要的，但首先还要对本土文化，对自己的传统有深刻的理解，只有对本土文化和传统有深刻理解，有自己的传统作为支撑，你才可能在国际上参与竞争，闯出一片天地，不然，没有优势，就没你的话语权。在国内学中文的，出国读学位，大多数要选比较文学，即使不学比较文学专业，博士硕士论文也会涉及跨文化的文学比较，否则，你就没有优势和对方母语国家的学生竞争。一个中国研究生与英国研究生比赛写莎士比亚研究的论文，如果不与中国戏曲比较，恐怕很难超过对方吧？

可能在很多中文学子眼中，中文系这个学科多是夫子之道，谈不上国际化。事实可不是这样，都什么时代了？北大中文系老师国际化的程度绝不在任何院系之下，甚至更高。在北大这个园子里，中文系教员的国际化程度是很高的，系里的高学历留学生比例也数一数二。前些日子，我带了中文系7个教研室的18位老师到威尼斯大学亚洲与北非学院去参加一个双方主办的系一级国际会议，那规模阵势把所有与会者都镇住了，威尼斯市长、大学校长和中国总领事都赶来祝贺支持，很有面子啊！我们中文系的老师，除新入职的几位以外，其他的都在国外教过书。有不少老师还是在国外拿到学位的，有的本来就毕业于外语院校，还有两位教授过去曾经是内地和台湾知名大学的外语学院院长，这种师资结构同学们大概没想到吧？我不妨告诉大家，中文系还有全职聘用的洋教授哩。以我们中文系的比较文学与比较文化研究所为例，在职好几位老师就毕业于国外著名高校，比如法国的巴黎大学、图卢兹大学，美国杜克大学、加州大学等。这些情况恐怕同学们就很少了解。这方面，我有很深刻的体会。20年前，我在荷兰的莱顿大学汉学院学习，那是欧洲著名的汉学院，我的指导老师，后来任美国哈佛大学东亚系系主任的伊维德（W. L. Edema）教授告诉我，了解一个学科的世界结构与学习一个学科同样重要，亲自经历一个世界与认识一个世界同样重要。此后我在这方面下了一些功夫，至今受益不浅。譬如一有假期，当别人考虑如何打工挣钱的时候，我却到处跑去访学和旅行。有一年暑假，我从荷兰到比利时，从比利时到意大利，然后从威尼斯南下，比萨、佛罗伦萨、米兰、罗马、那不勒斯、庞贝，一个城市又一个城市地走到西西里。最困难的时候，我和几个流浪汉住在一起。找不到住处，贵的旅馆住不起，廉价的青年旅馆又爆满，于是，我背着一个海绵垫、一床薄薄的毛毯，跑到一个大教堂的走廊上睡了一晚。早晨醒来，发现左边一个流浪汉，右边一个流浪汉，仔细看其中一个，还带着一条狗，提着一瓶劣质的红酒，眼神与众不同。一聊才知道他是牛津大学人类学系的学生，来体验流浪汉的生活。国际化不是关起门来谈交流，也不是将一个人从国内的一个六面体空间搬到国外的一个六面体空间中，在那儿继续宅着。我在我的《欧洲田野笔记》一书中描写这样一类留学生，他们在欧洲的某小镇上的大学读书，跟他们聊起天来，觉得他们仿佛是从桃花源里走出来的人。他们的理想听起来真是"宏伟"，就是拥有一个属于自己的独立房子，前面有车库，后面有花园，支一顶帐篷，可以悠闲地喝下午茶。我当时就想："这样的生活有什么好？这样的理想和咱们陕北老农民的理想有什么两样？陕北老农民的理想是'三十亩地一头牛，老婆孩子热炕头'，这跟他们本质上不是差不多吗？"我觉得，真正的现代人生，是一种有追求的人生，是可以在这个乱哄哄却有生机的世界上做一番事业的人生。所谓国际化，是你到了国外，亲身体验了那个环境之后，有自己的立场，并对国外社会保持审视和批判的能力。比如在荷兰，当你第一次看到郁金香、风车、一栋栋童话式的小屋，你一定觉得特别美，但如果从一个城市到另一个城市，处处如此，全是同一模式，你觉得在这样的同一模式中安逸地活着，就是理想的生活吗？更何况，那也绝不是荷兰的全部。我的国外经验告诉我，国际化程度愈深，愈是应该有自己的明确的本土立场；真正的国际化，不是从国内到国外的简单位移，也不是沉湎于国外社会表面的安逸，无所事事地在当中充当一个可有可无的分子。

文学理想与职业使命

熊元义　王文革： 一个民族的强大是离不开这个民族的团结的。而民族的团结根本在于这个民族具有深厚的文化认同意识。中国古代文学曾在培育中华民族这种文化认同意识上发挥了重要作用。中国古代寓言《愚公移山》不但有个体和群体的矛盾即智叟和愚公的冲突，而且有群体的延续和背叛的矛盾。愚公虽然看到了自己后代延续的无穷力量。但却没有看到他的后代在移山上可能出现背叛。如果愚公的子孙后代不认同愚公的移山，而是背叛，那么，移山就会中断，大山就不可能移走。元代纪君祥的《赵氏孤儿》与清代孔尚任的《桃花扇》这两部悲剧作品虽然一正一反，但却是异曲同工的，即它们都在反映忠奸矛盾的同时间接地反映了民族矛盾，都强调了民族的文化认同。这种民族的文化认同意识是一个伟大民族屹立不倒的坚实根基。中国当代文学以及文学教育应该不是削弱而是加强这种中华民族文化认同意识的培育。您能否详谈中国当代文学以及文学教育的历史使命？

陈跃红： 这就是今天中文专业该如何学习，文学理想与职业的关系如何处理等问题。真正要学好中文，走进语言文学研究创造的殿堂，终究还有一个重要的前提，那就是心里要真正喜欢中国的语言文学，痴迷这个丰富多彩的精神世界。我从小学二年级作文得到老师表扬夸奖开始，就对文学有兴趣，三年级下课后到工厂的工会图书室帮忙蹭小说读，慢慢成了爱好，此后从来没有放弃。16岁去矿场当工人挖矿，在别人休息或娱乐时自己写一些今天看来很可笑的诗歌、散文。后来有机会上学，却阴错阳差地学了地质勘探专业，那时是在桂林上大学，桂林的风景多美啊，到了假期，同学们都出去玩，我却用两个暑假读完了《鲁迅全集》，那种体验至今想起来还是非常爽，日后也受用无穷。再后来毕业到了地质队，当了技术员，还是没有忘记文学。1977年高考前，自己已经是一个几千人企业的团委领导，但依旧毅然决定去参加考试，考上了中文系，终究还是走到文学这条路上来了，就好这一口。北大毕业后留校，人近40，该学够了吧？还是不满足，我想，学比较文学的，能不到全世界去转转？就这么转下来，访学、任教、开会，竟然转了几十个国家。我觉得这些选择都源于一种对文学的喜欢，不放弃理想，就永远有一种力量支持着你走下去，只要你一直走下去，只要你能够在各种境遇中都坚持不懈，最终总能有所收获。

党圣元谈：重拾民族美学自信

章 辉

章 辉：您近年来就中国古代文论的"大文论"特征、新世纪文论转型及其问题域、马克思主义文论中国形态化等问题相继发表了一系列文章，您在这些文章中所关注的一个中心问题就是强调中国传统文论对于当代中国文学理论文化身份确认和话语体系建构的资源价值作用，请您谈谈这方面的看法。

党圣元：这是我近年来思考比较多的一个问题。在我看来，文化身份认同与核心价值话语体系建构是当代中国文学理论学科建设中的一个关键性问题，而当下的思想文化语境和发展态势，则为我们思考这个问题提供了明确的参照性目标和丰富的话语资源，为我们从理论话语的层面来深入阐述和实践性解决这个问题提供了一个历史契机。我认为，当下的中国古代文论、文艺学研究如果要深入、有效地展开对于这个问题的讨论，理应关注如下三个方面的问题：

发现传统文论的当代意义，重拾民族美学自信

章 辉：古代文论研究是一个较为特殊的领域，研究对象是古代的，研究方法则是现代的，而且古代文论是否具有当代性意义，以及古代文论研究与中国当代文学理论体系建构的契合点在哪里等问题，一直未有充分深入的讨论。请问，对于古代文论当下的研究走向，您有什么新的思考？

党圣元： 近些年，对于古代文论的研究趋向，我提出了发现古代文论的当代性意义问题。古代文论"当代性"的提出和强调，首先是为了突破中国当代文学理论体系进一步发展之瓶颈，而这种瓶颈又突出地表现在历史地形成的中国当代文艺学的文化无根性危机与古代文论的知识合法性危机，也正是在对这历史地形成的双重危机的超越中，古代文论之"当代性"意义获得其独特的时代意义：只有首先将其纳入对中国当代文艺学文化无根性危机超越的进程中，古代文论知识合法性问题或可有望得以解决。

首先是广义的中国当代文学理论学科发展在当下经济全球化、文化跨国资本化的语境中遭遇到了瓶颈。从20世纪90年代初开始，重新获得生机不久的中国当代文学理论就又面临着双重的挑战：一方面，自1978年改革开放以来，现代西方的文学、文化理论以及美学、哲学观念蜂拥而至，各种名目的新"学说"、新"主义"开始在知识和价值两个层面上冲击着我们业已形成的现代文学理论话语体系；另一方面，随着中国市场经济的逐步建立和发展，社会转型对包括文学艺术在内的当代中国人文活动及其观念体系提出了种种挑战，而我们既有的文学理论批评观念、话语体系更是首当其冲地经受了这一挑战与冲击，其所导致的原有价值体系破碎之程度是非常剧烈的。以历史的眼光来看，在中国文学的现代化初期，西方文学及其理论被视为最具进步意义、最为中国的现代性生成和发展壮大所需的典范性标本，而为了迅速实现现代化就必须不断接受这些资源，这似乎是个毋庸置疑、不证自明的问题。但是，在经历了一个世纪的现代化之后，加之国际环境的重大变化，单纯地接受西方资源慢慢地似乎越来越成为问题：在对西方新潮疲于奔命的一轮又一轮的追逐中，我们的文化焦虑和灼伤感似乎越来越强烈了，后革命时代到来之后文化认同感的缺失给我们带来了越来越大的文化、精神层面的压力，此即人们普遍感受到的中国当代文艺学文化无根性危机产生之根源所在，而中国古代文论"当代性"意义之意识觉醒和传统文论当代资源价值之凸显，即与此危机密切相关，更为重要的是：充分重视并发挥古代文论的"当代性"价值，乃是克服当代文艺学文化无根性危机的重要途径之一。

首先，从中国当代文艺学体系建构的整体需要来看，古代文论的当代性问题是一个开放的、可期待的思想视野。这是因为，就我们所面临的当代文艺学研究的文化无根性危机问题来看，就当下各种阐发古代文论当代意义的"接着讲"的基本路径来看，古代文论的"当代性"仍然有待于通过回顾、对话、重新提问才能得以重新发现和理解。古代文论的当代性意义需要不断地生成，它不是一个现成的结论性体系，而是一个需要不断阐释的过程，是一种有待激活的文化精神资源。其次，古代文论研究作为中国现当代文学理论研究和学科建设的一个组成部分，肩负着传承和创新传统文学理论批评思想价值与美学经验的学术使命，如何为传统文论在现代文学理论批评中找到新的生长点，如何通过现代阐释使古代文论融入现代文学理论批评的话语中来，使之既得到传承又得到再生性、创新性的延伸性发展。古代文论研究的文化职责、学术使命如斯，然而我们的研究在当下确实遭遇到一些特殊的瓶颈：如果说不断追逐西潮的一般文艺学遭遇到了文化无根性危机的话，那么，古代文论研究所遭遇到的则主要是知识合法性危机。我们认为，对此双重危机的同时超越，应是中国当代文艺学整体突破的重要途径。这正是我们提出"重拾民族美学自信"和"古代文论的当代性意义"命题之意义所在。确实，中国传统文论作为历史留给我们的一笔丰厚的思想文化遗产，其对于当代中国文学理论文化身份认同和体系重构的意义，对于我们重新发挥建立在充分的文化自觉、文化自信基础上的民族美学自觉和自信所具有的作用，必将会越来越充分地展示出来，确实值得充分重视和发掘。

中国古代文论的现代转化是一个历史过程，现代转化的文化价值目标是重建中国当代文论话语系统，其核心是中国古代文论范畴体系和话语方式的转化，现代转化则是在现代阐释的基础上所进行的一种选择。"当代性"是传统文论的资源价值意义与当代文论话语建构的理论资源诉求相适应的一种理论视域，是传统文论参与当代文论话语建设的切入点，也是传统文论与当代文论互相融通的内在结合点。"当代性"实际上体现、渗透在现代阐释之中，形成于理论话语的对话之际。对话应成为我们探究古代文论当代性意义的一个交汇点，中国古代文论的当代性意义和价值可以在一种持续而深入的跨越文化时空的对话中不断地得到彰显和关注。从这一意义上来讲，我们对于古代文论当代意义的发现过程，也就是古代文论的当代性和当代叙事功能的创生过程。具体说来，我认为发现古代文论的当代性、重拾民族美学自信，应该关注如下一些问题：

一是要真正将传统文论作为一种必不可少的视角。应该回到中国思想文化和文论的原点来理解、阐释传统文论，并且以此强化中国文论的文化身份意识，树立中国文论的文化主体性，而不是处处以充满现代优越感的理论来挑剔、裁判传统，更不能单单以西学的框架式样来裁剪古代文论和评定古代文论的优劣。

二是强调当代眼光和当代选择。首先，我们不能在所谓"现代转换"的名义下完全以今天的理念与方法来改写古人，苛求古人。其次，所谓回到传统原点并不意味着最终要以古绳今、以古律今，而是强调从当下中国文论建设的思想、美学资源需要出发来发现古代文论的价值意义，关注传统资源对于当代中国文论体系建构中的思想内涵、美学意蕴、理论话语体系建构的文化原典意义，从而以中国文化的视角来思考当代中国文论问题。

三是当代文艺理论的困境使得传统文论的现代阐释获得了新的机遇。我们不能局限于古代文论自身的历史来理解其当代意义，而要在一种广阔的学术视野下来理解前人已经提出的但并没有解决的许多问题，来认识其与当代各种思潮之间对话、互动、互补的关系，而不是将传统文论当作现成的理论框架简单地与当代思潮进行比较。因此，捕捉和响应时代性的问题，才是中国古代文论传统在21世纪得以活力重现，并且得到延伸和发展的根本途径。

四是当代性意义的生成来自古今思想的碰撞。当代性寓于传统的连续性之中，当代性实为中国文论的本土性与全球化之间真正互动的结果，亦是民族文化与全球化之间的辩证关系。"全球化"、信息社会既给世界不同国家、不同地域的文化、文学提供了对话交流和实现人文资源价值共享，从而相互学习、取长补短之更大便利，同时也强化着民族文化身份认同的意识，从这一意义上来讲，"全球化"过程又是民族人文价值再发现的过程。

历史地看，经典文本的原生形态是真正代表古代文论精神实质的理论表述，其经典性和原创性的获得，跨越了数千年历史文化的检验，其学科知识谱系的呈现连贯而完整，文本自身的思想影响力持续而长远。因此，重新认识古代文论的原初性的事实本体与整体性的真实面目，回到体现古代文论精神本真的原初形态与历史情境，在阐释的过程中发现其可能的理论生长点,这样既能超越百年来学界谈论古代文论的"合法性"危机问题,又可以克服当前文艺学研究主义、话语繁复景象背后所显露的文化无根性困境,其意义和价值是不言而喻的。

"大文论"眼光与"国学"视野

章　辉：近30年来,中国文艺学包括古代文论的研究经过了引进西方文论、发掘传统资源、与西方主流文论同步等历程,取得了较大的实绩,但也有不可回避的顽疾,即中国当代文论在世界上并无一席之地。对此学界在新世纪以来不断地反思,您对古代文论研究的现状和发展有何新见?

党圣元：我们有必要剖析20世纪以来古代文论研究中的各种性质复杂的学术实践,反思百余年来古代文论研究在理论话语、知识工具、价值视野方面存在的问题,围绕传统文论的"大文论"性质的体认和阐释,以及传统文论的当代性意义生成这两个主要的论域,通过重新找回和进一步拓展传统文论研究中的国学视野,经过艰苦的思想意义、理论话语整合,以期重新发现中国传统文论的整体性的意义世界,使其得到传承和创新性的发展。

作为一种有利于深化对传统文论的整体性意义探寻的研究理念,"国学"视野与"大文论"眼光,既是一种学术姿态与价值取向,也是一种学术方式,其适应于传统文论研究,尤其是传统文化诗学研究,是不言而喻的。在各种关于传统文论"泛文论""杂文论""文章学"的断语中,西方中心主义范式的痕迹清晰可见,"国学"视野与"大文论"眼光的提出,所针对的正是西方中心主义范式影响下形成的"小文论",亦即在西方"纯文学""纯审美"观念影响、导引下,将传统文论中具有一定的文学理论批评意涵的观念性话语,从整体文本中析出,遮蔽这些话语"纯审美"之外的其他指向功能,并且改换语境,将其置于"文学"或"文艺"这样一个预设的论域之中,进行过滤、提纯式的阐释,将之加工为似乎是"原生态"的纯文学理论批评话语。另外一个原因是,以往我们对于传统文学思想的研究,往往习惯于以作家和作品分门别类地设篇定章,这种方法虽然具有较为广泛的普适性,但常常容易忽略思想体系发展之内在逻辑和历史的连续性。因此，我们在研究中应该重视内在的文学观念史和外在的思想文化史并重的研究方法，将文论史放在历史时代的变局之中，考察各个时代文学思想的不同衍生形态以及与诠释者所处的时代背景、思想氛围和关联。这就要求我们必须以一种务实求真的态度，重建国学视野下的文化通观意识，充分尊重中国思想文化史上文史哲合一的学术大传统，在还原的基础上阐释和建构中国传统的"大文论"话语体系。我还认为，在具体的个案研究中，史述性质的历时性梳理与文论范畴间的关联性研究，实际上是不可分的，也是不能分的，而在研究范式上，则应该采取宏大叙事与微观范畴相结合的研究方法，一方面注重知识学角度的梳理，包括思想谱系、知识谱系以及阶段特征的论述，以便深入探讨传统思想文化对于传统文论生成、发展的整体性影响，从而对文学思想发展历程中的转型、变迁等重大过程进行有效的解释；另一方面，则应该以问题为线索，从观念史进程的层面对单个文论范畴进行系统的梳理和阐释，尤其是对文论元范畴和原初批评意识进行梳理和阐释，旨在通过源流分析和衍生范畴、概念的研究，达到以更微观的单位诠释思想文化本源之可能性。这里，刘勰在《文心雕龙》中所采用的"振叶以寻根，观澜而索源"和"擘肌分理，唯务折衷"的态度和方法，确实应该奉为方法楷模。而只有这样，我们方才可以对中国传统的以天——地——人、道——圣——经为轴心，层层展开、层层交织在一起，与传统的伦理、政治、哲学、历史、宗教等同生共长，因而具有超乎寻常的开放性和生命力的传统"大文论"体系达到较为深切的认识。也正因为如此，"国学"视野以及"大文论"眼光之投射，便能够更为贴切地发现和体会传统文论固有的话语品格、意义世界，以及其所蕴含的具体的民族文化精神特质。因此，我们认为"国学"视野和"大文论"眼光不失为重建中国文论体系自我叙事能力的一种可能的思想理路，体现着一种建设性的理论姿态。概而言之，在中国古代文论研究中提倡"国学"视野与"大文论"眼光，是出于如下四个方面的学术旨趣：一、彰显中国古代文论自身的"大文论"品格；二、强化对于研究对象的历史语境还原；三、深化对于传统文论的整体性和价值意义的认识；四、使文献学重新有效地回归传统文学批评史研究。

章　辉："国学"视野和"大文论"眼光的提出，一是基于中国传统文学理论批评话语的原生态，而力倡在中国传统思想的整体中体认古代文论，致力于还原历史的本来面目；二是基于对近一个世纪以来的古代文论研究唯以西方文论范式马首是瞻之弊端的反思。这个命题对当前的古代文论研究具有重要的学理价值。

党圣元：就体认传统文论之知识生成而言，"国学"视野与"大文论"眼光，强调的是返本与开新结合。何谓返本？百余年的学术实践清晰地告诉我们，要探寻和深度体认传统文论的整体意义，在研究之中，我们必须将研究对象置于由先秦思想文化所开启的文、史、哲合一的生成语境中去。现代性对传统的粗暴剪裁，使我们的思想文化叙事出现了严重的话语断裂，在相当程度上，我们甚至无法给出一个中国传统文论的完整叙事，因此重述中断的文论传统，是多元文化时代恢复民族文化自我叙事功能的必要手段，更是与世界不同文化传统对话的前提准备。要想准确认识传统文论的事实本体与真实面目，回到体现传统文论精神本真的原初形态与历史情境，"语境融合"这一概念特别重要，我们在自己的用思过程中，应该注重文本语境、情景语境和文化语境的融合。这就要求我们的研究回到传统的文化原点上来，高度重视中国传统文论自身关注的问题，从而破除西方文论具有普世性与元理论特质的认识遮蔽和价值规制。我们强调"国学"视野下的整体性研究，也清楚地认识到传统文论所具有的复杂面相。对于整体性意义世界的把握，是先秦以来思想文化的固有传统，通过对《周易》所提供的意义世界的体认，我们可以发现易学"三才"之道对于传统人文思想学说的深刻影响，而《周易》所强调的天、地、人世界的合一，既是天道、地道、人道的合一，也是天文、地文、人文的合一，这一点应该成为我们理解包括传统文论在内的整个传统宇宙伦理话语系统的理论基点。

中国传统文论的当代性意义之确认，是一个思想和话语生成的过程，而不是对传统文论中的某种现成东西的剥离。因此，开新也就成为必然之路。所谓开新，决非凭空臆想，而是基于本土文论之深厚资源，开放吸纳西方哲学的解析之法，秉持马克思主义之基本精神，运用科学方法，面向社会时代之进步的思想和话语建构。简言之，在融会贯通中、西、马三个向度的基础上，通过"国学"视野和"大文论"眼光，可以使我们的研究及其用思结果，导向一种开放的、综合基础上的文化创新的思想追求境地,其既不同于"以西释中""援西入中",也不同于"荣今虐古""荣古虐今"。全盘西化和本位复古的种种路径,大抵都行不通。"国学"视野和"大文论"眼光,有助于我们发现传统文论的意义世界和知识话语的"成像"过程,具体而言,就是有助于我们体认、整合传统文论如何在"道"这一逻辑原点和核心观念的统领下,所形成的"天、地、人"这一系统框架,以及如何循着"气、人、文"或"物、心、文"这一生成模式,通过诸多层次、论域、话语建构点而依次展开的种种具体情状。

章　辉:看来您对这一问题思考良久。这一思路应该对未来的古代文论研究具有方法论的意义。请问,在国学视野和大文论的视域中,古代文论的研究具有哪些新的路径?

党圣元:在研究方法上,"国学"视野和"大文论"眼光,坚持事实认定与价值判断并重,强调"顺着说"而不是"倒着说",力图重返学术史、文学史以及价值论的整体语境。对于所谓的价值中立,我们用以考察的视野和立场不可能纯然是所谓"中立"的,而只能是"中国式"的,当然其中实际上也必然暗含着一种比较的视野和眼光,这就意味着:一、"国学"视野和"大文论"眼光,实际上体现着一种特定的文化视野和价值立场,其与西方中心主义的文化立场有着巨大的差异,因而这一探究过程本身就包含着两种不同文化传统和不同理解方式的对话与比照。二、我们研究的目的不仅仅在于描述和揭示出一种事实真相,更主要是通过文论传统的比照和对话,探寻建立一种新的中国式的现代文论话语体系的可能性。这样的价值立场决定了我们不可能无批判地认同西方的文论价值观念体系,也不会无条件地接受西方文论在文化建设和价值实践上的天然合法性。这就要求我们必须从中国文学思想自身的资料和本然的历史脉络"顺着说"传统文论史,而非从现代西方思想的预设价值立场"倒着说"中国古代文论思想的意义。因此,"国学"视野与"大文论"眼光,并不是画地为牢,其隐含的比较对话性质决定了我们在研究过程中并非排除中西文论之间的平等的比较和对话。而且这种比较与对话,可以使我们立足传统,回应当下,面向未来,寻求一种古与今、中与西、心与物、主与客、史与论、科学与人文、理论与现实、文学和文化的间性存在,而不是非此即彼的单向度存在。作为交流与视野融合的结果,"国学"视野与"大文论"眼光所代表的理解与对话，实际上是一个阐释的过程，其不是如考古发掘般地去发现一些已经躺在古代文论典籍中的现成的东西，而是一个新的意义不断生成的过程。同时，其又可以使我们的阐释方法多样化，因而它就绝不是一个封闭性的视域，也不是一种文化保守主义的立场。

迄今为止中国文论的现代知识生产，相当大程度上是建立在对传统文化与思想资源的一种诋毁性批判立场上进行的，与传统断裂的中国现代文论缺乏内在的资源更生与积累。因此，中国文论未来的建设，更需要的是培养思想资源的内在自我创生能力。如果说，20世纪的学者研究中国传统文论的着眼点，在于力证中国文论思想与知识的发展符合人类历史文化的普遍规律，那么，当今的研究则应该更多地着眼于探寻中国传统文论自身发展的内生性特质，研究这些特质如何丰富了人类文学思想的多样性。有鉴于此，"国学"视域与"大文论"眼光所提供的思想与知识工具，就可以使我们以一种新的学术高度、深度、广度，在中国传统文论这块文化沃野上重新精耕细作，以一种建立在充分文化自觉、自信基础上的美学自觉、自信，走出曾经束缚几代学者的学术创新困惑，重建传统文论的原始气象与生命活力，开创中国文论的创新之路。我们提出传统文论研究中的"国学"视野与"大文论"眼光，其目的也正在于此。

马克思主义经典文学观念与儒家文学思想精华之会通

章　辉：近年来，您对马克思主义文论中国化问题，以及马克思主义经典文学观念与儒家文艺思想精华会通问题，亦发表过看法。请问，在当前文学理论批评多样性、多元化发展的格局中，关注马克思主义文论中国化问题，以及马克思主义经典文学观念与儒家文艺思想精华的会通问题，对于当下的古代文论研究和文学理论批评学科建设意义何在呢？

党圣元：新世纪中国文论的发展，面对着两个关键性的问题，一是马克思主义文论中国化问题，一是传统文论资源价值意义的再发现问题，而在我看来，这两个问题是可以也应该结合在一起作为一个统一的思想过程来进行思考和付诸于理论话语实践的。这是因为，如果没有建立在充分民族文化自觉、自信基础上的民族美学自觉、自信，当代中国文论就会失去发展的内在文化驱动力，所谓马克思主义文论中国化也无法落到实处。因此，马克思主义文论中国化，除了依据现实需要，以及在总结提炼当代中国文艺实践经验的基础上，拓展新的马克思主义文论范畴，建立新的马克思主义经典文论解释学方法而外，同时也需要进一步加大发掘、研究传统文论，尤其是儒家文学思想精华的力度，以之作为弘扬传承民族美学精神、促进马克思主义文论中国化的重要思想资源。儒家文学思想中的确有一些要素由于历史的发展而失去了存在的合理性，甚至变成了历史包袱，但其中的许多精华成分则具有潜在的当代性意义，需要我们对其进行重新发现、开掘、回采。对此，我们需要以马克思主义立场、观点和方法为指导，以批判地继承和创新的思想姿态，以开放的现代科学和人文眼光，对其进行创造性的转化，使之转化成为培育、创新民族美学精神的有效的营养成分。确认当代中国文学理论的文化身份，重拾民族美学自信，需要我们把传统文论精华中的核心价值思想融汇到当代中国文论的核心价值话语体系中来，真正从文化层面上解决好当代中国文论发展的源流问题。

  对此，我们需要重点思考这样两个问题：一、将马克思主义文论中国化与传承、创新传统文论精华尤其是儒家文论精华相结合；二、打通马克思主义文论与传统文论、儒家文学思想的对话途径，拆除马克思主义文学观与儒家文学思想精华之间的意识形态阻隔，实现马克思主义文学观与儒家文学思想精华的会通。当然，我们既反对把马克思文论中国化过程视为向中国传统文论的完全复归，即所谓在核心价值理念方面完全复古化、儒家化；更反对把马克思主义文论当代化的过程视为对中国传统文论的又一次抛弃过程，以致当代中国文论核心价值话语与传统文论之间在思想文化血脉上更加隔膜甚至彻底断裂。

  章　辉：确实如此。就文化、文艺的层面而言，中华民族伟大复兴"中国梦"的实现，迫切需要我们思考并致力于建构适应当代中国思想、文化、文艺发展需要的新的理论话语体系和核心价值理念。对此，您又是如何思考的呢？

  党圣元：我认为，这种新的理论话语体系和核心价值理念，应该是以马克思主义为指导、体现着充分的创新姿态、传承着中华优秀传统文化、文艺思想精华、与世界先进思想文化相通声气的一种新的思想文化形态。

我还认为，这一新的思想文化形态的创生已经开始起步了，而最终的成败与否，正寄希望于马克思主义文论中国化、马克思主义经典文学观念与传统文论精华尤其是儒家文学思想精华之会通方面。因此，马克思主义文论中国化，以及马克思主义经典文学观念与儒家文学思想精华之会通过程中，我们既要以历时性的方法来探寻马克思主义文论中国化的时代背景、历史进程、理论前提与内在机理，又要以共时性的方法来探究马克思主义文论中国化与马克思主义文论苏俄化、西方化之间的根本差异和共同规律，明了哪些是马克思主义文论中国化的特殊规律、哪些是普遍规律，明辨哪些问题可以进入马克思主义文论中国形态化的问题域，又有哪些异域的方法路径、经验教训可以为我们所借鉴、吸收。我们有理由相信，"外在"视域、他者视域的引入，将有助于深化我们对于马克思主义文论中国化的学理认识，拓宽其研究的问题域，催生我们的问题意识。同时，这种历时聚焦与共时比较并重的研究理路，亦将会有助于我们更加深刻地认识马克思主义文论中国化的路径、机制与特质，并且在此基础上形成马克思主义文论中国形态化过程中"中国式提问"的基本原则。

在讨论马克思主义文论中国化这一问题时，我们应该着重思考如下几个方面的问题：

一、大胆吸收中国哲学智慧和传统文化精华。中国改革和现代化建设的伟大实践除了马克思主义的指导外，更有中国哲学和传统文化的大智慧的支持和运用，二者的成功结合构成了中国特色社会主义的实践逻辑，不理解这一点就无法完整准确地理解中国的成功经验。因此，马克思主义文论的中国式提问的基本原则之一，就是要继续大胆吸收中国哲学智慧和传统文化精华，这不仅要求中国化的马克思主义、马克思主义文论应该具有中国作风和中国气派，更为重要的是要始终突出实践逻辑，运用中国哲学和文化智慧来解决实践提出的中国问题。

二、将当下中国社会思想、文化、文艺实践过程中的"中国经验"马克思主义哲学化。"中国经验"的提法，本身即意味着在实际上还处于探索发展的过程之中，在理论上还没有上升到"中国理论"，特别是上升到哲学的高度，具有理论和实践的双重不确定性。因此，自觉地将中国经验马克思主义哲学化是当前我们学科性研究的一个重大的问题，而始终直接面向中国经验进行哲学层面的提炼和升华，则应该是马克思主义文论中国化研究中提问方式转型的一项基本原则，也是其最直接的理论资源和内容。

三、中国与世界互为方法。中国与世界互为方法的现实发展趋势为马克思主义哲学、文论研究中提问方式创新奠定了现实基础，一方面，中国经验受到西方世界的普遍关注，这使得以中国为方法看世界成为现实的可能；另一方面，中国作为发展中国家又是以世界为方法的，这就要求我们将中国问题放在世界发展的历史背景下进行思考，以世界为方法，以开放、平等的姿态学习、借鉴。在今天，全球的对话，不同文化价值体的共存是人类共同的认识。对于后发展国家来说，中西的互看，乃至东方文化体系内部如中国文化与日本、与中东伊斯兰文化的互相看视，在比较对话和交流沟通的过程中创造出文化交融的胜景，乃是当代文化在全球化时代的主题。中国当代的马克思主义文论建设就应该置入这种语境之中，在各种文化碰撞的相互吸取中发展自身。

马克思主义文论中国化研究在思想资源上，需要处理好两个方面的问题：一、在反思、批判之前提下，充分理解、尊重、借鉴西方马克思主义、后马克思主义，以及文化马克思主义的思想和方法；二、通过马克思主义文论、中国传统文论、西方文论三者之间的充分对话与沟通，实现当代中国文论的综合创新。马克思主义本身就是西方传统思想乃至吸收了当时的世界文明成果的产物。在中国当代文论研究之中，基本的学术格局仍然是几大块各自为政。人们在研究当代文论问题时，在编写教材和撰写文论史时，仍旧基本分割为文艺基本原理、古代文论、马克思主义文论、西方文论、中国现当代文论等条块来进行。文论研究中这几大话语系统的融通，不仅表现为应该将马克思主义的方法和立场贯穿于各个文论研究板块之中，也表现在这几大文论话语系统之间的对话和互视，把马克思主义文论的范畴和概念放置在中西文论的平台，相互审观、相互影响、互相补充，构造一个如戴维·莫利所言的交互话语的领地。马克思主义文论的生命力表现在其方法、立场和价值观方面，表现在其有能力吸收、同化、发展人类优秀的文明成果上。我们相信，作为一个思想育化和创生过程，通过与中国传统文论的对话，马克思主义文论的现实生命力、文化生命力必将会得到进一步的强化，而传统文论的当代意义亦将会进一步地得到彰显，并且通过积极介入当下的思想文化和文学理论批评而获得新的生长点。

王岳川谈：发现东方与再中国化

余三定

余三定：我对您的学术研究一直比较关注，对您的研究成就曾做过梳理。我发现，您的研究并没有固定在某一特定的领域，而是在不断扩大和转换，您一向以西学研究著称，然而，自20世纪末以来，您的学术视野和研究范围却经历了一个从西学到中学的学术转向，您自己对此是怎么看待的呢？

王岳川：我的学术研究也确实经历过几个转折，但就我而言，这么多年来的学术研究，其实并没有发生所谓的转向或位移，而是一以贯之的，即使有所谓的转向，也只是针对各个时期问题的不同而研究的侧重点不同而已。学界同仁说我以西学著称，是因为我差不多研究了近20年西学，但我从最初写《艺术本体论》《后现代主义文化研究》《二十世纪西方哲性诗学》，到《中国镜像》《发现东方》《文化输出》等，即所谓的从西学转入中国问题，可以说是一脉相承的。我做西学的目的在于知己知彼，我的想法很简单：西学只不过是我真正学术研究——中国问题研究的背景，我需要全球化时代西学背景的深度阐释，故而我研究西学，将其作为一种方法论，而非将其作为一辈子研究的终极归宿。从西学转入中国文化的研究，是我学术生涯自然生发出来的必然趋势，我的学术的最终目的是"当代中国文化阐释和理论创新"，所以我提出了"发现东方"和"文化输出"。

孔子曾经说过，"君子不器"，也就是说，君子的意义在于他不命定般地将自己定型在一个领域，不应像器物那样有容量之限制，而是心怀天下，乃至于无所不通。君子度量宽宏，胸襟博大，气度似江海纳百川，以宽广的胸襟来看待万事万物，力求上下古今中外无所不通，最终在"德体器用"中达到"一以贯之"之"道"！因此，我没有将自己的学术研究限定在文艺理论领域，尽管它是我的专业。我认为，在专业之外还应该有大的人文关怀，在今天学科化体制化日益促狭的情况下，这一点尤为重要。

"学术乃天下之公器"。还是回到王国维的这句话："学问无古今，无中西"，全在于学者用公正的心去研究它们。故而，我认为，中西之间要区分，但不是要本质主义地分成两半，中中有西，西中有中，中国曾经影响过西方，中东曾经影响过古希腊，为什么今天我们不能再互相影响呢？我不相信一个目无"天下"的学者能够把学术变成"天下之公器"，如果他不知道有天下，那么他所做的学问只是为稻粱谋的学问。如果说，"铁肩担道义，妙手著文章"，是北大百年无数先贤风骨精神和理想人格的真实写照，那么，"发现东方"和"文化输出"则应是新世纪学人的历史责任和使命。我坚信：关系人类命运的中西文化交流关系，不再是"中体西用"或"西体中用"，而只能是"互体互用"，使民族主义和冷战立场让位于人类的互相理解和文化互动，使东西方消除文化误读，使人类的未来成为东方和西方共同关心和构筑的远景，那就是我的终极向往——"人类之体，世界之用"。

余三定：我注意到，您已经超越单纯的文艺学领域而进入到多个重要人文领域，比如您对国学与书法的研究，音乐与美学的研究，本体论和方法论的研究都取得了令人瞩目、影响巨大的成就，因此我以为，如果简单地称您为文艺理论家的话并不全面，准确地说应该称您为"人文学者"。而且我以为，称您为"人文学者"，不仅是说您的研究视野开阔、研究领域宽广，更重要的是说您具有人文情怀。您能对您的治学历程进行简略介绍吗？

王岳川：好的，正好借此机会总结一下30多年来我个人思想的推进脉络。

什么是人文？人文本质上是领悟自身、穿透自身，不为世俗生活表面现象所左右的一种精神感召和感悟。记得乾隆下江南，站在金山寺让方丈数长江中有多少艘船。方丈惠林和尚说只有两艘，一艘为名，一艘为利；倪云林在52岁时把家产散尽后浪迹天涯，其后他的画作荡尽俗气，具有穿透力；左宗棠经历了一次穿透和自我超越——他天天监督造房，招致建筑工人厌烦，工人说，我修的房子从来没垮过，但我修的房子经常易主。左宗棠突然醒悟，锱铢必较的名与利终归是别人的。我认为，人文之识就是人文精神所体现的四个维度：难度、精度、高度、深度。没有这些"度"，就不会获得认识、眼光、胆识、超越，也不会获得自省。"通"就是通中西、通古今、通史实、通门类。这才是比较完整地把握了人文通识。

我从不认为满地走的都是圣贤，不认为满地都是哲学家美学家，更不认为满地都是文论家。真正要成为一个伟大的文论家美学家，机会很小。只有与时代的命运相激相荡，才有可能玉成大师。正如王国维的思想历程一样：有人说王国维的学问从来不和当代发生关系，而是闭门做自己的大学问。我说非也。看看王国维早年的日记，天天在学德语、日语，痛苦不堪，那是为了翻译叔本华、尼采，去启迪民智；当他发现一战就把西欧打成废墟以后，就相信梁启超旅欧游记所载，于是写《人间词话》，讲童心慧眼和赤子之心；当他发现甲骨文被老外拿出国，已经研究的如火如荼的时候，他马上开始精研甲骨文；当他发现敦煌在中国，敦煌学在西方，他马上用他的全部力量研究敦煌学；最后他发现蒙古即将被"独立"出去，他就投入了蒙古史的研究。可以说，王国维因此成为心怀家国"君子不器"的大师！

人文学问有四条腿："国学根基，西学方法，当代问题，未来视野"。我觉得这四条对做学问来说是很重要的，我把它作为我做学问的"十六字心经"，表达了我在世纪之交三十年做学问的体会。

实际上，我并非一开始就从事西学研究的，大学前我一直读经史子集，大学时做唐代文化和文学研究，并对中国文化上古和中古思想文化问题花了不少功夫，可以说长期潜沉国学之中。这里谈谈我选择学术的过程：我作为77年大学生进大学后，同学们让老师们紧张不安，彻底改变了大学的读书风尚。新大学生的无与伦比的求知欲，使得这群大学生看书像狼盯上食物一样。知识匮乏时代之后，每一个大学老师站在讲台上，面对这样渴求而挑剔的眼光都会心里发虚不寒而栗。学生对老师造成巨大的压力，让老师措手不及，因为他们没想到学生会"如狼似虎"。作为这一届的大学生，由于亲身经历了知识匮乏的"文革"时期，因此，我们这一代学者有着比较清醒而自觉的历史意识和文化意识，认识到大学四年应该成为人生最重要的思想能量储备期。大学期间，我每天十几个小时狂读诸子、经史，尤好老庄，还研究过文字学、金石学和书法学。苦读苦背成为我大学生活的唯一"活法"。这段时期，几乎只看"国学"书而陶醉于这种鉴往知来之学，真相信"天不生仲尼，万古长如夜"——精神是照亮生命盲点和世界暗夜的光。大学时候，我就是从传统文化研究、从研究杜甫开始的，为了写作《杜甫诗歌意境美研究》的毕业论文，我经常枯坐在图书馆善本书室，苦读苦写，最后以9万字的《杜甫诗歌意境美研究》的论文获得文学学士学位，成为用新方法研究中国唐代诗歌的先行者，当时有人不认同，但今天已经成为共识。这应该是我文艺理论研究的起点和思想的积累。

考研究生进入北大后，我深切地感到北大学子接受现代西学思想非常前沿，我那刚刚有点眉目的"国学"话语在研究生们高谈阔论胡塞尔、弗洛伊德、海德格尔、萨特、马斯洛、结构主义、西方马克思主义等颇为时髦的话题面前时，"失语"了。当时，我想，有两条路可走，一是做古代文论或古典美学，以不变应万变；另一是更新知识结构，发现新时代学术问题，进入学术前沿语境。我当时想，与其向后退，不如往前走，应好好补习现代西方知识型话语，思之再三，我选择了后者。我采取的方法是从现象学入手，尽可能把握西方文化的根源性问题，发现新时代学术问题，以进入前沿话语语境。

做西学，首先必须解决外语工具问题，必须有良好的外语功底，在我看来，读原著是做西学的基础，于是，在翻译了十几篇西方学术论文之后，又花了一年多时间全心着手翻译 Robert R. Magliola, *Phenomenology and Literature: An Introduction*，并用了近一年时间细校两遍，对原著逐字逐句的斟酌使我得以透过语言直接切入思想层面，明白了语言不是思想的"皮"而是"思想"的对等物，这使我对英文学术著作的读解能力大大提高。同时，得以通过现象学进入存在主义诗学、解释学、接受美学、解构主义为线索的学术清理和自我知识系统的提升的过程，学术视野，思维框架有了新的拓展。研究生期间，我认识到理论自觉是重要的，于是试图通过"文艺本体论"去重审文艺学话语。1986年至1988年初夏，我完成了25万字的《艺术本体论的当代意义》的论文写作，并获文艺学硕士学位。其后，论文易名为《艺术本体论》由上海三联书店出版。

留北大任教是我学术思想发展的重要阶段。在讲授文艺美学、20世纪西方文论、后现代主义文化美学等课程中，我开始重审20世纪西方文论问题。其时，后现代成堆的问题已进入我的研究视野。我仍采取先精读并译释原著再从事写作的办法，开始了"后现代问题"研究。两年后，编译的《后现代主义文化与美学》和专著《后现代主义文化研究》分别于1989年和1990年脱稿交付北大出版社出版。其后，我又写了《二十世纪西方哲性诗学》，主编了《文艺学美学方法论》等著作。进入1993年，在世俗化大潮冲击下，我开始写一些"文化研究"的反思文章，同时开始关注东西方文化语境中的中国20世纪文化艺术"问题"和"问题意识"。可以说，我的学术自信和自醒是由西学体悟和中国立场保证的。

在我看来，人好像没有办法选择自己的生命、时代和母语，却似乎可以在"一切选择都是被选择"的前提下，选择用血性母语去言说自己的生命、时代和思想。人生经历往往与学术历程有着非此不可的关系，因为，真正的学术以践证为本，本性皈诚，渐修顿悟为重，不以微名小利一孔之见为意。使生命充实而有光辉的学术，是需要追求才可能（而非必然）获得的。

余三定：您把做学问的方法归结为"国学根基，西学方法，当代问题，未来视野"，能解释一下您的这"十六字心经"吗？

王岳川：可以说，这十六字"心经"是我在长期以来做学问的一点体会，在我看来，没有这四条法则，学问可能只是知识性的积累，而不会产生思想性的飞跃。正是依据这古、今、中、西的问题意识，使得我在大学时代注重对中国古典文化的研读，研究生时代则转向现代西学的研习，在执教北大多年后，则转向中西文化研究互动和中国立场的确立，这是一个在转型的"否定之否定"中精神深化和人格修为的过程。

我做学问时发现一个普遍的现象，那就是在20世纪初的学术大师是文史哲不分家的，而且他们的国学底子和西学底子都非常厚。"世纪初一代"的知识分子——清末民初如严复、康有为、梁启超、章太炎、王国维等，大致可归为这一代，这一代国学底子厚，既对中国文化怀有深厚的感情，又具有相当深刻的文化生存危机感，在西学东渐的时代潮流中，借鉴西学以立论，坚持"中体西用"，并能在学术上获得相当的成就。相反，进入

50年代以后，大概是向苏联学习，学科分类非常精细。比如说在文学领域，研究古典文学和研究现代文学完全不搭界，尽管都叫文学史。这种过细的分科，造成每一个行当只出专家，而很难出通才和大师。我常这样告诫自己，要反省自己做学问的方法，要尽可能打通古今中西，单精通一个方面是远远不够的。

我经常感慨，人生苦短，每个学者都只能留下一点点东西，我们应该打破文科方面人为地分成文、史、哲、政、经、法。人应当是一个整体性的人，十六字心经就是还原这个人成为整体性的人。西学需要做，所以我研究胡塞尔、海德格尔、后殖民主义、后现代主义等，是将其作为方法论。但国学根基是学者的根本，是一生学问的落脚点。"当代问题"是做学问的价值关怀。正如王国维每一步学问都跟民族国家命运紧密相关一样。

我从来不认为有纯粹客观的学问，也不认为能完全脱离今天的"处身性"。"未来视野"，我认为能达到这一点的学者微乎其微。很多人认为自己的研究很超前，但在学术界一般认为当代无史，当代不好评论，无法盖棺定论。一般做当代文学或文化的人都谨小慎微，不过多批评别人，但最终经不住历史检验。历史总会得出公正的结论。"未来视野"非常关键，用更高更远的理性尺度来观照今天，穿透时代的迷障，在今天"凡是现实的都是合理的"时候，发现其话语的不合法性，将未来视野的现行见到。总结一下：国学思考我现在还在深入，对我来说主要就是回到经典性的研究，首要关注先秦刚健清新的思想；西学方法是我进入问题的角度，也是审理任何中国问题时所不能忽视的当下语境；当代问题应该作为中国知识分子的价值关怀的立足点；未来视野促使我思考全球化是全盘西化还是人类化世界化？世界化的含义是世界整齐划一的一元论还是一分为多的多元论？这些都需要批判性的思想击穿！

人是有局限的。今天的人看"五四"一代学人也会对他们的偏激或保守颇有微词。也许几十年后的人看当代学者做的事情，或许会觉得不无可笑罢。但对我们这一代学者而言，只能一息尚存勉力而为：岂能尽如人意，但求无愧我心！

余三定： 学者的生活与书斋分不开。我注意到，您曾经主编过一套

《一生的读书计划》丛书，您能谈谈怎么读书治学吗？

王岳川：我一生最爱的事情就是读书，最喜欢劝别人的事情是推荐其读好书。初中时无数个深夜在被窝里打手电读书，直读到电池流水。大学读书，读到眼睛迅速近视到几百度。在大学期间，沉醉于图书馆如饥似渴地阅读是我的"日课"，每日十几个小时昏天黑地苦读苦背成为我的生活方式，这段时期，在阅读中陶醉于鉴往知来之学，精神世界被照亮。研究生期间我无数次进入藏书巨富的北大图书馆大库，那塞天塞地的书架挤满了哲人威严的眼睛。我意识到，自从有人类以来，已经有约九百亿人逝去了，几千万册书在九百亿人这个分母中，渺小得几不可言。而个人经年累月又能看几摞书？写几许文章？在知识的海洋前，一滴水是易被"忽略不计"的。

我想，人一生大约最多有三万天。《红楼梦》妙玉最赞赏范成大《重九日行营寿藏之地》中的两句："纵有千年铁门槛，终须一个土馒头。"而唐寅《一世歌》中更真切地说道："人生七十古来稀，先除幼年后除老。中间光景不多时，又有闲愁与烦恼。过了中秋月不明，过了清明花不好。……"生命如此短暂，难怪"子在川上曰，逝者如斯夫"！既然一生最多能读几万本书，而不能读尽天下书，就需要探究读书之道。于是我慢慢摸索读书门径：泛读，精读，读经典，读对经典的阐释和论战，读善本，读善本提要，补"小学"（文字训诂），补史（史识、史料、正史、野史）；从疑处疑，也从不疑处疑，从跟着说到自己说，力求说点新东西，并不惮于不成熟。在生命和学术的凝聚含藏的几年苦读中，我意识到有一种新的质素即超越了个我视域而关注人类问题的眼光慢慢地从生命中升起来。

经验告诉我，读经典性的书具有方法论的意义。西学是必读之书，从古希腊一路读下来，会使人全面修正自己的话语系统和心灵编码，并在瞬息万变潜流涌动的学界中，保持刚正不阿的学术眼光和遗世独立价值情怀。然而，泰西语种纷繁，皓首亦难穷经，如果一个人一定等到精通了数门外语再思想，他就有可能让自己的灵性和思考僵化在语言规则中了。因此，选择最重要的外语方式进行学术资源撷取，足矣。通过语言进入思想的底层，重要的不是纳入哲人的结论和训示，《庄子》中轮扁早就对桓公说过："君之所读者，古人之糟粕而已"。重要的是获得一种整体性思维，一种穷源究底本质直观的基本学理，一种进入问题的入思角度和人性升华方式。也许，有时读书会令人蓬头垢面甚至"心斋""丧我"，但没有这种阅读进入的功夫，就没有思想诞生的可能，对西学就会终身处于隔膜和一知半解之中。

但一味读西学仍不足取。大学者应具有高蹈的境界和中西互动的眼光，问题结穴处，终归与大涤——无论研读古代还是当代，无论研读中国还是西方，都相互关联相互促进，现世虽不见用，或能有裨后人，关键在于关注问题的意义。中西对话如果不在"跨文化"之间、"主体间性"之间、"他者间性"之间进行，问学的深度和推进力度就要大打折扣。在读与思中，我们也许可以更深刻地感领到：无论是读书还是被书读，书都需要人这一主体才能彰显意义。藏书而不读书，以书为巨大的光环来遮掩内在空虚，无疑是一种过分精致的矫情。读书固然重要，但读书本身不是目的，沉浸或玩味于渊博，而终于丧失自己的独立见解，甚至满足于成为"两脚书橱"，是难以提出真正的有思想创建性的观点，更难以形成真正的思想体系。

读书使我学会了从生命深度中学会了用赤子童心看待这个世界。我始终认为，孔子、老子、苏格拉底、柏拉图、尼采……这些东西方大哲和我是同一代人，我们面对同一个问题：就是，怎样生，怎样死。与他们对话，就是在思考我们个体的生命。在我经年累月的读书生涯中，在沉沉夜幕下的静寂与都市的喘息中，我领悟到，读书在方寸之间可以拓展出寻丈之势：读书是思考的前奏，是自我思想诞生的产床。思想者的阅读永远是创造式阅读，理解并领悟他人思想，同时又能将那些书中思想的正反面问题及其有限性逐一审理清楚，绝不屑于把他人的思想碎片作为自己的思想坐标。在读书的过程中，也是在不断创造"同一心境"的过程，是与人类优秀文化艺术和思想大师对话、与古今中外优秀的思想家对话的过程，在阅读与思考中凝神静思返身求己，这就是我理解的新世纪学者的使命。通过读书和言说，向世界可持续性地传播中国文化，是我学术生涯的一个真实想法和长期实践。在有些人看来未必有效，对我而言"知其不可为而为之"罢了。

余三定：在快节奏的当下，在读图时代，在信息爆炸的今天，能静下心来捧一本书细读，已经成为一种奢侈，您对这种现象怎么看？

王岳川：六经之首的《易经》启迪我们，变中有不变者！确乎如此，信息化时代的网络文明把纸本文明的游戏规则打破，今天一些人都是网络搜索，资料性的东西都被装入大数据库。钱锺书这样的学者在过去纸本文明、印刷文明时期被认为是了不起的记忆天才，在后现代网络文明、无纸工业时期，却被认为连文化泰山、文化昆仑都称不上了。一切技术的进步都是人类偷懒的结果，人想偷懒就要发明，偷懒的好处是节约了有限的、黄金般的时间去思考更重要的事情，把人类的创造力激发出来。网络时代的阅读，好处在于强调了每个人的主体性和创造性，每个人的参与性、合法正当地游走于网络的海洋，这一点是民主、自由的体现，不可剥夺，同时也激发每个人创造、哪怕是初级创造的想法。但消极方面，则是使真正的写作天才、思想大师混同于普通人群，他们思想淹没在无穷尽的、狂躁的网络垃圾当中，再也没有慧眼把他们从土里拔出，黄金和瓦砾混在一块了。由于狂躁和自恋，人们迷恋自己的天地，不再关注他人，不再爱人类爱世界，人类变得空前自恋自爱，而不再是"仁者爱人"。

在后现代文化语境中，读书和思考当然就是要学会拒绝、否定、怀疑，并以此去发现当代话语矛盾，敞开多种冲突中的新阐释空间。"读、思、写"尽可能统一起来，因为读得愈多，歧路愈多，思路愈险。入思愈深，困惑愈多。就学问而言，我坚持"义理、考据、辞章"三者不可偏废。"义理"主要是指哲学入思方面，"辞章"大抵指语言修辞运用方面，"考据"则侧重对考古学最新材料的运用和文献学修养的根基。

在研究中我强调文本细读和考据相结合的方式，主张在读东西方大哲思想时，注意考量每位思想家的思想脉络，考察其怎样进行思想"还原"？在知识考古学的"人文积层"中解决了什么问题？解决到何种程度？有何盲视？怎样评价？如果将人类思想的进展比做一个环环相扣的链条，要进一层弄清楚他们属于学术中的哪个环？他们用了怎样的方法去试图打开这个思想链条上的结？我意识到，问题意识对学者而言极为重要，带着问题去发现更大的深层问题，发现问题的集丛和根蔓，而不是被浩如烟海的书本控制了自己的思想和旨趣，也不轻易相信任何所谓问题解决的答案。在我看来，思考是生命的磨砺，应在艰难磨砺中找到所向披靡的思想利剑，而不是将学术看作一种藏在口袋里把玩的饰物。

我们始于迷惘，终于更高的迷惘。人生和读书多歧路、断路、绝路，只有一条道能走通，那就是正路！

余三定：全球化已成为学界的重要话语，但我注意到，您自20世纪90年代中后期以来，研究重心却开始发生了转移，抑或说是侧重，更多地关注中国文化问题，2003年出版了《发现东方》一书，其后又出版了《文化输出》，描述了中国文化的远景，并在多种社会文化实践场域为奔走呼吁，请问您是怎么思考这一问题的？

王岳川：我出版《发现东方》基于这样一种考虑：西方通过全球化让世界变成"地球村"，中国崛起让西方霸权日益变小。新世纪中国文化战略的重要核心在于：发现东方，文化输出！我们必得注意国家形象在国际化语境上的"水桶定律"——一只水桶能装多少水取决于它最短的那块木板。引申开来，任何一个国家文化的对外形象面临的共同问题，即构成国家形象大国形象的各个部分往往优劣不齐，而劣势部分往往决定整个国家的国际形象水平。大国形象包含四重形象，经济形象、政治形象、军事形象、文化形象。中国形象中的经济形象是辉煌的，政治形象正在赢得越来越多的国家的信任，军事形象也正在崛起和获得认同，但是文化形象却处于不利之境。可以说，大幅提升中国文化软实力，建立中国文化战略话语，强化东方强国的文化软实力，迫在眉睫。中国"汉字文化圈"长期以来已经失效，半个世纪以来，整个东亚"去中国化"倾向十分严重，"汉字文化圈"已经被"美国文化圈"取代。只有"再中国化"和"重建汉字文化圈"，诸多问题才能良性解决。在世界原教旨主义倾向日益抬头，奥巴马主义走向霸权主义老路的危险时刻，我们既不能走狭隘的民族主义道路，也不能走抄袭西化的道路，只能在宽容中庸、立己达人中走以中国自身为主，吸收世界优秀文化，守正创新的文化强国路。发现东方，意味着强国文化身份重建与中国文化复兴紧密相关，同时还意味着，中国文化守正创新是国家综合实力提升的重要标志，也是推动世界自然生态和精神生态和谐均衡发展的基本保证。

而我出版《文化输出》则认为：作为正在崛起的大国必得向海外输出传播中国文化，以避免文化冲突升级而导致文化战争，并在国内学术界和国际文化领域寻求双重对话，将20世纪的"全盘西化"转化为21世纪"中西互体互用"。东方和谐和平文化精神可以遏制西方丛林法则的战争精神，用和谐文化减弱冲突文化的危害。在战争频仍而恐怖主义遍布世界的今天，在人类文化在西化主义中面临"单边主义""霸权主义"的情态下，在人类精神生态出现价值空洞和生存意义丧失的危机中，在全球遭遇地缘战争威胁和核战爆发危机时，我们必得思考人类未来究竟应何去何从？！作为东方大国应该深思，中国文化应该怎样创新并持之以恒地输出！中国应该站在人类思想的制高点上来思考人类未来走向，文化创新和超越应该成为新世纪的人类文化精神坐标！东方文化守正创新必然使西方文化单边主义和军事霸权主义遭到质疑并走向终结！

我认为，中国文化可持续输出，已然关系到大国文化安全。前沿学术对话可呈现当代中国思想变迁踪迹：无论是从经济上清理跨国资本运作与文化霸权的关系，还是从文化上看数码复制时代的精神世俗化平面化问题；无论是厘清美国全球化时代正在走向衰竭，还是提出应该尊重中国在亚洲具有的独特文化意义——东亚的现代性中价值观与信仰、社会机构与语言节日，都意在强调西方必须重视中国声音，而我们不能再让享乐主义和消费主义败坏国家精神。中国崛起将不是中国越来越像西方，而可能是西方世界开始吸收中国经验智慧。一个明智的领导集团在中国威胁论、中国崩溃论的噪音中，应该有魄力和眼光来参与调整世界文明进程。我们韬光养晦，但不能闭关锁国，我们强调和平共处，但不能无所作为！

可以说，世界与中国、本土与他者一直成为我的研究的基本语境，因此研究西学，不是想成为西学研究专家，而是将西学作为中国现代性问题的语境，一种审理"他者"的场域，其目的是想反观中国问题。这样我的研究重心渐渐发生了转型：一方面是主编了近百卷的《中国学术思想随笔大系》和《中国书法文化大观》，另一方面是出版了多本学术专著：《中国镜像》《后现代后殖民主义在中国》《全球化与中国》《中国书法文化精神》（韩国版）《发现东方》《后东方主义与中国文化复兴》《文化战略》《文化输出》《书法文化身份》《美丽书法》等。

20世纪中国与传统中国相比，一个根本性的不同就在于：中国传统文化在百年间遭到西方文化体系的全面冲击。总体上说，西方文化具有不同形态，有古代的两希精神（古希腊精神与希伯来精神），有文艺复兴时期以降的理性精神，有20世纪的反理性的现代主义和后现代主义精神。而中国却延续了两千余年汉语文化形态的单线性时代精神，这一文化精神在20

世纪初为西方现代性文化所中断。这就使得在传统与现代、东方与西方、现代与后现代之间,中国文化面临总体危机。这一总体危机不仅意味着终极关怀的失落,同时也隐含着价值符号的错位:儒家、道家、佛家三套思想话语,在不断西化的当代人那里出现了与其生存状态和精神寄托中断的裂缝,因而导致新转型学说——新儒家、新道家、新佛家等的出现;而西方基督神学的思想话语资源,与中国人的信仰核心尚存诸多话语冲突之处,难以急切整合。因此,当代中国文化大抵只能从传统文化和西方文化的全新融合及当代转型中,重建新的思想话语资源,才有可能使社会转型所导致的文化危机得以缓解。

中国作为一个大国,其"国家形象"在历史长河中是被逐渐边缘化的,晚清以降中国遭逢千百年未遇之大变局,被强行纳入世界资本主义体系当中,从世界中心沦为边缘的"远东",在世界历史和文化上一再缺席,遭遇了深刻的文化身份危机,不断被误读、曲解和妖魔化。正是在这一历史语境中,发现东方与文化输出就显得越发重要和紧迫。我提出"发现东方,文化输出,会通中西,守正创新",是源于对东方主义、现代性、全球化与文化战略等诸多问题的深度思考。

一个多世纪以来,中国对西方的了解远比西方对中国的了解多得多,而中国作为后发国家,西方中心主义者没有那种了解中国、理解中国文化的冲动和价值诉求。在我看来,一个能够广泛地影响世界的大国,一定是一个思想家辈出,在参与世界知识体系建构的知识生产中,不断推出新的整体性思想体系的国度。更直接地说,就是不再拼凑他国的思想文化的百衲衣,而是以中国经验中国元素建构的社会生活理念和生命价值观,成就自己文化形象的整体高度和阔度——必须在人类文化价值观上,拥有影响和引导这个世界前进的文化力量。

今天要做的"发现东方"的工程,是要考察中国文化哪些部分已经死亡了或永远的死亡了?哪些部分变成了博物馆的文化,只具有考古学的意义?哪些部分变成了文明的断片可以加以整合,整合到今天的生活中?还有哪些文化可以发掘出来,变成对西方一言独霸的一种补充,一种对西方的质疑和对话?当代中国人是否能创生带有中国新世纪文明特色的新东方文化,对人类文明的未来发展做出自己怎样的解答?在新世纪,中国学界对这个问题当有更开放的心态和新的看法:弄清"发现中国"的意义。对待中学西学不再是二元对立的，而是学不分古今中西；面对西方的器物类、制度类的先进体系能够"拿来主义"式地接受，而针对思想和宗教信仰问题也能够展开多元文化对话。所以，我提出要重新思考我们的身份，这个身份不是保守地拿来就用，而是要重新设立自己的文化立场并进而思考四个问题：第一，中国文化当中那些已然死去了的文化，应让它永远死去，比如"黑幕政治""家天下""束胸缠脚"。第二，某些文化片断可以整合起来的，就应该重新整合起来成为新文化。第三，重视那些中国人独创的差异性的、可持续发展文化，让它在世界文化大潮中构成差异性的一维。第四，中国新世纪的原创性问题。中国是否满足于做"肢体国家"而不是"头脑国家"？有没有可能实现真正的创新？我认为创新是可能的，创新就在于中国人独特的生态文化意识和精神生态意识。

在中国已经深切地了解西方而西方对东方仍然不甚了了的前提下，重新清理思想文本和文化精神，在"文化拿来"中做好"文化输出"的准备，使文化对抗走向真正的文化对话。发现东方与文化输出的内容不仅是传统文化，还有现当代中国文化，因为，中国现代化对西方现代性而言也是一种东方经验的独特补充。

特别要注意的是，发现东方和文化输出工作的主体仍然应该是中国学者。我常常在想，中国在国际化的学术话语是否只能有西方人提出来？中国思想是否应该成为西方学界关注的问题而非边缘问题？真正的学者应该提出在国内能获得学界认同，在国际可经得起批评辩论的中国思想。我们必须对西方神话般的"普世价值"增补差异性思维角度，打破文化单边主义和文化霸权主义，全面总结中国现代化经验中的"中国模式"，使知识界切实在文化创新和中国思想的世界化上做出努力。所以我现在做一个工作，想把20世纪经过欧风美雨的中国著名学者关于中国现代性思考集中翻译出版，让西方人了解一下中国人经过了这么艰难的现代化经验，经过了一个世纪艰苦卓绝向西方求火，然后逐渐形成自己的文化身份和品格。

我们更年轻的一代学者应该坚持"文化输出"，将这一理念转化为长期而浩大的民族文化振兴工程和国家文化发展战略。"文化输出"工程应从以下方面入手：向世界整体性推出古代和现代中国思想家群体思想，不仅注重中国古代经典向西方主动翻译输出，而且注重将经历过欧风美雨的20世纪重要思想家的著作系统地向海外推出；还应在"读图时代"充分利用现代电子技术和卫视手段，传播具有深厚中国文化魅力的作品，系统地"发现东方"、探索"文化中国"的精神价值；同时，从"汉语文化圈"振兴和和谐的"文化外交"的角度，增大"对外汉语"的教学和办学，吸引更多的西方人到中国学习中国语言和文化艺术，成为中国文化的理解者和爱好者，以加强中国同世界的对话和互动的文化心理接受基础。全球化中信息和经济的一体化，在某种程度上会形成文化互补化，起码在全球化过程中形成中心与边缘、自我与他者之间的错综复杂关系，使得任何国家不可能完全脱离整个世界文化发展的基本格局而封闭发展。在全球化整合中只能不断保持自己民族的根本特性，打破全球格局中不平等关系，使自身既具有开放胸襟和气象，又坚持自我民族的文化根基和内在精神的发扬光大，使不断创新的中国文化精神成为人类精神的重要组成部分。在这个西化了两个世纪的世界，中国的和平崛起需要进一步加大"中国文化形象"重建的力度，让中西在"建设性伙伴关系"的互动中，真正"发现"东方优美的文化精神，体味中国创建人类"和谐社会"的诚意。

中国文化输出意味着大国文化真正崛起，意味着中国文化在整体性地守正创新，意味着中国文化正在成为国际上受尊重的文化实体，并由东方向西方传播而成为人类新的文化审美感受方式，东方文化形态成为东西方互动的人类文化形态，将使自然生态和精神生态达到和谐协调而成为人类的福音。

未来30年中国学界的主要工作将是从美国的"去中国化"，到我们的"再中国化"。将那些失落的中国美丽精神重新展现光彩，为人类带来更多精神价值财富，从本民族文化精神高度向人类共同精神高度出发，坚持文化拿来输出中的自主创新，使中国思想在21世纪能够成为人类思想！

谭好哲谈：焕发马克思主义文艺理论的思想活力

李明军

促进中国当代马克思主义文艺理论的发展

李明军：在中国现当代文艺学研究格局中，马克思主义文艺理论无疑是最为重要的存在。中国现当代马克思主义文艺理论发展有何规律？您是如何看待其历史发展的？

谭好哲：马克思主义文艺理论在中国的产生与发展既是近代以来西学东渐背景下马克思主义在中国传播与发展的结果，也是中国社会历史条件基础上文化艺术实践现代转型与发展的结果。宏观而言，中国现代文艺学是在中国古代文论、欧美现代文论和马克思主义文论三种系统的结构性关联中展开的。20 世纪上半叶，中国现代文艺学经历了由古代文论到西方文论（主要是欧美现代文论）再到马克思主义文论这样一个由一元至多元、又从多元到新的辩证综合的发展过程，理论综合的最终结果是产生了以毛泽东文艺思想为代表内容的马克思主义文艺理论中国化理论成果。新中国成立尤其是进入新时期之后，中国现代文艺学又在坚持马克思主义文艺理论主导地位的前提下，在更广泛地接受欧美现当代文论并汲取中国传统文论有价值成分的基础上走向新的理论综合和创新。应该说，在前后两个阶段的理论综合进程中，马克思主义文艺理论多数情况下都扮演着居主导性地位的主体角色，最终形成与现代社会进程和艺术文化思潮相应的主流文论话语，并取得了诸多富有价值的理论成果，这是一种历史的存在，不能无视；同时，马克思主义文艺理论作为中国马克思主义整体思想系统中的一个重要构成部分，为中国新文艺创作与批评的具体实践与繁荣发展提供了理论支撑和思想指导,这个历史的功绩,也应充分肯定。

李明军:20世纪20年代以来,马克思主义文艺理论发展很不平衡,有时非常富有活力,有时则显得落寞沉寂。这既有历史环境的变化,也有自身的原因。马克思主义文艺理论在中国如何克服发展瓶颈就相当关键。

谭好哲:的确如此。就其自身状况而论,中国马克思主义文艺理论近百年的发展无论在总体格局上还是局部时段中都还存在这样那样的问题。从20世纪20年代到中华人民共和国成立,是其在中国不断传播、不断扩展影响直至占据主流地位并大致形成自己的理论边界与研究范式的时期;从新中国成立后的50年代至今,是其在中国不断巩固和强化主导地位、不断圈定和扩展理论边界的时期。由于各种复杂的主客观条件所致,前后两个时期都是成绩与问题并存。仅就后一个时期而论,从20世纪50年代至20世纪70年代,是马克思主义文艺理论固化边界的阶段,固化初衷和目的是确立中国马克思主义文艺理论研究的新范式、新观念、新理想、新标准,并以此指导新中国的文艺实践,当时所形成的以文艺与生活的关系为基本理论架构的文艺反映论理论范式在指导当时的文艺创作实践和批评方面也的确发挥过积极的作用。但令人遗憾的是,这一时期的边界固化最后的结果却是走向了僵化和教条化,以至于将文艺理论研究与批评演化为政治斗争的工具。从20世纪80年代至今,是马克思主义文艺理论扩展边界的时期,这一时期在改革开放的时代语境之下,马克思主义文艺理论研究走出以往僵化和教条化的痼疾,逐渐在观念和方法的探索上进入一种自主、多样的状态和格局,展现出了开放性的时代特征与气象。然而,毋庸讳言,这一时期马克思主义文艺理论研究也历史地产生了一种新的倾向,就是从理论"边界"的扩展走向了思想"主义"的泛化。在相当多的学者那里,似乎西方现当代的各种理论观点都可以拿来补充马克思主义文艺理论,都可以与马克思主义文艺理论相嫁接。泛化的结果,一是模糊了马克思主义文艺理论与非马克思主义文艺理论的界限与区别,二是也相应地淡化了马克思主义文艺理论的"主义"色彩即其特有的思想和价值取向,致使理论对于具体文艺创作和批评实践的解释、评判和指导能力日渐削弱与匮乏。20世纪90年代之后的一段时期内,马克思主义文艺理论与批评的声音在整个文坛上十分微弱,某种程度上甚至可以说陷入了生存危机,除去当时的各种客观因素之外,"主义"的泛化与淡化恐怕也是生成原因之一。

令人欣喜的是,近十几年来,由于客观形势的变化和学术界理论创新的自觉,马克思主义文艺理论研究较之20世纪90年代之后的低谷期,重新进入到一种比较活跃的局面。这表现在多个方面,比如有许多论著在对近百年中国马克思主义文艺理论的发展进程尤其是当下的状况进行认真的反思和总结,文艺的意识形态性质问题、文艺本体论问题、文艺价值论等重大马克思主义文艺理论问题重新引发学术争鸣,文艺生产与消费、大众审美文化、新媒体艺术的发展、全球化与民族化等与当代创作与批评实践紧密相关的时代性理论问题也越来越受到马克思主义文艺理论研究界的关注和重视,在马克思主义的学术视域中使话题不断翻新,新论不断涌现,如此等等,致使马克思主义文艺理论重新站到了时代和文艺大潮之前,置身于思想创新的前沿位置。这种良好的发展态势,给人一种前景可期的鼓舞。

中国马克思主义文艺理论需要实现自身的历史转型

李明军:随着中国当代社会转型,中国当代不少作家与时俱进,进行了艺术调整。这些作家深刻地认识到作家不能始终局限在自我世界里,咀嚼一己的悲欢苦乐,而是自觉地把个人的追求同社会的追求融为一体,把主观批判和客观批判有机结合起来,把批判的武器和武器的批判有机统一起来,在人民的进步中追求艺术的进步。中国马克思主义文艺理论应在积极总结这种文艺创作经验的基础上发展。您对中国马克思主义文艺理论研究的发展前景有何期待?

谭好哲:在中国马克思主义文艺理论的发展中,对未来理想的期待始终存在。自从1938年毛泽东在中共六届六中全会的政治报告《论新阶段》中首次提出"马克思主义的中国化"之后,将马克思主义的普遍真理与中国革命与建设的具体实践相结合就成为中国共产党人遵循的基本指导思想和原则,文艺领域亦不例外。毛泽东《在延安文艺座谈会上的讲话》长期以来一直就被视为马克思主义中国化的重要理论成果之一。新中国成立之后，先是在1950年代末期由周扬提出了建设"有中国特色的马克思主义文艺学体系"的主张，进入新时期的20世纪80年代中期之后又有董学文、狄其骢等一批文艺理论家提出并阐发了"马克思主义文艺学当代形态建设"的理论主张，近些年来学术界更多人喜欢使用"马克思主义文艺理论中国化"这一提法，并且将此一提法与"西方文艺理论本土化""中国古代文论现代转化"并列，作为中国当代文艺理论转型和发展的三大理论工程来看待。应该说，这些不同的提法虽在理论主张和具体内容的界定上存有一定差别，但无不突出强调"马克思主义"性质与"中国特色"，都是与"马克思主义的中国化"这一基本原则相一致的。这些提法和主张过去对文艺理论的发展曾经起过积极的引导作用，今天依然不失其价值和意义。

在肯定上述提法和主张的积极作用和意义的同时，也还需要指出，如同社会历史的进程一样，未来孕育于过往和当下之中，因此对马克思主义文艺理论研究前景的展望也不能完全脱离开对过往与当下的反思与总结，而且随着历史条件的变化，着眼于未来理论发展的提法和主张也必须赋予新的内涵，有时候提法和主张本身也需要重竖旗帜、重新"正名"。站在今天的历史语境上思考问题，对中国马克思主义文艺理论的未来前景，我个人有如下期待：立足新的时代语境，面向新的理论综合，追求主体思想创新，实现由"马克思主义文艺理论中国化"到"中国化马克思主义文艺理论"的历史转型。在这里，我提出马克思主义文艺理论的历史转型问题，并将其视为新时期以来展开的第二个理论综合阶段应该实现的目标和任务，这绝非简单的文字游戏，也不是为了标新立异，而有其深刻的历史基础和严肃的主体诉求。总体上看，"马克思主义文艺理论中国化"是在中国马克思主义文艺理论发展的第一个阶段上提出的建设目标，在那个时期，中国文艺界一开始并没有自己的"马克思主义文艺理论"，"马克思主义文艺理论中国化"是以理论的引进、学习为前提，以运用引进的理论并在以引进的理论指导实践基础上发展理论为目标诉求的。在经典的以及国外其他各种形态的马克思主义文艺理论在中国得到广泛传播、中国自身的马克思主义文艺理论研究也取得不少成果的今天，这样一种目标诉求在今天显然是远远不能满足中国文艺发展的客观实际和理论自主创新的主体需要了。当代中国的马克思主义文艺理论研究，应该也必须依托中国特色社会主义的伟大社会实践和历史转型背景,在中国审美文化发展和文学艺术实践的全新语境中创造出呼应时代潮流、表达精神追求、凝聚审美理想的学术理论和思想观念,在马克思主义文艺理论发展的思想链条中注入中国的因素,显示出中国的特色和主体性。与此相应,文艺理论研究也应该有新的历史定位与诉求。

李明军：马克思主义文艺理论的研究内容与目标诉求的确应该与时俱进,沿时而变。您用"马克思主义文艺理论中国化"和"中国化马克思主义文艺理论"两个不同提法来揭示和标志其历史转型,请问这两个提法之间有无联系,又有什么区别？

谭好哲：我把以上两个提法作为有中国特色马克思主义文艺学建设不同阶段的口号和任务来看待,它们分别对应于上述中国现代性文艺理论综合创新的两大阶段。中国文艺理论走向综合创新的第二个历史阶段展开于前一阶段积淀的思想成果基础之上,所以两个提法之间必然有其共同追求与内涵,这就是理论创新之"主体性"的一致,这个"主体性"体现为两个方面：从理论的"精神"或"主义"属性上说是"马克思主义"的,从其与国外其他马克思主义文艺理论的比较来看,又都是具有"中国性"或"民族性"的。但是,由于这两个提法是相对于不同理论综合阶段而言的,因此二者在内涵上又必然具有差异性。就其与传统马克思主义文艺理论的关系而言,前者着重于经典理论的继承与应用,后者着重于继承基础上的当代拓展与创新；就其与文艺实践的关系而言,前者更偏于以经典理论观念指导中国的具体实践,等而下之者只是以具体实例来证明经典理论观念放之四海而皆准的正确性,实践是中国的,理论是外来的,后者更偏重于从中国新的审美文化实践中发现、总结、提炼和提升理论观念,将当代新的文艺实践作为理论创新的生长点和出发点,在新的理论创造中实现与具体文艺实践的有机互动,实践以中国的为主,理论也是中国自己的创造；就两者之中的"中国化"而言,前者的"中国化"是国外原创理论在中国传播的功用性诉求和归宿,是理论在中国的演进之化,更多强调的是理论为中国的实践所用,而后者的"中国化"是以中国实践经验为基础和起点的理论转化,是中国实践经验的理论提炼与升华,更多强调的是理论的中国原创性。

当然，上述历史转型能否实现是有前提条件的。从方法与路径来说，应坚持以马克思主义的科学方法论为指导，在古今中外不同理论以及理论与实践之间多重对话基础上走综合创新之路。同时，如前所述，这种理论综合又必须坚持和追求"主体思想创新"，是在中国性民族文艺实践和经验的基础上展开，在"马克思主义"的观点与方法中进行一体化综合的，否则就既不是"中国的"也不是"马克思主义的"文艺理论创造了。此外，这种转型与还必须牢牢立足于新的时代语境，包括国内外社会、文化、艺术以及文艺理论研究的总体时代状况，首先是中国自身的社会历史条件和处境。全球化进程的加快，新媒体技术的发展，消费欲望的膨胀，生态危机的加剧，大众文化的崛起，社会价值的多元，当代世界的这些时代性变化，正日益造成中国当代文艺审美价值的多元化与多样性的发展，拉动文艺生产与文艺消费格局的版图变化，致使文艺理论与批评必须革故鼎新，甚至理论言说话语本身也需要应时而变。

做好马克思主义文艺理论研究是一种时代责任

李明军：除去一部分文艺和文化评论之外，您的学术研究主要涉及文艺基础理论、文艺美学和马克思主义文艺理论，而且均有建树。您如何认识马克思主义文艺理论家的时代责任？

谭好哲：进入20世纪以来，现代文艺理论和美学在经历了各自相对独立的发展阶段之后，走向融通、综合乃至合流成为新的趋势。就美学而言，发生了所谓"美学的艺术哲学转向"，就文艺理论而言，寻求和阐发文艺的审美特质几乎成为多数研究者的理论常态。这种合流趋势在中国的体现就是文艺美学研究学科的创生。近10多年来，作为山东大学文艺美学研究中心的负责人之一，除去文艺美学学科建设学术组织方面的工作之外，我也在《现代视野中的文艺美学基本问题研究》《语境意识与美学问题》等论著中就文艺美学的学科定位、文艺的审美意识形态性质、文艺创作与批评的审美呈现等方面提出并阐发了自己的主张和观点，为文艺美学这门纯由中国文艺理论家命名并发展起来的理论学科贡献了一份力量。文艺民族性和审美现代性问题也都曾是新时期以来文艺美学研究的重要理论热点。针对学界对民族性问题的种种理论质疑和片面化理解,以及学界有的学者受西方审美现代性理论影响,简单地将审美现代性与社会现代性对立起来的提法,我在《现代性与民族性——中国文学理论建设的双重追求》等论著中提出须从现代性与民族性双重视角审视中国现代文艺理论和美学发展及其价值追求问题,并对中国审美现代性和文艺民族性观念的发生发展与理论内涵做了回到历史语境的定位与阐发。在全球化与本土化、世界性与民族性的联系与冲突如影随形、同存并举的当今时代,学术研究中这个双重视角的确立是极其必要的。

当然,在思想认识深处和实际研究中,我把马克思主义文艺理论和美学的位置摆得更重。我一直认为,中国化马克思主义文艺理论的创造是有中国特色社会主义伟大理论与实践的一个重要组成部分,可谓中国文艺理论与批评的基础工程,它决定了中国文艺理论与批评的思想基础与精神取向,这个基础工程做得不牢靠不扎实,中国文艺理论与批评的大厦就难以建构起来,其对于中国文艺事业健康繁荣发展的引领和促进作用也就难以很好实现。因此,一个有思想抱负和时代责任的学者,应该有志于这项基础工程的开掘与突进。

在我看来,马克思主义文艺理论包含了诸多理论关系与理论问题,其中最为重要者包含三个方面:文艺与生活的关系,文艺与意识形态的关系,文艺在人的解放即人的自由发展中的作用。文艺与生活的关系解决了文艺的本体归属也就是文艺所由何来的问题,文艺与意识形态的关系解决了文艺的社会性质也就是文艺所成何是的问题,文艺在人的解放即人的自由发展中的作用解决了文艺的价值功能也就是文艺所为何用的问题。本体归属、社会性质、价值功能都是文艺研究中重要的基础性问题,而在这三者之中,文艺与意识形态的关系又具有重中之重的核心性地位。文艺与意识形态的关系实质上解决的是文艺的社会意识形态性质及文艺作为观念形态的上层建筑在社会结构中的所处位置问题。正是由于这种性质和位置,致使文艺在社会生活中不是第一性的存在,而是由生活派生出来的第二性存在,社会生活才成为文艺的存在之本、生成之源,而不是相反;也正是由于这种性质和位置,决定了文艺对于其所由生成的社会生活、对展开于生活其间的人生人性的改良、进步和趋于理想之境的自由发展必然负有其基于价值定向的社会功能或社会作用。基于上述理解,我把文艺与意识形态的关系视为马克思主义文艺理论研究的一个基元性问题，并且为此用力甚多。

除了文艺与意识形态的关系之外，上述马克思主义文艺理论研究中其他两个方面的问题我也给予了相当的关注。关于文艺与生活的关系，新时期之初，我曾针对"写真实"论大讨论中有的学者把"写真实"与"写本质"对立起来的主张，发表了《论"写真实"与"写本质"》一文，主张现实主义创作应该把写真实与写本质有机统一起来。后来我又就文艺创作的真实性与倾向性的辩证关系，文艺典型创造的整体性，以及当代文艺创作中价值的迷失、缺失和价值重建等相关问题发表了自己的一些观点和看法。我认为，在经过解构一切的后现代主义思潮侵袭之后而喧嚣浮华的当下文坛上，真实、本质、典型、倾向、价值这些字眼，都是文艺创作更需加以珍视的审美品质，也是文艺批评应该大力倡导与弘扬的。关于文艺对人的解放的作用，我也极为重视。新时期之初，针对有的学者对马克思主义文艺理论的体系性所提出的质疑，我曾与狄其骢先生合作撰文，提出并论证了马克思恩格斯艺术哲学理论所以能够统一成一个体系，不仅是由于贯穿了辩证唯物论和历史唯物论的精神原则，而且还由于理论体系中形成了统摄一切的审美理想。审美理想是马恩艺术哲学理论的核心观念或灵魂，它构成和显示出理论的整体统一性和逻辑连贯性。马克思主义的审美理想不是如德国古典美学所构想的那种审美独立王国，而是社会理想、人的理想和艺术审美理想的有机融通，它是在历史发展和社会实践的基础上才能最终实现的。在《艺术与人的解放》一书中，我又进一步从历史演进和思想取向的有机统一中，将现代各种不同形态的马克思主义文艺美学分为科学型、政治型、社会批判型和文化分析型四种理论形态，而将人的解放作为各种形态马克思主义文艺美学的共同思想主题。我认为，沿着审美理想和人的解放这一思想理路继续前行，马克思主义文艺理论和美学研究将会具有巨大的理论延展空间。

李明军：近年来，关于文艺是否具有审美意识形态性质的问题在学界发生很大争论。您的论著《文艺与意识形态》是国内第一部对文艺与意识形态关系做出系统、深入理论阐发的著作，被视为新时期以来文艺理论研究特别是当代形态马克思主义文艺理论体系建设的代表性成果之一。您在该论著以及随后发表的文章中事实上也涉及到相关的争论，可否就此申论一下您的观点？

谭好哲：这场论争其实涉及到马克思主义文艺理论研究的很多方面，这里我只想就论争中的主要问题申述三点意见：一是根据对马克思主义经典作家的释读，我认为"意识形态"不仅仅属于社会政治范畴，同时还是一个重要的哲学范畴，作为哲学范畴，它不仅具有实践性、批判性的功能，具有否定性的含义，还具有描述性、认识性的功能，可以具有肯定性的含义，所以不应仅从批判、否定的角度加以理解，这样就会造成对文艺意识形态性质的否定性判定；二是我认为不应从狭义之美的角度解读"审美意识形态"的术语，而应将"审美"一词恢复其在西方美学理论语境中固有的"感性"含义（审美的"感性"含义包括了狭义之美的含义，但不止于此），说文艺是审美的意识形态即是说它是以感性形式存在的意识形态；三是各种关于文艺社会性质的理论诸如文艺认识论、文艺本体论、文艺生产论、文艺价值论等，都从某个方面切入进了文艺社会存在的内面，各有其理论重心与合理之处，而且内涵互有交叉，不必非此即彼，妄加臧否，但就文艺的基本社会性质而言，文艺的意识形态本性论比之其他各论更加切近文艺的社会实质，也具有更大的理论包容度。

在回应和解决时代问题中焕发马克思主义文艺理论的思想活力

李明军：实现马克思主义文艺理论的综合创新和历史转型需要许多人甚至是几代人的学术努力和思想智慧。您从事马克思主义文艺理论研究已历三十余载，为什么会有这种持之以恒的学术选择？有什么研究感受？

谭好哲：在《艺术与人的解放》的后记里我曾写道：基于马克思主义美学和文论在中国现代美学和文论发展格局中所占据的主导地位，"了解马克思主义美学和文论是一个当代美学和文论研究工作者应该具备的素养，而研究它并在新的理论创新语境下发展它，使之当代形态化，则是每一个马克思主义美学和文论研究工作者应该自觉肩负的时代责任。不是只有研究弗洛伊德、研究海德格尔才叫做学问，研究马克思主义美学和文论也是做学问，而且也是一门让人钻之弥深、令人受益无穷的学问。"这就是我对马克思主义文艺理论研究的一种态度,这其中包含了学术选择的动力支撑,也包含了我的研究感受。新时期以来,文艺理论和批评界很多人热衷于追"新"(所谓新思潮、新观念、新方法等)逐"后"(所谓后现代、后理论、后马克思主义等),而不愿安心于基础理论特别是马克思主义基本文艺理论问题的研究,不想也不能就基本理论问题打阵地战、攻坚战,心态浮躁,兴趣游移,观点多变,什么时髦弄什么,打一枪换一个地方,犹如当下消费文化语境里的追星族,缺乏应有的主体立场站位,也缺乏追求学术真理的持久定力,这种状况难以产生沉实厚重的思想创新成果,值得警惕与反思。

李明军: 在中国当下学界,能沉静下来潜心于基础理论研究的学者确实太少了,这与文艺理论与批评队伍之大不成比例。不过,纵观当代文艺理论研究,由于受某些主、客观因素的影响和制约,不少研究往往是从理论到理论,自说自话,与时代的关联甚少,这种"不及物"的理论是没有活力的。您近年来接连发表了多篇文章探讨马克思主义文艺理论思想创新的时代维度问题,您希望理论界同仁以怎样的理论姿态面对时代的需求?

谭好哲: 时代是理论不能逾越的地平线。理论的创生动因与具体内容无不拜时代生活所赐,其思想活力和社会价值也总是深深植根于它与时代生活紧密、能动的关联与互动之中。理论越是能够满足时代需要,越是具有有效地回应和解决时代性重大理论和实践问题的能力,其活力便越强,其价值也越大。所以,重视理论创新的历史性、时代性,是马克思主义文艺理论和美学的一个传统。马克思主义创始人把"美学观点和历史观点"的统一作为文艺理论批评的最高标准,而且历来都是以能够在多大程度上揭示时代进程中的客观矛盾及其运动,作为衡量理论价值大小的客观依据。美国当代新马克思主义文化和文艺理论家詹姆逊也认为真正的理论创新总是来自于所处时代的特定处境或语境,强调从"马克思主义问题性"出发对现实文化和文艺问题加以理论应对和聚焦。这样一种理论传统和特色应该发扬光大。正因如此,前面我将"立足新的时代语境"作为实现马克思主义文艺理论历史转型的前提、起点和落脚点。作为一种艰苦的思想创新活动,马克思主义文艺理论研究既要求着对于思想"主义"的坚守,要求着对于科学方法的运用,也要求着在与时代的思想撞击中焕发创新激情、充实研究内容、更新理论观念。关注时代，研究和表现时代，是马克思主义文艺理论存在与发展的基础，也是每一个文艺理论研究者应该具有的认识上的自觉。

在认识自觉的基础上，马克思主义文艺理论研究要想真正确立思想创新的时代维度，切实建构起与时代之间的精神关系，从而恢复和焕发思想活力，我认为还要在源于时代、介入时代、引领时代三个方面做出切切实实的努力。

首先，要源于时代。社会生活与艺术审美文化的现实是当代文艺理论思想创新的立足点、出发点和生长点。因此，中国的马克思主义文艺理论研究，应该回到自身的现实语境和艺术实践经验中来，关注时代生活与艺术审美的新现象、新思潮、新问题、新变化，从民族自身的历史创造和艺术实践中，从研究主体自身的生存体验、审美经验和理性思考中感悟出、寻找到属于自己的"中国问题"。舍此，则中国马克思主义文艺理论研究的原创性、主体性就永远也建构不起来。

其次，须介入时代。理论的功能不仅在于解释现实，更在于改造现实，所以理论对现实的姿态不应是纯科学性的认知，还要有实践性的介入。据此，马克思主义文艺理论与批评应该把认知性的历史理性与规范性的价值理性有机统一起来，不能仅仅满足于以现成的理论对当代文艺现实的认识和解释，还需要以自己的思想创新和具有思想底蕴的价值评判介入现实，发挥引领与指导当代文艺现实的作用，在与具体文艺实践的有效互动中同构当代文艺发展的精神版图。

最后，应引领时代。基于价值理性不可或缺的理论认知，当代马克思主义文艺理论和批评还应该重新思考与建构艺术与理想的关系，努力把社会理想、人生理想与艺术审美理想有机统一起来，并将之凝聚为具体的艺术理念，转化为艺术审美的价值规范与标准。在信仰失落、价值虚无、欲望膨胀、娱乐至死成为流行趋势的当今时代，以价值理想的张扬建构起一个超越现实的意义维度，树立起一种可以据以量度、用于评判的精神标尺，是极有必要的。只有善于从时代性问题的寻求和建构中发现历史的未来之光，以富有人性和自由的理想点燃文艺的精神之火，文艺才能成为引领时代与民族前行的精神火炬，文艺理论才能具有对现实文艺实践活动的解释力和影响力，从而具有现实的生命活力。

余三定谈：文艺批判与文艺创新

唐 定

唐 定：在谈到本土文学与世界文学的关系时，学界有一种普遍的观点，即"越是中国的就越是世界的"，或者换句话说，"越是本土的就越是世界的"。您的观点是什么？其依据又是什么？

余三定：我的观点是"既是本土的、又是超越本土的，才是世界的"。这是建立在我对岳阳文学艺术创作实践研究分析的基础上得出的观点。

在岳阳文学艺术家的作品中真正产生了世界性影响的，我的印象中最突出的是两个作品，一个是陈亚先的京剧《曹操与杨修》，另一个是彭见明的短篇小说《那山·那人·那狗》。《曹操与杨修》为什么在中国台湾、苏联产生那么大的影响，是因为它反映了相类似的现实，引起了不同国家和地区人们的共鸣。像前苏联极"左"的专制主义跟中国极左年代很类似，台湾也有过较长时间的专制时代，曹操与杨修的那种微妙关系，自然地引起了不同国家和地区人的反思。20世纪90年代，《那山·那人·那狗》被改编成电影，在日本创造了当时最高的票房价值，日本方面还把彭见明请去与观众见面，并配合出版了日文版的彭见明短篇小说集。《那山·那人·那狗》为什么会在日本引起共鸣？我想，恐怕不完全是因为彭见明的作品反映了独特的地域文化，更重要的是其反映了人与人之间某些相通的地方，比如说彭见明作品中所表现的人对生活的热爱，对事业的热爱，人与人之间真挚的情感，人与大自然的和谐，这些是人类所共同向往和追求的。

所以我个人认为"越是中国的就越是世界的"、或者说"越是本土的就越是世界的"这句话有某种片面性，我认为正确的说法应该是："既是本土的、又是超越本土的，才是世界的"。

唐　定：在我国，改革开放以来，文学评论引入了许多西方理论与话语体系，您怎样评价这一现象？

余三定：当代、特别是改革开放以来，文学理论的话语体系很多来自西方，如现代性、后现代性、解构主义、新批评、女性主义等。这些理论开启了我们文学研究的另一扇窗户，对于我们的文学研究起到了不小的推动作用，这是有目共睹的。但是这些理论的土壤毕竟是西方，它和我们民族的文学阐释话语体系可能在某些方面还不是那么贴切。现在一些批评家在文章里大量堆积批评术语、概念，一句话能说清楚的偏要绕几个圈子来说，甚至有的离开了西方理论话语就无从表达了似的。我一直主张用活泼的形式研究学术，我的文学批评也是这样，尽量少用甚至不用那些难懂的术语、名词，用大家能够接受的方式去阐释作品。

唐　定：有人说现在是文学批评缺席的年代，文学批评的公信力已严重受损，您怎样看这个问题？

余三定：你提的问题实际上包含两个判断，其中第一个判断我不同意，第二个判断我同意。之所以我不同意"现在是文学批评缺席的年代"这一判断，是因为现在无论是文学评论报刊以及最近出现的文学评论数字刊物的数量，还是文学评论文章（包括作者）的数量，抑或是文学作品研讨会的数量都很大，都显示出现在不是文学批评缺席的年代。"文学批评的公信力已严重受损"这一判断，我倒是赞同，其主要原因是因为现在的文学批评很难做到实事求是，按理说文学批评应该"好处说好，坏处说坏"，而实际情况往往是"好处说好，坏处不说，甚至坏处也说好"，一片赞扬和吹捧之声，从而导致文学批评的公信力严重受损。造成这种情况的原因，既有文学界、文学评论界内部的原因，更有整个社会的深层原因。

唐　定：文学批评家的素养问题是文学批评学中的一个重要问题。您认为作为当代一个合格的文学批评家，应具备哪些必备的素质？

余三定：我个人认为，今天的文学批评者（我把你说的"文学批评家"用"文学批评者"的概念做了替换）必须努力具备下列素养：

一、世界视野。在全球化时代，文学批评者的理想信念、价值判断等，要尽可能取一种世界视野。具体来说就是，今天的文学批评者既要深入研究中国的社会和文学，又要尽可能了解世界的发展趋势和文学的未来走向。

二、独立思考。现在是个文化多元的时代，文学批评者的独立思考尤为重要。批评者要自觉承担"社会良知"的责任，对历史、对时代、对未来，对社会、对文学，都要作理性的独立思考，而不要盲目跟风，不要只说套话，更不要说假话。文学批评者面对具体的作品、作家和文学现象，一定要有自己的冷静观察、独立思考、独特分析，要积极参与引导普通读者提升自己的阅读情趣和人生境界。

三、平民立场。现在是社会、经济快速增长的时代，同时也是贫富差距不断增大、社会矛盾较多的时代。文学批评者在目前的社会情状下，绝对不能取旁观者立场，而要努力站在平民的立场（民众的立场、民间的立场）看待问题、分析问题，并作"发言"，尤其要特别关注社会底层的境况，对普通老百姓的命运和痛痒一定要感同身受。文学批评者面对文学创作中的"贵族化"、奢华化倾向，要敢于揭示、分析和批评。

四、学识底蕴。今天的文学批评者要向 20 世纪的文学批评大师学习，要打好扎实的学识功底，努力使自己成为真正的学者，使自己成为学者型批评家。要远离急功近利，远离浮躁学风，更要远离学术不端和学术腐败。当今时代，文学批评名家不少，但文学批评大家则很少，其重要的原因是文学批评者没有能首先成为学术大家。

上述只是对今天文学批评者的素养作了粗略概括与分析。社会在不断发展，各人的情况也各有特点，我们并不强求一律，但我们希望有共同的做事、做人的底线，希望有共同的追求和向往。

唐　定：新时期较早提出、积极开展学术史研究、且取得杰出研究成果者是陈平原；在"学术史"前特别冠以"当代"一词作限定、提出"当代学术史"这一命题的，则是您。请您对"当代学术史"做一个界定与阐释。

余三定："当代学术史"实际包括"学术史"和"当代"两个要素。

我认为,"学术史"就是关于学术研究的学术研究,即研究过往学术发展的历程。学者是研究学术的,学者作学术研究时,学者是主体,学术研究的对象是客体;但是在学术史的视野之下,学者也成了学术研究的对象,即学者的研究背景、研究活动、研究成果和研究经验成了研究对象,甚至学者的治学经历和生平也成了研究对象,这个时候,学者就由研究主体变成了研究客体。简言之,学术史就是学术对自身的发展历程进行反思、分析和研究,从而寻找出学术发展的规律性的东西来。

学术史与思想史有紧密的联系,学术史离不开思想史,学术如果没有思想就没有了灵魂,就无深度可言;反之,思想如果没有学术作支撑也就没有了根基,就会显得苍白、肤浅。但学术史与思想史又有区别,思想史与社会现实、与人生、与人的情感和价值追求联系得更紧密。在一定程度上可以说,思想史人文精神更浓,学术史科学精神更重。如果要从学科定位的角度对学术史进行学科归类的话,可以从三个方面考虑:一是将其归于"历史学"内的"专门史"这个二级学科,那就可以将其作为"专门史"这个二级学科下属的一个三级学科来看待;二是在"历史学"这个一级学科内将"学术史"增设为一个独立的二级学科,假如这样设定的话,"学术史"就成了和"专门史"相并列的二级学科;三是考虑到其涉及的范围甚广,从经验的角度可以将其划归入"社会科学总论"类,中国人民大学书报资料中心主办的"复印报刊资料"系列专题刊物中,有一种刊物名为《社会科学总论》,不少当代学术史研究方面的重要论文都被该刊选入。只是这"社会科学总论"没有其能对应从属的一级学科,它似乎与人文社会科学的所有一级学科都相联系。总之,在这个问题上还可进一步探讨。"当代"则是一个时间概念,具体说是指 1949 年至今。当然 1949 年只是一个大致的时间界限,因为学术的发展往往表现出连贯性,"当代"与此前的"现代"之间有着多方面的承续性。由此可见,"当代学术史"有一个大致时间上的起点,但暂时还不能确定时间上的止点,其还是处在动态的、开放的发展过程中。

唐　定:当代学术史研究的主要内容与基本方法有哪些?

余三定:这是一个很重要的问题,它包含两个方面内容,回答起来可能需要较长的时间与篇幅。

先谈谈当代学术史研究的主要内容。大致说来，当代学术史研究主要包括如下四个方面的内容：一是宏观的学术史研究。包括对当代某个时期或时段的学术思潮、学术争鸣、学术流变、学术发展、学术积累的整体、综合性研究。如关于20世纪50年代前期新的学术范式的确立的研究，关于"文革"期间政治对学术的干扰、遏抑甚至扼杀的研究，关于新时期西方学术思潮引进历程的研究，关于新时期学术规范讨论与建设的整体研究，关于新时期反对学术腐败的综合研究，关于新时期学术评价问题的研究，当然也包括"中国当代学术发展史""中国新时期学术发展史"这样的题目，等等。二是学科史。比如当代马克思主义哲学学科史、当代史学史、当代自然辩证法研究史、当代鲁迅学史、当代红学史等。三是学者个案研究。学者个案研究是当代学术史研究中的重要组成部分。如关于胡绳、朱光潜、钱锺书、季羡林、任继愈等知名学者的研究。四是学术批评，或称学术评论。陈平原在《"清道夫"与"建筑工"》中说：广义的学术史包括学术批评。他在该文中还说："我对目前中国学术界已成阵势的'偏师'——学术史撰述、学人研究、学术评论、专业书评等，抱有深深的敬意。正是这些琐碎但又执着的努力，给中国学术的'自清洁'，以及各专门课题的'大进军'，提供了可能性。"陈平原的上述论述，与我上述关于当代学术史研究主要包括四个方面内容的看法，颇多相通之处。

再谈谈当代学术史研究的基本方法。当代学术史研究应该强调研究方法的多样化，我以为，在目前情况下，下面几点值得注意：

注意以问题为中心开展研究。所谓问题意识，并非凭空产生，而是源自对研究对象深入的思考，包括对所有研究成果的充分把握。因此，对所从事研究的学科性质、特点及状况的全面了解，是我们初学者进入研究的必经之路。面对业已形成的学科格局，我们很自然会寻找自己可能适合的位置，明白自己可以做什么，什么问题的探寻是有意义的，也才能感受自己工作的价值。陈平原在《"当代学术"如何成"史"》中认为，"谈论学术史研究，我倾向于以问题为中心，而不是编写各种通史。"比如，新时期以前，学术与政治的关系、学术与社会的关系、学术与领袖人物的关系；新时期以来，社会环境对学术发展的影响、海外学术思潮对当代学术发展的影响、关于学术评价与学术发展的互动（既有正面的互动、也有消极的互动）、关于反对学术腐败的讨论等，都是当代学术史上值得深入研究的重要问题。

重视学者个案研究。当代学者个案研究主要应从以下几个方面着手：其一，研究学者的生平经历与治学历程。在这方面，要特别注意研究学者的人生态度、思想信念和人生境界，要注意考察学者与其所处时代、社会的关系。其二，研究学者的治学成就。即研究、评析、总结学者代表性的学术成果（包括著作、论文、学术见解、学术观点、学术影响等），要特别注意将个体学者置于宏观的学术发展史背景下考察、研究。其三，研究学者的治学特点和治学经验。就是要从学者的治学过程和学术成果中，总结出其治学特点和治学经验，要揭示出其独特之处、内在之处。上述三个方面是紧密联系、有机统一的。

重视当代学者的口述实录（口述史）。当代学术史还处在动态的发展过程中，不少健在的学者是亲历者、参与者，从口述实录中了解这些学者的亲历和参与，不但可以掌握他们心灵深处的心理动机和内在动力，而且可以了解某些重要学术活动、重大学术事件的内在原因和深层背景。因此，在当代学术史研究中，重视当代学者的口述实录（口述史），不仅是可能的，而且是必要的。《历史研究》前主编徐思彦在《当代中国学术史：仅有文本是不够的》一文中说："在这里我想特别指出的是，我们不仅要研究文本，还要关注文本以外的东西。当代中国学术何以是如此样态，其制约因素很多需要到文本以外去寻找。因此，口述史应是有志于当代学术史研究者的一个重要'选项。"他还举例说：1979年第12期《历史研究》发表了左步青、章鸣九的文章《评戚本禹的〈爱国主义还是卖国主义〉》。文章发表后，引起国内外的关注，有外电报道说，《历史研究》的文章透露了中共为刘少奇平反的信息。可谓一叶知秋。果然，次年2月，党的十一届五中全会做出《关于为刘少奇同志平反的决议》。两位作者为什么要写这样一篇文章，《历史研究》为什么在刘少奇还戴着"叛徒、内奸、工贼"帽子的时候敢于发表这样的文章？文章作者之一左步青后来的回忆解开了谜团。原来，当时的《历史研究》主编黎澍与高层关系密切，他获悉中央将为刘少奇平反，便找来二位研究近代史的编辑"命题作文"。我想，如果没有左步青的"口述史"，上述当代学术史上的谜团就难于解开。当代中国学术史与学术之外的因素，当然不仅仅限于政治因素，关联太过密切，虽非正常，却是不可更改的事实。因此，研究当代中国学术史，仅有文本是不够的。口述史或许可以弥补文本的诸多欠缺。当然，口述史并非全为信史，但它可以帮助我们解读所要考察的历史事件、历史过程，当是无疑的。

唐　定：当前学术评价体系存在哪些问题？如何解决这些问题？

余三定：我认为当前学术评价体系至少存在以下三个方面的问题：

一、过分量化，太重数量。当前在学术评价方面，"数量崇拜"近乎登峰造极。据《中国青年报》说，有的地方护士提高职称都需要写多少篇论文。还有的说幼儿园的阿姨也被要求发表论文。即便以具体事务、实践工作为主的党政干部，也热衷于发表论文、著书立说。我们的高校管理部门对高校的评估、检查、验收名目繁多，花样迭出，而大多数的评估、检查、验收都是充分量化、数字挂帅。其结果是不少高校在学术研究方面的各种数字统计不断攀升，而质量和内涵则令人忧虑。好在还有北京大学等知名高校可以抵御世俗的"数量崇拜"，坚持做真正的学术研究。北大中文系系主任陈跃红不久前说：最近教育部的一个讨论显示，按照人均科研量、人均发表量、人均经费量计算，北大中文系可能会排在很多院校后边，但有一个指标北大中文系超过其他院校，那就是论文发表的被关注、被引用率是全国最高的，排名第二的也只相当于北大中文系的一半，"发表论文要关心的不应是数量多少，而是它在社会上有没有引起反应"。

二、级别崇拜，太重"衣裳"。当今的学术评价中，与"数量崇拜"紧密相连的是"级别崇拜"。高校管理部门制定的各种评估、检查、验收细则中，在评价学术单位或个人的学术水平、学术研究质量时，基本不看学术成果的实际情况和实质内容，只看项目、获奖、论文、研究基地、平台、团队等贴的"标签"是否为国家级、省级、市级。在具体的论文统计和评价中，也不重论文本身的质量和水平，只看重文章是否发表在CSSCI（中文社会科学引文索引）来源期刊。这样"只认衣裳不认人"，催生了不少学术贿赂，甚至还造成一些骗子去办假"C"刊。

三、本末倒置，违拗常理。当前学术评价体系的一个后果是，迫使学术研究者在具体的学术研究行动中舍本逐末，学术研究由"追求真理"被异化为"追求指标""追求数量"。也就是说，导致本来是以探索真理、追求真理为唯一目的和目标的学术研究被异化为主要为了迎合评价体系、追求评价指标的功利行为。迎合学术评价的"指标"甚至被某些学者、研究者当作学术研究的出发点和终极追求,这样就消解了学术研究的神圣性、崇高性和严肃性。这实际上完全变成了"买椟还珠"故事所描述的情况:只留下漂亮的盒子,而不要里面真正价值高的珠宝。我觉得,今天学术评价体系的最大问题就是过分重视"椟"而忽略了"珠"。

如何解决这些问题?我认为,必须下重药、猛药。建议:应该淡化、弱化学术评价,让那些靠搞学术评价活动捞钱、发横财的机构和人士转行去做实实在在的学术研究工作,以改良学术风气,恢复学术生态平衡;在学术评价方面,学术管理部门出台的政策越少越好,设的"法"越少越好,"折腾"得越少越好。

唐　定:您将读书的快乐分为"目的的快乐"与"过程的快乐",请问什么是"目的的快乐",什么是"过程的快乐"?您能提供一些关于快乐读书的方法吗?

余三定:什么叫"目的的快乐"呢?就是传统读书观所说的三句话"书中自有黄金屋,书中自有千钟粟,书中自有颜如玉。"这种读书观把读书看作是一个手段,通过"读书"的过程最后达到上述的三个目的。这样读书也有动力,也有快乐,但它的动力和快乐都是为了"目的"。什么叫"过程的快乐"?就是你真正喜欢书、真正喜欢读书,对书有感情,看到书就想读,情不自禁。我举个例子来说明读书过程的快乐,有一幅漫画,一个小孩子放羊时,一边放羊一边拿着一本书看,小山羊也把头伸过来,放羊的小孩和小山羊都被书本吸引了。这幅漫画告诉我们,书的吸引力真是太大了,这样的读书就是过程的快乐。

关于快乐读书的方法。常言道:"千个师傅千种法",我的方法不一定适用于你,你的方法也不一定适用于他,我讲的方法只能供大家参考。我提四条建议:

第一条建议,立足当前。立足当前就是不要企望有更好的学习条件,不要企图希望有更好的读书条件,当前就是最好的条件。比如讲哪个季节读书好吧,冬天太冷、夏天太热、春天容易让人犯困、秋天又容易让人多愁善感。要读书的话一年四季都好读书,不想读书的话一年四季都不好读书。相比较而言,大学阶段是最好读书的阶段,所以大学生一定要立足当前，利用当前的时间和条件好好读书。

第二条建议，要有自主性。就是要有战略眼光，我的意思是说你不要跟着其他人跑，不要跟着时尚跑，不要跟着畅销书跑。对大学几年时间，要做好科学安排，我认为大致上分为两个时期，即前一半时间跟着老师学，跟着课堂学，要全面打好基础；后一半时间则要根据未来发展需要学，要突出重点。

第三条建议，要选读好书。有这样一句话我送给大家："好读书、读好书、读书好"。"读好书"，就是要选择那些有水平、有档次的书去读。北京一位知名学者在演讲中曾借用毛泽东的一句话"书读得越多越蠢"来谈选择读书的重要性。为什么读书会越读越蠢呢？肤浅的、庸俗的、甚至是乌七八糟的地摊上的东西都拿来读，肯定是越读越蠢，把自己的品位都降低了。

第四条建议，要理论联系实际。所谓理论联系实际，有两个意思。第一，是要联系社会实际，特别是文科生读书要联系社会实际和专业实际来思考问题，也包括联系将来就业的实际思考问题，选择读与专业相关的书。第二，联系实际就是要参与实践。搞理科的要做实验，不能老是从书本到书本；学文科的要学会写文章，要学习研究带学术性的问题。

唐　定：《人民日报》（2014年1月21日）刊载了您的《藏宝不如藏书》一文。您认为"藏书与一个人的事业、人生之间"具有"紧密联系"，请具体谈谈它们之间的联系。

余三定：好的。我认为它们之间的联系主要体现在以下四个方面：

一、藏书自然地帮助培养学者早期的阅读兴趣和阅读习惯，帮助学者打下坚实的学识功底。陈平原的父亲是潮安农校的语文老师，酷爱读书，家里藏书不少。陈平原曾在一篇文章写过这样一段故事：有一次父亲去广州开会，因为钱都被他拿来买了书，不够买票，只好坐汽车到离家近的一个车站，背着书步行回家。"文革"年代，学校停学，图书馆关门，全靠父亲的藏书，陈平原才没有荒废宝贵的青年时光。他还说：有趣的是，当20世纪80年代他成为北大王瑶的博士生时，才发现王瑶"文革"前出版的《中国新文学史稿》《中古文学史论》《中国诗歌发展讲话》《关于中国古典文学问题》等书家里全都有。吴组缃、季镇淮、林庚等几位北大老先生在"文革"前出版的书,他父亲也都有收藏。这些书他上山下乡在农村教书的时候都"囫囵吞枣"自学过。这种种奇妙的巧合,让他感觉,冥冥之中似乎注定他走上这条学术道路。陈平原这里所说的"注定"正有力地说明了,他后来能成为当代著名学者,与他父亲的藏书让他从小就受到了人文知识、人文学术的良好熏陶、感染和激励是分不开的。鲁迅曾说天才产生需要土壤,我想藏书应该是学术天才产生的重要土壤之一。

二、藏书帮助学者更好地完成具体的学术研究课题。胡适从小就喜欢买书,一生以书为友,称得上是一名合格的藏书家。学界公认胡适对中国古典小说名著《水浒传》的研究做出了巨大贡献,其中包括对《水浒传》版本的研究。而胡适之所以能在《水浒传》研究中做出如此杰出的贡献,与他对各种《水浒传》版本的竭力搜罗、收藏是分不开的。鲁迅的情况也类似。许广平在《北行观感》之四《藏书一瞥》里这样描写鲁迅的藏书:"国学方面的各种类书、丛书也占了一些地位,但似乎没有什么难得的海内孤本,不知是原来没有呢,还是偶有一二亦不能保?或则因为鲁迅先生平时对善本、珍本的购买力未必很多,而他的记忆力强和图书馆的徘徊恐怕对他更易借助。"从许广平的叙述可以见出,鲁迅藏书的目的主要是为了阅读,并非某些单纯藏书家的"为收藏而收藏"。鲁迅每次要研究某个古典专题,总是将该专题相关的著作版本尽可能搜罗详尽。比如研究阮籍,鲁迅便有明刻本《阮嗣宗集》三种,另有张傅评本《阮步兵集》等;鲁迅校点《嵇康集》,收有明人汪士贤校刊本《嵇中散集》两部,还有一部《四部丛刊》初编本《嵇中散集》等。

三、藏书帮助学者更好地怡情养性,享受生活的快乐,领略人生的美好,感受生命的魅力。胡乔木的秘书黎虹介绍说,胡乔木家里有4万多册的藏书。其中,有的是别人送的,有的是他在旧书摊上找到的。他自己藏了不少书,古今中外,涉及各个领域,有理论、经济、政治、文学等方方面面的,甚至包括儿童的书。胡乔木没有别的嗜好,唯一的嗜好就是看书,只要不写东西就看书。看书成了胡乔木的"嗜好",也即是成了他的人生享受。李元洛在散文《上有天堂,下有书房》中写道:"一介书生的我,不惜冒犯民谣,斗胆唐突胜地,迳自改俗谚口碑为'上有天堂,下有书房',因为20世纪后期我有幸拥有一间书房以来,我天天文学于其中,文化于其中,精神食粮于其中,其喜洋洋者矣,乐不思蜀也乐不思那虚无缥缈的天堂。"把书房与"天堂"相比,可谓道尽了书房的无穷魅力。

四、学者藏书既有助于学者的学术事业和人生,同时也是在为整个社会的藏书和文化传承做贡献。20世纪80年代,任继愈逛旧货市场,看到清末大藏书家澄庵的书柜堆积在古旧家具中,无人问津。任继愈仰慕澄庵的藏书,便花钱把25个残破的柜子买下,修理完好,摆在自家的书房、花厅中。从1996年开始,任继愈将自己收藏的《十三经注疏》《西学基本经典》《中国佛教经典》《全上古三代秦汉三国六朝文》等重要典籍捐赠给了自己的家乡平原县图书馆。胡绳在1995年春,将自己的14478册藏书赠送给襄樊图书馆(抗日战争时期,胡绳在襄樊主编过《鄂北日报》),他幽默地说:"这好比是为我的女儿找到了一个很好的婆家。"襄樊图书馆专门设立了"胡绳藏书室"。任继愈、胡绳等传承下来的是书柜和书籍,更是精神和文化精髓。

南帆谈：文学话语的波长

刘小新

20 世纪年代的启蒙与 90 年代的文化转折

刘小新：近几年，"重返 80 年代"是文学批评和文学史研究的一个重要话题。您曾经深度参与 20 世纪 80 年代的文学批评活动，活跃在第一方阵之中，近期又撰写论文考察 20 世纪 80 年代"多义的启蒙"。能否谈谈您心目中的 20 世纪 80 年代？

南　帆：20 世纪 80 年代我正式投入文学活动。那个时期，文学是启蒙气氛的重要组成部分。我在大学的中文系就读，并且开始了文学批评和文学研究论文的写作。当时的各种哲学思想、美学思想以及主体论、方法论等问题的讨论一次又一次地打开了年轻一代的视野。置身于这种气氛，文学不仅是我所向往的职业，而且，与许多年轻一代相似，我力图借助文学解释自己的生活，改造自己的生活。我相信这是如此之多的人持续地关注文学的原因。即使到了今天，这个原因仍然潜伏于我的文学兴趣之中。

我曾经非常短暂地注意过新诗，继而很快转向了小说。相当一段时间，我对于小说的实验性形式深感兴趣，热衷于总结 20 世纪 80 年代中国小说的叙述模式。相对地说，形式分析要求"细读"和严密，不同于"印象主义"式的随想或者洋洋洒洒的任意引申。即使在 20 世纪 80 年代的踊跃和开放之中，严谨以及言之有据仍然是必要的思想规范。我一度对于轰轰烈烈地引进自然科学方法助阵文学研究略有微词，粗率的推论和望文生义的猜测是我最为不满的地方。20 世纪 90 年代之后，思想的解放与理论的严密性开始逐渐结合起来了。当然，这时的许多人已经开始意识到文学问题的复杂性。

刘小新：20世纪90年代之后，中国的社会和文化进入了一个新的转型时期，文学乃至整个人文思想界都不可避免地卷入，各种描述头绪纷繁。您的《冲突的文学》一书的大多数章节写于这一时期。这本著作开始集中地考察20世纪80年代文学内部浮现的种种文化主题。作为一个重要特征，这本著作力图以结构性分析处理中国经验的复杂性。您能否具体谈一谈《冲突的文学》隐含的思想转折？

南　帆：《冲突的文学》一书1992年初版，时隔20年之后另一家出版社再度出版。我的思考脉络之中，这本书的确表明了一个重要的转折。写作这本书的时候，我开始意识到中国文化的特殊结构，并且察觉到这种结构形成的空间感。20世纪80年代以来，中国文化内部熙熙攘攘的各种因素背后存在三种"价值源"：前现代社会，现代社会，后现代社会。三者形成了多向的文化冲突，前现代社会与现代社会的价值冲突尚未充分展开，现代社会与后现代社会的冲突已经接踵而来。这个阶段中国文化内部的复杂性质很难用一个简单的术语——例如某某主义——加以概括。上述这些相互缠绕的冲突相当一部分体现于文学之中，例如城市与乡村，男性与女性，英雄与反英雄，先锋文学与大众文学，科学主义与人本主义，社会与形式，如此等等。这一切显示了中国经验的独特性质。考察这些冲突的时候，我同时注视着文学和审美产生的积极作用。文学如何在如此复杂的图景之中投出自己的一票？文学所倾心的内容与其他文化门类具有哪些区别？各种文化门类对于这个世界做出了焦点各异的描述，众多描述的背后是否可能隐藏某种统一的观念？这些问题的纠缠与思索远远超出了这本著作之外，成为我日后相当一部分工作的思想框架。面对这种文化图景，许多思想家的启迪汇入我的考察，例如罗兰·巴特的犀利，米歇尔·福柯的深刻，或者特里·伊格尔顿的开阔气势。

话语分析与文化研究

刘小新：20世纪90年代，您的另一部重要著作是《文学的维度》。学术界同仁充分肯定了这本著作的叙事话语分析："洞悉话语的权力运作机制，常常是一方面联系着文学内部的审美特性即审美话语的权力运作机制，另一方面将中国历史的、政治的、民间的、学术的话语生产系统纳入考察范围。"在我看来，《文学的维度》的突出特点是话语分析与意识形态批评的结合。是这样的吗？

南　帆：《文学的维度》又一次把视线对准了语言。20世纪80年代对于形式和语言的兴趣再度浮起。语言可以是世间万物的命名，这是最为初级的语言理解；另一种常见的理解是，语言充当人们内心表现的工具。中国古代的大多数思想家都是从"表现论"的意义上估量语言的意义，从孔子的辞达而已、诗人的炼字炼句到言为心声、气盛言宜之类的命题，没有人对于主体与语言的关系以及"表现论"进行更为深入的思考。20世纪所谓的"语言转向"之后，从结构主义、解构主义一直到拉康，另一种观念得到了愈来愈多的考虑：语言是一种先验的符号秩序，人们的思想认识必须接受各种符号秩序的编辑；符号决定了主体，构成了主体。

在我看来，符号已经成为现代社会的很大组成部分。语言、绘画、音乐这些纯粹的符号体系之外，各种实用之物——例如建筑、车辆、服装或者一条街道的设计、一个城市的布局——同样作为各种符号生产出不同的意义。符号不仅具有构成的规则体系，而且与意识形态以及历史演变密不可分。进入现代社会，人们不仅生活在符号之中，同时，符号也是人们进行各种角逐的重要领域。《文学的维度》力图考察的是，文学置身于这种符号秩序之中扮演什么角色，文学如何"突围"——文学如何展示"真实"，文学的修辞、叙事以及文类具有哪些意义。

《文学的维度》使用了一个隐喻："话语光谱"。文学从来不是存在于文化真空之中。从经济话语、政治话语、哲学话语、法律话语到军事话语或者科学技术话语，众多不同的话语体系的交错构成了一个社会的"话语光谱"。文学话语置身其中，显现出独特的波长。文学话语的特征及其意义无不相对于另一些话语体系而言——相对于哲学话语、经济话语、新闻话语或者历史话语，如此等等。这意味着在语言符号层面上揭示文学与社会历史的各种关系。在我看来，文学不存在"超历史"的孤立本质；每一个历史时期的文学特征都是在多种复杂的比较之中显现出来——我反复阐述的"关系主义"即是在这些观点的基础上展开。我为"关系主义"撰写的一批论文主要辑录于《关系与结构》这本论文集。我主编的《文学理论》也是在这种平台上讨论围绕文学的众多命题。考察种种具体的历史关系就是远离形而上学，拒绝"本质主义"，注重分析文学话语的意识形态功能。

刘小新：您对文学史写作似乎不太感兴趣。在您的著作中，只有《隐蔽的成规》接近当代文学史著作。但是，《隐蔽的成规》显然与流行的编年体式文学史著作不同，它是以问题为中心展开的。为什么选择这些问题展开讨论？何谓"隐蔽的成规"？多年以后的《五种形象》是否延续了这种思路？

南　帆：文学史不仅是文学事实的记录，而且是文学事实的筛选、解释和评价。文学史写作不得不从一个貌似简单的问题开始：文学为什么可以源源不断地生产？分析之后可以发现，某些重要的文化观念隐藏于作家的思想之中，成为他们文学想象的内在情结，甚至提供故事发展的驱动力。《隐蔽的成规》力图发掘文学生产背后一些隐蔽的控制和监察，诸如现代性，国家神话，历史的理解与叙述，传统和民间的意义，如此等等。阐明这些文化观念形成的各种成规有助于解释文学史的各种特征。

如何描述中国当代文学史？我不太关注流行的编年史叙事。编年史式的叙事揭示了文学事实的历时秩序，但是这不是唯一的选择。能否考察文学史的共时结构？我曾经论证过这个问题。事实上，文学史从来不是单纯的编年史。收集和编撰众多文学事实的时候，某些关键词、某些关键的命题占据了人们的思想轴心，编织出文学史的撰写框架。《五种形象》涉及了"典型""现代主义""底层""小资产阶级""无厘头和后现代主义"这些问题。我想表明的是，中国当代文学史的写作如何受到这些关键词和关键命题的支配。我想，这种工作方式十分接近知识谱系的分析。

刘小新：这种研究方式显然与"文化研究"相当接近。文化研究在中国的兴起意味深长，也引起一系列论争。我以为文化研究是人文知识分子重新返回文化现场的一个重要入口。您的《双重视域》在传播学和文化研究领域都产生了很大影响，也被台湾地区一些大学列为文化研究专业研究生教学的必读书目。这本著作的写作初衷是否与文化研究的认识有关？

南　帆：《双重视域》的确是文化研究的一个探索。这本著作的考察对象是现代社会的电子文化功能，从收音机、电话、电影、电视到互联网。如今，这些电子产品正在彻底地改造人类的生活，尤其是改造文化生态乃至政治生态。电子文化既带来了巨大的启蒙，也包含了隐蔽的操纵——我的研究即是在两种视域的交叉之下展开。更为广泛的意义上，这也是我分析大众文化的两种视域。

文化研究对于我的吸引，很大程度上由于抛开了僵化固定的程式。目前为止，文化研究似乎还没有一个经典的定义。我的想象之中，文化研究恰恰包含了"反定义"的气质。突破固定的学科界限，突破经院习气，摆脱大量艰涩的术语而进入我们的生活实践，犀利的分析和批判不再是屠龙之技而是与周围的日常息息相关，这是文化研究的精髓。愈是接近现代社会，人们愈多地从栖身的自然转移到人工环境；这种人工环境的一大部分是由社会文化调集各种符号构建起来的。人们无法质问自然的构成。不论是风调雨顺、土地肥沃还是干旱炎热、石油匮乏，人们只能接受自然的安排。然而，进入人为的社会文化，人们有权利提出质疑：这一切出自谁的安排？对谁有利？哪一些人暗中获益，哪一些人不知不觉地成为压迫和剥削的牺牲品？当然，历史上的统治阶级业已形成一整套完善的文化策略掩盖种种不公。文化研究的重要任务就是揭开各种伪饰，暴露各种不平等关系，不论这一切隐藏于话语修辞、行规习俗还是课程设计或者学术机制之中。从文学研究跨入文化研究，这几乎是顺理成章的一步。由于文本分析的训练，从事文化研究的时候可以迅速察觉，各种纷杂的符号如何卷入意识形态叙事。

历史的转型与文学能量

刘小新：20世纪90年代"人文精神"的争论开始，人文知识分子之间出现了多次思想交锋。您持续地关注这些思想交锋，并且始终积极地阐发文学经验的意义。这常常表现为您的思想跨度——从个人化的具体经验转入普遍的历史判断，从思辨性的思想观念联系到日常的细节。您的《后革命的转移》与即将出版的《无名的能量》均包含了这方面的内容。许多方面，这两本著作的立场一脉相承；但是，时隔7年，我似乎还是感到您的焦点出现了某种转移。您可以具体地解释一下这个问题吗？

南　帆：《后革命的转移》的确企图回应历史的转型——当然仍旧是文学的视角。20世纪90年代之后的历史特征可以表述为，革命的话语、机制和气氛无不逐渐消退，市场话语急剧膨胀，消费主义乃至拜金思想正在成为某些人的唯一信念。不长的时间里，文学在内的各种精神产品撤到了边缘。20世纪90年代中期，一批文学知识分子做出了激烈同时又不无仓促的反应，"人文精神"的争论可以视为这种反应的记录。《后革命的转移》的写作大部分在"人文精神"的争论之后，许多思考来自这场争论的触动。首先，文学记录了历史转型背后的众多复杂经验。这个历史转型并非一条干脆利索的弧线，而是裹挟着各种复杂的体验，例如惊讶、激动、感伤、依恋、忏悔、痛苦、犹豫，等等。这个历史转型给知识分子带来了巨大的震荡。他们曾经在"五四"时期扮演了启蒙者的角色，继而在革命话语之中接受改造；20世纪80年代之后，知识分子又一次被誉为勇敢的盗火者，但是，汹涌的商业大潮致使他们不知所措。知识分子与大众构成了历史之中的二元结构。无论是启蒙还是接受改造，知识分子面对的是底层的工农大众；他们的思想与工农大众之间的距离坚硬地存在。现在，商业大潮推到知识分子面前的是消费者大众。知识分子又一次成为落伍者，可是，他们似乎不知道如何评价这种状况。市场和商业不就是20世纪80年代的启蒙召唤出来的吗？剥削阶级与财富的连锁关系解除之后，消费带来的狂欢令人亢奋。无产阶级大众与消费者大众之间的身份转换并未遇到太大的困难。这时，令人奇怪的似乎是另一个现象：真正的市场和商业抵达之后，知识分子为什么又感到了格格不入呢？他们仅仅是一批"叶公好龙"的家伙吗？

这些故事的确显示了历史转型之中最为复杂的一面。一些人倾向于援引审美现代性与资本主义现代性的分歧给予解释，另一些更为激进的想法是在审美现代性的位置上恢复革命话语曾经拥有的强大威力，遏制乃至否定消费主义。我的确感到担忧的是，消费主义会不会形成另一种压抑体系，格式化社会成员的思想空间，冻结所有的精神探索和活跃的想象，以至于一切主题无不指向一个字：钱。因此，当市场带动的巨大财富席卷而来的时候，他们以最快的速度向实利主义投降。这种氛围之中，20世纪80

年代风靡的哲学与诗成了笑话，工具理性与经济利益的锱铢必较一拍即合。如此迅速的精神枯萎肯定会引起警觉。然而，我对于重复昔日的各种空洞口号没有太大的信心。许多时候，这些口号成了特定场合的礼节性辞令，许多津津乐道的人自己也不怎么相信。面对巨额财富，他们同样不存在内心防线。我宁可在文学经验之中搜索某些抗衡消费主义的精神资源。文学显示，从本土、民族、乡村、文化传统到怪诞的美学或者宗教信念无不包含了另一些富于启示的主题。当然，《后革命的转移》并不是简单地把市场与这些主题叙述成两个界限分明的阵营，针锋相对；相反，我想考察的是，这两方面如何展开复杂的对话，进而在对话之中互相展示历史的合理性，扬弃种种丧失了生命力的命题。

刘小新：如果说，《后革命的转移》吸收了"人文精神"讨论的思想动力，那么，《无名的能量》转入了日常生活。这是肯定世俗的普通人生吗？《后革命的转移》的"结语"部分强调的是文学的挑战，回到日常生活是否意味挑战的结束？为什么这本新著取名为《无名的能量》？

南　帆：《无名的能量》涉及许多问题。这是我近几年集中精力撰写的一本著作。这本著作的"导言"即是论述文学与日常生活的关系。在我看来，文学转向日常生活是"现代性"的产物之一。文学曾经依附于神话、英雄传奇，依附于历史叙事。现代性，启蒙，个人的觉醒，这些观念使普通人日常生活的价值逐渐得到了认可，继而进入了文学的视野。日常生活始终存在，但是，日常生活引起文学的关注是某一个历史时期的产物。回到"话语光谱"可以发现，社会科学的若干学科同样在相近的时期兴起，然而，无论是哲学、经济学、社会学、法学或者政治学，没有哪一个学科对于杂乱琐碎的日常生活表示兴趣。这些学科的眼里，日常生活似乎是一片不值得耗费精力的领域。事实上，只有文学认领了这个领域，津津有味地叙述一副肖像，一场对话，一道菜肴，一个战争的壮烈场面或者一个家族内部的勾心斗角。文学当然再现了各种形象，然而，这是日常生活之中的形象——或者说，形象惟妙惟肖地复制出日常生活。

复制所谓的日常生活又有什么意义？细节，场面，气味和声响，人物的言行举止，如此等等。显而易见，一个个普通的小人物出现了。这表明了对于个人的重视。很大程度上，这就是现实主义文学的特征。现实主义的精髓不是简单的模仿、再现，而是摆脱浪漫主义对于传奇、非凡景象以及夸张激情的爱好，把眼光投向了凡俗的人生，让那些"不登大雅之堂"的贩夫走卒浮现出来。我在《无名的能量》之中强调的一个观点是，历史话语——即历史著作的叙述——的分析单位是"社会"，文学的分析单位是日常的"人生"。"为人生"是文学不再依附于历史话语的标志。这是文学话语的波长。

需要说明的是，个人的重视，个人主义的兴起，不能简单地等同于"唯我独尊"的自私或者反社会。个人的重视表明的是，种种分析或者描述必须到个人为止，尤其是普通小人物。尽管每一个人无不从属于更大的共同体，例如阶层，阶级，民族，国家，但是，他们并没有成为同质的个体。每一个体之间的差异是有意义的，共同体的普遍性质并不能完全化约这些差异。如果说社会科学的许多学科考虑的是如何概括共同体的各种普遍性质，那么，文学乐于指出的是普遍背后的差异。

《无名的能量》强调的另一个观点是，这些日常生活和一个个普通人也是"历史的构成"。很长的时间里，人们习惯把历史想象为大英雄或者大奸臣的舞台，普通的小人物仅仅是招之即来、挥之即去的道具。他们仿佛处于历史之外——难道他们还能推动历史吗？我当然承认大英雄或者大奸臣与普通人的区别，但是，他们都在参与历史。他们在各种对话、挑战、协商和冲突之中充分地表现出主体的能动性。历史是所有的人合力创造的结果。文学抵达了历史创造的最小有效单位。谈论独立、革命、解放，最终必须触及个人经验。

文学潜入日常生活，是否就是向世俗妥协？文学的美学锋芒消失在家长里短之间了吗？相反，文学恰恰是在日常生活之中寻找突围的能量——这即是我称之为"无名的能量"的原因。解放的能量可能存在于辽阔的日常生活领域，存在于普通人之间。文学的意义之一是开掘这种能量。当然，正如许多人意识到的那样，文学必须与日常生活的琐碎搏斗，发现和开掘解放的能量犹如披沙拣金。这时，我要提到文学形式的意义。文学形式的功能在于，掠开各种纷乱的表象，凝聚起日常生活深部的革命性因素——无论是文学的修辞、故事情节叙述还是文类的构成，莫不如此。

文学与新型经验

刘小新：您在学术研究和文学批评之余还写下了不少散文作品，受到了很多读者的喜爱。在我看来，您散文作品和学术研究之间存在某种内在的呼应，可以彼此参读。是这样的吗？

南　帆：我以前曾经多次说过，我的散文写作不是有意为之。学术研究、文学批评之余，似乎还有一部分思想没有被一本正经的论文文体吸收。有感而发，我开始撰写一批日常生活分析的文化随笔，于20世纪90年代中期结集出版，书名叫作《文明七巧板》。我主要关注的是，身边世界之中各种景象的寓意。除了实用功能，这些景象如何成为符号，表达各种意义——这种意图与文化研究十分接近。从证件、寓所、姓名、玩具到谣言、誓言、宠物、化妆，这些对象均在分析之列。当然，《文明七巧板》更多的是分析而不是抒情。我曾经在这本著作的"后记"之中感叹，"思"无法抵达"诗"。批判无法召唤激情。

我随后写作的一批散文，思想密度都比较大。我强烈地意识到，这个世界的许多景象均可成为思想的对象。文学、思想、世界三者之间的距离远比预想的小。当然，一些读者可能觉得，这些散文的阅读不是那么轻松。这还是散文吗？某些读者似乎略有疑问。然而，我首要的意图就是，自由地表达个人与世界的对话——至于这些文字是否符合传统的散文模式，这并非多么重要的问题。有时，我更愿意把这些文字称之为"随笔"。顾名思义，"随笔"可以自由自在，"风行水上，自然成文"。随笔对于我的一个重大吸引，即是文体上的自由精神。

不过，我的散文开始转向历史往事的时候，感性经验、形象以及个人内心情绪反而增加了。无论是地方上的先贤英烈还是父辈的曲折经历，我在描述、分析之余产生了许多感慨。从《辛亥年的枪声》到《关于我父母的一切》，这些散文似乎更为饱满一些。今年我在《收获》上撰写一个专栏，叙述的是个人历史的一个特殊段落——下乡插队的经历与个人的精神成长。我力图做到的是，往事记忆、个人经验、想象与分析以及历史认识的有机交汇。

刘小新：这么多年来，您对于中国文学的关注始终没有减少。我猜测，这不仅源于职业的要求，肯定还包含了你对于中国文学的真正重视。现今，中国文学的边缘化已经是一个明显的事实，同时，"文学已死"的论调不绝于耳。这一切没有影响您的文学兴趣吗？

南　帆：我对于中国文学的重视至少包含了两个方面的原因。首先当然是文学兴趣。年龄渐长，但是，文学的兴趣没有随之削减。文学研究能够成为职业，这始终是我深为庆幸的一件事情。尽管如此，我仍然要承认，我重视文学的原因超出了个人的爱好。在我看来，现今的文化结构之中，文学的意义不仅没有减少，相反，文学正在重新显示出不可代替的一面。

之所以这么认为，恰恰因为社会历史的判断。如今，中国的社会历史不是在预演某种现成的模式，众多新型的经验不断涌现。无论是文化、经济还是生态问题，众多新型的经验已经远远超出传统理论谱系的覆盖范围。许多人意识到，不少传统的命题正在失效，重新探索迫在眉睫。文学显然是探索的一种特殊形式。文学具有独特的"分辨率"。从日常生活细节、个人内心、感性经验、无意识到人物性格、激情、想象乃至超现实的魔幻空间，文学可能成为新型经验的独特显现。相对于政治学、经济学或者历史著作，文学提供的图景笔触细腻，内容逼真，感情真切。如果说，许多学科的描述和结论时常是某个时期的社会平均数，那么，文学具体地进入一个个人生，复制各种切肤的体验。作为一种理论总结的习惯，人们总是将个体划入更高的类型，或者启动一个抽象的结论归纳生动而活跃的体验。然而，文学的意义并未局限于个别证明整体，或者个性证明共性。另一些时候，文学恰恰表明了个别与整体、个性与共性之间的张力。如果整体或者共性无形地成为某种遮蔽的时候，文学可能作为一个异数提示了另一种存在；如果整体或者共性来自一个错误的判断或者过时的概括，那么，文学就会形成某种尖锐的挑战。总之，没有理由再把文学形容为某些先验结论的形象例证，形容为通向真理之门的台阶。相反，个别和具体本身就是历史不可化约的一部分。许多场合，个别和具体所产生的心理能量可能深刻地烙印在历史之上。

如此"器重"文学并不等于认为，中国文学已经足够成熟，可以完美地承担如此重任。相反，这些任务的描述更多地显示了中国文学的距离。然而，我还想说的是，距离的存在并不是抛弃中国文学的理由。的确，如你所言，目前出现了不少激烈的、甚至赌气式的否定论断。但是，在我看来，中国文学的提高以及逐渐完善依赖的是富有韧性的不懈工作。无论是出于个人兴趣、职业要求还是出于文学意义的认识，我都愿意站在不懈工作的队列之中。

陈众议谈：重构当代文艺理论

熊元义　王文革

中国当代文艺任重道远

熊元义　王文革：刚刚过去的一年，中国文学界最兴奋的事莫过于莫言获得诺贝尔文学奖。莫言获奖应看作是中国当代文艺发展的新起点，而不应看作是遥不可及的高峰。这就是说，中国当代文艺虽然不是封闭的自足体，但却有自己的发展方向。中国当代文艺如何在深入地反思以往成就的基础上进一步地发展？

陈众议：莫言获得诺贝尔文学奖的最大好处是我们终于不必仰视这个奖项了。同时，莫言将逐渐演化为符号，而这个符号并不意味着中国文艺得到了世界的认同。鲁迅在谈到诺奖时说过，它弄不好会滋长了国人的虚荣心。在过去的许多年间，我们向瑞典文学院推荐莫言或其他心仪作家只是介绍中国当代文学的一种方式，倘使命中，则不仅中国文学，即使世界文学都有可能受益。最重要的是，一旦大陆作家获奖，我们的读者和媒体的诺奖情结也可以消矣。大体上讲，人们对诺奖一直存在着一个高估和一个低估。譬如我们的读者和媒体就曾对之过分仰视，而西方对中国文学的小觑也始终存在。曾经的莫言并非西方最了解熟识的中国作家，卫慧、棉棉等远比他有"人气"。西方主流意识形态对我们的偏见依然强大，而且在可以预见的未来这种偏见将继续存在并化生出不同的变体。反过来，我们换位思考一下，当某位作家获得诺贝尔文学奖时，不也是一阵子热情吗？我们对他周遭的作家和文学生态、社会状况又关心过多少？因此，我们要走的路还很远很远，而且很不平坦。现在既要防止把莫言捧上天，又要避免恶搞。唯有取舍中度、有理有节，才是文化大国的气象，也是批评的基本准则；在国家民族消亡之前，向着国家民族始终应该是一切言行的灯塔。

对于中国文学而言，莫言获奖只是万里长征走完了第一步，况且诺贝尔文学奖也远非评价文学的唯一标准。撇开2012年，从最近10年获得诺贝尔文学奖的名单和他们的作品可以看出，一向表示拥抱理想主义的诺贝尔文学奖确实大都颁给了一些有着明显自由主义倾向的作家，这些人大都对所在国家政府，尤其是社会主义制度持批判、甚至否定态度，这几乎也是瑞典文学院的一贯选择。从20世纪80年代开始，这种倾向更为强烈地凸现出来。在这之前，譬如冷战时期，这个奖项也曾落到一些左翼知识分子身上，譬如萨特、聂鲁达、马尔克斯等，从而体现出相对的宽容度。当然，这种包容度在冷战之前尤为明显。因此，诺贝尔文学奖的评选原则并非铁板一块，它具有鲜明的时代特征。而"理想主义"原则过于宽泛。就个人而言，前10年的得主鲜有我心仪的，其中包括我的研究对象巴尔加斯·略萨。我对他的后期创作很有保留。之所以如此是因为他的右倾。早年，他对专制、对贫穷和落后口诛笔伐，对劳苦大众、弱势群体怀有深切的同情。后来，虽然他在反独裁、反专制方面是一贯的，但明显站到了个人主义（小我），甚至自由资本主义一边。20世纪80年代以前，他的表达更为辩证，也经常兼顾地缘差别，作品有更大的包容性，内容更为厚实、风格更为鲜明。这之后，他的自由主义倾向愈演愈烈，甚至常有拥抱极端个人主义的倾向。相比之下，我更喜欢勒克莱齐奥，因为他在很大程度上一直关心人类原生态文化，对一些非洲、拉丁美洲印第安部落也充满了同情。这种关心多元文化和弱势群体（民族）的心志值得尊敬。总体说来，21世纪头10年的获奖作家在艺术追求上（无论题材、主题、方法）具有相对一致的严肃性，但就个人审美和价值取向而言，我以为至少耶利内克和穆勒是被高估的。前者所体现的审美乖僻很难引起大多数人的共鸣，而后者偏激的意识形态基调让我无法苟同。

其次，莫言的文学作品并非十全十美，更不是中国文学的唯一坐标。身在知名的文学研究机构，在过去很多年间，我曾邀请过多位诺贝尔文学奖获得者，也向瑞典文学院推荐过心仪的中国作家和国外作家。在所推荐的外国作家中，就有以色列作家奥兹，因为他的民族和解意愿令人钦佩，而且他努力选择不偏激、不极端的"第三条道路",并认为文学犹如生活,它首先是一种妥协。但这未必符合瑞典文学院评委的口味。而最终影响到评选结果的,除了长名单的18位评委和短名单的5位评委外,还有欧洲王室、西方政要、历届诺奖获得者及知名文学研究机构,批评家和作家的意见只是参考。

再次,撇开意识形态(实际上很难撇开,无论多么特殊,文学终究是一种意识形态)和获奖者参差不齐的事实,这样一个奖项上百年执著地拥抱和重视文学这个"无用之用",在一个唯利唯实的时代,不能不说是一道彩虹。而莫言的某些持守无疑是值得我们关注的。从某种意义上说,他传统得几乎可以做左拉们的先驱。然而,我必须反复强调,他远非衡量文学的唯一标准。

民族与世界的关系

熊元义　王文革：如果一个民族真正的、进步的、优秀的东西不是对人类文明的发展和丰富,不是对人类文化发展的推进和真正的创造,就很难融入人类文明中。我们应该在人类文明发展的格局中把握民族文化的前进方向,积极推动民族文化融入人类文明中,并为人类文明的发展做出独特的贡献。中国当代文艺在"全球化"中既不迷失自我,也不固步自封,如何找准自己的发展方位呢?

陈众议：马克思在《资本论》中预见和描绘过跨国资本时代,谓"各国人民日益被卷入世界市场网,从而资本主义制度日益具有国际的性质"。如今的事实证明了马克思的预见,而且这个世界市场网的利益流向并不均等。它主要表现为:所谓"全球化",实质上是"美国化"或"西方化",但主要是美国化;形式上则是跨国公司化。据有关方面统计,20世纪60年代以降,跨国资本市场逐渐擢升为世界第一市场。资本支配者迫不及待地开发金融产品,以至于千禧年前后世界货币市场的年交易额已经高达600多万亿美元,是国际贸易总额的100倍;全球金融产品交易总额高达2000万亿美元,是全球年GDP总额的70倍。这是资本逻辑非理性的一次大暴露,其中的泡沫成分显而易见,利益驱动和目标流向更是不言而喻。

此外，资本带来的不仅是利益，还有思想，即意识形态和价值观。凡此种种，已然使发展中国家陷入两难境地。逆之，意味着自杀；顺之，则必定被"化"。

随着跨国资本主义的全球扩张，传统价值受到了冲击和解构，以至于传统意义上的民族性与国家意识正在逝去，并将不复存在。认知方式、价值观和审美取向的趋同使年轻一代逐渐丧失了民族归属感和认同感，而四海为家、全球一村的感觉十分契合跨国公司不分你我、没有中心的去二元论思想。

随着跨国资本主义的发展，资本对世界的一元化统治已属既成事实。传统意义上的故土乡情、家国道义等正在淡出我们的生活，怪兽和僵尸、哈利·波特和变形金刚正在成为全球孩童的共同记忆。年轻一代的价值观和审美取向正在令人绝望地全球趋同。四海为家、全球一村的感觉正在向我们逼近；城市一体化、乡村空心化趋势不可逆转。传统定义上的民族意识正在消亡。

认同感的消解或淡化将直接影响核心价值观的生存。正所谓"皮之不存，毛将焉附"，民族认同感或国家意识的淡化必将釜底抽薪，使资本逻辑横行、拜金主义泛滥，使中国特色社会主义核心价值体系的构建成为巴比伦塔之类的空中楼阁。因此，为擢升民族意识、保全民族在国家消亡之前立于不败并使其利益最大化，我们必须重新审视自己的传统，使承载民族情感与价值、审美与认知的文学经典当代化。这既是优秀文学的经典化过程，也是温故知新、维系民族向心力的必由之路。于是，如何在跨国资本主义的全球扩张、传统的国家意识和民族认同面临危机之际，建构社会主义核心价值体系、坚守和修缮我们的精神家园成为极其紧迫的课题。这其中既包括守护优秀的民族传统，也包括吸收一切优秀的世界文明成果，努力使美好的价值得以传承并焕发新的生命。当然，这不是简单的一句"古为今用""洋为中用"可以迎刃而解的。

遗憾的是，目前充斥我国文坛的恰恰是山寨版产品，以至于精神垃圾较之有毒食品、伪劣货物更有过之而无不及；文学语言简单化（却美其名曰"生活化"）、卡通化（却美其名曰"图文化"）、杂交化（却美其名曰"国际化"）、低俗化（却美其名曰"大众化"）等，以及工具化、娱乐化等去审美化、去传统化趋势在网络文化的裹挟下势不可挡。进而言之，作为我们民族文化根脉和认同基础的语言正日益面临被肢解和淹没的危险。看看我们的文艺作品（比较极端的例子如新近的《亲密敌人》，相对普遍的则是夹生洋文充斥的新新文学、网络书写），但凡敏感一点的、读过都德《最后一课》的人都会毛骨悚然，因为这才是真正的釜底抽薪。面对外邦入侵，都德借人物"老师"之口对同学们说："只要法语不灭，法兰西将永远存在"。而当今世界，弱小民族（部落）的语言正以高于物种灭绝的速率迅捷消亡。难道我们不应对自己的语言危机有所警觉吗？遗憾的是事实并非如此。我们的许多知识分子尚且缺乏意识和警觉，何况少男少女！诚然，即使是在同属西方体系的欧洲，譬如法国、德国、意大利或西班牙等，像《亲密敌人》这样的影片大抵不会有人去拍，且不说它所张扬的是那样一种浮世绘式的西化的"虚荣尚贵"生活。

　　凡此种种所承载或导致的价值混乱和认知错乱愈演愈烈。中华民族又到了最危险的时候！然而，危机是全人类的。用我们古人的话说，"城门失火，殃及鱼池"；"覆巢之下，安有完卵"。如今，就连某些西方国家的知识精英也感到了来自资本主要支配者的话语压力。都德所谓"只要法语不灭，法兰西将永远存在"的著名论断有可能反转而成为箴言。强势的资本话语似黑洞化吸，正在饕餮般吞噬各弱小民族赖以存在的基础。传统意义上的民族文学作为大到世界观、小至语言、风俗、情感等的重要载体，正在消亡。其症候之一便是日益呈现在我们面前的"国际化"（主要是美国化）流行声色。

　　人类借人文以流传、创造和鼎新各种价值。民族语言文学作为人文核心，其肌理决定了它作为民族认同的基础和文化基因或精神染色体的功用而存在并不断发展。因此，民族语言文学不仅是交流工具，也是民族的记忆平台、审美对象，还是民族文化及其核心价值观的重要载体。这就牵涉到语言文学与民族之间那难分难解的亲缘关系。正因为如此，第二次世界大战以后，当有人问及邱吉尔，莎士比亚和印度孰轻孰重时，他说如果非要他在两者之间做出选择，那么他宁要莎士比亚，不要印度。当然，他这是从卡莱尔那里学来的，用以指涉传统。而语言永远是最大的传统。问题是，我们在做些什么？从幼儿到研究生，国人对英语的重视程度已然远甚于母语，以至于不少文科博士不擅用中文写作，遑论文采飞扬。于是，有家长愤而极之，居然将孩子关在家里并用《三字经》《千字文》及四书五经等弘扬"国学"、恢复"私塾"。殊不知人类是群居动物，孩子更需要集体。多么可怕的两难选择！

总之，西风浩荡，肯德基和麦当劳、好莱坞和迪士尼占据了全球儿童的共同记忆，而英语正在成为许多中国孩子的"母语"。这才是最糟糕的本末倒置。

顺便说一句，好莱坞是白宫顶层设计的产物。早在20世纪40年代，时任美国总统的罗斯福就曾明确指出，若论什么是影响人们思想观念的最佳武器，电影首当其冲。有鉴于此，他曾下令有关方面要以宣传美国的政策和政府的努力为目的。这多少与美国的全球野心有关。当然，这与西方一以贯之的人道主义并不矛盾。相形之下，我国大片尽管正在出现好的苗头，但总体上表现出价值混沌、立场模糊、灵魂缺席、题材狭隘等诸多问题，与核心价值体系建构的呼声相距甚远。譬如《泰囧》这样的叫座影片，不是恰好见证了我们一味傻乐的欣赏水平吗？！但当其一旦置于好莱坞，甚至宝莱坞（如《三傻大闹宝莱坞》）作品之间，也是良莠即分、高下立见。至于各国电影如何不同程度地受到好莱坞的影响，则是另一个问题。当然，电影与其他文艺一样，有自身的发展规律，这也是许多好莱坞电影不那么"主旋律"、不那么符合顶层设计的重要原因。进而言之，强势文化有资格"多元"并存。这也是资本主义的基本承诺，尽管金钱是其真正的上帝。

而民族与世界，本应是个别与全体的关系，但现实常常不尽如是，它有所偏侧。于是，世界的等于民族的似乎更符合实际。然而，世界是谁？它常常不是全人类的总和。往大处说，世界常常是少数大国、强国；往小处说，世界文学也常常是大国、强国的文学。这在几乎所有世界文学史写作中都或多或少有所体现。因此，世界等于民族这个反向结果一直存在，只不过它从来没有像今天这样表现得清晰明了和毋庸置疑。盖因在跨国资本的全球化进程中，利益决定一切。资本之外，一切皆无的时代已经来临。而全球资本的主要支配者所追求的利润、所奉行的逻辑、所遵从的价值和去民族化意识形态色彩，显然与各民族的传统文化不可调和地构成了一对矛盾。如何从我出发，知己知彼，因势利导，为我所用地了解和借鉴世界文明成果，取利去弊、有持有舍、进退中度、创造性地守护和发扬全人类的美好传统，使中华民族在物质和精神的双重层面上获得提升和超拔，无疑是中国作家、中国学者和全体中华知识分子面临的紧迫课题。它不仅对于中华民族的伟大复兴至为重要，对于守护世界文明生态、抵抗资本的非理性发散与膨胀同样意义重大。

熊元义　王文革： 而中国当代文艺化解世界等于民族这个反向结果，就是重铸中华民族开疆拓土之魂。在中华民族伟大复兴的征程中，中华民族不仅需要岳飞、文天祥这样保家卫国的英雄，更需要卫青、霍去病、薛仁贵这样开疆拓土的民族英雄激励民族奋发图强，开拓创新。打铁还需自身硬。当中华民族具有这种开疆拓土的民族魂魄时，中国当代文艺就不会困扰于这种民族与世界的矛盾中。

陈众议： 我并不否定跨国资本主义是人类社会发展的必然一环，即资本在完成地区垄断和国家垄断之后实现的国际垄断。它的出现不可避免，而且本质上难以阻挡。马克思正是在此认知上预言了"全世界无产者联合起来"：不分国别、不论民族，为了剥夺的剥夺，向着资本和资本家开战，进而实现人类大同——社会主义。但前提是疯狂的资本逻辑和技术理性让世界有那么一天；前提是我们必须否认"存在即合理"的命题，并且像马克思那样批判资本主义。这确乎是一种明知不可为而为之，但若不为，则意味着任由跨国资本毁灭家园、毁灭世界。

因此，我们的当务之急是向马克思学习，在认清资本丑恶本质的基础上批判跨国资本主义，从而对诸如波拉尼奥、村上春树、纳瓦勒·赛阿达维、伊萨贝尔·阿连德等东西方国家的"国际化"写家以及我们的某些"80后""90后"作家，甚至知名作家的去传统化写作保持足够的警觉。由此推延，一切淡化意识形态或去政治化倾向（尽管本身也是一种意识形态和政治）同庸俗社会学一样有害。在此，苏联解体之前的文学形态为我们提供了不可多得的前车之鉴，而苏联（特别是流亡）作家接二连三地获诺贝尔奖同样意味深长。但是，更加意味深长的是苏联解体之后俄罗斯所遭受的各种挤压。这与政治体制和意识形态关系甚微。盖因利益才是当今世界发展与碰撞的深层机制和最大动力。

若非从纯粹的地理学概念看问题，这世界确实不常是所有国家、民族之总和。在很大程度上，现在的所谓世界文化实际上只是欧美文化。强势文化对弱势文化的压迫性、颠覆性和取代性不仅气势汹汹，本质上也难以避免。回到"民族的不一定是世界的"这个话题，文学是最可说明问题的，盖"文学最不势利"（鲁迅语）。但是，它充其量只是世道人心的表征，并在一定程度上影响世道人心，却终究不能左右世道人心、改变社会发展的这个必然王国，而自由王国还非常遥远。事实上，发展中国家的作家并没有真正参与到这个跨国公司时代的狂欢当中，除非他们甘愿接受资本支配者的立场和方法。至于那些所谓的后殖民作家，虽然他们生长在前殖民地国家，但其文化养成和价值判断未必有悖于西方前宗主国的意识形态。像前些年获得诺贝尔奖的加勒比作家沃尔科特、奈保尔和南非作家库切，与其说是殖民主义的批判者，不如说是地域文化的叛逆者。沃尔科特甚至热衷于谈论多元文化、指责那些具有强烈本土意识的作家是犬儒主义和狭隘民族主义者。

文艺理论亟待重构

熊元义　王文革：中国当代文艺理论的发展首先应从反思中国当代文艺批评实践出发。然而，这方面似乎我们做得很不够。有些文艺批评学著作十几年来除了梳理和介绍西方当代文艺批评方法以外，就没有增加任何新的内容。而中国当代文艺批评的乏力，主要制约于文艺理论的滞后。如果当代文艺理论没有一个根本的飞跃，文艺批评就不可能对文艺创作真正给力。

陈众议：重建文艺批评理论的首要问题是弄清文艺批评理论的现状。进入 21 世纪以来，中国文学创作遭遇一种非常尴尬的局面，一方面是数量上的剧增，另一方面却是质量上的下滑。面对那些对文艺创作感到失望的声音，首先应该检讨的就是文艺批评。因为，批评没有很好地发挥干预、疏导的功用。今天的现状是，一本书出来后，要么是赞扬、推崇，要么是恶搞、臭骂。公允、中道、与人为善的建设性批评严重缺失。想想傅雷对张爱玲、李健吾对巴金、卞之琳对杨绛的批评，难道我们不应该感到汗颜吗？文艺批评究竟有没有把批评上升到世道人心、国风民意的高度？有没有构建引领中国文艺走向的基本规范的自觉？不管是原理也好，方法也好，又或者是话语体系，总之应该拿出一套东西来，否则中国的文艺就没有准绳。

批评的失位恰恰是因为缺乏正确的理论基础和立场,而后现代主义的绝对的相对论助长了这种态势。由于批评缺乏价值标准,所以,今天说这个好,明天又说那个好。我记得卫慧、棉棉这批作家"横空出世"时,批评界有许多人追捧她们,还由此制造了一系列概念,诸如美女写作、私小说等,于是实际上起到了推手的作用,从而把文艺引向了一个可疑的甚至错误的方向。但是,意识形态一干涉,批评又转而不理睬这些作家了,甚或跟着臭骂一通。因此,当下文艺出现的种种问题,批评是有不可推卸的责任的,批评家首先要自我检讨。包括本人在内的外国文艺研究界在引进和介绍外国文艺过程中的来者不拒、囫囵吞枣也有不可推卸的责任。

内外结合,导致我国的文艺理论出现了一些明显的偏颇,概括起来大致有以下几种表现:

一、引进照搬较多,自主创新较少。

远的不说,即使近几年,中国知识产权贸易严重失衡,赤字巨大。拿原创文学作品而言,2009年我国出版长篇小说近3000部,各种文集1.5万余种,网络长篇小说100余万部,但真正走出国门的微乎其微。即使有个别作品侥幸输出,其质量也未必上乘。相当一部分甚至是有明显立场问题的。至少是在文学批评领域,只消稍稍点击一下关键词,你就会发现,相当一部分学者的成果仍在不加批判地照搬西方学者的政治立场、观点,于是乎主体性、叙事学、后殖民、后女权以及多元、相对、狂欢或者流散、互文、解构等,充斥学苑。

二、关注西学较多,重视东学较少。

不少人正从将小孩和脏水一起倒掉的极端走向另一个极端:食古不化的十全大补。这是郑振铎在20世纪20年代末和30年代初抨击第一次"国学回潮"时所说的话。现如今,我们当中的有些学人甚至无视100多年来无数先驱寻找马克思主义、借鉴苏联经验,尤其是我国新民主主义革命和改革开放的成功经验,不是崇洋,便是复古,甚至把封建迷信也一股脑儿地当作宝贝和学问。而西方的文化产品登陆我国市场更是如入无人之境。好莱坞电影、国际大片不必说,许多文学作品和学术著作也犹如"最高指示",恨不得传达引进不过夜。比如丹·布朗的最新小说、一些美欧著名学者的著述,几乎都是中外同步发行的。总之,食洋不化现象所在皆是。

幸好地球是圆的，东西方还有时差。

三、微观研究较多，宏观把握较少。

季羡林在《神州文化集成·序》中认为，"东方重综合，西方重分析"。这当然是相对而言的。谁说我们丰富多彩、博大精深的经、史、子、集中没有分析？问题是，这些年来不少学者不知不觉、慢慢习惯了钻牛角尖式的问学方式，似乎非如此便谈不上什么学问。这不是数典忘祖吗？在目下众多令人眼花缭乱的学术著作和各种论文中，"马尾巴功能式"的研究不在少数，以至于有的研究人员大半辈子津津于某个作家的某部作品的某个枝节问题，对西方学者的观点和方法趋之若鹜、如影随形，而且乐此不疲，汲汲于蜜蜂式的重复。

四、就事论事较多，规律探讨较少。

在人文领域，尤其是文学领域，且不说重大的理论体系，即使是一般学术规律都乏人探询。九叶诗人袁可嘉曾经用12个字概括西方现代主义，谓"片面的深刻性，深刻的片面性"。我认为是非常精辟的。现在回过头来看看近30年走过路，反思一下从形形色色的现代主义到五花八门的后现代主义，我们有多少建立在扎实的辨章和深入的考镜基础之上的概括和论述？

五、生搬硬套较多，分析批判较少。

没有立场，更谈不上原创的方法和独特的观点。人云亦云，必然导致批评的阙如。而且学术界多少存在着一个误区，认为真正的学问必须避开马克思主义、淡化意识形态。殊不知淡化意识形态也是一种意识形态。比如所谓的纯形式、纯学术批评；又比如一味地追随洋人、推崇西学、唯洋人马首是瞻，试图拿张爱玲或徐志摩或穆时英或沈从文或林语堂或周作人取代鲁、郭、茅、巴、老、曹。我不是说张、徐、穆、沈、林、周一无是处，也不该因人废文，但厚此薄彼显然是有利于所谓的"多元化"（实际则是跨国资本主义的一元化，因为只有在众声喧哗、众生狂欢的环境中，跨国资本才如鱼得水、犹龙入云）；再比如当下充斥文化市场的那些戏说、话说、恶搞或调笑，恰好与网络的虚拟文化殊途同归，正极大地消解着传统（包括真善美与假恶丑的界限以及对于发展中、崛起中的中华民族还至为重要的民族向心力和认同感）。

如上五种倾向相辅相成，正与混乱的评价体系和"思想淡出""学术凸显"等可怕局面形成互动，从而演变为恶性循环。

由是，批评标准或范式的重建实在是一个非常迫切、又相当复杂的问题。我们面对的不是一个具体的观点，或者一种思潮，而是一个庞大的群体，一种弥漫的氛围，从文艺界内部到媒体，再到社会环境，冰冻三尺非一日之寒，文艺批评的问题显然已经不是一天两天能解决的了。但是，作为这一代学人，我们又必须去面对它，并尽可能地发挥自己的作用。

熊元义　王文革：中国当代文艺的发展已由赶超阶段逐渐转向创造阶段。在这种历史发展阶段，正如恩格斯所说的，"一个民族要想登上科学的高峰，究竟是不能离开理论思维的。"可是，中国当代文艺界却存在一种蔑视一切理论的思想倾向。这种拒绝理论的思想倾向提倡文艺发展的多元化。

陈众议：批评面对的最大问题是没有主心骨，没有一个大家相对认可的价值标准。同时，批评不能把精力过多地投入到各种泡沫式的文艺现象和追尾式的跟风上，但又不能对时代的文艺现象熟视无睹、置若罔闻。关注文艺现象，却并不被现象牵着鼻子走，不能把"存在即合理"带入文艺批评、为现象当吹鼓手，从而忽略民族、时代对文艺的本质诉求。有人一旦看好一个作家，不管对方写什么，都照单全收，这便丧失了批评家的基本立场。批评家如果只是跟着现象走，最后就会被层出不穷的现象所淹没。我认为，批评家与作家作品及文艺现象之间必须保持一定的距离，并做一些基础性的工作。譬如批评标准或范式的讨论与重建。这不是要回到一言堂或简单的二元对立。这需要从文艺本体论做起，回答文艺何如、文艺何为、文艺何从等一系列基本问题。这些都需要批评界能够潜下心，由表及里、由浅入深地研究问题、探询规律，为读者和观众提供可资借鉴的立场、观点和方法。

都说这是个相对的世界、多元的社会，其实这个相对和多元本身也是相对的。而且，正因为相对和多元，才更需要主见。所谓纲举目张，讨论本质问题，包括价值标准和审美标准的讨论与重构迫在眉睫。不要忘记文艺是价值观的载体，而相对统一的价值观是一个国家最大的软实力，文艺工作者应当尽可能地引导文艺向着对民族有利的方向发展，而不是消解自身的向心力和认同感。不管是研究中国古典文艺，还是研究现当代文艺，又或者研究外国文艺，其实都是为当下和未来的文艺发展服务，都是为民族的立场和审美服务。任何一个作家，即便是三流的，只要他认真写作，就会营造出一个相对独立的时空、思想和立场，读者一旦进入他营造的氛围，就很容易被他的价值和审美取向所左右。这就是文艺的力量，也反映出文艺要担负的责任有多么重大。这正是我们必须重构中国文艺理论的原因。在文艺普遍向下、向窄、向内、向小、向虚的事实面前，重构文艺理论意味着承认规律的同时进行必要的纠偏与疏浚。

文学原理必须重写

熊元义　王文革：人们越来越认识到中国当代文艺批评之所以乏力，是因为在文艺理论上不够深刻。中国当代文艺批评界在文艺理论观念上存在不少糊涂认识，以至于不能深刻地把握文艺作品。

陈众议：最基本的工作是对以往的文学原理，还有一些重要的理论和方法进行系统的清理，对文学界习以为常的观念、话语提出挑战。譬如"民族的就是世界的"，"越是民族的就越是世界的"；又譬如"形式即内容"或"一切皆符号"，等等。而之所以出现如此之多的伪命题，归根到底是因为我们的文学没有对传统及大量引进、借鉴的西方文学理论进行必要的反思，没有站在我们时代的高度和民族立场上对其进行系统的筛选。无论是从方法论角度，还是从认知和价值判断的角度来评价，现存的文学理论书籍中，都或多或少存在着似是而非的概念。其中的某些低水平重复和知其然不知其所以然令人发指。比如"意境"，很多作者解释它的时候，直接搬来刘勰，再加一些孔子的观点，甚至把当代西方文论及文论家的说法也拿过来。但是，"境"在历史维度下是如何变化的呢？却没有给出很好的阐释。

所有文学概念，都是历史的产物，一旦脱离具体的历史环境，它的含义就会延异。总之，一切文学概念均无法独立生成，我们一定要把它们放在历史的维度下来进行解读，并与现实关联起来。否则呈现出来的文学原理只会是一个毫无逻辑的理论拼盘或杂烩。当然，偏听偏信，时鲜谬论更要不得。

目前中国文坛的批评话语和方法主要有以下几个问题：一是对理论体系的漠然或憪然，这与多年来解构风潮不无关系；二是概念混乱，载道说、崇高说和游戏说、消遣说彼此消解，拥经典与反经典、本土主义与世界主义杂然并存；三是方法芜杂，唯物主义与唯心主义、实证批评与印象批评、意识形态与形式主义、形而上学与辩证法等自说自话、互不关涉；殊不知全球化时代我国文艺的主要矛盾是趋同与守护、发展与传承，一如我国社会的最大国际矛盾是跨国资本与民族利益，最大国内矛盾是经济基础与上层建筑。换一个角度说，当批评怎样都可以时，它也便失去了应有的功能；同样，当文艺什么都是时，它也便什么都不是了。

徐放鸣谈：文学的使命与国家形象塑造

叶 炜

叶 炜：从《沫若诗话》到《创作个性研究》，再从《审美文化新论》到《审美文化与形象诗学》，我注意到，在三十多年的学术生涯中，您的学术研究经历了从中国现代文学研究到文艺学、到美学以及文化学研究的转变，其中的研究跨度显而易见，研究方向也有明显的变化，您怎样看待这种改变？

徐放鸣：应该说，我的研究最初都是因为兴趣所在。当年的大学时代，我在吴奔星教授等学术大家的指引下尝试进行中国现代文学研究，出了第一本书。研究中国现代文学，当然离不开文艺理论的支撑，我的学术兴趣很自然地就转移到了文艺学和美学层面。而从文艺学扩展到文化研究，则是学术视野和研究范围的自然升华。学术研究是一个不断增殖的过程，需要不断地"打通"，这种"打通"既是学术边界的打通，更是学术思想的打通。学术研究固然要做好"体内循环"，更需做好"体外循环"，要接地气，要适应现代学术发展的需要。我一直认为，搞研究不能为学术而学术，要带着现实的体温力求有补于世，带着问题意识，使自己的学术既能服务于国家的需要，也成为学者的自我选择。我的学术转向正是如此。所以，这种转向既是适应现实需要的考虑，更是我的学术兴趣的自我选择。这几年，我之所以能够提出"城市审美文化"和"地方审美文化"研究以及文学中的国家形象构建这些创新性的学术课题，正是追求学术"打通"和做好学术的"两个循环"的结果。

叶　炜：您在文章中多次阐述"形象诗学"的概念，这与传统的文艺理论里的形象论有何区别？为何要提升为一种诗学？

徐放鸣：中国学术语境里的"形象诗学"是由文艺理论中的传统形象理论发展而来，它历来都是文艺学研究的核心问题之一，并且在其理论发展中形成了丰厚的学术积累和传承。一方面建立在对中国古代文论核心范畴的解析和继承基础上，另一方面又从西方古今文论中获得了丰富的思想资源，在此基础上中国学者逐步建构起马克思主义文艺学中的形象诗学理论，在不同的维度上进行了理论创新的可贵实践，显现出形象诗学理论发展的不同走向。赵炎秋教授和王一川教授都曾经在这个领域有着开创性的贡献。

我本人的形象诗学研究显示了前后期不同的侧重点。前期是在传统形象研究领域内对文学和影视作品中的人物形象做现象考察和个案分析。譬如从形象塑造的对象主体性入手，对文学作品中人物形象的性格发展规律做系列研究，针对人物性格的"背叛"现象——违反作家创作初衷而自然发展，探索其中存在的必然性与偶然性、主观性与客观性、主动性与被动性以及人物性格发展的完整性和层次性等，以此来"从一个侧面深化对文艺作品的形象诗学研究"。又如，将形象诗学的理论扩展到文学以外，运用于影视批评实践，对产生广泛影响的影视作品主人公形象及人物群像做个案分析，并且进一步讨论当今时代英雄形象的塑造面临的新问题和出现的新趋向，提出了值得警惕的非英雄化倾向问题，这也引起了有关方面的重视和讨论。后期我重点就"我们的文艺如何面对中国的'形象焦虑'"提出问题，在《文艺报》展开了相关讨论，我认为，如何在历史与现实的双重语境中塑造出我们正面的民族形象和国家形象，是当代中国文艺责无旁贷的现实使命。我们既要肯定当代文艺实践在国家形象塑造方面取得的成就，更要看到存在的明显缺失。例如文艺形象纷杂背后的相对单一、深度缺失、原创性不足，要看到中国当代文艺形象序列表面上的琳琅满目并不能掩盖深层次的苍白平淡。更为重要的是，面对中国的"形象焦虑"，我们的文艺创作和理论批评还缺乏以文艺实践构建国家形象的充分的自觉意识，还没有在这个方面形成必要的理论支撑和实践引领。为此，迫切需要努力拓展形象诗学的研究视域，将国家形象建构研究纳入其中，同时，要从文学领域的形象塑造扩展到整个艺术门类各个艺术形态的形象塑造，形成适应新形势的形象诗学研究格局。

叶　炜：最近几年，您着重做当代文艺实践中的国家形象构建研究，承担了国家社科基金重点课题，这是您拓展的一个新的研究方向，您为什么要选择这个方面的研究？它有怎样的现实意义？

徐放鸣：经过三十多年的全方位对外开放，中国正在大踏步地走向世界，特别是经济总量雄踞世界第二之后，世界各国已经开始接受中国作为有较强实力和影响力的大国的事实，因而更加要求中国成为"负责任的大国"，承担更多的国际义务。同时中国也更加关注自身在经济、政治、文化、科技、军事、外交、国民素质等方面所呈现的综合形象，甚至在一些领域出现了"国家形象焦虑"。显然，由于综合国力的增强而产生的提升国家形象的期待与域外中国形象观感的实际状况之间存在着巨大的差距。其中固然有意识形态方面的偏见因素以及中国近代以来积贫积弱的阴影的影响，也有我国在现阶段发展中存在的诸多现实问题所产生的负面影响，还突出地表现着国民素质亟待提高的现实制约因素。这些方面都为研究国家形象的构建问题增加了现实的紧迫感，文艺中的国家形象塑造问题就是其中十分重要的实践领域。

从现实意义上说，这一研究以当代中国文艺实践为视界对国家形象构建进行整合研究，首先可以为当前我国全面提升国家文化软实力，促进文化大繁荣大发展这一重大的时代性命题，为凝聚民族力量、提升国家形象、扩大中国的世界性影响等，从一个特定的视角提供基本理路和实践方略。其次，当代中国文艺实践主动进入国家形象构建层面，这是中国当代文艺理论和文艺实践不断走向自觉与成熟的标志，彰显了文艺的现实关怀品格与建构主义取向。可以在国家意识、民族精神、国民素质的提升方面发挥独特的影响作用。再次，以"形象诗学"为视角，系统地建构起当代文艺实践中国家形象塑造问题的总体框架，可以通过理论的自觉促进和指导实践的深化，使得文艺实践中的国家形象问题更加自觉地融入国家形象塑造的总体话语体系，进一步促进和深化当前国家形象的整体性塑造。

叶　炜：关于文艺实践中的国家形象塑造，是不是单纯地为了面向海外讲好中国故事，传播正面中国形象？对内有何作用？

徐放鸣：文艺实践中的国家形象塑造，面向海外讲好中国故事，传播正面中国形象固然是题中应有之意，但也并非单纯如此，还有对内着眼于国民素质引领和提升的考量，要充分发挥文艺作品对国民的人文素养和价值观的塑造作用。因此，研究当代文艺实践中的国家形象构建问题，与努力发挥文学艺术的审美教育作用的旨归是一致的。

文艺创作主要是在历史与现实的广阔视野中通过抒写、刻画、表现、展示关于中国的人、物、事，以审美创造方式生动具体地建构中国形象。这个中国形象体系是在传统与当代、个体与整体、物质与精神、民族与地方的张力中，以"社会生活史"和"民族心灵史"的方式呈现出的多元化样态。这种形象呈现当然不同于新闻传播领域、国际关系领域以及世界经济与政治领域中所展示的中国形象，而具有明显的审美特殊性。我对它做了如下概括：第一，它是生动形象、感性具体的艺术化呈现，而不同于一个抽象的"构建和谐世界"的价值观；第二，它是历史的，也是审美的，是以审美化的形式承载着深厚的历史感；第三，它是想象的，也是现实的，在真实与虚构的张力关系中展现中国的多样化面貌；第四，它是个性化的，以民族的、地域的、民俗的独特人文生态展现中国文化多元而又具有整体感的独特风貌。正是因为有着这种审美呈现的特殊性，文学应当是中国形象建构和传播的最有效的载体之一，当代中国文学的创新发展过程在一定意义上也就是中国形象的建构和传播过程。

在中国文学发展的历史上，曾经有着对中国形象的自发性书写，也留下了令人难忘的形象记忆。例如古代诗人和作家呈现的农耕文明时期的古典中国形象、现代作家和诗人在五四新文化冲击下所呈现的多重矛盾互相激荡的现代中国形象、新中国成立之初作家和诗人所呈现的昂扬向上、改天换地的红色中国形象、改革开放的年代里作家所体验到的开放多元、富有人性深度的当代中国形象等。仅以新时期以来"茅盾文学奖"的八届获奖作品共38部长篇小说而言，就足以反映出文学塑造中国形象的生动实践和创新探索，可以作为各具特色的典型案例来进行文学塑造中国形象的专题史研究。当前，在确立文学应当主动塑造面向世界的崭新中国形象的自觉意识之后，我们要着意探索文学中国家形象的丰富内容，譬如勤劳、善良、勇敢的中国人形象；古老、多彩、现代的中华文明形象；发展、开放、和谐的中国社会形象；优美、宜居、独特的中国生态形象等。

应当指出，文学领域关于中国形象的构建不是一个当下的"瞬间性"行为，不是单纯地为了面向海外讲好中国故事，传播正面中国形象，而是一个富于历史感的"延续性"进程，体现了历史传承性、现实针对性和未来理想性的融通与统一。需要对当代文艺塑造国家形象的历史性、现实性与理想性问题做整体性的把握，从中寻找其历史嬗变、范式重构的内在机理，进而把握其总体规律。

叶　炜：我还注意到，您在最近的文章中，又把主动塑造中国形象提升到当代文学的新使命，着力阐发了文学的使命与中国梦的关系，为什么要重新谈这些宏大叙事式的问题？

徐放鸣：关于文学的使命问题本身并不是一个新话题，历来都有涉及"文学何为"的讨论和不同认识。然而在当今中国，在努力实现国家富强、民族复兴、人民幸福的中国梦的伟大征程和现实语境中，面对新的生活实践，文学的使命又有了新的时代内容，我们的文学如何反映中国梦的实践历程，如何书写普通中国人的出彩人生，已经成为十分重要的现实问题，同时也为文学的创新发展带来了新的生机，值得我们进一步思考面对新的伟大时代，文学将如何有所作为，从中可以揭示出文学与时代关系的新内涵。

我们的文学要自觉塑造面向世界的崭新中国形象，这是新的伟大时代赋予文学的新使命。实现中国梦必须努力提升中国文化的软实力，包括面向世界生动讲述中国故事，准确阐释中国精神，主动塑造丰富多彩、富有感染力和影响力的中国形象。在这方面，文学界具有独特的优势和紧迫的使命感。事实上，历史进程中的中国形象曾经被西方建构已久，其间经历了从热情赞美和景仰，到全面否定和蔑视，再到如今重视中的毁誉参半。这种在西方视域中根据其自身需要而构建的中国形象由来已久，影响很大，从中也折射出我们自身建构国家形象的主动意识严重缺位。如今，崛起的中国面向世界时更加关注自身的形象建构，也需要通过多方面的实践来构建和传播更加完善的中国形象，以文学形式来塑造中国形象应当成为其中的一个重要实践领域。为此，需要我们努力增强以文学来塑造和传播国家形象的使命意识，积极探索文学承载国家形象的有效形式和内在规律。这应当是当今时代语境下新的"文学的自觉"。

就当代中国的现实而言，实现中国梦迫切需要提升中国人的人文素养和精神境界，不仅要追求物质层面的现代化，而且要追求精神层面的现代化。换言之，中国梦的实现取决于追梦人自身的素养、能力和理想境界。文学作为"人学"，恰恰可以发挥其愉悦身心、陶冶性情、启迪人生、提升境界的作用，为追梦人生动地展示中国梦的文化图景。可以说，对我们的国民讲好故事，写出中国人的精神气象，生动呈现中华优秀传统文化的价值追求，努力提升中国人的审美境界和人文品位，是文学界投入中国梦宏图伟业的必然担当，也是文学界的崇高使命。

叶　炜：王国维在《宋元戏曲史序》中说："凡一代有一代之文学"。无疑，最能反映当代中国现状的是当代文学。您认为中国当代文学在国家形象塑造上有怎样的收获，还存在着哪些突出的问题？

徐放鸣：中国当代文学与共和国一起走过了风风雨雨的六十五年，特别是新时期以来，它以独特的审美方式生动展现了中华民族伟大复兴的历史征程。在新的时代语境下回顾过往，可以看出，中国当代文学对国家形象的呈现取得了相当可喜的成绩，尤其是历届"茅盾文学奖"获奖作品以及近几年中国作家协会实施的"作家定点深入生活项目"，都体现出中国当代文学对国家形象的构建已经有了一定自觉。中国当代文学随时代脉动而不断创新与发展，以文学特有的使命与担当为世界塑造出统一又多样的中国形象。具体来说，中国当代文学从如下五个方面成功呈现了改革开放以来中国的多元面貌和蓬勃生机。

一是开放形象。改革开放是新中国历史的重要转折点，标志着中国从封闭走向开放，开放的中国也成为新时期以来中国当代文学呈现国家形象的重要内容。这种开放形象主要体现在两个方面：首先是展现逐步深化的体制改革。改革是开放的前提与基础，中国的开放程度随着改革的全面展开而不断深化，如张宏森《车间主任》展现的北方重型机械厂的改革历程；吕雷、赵洪长篇报告文学《国运——南方记事》描绘了改革开放伟大的历史进程。其次是表现中国农村与城市的巨变。以农村与城市为视点展现了充满活力、和谐稳定的中国社会形象。孙力、余小惠《都市风流》表现了城市的改革；何建明长篇纪实文学《江边中国》全景式记录了江苏永联村，这个长江滩涂上的贫穷村落的发展历程，展现了"一个村的'中国梦'"。由此，中国的开放形象也成为最具国际认同感的国家形象特质。

二是民族形象。为抵御全球化所带来的文化"趋同"、民族性消退等风险，弘扬民族精神、展现"地方性"成为文学构建国家形象新的立足点，尤其是其中的地域文学、少数民族文学在呈现民族形象方面成就突出。这一民族形象既是指称中华民族共同体的历史与现实形象，也包含当代文学中各少数民族形象的生动展示。作为统一的多民族国家，中国各民族在历史进程中形成了相似而又独具本民族特色的发展轨迹，呈现出神采各异的民族风情，如扎西达娃的《西藏，隐秘岁月》、张承志的《心灵史》、阿来的《尘埃落定》、迟子建《额尔古纳河右岸》等文学作品，分别从不同的侧面展现了多个民族独特的艺术形象。

三是世俗形象。上世纪90年代以来，在市场经济深入发展、经济日趋繁荣的时代背景下，人们关注的焦点转向了个人，下移到了世俗而琐细的生活情境。在消费主义、后现代主义影响下，中国文学开始重视对日常生活和寻常人物的非典型化书写，呈现出一种特定时代下的世俗形象。以新写实主义小说为例，在"市场化"的文学时代，作家将"社会化叙事"转向"私人化写作"，崇尚"零度叙事"，消解了精英与平民的差异，拒绝崇高、回避理想，表现出中国社会转型期特有的叙事美学与生活哲学，展现出一幅独特的世俗形象。如刘震云的《一地鸡毛》、池莉的《太阳出世》等作品注重表现平常人家的悲欢离合和普通人的琐碎生活，为世人呈现了活在当下的中国人的生存现实。

四是文化形象。随着文化软实力在国际竞争中的地位日益凸显，国家经济崛起与文化发展的失衡导致了人们的焦虑。中华文化的伟大复兴、建设文化强国成为国人新的文化理想。文学作为文化的重要组成部分，本身就肩负着传播中华文化、呈现国家文化形象的重要使命。回顾当代文学对中国文化形象的呈现，可以看出这种努力是一以贯之的，比如霍达《穆斯林的葬礼》对玉文化的描写，王安忆《长恨歌》对上海弄堂文化的刻画，王旭烽《茶人三部曲》对茶文化的展示等等，这些作品都以文学特有的形式展示了独具中华民族特色的文化。

五是美丽中国形象。新的时代语境下，文学对国家形象的呈现又展现出新的内容，即努力呈现美丽中国形象。当前环境问题日益突出，人们对生态问题愈发关注，长期以来学界对于生态美学的倡导与研究也成为文学呈现美丽中国形象的理论先导。这里的美丽中国形象是指在中华民族伟大复兴的征程中，所展现出的优美、宜居、独特的中国生态形象。美丽中国作为"中国梦"的重要组成部分，与经济建设、政治建设、文化建设、社会建设一起构成五位一体的发展格局。中国文学勇于承担时代的责任，为世界呈现一幅在保持经济快速增长的同时，也注重环境保护的中国生态形象。如裔兆宏的长篇报告文学《美丽中国样本》，记录了南水北调工程在生态保护方面的贡献。又如大型电视纪录片《美丽中国》，为世界展示了中国生态的独特魅力。这些创作实践都为美丽中国形象的呈现发挥了积极作用

中国当代文学在国家形象构建方面已经取得了显著的成绩，其中富有文学性的长篇小说发挥了更为突出的作用。对这些作品呈现国家形象的成就进行回顾，可以从更深的层面把握中国文学呈现国家形象的内在审美规律，或者称之为审美"共性"。以长篇小说为例，我认为这种审美规律可以概括为以下三个"统一"。

一是史诗情结与"社会生活史""民族心灵史"呈现方式的统一。国家形象的构建是以"社会生活史"和"民族心灵史"的方式呈现国家形象多元而又整体的样态，着重塑造中华民族在社会物质生活发展史、民族精神世界变迁史中的多元形象，表现中华民族伟大复兴征程中的人、物、事。回顾中国当代文学的发展历程可以看出，中国作家的史诗情结贯穿于整个当代文学。虽然上世纪90年代以来，文学已经从"共名"走向"无名"，"宏大叙事"亦被诟病，然而"史诗性"依然被看作评价中国当代长篇小说的最高标准，评论家亦不吝惜用"史诗"来评价优秀的长篇小说。如雷达评论路遥的小说《平凡的世界》是"史与诗的恢弘画卷"，陶然评价阿来的《尘埃落定》是"西藏的史诗"，以及陈忠实的《白鹿原》被称为是"民族秘史"等等。在史诗情结的影响下，中国作家的创作尤爱"大部头"，力争"全景式"。从国家形象构建研究领域看，史诗所具有的客观性与整体性的内在特质、崇高与宏伟的美学风格、民族性与人类性相融通的思想内涵都与国家形象"社会生活史"和"民族心灵史"的呈现方式实现了遇合，成为"讲好中国故事"的重要手段。作家的史诗情结成为中国当代文学呈现国家形象的一种审美"共性"。

二是英雄情结与国家形象构建主体性特征的统一。国家形象构建的主

体性特征是指国家形象的呈现需要富有责任意识的创作主体,积极主动地参与到国家形象的建构中来,以蕴含正能量的国家形象为表现内容,影响本国国民对"自我形象"的认知,发挥对自己国民的启迪、凝聚、提升的作用,以实现文学艺术所特有的审美教育功能,同时也积极影响他国读者对"他者形象"的构建,从而努力修复被歪曲、误读、妖魔化的中国形象。中国知识分子由来已久的社会责任感,反映在当代文学创作中则表征为英雄情结,英雄形象的塑造亦被当前的主流作家所钟爱。时代需要英雄、人民也需要英雄,虽然近些年由于人们对"高大全""假大空"式英雄的厌弃,文学创作领域出现了非英雄化倾向,然而在中国当代文学的长廊中英雄形象依然是国人心中最为深刻的形象记忆,如《历史的天空》中的革命英雄,《乔厂长上任记》《燕赵悲歌》中的改革英雄,《抉择》《至高利益》中的反腐英雄、《亮剑》中的另类英雄等等。英雄所具有的价值尺度,一定程度上被看作时代精神的化身,具有超越性的品格,对国民有着引领、激励与启迪的作用。同时英雄也是展示时代风云、历史变迁,为世界呈现新时期开放多元的中国形象的重要载体。因而,在英雄情结的影响下,作家以时代精神与主流价值为叙事起点,达到与国家形象构建主体性相一致的审美效果。

  三是现实主义情结、人性深度与国家形象构建主体间性特点的统一。文学中国家形象的构建不取决于单一的主体性,而是取决于作家与读者双向的主体间性。国家形象构建的主体间性是指在国家形象的构建中要重视接受主体,要以更易于为本国读者与他国读者观众所理解和接受的内容、形式、策略来塑造自己的国家形象,最终形成构建主体与接受主体之间的良性互动关系。如果文学构建的国家形象"叫好不叫座",接受范围局限于评论家、文学研究者的狭小圈子,这种国家形象显然是没有价值的。现实主义在中国具有悠久传统,虽曾一度被怀疑与贬低,最终却以独特的文学生命力实现了回归。作家心中也有着深厚的现实主义情结,这种现实主义情结尤其体现在茅盾文学奖获奖作品中。由于现实主义文学特有的反映时代,贴近现实、客观描写等特征,易于被读者认可与理解,促进了国家形象的接受。另外,中国文学一直以来都在深入探讨如何"走出去"的问题,2012年莫言获得诺贝尔文学奖,成为中国文学"走出去"的重要标志,其作品所富有的人性深度成为莫言成功的重要原因,这种人性深度亦如阿来《尘埃落定》中的寓言性色彩。从国家形象传播的角度看，中国当代作家所追求的这种人性深度具有"世界性"品格，成为与"他者"文化进行沟通的重要方式。中国当代文学就是以这种现实主义、人性深度与国家形象构建的主体间性特征实现了统一。

回顾中国当代文学中的国家形象呈现问题，我们也要正视存在的明显不足，主要表现在两个方面：一是国家形象构建的想象性与现实性失衡。文学中的国家形象构建既是想象性的又是现实性的，并且偏重于想象，文学构建国家形象就是需要努力缩短想象与现实之间的差距，以想象性的国家形象生动反映现实的中国。反观当下，部分作品反映现实的深度与广度明显不够，部分作家在文学创作中存在的"闭门造车""技巧优先"等问题无疑拉大了想象与现实之间的距离，无法贴近读者的生活实际，以致作品脱离现实，偏离读者的阅读经验期待视野，使得读者在阅读中产生接受障碍，因而无法实现构建国家形象的对内功能。

二是国家形象视域下的"形象批评"乏力。我们在关注文学呈现国家形象的创作主体、接受与传播主体的同时，并未忽视文学批评这一要素，因为文学批评作为文学活动的重要组成部分，具有较为突出的动力与纽带作用，它既推动着文学创造，又影响文学的传播与接受，其作用发挥的程度影响着整个文学活动的实现。目前对于文学如何呈现国家形象的批评与研究显然乏力，从国家形象构建的角度开展的"形象诗学"研究亟待加强。我们迫切需要深化对于文学艺术塑造国家形象的内在机理、形象谱系、审美规律、传播特性的研究，形成支撑"形象批评"的理论基础。有鉴于此，我们的文学批评同样需要增强主动塑造国家形象的自觉意识，努力促进创作与批评两方面构成国家形象塑造的合力，共同探索当代文学有效构建中国形象的创新境界。

叶　炜：当前中国文联和中国作协正在积极倡导作家艺术家带头弘扬核心价值观，参与志愿行动，展现正能量。您认为当下文学在传递正能量、弘扬核心价值观方面能有怎样的作为？

徐放鸣：传递正能量，弘扬核心价值观是文学的重要功能之一。面对新的时代使命，我们需要对当下文学的功能定位和价值追求做出反思。在市场化取向之下，文学的娱乐性功能得到过度放大，猎奇式的、浅表化的、快餐化的、一味媚俗的甚至"重口味"的书写在博人眼球,对经典的"祛魅"和"戏仿"流行,进而形成了传统韵味疏离、意义中心泛化、人文关怀淡薄、作秀恶搞成风等倾向,浮泛的娱乐化以及媚俗之风降低了文学应有的品位,而真正应当追求的中国文学的原创性却明显缺失。为此,应当重新提出文学的超越性功能问题。固然,不应该把娱乐性与超越性对立起来,在现实层面上,应当重视文学活动的娱乐和交流功能,而在超越层面上应当更加重视文学的情感体验功能和人格提升功能。我们不能满足于现实层面发挥文学的休闲娱乐功能,不能满足于"浅阅读"的畅销和流行,而要更深刻地追求超越层面的发展性功能——发展人的审美能力、净化人的情感世界、塑造审美化的人格精神,也就是说,要体现出鲜明的审美人文精神。这种审美人文精神是在形象感悟和情感体验中对高尚的人格和纯净的情感的启悟和认同,是以文学审美的感性方式对生命意义和精神价值的昭示,也是对国人素质发展和人格建设的积极促进。重要的是,我们如何增强使命意识,自觉地将文学功能的发挥由现实层面导入超越层面,吸引读者既在喜闻乐见中获得愉悦身心的当下快乐,又于潜移默化中获得启迪,体悟生活,进而提升人格境界。回想当年,王朝闻先生曾经用"适应与征服"来概括文艺如何发挥积极作用,这实际上讲的就是娱乐性与超越性之间的关系,是在喜闻乐见的基础上追求潜移默化,引导提升。值得警惕的是,如今一些作品只是一味"适应",而放弃了"征服",于是片面追求市场效应,流于迎合与媚俗,从中我们看到的是文学应有的审美理想和人文精神的缺失。

从文学作为语言艺术的自身特性而言,其独特的审美魅力恰恰在于诉诸读者的心灵体验,表现人性的复杂性和丰富性,建构起新的意义世界。在文学的非直观性审美形态中可以激发读者更多的艺术想象和情感体验,唤起读者对隽永的诗意和人性的光辉的向往与追求。因此,中国文学要担当起传递正能量,弘扬核心价值观和具有时代特点的人文精神的使命,必须着力提升自身审美表现的原创性。在对原创性的自觉追求中,中国文学才有可能为世界贡献有价值的文学经验和精神成果。

叶　炜: 我在一篇书评中曾经用"贴着地面飞行"来形容您的学术研究,您怎么概括您的学术研究的特点?你认为当今的文学理论和批评是否存在什么问题？

徐放鸣： 学术研究不能自说自话，文艺理论研究更是如此。我近期在一次文学理论国际学术会议上提出，当前的文艺理论研究存在一种值得警惕的倾向，那就是远离文学现场，脱离文学实践，热衷于引进和套用西方概念来建构理论，只在圈子内自说自话，自娱自乐，一味地"体内循环"。这使得文学理论和批评对文学创作实践的指导和促进作用越来越弱，作家对于搞理论和批评的人往往敬谢不敏。实际上，不能对文学创作实践发挥指导作用的文学理论与批评还有何存在意义？理论研究的"空对空"只会将我们的研究不断地"小众化"和"圈子化"。我认为当前的文学理论尤其需要处理好理论创新和实践运用的关系，既要注重具有理论原创性的知识生产，更要注重与创作实践的紧密结合。我自己的学术研究就是力求体现这样的特点，比如把文化研究拓展到国学领域，把文艺理论与传统文化阐释相结合，又如借助央视《百家讲坛》把文艺理论应用于影视艺术形象分析，让文学理论研究走向大众。在此意义上，我同意你所说的"贴着地面飞行"的观点。学术研究要接地气，要立足于中国大地，贴近中国文艺现场，只有如此，才能不断保持"飞翔"的姿态，在"地面"与"高空"中自由翱翔。

王杰谈：让马克思主义美学重返当代公共话语空间

张永禄

张永禄：您从事马克思主义美学和文学理论研究已经有30年了。这30年来中国的美学和文学理论发生了很大的变化，您自己的研究方向也经历了一些曲折和变化。请您先介绍一下，这些年中国的马克思主义美学和文学理论的基本情况。

王　杰：我认为，从20世纪80年代到现在，中国的文学理论和美学界的主流应该看作是马克思主义的。它大致经历三个阶段。第一个阶段是20世纪80年代，当时的马克思主义文艺理论在整个文艺理论界和美学界的重要性是非常凸显的。很多美学、文学理论的重大问题都是直接从对马克思原著里面的基本观点的阐发中引申出来的，包括对《手稿》的研究、对文艺与政治关系的研究、文艺与人性的关系研究等。80年代确实是一个激情澎湃的年代，那个时候的美学和文艺理论和大家的命运、和时代的发展是密切联系在一起的。我觉得这是中国美学的一个辉煌的时代。当然，80年代理论虽然很活跃，但是能够被历史留下来的并不多。

第二个阶段是20世纪90年代，国家推进市场经济，改革开放进一步加强，西方各种理论大量涌入中国，中国这一段的社会发展和各种理论实际受西方新自由主义一定程度的影响，美学、文艺理论被挤到了比较边缘的位置。当时文艺理论界出现了一些新的现象，一个是向具体的问题转化，再一个是审美的日常生活化，或者日常生活的审美化问题讨论。审美的日常生活化实际上就是美学从原来的启蒙主义理论转向现实的人的利益，比如王蒙提出"躲避崇高"的口号在当时迎合了很多人的心态。与此同时出现了另外一个现象，部分马克思主义学者对西方马克思主义美学的大力介绍，前苏联模式的马克思主义影响在逐渐减少。

　　第三个阶段是进入 21 世纪，马克思主义文艺理论的理论自觉逐渐回归。学者们开始觉得仅仅介绍"西马"也是不够的，对中国马克思主义问题重新关注，这就是对全球化语境下的理论本土化的讨论热烈，具体到文艺理论界，越来越关注中国自己的审美经验，渴望以中国自己的审美经验为基础来产生理论，应该说这个趋势现在正在发展，很有意义。

　　张永禄：20 世纪 90 年代西方马克思主义理论大量引进中国，打破了对前苏联马克思主义理论的单一依赖。在您看来觉得"西马"哪些东西是可以值得我们学习的？另一方面您觉得"西马"学者有无需要我们警惕的教训？

　　王　杰：我们对"西马"美学的研究到现在仍然是不够的，大体上是以介绍为主，真正进入到研究状态，或者对话，我觉得还很少，而且也很薄弱，这需要一个过程。西马学者大都是博大精深的，从卢卡奇开始，到法兰克福学派、到阿尔都塞学派，到后来英国的文化唯物主义，每一个理论家都体现了很好的传统——马克思主义美学的传统，就是理论始终和社会生活的重大问题联系在一起的，和工人等社会底层大众始终保持着密切联系。你看，威廉斯、霍尔、本尼特等人就是搞成人教育出身的，对工人阶级（那些没有上过大学的人）进行教育。他们跟工人阶层联系密切，跟工人阶级的情感保持一致，他们和工人经常聚会，我在英国就参加了很多这样的聚会。我觉得，这是马克思主义美学一个很重要、很好的传统。马克思主义者如果一旦和工人阶级运动，和社会底层分离了的话，马克思主义也就会变成教条主义，也就失去了它的根本意义。

　　你刚才讲到教训的问题，"教训"这个词可以斟酌。我觉得"西马"是一个很悲壮的事业。他们很多人都是怀抱很大的理想，也有很大的热情，但是他们的理想和热情在现实生活中实现程度是打了大大的政治折扣，这点跟马克思很相似。马克思也是有很大的理想，很大的抱负，他的《政治经济学批判·导言》是很大很大蓝图的一个计划，他完成的只是很小的一部分，而且还没完成。"西马"学者个个哲学很好，有很大的志向，只是由于历史条件的限制，没有实现自己的理论。应该说这些"西马"学者得一些社会风气之先，或者说是走在时代前面的最优秀的学者。他们生前没有什么物质回报，也没有得到很高的社会荣誉。例如，本雅明当时发表文章都不太容易，但今天看本雅明的影响力，在世界范围内可以说是人文学者里面引用率最高的几个人之一。从"教训"角度来讲，佩里·安德森说过这是时代的原因，不在他们。

张永禄：您认为目前西方马克思主义美学研究的最大问题是什么呢？

王　杰：开展马克思主义美学研究最大困难在于学理上的困境，马克思主义的当代形态涉及很深刻的学理，对西方学者和中国学者都是如此。马克思主义的美学理论实际上是一种思维范式的反思，一种理论反思，一种大的意识形态转型转折（马克思在《共产党宣言》里面就讲过）。应该说从卢卡奇以来，一直到解构主义，经过萨特、法兰克福学派、阿尔都塞学派、英国马克思主义学派的努力，马克思主义美学才成为受到学术界普遍关注的理论学派。在很长一段时间里，美学都是在马克思主义传统里面存在，还不是一种世界性的普遍声音，阿尔都塞之后马克思主义美学开始成为一种世界性的、普遍性的理论模式。这种理论模式的成长很缓慢也很艰难，在学理上有大量的问题需要探讨。这在很大程度上是因为它要超越的对象——康德理论模式，是非常严谨的，学理上是非常自律和自洽的。

从卢卡奇开始就想对康德美学进行质疑。由于卢卡奇受新康德主义的影响很大，他对西方现代派的判断表面上是用马克思主义的观点，但实际上是受康德影响。法兰克福学派也是这样，纠缠在康德的理论模式和马克思主义理论模式之间，而且意识还不太强烈。阿尔都塞是比较明确提出这个问题的马克思主义学者。他在哲学上强调认识论的断裂，跟马克思主义是衔接的，在《共产党宣言》里，马克思和恩格斯就是强调"彻底决裂"的。马克思主义美学是一种与浪漫主义美学根本不同的意识形态反思。阿尔都塞在《关于艺术的一封信》这篇文章里其实就已经很明确地把这个问题提出来了。从福柯、克莉斯蒂娃到后来的德里达、朗西埃、巴迪欧等都沿着阿尔都塞提出来的问题框架来发展。像巴迪欧现在用"非美学"这个概念，指的就不是康德意义上的那个美学，"非美学"不能理解成不是美学，那个"非"指的是它不是康德意义上的美学，它是一种新的美学，如果说阿尔都塞是从法国理性哲学的角度提出问题，那么雷蒙德·威廉斯就是在英国经验主义传统里走了另一条路。他从现实大众文化、从新媒体出发，用文化人类学、社会学的方法，从经验的角度去概括和推动马克思主义美学，这就是影响巨大的英国文化唯物主义，他影响了霍尔、汤普森、伊格尔顿、本尼特等。

到今天，在国际上，不同于康德美学的美学模式基本得到确认，也还有很多问题没有解决，但大家意识到了基本理论和学理问题的重要性。

张永禄：我注意到您的理论专著有比较强的生命力。比方说您早期的《审美幻象研究：现代美学导论》就先后出了三版，2012年北京大学又再版了，《马克思主义美学与现代美学问题》也再版多次，听说北师大出版社近期也要出新版，您主译的伊格尔顿《审美意识形态》去年中央编译局出了修订版，在一个文化快速消费的时代，理论著作有这样好的生命力应该是很不容易的，您怎么看待这样一个现象？

王　杰：这两本书和一本译著，有一个共同的特点，就是学理性比较强，它们初版的时候正好遇到理论被边缘化的时期。但是我觉得有意义的理论研究，对中国的现实来说还是很有价值的。我的基本判断是中国现在真的很需要理论，需要好的美学和批评理论。这两本书、一本译著能够有一定的生命力首先还是社会需要，再一个我觉得还是认真讨论了一些理论问题，不管是《审美幻象研究》也好还是《马克思主义与现代美学问题》也好，都是我比较认真的学术研究成果。另外，我写《审美幻象研究》受阿尔都塞的影响比较大。阿尔都塞是这样一个理论家，他其实没有把问题完全解决，但是他的一个很大的贡献是把问题很系统、很彻底地提出来了，影响了后面的很多人。我觉得我那两本书也不能说解决了问题，但是我还是有一定的问题意识，提出和思考了一些问题，这也许是它们还有一些生命力的原因。当然，这几本书还有很多不足，我希望在今后的研究中能够不断地去更新，进一步去发展。

张永禄：做一个假设，如果我们向世界输出中国的马克思主义美学理论的话，您觉得我们有哪些东西是可以介绍出去的？

王　杰：现在我们从国家层面在推动这个问题，我倒是觉得理论的东西是不可能像经济一样输出的。斯大林领导第三国际的时候主张输出社会主义，输出革命，后来是失败了。理论应该是靠它自己的魅力去影响人家。以德里达为例，开始法国学术界并不认同他，但美国人喜欢他，把他请去美国讲学，然后英国也感兴趣他的理论，他属于墙内开花墙外香的学者。现在回过头来看，德里达其实是靠自己的理论魅力影响了美国、英国进而全世界。阿尔都塞也是这样，他的影响力很大。阿尔都塞绝对没有有意识地去把他的文章翻译成其他文字，但当时非洲、拉丁美洲的热血青年，像当年中国的热血青年奔赴延安一样，克服各种困难奔赴巴黎去追随阿尔都塞。理论的发展就像谈恋爱一样是互相影响的，要靠你的魅力去感动人，不是我要你，你必须爱我那样，感情这个东西不能强迫的，理论也是这样。我们应该也注意到中国的理论现在已经开始在国外有一些影响。我觉得，随着中国学者越来越多地能够用英语发表自己的研究成果，然后再加上越来越多中外学术交流的公共平台的发育，中国美学的国际影响力就会有了，你可能已经注意到美学和文艺理论方面国际性学者互相对话的平台现在已经在成长，这是一个很好的现象。学术的交流首先要人家了解你，这是第一；第二点你要有魅力，这很重要，有了魅力人家才会受你的影响。否则，即使你花钱把你的书翻译出来放在法兰克福书展上也没有人看。

张永禄：您一直积极寻求中西方的对话，比如举办中英马克思主义美学双边论坛，还和伊格尔顿、本尼特等西方一流马克思主义学者开展对话。您能不能介绍一下您和国外学术界直接对话的心得？

王 杰：当然愿意。第一，通过阅读他们的著作来了解他们的思想与亲自跟他们对话在理解上，包括丰富性和深刻性程度方面都有很大的差别，对概念的理解也很不一样。比如今年5月，我与国际美学协会前会长阿列西做访谈，他对马克思主义、对革命、对现代美学问题的理解就跟我原来脑子里的理解有蛮大的区别，虽然我读过他的文章，还引用过他的文章。你不去对话的话，你对他的文章是很难深刻把握的。

第二，做研究理论，你一定要放在具体的语境里去研究，只有这样，你才能够理解他为什么是这样定位的，他的学术思想的谱系等，我觉得这一点是我们跟西方学者进行交流对话，是我们真正理解他们的一个很重要的基础性步骤，有了这个步骤我们才能够真正对他们有深入的了解。再一个就是，我们原来对西方马克思主义的了解是有一个时间差的，比如说卢卡奇的《历史与阶级意识》1923年出版，我们是20世纪80年代才翻译过来了。我们学习了很多存在时间和空间错位的理论，自然就有了大量的误读。比如前几年，理论界关于文学之死的话题和米勒商榷，我觉得这些文章其实意义都不大。你根本就没有理解他是在什么意义上提出问题，又是在何种意义下上下的判断，你就去那么简单的批判，实际上就像堂吉诃德跟风车搏斗一样，人家根本置之不理。如果是一个真正在学理上能够击中要害的批评或讨论，他绝对会反应的。当然，翻译质量不高也是阻碍我们进入西方语境的客观事实。

第三个心得就是访谈和对话可以帮助我们进入学术的前沿。我刚才讲了，中西方马克思主义美学的学术发展有一个时间差，我们只有通过直接对话，才能克服这个困难。比如阿列西的著作《审美的革命》这本书明年4月左右将由杜克大学出版，我估计后年、大后年甚至更晚才会有中译本。等有了中译本你再去读，那语境又有一定的差异。在这本书里阿列西阐释了对中国当代艺术的理解，如果他的书十年后翻译过来，那时中国当代艺术本身又发生了变化，那么你看的时候是那个时候的当代中国艺术，但是人家阿列西讲的是早十年的当代中国艺术，这就会有所不同，很自然就会有某种理论的误解。跟西方学者访谈能够比较好地把握住学术前沿，他们正在想什么，他们现在正在做什么，他们做这个课题的方法和意义何在，这样你就能够对西方马克思主义美学发展的学术前沿及时了解，这个我觉得是很重要的。如果我们总是落后几拍的话，跟人家就总是没法对话。访谈还有个很大的好处就是，在学术论文和著作中，对方没有把他的思想完全用学术的话语来表达，在访谈中我们是和鲜活的思想对话，具有很强的原生性，有利于激活我们自己的学术思维。

张永禄：谈到理论有语境化的问题，您就曾经批评伊格尔顿在归纳马克思主义文学理论四种基本理论模式时，忽视了中国的理论模式。您能否介绍您对中国模式的马克思主义文艺理论的看法？

王　杰：中国的文明同其他任何文明都是不同的，从这个文明中里面长出来的文学理论自然不同于其他文明中长出来的文学理论。从文化人类学的角度讲，我很自觉探讨中国的审美经验，现代以来的中国审美经验一方面受西方的影响在不断地发展，另一方面它自己中间长出了一些东西。我觉得中国的马克思主义在文学理论和美学方面还是长出了一些东西。因为中国的社会主义运动也好、中国的马克思主义也好，确实有和西方不同的社会生活条件和文化条件。伊格尔顿讲的四种马克思主义文艺理论模式在中国都有表现形态，比如说艺术生产论、文学反映论等，但整体上不能完全包含中国马克思主义美学基本问题。我的基本看法，中国马克思美学基本理论模式就是审美意识形态理论模式，具体讲是半殖民地半封建的中国要成功地实现社会主义革命，走跨越"卡夫丁峡谷"的另一条现代化过程的道路，文艺领域的领导权是非常重要的，这种领导权的实现，不是通过技术的进步导致审美模式的变化来实现，而是通过艺术家情感和内心世界的改造和进步来实现的。循此思路，我们要严肃而清醒地认识到，在中国的现代化过程中，审美经验的基础不是个体性的自由情感，而是社会性和大众性的阶级（阶层）情感、共同的生活经验和日常生活中共享的文化形式，最广大人民群众的情感成为区分艺术作品好坏的标准。也因此，中国现代美学理论的首要任务不是像西方那样论证现代社会中异化的个体情感的真确性以及与自由境界的曲折联系，而是表征大众内在的情感和伦理要求这一"历史的必然要求"。这样一来，中国现代美学的中心概念就不是"异化"和"陌生化"，而是"认同"和"典型化"。当然，我觉得如果把中国马克思主义美学跟西方马克思主义美学做一种平行比较的话，它还有一个突出的弱点，就是它理论系统化的本领不高。

张永禄：谈到中国马克思主义美学和文学理论，我们不能绕开《讲话》，20世纪90年代您也对《讲话》做过再解读，今天您对《讲话》的看法有无改变？

王　杰：《讲话》确实是中国马克思主义美学不可绕开的一个点。这也是中国一个很有意思的现象，关于《讲话》的理解，现在分歧很大，矛盾也很多，批评《讲话》的人可以举出很多理由，这个我们大家都熟悉了，但是，现在坚持《讲话》的人相对来说做得不够。现在坚持《讲话》的人还是仅仅从《讲话》比较表面的意义上来强调《讲话》的重要性和合理性，强调它在实践上产生的作用。我觉得，对《讲话》的理解一个是它在实践方面的作用，一个是它的学理方面的意义。中国的美学和文艺理论的弱点就是学理的阐发不好，不够系统，这当然和我们中国文化的特点有关。其实，我注意到一个很重要的现象就是毛泽东的文艺思想对阿尔都塞学派产生了很重要的影响，包括马歇雷、朗西埃、巴迪欧等理论家，巴迪欧就讲他是在阐发毛泽东的一些思想。西方很多重要的理论家自称是毛派，并没觉得羞辱。但在中国，说哪个学者是个毛派，好像就是极端分子，我觉得我们要把学理问题和情感问题分开。

《讲话》要面对的是半殖民地半封建社会的中国在物质条件极其落后情况下获得社会主义革命胜利的文化问题。要跨过卡夫丁峡谷，走跨越式发展的道路，在物质条件不具备跨越的时候，就得靠精神来。中国马克思主义有很大特点就是强调主观性，强调意识形态可以发挥很大的作用。国际著名学者阿列西也是认同这一点。阿列西认为艺术是可以起一个引领时代作用的，艺术的革命或者说审美的革命是可以走在社会的前面，然后随之而来的才是社会革命。从五四到左联时期、再到延安其实就是在艺术观念和审美意义上实现了变革，实现了革命，然后在延安把它定型化并逐步在实践上推广。毛泽东的《讲话》在我看来，就是对这种审美革命做出理论上的概括和表述，然后这个东西在实践中把它推进，直到中国革命走向胜利，我觉得这就是中国马克思主义文学理论模式的基础。这跟俄国革命和前苏联的文艺理论模式是不同的，跟法国的"五月风暴"模式也不同。

中国革命事实上是成功的。但是这一套"中国经验"在理论上需要做出系统总结，我觉得这方面的理论工作是远远没有完成的。我们现在做的工作只是很少的一部分，就是局限在《讲话》文本的字面意义作比较浅层的解读，没有把《讲话》的理论框架，和它提出问题的学理搞清楚。现在还有很多人用康德的美学模式来批评《讲话》，例如审美的无功利性等，理论上肯定是错的。

杰姆逊在《马克思主义与形式》一书中讲到"思想的二次方程"的方法，应该引起我们的重视，即根据思想的后期发展反过来理解原初的思想和理论。马克思的美学思想有这个特点，毛泽东的美学思想也有这个特点。毛泽东的《讲话》有他的新观念，但这种观念当时并没有完全在学理上做出阐发，因为毛泽东主要是要解决当时的现实问题，他并不是要做一名文艺理论家，成为一名美学家。他的《讲话》是为了要解决当时的问题，即延安时期，从白区来的，从上海来的文艺人跟现实产生了矛盾等，

《讲话》努力解决这些问题，很多新的东西自然就包含在里面。

思想的二次方程式是什么？回过头来看它，经过了阿尔都塞学派的发展，《讲话》里面的很多新思想就得到较好地阐发。现在研究阿尔都塞学派就有助于把毛泽东的美学思想从学理阐发上把它弄清楚。

张永禄：我发现您在最近的一些发言里面，例如在《马克思主义与未来》《后资本主义的未来》《乌托邦的当代意义》几次会议的发言里，感觉您对未来是充满了信念，请问您为何重视"未来"？

王　杰：从国际学术界角度讲，2008年开始的经济危机让整个西方世界陷入恐慌，人们看不到未来是什么。像齐泽克、杰姆逊、伊格尔顿、巴迪欧等马克思主义理论家也在探讨"未来"这个问题，这是一个整个人类要面对的问题。在英美，新自由主义在很长一段时间是很成功的模式，在撒切尔夫人和里根执政之后推行的新自由主义政策导致了资本主义的新一轮发展。新自由主义发展得比较好的时候，很多人认为社会主义没希望了，资本主义就是最好的，未来就这么发展好了，也就是说，世界没有未来了。现在，大家不得不重新思考"未来"就是很自然的，很多人祈求重新从马克思那儿获得灵感。

从中国来讲，思考"未来"更重要。在我看来，中国的现代化过程是有某种偏差的。120年前的甲午海战使得整个中华文明受到巨大的创伤和挫折，好的方面是刺激中国社会的变革和发展，不好的就是当时中国人有一个误判，现代化最重要的是技术和制度，即科学和民主，因此，现代化就是在制度和技术上学习西方。中国社会的现代化发展就是沿着技术和生产力的发展这个渠道不断地发展。但现代化的过程实际上是整个社会的全面转型，社会制度和技术只是其中的一个维度。虽然邓小平讲过要两手都要硬，但近30年来实际上我们在文化这一块是软的。现在，整个社会形成一种共同的意识，最优秀的学生不考文科，认为学文科可惜了，要学理科才有成就。理科第一能赚钱，第二他以后可以得到较高的社会地位，得这种奖那种奖等。这是很不好的一个导向。我们现在再回过头来看，英国的社会现代化过程，它除了技术发展，社会制度的改革，它同时也是文学繁荣的一个时代，还是文学批评繁荣的时代。我们现在有点一边倒，这个现象我觉得是非常值得忧虑的。

今天讨论"未来"的问题，实际上是一个战略性的问题。如果人对未来没有信心，这个人就肯定消极了，就满足吃喝玩乐，或者满足于其他的享受。还有，如果一个人认为通过艰苦努力去创造美好的未来是不可能的，那他也就完全放纵自己了。如果他认为有一个更好的未来，他就会有很强的动力，我觉得中国现在很需要这个。因为我们不能把宗教作为社会的未来动力，作为社会的终极理念。改革开放以来，社会主义的目标受到很大的冲击，这种情况下对"未来"的研究和思考就显得非常的重要了。另外，谈"未来"也是社会的需要，我觉得社会主义仍然是我们这个时代的希望。资本主义虽然很好，促进了生产的繁荣，也促进了社会制度比原来更加合理，人的生活质量比原来更高，但是它在基本结构上以私有制为基础，仍然是少数人占有最大利益，大部分人在这个利益结构里面占的份额是比较小的，简单讲是一种不公平的社会模式。我们需要追求一个更公平、更合理的社会状况。第二它应该成为中国现代化的一种追求，一种目标。如果我们仅仅把目标定位在发展GDP，发展物质生活，或者甚至发展强大的军事，从外交上讲有它的合理性，但不是最重要的，都是一种形而下层面上的东西，中国现在需要在形而上层面上重塑价值理念，重塑社会的"目标"。不然，我们就会处于价值紊乱和价值迷失的状态中。在我看来，"未来"的讨论是比较难的，学理上的论证并不容易，学理上做好了能不能成为很多人的共识也是个大问题。这其实是一个发展的过程，要通过很多人的努力，慢慢培育起来。当然，我现在想说的就是从学理上我们要去探讨它。

张永禄：您觉得马克思主义美学，或者说人文科学还能不能够重新成为我们当代社会生活的公共话题？

王　杰：从必要性讲无疑是需要的。现在的问题是如何把这种社会需要变成现实存在，这需要做大量的工作。因为要成为一种公共领域，成为一种公共话题，最重要的就是它的公共性。美学虽然是一种哲学性的思维，但是它实际上还是一种对人的情感的理论表述。马克思主义美学成为公共话语实际上就是说马克思主义美学研究的情感问题要成为社会的一种共识，或者反过来说，马克思主义美学要研究当代社会生活的共同情感。第一个要解决的就是中国马克思主义美学自己的学理性。第二，马克思主义美学是一种有很高社会责任和要求的哲学意义上的学科，它和现实人们的日常生活之间有很多中间环节，包括大众心理、文艺现象、文学批评、文学组织、文学活动等，比如英国有很多很好的从社会生长出来的社会组织，它是一种情感的共同体，有共同的爱好，共同的趣味，在经验层面有很多共同性。社会的现代化过程是这种公共领域的发育过程，人们有自己的组织和活动方式，在理论上这些发展能够和马克思主义美学的理念有一个连接，因为在学理上对大众文学和大众文化真正做出研究的是马克思主义美学。

最后，要大力培养优秀的马克思主义美学研究方向的学生。马克思倡导用哲学改变世界，我觉得可以通过教育来改变世界。我们需要培养大量的，在理念上，在思想上而且在专业上都很优秀的马克思主义美学家和文艺批评家。只有大量这样的人，他们分布在社会的各个方面，分布在各个文化领域，这些人参与社会大量的实践性活动，这样的马克思主义美学才能真的接地气。如果做到这样的话，马克思主义美学不仅能成为公共话题，它还能成为强大的改造社会的力量，社会就能有很好的发展。

张永禄：您觉得中国化的马克思主义和新儒学之间可不可能存在对话或者有没有理论融合的可能？

王　杰：我觉得答案是肯定的。在我看来，毛泽东的文艺思想就是马克思主义和儒家结合的一个现象，或者说一种形式。毛泽东本人受中国传统教育影响很深，国学基础比较好，起码比我们这些人都好，他把儒家文化的很多东西，不动声色地融进了他的思想里面。比如他讲民族风格、民族气派，虽然没有用儒家的话语，但是用了儒家思想的一些核心理念。毛泽东对待儒家文化的态度是"去其糟粕，取其精华"，这让我想到雷蒙德·威廉斯区分三种文化的理论。雷蒙德·威廉斯认为，在每一个时代的文化中都有三种文化同时存在于一个结构中，一种是表征着未来的文化，一种是过去的文化符号、历史记忆以某种形式仍然发挥着作用，他称之为剩余文化，还有一种当时占支配意义的主流文化，现实的社会文化是这三种文化的结合，毛泽东的文艺思想也是这样。但是，我们现在要警惕，不能把儒家文化抬得太高。现在有一种观点叫作儒家的马克思主义，我倒不主张这样提，马克思主义的社会基础和儒家的社会基础完全不搭界，儒家文化是中国文化传统的一部分。

马克思主义和儒家文化的结合就是要把儒家文化和中国文化中有生命的活的东西结合在一起，而不是简单和程朱理学、宋明理学相结合，不是用封建统治阶级意识形态意义上的儒家文化和马克思主义搞简单结合。我有一个忧虑，现在的国学热有很强的民族主义倾向，这是不利于现代化健康发展的。我们还是要像毛泽东那样，走大众化和民族化相结合的路子，创造出真正有生命力的文化形式。比如大妈们跳的广场舞，它是大众化和民族化的一种文化新形式，有很强大的生命力。

张永禄：伊格尔顿曾经说他不是一个后马克思主义者，而是马克思主义者。您觉得您是不是马克思主义者？在今天的语境下做一名马克思主义者是需要很大勇气的，如果让您再重新选择自己学术研究生涯的话，您还会从事马克思主义美学研究吗？

王　杰：跟伊格尔顿一样，毫无疑问我认为我自己是一名马克思主义者。从我的学术研究，从我的学术研究所体现的学术立场应该可以说明这一点。现实生活中，我主编《马克思主义美学研究》刊物，又给学生上马克思主义文艺理论课，等等。

当然，我在现实生活中也感到蛮大的困惑，从我自己的亲身感受来说，在当代社会生活中，马克思主义美学好像是一个不讨好的概念，特别是现在的年轻人，现在的青年学生，这一代其实并不了解马克思主义，但是他们有一种好像无意识一样对马克思主义美学的反感和排斥，这是很值得忧虑的现象，一方面说明了我们的思想政治课教育某种意义上不够成熟，另一方面也说明了马克思主义美学在发展过程中有一些问题。马克思活着的时候，曾经在信里说过"我只知道我不是一名马克思主义者"，这种语境和今天有相似之处吧，马克思的思想被意识形态化导致了马克思主义者的尴尬。

今天能够坚持马克思主义真是需要很大的勇气。因为第一在今天自称为马克思主义的人必定受到误解，第二这个误解来自左右两方，左的人也会误解，右的人也会误解。加上学生的误解，在大学里当老师被学生误解你的内心是比较悲哀的。所以说我自己也一直长期困惑这个事情。我这个人内心还是比较倔强，从广西师大到南京大学再到上海交大，我的硕、博士生招生目录里面第一个就是马克思主义美学或者马克思主义文学理论，始终没有改。当然我还庆幸能招到学生，而且还有很多优秀的学生来考，也说明了情况还没有糟糕到令人悲观绝望的地步。

我不主张把马克思主义当做标签来用，我觉得应该作为精神实质来用。在访谈和私下里和阿列西、本尼特等学者讨论，感觉他们都是很认真的马克思主义者。但是在他们的学术论文、学术著作中，他们并不以马克思主义者的面貌出现，而是以学者的面貌出现。说到我自己，我不太倾向于把自己贴一个什么标签，我只想认认真真编好我的杂志，认认真真办好论坛，认认真真做好一些学术研究，然后好好培养学生，做一些对中国文化建设有价值的事情，能够做到多少就做多少。

张永禄：作为学者，您在审美人类学研究和中国美学意识形态理论方面都有创见。作为编辑家，您创办了《马克思主义美学研究》这样一份了不起的刊物。作为批评家的您，似乎没有被充分注意到。我想问，您认为今天作为一个批评家来说，他的任务是什么？

王　杰：我觉得中国的文学评论和电影评论缺乏理论的支撑或者说缺乏一种从评论中提升出来的理论，我觉得这首先是我们应该做的。应该说，中国的当代艺术从美术作品到音乐创作到文学创作再到电影，已经出现了一种全方位繁荣的局面，这个现象应该说已经得到国际学术界的重视。整个艺术全方位的繁荣其实不是太常见的，像苏联革命成功之前有过几十年这样的时期，中国五四前后也有过这么一个时期。艺术其实是和思潮，和整个社会的转型相联系，西方的文艺复兴就是这种现象，现在中国的当代艺术已经取得了很大的成功，应该说，它们为我们的美学和批评提供很多很好研究的材料，现在是我们美学和批评要跟上去的时候。不管是造型艺术、音乐、文学和电影，中国现在都有世界一流的东西，但我们缺乏一流的评论。

中国有可能进入一个批评和美学繁荣的时代。有大量的作品可以阐释，可以做理论的提升和概括，这为我们的批评和理论高峰给出了可能条件。但，有很肥沃的土地，不一定就种出最好的水果、最好的粮食，也可能长出荒草，长出罂粟花等，关键看你怎么去种植。所以需要我们理论家踏踏实实地做一些研究。马克思曾经说他是一个对经济现象最有研究，花了最多时间研究经济的人，可是他也是从自己的研究中得钱最少的人。我觉得今天我们理论家，要像中国传统说的只顾耕耘、不问收获那样，也需要一点纯粹的学术态度，纯粹的学理探讨。

再讲批评家，从马克思主义美学的角度，我认为文学批评很重要。真正的文学作品一定是表征出未来的，表征出一种新的生活的可能性。新的生活的 idea 一定是通过感性的形式表现出现代社会有种种不合理性，有一种可能的生活是更美好的。它以不同的感性形式存在，这是艺术的最根本特性。文学批评和美学的任务就是把这些东西阐释出来，让它成为大家都觉得有道理，都觉得改变这个世界是可能的和应该的。现在很多人认为改变世界不可能了，认为资本主义已经强大到不可撼动的地步，中国学者里面很多人持这种态度，认为资本主义是最合理的制度，资本主义是不可撼动的。其实西方学者里面持这种看法的人，特别是人文学者并不太多。在马克思主义看来这个观念其实是错的，我们相信世界是可以变得更好的，而且值得去努力。我觉得，这就是批评家可以做的工作，也是他很重要的一个责任。英国的文学批评从启蒙主义时代到伊格尔顿始终在起这样的作用，德国从康德到哈贝马斯到今天的霍耐特，法国从狄德罗一直到朗西埃和巴迪欧其实都是这样，他们都是在做这个工作，都起了很重要的作用，所以他们令人尊重，他们的声音也传得足够远。

韩永进谈：中国特色社会主义文化理论研究

熊元义　王文革

熊元义　王文革：任何理论都来源于实践。没有中国特色社会主义伟大实践，就没有中国特色社会主义文化理论。您是如何把握中国特色社会主义文化理论与中国特色社会主义实践的关系的？

韩永进：理论的源泉是实践，发展依据是实践，检验标准也是实践。中国特色社会主义文化理论体系基础就是当代中国特色社会主义的建设实践。这种实践具体包括以下几个方面：一是中国特色社会主义文化的发展建设实践。例如在中国特色社会主义文化理论中，在对文化本质认识和文化地位作用功能认识上，我们先后提出了一系列重要概念，"文化市场""文化产业""公共文化服务体系""人民文化权益""文化生产力""国家文化软实力"等，这些重要概念的提出，都是伴随着我国改革开放的发展，伴随着社会主义市场经济体制的确立与发展，伴随着中国文化建设实践而陆续提出来的。没有这些实践，不可能有这样的理论认识与概念。当然在这些实践中也包括了一系列经验与教训，否则就很难理解"两手抓"为什么是我们文化建设的一个重要战略思想了；二是改革开放30多年的理论创新成果。实践基础上的理论创新是社会发展和变革的先导，通过理论创新推动制度创新、科技创新、文化创新以及各方面的创新，如果没有改革开放，没有理论创新，没有中国特色社会主义理论体系的形成与发展，就不可能有中国特色社会主义文化理论体系；三是准确把握世界发展大势，吸收世界优秀文明成果的创造。例如对于文化创意产业、网络游戏等这些新的文化业态，我们更多是借鉴西方发达国家的经验，结合我国国情提出相关的发展理论。"软实力"这个词，我们也是借鉴吸收世界发达国家提出的这一概念，结合我们的实际创造提出了"国家文化软实力"；四是我们党不断认识和把握文化自身发展规律，不断提升文化自觉水平，不断提升文化自信力的智慧结晶。

熊元义　王文革：中国特色社会主义文化理论是中国特色社会主义理论体系的重要组成部分，您是如何认识中国特色社会主义文化理论与中国特色社会主义理论体系的关系、如何把握中国特色社会主义文化理论在中国特色社会主义理论体系中的位置的？

韩永进："重要组成部分"既点出了中国特色社会主义文化理论在中国特色社会主义理论体系的位置，也勾勒了中国特色社会主义文化理论与中国特色社会主义理论体系的关系。

中国特色社会主义理论体系，是我们党坚持把马克思主义基本原理同中国具体实际结合起来，在推进马克思主义中国化的历史进程中产生的两大理论成果之一。它是包括邓小平理论、"三个代表"重要思想以及科学发展观等重大战略思想在内的科学理论体系，系统回答了在中国这样一个十几亿人口的发展中大国建设什么样的社会主义、怎样建设社会主义，建设什么样的党、怎样建设党，实现什么样的发展、怎样发展等一系列重大问题，是对毛泽东思想的继承和发展，是指导党和人民沿着中国特色社会主义道路实现中华民族伟大复兴的正确理论。

中国特色社会主义文化理论是中国特色社会主义理论体系的重要组成部分。它们有共同形成发展的时代背景和实践基础，都是对国际形势深刻变化和世界发展新趋势进行科学分析的成果，对建设社会主义正反两方面经验进行认真总结的成果，是对我国改革开放和社会主义现代化建设实践经验进行科学总结的成果；它们有共同的思想路线，也是中国特色社会主义理论体系的精髓，就是要坚持解放思想、实事求是、与时俱进，一切从实际出发，理论联系实际，在实践中检验真理和发展真理。以科学的态度对待马克思主义，坚持把马克思主义基本原理同中国具体实际结合起来，不断推进马克思主义中国化，善于在解放思想中统一思想，用发展着的马克思主义指导新的实践；它们有共同的根本任务，这也是中国特色社会主义理论体系的中心问题，社会主义的根本任务是解放和发展社会生产力，不断改善人民生活。

我们认为，中国特色社会主义文化理论要解决的当代中国特色社会主义文化发展的主要矛盾就是：人民日益增长的精神文化需要同落后的社会生产之间的矛盾。因为新中国成立以来特别是改革开放以来，我国取得了举世瞩目的成就，创造了彪炳史册的伟业。从生产力到生产关系，从经济基础到上层建筑都发生意义深远的重大变化。但是，我国仍处于并将长期处于社会主义初级阶段的基本国情没有变，人民日益增长的物质文化需要同落后的社会生产之间的矛盾这一社会主要矛盾没有变，我国是世界上最大的发展中国家的国际地位没有变。解决中国特色社会主义文化建设的主要矛盾，发展中国特色社会主义文化，实践和理论都要求回答什么是中国特色社会主义文化、怎样建设中国特色社会主义文化，中国特色社会主义文化有哪些规律、怎样认识和遵循这些规律。对这些问题的认识程度和把握程度，决定着中国特色社会主义文化实践和理论创新程度、丰富程度、深刻程度。中国特色社会主义文化理论紧紧围绕上述两个基本问题进行了探索和回答，在当代中国文化建设实践的基础上，进行了卓有成效的理论创造，形成了关于中国特色社会主义文化的一系列紧密联系、相互贯通的新思想新观点新论断。而这些新思想新观点新论断又是中国特色社会主义理论体系的一个重要组成部分，使其更丰富、更深刻、更全面、更系统、更科学。我们在研究中深刻认识到，中国特色社会主义文化理论是对马克思主义文化学说的丰富和发展，是对中国特色社会主义理论体系的充实和深化，是中国特色社会主义文化实践的总结和提升，是我们党对中国特色社会主义文化发展规律认识深化的最新成果，体现了高度的文化自觉和文化自信。

熊元义　王文革：马克思主义、毛泽东思想无疑是中国特色社会主义文化理论的理论前提，中国特色社会主义文化理论与马克思主义、毛泽东思想是什么关系？中国特色社会主义文化理论在哪些方面继承了马克思主义、毛泽东思想？在哪些方面又有所发展和创新？

韩永进：中国特色社会主义文化理论与马克思主义、毛泽东思想的关系是一脉相承、与时俱进的关系。

马克思主义特别是马克思主义的文化观，毛泽东思想特别是毛泽东文艺思想，是中国特色社会主义文化理论的思想渊源。我们讲一脉相承的

"脉"就在这里。这个"脉"首先是辩证唯物主义和历史唯物主义的文化观,解决了文化是什么,明确了文化的性质、功能、作用,文化与经济、政治、社会、政党的关系,文化与其他意识形态的关系,揭示了人类社会中文化发展的一般规律;其次是以人为本的文化观,解决了文化与人的关系,文化与人全面发展的关系,同时强调了在阶级社会中,文化与阶级的关系,与阶级斗争的关系,与无产阶级革命的关系,文化为现实斗争服务、为无产阶级的阶级斗争服务问题,无产阶级的"人性观";第三是马克思主义"精神生产"理论,从生产、再生产的独特角度研究精神、研究文化,揭示了精神生产与物质生产的共性与个性,揭示了精神生产的独特规律;第四是文化本体观,揭示了文化自身发展的一些规律和作用,文化本体发展中的相互关系,如文化自身的继承、创新和各民族文化的相互影响等问题,关于创作规律问题,文艺的形象、典型和创作方法,文艺作品内容与形式的构成因素及相互关系,文学的鉴赏、评论的一般规律,研究如何鉴别、评论文艺作品的成败得失,揭示审美规律、美学规律。第五,也是最根本的是贯穿在马克思、恩格斯、列宁、毛泽东等经典作家研究文化问题中的立场观点和方法,也就是辩证唯物主义和历史唯物主义的立场观点和方法。

中国特色社会主义文化理论又是与时俱进的,它以当代建设中国特色社会主义文化实践为中心,着眼于马克思主义文化理论的应用,着眼于对中国文化发展实际的思考,着眼于文化建设的新实践新发展。中国特色社会主义文化理论是马克思主义与中国文化实践相结合的新理论创造,既是对马克思主义的继承、阐释,又是对其创新、发展。这种与时俱进的"进"体现在许多方面。

这个"进"体现在对文化的性质地位作用上的认识上。马克思明确把社会形态这一完整的社会系统区分为生产力、生产关系(经济基础)和上层建筑三个层面,又把上层建筑区分为法律的和政治的上层建筑与社会意识形态即观念的上层建筑两部分,同时,提出了社会存在与社会意识相互作用的基本原理。他1859年在《〈政治经济学批判〉序言》中有一段至理名言:"人们在自己生活的社会生产中发生一定的、必然的、不以他们的意志为转移的关系,即同他们的物质生产力的一定发展阶段相适应的生产关系。这些生产关系的总和构成社会的经济结构,即有法律的和政治的上层建筑竖立其上并有一定的社会意识形态与之相适应的现实基础。物质生活的生产方式制约着整个社会生活、政治生活和精神生活的过程。不是人们的意识决定人们的存在，相反，是人们的社会存在决定人们的意识。"马克思主义揭示了文化与经济基础的关系，强调文化是社会意识形态，它的发展受经济基础制约，考虑经济基础本身发展也是复杂的，文化发展要受上层建筑各种因素的影响，要受它本身的特点和规律的影响，但是，归根到底起决定作用的还是经济基础。毛泽东同志也根据马克思主义的存在决定意识原理分析研究文化现象，认为"一定的文化是一定社会的政治和经济在观念形态上的反映，"强调"作为观念形态的文艺作品，都是一定的社会生活在人类头脑中的反映的产物"。当今世界形势发生的巨大变化，特别是科技的进步，文化的发展，使文化本身性质在原有基础上发生新的变化，特别是文化与经济、与政治、与社会日益相互融合，文化产业的迅速发展、各种文化新业态出现，使得文化在意识形态的特性中又显现出经济的因素，产业的因素，尤其是以创意为核心的文化产业，产业性质更强，具有了经济基础的因素。面对这种深刻的变化，中国特色社会主义文化理论与时俱进，明确提出了"文化市场""文化产业""文化生产力""国家文化软实力"等概念，强调了中国特色社会主义文化产品和服务具有双重属性，一方面具有意识形态属性，另一方面具有产业属性，进一步明确了中国特色社会主义文化的地位和作用，文化是民族凝聚力和创造力的重要源泉，是综合国力竞争的重要因素，是经济社会发展的重要支撑。文化的发展关系全面建设小康社会奋斗目标的实现，关系中国特色社会主义事业总体布局，关系中华民族伟大复兴。

马克思主义文化观强调"经济对某一意识形态发生影响往往要通过一定的中间环节，而反作用同样如此"。中国特色社会主义文化理论与时俱进，运用"中间环节论"解决社会主义市场经济与中国特色社会主义文化结合问题。在革命战争年代，在社会主义计划经济年代，在改革开放初期，我们在文化建设上主要解决的是文化与政治的关系问题；在社会主义市场经济时期，文化建设上主要需要解决文化与市场的关系问题、经济效益与社会效益的关系问题。社会主义市场经济体制的建立必然要求建立与之相适应的上层建筑，实现从计划经济体制向社会主义市场经济体制的转变，必然会涉及经济基础和上层建筑的许多领域，必然会对人们的利益关系、社会关系、思想观念、思维方式、生活方式、文化娱乐方式等方面产生广泛深刻的影响。马克思主义的"中间环节论"告诉我们，国家可以通过"中间环节"进行文化建设的宏观调控，用法律、政治的、道德的等方法调控市场在文化建设中发挥基础性作用的范围、力度，保障文化建设方向。所以中国特色社会主义文化理论提出把推动经济基础变革同推动上层建筑改革结合起来，把发展社会生产力同提高全民族文明素质结合起来，推动物质文明和精神文明协调发展，更加自觉、更加主动地推动文化大发展大繁荣。实行依法治国和以德治国相结合，以科学的理论武装人，以正确的舆论引导人，以高尚的精神塑造人，以优秀的作品鼓舞人，把社会主义核心价值体系建设融入国民教育、精神文明建设和党的建设全过程，始终把社会效益放在首位，做到经济效益和社会效益相统一。

马克思主义文化观全面解读了意识形态相对独立性，强调意识形态是由经济基础决定的，但又有一定的独立性，有自己的特点和特殊发展规律，具有历史继承性，具有同经济发展的不平衡性，意识形态各种因素之间的相互制约性。"经济上落后的国家在哲学上仍然能够演奏第一小提琴，""关于艺术，大家知道，它的一定的繁盛时期决不是同社会的一般发展成比例的，因而也决不是同仿佛是社会组织的骨骼的物质基础的一般发展成比例的"。在中国特色社会主义文化建设的实践中，在我国实施西部大开发战略中，西部有许多地方实现了文化建设特别是文化产业跨越式发展，验证了马克思主义文化观真理的光芒。在中国特色社会主义文化理论中，在文化产业论中，强调优化文化产业布局和结构，建设一批文化产业强省、强市和区域性特色文化产业群，积极发展我国西南、西北地区等具有鲜明地域和民族特色的文化产业群，形成文化产业协调发展格局。

这个"进"体现在文化与人民关系的认识上。马克思主义人民主体文化观揭示文化与人的关系，与人的全面发展关系问题。马克思主义认为，人的自由和全面发展是共产主义的本质特征，是建设社会主义的重要任务。而艺术与人民的关系问题，则是马克思主义文化理论中基础性问题、中心问题。马克思主义认为，人民群众是人类历史的创造者，既是社会物质财富的创造者，也是社会精神财富的创造者。《共产党宣言》指出，"过去的一切运动都是少数人的或者为少数人谋利益的运动。无产阶级的运动是绝大多数人的、为绝大多数人谋利益的独立运动"。马克思、恩格斯要求革命文学要努力反映工人阶级和劳动群众的生活和斗争，表现"穷人和受轻视的阶级"的生活和命运，"人民历来就是作家'够资格'和'不够资格'的唯一判断者"，工人阶级的斗争"应当有权在现实主义领域内要求占有一席之地"。革命导师列宁提出艺术"为千千万万劳动人民服务"的重要命题，特别是十月革命胜利以后，列宁根据无产阶级掌握国家政权的新形势，结合苏维埃社会主义文化建设的实践，进一步提出了文艺事业必须为广大劳动群众服务的思想。在与蔡特金谈话中，提出了"艺术属于人民"的著名观点，强调艺术是属于人民的，它必须在广大劳动群众的底层有其最深厚的根基，必须为这些群众所了解和爱好，必须结合这些群众的感情、思想和意志，并提高他们。毛泽东继承和发展马克思主义人民主体文化观，强调文学艺术与广大人民群众的血肉联系，《在延安文艺座谈会上的讲话》贯穿的一个根本思想就是人民主体文化观，围绕文艺为人民大众服务的核心命题，全面论述了文艺与生活、文艺与革命、文艺与人民大众、文学遗产的批判继承等重大理论问题，强调文艺"为什么人的问题，是一个根本的问题，原则的问题"，提出"我们的文学艺术都是为人民大众的，首先是为工农兵的，为工农兵而创作，为工农兵所利用的"。特别是在1944年他看了《逼上梁山》后，写信给编导杨绍萱、齐燕铭说："历史是人民创造的，但在旧戏舞台上（在一切离开人民的旧文学旧艺术上）人民却成了渣滓，由老爷太太少爷小姐们统治着舞台，这种历史的颠倒，现在由你们再颠倒过来，恢复了历史的面目，从此旧剧开了新生面，所以值得庆贺。"毛泽东强调文学艺术要自觉地为人民大众服务，并且把工农兵作为人民大众的主体，强调文艺首先是为工农兵的，从而确定了革命文艺的根本方向。

中国特色社会主义文化理论继承了马克思主义、毛泽东思想的核心内容，科学阐明了文艺与人民的关系，把文艺为人民服务作为社会主义文艺的方向。强调必须把人民拥护不拥护、赞成不赞成、高兴不高兴、答应不答应作为衡量改革和一切事业的根本标准，提出了"我们的文艺属于人民"，"人民是文艺工作者的母亲"，"人民需要艺术，艺术更需要人民"。"作品的思想成就和艺术成就，应当由人民来评定"等许多著名论断。强调"我们党必须始终代表中国先进生产力的发展要求，代表中国先进文化的前进方向，代表中国最广大人民的根本利益"。发展面向现代化、面向世界、面向未来的，民族的科学的大众的社会主义文化。党的十六大以后，我们党提出了科学发展观，科学发展观核心是以人为本，就是坚持全心全意为人民服务，立党为公、执政为民，始终把最广大人民的根本利益作为党和国家工作的根本出发点和落脚点，坚持发展为了人民、发展依靠人民、发展成果由人民共享。我们运用马克思主义文化观、运用科学发展观分析当代中国文化实践，强调"一切进步文艺，都源于人民、为了人民、属于人民"的思想，提出了"我国广大文艺工作者一定要坚持以人为本，牢固树立人民群众是历史创造者的历史唯物主义观点，培养和增进对人民群众的感情，坚持以最广大人民为服务对象和表现主体，关心群众疾苦，体察人民愿望，把握群众需求，通过形式多样的艺术创造，为人民放歌，为人民抒情，为人民呼吁。"创造性地提出"保障人民基本文化权益"和"三贴近——贴近实际、贴近生活、贴近群众"等重大论断。从以上我们可以看出一条一脉相承又与时俱进的思想主线，这就是，坚持马克思主义历史唯物主义观点，坚持实践观点，坚持群众观点，摆正文艺与生活、文艺与人民的关系，始终把人民作为文艺根本出发点和落脚点，把生活实践作为文学艺术的唯一源泉。

这个"进"体现在对文化本体规律的继承和创新上。文化规律作为文化发展过程固有的内在的本质的必然的联系和趋势，表现为文化内外结构关系的各个方面，与经济的关系、与政治的关系、与社会的关系，文化内部结构诸要素之间的关系，等等，而我们所说的文化本体规律主要论述文化内部诸要素之间的关系。马克思主义经典作家应用辩证唯物主义和历史唯物主义研究文化问题，解决了文化自身规律性问题，具体阐明了文化的一系列自身规律，诸如文艺创作规律、文艺鉴赏评论规律等，文化发展中的继承与创新的关系、内容与形式的关系、形象与典型等。例如，马克思主义文化观中，关于文艺批评是一个重要领域，马克思主义强调"美学的历史的"的观点，提出"我们决不是从道德的、党派的观点来责备歌德，而只是从美学和历史的观点来责备他"，"我是从美学和历史的观点，以非常高的，即最高的标准来衡量您的作品的"。毛泽东也高度重视文艺批评，他强调了文艺批评的重要性和复杂性，他强调"文艺批评"是文艺界的主要的斗争方法之一，过去在这方面工作做得很不够，因此"文艺批评应该发展"。同时他又指出"文艺批评是一个复杂的问题，需要许多专门的研究"。在新民主主义革命时期，他提出了文艺批评有两个标准，一个是政治标准，一个是艺术标准。根据当时的历史情况阐明了政治标准，同时也阐明了艺术标准：一切艺术性较高的，是好的，或较好的；艺术性较低的，则是坏的，或较坏的。在任何阶级社会中的任何阶级，总是以政治标准放在第一位，以艺术标准放在第二位。"我们的要求则是政治和艺术的统一，内容和形式的统一，革命的政治内容和尽可能完美的艺术形式的统一。""我们既反对政治观点错误的艺术品，也反对只有正确的政治观点而没有艺术力量的所谓'标语口号式'的倾向。"在进入社会主义建设时期，毛泽东首先从思想方法上研究文艺批评，强调正确的东西总是在同错误的东西做斗争的过程中发展起来的，真的、善的、美的东西总是在同假的、恶的、丑的东西相比较而存在，相斗争而发展的。历史上新的正确的东西，在开始的时候常常得不到多数人承认，只能在斗争中曲折发展。正确的东西，好的东西，人们一开始常常不承认它们是香花，反而把它们看作毒草。在思想方法上认识文艺批评的基础上，讲明了文艺批评的重要作用，"在我们的社会里，革命的战斗的批评和反批评，是揭露矛盾，解决矛盾，发展科学、艺术，做好各项工作的好方法"。根据当时的时代背景，提出了政治上辨别鲜花和毒草的六条标准。毛泽东还对中国文艺批评史进行了专门的研究，并提出了自己的观点："中国自觉的文学批评的历史是从哪里开始的呢？从曹丕的《典论·论文》和曹植的《与杨德祖书》开始的吧！"他深入分析了当时文艺批评的现状，指出了存在的问题。"现在文艺批评可以说有三类：一类是抓到痒处，不是教条的，有帮助的；一类是隔靴搔痒，空空泛泛，从中得不到帮助的，写了等于不写；一类是教条的，粗暴的，一棍子打死人，妨碍文艺批评开展的"。毛泽东特别强调尊重文艺批评规律，要求"批评要说理"。

中国特色社会主义文化理论在继承的基础上不断创新，对文艺批评提出了一系列新认识。在改革开放新时期，积极开展文艺批评不仅是文艺的重要规律，也是党实现对文艺工作正确领导的工作方法。从大的方向上讲，文艺批评可以从时代的要求出发，以马克思主义为指导，科学总结文艺创作等活动的经验和规律，批评错误思潮和不良的文艺倾向，引导和推动文艺工作坚持先进文化的前进方向；从文艺工作者自身讲，文艺批评通过对文艺工作者的作品和表演等精神产品的分析评价，可以帮助文艺工作者本人正确评价和看待自己，明确哪些是优点长处，需要进一步发扬，哪些是缺点不足，需要进一步努力改进。"虚心倾听各方面的批评，接受有益的意见，常常是艺术家不断进步、不断提高的动力"；从观众读者欣赏者讲，文艺批评通过对作品的思想意义和艺术成就的分析，可以帮助他们正确理解作品，正确领会作品的思想价值和艺术价值，培养和提高他们的审美情趣和艺术鉴赏力。邓小平指出了文艺批评的重要性，强调"在文艺队伍内部，在各种类、各流派的文艺工作者之间，在从事创作与从事文艺批评的同志之间，在文艺家与广大读者之间，都要提倡同志式的、友好的讨论，提倡摆事实、讲道理。允许批评，允许反批评。要坚持真理，修正错误"。明确了文艺批评的标准，最根本的标准是"对实现四个现代化是有利还是有害，应当成为衡量一切工作的最根本的是非标准"。1992年他又根据新的实践提出了"判断的标准，应该主要看是否有利于发展社会主义社会的生产力，是否有利于增强社会主义国家的综合国力，是否有利于提高人民的生活水平"。在文艺作品的具体标准上，他提出"最好的精神食粮"标准，要求实现作品的思想成就和艺术成就的统一，作品要反映生活的本质，要塑造有血有肉、生动感人的艺术形象，题材和表现手法要敢于创新，丰富多彩，要具有民族风格和时代特色的完美的艺术形式，作品的最终评价应由人民来评定。同时邓小平还强调，开展批评要注意方法，要采取民主的说理的态度，方法要讲究，分寸要适当，但也绝不能把批评看成打棍子。江泽民进一步明确了"文艺评论是文艺发展的重要推动力"的地位和作用，他生动形象地把文艺创作和评论比喻成孪生兄弟，"优秀的文艺创作和科学的文艺评论，杰出的作家、艺术家和杰出的文艺评论家，仿佛孪生兄弟"。文艺评论的任务是要在探索文艺规律和促进文艺繁荣、推荐优秀作品、批评错误的文艺倾向方面，在帮助人们区分真、善、美和假、恶、丑方面，发挥积极作用。

　　再例如，马克思主义文化观提出了文艺创作的一系列规律和原则，强调"更加莎士比亚化"，而不是"席勒式地把个人变成时代精神的单纯的传声筒"，"现实主义的意思是，除细节的真实外，还要真实地再现典型环境中的典型人物"，"每个人都是典型，但同时又是一定的单个人，正如老黑格尔所说的是一个'这一个'"等。毛泽东继承了马克思主义关于现实主义创作方法，结合中国当代文化建设的实际，明确提出"我们在艺术论上是马克思主义者,不是艺术至上主义者。我们主张艺术上的现实主义,但这并不是那种一味模仿自然的记流水账式的'写实'主义者,因为艺术不能只是自然的简单再现"。他还强调现实主义要求艺术作品要有内容,要适合时代的要求,大众的要求。同时,艺术作品还要有动人的形象和情节,要贴近实际生活,否则人们也不爱看。他特别指出,"把一些抽象的概念生硬地装在艺术作品中,是不会受欢迎的"。与此相联系,毛泽东还提出了要做一个伟大的艺术家的三个必须具备的条件。这就是远大的理想、丰富的生活经验、良好的艺术技巧。"中国近年来所以没有产生伟大的作品,自然有其客观的社会原因,但从作家方面说,也是因为能完全具备这三个条件的太少了。我们的许多作家有远大的理想,却没有丰富的生活经验,不少人还缺少良好的艺术技巧。这三个条件,缺少任何一个便不能成为伟大的艺术家"。毛泽东还继承了马克思主义关于典型环境中的典型人物的理论,对艺术典型这一理论进行了发展,提出了自己的见解。在文艺的真实性上,他既讲明了生活是唯一源泉,又讲明文艺作品不是生活本身,文艺作品反映出来的生活应该比普通的实际生活更高,更强烈,更有集中性,更典型,更理想,更带普遍性。这六个"更"充分体现马克思主义的典型化的规律。他还举例强调,文艺要把日常的现象集中起来,把其中的矛盾和斗争典型化,造成文学作品或艺术作品。他还要求塑造典型环境中的典型人物,"革命的文艺,应当根据实际生活创造出各种各样的人物来,帮助群众推动历史前进。"

中国特色社会主义文化理论继承了马克思主义毛泽东思想,发展了中国特色社会主义的文艺创作论。邓小平专门强调"我们的文艺,应当在描写和培养社会主义新人方面付出更大的努力,取得更丰硕的成果。要塑造四个现代化建设的创业者,表现他们那种有革命理想和科学态度、有高尚情操和创造能力、有宽阔眼界和求实精神的崭新面貌。要通过这些新人的形象,来激发广大群众的社会主义积极性,推动他们从事四个现代化建设的历史性创造活动。"要求"我们的社会主义文艺,要通过有血有肉、生动感人的艺术形象,真实地反映丰富的社会生活,反映人们在各种社会关系中的本质,表现时代前进的要求和历史发展的趋势,并且努力用社会主义思想教育人民,给他们以积极进取、奋发图强的精神。"江泽民强调"文艺是民族精神的火炬,是人民奋进的号角。在培育和弘扬民族精神方面，文艺可以发挥独特的重要作用。古往今来，世界各民族无一例外地受到其在各个历史发展阶段上产生的文艺精品和文艺巨匠的深刻影响。中华民族的精神，不仅体现在中国人民的奋斗历程和奋斗业绩中，体现在中国人民的精神生活和精神世界里，也反映在几千年来我们民族产生的一切优秀文艺作品中，反映在我国一切杰出文学家、艺术家的精神创造活动中。"胡锦涛强调"创作更多反映人民主体地位和现实生活、群众喜闻乐见的优秀精神产品。"中国特色社会主义文化理论还特别强调文化精品的作用，强调精品是一个国家、一个时代精神文化水平的集中反映，对精神产品生产具有重要的影响和示范作用。

熊元义　王文革：中国特色社会主义文化理论是一个完整的理论体系，其理论体系的框架结构是由哪些部分构成的？

韩永进：前面我们讲到，解决中国特色社会主义文化建设的主要矛盾，发展中国特色社会主义文化，实践和理论都要求回答什么是中国特色社会主义文化、怎样建设中国特色社会主义文化，中国特色社会主义文化有哪些规律、怎样认识和遵循这些规律。整个中国特色社会主义文化理论框架就是紧紧围绕回答这两个基本问题进行设计的。框架由三个大部分组成，第一部分是文化繁荣论，主要解决什么是中国特色社会主义文化的问题，即文化的性质问题，这也是中国特色社会主义文化理论体系的逻辑起点。既要看到文化的共性，又要看到中国特色社会主义文化的特性。我们从文化与经济、政治、社会的关系进行分析，从文化与人、文化与人民的关系进行分析，从文化与国家的关系、文化与民族的关系进行分析，从文化与执政的中国共产党的关系进行分析。通过多个角度的分析，我们必然得出中国特色社会主义文化性质是"面向现代化、面向世界、面向未来的，民族的科学的大众的社会主义文化"的结论。在对于文化性质认识判断的基础上，必然得出当代文化的地位作用：文化是民族凝聚力和创造力的重要源泉，是综合国力竞争的重要因素，是经济社会发展的重要支撑。文化是一个民族的精神和灵魂，是国家发展和民族振兴的强大力量。文化的发展，关系全面建设小康社会奋斗目标的实现，关系中国特色社会主义事业总体布局，关系中华民族伟大复兴。

第二部分是文化建设论，核心是解决怎样建设中国特色社会主义文化。具体由文化方向论、文化创新论、文化体制改革论、文化事业论、文化产业论、文化交流论、文化领导论七个方面构成。每个分论又有具体的内容，如文化方向论中，详细论述了坚持中国特色社会主义文化方向的基本方针原则，论述了坚持"两为"方向和"双百"方针，弘扬主旋律提倡多样化，社会主义核心价值体系建设，坚持把社会效益放在首位、坚持两个效益统一，古为今用、洋为中用、推陈出新，重在建设、一手抓繁荣一手抓管理。再比如，文化体制改革论，我们知道，新时期最鲜明的特点是改革开放。文化体制改革是社会主义文化制度的自我完善和发展，是要解放和发展文化生产力。改革开放以来，我国文化生存和发展的经济基础、体制环境、社会条件发生了深刻变化，经济体制深刻变革，社会结构深刻变动，利益格局深刻调整，思想观念深刻变化。人们思想活动的独立性、选择性、多变性、差异性明显增强，对发展社会主义先进文化提出了更高的要求。但无论在思想认识上还是文化观念上，也无论在管理体制上还是工作方式上，都存在许多不适应：我国已实现由计划经济体制向社会主义市场经济体制的转变，人民群众的生活水平已经实现了从温饱到小康的转变，文化发展与人民群众日益增长的精神文化需求不相适应；世界高新技术飞速发展，带来文化创新和传播领域重大革命，文化发展与快速发展的现代传播手段不相适应；以加入世贸组织为标志，我国对外开放进入了新阶段，文化发展与我国不断扩大的对外开放不相适应；我国已经进行全面建设小康社会的新的发展阶段，文化发展与推动我国经济社会又好又快发展的新形势不相适应。改变这种不适应，根本的出路就是改革。文化体制改革的目标任务是：以发展为主题，以改革为动力，以体制机制创新为重点，形成科学有效的宏观文化管理体制，完善文化法律法规体系，强化政府文化管理和服务职能，构建覆盖全社会的公共文化服务体系；形成富有效率的文化生产和服务的微观运行机制，增强文化事业单位的活力，提高文化企业的竞争力；形成以公有制为主体、多种所有制共同发展的文化产业格局，充分发挥国有资本在文化领域的主导作用，调动全社会力量积极参与文化建设；形成统一、开放、竞争、有序的现代文化市场体系，更大程度地发挥市场在文化资源配置中的基础性作用；形成完善的文化创新体系，加大知识产权保护力度，积极应用先进科技手段，推进内容创新，使原创性文化产品在市场上占有重要地位；形成以民族文化为主体、吸收外来有益文化，推动中华文化走向世界的文化开放格局，进一步提升文化事业和文化产业的国际影响力和竞争力。

　　第三部分是文化规律论，探索了中国特色社会主义文化自身（主要是以文艺为主的文化）具有哪些固有的规律，解决中国特色社会主义文化自身有哪些规律，如何遵循这些规律。从精品论、创作论、鉴赏论、文学艺术家论几个方面进行了论述。比如精品论，详细论述了文化精品在文化发展中的独特作用，精品战略对中国特色社会主义文化发展的重要性，论述了怎样实施精品战略，如何创作出思想性艺术性观赏性统一的文化精品。

李心峰谈：艺术学的基础理论创新

庞维天

庞维天：听说您最近有两部有关艺术基础理论研究和艺术学研究的学术论文集将要出版，能否结合这两部论文集梳理一下中国当代艺术界对艺术学的认识？

李心峰：2014年，我有两部关于艺术基础理论研究和艺术学学科反思、学科建设方面的论文集出版：一本是被纳入"中国艺术研究院学术文库"的《艺术学论集》；另一本是被纳入"中国艺术学博导文库·中国艺术研究院卷"的《开放的艺术——走向通律论的艺术学》。其中，《艺术学论集》收入了我有关艺术学学科反思与学科建设方面的论文（主要是艺术学学科构想、艺术学元科学研究及艺术学学科史研究方面的论文）近30篇；《开放的艺术——走向通律论的艺术学》收入了我有关当下艺术格局和艺术状态、艺术基础理论及艺术学若干分支学科（主要围绕比较艺术学、民族艺术学和艺术类型学这三个艺术学分支学科）的学术研究论文42篇。

在这之前，我还出版了多部艺术学研究专著，包括1990年完成并于1997年出版的《元艺术学》，1992年完成并于1995年出版的《现代艺术学导论》，主持并完成国家社科基金艺术学项目"十五"规划重点课题《20世纪中国艺术理论主题史》，主编《中华艺术通史·夏商周卷》（2006年出版）。另外，还编译了一本《国外现代艺术学新视界》的译文集，于1997年出版；与陆梅林共同主编译文集《艺术类型学资料选编》，1998年出版。

庞维天：这些艺术学的研究成果大多完成于20世纪的八九十年代。可以说，您在20世纪80年代末90年代初所进行的艺术学研究带有相当"超前"的性质。

李心峰：这可能主要有如下几个因素在起作用。一是受马克思恩格斯艺术论所使用的概念的启发，二是受到一些日文著作的影响，三是来自现实的需要。这几方面的因素使我产生了要为"文艺""文艺学"及"艺术学"等概念"正名"的强烈冲动。

说起为"文艺""文艺学""艺术学"等概念"正名"，我们注意到，在新时期之初，即30年前，在我国文学艺术研究领域，人们常用的学科术语一般都是所谓的"文艺""文艺学"，而很少使用"艺术学"这样的学科名称。我为什么在那时就明确地使用"艺术学"这一学科名称呢？这可能有多种因素在起作用吧。

首先，我注意到，虽然我国的美学及文学、艺术理论界在当时普遍使用"文艺""文艺理论""文艺评论""文艺学"之类的概念、术语，但是，在马克思主义经典作家即马克思、恩格斯的著作中，却很少使用这些概念，他们经常使用的与文学、艺术相关的概念、术语，大都用的是"艺术"，如"艺术的"掌握世界方式、"艺术生产""艺术劳动""艺术的"社会意识形式、"艺术的"社会意识形态，"艺术产品""艺术的消费"等。苏联著名学者里夫希茨选编一套四册、影响巨大的《马克思恩格斯论艺术》，也用的是"艺术"而不是"文艺"。那时我常想，能否将这些词语中的"艺术"一词置换为"文艺"，而改称为"文艺掌握方式""文艺生产""文艺劳动""文艺意识形态"？得出的结论是：不可以。至少是"不必要"。因为，假如我们所说的"文艺"所包括的范围与马克思恩格斯所说的"艺术"是一致的，二者可以画等号的，那为何不用在内涵和外延上均十分明确清晰的"艺术"而一定要改称"文艺"呢？这不是多此一举吗？假如我们所说的"文艺"与"艺术"一词的内涵、外延不一致，就更不能轻易修改了。

其次，我从1982年初已接触到一些日文版的艺术学研究著作，包括日本对西方艺术学研究成果的译介。给我以深刻影响的一件事情是：我在广西师范大学图书馆里借到一本日文图书，该书破损相当严重，此时已没有了封面、目录和版权页，也不知作者是谁、是什么出版社于何时出版，仅在显然是后来加上的牛皮纸的书脊上用毛笔手写繁体汉字书名"《艺术学序说》(日)"。该书虽然如此破旧,但自第 3 页至第 490 页的正文部分却基本保持完整,从中可以看到该书内容主要由如下三章构成:第一章为"艺术学序说";第二章为"一般艺术学的对象与方法";第三章为"特殊艺术学的对象与方法"。由此可以推测,这是一位日本学者以德国艺术学家狄索瓦所倡导的"一般艺术学"为理论依据,系统介绍与探讨艺术学尤其是一般艺术学与特殊艺术学的专著。从这本书,我第一次了解到狄索瓦(一般译作德索)及其倡导的"一般艺术学"学说,了解到世界上早已有了"艺术学"这样一门以整个艺术世界为研究对象的人文学科。更让我感到惊讶的是,在这本书的第三章"特殊艺术学的对象与方法"中,第一节的标题竟是"文艺学的研究对象与方法"。显然,作者是将"文艺学"与这一章下面几节的"演剧学"(戏剧学)、"诗学"以及以"造型美术"为对象的"形象艺术学"等相并列的"特殊艺术学"中的一种来处理的。这就完全颠覆了我以往所接受的有关"文艺"包括"文学与艺术","文艺学"是"有关整个文学与艺术的学问"的习惯性认识。这迫使我不得不认真反思文学、文艺、艺术这几个词之间的逻辑关系以及文学学、文艺学与艺术学之间的逻辑关系。通过词源学的追溯及语义学上的辨析,我越来越清晰地意识到,"文艺"作为一个现代汉语词汇,其最初的语义很明确,指的就是"文学",而"文艺学"作为从国外引进的一个学科术语,其最初的语义也很明确,指的是"文学学"。但在后来的使用中,"文艺"及"文艺学"的词义发生了某种变异,变成了似乎是包括整个文学与艺术的学科术语。弄清了它们之间的正确的逻辑关系及其发生的变异,使我从那时即开始坚持使用"艺术学"的学科名称,而有关文学的学问,则使用"文学学"的学科名称。

庞维天: 我们看到您在许多场合反复做的一件事,就是不厌其烦地辨析文学、文艺与艺术及文学学、文艺学与艺术学相互之间的关系。

李心峰: 是的。波兰有位专门研究语义学的语言学家沙夫,他曾引用过边沁的这样一句名言:"错误从来没有像它扎根在语言中那样的难被消除。"因此,对于在使用"文艺"和"文艺学"上的这种扎根于语言中的根深蒂固的错误及其引起的持久的混乱,必须一而再再而三、不厌其烦地予以辨析和矫正。

在相当长的一段时间里，包括1992年我去日本京都大学做学者访问期间，我一直按照那本书的书脊上手写留下的书名《艺术学序说》去查寻这本书的作者及出版时间，却一直没有结果。直到2002年我在北大图书馆里偶然发现一本作者署名为外山卯三郎、书名为《一般艺术学考》的日文图书。仔细核对其目录与正文，与我1983年曾经借阅的那本书的内容竟完全吻合。版权页显示：该书由日本东京第三书院出版发行；出版时间为"昭和七年五月八日印刷，昭和七年五月十七日发行"，即日本第三书院1932年出版发行。原来，广西师大图书馆中的那本书，能够显示其作者及书名、出版单位、出版时间的封面、封底、版权页等可能早已残缺、遗失，某位图书管理人员干脆将该书第一章的标题"艺术学序说"直接写在了书脊上以作为该书的书名！人说"书有书的命运"，我用了差不多20年的时间才搞清楚这一本书的真实身份。此后我了解到，这本书的作者曾著有《诗学概论》《美术史学的方法论》《纯粹绘画论》《舞台艺术论》《新构图法的研究》《motif（主题、动机）的研究》《俄罗斯与普遍性教会》等。他称日本昭和大正时期著名美学家、京都大学教授深田康算为恩师，曾围绕是否需要艺术学学科与美学家植田寿藏进行过讨论、争鸣。今天，该书以及它的作者在日本并没有多么大的影响。但就是这本我一直未搞清其真实身份的艺术学研究的外文著作，对我产生了持久而深远的影响，让我形成了最初的艺术学的学科自觉。

庞维天：那么，是什么原因促使您在1988年《文艺研究》第1期发表《艺术学的构想》一文，大声疾呼"要尽快确立艺术学的学科地位，大力开展艺术学的研究"？

李心峰：这可能与我研究生毕业后分配到中国艺术研究院从事专业艺术理论研究的经历有直接的关系。1985年初，我分配到中国艺术研究院，在当时的外国文艺研究所马克思主义文艺理论研究室工作。当时，该所编辑出版了两种学术丛刊，一种是由陆梅林和程代熙主编的《马克思主义文艺理论研究》，以国内学者的研究论文为主，也发表少量的译文；另一种是《世界艺术与美学》，以译文为主，也发表少量国内学者研究论文。后来，该研究所的马克思主义文艺理论研究室独立出来，成立了"马克思主义文艺理论研究所",前一个丛刊移到该所编辑出版。在 1984 年 7 月出版的《世界艺术与美学》第三辑,发表了天津美学家吴火的一篇论文《美学·艺术学·艺术科学》,给我留下很深印象。另外,我也了解到,我所在的中国艺术研究院,几年前还被叫作"文化部文学艺术研究院",简称之为"文研院"。1980 年,经国务院批准,更名为"中国艺术研究院"。此外,还有一个不能不提的重要背景。从 1983 年开始,我国设立了国家哲学社会科学基金,成立了"全国哲学社会科学规划办公室",建立了全国哲学社会科学基金课题的申报与评审制度。该制度甫一建立,便将"艺术科学"与"教育科学"和"军事科学"这三个学科作为"单列学科",在文化部成立了"全国艺术科学规划办公室",交由中国艺术研究院代管。这种"艺术科学"的"单列学科"机制的酝酿与形成,虽然其具体的历史细节已经难以完全还原,但可以推测,当时中国艺术研究院的几位各个艺术研究领域的领军人物,如张庚、王朝闻、郭汉城、陆梅林、郑雪莱等,一定是起到了十分关键的作用。记得当时,在院里,还常能听到要将"中国艺术研究院"的院名改为"中国艺术科学院"的呼声,等等。总而言之,到 20 世纪 80 年代末,要让艺术学在我国哲学社会科学体系中真正独立出来,真正确立其应有的学科地位的现实要求已经越来越强烈,主客观的条件正在形成,潜在的潮水正在翻腾涌动、积蓄能量,寻找爆发的时机。拙作《艺术学的构想》在《文艺研究》上发表,不过是在客观上反映了上述这种客观的现实要求和艺术研究界普遍而强烈的主观愿望,因而才能产生那么强烈的共鸣与反响,不仅人大复印报刊资料及时全文转载了这篇文章,而且有多家报刊对该文作了摘要刊载。此外,北京大学在 1991 年 6 月召开我国第一次"艺术学研讨会",邀请我与会就艺术学学科建设问题作主题发言。会上向与会者散发了由北京大学艺术教研室资料室编的"艺术学参考资料及索引",全文复印的只有两篇论文,第一篇即是拙作《艺术学的构想》,第二篇是译文、苏联学者 A·济斯的《论艺术的综合研究》,其余论文只有篇名索引。假如与此后高校教育体制上的艺术学"一级学科"以及 2011 年升级为"门类学科"相比,我当时的一些探讨也许可以说具有某种"超前"意识吧。但是,假如综合考虑到 20 世纪八九十年代有关艺术研究、艺术学学科建设的各种主客观条件与现实的迫切要求等因素,恐怕至多只能说是有种学术上的"敏感",在适当的场合作了明确的表述，在学理上进行了系统的论证罢了，最好不要称之为"超前"吧。

庞维天： 此后，您开始了艺术学的系统的研究，先后完成了《元艺术学》《现代艺术学导论》和《艺术类型学》等艺术理论专著。应该说，这几部著作都体现了一定的"原创"意识。

李心峰： 进行艺术学研究和文学理论研究，我确实一直十分重视"创新"尤其是"原创"。你所提及的三部拙作，后两种也许在若干环节上能够体现出某种创新乃至原创意识，如果说它们在整体上都是创新的或是原创的，可能还没有完全做到。与后两部拙作相比，体现出较多的创新性乃至原创性的，我自己认为可能还是《元艺术学》吧。

庞维天： 那么，您认为《元艺术学》的创新性或原创性主要体现在哪些方面？

李心峰： 我想，最主要的体现可能就是把"元科学""科学学"的理念与方法运用于艺术学领域，首次提出了"元艺术学"的学科名称并对这一新兴艺术学科做了系统的建构。在该书中，我讨论了艺术学研究中"元艺术学"研究的必要性、元艺术学在研究对象上是"以艺术学本身作为研究对象"而不是直接地以艺术为研究对象，以及关于艺术学学科对象、方法论、学科结构体系、元艺术学的内容构成等问题。其中，最核心的问题是对"艺术学的根本道路"的思考，也即艺术学研究是应该遵循自律论还是他律论，还是西方现代学者提出的"泛律论"的道路？你也知道，20世纪80年代下半期，我国的美学、艺术与文学理论批评界，正是猛烈批判庸俗社会学的他律论，纷纷提出向内转、纯审美、纯形式的口号的时候。这种情况的出现在当时当然有其必然性与合理性，然而，不管是从历史还是从现实尤其是从学理上来看，当时盛极一时的这种思潮都存在着明显的偏颇——它从他律论的偏颇中走向了另一个极端，即自律论。针对这一问题，当时只有少数的学者进行了反思、提出了质疑，提出了"超越他律与自律"的命题。可是，如何超越他律与自律？"通律论"便是我所提出的理论解决方案。

庞维天： "通律论"的主要观点是什么？

李心峰： 通律论是在艺术世界相对独立理论与现代开放系统理论基础上建构起来的。它大体上包括以下几层内容。首先，它坚持艺术具有自己特有的价值领域和独特发展规律的观点，维护艺术的"自我"的自主地位。它认为艺术首先必须是一个自成整体的独立自主的系统，只有确立了它不受他物所支配的独立系统的地位，才谈得上对外部环境的开放和交流。其次，它特别强调艺术不要使自我封闭起来，而要向外部世界开放，与之形成一种永远充满生机活力的沟通、交流关系，从自然、人生的人文意蕴和种种文化价值，从历时性的历史，从具体的意味中为艺术的能指系统引进无限丰富、活跃的所指蕴含。它认为，只有在"通"即开放、交流的状态下，艺术的内部世界与外部世界的鸿沟才能得以填塞；艺术内在动力才会被外部力量的刺激所激活，并将外部信息、能量转译成自己的语言、符码，按自身的转换生成方式建构新的艺术世界，从而推动艺术自身的发展。可以说，通律论的提出主要就是针对自律论封闭艺术自我、阻碍艺术发展的倾向而提出来的。它的着眼点主要在于强调"通"，把"通"视为打破封闭、使内部动力与外部助力形成一种合力的关键契机。在它看来，封闭性的艺术是病态的，而开放的艺术才是健康的。那么，这种封闭性的自我何以产生呢？是恐惧。正是因为害怕教训、认知、政治、经济等领域重新占领艺术的世界，重新左右艺术的运动，艺术才放弃了自己对外部世界开放、增强自身活力的权力，这是艺术的自我虽然获得某种程度的自觉和独立，但仍不够成熟、不够强大的表现。我们的通律说则呼唤一个开放的艺术即能够以自己独特的价值形式拥抱一切人类价值，凝聚、折射一切人类社会生活领域的大写的艺术。第三，在通律论看来，艺术世界发展、运动、变化的根本动力在于艺术世界内部的自我矛盾，这一矛盾就是艺术的意义与符号、所指与能指、内容与形式的对立统一。第四，通律论认为艺术世界对外部世界的开放，艺术特殊价值领域对人类其他价值领域的开放，以及艺术外部的种种因素向艺术内在的意义、内容的转化，需要一个关键的中介环节。这一中介环节便是艺术创造主体的艺术实践活动。在我看来，解决他律与自律的矛盾的理论支点应建立在开放的艺术主体的开放的艺术实践论上。这种开放的艺术实践论乃是我们的通律论即开放的艺术世界理论得以确立的牢固基础。这就是通律论的最主要的看法。

庞维天：您的"元艺术学"，尤其是这种"通律论"的确是过去从未看到过的新的原创性的学说。您现在是如何看待您以前所提出的"通律论"的？

李心峰："通律论"最早是我在1989年的一篇文章中首次提出的，至今已有20多年。今天，我依然认为，这一理论是解决自律与他律的矛盾最有说服力的理论方案。至今似乎还没有谁已经提出了什么理论否定了它或超越了它吧？需要说明的一点是，我在阐发这一理论学说时，用的大都是自己的理论语言，但这种通律论却隐含着这样一些马克思主义的理论前提或基础：一是马克思主义关于事物的发展都是由事物的内部矛盾所决定的"内因决定论"；二是马克思主义辩证唯物论关于任何事物都不是孤立的而是相互联系的"普遍联系"的思想；三是马克思主义的生产论、实践论尤其是其艺术生产论、艺术实践论的思想。因此，我认为，这种通律论的理论，一方面是根据艺术发展的实际规律所做的理论概括，同时也是符合马克思主义的基本立场、观点与方法的。

熊元义　王文革：我们注意到，在您的艺术理论、艺术学研究中一直在坚持马克思主义基本的艺术理论观点，只不过有的时候是显在的，有的时候是隐含着的。

李心峰：在我的艺术理论和艺术学研究中，有一部分是直接研究马克思主义文学、艺术理论的或明确指出是以马克思主义艺术观点为理论出发点的，像《马克思文艺思想中的系统观》《马克思主义美学中的"接受"问题》《艺术本质论——从马克思艺术生产理论看艺术的本质》等。有关这方面的研究成果，也有几十篇之多，我正准备编一本论文集出版。在我的成果中还有许多论文、论著，像《元艺术学》《艺术类型学》等，可能并没有特别明确地指出是以马克思主义经典作家的某某观点、理论为前提或基础，但实际上都是自觉地把马克思主义的基本立场观点和方法作为自己立论的前提与基础，只不过是含而不露而已。比如，《艺术类型学》便是以马克思主义关于一般与特殊的辩证关系原理为根本的哲学方法的。我在几本书及一些论文中关于艺术的本质、艺术的功能、艺术的逻辑与历史相统一的逻辑分类类型的思考，都是以马克思有关精神生产、艺术生产的理论为基础而展开的。

庞维天：除了对艺术学的学科反思与学科建设的探讨外，您还一直重视对艺术基础理论的探讨。我注意到，去年一年之中，您又多次强调要重视艺术的基础理论的研究。这是为什么？

李心峰：有关艺术的基础理论的研究，确实一直是我思考的重点之一。也可以说，我的学术研究的起点，就是始于对艺术本质的思索。还是在我读硕士研究生期间，我就选择了"艺术的本质"作为我的研究的核心问题。三年的研究生学习期间，我撰写了几篇学术论文，基本上都是有关艺术本质的探讨，如《艺术是一种特殊的精神生产——浅谈马克思对艺术本质的认识》《试论艺术的实践性——对马克思主义艺术观的一点考察》《黑格尔的艺术本质观》《意象探微》等。在完成这几篇论文的基础上，我的硕士论文的题目自然而然地选择了《艺术本质论——从马克思艺术生产理论看艺术本质》。这篇论文原有4万多字，在我毕业来到中国艺术研究院工作后，将其压缩至大约一半的篇幅，发表在《马克思主义文艺理论研究》第6卷，于1986年出版。在同一期里，还发表了我的同学周仁强的经过压缩的硕士论文《美的理想和社会理想——兼论马克思主义美学的逻辑主体》。在当时我的想象中，该丛刊以及《世界艺术与美学》丛刊，似乎只有那些学富五车的文艺理论的名家、大家才有资格在上面发表论文及译文，而两位主编从第6卷开始在该丛刊中专门开设了一个专栏"文艺学硕士研究生毕业论文选载"，刊载了上述我与周仁强的研究生论文，而且分别给了我们超过2万字的篇幅，这对我们该是多么大的帮助与鼓舞！从那时起，有关艺术的基础理论的研究，包括对艺术的本质、功能、类型，以及艺术理论与艺术史、艺术批评的关系，等等，一直是我所关注的重心所在。近两年来，我又开始在不少场合反复强调要重视对艺术的基础理论的研究。这有其特殊的现实语境——我指的是，艺术学自2011年初升格为门类学科后，艺术学界普遍认为，当前的艺术学研究特别要注重内涵式的发展而不能再继续盲目扩张；艺术学要想健康地发展，获得与其作为门类学科的地位相称的足够数量与分量的学术成果，就必须修炼内功，夯实学科的基础。在这时，我认为就必须特别重视艺术的基础理论的研究。

庞维天： 目前作为门类学科的艺术学下面的五个一级学科中，有一个叫做"艺术学理论"的"一级学科"。您所说的艺术基础理论研究，应该包括在这个"艺术学理论"的一级学科范围之内吧？这种"艺术学理论"都包括哪些内容？艺术基础理论与它究竟是一种什么样的关系？

李心峰： 最近我在发表于《艺术评论》上的一篇文章中曾说：目前，作为一级学科的"艺术学理论"的内涵与外延究竟是什么，尚缺乏能够获得普遍认同的清晰的界定。就现实的情况来看，大约传统上所说的艺术理论、艺术批评、艺术史都应该包括在内；艺术学的各种交叉学科、新兴学科、边缘学科诸如艺术社会学、艺术心理学、艺术类型学、艺术文化学、艺术人类学、元艺术学等，也应包括在内；甚至一些与艺术领域密切相关的文化发展战略研究、文化体制研究、文化政策研究、文化产业研究、文化管理学、文化遗产学、非物质文化遗产学、博物馆学、图书馆学等，也被纳入了"艺术学理论"这一学科范围内进行学科研究和人才培养。这恐怕既是当前我国文化、艺术发展繁荣的现实需要，也将是艺术学理论学科进一步深化与发展的内在必然与发展走向。对此，我们应从现实的实际需要与未来的学科发展着眼，持一种开放的、前瞻性的心态与眼光。但是，在我们对上述这种现实及取向予以认同的同时，我们仍应该看到，在"艺术学理论"学科所包括的广阔范围内，仍有一个处于核心领域的、基础性的研究内容，这就是艺术学的基础理论研究，换句话说，就是狭义的艺术理论亦即艺术的基础理论研究。它的存在，是规定艺术学理论这一学科之所以被命名为"艺术学理论"而不是其他什么学科的一个重要基础与支点。对于这一基础和支点，我们只能努力使之更加厚实更加坚固，而没有理由忽视它，削弱它。

艺术基础理论研究之所以重要，我认为主要可从这样几个方面来理解。首先，艺术基础理论研究，在整个艺术学研究领域内的"一"与"多"的关系中，处于"一"的位置，能够为整个艺术学学科（包括其一级学科、二级学科等）的研究提供概念、范畴的基础与理论思考的范式、框架。其次，基础理论的研究，往往具有"元理论"即理论的理论、研究的研究的理论反思、学科反思的意义，对于一门学科的健康发展具有重要参照意义。第三，基础理论的研究往往具有方法论的性质，对于某个具体的学科领域或研究领域，往往能够提供一般的方法论的引导。第四，当一门学科面临着突破或变革，或陷于混沌迷惘甚至停滞不前的局面时，基础理论研究领域的某些基本概念、观念、观察视野、研究视角、思维方式等的某种革新、突破或完善，往往会给一门学科的发展带来革命性的影响，引起整个学科的变革、突破乃至革命。

当然，任何一个学科，其基础理论的研究，往往都面临着极大的难度与挑战。这是因为，基础理论研究领域往往具有相当的稳态性，有时甚至可以说具有相当的保守性，一般很难取得实质性的突破，甚至想取得一点引人注目的成果，都甚为不易。因此，许多人采取了敬而远之乃至退避三舍的态度，而走向了更易出成果、更易引起人们关注甚至更易跑马圈地、占山为王的研究领域。因此，能够坚守基础理论研究领地，往往需要相当大的定力，甚至需要一些勇气乃至牺牲精神。

庞维天：艺术基础理论作为一定学科的基础的地位和作用是毫无疑义的。但是，中国当代艺术界似乎不太重视艺术理论。这种轻视艺术理论的消极影响已在艺术批评中显现。您始终强调艺术的基础理论研究，无疑具有纠偏的作用。不过，在这个转型时代，中国当代艺术理论界如何进一步的创新呢？

李心峰：关于艺术基础理论的研究，人们往往以为，我们早已做了充分的探讨，在这个领域没有什么问题可供探讨，更提不出什么新的问题可供思索。可是，我的看法与此截然不同。在我看来，正是在这个领域，存在的问题不是太少而是太多；人们对艺术基础理论的掌握不是太丰富而是太贫乏，甚至存在不少十分浮浅的糊涂认识。比如，近年来，我们就时常在艺术学领域看到一些颇为雷人的提法，出现一些不乏火药味的争论。比如，有人把艺术等同于学术，有人说书法是一种文化却不是一种艺术；有人认为艺术学研究不应该包括文学在内而应该把文学排除出去，等等。对于这些问题，假如在基础理论上真正弄清楚一些最基本的关系，诸如艺术与学术的关系、艺术与文化的关系、艺术与文学的关系等，还会提出这样一些问题、发生这样一些争论吗？再如，我时常听到一些艺术学界的同仁的议论：今天我们的艺术学的硕士、博士以及艺术硕士研究生的招生规模越来越大，可是，我们却找不到一本为大家所认同的高水平的、权威的高校艺术原理或艺术概论的参考教材！我再举一个例子。关于艺术语境的问题，大家都意识到它在今天的艺术基础理论研究和艺术学、艺术批评中的重要性，在西方甚至出现了所谓的"语境主义"，可是，除了孙晓霞2013年出版的《艺术语境研究》一书之外，我们有多少人对这一问题做了充分的、系统的探讨？产生了多少研究成果？综上所述，可以说我们在艺术基础理论研究方面，有许多课需尽快补上，有太多新的问题需要探讨，怎么能说在这一领域无事可做了呢？

王一川谈：自觉应对"艺术学"面临的新挑战

余三定

余三定：近些年来，您开始转向艺术学研究，提出并阐释了"国民艺术素养""素养论转向""艺术公赏力""文化的物化"等一系列富有理论张力的新命题，为艺术学这一新的"学科门类"的建设做出了切实的贡献。想请您谈谈您个人由美学、文学而转向艺术学的这一过程，并谈谈您对艺术学科升格为"学科门类"之后的展望。

王一川：我这些年的思考重心逐渐从文艺美学转向艺术学，主要有两个原因：一个是文艺美学本身的跨学科特性的导向缘故，它促使我多年来习惯在文学与其他艺术之间来回跨越而无逾矩之虞；另一个是在学校的工作重心转移的缘故：当时的北师大校领导刘川生书记和钟秉林校长等派我到艺术与传媒学院任院长。这一新工作岗位让我不得不把更多精力放到各门艺术的理论思考和艺术概论课程教学中，而且还承担北京大学生电影节组委会具体组织工作。至于艺术在当前越来越受到国家战略的重视、艺术学又顺利实现"升门"之举等与艺术的社会影响力疾速提升相关的诸多因素，则是时运所致了。至于提出一些艺术学新命题，则是顺理成章的事。艺术学升门总的看是大好事，客观上反映了艺术及艺术学的社会影响力都获得提升的事实。但从中国艺术学的发展历史看，则需要冷静地看到存在的问题。例如，与中文、历史和哲学等传统人文学科相比，艺术学的学术积累总体上要浅或薄些，所以急需以清醒的学科意识和冷静的治学态度去夯实基础。同时，艺术学在我国历来长于艺术创作、表演或实践，现在突然间裂变出五大一级学科来，它们如何真正具备文史哲那种"学"的基础，则实在需要艺术学界全体同行付出长期的艰苦努力。这样的差距绝非一次来自学科体制上的升门决定就可以填平。所以，艺术学升门后更应该冷静地潜心从事艺术学理论与历史等基础建设，切莫急功近利。

余三定： 在您提出的一系列有关艺术学研究的新命题中，根据我个人的感觉，"艺术公赏力"是其中比较重要、也颇有影响的一个，请问您是如何提出"艺术公赏力"这一艺术学新命题的？

王一川： 我提出艺术公赏力概念，决非出于一时冲动，而是经过了几年来的艰苦摸索。这样做首先来自一种迫切的需要：艺术研究范式如何顺应当前我国艺术新的存在方式及其必然要求而做出改变。

一般地说，特定的艺术研究范式的选择和建构，是服从于特定的艺术存在方式的需要的。在过去30多年时间里，我们曾经经历过大约五种艺术研究范式的持续的和交叉的影响。第一种范式可称为艺术传记论范式，它强调艺术的魅力归根结底来自艺术家及其心灵，因而艺术研究的关键在于追溯艺术家的生平、情感、想象、天才、理想等心灵状况及其在艺术品中的投射。第二种是艺术社会论范式，认为艺术的力量来自它对于社会现实生活的再现以及评价，从而把艺术研究的重心对准艺术所反映的社会生活。第三种是艺术符号论范式，主张艺术文本的表层符号系统中蕴藏着更深隐的深层意义系统，需要借助20世纪初以来的语言学、符号学、心理分析学、结构主义、现象学等方法去透视。第四种是艺术接受论范式，倡导艺术的效果在于公众的接受，要求运用20世纪后期的阐释学、接受美学、读者反应理论等去分析。第五种是艺术文化论范式，注重艺术过程与特定个人、社群、民族、国家等的文化语境的复杂关联，主张运用解构主义、后现代主义、后殖民主义、女性主义等方法去阐释。这些研究范式诚然各有其学理背景及特质，也都曾经在艺术研究中起过特定的作用，但是，当新的艺术方式发起有力的挑战时，它们还能稳如泰山吗？

因此，我们需要开拓和建构新的艺术素养论研究范式。这种艺术研究新范式把研究的焦点对准公众或国民的艺术素养，认为正是这种艺术素养有助于公众识别和享受越来越纷纭繁复的艺术的纯泛审美互渗状况。如果说，以往的五种艺术研究范式都不约而同地把焦点投寄到艺术家或艺术批评家身上，即使是热心关注读者接受的艺术接受论也只是表明专业研究者的重心转变而已，那么，正是艺术素养论才得以把研究焦点真正置放到公众的艺术素养及其培育和提升上，而这种素养得以让公众识别什么是纯泛审美互渗，并且在此基础上对它产生自身的体验和估价。作为一种新的艺术研究范式，艺术素养论首要地关注的是国民或公众所具备的感知艺术的素养，特别是如下两方面的艺术素养：一是在剩余信息的狂轰滥炸中清醒地辨识真假优劣的素养，二是在辨识基础上合理吸纳真善美价值的素养。既然艺术素养论首要地关注的是国民或公众所具备的在剩余信息的狂轰滥炸中清醒地辨识真假优劣的素养，以及在辨识基础上合理吸纳真善美价值的素养，那么，对于艺术在社会生活中的地位和功能就有了一个与过去判然有别的新的知识论假定：艺术的符号表意世界诚然可以激发个体想象与幻想，但需要履行公共伦理责任。这应当属于公民社会中一种美学与伦理学结合的新型知识论假定，具体地体现为一种新型的公共伦理的形成。这样，根据上述新的知识论假定，不再是艺术的审美品质而是艺术的公赏力，成为新的艺术素养论范式的研究重心或关键概念。

余三定：希望您能对"艺术公赏力"这一艺术学新命题作一简要阐释。

王一川：艺术公赏力，是我经过多年思考，参照传播学中的"媒介公信力"（public trust of media）或"媒介可信度"（media credibility）概念，根据对于艺术素养的研究需要，而尝试新造的概念。与传播学把媒介是否可信或可靠作为优先的价值标准从而提出媒介公信力不同，当今艺术对于公众来说，诚然需要辨识其可信度，但最终需要的却不仅是可信度，而且更是建立于可信度基础上的可予以共通地鉴赏的审美品质，或者简称为可赏质。如果说传播学通过媒介公信力概念而突出媒介的信疑问题，那么，艺术学与美学则需要通过艺术公赏力概念而强调艺术的可赏与否问题。可以说，可信度基础上的可赏质才是当今艺术至关重要的品质。但这种可信度基础上的可赏质靠谁去判定和估价呢？显然不再是仅仅依靠以往艺术学与美学所崇尚的艺术家、理论家或批评家，而是那些具备特定的艺术素养的独立自主的公众，正是他们才拥有艺术识别力和鉴赏力。由于如此，艺术研究需首先考虑的正是艺术的满足公众鉴赏需求的品质和相应的主体能力，这就是艺术公赏力。艺术公赏力，在我的初步界定中，是指艺术的可供公众鉴赏的品质和相应的公众能力，包括可感、可思、可玩、可信、可悲、可想象、可幻想、可同情、可实行等在内的可供公众鉴赏的综合品质以及相应的公众素养。艺术公赏力作为一个有关艺术的可供公众鉴赏的品质和相应的公众能力的概念，包括如下具体内涵：从社会对艺术的基本要求看，艺术公赏力表现为艺术品所具备的满足公众信赖的可信度；从社会对艺术的审美需求看，标举艺术公赏力意味着，艺术需要具备满足公众鉴赏的可赏质；从公众的信任素养看，艺术公赏力的高低很大程度上还取决于公众对艺术是否可信所具备的主体辨识力；从公众的审美素养看，艺术公赏力还表现为公众对艺术是否美所具备的鉴赏力；从艺术的生存语境看，艺术公赏力概念力图揭示如下现实：艺术不再是传统美学所标举的那种独立个体的纯审美体验，而是在纯审美与泛审美的互渗中呈现出越来越突出的公共性。艺术公赏力，就是这样在艺术可信度与辨识力、艺术可赏质与鉴赏力、艺术公共性等概念的交汇中生成并产生作用。

余三定："艺术学"从在2011年起成为统辖五个一级学科的独立的学科门类即第13个学科门类，这应该是一件令人喜悦的事，您认为这已经和正在给全国艺术学界的研究与教学带来怎样的新变化？

王一川：当艺术学成为独立的学科门类时，研究上的新挑战便接踵而至。简要地看，以下几个矛盾性问题是值得重点关注的，第一，社会影响力提升但学科实力薄弱；第二，艺术特殊性凸显而艺术普遍性淡忘；第三，普通艺术学独立而与部门艺术学分离；第四，普通艺术史与部门艺术史关系成疑；第五，部门艺术学科群的内在逻辑亟待梳理；第六，两大视觉艺术学科之间的分离代价应予重视。以上只是简要的矛盾问题列举，其实远远不止这些。沉浸在升门喜悦中的我们，确实有必要随处保持清醒的头脑。带着忧思去面对矛盾，正是为了更加冷静地迎接复杂的挑战。

同上面的艺术学研究新挑战相应，艺术学教学也随之面临一系列新问题，呈现出一些新趋势。其实，研究上的问题与教学上的问题本来就是不可分离地相互缠绕在一起的，它们不过是同一枚硬币的两个不同侧面而已。教学上的问题更能暴露研究上的深层症结或症候，而且表露得更加急迫。一是急需建构五个一级学科教学与教材体系；二是根据五个一级学科设置而重新认识各部门艺术的特性，特别是重新认识音乐与舞蹈的艺术群特性，以及戏剧、电影与电视艺术的艺术群特性；三是认真研究跨媒介艺术交融在当前艺术中的作用；四是分析中国当代艺术体制对艺术的构型作用；五是研究当前中国艺术创作新趋势，并探索中国艺术美学传统在当代的传承与创新的必要性和可能性；六是关注当代艺术批评的新格局；七是重视当代艺术观众在艺术生产中的新角色。这些只是列举，当然还可能更多。我想，梳理和应对这些问题，可能推动艺术学逐步地走向成熟。

余三定：您近些年来在致力于艺术学研究的同时，又开展了关于中国当代艺术学史的研究，同样取得了重要成果，其中较有影响的是，您提出了新中国60年艺术学经历了五次重心位移的观点，望您能介绍其基本内容。

王一川：考察新中国60余年来艺术学发展状况及当前新取向，可以有多重视角，这里不妨首先聚焦到艺术学所经历的研究重心位移状况，再由此就当前艺术学新取向作点分析。由于新中国建立以来国家发展一直处在不断的变动状况中，因而具有"配合"角色的艺术学不得不随着国家发展状况的变化而发生改变，从而形成不同的和错综复杂的演变状况。以极简化的方式去观察，可以见出具有较为明显特征的大致四个演变时段，目前应处在新的第五个时段中。

第一时段为1949至1965年，属于工农兵的艺术整合时段。这时的艺术界被统称为"文艺战线"，体现了一种特殊的传统和"配合"角色。这个时段虽然把文艺服务的对象主要规定为人民，但人民在此是特指国家确认的以工农兵为主体的各阶层群众联合体（有时称为"工农兵学商"）。此时的艺术学还是在美学和文艺学的统摄下运行，服务于一个统一的目标——以工农兵为主体的人民群众通过艺术而实现政治整合和情感整合，这样做正是要给予新民主主义及随后的社会主义建设以有力的"配合"。由于是以初等文化或无文化的工农兵群众为主体，这种艺术整合和"配合"工作的重心，显然就必须是艺术普及或艺术俗化（而非艺术提升），也就是把国家的整合意志通过通俗易懂的艺术活动传达给工农兵。而承担这种艺术俗化任务的艺术理论家面对两种不同情形：在解放区成长和伴随新中国生长的艺术理论家，可以合法地全力履行上述使命；而来自国统区的老一辈艺术理论家，面临的首要任务则是改造自我以适应新角色和新使命，而只有改造完成才能获得投身艺术整合使命的合法性。

第二时段为1966至1976年，为阶级的艺术分疏时段。特殊的文化大革命形势虽然基本上延续了上一时段的艺术俗化重心，但又从不同阶级有不同审美与艺术趣味这一极端化立场出发，把以往17年的艺术进一步分疏成"无产阶级文艺红线"和"资产阶级文化黑线"两条泾渭分明的战线，由此而对更久远的艺术传统做出阶级分析，从而非同一般地突出艺术趣味的阶级分隔、疏离和尖锐对立。这时段的艺术和艺术学主要演变为政党政治斗争的工具。其时艺术学的重心所在：不是知识分子孤芳自赏的高雅文艺，而是工农兵群众容易接受的通俗的革命文艺，被视为无产阶级革命斗争的工具而被推崇和风行。

第三时段为1977至1989年，可称人民的艺术启蒙时段。这个时段是对上述两时段加以改革的结果。由于知识分子被确认为工人阶级的一部分而享有与工农兵同等的历史主体地位，"右派"被予以平反，这使得人民概念的范围同上述两个时段相比都远为扩大了。扩大了的人民中，无论是昔日历史主体工农兵还是新的历史主体知识分子，都被要求接受改革开放时代艺术的启蒙教育，以便顺利投身到新时期以经济建设为中心的改革开放大潮中。因而艺术在此时段扮演的，就不再是新中国前17年的工农兵整合、也不再是"文革"中的阶级分疏角色，而是人民的艺术启蒙角色。艺术启蒙，意味着艺术界需要运用以高雅艺术为主的艺术手段，把处在蒙昧状态的人民（包括知识分子自身）提升到理性高度，所以艺术的雅化成为此时段大趋势（当然，通俗艺术也受到应有的重视）。解放被禁锢的文艺创作自由和创造活力，创造出新的富于美感的艺术，满足新时代人民的艺术与文化启蒙需求，成为这时段艺术学的重心。这种解放效果突出地表现在，各艺术专业院校恢复招生，使得一批批富于艺术专长的"知识青年"得以进入大学深造，成为高层次艺术专门人才。

第四时段为1990至2000年，即学者的艺术专业化时段。艺术学借助上一时段的艺术启蒙成果，在此时段进而向艺术学科的专业化层次进军，在专业化领域取得如下几方面实绩：一是各艺术专业院校纷纷提升艺术人才培养层次，力争获得硕士和博士学位授予权；二是综合性研究型大学纷纷恢复、扩充或新设艺术专业及艺术院系（如北京师范大学和北京大学分别于1992年和1997年恢复并重组艺术学系）；三是由于艺术学科专业发展势头愈益迅猛、独立呼声越来越强劲，一向依附于美学和文艺学的艺术学终于独立出来，获得自身的学术家园，其鲜明的标志性成果便是：在国家学术体制和教育体制中建立起独立的艺术学一级学科和二级学科体系。这为此后全国艺术学科新的高速发展奠定了学术体制与教育体制基础。

2001年至今，我以为当属于目前尚未被清晰认识和重视的第五时段，即国民的艺术素养时段。随着国家进入"全面建设小康社会"和"和谐社会"建设阶段，以往的"工农兵""无产阶级""人民"等概念在此时段扩大为更广泛的全体性概念——"国民"或"公民"。艺术的最基本任务就应当是服务于全体国民的愈益增长的安定与和谐生活需求，这种需求中包含着艺术素质的涵养即艺术素养。于是，国民艺术素养（包括普通公众的艺术素养普及和专门人才的艺术素养提升）成为此时段艺术学的新的重心。这一重心转移有若干显著标志加以支撑：一是艺术学者运用电子媒体向大量普通公众宣讲中国文化传统获得成功。二是面向各年龄段人群的各种通俗的艺术欣赏品、艺术学讲演录、艺术学读本、艺术教学参考读物等大量畅销，体现了公众的旺盛的艺术素养养成需求。三是高校艺术学科博士点在国家指导下从2005年起纷纷办起艺术硕士专业学位授权点（MFA），从而让一批批艺术从业者（包括知名主持人、明星演员及高校艺术专业教师等）获得在职提升专业素养的机会。

上述五时段之划分诚然是大致的，其间也存在某些连续性或关联性，但可以看到，面向"全面建成小康社会"时代的国民艺术素养，已经必然地成为艺术学的新的重心。

余三定：您较长时间兼任北京电影家协会副主席、中国电影家协会理事，多次担任北京大学生电影节组委会执行副主任，您一直对艺术中的重要门类电影比较关注，产生了不少成果，其中您对中式大片的评论和研究尤其有影响，您提出过"中式大片的美学困境"的观点，希望您能谈谈这一观点。

王一川：我原来自以为是专业做文艺美学而业余做电影评论，又因为工作原因而参与组织电影节，但毕竟电影批评成了我20多年来一直不间断的业余爱好。我说的中式大片或中国式大片是指由我国大陆电影公司制作及导演执导的以大投资、大明星阵容、大场面、高技术、大营销和大市场为主要特征的影片。称得上这类影片的如《英雄》《十面埋伏》《无极》

《夜宴》《满城尽带黄金甲》等。鉴于这些大片无一例外地都以古装片形式亮相、叫阵，也可称为中式古装大片。同以冯小刚为代表的贺岁片已初步建构大陆类型片的本土特征并成功地赢取国内票房相比，这古装大片却从一开始就陷入热捧与热议的急流险滩而难以脱身。对古装大片面临的诸种问题我不在此作全面探讨，这里仅打算从美学角度去做点初步分析，看看这批中式大片究竟已经和正在遭遇何种共同的美学困境，并就其脱困提出初步建议。

可以看到，这批中式大片不约而同地精心打造一种几乎无所不用其极的超极限东方古典奇观，简称超极限奇观。超极限奇观是说影片刻意追求抵达极限的视听觉上的新奇、异质、饱满、繁丰、豪华等强刺激，让观众获得超强度的感性体验。从《英雄》中秦军方阵的威严气派和枪林箭雨、飘逸侠客的刀光剑影、美女与美景的五彩交错，到《十面埋伏》中牡丹坊豪华景观和神奇的竹林埋伏，到《无极》里的超豪华动画制作及《夜宴》里的宫廷奢华（如花瓣浴池），再到《满城尽带黄金甲》里的雕梁画栋、流光溢彩，观众可以领受到仿佛艳丽得发晕、灿烂到恐怖的超极限视听觉形式。

但是，问题在于，尽管有如许多超极限奇观镜头，有如许特殊的电影美学建树，为什么许多观众看后仍是不买账、甚至表示失望之极？

我以为，至少有这么三点可以提出来探讨：一是有奇观而无感兴体验与反思，二是仅有短暂强刺激而缺深长余兴，三是宁重西方而轻中国。

第一，从观众的观看角度看，在这一幕幕精心设置的超极限奇观的背后，却难以发现在奇观中体验与反思生命的层面，也就是说只有奇观而不见生命体验和反思。丧失了生命体验与反思的奇观还有什么价值？

第二，进一步说，从中国美学传统根源着眼，这些大片在其短暂的强刺激过后，却不能让中国观众牵扯、发掘出他们倾心期待的一种特别美学意味。这种对于蕴涵或隐藏在作品深层的特别美学意味的期待和品味，就存在于以兴味蕴藉为代表的古往今来的中国美学传统中。就眼下的古装大片来说，当中国观众以这种兴味蕴藉美学传统赋予他们的审美姿态去鉴赏时，必然要习惯性地从令他们眼花缭乱的超极限奇观中力图品评出那种由奇而兴、兴会酣畅和兴味深长的东西。如果在豪华至极的超极限奇观背后竟然没有兑现这些美学期待，他们能不抱怨或暴动？

第三，上述两方面问题的形成，还需从古装大片的直接的全球电影市场意图去解释，因为正是这种意图或明或暗地制约着编导的电影美学选择。这其中关键的一点就在于，这些中式大片的拟想观众群体首要地并非中国观众而是西方观众及国际电影节大奖评委。这就使得以东方奇观去征服西方观众及评委成为首务，至于中国观众对待奇观的期待视野如何，就远远是次要的了。这样，中国观众观看这些东方奇观时总觉"隔"了一层，无法倾情投入自己的感兴，就不难理解了。另一方面，国际电影市场及电影节评奖的偏好或口味是变幻难测的，很可能出现"市场疲劳"，你想迎合却未必就能成功，上述影片先后冲击奥斯卡等一流电影节均铩羽而归，也是不应奇怪的。一方面主动迎合国际市场却屡屡受挫，另一方面连本土观众的芳心也无法抓牢，古装大片面临的困境就可想而知了。这种困境既是市场的也是美学的，市场选择制约美学选择，美学选择又反过来加重市场选择的后果，于是形成一种美学困境与市场困境交织的双重困境。

余三定：请您具体谈谈对《英雄》《让子弹飞》的看法。

王一川：功与过常常是如影随形地相互伴随的。《英雄》有多少功就应该有多少过，功与过大致是相伴的，假如一定要论功摆过的话，《英雄》在其有功之处就正是其有过之时。相对而言，最令人遗憾的功与过就集中表现在视觉形式体验与价值观错位两方面上。论其功，一在于大大拓展了中国电影的视觉形式表现力，给予观众以极大的身体抚慰；二在于打破了以往陈旧呆板的价值观，让观众的思想获得解放，进入到前所未有的价值观开放地带。但论其过也在同样的地方，好比一枚硬币的另一面，这就是，一没有给超级视觉形式匹配出合适的心灵感动阀门，导致观众身热而心不热；二没有在解放了观众的价值观后及时诉诸他们以新的明确的价值观，致使他们常常茫无头绪，无法获得真正的心灵感动。

《让子弹飞》也像《英雄》那样带给观众以超常的视听觉愉悦，甚至还有比《英雄》做得稍微成熟的地方，这就是试图由单纯的身体抚慰而进展到更深的心灵抚慰上。但是，由于编导在基本价值观层面陷于混乱而未能最终实现，令人扼腕叹息。例如主人公张麻子到底想要什么，属于哪路英雄或侠客？显然直到影片最后也不清楚。连影片绝对主人公的价值立场都没弄清，那整部影片的价值体系又立于何处呢？那些因仰慕而愿跟从他的民众，又应该跟随他走向何方呢？就难免陷于混乱无序了。

熊元义谈：尊重并把握文艺批评的发展规律

秦方奇

反思当代文艺批评的发展

秦方奇：2014年，由您主持国家社会科学基金重点课题《中国当代文艺批评发展论》对中国当代文艺批评的发展进行深入反思。您是如何反思中国当代文艺批评的发展的？

熊元义：20世纪50年代中期以来，不少重大文艺纷争往往是和政治斗争纠结在一起的。在总结中国当代文艺批评史时，我们要将文艺纷争与政治斗争分开并从理论上解决文艺批评分歧。以1954年"批俞评红"运动为例。1979年，文艺批评家余英时在《近代红学的发展与红学革命》这篇影响中国当代红学和中国当代文艺批评的发展的论文中认为，以李希凡、蓝翎为代表的"革命红学"对于《红楼梦》研究而言毕竟是外加的，是根据政治需要而产生的，而不是红学自身发展的产物。继而，有人甚至认为李希凡、蓝翎在1954年对新红学家俞平伯的批判，不是用文艺批评的方式，而是用政治批判的方式，引发了一场大批判运动。这是罔顾历史事实的。李希凡、蓝翎对俞平伯的《红楼梦》研究的批判没有从政治上批判俞平伯，而是认为俞平伯的《红楼梦》研究是反现实主义文学批评，即否认《红楼梦》是一部现实主义文学作品。这绝不是政治批判，而是文艺批评。至于这一文艺批评碰巧成为一场激烈的政治斗争的导火索，既不能由李希凡、蓝翎负责，也不能要李希凡、蓝翎未卜先知。有的文艺批评家在回顾1954年"批俞评红"运动时不是承认它在《红楼梦》批评史上的进步作用，而是认为它引起了一场影响深远的政治斗争风暴，而李希凡、蓝翎与俞平伯的商榷不过是不自觉地充当了这场政治斗争的工具而已。这种历史发展的工具论没有注意到毛泽东对两个"小人物"的有力支持和对"大人物"的严厉批判。这些幸运的历史"小人物"如果没有毛泽东的有力支持，就不可能很快脱颖而出。他们的成长本身就是历史发展的目的。随着20世纪90年代以来中国社会环境的变化，不少很有才华的历史"小人物"就没有这么幸运了。

在《红楼梦》批评史上，一些重大文艺批评分歧究其实质还是理论分歧。首先，以李希凡、蓝翎为代表的"革命红学"与考证派红学的分歧，绝不是表现"大我"与揭秘"小我"的差别，而是在整体中把握局部与孤立把握局部的区别。李希凡认为胡适的《红楼梦考证》虽然对曹雪芹及其家世的考证解开了作家之谜，但却混淆了素材与创作的关系，认定《红楼梦》是写的曹家家事——"贾政即曹𫖯"，"贾宝玉即曹雪芹"，把这部伟大文学作品完全归结为"正在这平淡无奇的自然主义上面"，仿佛《红楼梦》是一本平淡无奇的家事纪实。这只是孤立把握了社会生活的局部。而李希凡自己则认为，《红楼梦》真实而深刻地概括和描绘了封建社会生活，是对封建社会末世的整体反映，是"封建社会的百科全书"。这是在整体中把握社会生活的局部。而伟大的文学作品虽然从社会生活的局部出发，但无一例外都是超越这个社会生活的局部，而不是画地为牢。

其次，余英时在比较以李希凡、蓝翎为代表的"革命红学"与他所倡导的红学新"典范"的基础上认为，"革命红学"只看到了《红楼梦》的现实世界，而无视于它的理想世界；新"典范"则同时注目于《红楼梦》的两个世界，尤其是两个世界之间的交涉。这是不准确的。其实，以李希凡、蓝翎为代表的"革命红学"并非只看到了《红楼梦》的现实世界而无视它的理想世界。李希凡、蓝翎认为："曹雪芹之所以伟大，就在于现实主义的创作方法战胜了他落后的世界观。""曹雪芹虽有着某种政治上的偏见，但并没有因此对现实生活作任何不真实的描写与粉饰，没有歪曲生活的真面目，而是如实地从本质上客观地反映出来。作家的世界观在创作中被现实主义的方法战胜了，使之退到不重要的地位。"[①] 这就是说，以李希

[①] 李希凡、蓝翎：《关于〈《红楼梦》简论〉及其他》，《中国新文艺大系（1949—1966）·理论史料集》，中国文联出版公司1994年版，第276—280页。

凡、蓝翎为代表的"革命红学"并非无视《红楼梦》的理想世界，而是认为《红楼梦》的现实世界决定这种《红楼梦》的理想世界。而余英时则认为《红楼梦》在客观效果上反映了旧社会的病态是一回事，而曹雪芹在主观愿望上是否主要为了暴露这些病态则是另一回事。而红学新"典范"是由外驰转为内敛，即攀跻到作家所虚构的理想世界或艺术世界。这种红学新"典范"强调作家的生活经验在创造过程中只不过是原料而已。曹雪芹的创作企图——他的理想或"梦"——才是决定《红楼梦》的整个格局和内在结构的真正动力。这就是认为《红楼梦》的理想世界决定《红楼梦》的现实世界即《红楼梦》从根本上说是作家曹雪芹的精神世界的表现。余英时和李希凡、蓝翎在共同反对《红楼梦》为曹雪芹自传时都强调《红楼梦》是一部小说。在这一点上，他们没有根本分歧，而是余英时所说的"友军"。他们在《红楼梦》研究上的分歧主要集中在对《红楼梦》的现实世界与理想世界的关系的把握上。李希凡、蓝翎认为《红楼梦》所反映的现实世界是一个有自身发展规律的有机整体，作家不能从根本上改变，而余英时则认为《红楼梦》所处理的现实世界是作家创作的原料，作家可以随意驱使。显然，这种文艺批评的分歧是理论分歧。

因而，中国当代文艺批评界如果不能深入地解决1954年"批俞评红"运动的理论分歧，就无助于当代文艺批评的深化和当代文艺理论的发展。

文艺理论在当代文艺批评发展中的地位和作用

秦方奇：从指责当代文艺批评的失语到推进当代文艺批评的发展，中国当代文艺批评界一直重视推进当代文艺批评的发展，但是，当代文艺批评的困境却一直没有根本改观。这是什么原因造成的？您认为如何改进当代文艺批评？

熊元义：我认为，解决文艺批评的理论分歧是当代文艺理论发展的重要途径之一。文艺批评分歧究其实质是理论分歧。在中国当代文艺批评界，很少有人意识到中国当代文艺批评分歧从根本上说是理论分歧，更不用说从理论上解决这种文艺批评分歧。尤其是一些有影响有地位的文艺批评家，大多认识不到这一点。他们不仅热衷于摆弄花架子，还非常傲慢，对待那些尖锐的泼辣的文艺批评不是"罢看",就是骂为"酷评",很少从理论上进行全面回应。这不但解决不了文艺批评分歧,反而影响了人际关系的和谐。这大概是中国当代文艺批评学在20世纪80年代中期出现短暂的繁荣后一直疲软的重要原因。

其实,当代文艺批评的深化有赖于当代文艺批评的理论分歧的解决。近些年来,我在深入反思中国当代文艺批评的发展的基础上集中思考了文艺批评与文艺理论的关系。我认为文艺批评家如果不能从理论上把握整个历史运动,就不可能准确把握文艺发展方向,就会为现象所左右,从而丧失文艺批评的锋芒。在中国当代文艺批评史上,一些深层次的理论分歧严重地制约着文艺批评的长足发展。文艺理论家只有敢于直面这些文艺批评的理论分歧并努力解决它,才能有力推动中国当代文艺批评的深化和文艺理论的发展。

秦方奇:难怪您对一些作家艺术家包括文艺批评家的历史观与价值观的矛盾进行了分析和揭示。

熊元义:是的。在当代文艺批评实践中,有些文艺批评家敏锐地感受到时代审美风尚的变化,但是他们在理论上却不彻底,以至于他们的批评难以透彻,甚至陷入矛盾。21世纪初,有些作家艺术家在文艺创作中出现了这种现象,即作家艺术家们在表现消极、落后、阴暗、丑陋的时候,得心应手,很有感染力,也容易得到人们的认同;但是作家艺术家写光明、温暖、积极、进步、向上的时候,功力普遍不足,哪怕是写真人真事,也容易让人指为虚假写作。这种创作现象虽然反映了一些作家艺术家艺术表现力的缺乏即不能将真善美东西表现得真实感人和一些人接受心理的畸变,但从根本上说是一些作家艺术家世界观矛盾的产物。有些作家艺术家的历史观与价值观是矛盾的,在历史观上,他们认为恶是历史发展的动力,邪恶的横行是历史发展难以避免的;在价值观上,他们还是痛恨邪恶横行的。因此,在文艺创作中,这些作家艺术家虽然对现实生活中出现的各种不平等、不人道的消极现象进行了一定的批判,但是,这种批判不够坚决和彻底,有些羞羞答答,对正义终将战胜邪恶的未来则半信半疑。有些文艺批评家甚至提出了历史进步与道德进步的二律背反,肯定那些在矛盾中没有排斥任何一方的作家艺术家的文艺创作。其实,历史观与价值观是统一的。有些文艺批评家之所以陷入历史观与价值观的矛盾，是因为他们在历史观上理论不彻底，不能深刻地认识恶不过是历史发展的表现形式，而不是历史发展的动力本身。无论是黑格尔，还是马克思、恩格斯，都认为恶是历史发展的动力的表现形式，而不是历史发展的动力本身。在《路德维希·费尔巴哈和德国古典哲学的终结》中，恩格斯说得十分清楚："在黑格尔那里，恶是历史发展的动力的表现形式。"① 在这一点上，马克思、恩格斯和黑格尔没有根本的区别。他们的区别在于，黑格尔不在历史本身中寻找这种动力，反而从外面，从哲学的意识形态把这种动力输入历史，恩格斯则从历史本身寻找这种动力。其实，历史发展的动力既然可能以恶为表现形式，那么，也可能以善为表现形式。在《资本论》第一卷序言中，马克思在深刻地把握历史发展的动力的基础上高度科学地概括了历史发展的两条道路，一是采取较残酷的形式，一是采取较人道的形式。马克思说："正像18世纪美国独立战争给欧洲中产阶级敲起了警钟一样，19世纪美国南北战争又给欧洲工人阶级敲起了警钟。在英国，变革过程已经十分明显。它达到一定程度后，一定会波及大陆。在那里，它将采取较残酷的还是较人道的形式，那要看工人阶级自身的发展程度而定。所以，撇开较高尚的动机，现在的统治阶级的切身利益也要求把一切可以由法律控制的、妨害工人阶级的障碍除去。"② 这就是说，历史的发展既有较残酷的形式，也有较人道的形式。而历史的发展采取较残酷的形式符合统治阶级的根本利益，采取较人道的形式则符合被压迫阶级的根本利益。中国当代历史是一个未完成时，中国在实现现代化的发展道路上是重复前人的错误甚至为了发展而犯罪，还是另辟蹊径？中国特色社会主义发展道路是科学发展的道路。这条科学发展的道路是社会的全面进步，是历史的进步与道德的进步的统一。在历史的变革和社会的转型时期，既有一些作家艺术家对当代中国社会出现的一些为了历史的发展而采取一些较残酷的形式的现象放逐了历史批判，甚至还有一些作家艺术家放弃了道德批判，拼命地肯定并跻身那些不合理的现存秩序，也有不少作家艺术家猛烈地批判了中国当代社会出现的一些较残酷的形式。在当代作家艺术家的这种分化中，文

---

① 《马克思恩格斯选集》第四卷，人民出版社1995年版，第237页。
② 《马克思恩格斯选集》第二卷，人民出版社1995年版，第101页。

艺批评家不应回避是非判断和价值高下判断，而应以高度的理论自觉，深入地把握中国特色社会主义发展道路并在这个基础上坚决反对那些迎合当代历史发展所采取的一些较残酷的形式并拼命跻身那些不合理的现存秩序的作家艺术家及其文艺创作，倡导当代历史发展采取较人道的形式并积极肯定那些敢于批判不合理的现存秩序的作家艺术家及其文艺创作。

20世纪90年代以来，中国作家艺术家从20世纪80年代的思想分歧逐渐发展到社会分化。有些作家艺术家不但发生了精神背叛，而且发生了社会背叛。这些作家艺术家在精神上的退却和背叛，实际上是他们社会背叛的结果。而这些作家艺术家这种社会背叛又是中国当代社会发生历史演变的产物。因而，中国作家艺术家的这种社会分化是中国当代社会分化的一个部分。有些文艺作品不仅深刻地反映了这种由社会公仆演变为社会主人的现象，而且对它进行了猛烈的批判。在这种批判中，有些文艺作品的批判只是主观的批判，还没有上升到主观的批判和客观的批判的有机结合。但是，有些文艺批评家没有在把握人类社会发展规律的基础上深刻认识这些深刻批判这种由社会公仆演变为社会主人的现象的文艺作品，而是有意或无意地遮蔽或部分遮蔽它们。而这些文艺批评家之所以难以准确地把握和有力地推动中国当代文艺的发展，不是理论束缚了他们，而是主观主义制约了他们认识不深或者认识片面。

秦方奇：中国当代文艺批评界不重视文艺理论发展已结出了不少恶果。28年前即1986年，文艺理论期刊《文艺理论与批评》在批判刘再复的文艺理论的过程中创办。这个一直被称为万绿丛中一点红的文艺理论期刊28年后即2014年第2期居然以该刊主编访谈的形式宣扬与刘再复的文艺理论一脉相承的自由主义文论。这种巨大转变是否是不重视文艺理论发展的结果？

熊元义：是的。这种情况的出现既有大环境的变化，也有小环境的内耗。随着中国当代社会转型，马克思主义文艺理论研究重镇早已名存实亡，有些马克思主义文艺理论研究重镇后继无人，有些马克思主义文艺理论研究重镇几无马克思主义文艺理论研究人才，正在文艺批评化。正是因为这种马克思主义文艺理论队伍的凋零，文艺界根本无人认识到王元骧所倡导的文艺的审美超越论的实质，还以为是马克思主义文艺理论中国化。

中国当代马克思主义文艺理论界可谓面子依旧，内瓤早已基本空了。

2011年，为了解决中国当代文艺理论的分歧，我在《中国当代文艺理论的分歧及理论解决》（《河南大学学报》2011年第4期）一文中系统地清理了王元骧近十几年来在文艺理论方面的探索。2012年，王元骧在《理论的分歧到底应该如何解决——就文艺学的若干根本问题答熊元义等同志》（《学术研究》2012年第4期）一文中对我的批评进行了反批评。2014年，王元骧在《文艺理论与批评》第2期上又以访谈的形式在批评我们的同时重申了这种文艺的审美超越论。2014年，我们相继在《理论分歧的解决与文艺批评的深化》（《河南大学学报》2014年第4期）、《文艺批评家的气度》（《南方文坛》2014年第5期）等文中回应了王元骧的反批评并进一步地批判了王元骧的审美超越论，认为这种文艺的审美超越论不过是一种精致的自我表现论。

秦方奇：2014年，您从文艺与社会生活的关系、作家艺术家与人民群众的关系、文艺批评与文艺创作的关系等方面与王元骧、王先霈进行了文艺论战。这基本涉及文艺理论的重要方面。可以说，您和王元骧、王先霈的文艺理论分歧集中反映了中国当代文艺界的理论分歧。因而，您对这种文艺理论分歧的解决是有助于中国当代文艺理论的有序发展的。然而，您在文艺论战中并没有完全否定王元骧的文艺理论，而是高度肯定了他对"告别理论"倾向的批判。

熊元义：真正的文艺理论发展绝不是彻底否定以前的文艺理论，而是扬弃它。王元骧认为我对他的批评是"打棍子"和"扣帽子"，是没有看到我对他的文艺审美超越论的超越。

20世纪90年代中期以来，中国文艺界出现了"告别理论"的倾向。有些人对文艺理论即使在口头上重视，但在实际上却是基本上不重视，有时甚至相当忽视。有些人以为加强文艺批评，就是增加文艺批评的数量。这是本末倒置的。这不仅表明中国当代文艺界出现了中青年文艺理论人才断档危机，而且反映了当代文艺批评的深刻危机。从2006年起，王元骧在多篇论文中指出了中国当代文艺批评界这种排斥文艺理论的倾向的实质和危害。王元骧在深刻地把握文艺理论与文艺批评的辩证关系的基础上认为，那种没有理论功底和理论深度的、就事论事的感想批评是不可能真正承担起文艺批评的使命的。在全面地区别文艺鉴赏与文艺批评的基础上，他认为文艺批评如果缺乏坚实的理论支撑，就必然是肤浅浮面的，不但难见深度和力量，而且在纷繁复杂现象面前无所适从，只是跟着感觉走以至于批评主体达到完全丧失的地步。王元骧对南帆、陈晓明等文学批评家的这种批判不幸在陈晓明的文学批评上言中了。

当代文艺批评应在中国当代社会转型中推动文艺调整

秦方奇：您的文艺理论研究没有脱离中国当代社会的发展实践，而是不仅紧扣中国当代文艺的发展实践，而且紧扣中国当代社会的发展实践，并在这个基础上有力地批判了中国当代文艺在当代社会的边缘化发展。

熊元义：中国当代社会在追赶发达国家的过程中出现了不平衡发展，中国当代文艺的边缘化发展趋势就是这种中国当代社会发展不平衡的产物，而不是社会发展的必然结果。正如一个人的成长应是全面发展的，一个社会的进步也应是全面发展的。在特定历史时期，一个社会的某些方面突出发展甚至冒进是难免的，但是，这个社会在总体上却应是平衡发展的。如果中国当代作家艺术家不是追求社会全面进步，而是甘居社会边缘，甚至自我矮化，就是很没有出息的。

有的文艺批评家在尖锐地批判一些中国当代作家艺术家自我矮化倾向时否认中国当代社会发展存在文艺边缘化的历史发展趋势，认为中国当代文艺并没有出现真正意义上的边缘化。这不是实事求是的。其实，文艺在中国当代社会出现边缘化的发展趋势不仅是客观存在的，而且是不可怕的，这种现象在很多时代都出现过，关键的是中国当代杰出的作家艺术家是否继续站在人类历史发展的前列，自觉地承担在社会分工中的社会责任，并在尽心尽责中推动中国当代社会的和谐发展和全面进步。在中国当代文艺边缘化的发展趋势中，一些作家艺术家不是抵制和批判，而是顺应和迎合这种文艺边缘化的发展趋势，不断自我矮化。这些作家艺术家反对作家艺术家人人成为样板，认为这只能消灭大部分作家艺术家。他们认为："大千世界，人各有志，每个人都有权力自由选择自己的生活方式和入世方式，作家从来就不是别样人物，把作家的地位抬举得太高是对作家的伤害——其实在中国，作家的高尚地位，基本上是某些作家的自大幻想。"这种只承认人的存在而否认人的超越和发展的粗鄙存在观认为作家艺术家是人民的一分子，强调作家艺术家应该从自我出发来写作，从自己感受最强烈的地方入手，写自己最有把握的那一部分生活，甚至认为如果作家艺术家从表现自我出发的文学作品超越他的个人恩怨，那不过是作家艺术家的痛苦和时代的痛苦碰巧是同步的，而不是作家艺术家应负的社会责任。这就把人民的思想感情与人民本身分割开来了，使这些思想感情独立化。作家感受最强烈的地方是和整个社会生活分不开的，是整个社会生活的有机组成部分。作家绝不能局限在这种感受最强烈的地方，而应从这个地方出发并超越这个地方，否则，就很难反映出他所处时代的某些本质的方面。在这些思想感情独立化中，文学艺术也独立化了。这就放弃了作家艺术家在社会分工中的社会承担。在这种粗鄙存在观的影响下，一些作家艺术家不但远离了人民的生活，而且成了"惟恐烧着自己手指的小心翼翼的庸人"。在中国当代文艺边缘化的发展趋势中，一些作家艺术家不是直面现存冲突并积极解决这种现存冲突，而是搁置甚至掩盖这种现存冲突。中国当代文艺批评界在20世纪90年代后期提出的"妥协""磨合"论赤裸裸地暴露了一些中国当代作家艺术家力图阻碍历史发展的形而上学思想倾向。这种"妥协""磨合"论提出："中国的发展乃是当代历史最为重要的目标，在这个发展的过程之中，为了社群的利益和进步的让步和妥协乃至牺牲都似乎变成了一种不得不如此的严峻选择，分享艰难的过程是比起振臂一呼或慷慨激昂更为痛苦也更为坚韧的。"这就是说，为了生存和发展，中国当代社会可以容忍甚至纵容邪恶势力的横行。显然，这种"妥协""磨合"论是一种粗鄙实用主义。这种粗鄙实用主义在历史观上不但认为恶是历史发展的动力，而且要求那些中国当代基层民众为富有阶级进一步地发财享乐做出牺牲。

中国当代文艺边缘化是中国当代社会不平衡发展的产物，在一定程度上撕裂了中国当代社会的和谐。因而，中国当代优秀的作家艺术家绝不能甘居中国当代社会边缘，甚至自我矮化，而应站在人类历史发展的前列，坚决抵制和批判中国当代文艺边缘化的历史发展趋势，自觉地承担在社会分工中的社会责任，积极促进中国当代社会的全面发展和谐发展。随着中国当代社会转型，中国当代不少作家艺术家与时俱进，进行了艺术调整。这些作家艺术家超越自我世界，自觉地把个人的追求同社会的追求融为一体，在人民的进步中追求艺术的进步。这些作家艺术家超越狭隘的自我批判，自觉地把自我的主观批判和历史的客观批判有机结合起来，把批判的武器和武器的批判有机统一起来，在时代的进步中追求艺术的进步。这些作家艺术家虽然深刻地感到美学要求和社会要求的矛盾、文人趣味和人民趣味的冲突，但是，他们没有搁置这些矛盾和冲突甚至在非此即彼中趋向极端，而是辩证地把握这些矛盾和冲突。在中国当代历史的转折关头，这些作家艺术家不是汲汲挖掘中国当代社会一些基层民众的保守自私、故步自封的痼疾，而是有力地表现了中国当代社会基层民众创造历史的伟大力量，勇立历史潮头唱大风，力争成为中国当代社会伟大的、进步的变革的历史巨人。

秦方奇：中国当代文艺界的民族文艺观存在不少偏见，不能很好地推动民族文艺的有序发展。在中国当代社会转型阶段，您认为中国当代文艺界如何发展民族文艺？如何推动民族文艺的创新？

熊元义：长期以来，中国当代文艺界在民族文艺观上都存在一些糊涂认识。20世纪80年代以来，中国当代文艺理论界在抵制殖民主义文化的侵蚀和推进民族文化的发展时愈来愈自觉。在抗拒殖民主义文化的侵蚀时，有的文艺理论家提出了越是民族的越是世界的民族艺术观。这种民族艺术观显然没有区分真正的、进步的、优秀的民族艺术作品与那些消极的、过时的、落后的东西。接着，有的文艺理论家则认为只有那些真正的、进步的、优秀的民族艺术作品，才是属于世界的。而那些消极的、过时的、落后的东西，从来都不会作为一种富有民族生命力和民族特色的东西被保存下来，它们迟早都会被抛弃，更不可能会成为世界的。我认为这种民族艺术观虽然区分真正的、进步的、优秀的民族艺术作品与那些消极的、过时的、落后的东西，但却没有彻底超越民族的局限。其实，如果一个民族真正的、进步的、优秀的东西不是对人类文明的发展和丰富，不是对人类文化的创造和推进，就很难融入人类文明中。人类文明发展历史是不同民族不同国家不同地区的文化互相交流、互相吸收、互相促进的历史。也就是说，一个民族一个国家一个地区的文化，并不是孤立地前行和发展，也不是与其他民族、国家、地区的文化平行地行驶；恰恰相反，它们总是经历着一个互相交流、互相吸纳的"你中有我"和"我中有你"、异中有同和同中有异的发展过程。在人类文明发展史上，那种化其他民族的腐朽为本民族的神奇的现象也是屡见不鲜的。这种民族艺术观强调在人类文明发展的格局中把握民族文化的前进方向，不仅有利于克服民族文化的局限，而且有利于推动民族文化融入人类文明中并为人类文明的发展做出独特的贡献。

在世界当代艺术发展的格局中，如果一个民族的艺术要在世界艺术中占有一席之地，就必须对人类艺术的发展做出自己独特的贡献。这就是说，越是对人类艺术发展做出独特贡献的民族艺术，越是世界的。这是中国当代艺术创作不可或缺的文化自觉。因此，中国当代作家艺术家应积极适应中国当代社会自主创新和创造阶段，与时俱进，创造出对人类艺术发展做出独特贡献的民族艺术作品。否则，中国当代艺术将很难成为世界当代艺术的重要组成部分。也就是说，如果一个民族的艺术没有推动世界艺术的有序发展，就不可能在世界艺术中占有重要地位和产生重要影响。如果一个民族的艺术始终都处在以模仿挪移为主的赶超阶段，那么，这个民族的艺术就不可能真正跻身世界文艺的先进行列，甚至还会与世界进步艺术的距离越来越大。这就是说，一个缺乏真正创造的民族艺术，不但不可能完全跻身世界艺术的先进行列，而且迟早将被历史发展所抛下。中国当代艺术界提出中国当代艺术走向世界这个方向就是承认中国当代艺术在世界当代艺术中的地位和影响不够显著，或者中国当代艺术只是世界当代艺术微不足道的一部分，而不是认为中国当代艺术在世界当代艺术以外。至于那种以为生活在这个世界上的任何一个民族的艺术都是世界艺术的一部分而无须走向世界的论调不过是甘居世界当代艺术的边缘而已。这就是说，中国当代真正优秀的艺术作品在直面现存冲突和解剖这种现存冲突时不可缺少这样两个品质，一是充分地展现中华民族的独特魅力即中华民族对人类发展的独特贡献，二是充分地展现中华文化的独特魅力即中华文化对人类文明发展的独特贡献。中国当代作家艺术家比较关注艺术作品走向世界并在世界文化市场上产生影响。但是，中国当代有些作家艺术家却不是主动地开拓世界文化市场，而是被动地卷入世界文化市场，极少数作家艺术家甚至逢迎西方世界那些有损民族尊严的偏见。这些作家艺术家是根本不可能真正走向世界的；即使暂时有所成功，也终将在历史上站不住脚。

秦方奇：现在，中国当代社会从一味地模仿和学习西方转到重视从中国古代文化传统中汲取思想养料。20世纪90年代中期，中国当代文艺理论界敏锐地提出中国古代文论的现代转型。您是如何认识和评价这一口号的？

熊元义：中国当代文艺理论界提出中国古代文论的现代转型这一口号是很不错的，不仅有助于克服当代文艺批评的失语症，而且促进了民族文化发展的文化自觉。但是，不少文艺理论家却停留在书斋里构想这种中国古代文论的现代转型，颠倒了文艺理论产生的源流关系。因而，近十几年来，这些文艺理论家在中国古代文论的现代转型上几无进展。其实，中国古代文论的现代转型是在当代文艺批评实践中实现的，而不是在书斋里完成的。我对中国悲剧的研究在一定程度上是中国古代文论的现代转型。我看到中国悲剧绝不是沉睡在中国艺术史上，而是仍然活跃在中国当代艺术创作中。这不仅表现在当代艺术家对中国古典悲剧的不断改编上，而且表现在当代艺术家对中国悲剧精神的扬弃上。因此，我绝不局限在研究中国古典悲剧作品，而是进一步地研究了中国当代悲剧作品，总结出中华民族的精神血脉是一脉相承的，并没有在西方文化的冲击下完全中断。

林兆华导演的话剧《赵氏孤儿》、陈凯歌编导的电影《赵氏孤儿》不仅显现了中国悲剧的强大活力，而且深刻地表现了当代艺术思想。我对这两部艺术作品都进行了深度批评。以陈凯歌编导的电影《赵氏孤儿》为例，电影《赵氏孤儿》对元代杂剧《赵氏孤儿》的主要人物进行了人性的深度开掘，挖掘了赵氏孤儿在成长过程中可能出现的认同与背叛的矛盾，深刻地揭示了小人物"复仇"的困境即小人物在遭受戕害后很难找回公道。然而，电影《赵氏孤儿》这种所谓"人性深度"的开掘却不仅消解了中国悲剧精神，而且忽视了元代杂剧《赵氏孤儿》这部列于世界大悲剧中亦无愧色的悲剧作品在塑造和传承中华民族精神上的重要作用，在一定程度上损害了中华民族精神的传承。电影《赵氏孤儿》之所以"矮化"程婴舍子救孤的壮烈行为，就是因为编导认为程婴用亲生孩子换取其他孩子的生命是违背人性的。这是站不住脚的。在人类历史上，不少先烈的牺牲都是用自己的生命换取别人的生命。如果认为这是违背人性的，那么，这些先烈的牺牲就是没有价值的。在邪恶势力肆意践踏无辜的生命时，人是苟全性命于乱世，还是岂因祸福避趋之？元代杂剧《赵氏孤儿》的程婴、韩厥、公孙杵臼等人的自觉救孤不仅是拯救一个无辜的小生命，也是对邪恶的坚决拒绝和对正义的誓死捍卫。如果人在邪恶势力的横行面前放弃坚守甚至转而迎合，就和丧失气节的叛徒与没有气节的流氓没有两样。如果在血腥屠杀后，人还能心平气和地过日子；在斩尽杀绝后，人还能平静地活着，那么，正义在这个世界上就丧失殆尽了。人需要宽容，也可以宽容，但绝不能宽容那些死不认罪的邪恶势力，否则，人就会在"为善的受贫穷更命短和造恶的享富贵又寿延"这种人类社会频发现象面前麻木不仁。在元代杂剧《赵氏孤儿》中，程婴、韩厥、公孙杵臼等人在邪恶势力横行面前没有闭上眼睛，而是前有程婴、韩厥硬踩是非门和担危困，后有公孙杵臼在遇着不道抽身后转身和献身。"忠孝的在市曹中斩首，奸佞的在帅府内安身。"程婴、韩厥、公孙杵臼等人在这种非常险恶环境中挺身而出拼命救孤就不仅是为了"复仇"，也是为了铲除奸贼和伸张正义。因此，赵氏孤儿的"复仇"就不是狭隘的"冤冤相报"，而是正义在遭到践踏后的回归。而在电影《赵氏孤儿》中，程婴抚养赵孤长大仅仅是为亲子报仇雪恨，就把元代杂剧《赵氏孤儿》的"复仇"肤浅化和粗鄙化了。在中国文学史上，为什么元代杂剧《赵氏孤儿》、清代长篇历史小说《说岳》强调养子的认祖归宗？其实，这种养子的认祖归宗就是民族的文化认同。在一定程度上，元代杂剧《赵氏孤儿》和清代长篇历史小说《说岳》弘扬了中华民族在异族铁蹄下绝不妥协的抗争精神。在元代杂剧《赵氏孤儿》中，程婴不是在赵氏孤儿长大成人后马上告诉他的身世，而是在赵氏孤儿进入书房后，遗下手卷，在赵氏孤儿看了手卷并产生疑惑后，才对赵氏孤儿说明真相。在清人钱彩编次、金丰增订的长篇历史小说《说岳》中，王佐断臂潜入金营，在对陆文龙讲了"越鸟归南""骅骝向北"的故事并让他看了图画后，才告诉他真相。无论是赵氏孤儿，还是陆文龙，都是在民族的文化认同中认祖归宗的并在这种认祖归宗中摆脱了对外人的人身依附关系。因此，赵氏孤儿大报仇绝不仅是一种狭隘的"冤报冤"，而且是一个民族争取独立的斗争。在中国古代寓言《愚公移山》中，不但有个体和群体的矛盾即智叟和愚公的冲突，而且有群体的延续和背叛的矛盾。《愚公移山》只是肯定了愚公的斗志，却忽视了愚公子孙的意志。智叟看到愚公的有限力量,而没有看到愚公后代无穷尽的力量。所以,智叟对愚公移山必然是悲观的。而愚公不但看到自己的有限力量,而且看到了自己后代延续的无穷力量。因而,愚公对自己能够移走大山是乐观的。不过,愚公却没有看到他的后代在移山上可能出现背叛。愚公的子孙后代只有不断移山,才能将大山移走。而愚公的子孙后代如果不认同愚公的移山,而是背叛,那么,移山就会中断,大山就不可能移走。同样,在元代杂剧《赵氏孤儿》中,赵氏孤儿长大成人后,也有可能认贼作父,不是报仇雪恨。正如钱穆所指出的:"既已国亡政夺,光复无机,潜移默运,虽以诸老之抵死支撑,而其亲党子姓,终不免折而屈膝奴颜于异族之前。"① 这就是说,前人的抗争精神能否在后人身上得到延续,不仅要保存后代的生命,还要教育后代继承和发扬这种抗争精神。而电影《赵氏孤儿》则放弃了这种抗争精神的教育,提倡不把自己的敌人当敌人就没有敌人的天下无敌教育,认为抗争精神的教育是撺掇少年杀人,很不道德。这实际上是默许甚至鼓励赵氏孤儿认贼作父。电影《赵氏孤儿》虽然把赵氏孤儿看作是一个独立的生命,尊重赵氏孤儿的成长和选择即让赵氏孤儿自己选择是否杀死屠岸贾,但却割断了赵氏孤儿与赵家的血肉联系。这种血肉联系的割断就从根本上消解了中国古代经典悲剧作品所塑造、传承和弘扬的中华民族精神。然而,这样一部电影却获得了第 14 届华表奖(2011 年)。

中华民族文艺有一优秀传统,就是中国文艺发展史上的不少优秀的作家艺术家即使在国破山河碎的历史时期,也没有自暴自弃,而是心系天下兴亡并在文艺创作中延续了中华民族的精神血脉。这在中国悲剧艺术作品中表现得相当鲜明。与其他一些中国悲剧作品不同,元代纪君祥的《赵氏孤儿》与清代孔尚任的《桃花扇》这两部悲剧作品虽然先后诞生在异族的铁蹄下,但它们却都超越了封建社会内部的忠奸矛盾,在特殊年代集中反映了中华民族在残酷的屠杀和野蛮的镇压下不屈的灵魂。如果说《赵氏孤儿》是一群仁人志士舍生取义,拯救赵氏孤儿,那么,《桃花扇》就是李香君和侯朝宗双双入道,放弃生育后代。这两部悲剧作品虽然一正一反,但却是异曲同工的,即它们都在反映忠奸矛盾的同时间接地反映了民族矛盾,都强调了民族的文化认同。这种民族的文化认同是伟大的中华民族屹

---

① 钱穆:《中国近三百年学术史》上册,商务印书馆 1997 年版,第 79 页。

立数千年而不倒的坚实根基。这是中国知识分子包括作家艺术家在肉食者丢掉政权后的历史担当。21世纪以来，中国文艺界虽然改编了这些悲剧作品，但却大多割断了这种中华民族精神血脉的延续。这种改编与那些对一些汉奸文人的"漂白"行为共同构成了中国当代文化一道扭曲的景观。这不但背离了中华民族文艺的优秀传统，而且与中国当代社会转型阶段是极不相称的。因此，真正杰出的作家艺术家绝不会做中国当代社会发展乃至人类社会发展的旁观人，而是在坚决抵制那种移民倾向和弃船心态时延续中华民族的精神血脉，并在尽责中积极推动中国当代社会的有序发展，从而推动中国当代民族文艺乃至世界当代文艺的有序发展。

公正地把握文艺理论家的理论成就

秦方奇：中国当代文艺批评界出现了一些怪现象，一些指鹿为马、颠是纳非的文艺批评家颇为走红，而一些脚踏实地、守正弘道的文艺批评家则备受压抑；那些忽左忽右的文艺批评家非常活跃，而那些一以贯之的文艺批评家则颇为寂寞。比如，一些颇为活跃的文艺批评家拼命攫取红包并放肆地从事人情批评，与此同时，呼吁守住文艺批评的底线并制定文艺批评的道德准则的急先锋竟然也是他们。在这个时代，这是文艺批评人才匮乏，还是纵容文化流氓横行？

熊元义：我对当代文艺批评界的这种怪现象不仅感受甚深，而且深受其害。这种怪现象是20世纪90年代出现的，于今愈演愈烈。我既无力改变文艺界的现存秩序，也无法深究这种怪现象产生的历史根源，只能从理论上批判这种文化土壤孕育出来的一些偏颇的文艺批评观。这就是不少颇有影响的文艺批评家不仅脱离现实生活，而且脱离批评对象，先验地规定文艺批评的立场。

有的文艺批评家认为文艺批评家应"毁人不倦"，提出文艺批评家与作家的关系应是"鲇鱼"与"沙丁鱼"的关系。这些文艺批评家极为赞赏德国当代文坛享有世界声誉的文艺批评家赖希·拉尼茨基的文艺批评观，即真正的文艺批评，就必须做到一针见血、毫不留情，真正的文艺批评家，就必须唾弃为人要厚道的庸俗哲学，甚至认为毁掉作家的人，才配称文艺批评家。这种文艺批评观要求文艺批评家在文艺批评时唾弃为人要厚道的庸俗哲学是可取的,但要求文艺批评家毁掉作家却是不可取的。如果文坛尽是这种毁掉作家的文艺批评,那么,文艺史就成了"死人的王国"。而文艺史却绝不是这种"死人的王国"。因而,这种偏重否定的文艺批评观未免有些矫枉过正。在中国当代不少文艺批评演变为文艺表扬、文艺表扬退化为文艺吆喝、文艺吆喝沦落为文艺交易这样一个历史时期,颁发作家艺术家"死亡证书"的文艺批评虽然不失为一剂猛药,但却不宜过分膨胀。一些作家艺术家之所以不愿接受这些"毁人"的文艺批评,是因为它只看到了现实与艺术理想的差距而没有看到它们的联系。也就是说,这些"毁人"的文艺批评在抨击作家艺术家文艺创作的缺陷时没有看到他们的艺术努力和艺术进步。有的文艺批评家则提出,那种认为凭借文艺批评家热捧、炒作,可以使一部文艺作品、一个作家艺术家走红是不现实的;认为一个或几个文艺批评家写点偏激的"酷评",就可能让一部文艺作品销量下跌、一个作家艺术家声名受损,也是夸张的。由于文化市场的介入和喧嚣,文艺作品前景的主动权、作家艺术家利益的获取途径,已经由过去的文艺批评家说了算,转而变成由文化市场说了算。在文艺批评左右不了文艺创作的情形下,文艺批评家与作家艺术家应是诤友关系。这位文艺批评家没有批判中国当代文艺发展由文化市场说了算的发展趋势,而是在认可这种中国当代文艺发展趋势的基础上认为文艺批评家应该不吝赞词,并应当审慎地提出不足与局限。这对文艺批评的肯定与否定不是一视同仁的,即文艺批评的肯定是没有限制的,而文艺批评的否定却是有限制的。这种偏重赞美的文艺批评观在肯定中国当代文艺的多元化发展时很容易陷入自相矛盾的境地。这种对鱼龙混杂盲目肯定的文艺批评观既不可能纠正"毁人不倦"的文艺批评观的偏颇,也不可能在中国当代这样一个黄钟喑哑、瓦釜轰鸣的历史时期力挽狂澜、拨乱反正。

其实,无论文艺批评的否定,还是文艺批评的肯定,都不取决于文艺批评家,而是取决于文艺批评对象。如果文艺批评对象值得肯定,文艺批评家就应该毫不保留地肯定;如果文艺批评对象不值得肯定,文艺批评家就应该毫不留情地否定。文艺批评家是不能先验地规定文艺批评的肯定与否定的,否则,就不可能准确地把握文艺批评对象。中国当代文艺批评界曾尖锐地批判过这种错误。有的文艺批评家在尖锐批判对于中国当代社会现实现在只说"是"的"先锋批评"时认为，这种"先锋批评"从过去只说"不"到现在只说"是"，丧失了文艺批评的立场。其实，文艺批评既可以只说"是"，也可以只说"不"。文艺批评是说"是"，还是说"不"，不取决于文艺批评自身，而取决于文艺批评所把握的对象。如果文艺批评对象值得说"是"，批评主体就应该说"是"；如果文艺批评对象不值得说"是"，批评主体就应该说"不"。这才是实事求是的。而批评主体说的对与不对是关键，至于批评主体怎么说则是次要的。不问批评主体"说什么"，而是质问批评主体"怎么说"，这是本末倒置的。中国当代文艺批评界之所以一再地出现这种低级错误，既因为一些文艺批评家的狭隘利益作祟，也因为文艺批评生态环境日益恶化。

秦方奇：近些年来，为了进一步地推动中国当代文艺批评的有序发展和推动中国当代文艺批评界在这一有秩序的进程中把握和评价文艺理论家的理论成就，您猛烈批判了中国当代文艺界日益严重的鄙俗气。您是如何批判文艺理论家尤其是文艺理论史家身上日益严重的鄙俗气的？

熊元义：本来，文艺理论家在文艺论争中只有理直，才能气壮。但是，有些文艺理论家尤其是文艺理论史家却不是服膺真理，而是趋炎附势，鄙俗气日益严重。这种鄙俗气主要表现为有些文艺理论家尤其是文艺理论史家不是把握中国当代文艺批评发展的客观规律并在这个基础上公正地评价文艺理论家的理论贡献，而是以个人关系的亲疏远近代替历史发展的客观规律。这些文艺理论家尤其是文艺理论史家追求文艺批评界人际关系的和谐甚于追求真理，他们既不努力挖掘文艺理论家的独特贡献，也不继续肯定这些文艺理论家在当代文艺发展中仍起积极作用的理论，而是停留在对一些与个人利益密切相关的文艺理论家的评功摆好上。这种鄙俗气严重地制约了这些文艺理论家尤其是文艺理论史家真实地把握中国当代文艺批评的发展，并极大地助长了中国当代文艺批评界的歪风邪气。

青史凭谁定是非？记得文学批评家易中天曾说过，意义，这是知识分子绕不过去的最后一道弯，迈不过去的最后一道坎。知识分子可以不要名，不要利，不要有用，不要别人承认，但知识分子总不能不要"意义"吧？中国知识分子之所以总是"毛"，总是想附在某张"皮"上，就因为他们总想有意义。与其说中国知识分子有一种"政治情结"，不如说他们有一种"意义情结"。因此，知识分子如果无愧于知识分子的称号，就得坚持独立立场，就不能附在某张"皮"上，就不能太在乎意义能不能实现。这种强调知识分子不能太在乎意义的论调似乎很彻底，但未免有些消极。

正如德国哲学家黑格尔在考察哲学史时所指出的：全部哲学史是一个有次序的进程。"每一哲学曾经是，而且仍是必然的，因此没有任何哲学曾消灭了，而所有各派哲学作为全体的诸环节都肯定地保存在哲学里。但我们必须将这些哲学的特殊原则作为特殊原则，和这原则之通过整个世界观的发挥区别开来。各派哲学的原则是被保持着的，那最新的哲学就是所有各先行原则的结果，所以没有任何哲学是完全被推翻了的。"[①] 文艺批评史也不例外，既不是长生的王国，也不是"死人的王国"，而是一有秩序的进程。文艺批评这一有秩序的进程既是一个不断提高和丰富的发展过程，也是一个由浅入深、从零散到系统的发展过程。因此，文艺理论家尤其是文艺批评史家如果准确地把握和公正地评价一位文艺理论家的理论成就，就不能仅看他在社会中的位置，而是主要看他在文艺批评这一有秩序的进程中的位置。这就是说，文艺理论家尤其是文艺批评史家如果准确地把握和公正地评价一位文艺理论家的理论成就，就既要看到文艺理论家的文艺理论满足现实需要的程度，也要看到这种文艺理论在文艺批评发展史中的环节作用，并将这二者有机地结合起来。这是绝不能违背的。

---

① 黑格尔：《哲学史讲演录》第1卷，商务印书馆1959年版，第40页。

高玉谈：文学理论建设与文学批评实践

谢文兴

谢文兴：新时期以来，我国的文学理论和文学批评都取得了巨大的进步和发展。您是当代文论发展的见证者和参与者，同时也是文学批评的积极实践者。您提出了诸如"反懂"等文学命题，同时又将这些命题运用到了文学批评实践中，写出了一些有影响的文章。请问您是如何看待文学理论和文学批评之间的关系的？

高　玉：文学理论是人们对千百年以来出现的文学规律、文学现象的总结，它相当于文学里面的哲学，涵盖了几乎所有的文学现象和文学事件，具有普遍性和概括性。而文学批评构成文学理论的一部分，是文学理论的重要内容。文学批评不仅能影响到作家写作，影响到文学思潮，还能影响到文学理论的发展。没有文学理论指导，文学批评不可能繁荣，不可能发展，这是一方面；另一方面，文学批评的发展和创新，反过来也会促进文学理论的发展。文学理论与文学批评之间应该是一个相互的关系，韦勒克说文学理论中不包括文学批评或者是文学批评中没有文学理论都是难以想象的，讲的就是这个道理，它们是相互包容，相互渗透又相互作用的。

谢文兴：文学理论的发展是动态的，常变常新的。在当代，各种文学理论争奇斗艳，各种理论"你方唱罢我登场"。您认为推动文学理论发展的主要因素有哪些？

高　玉：文学理论的发展首先来源于作家的创作，是作家用创作推动了文学理论的发展。离开了作家的创作，文学理论就成了"无源之水，无本之木"。离开了作家创作，文学理论就难以向前发展。我们的文学理论要变化，要发展，首先要面对的就是创作本身。当一种新的创作方式成为普遍现象之后，就需要文学理论来总结，就需要文论话语上的推陈出新。所以首先是作家的创作推动了这种变化。

其次是文学批评家的总结。虽然我们不排除有的作家有很强的理论修养，他们能够通过文论话语方式把作品所要表达的内涵表述出来，但是，更多的作家是在凭直觉、经验和灵感写作，他们的创作也多是无意识的，不自觉的，当作品完成后，作家们对作品的深层意蕴，作品的合理性以及影响作品的因素，大多是表述不出来或表述不清楚的，这个时候就需要批评家来总结，来表述。批评家是训练有素的，他们能够利用专业素养和职业敏感性把很多文学现象背后的东西讲清楚。同时，批评家能够在文学现象出来后通过自己的素养对这些现象进行总结、归纳，并将之上升到原理和方法这样的层面上去，这时候它实际上就变成了文学理论。

谢文兴：新时期以来，我们译介、引进了非常多的西方文论。在您看来西方文论的引入，对我们产生了哪些影响？

高　玉：西方文论的引入对我们的影响是多方面的。首先，它对我们的文论建设起了很大的作用。在20世纪80年代以前，我们的文学理论基本上沿袭的就是前苏联的文学理论。当我们引入西方文论以后，我们的文学理论取得了长足的进步，取得了很大的发展，西方文论的引入更新并打破了我们原有的文论模式，我们的文论结构也更加合理，它大大地推进了我们这个文学理论和文论话语建设，同时也推动了我们的文学理论创新。

其次，西方文论的引入对我们的文学批评做出了巨大贡献。80年代以后，文学批评很活跃，其中很重要的原因就是我们对西方的文学理论进行了借鉴。虽然一谈到这个问题不少人就会反感，但当时西方文论的引入对我们的文学批评的确是产生了重大影响的，它的功绩我们不能抹杀。比如，在过去，不论是谈论李白的诗还是谈论杜甫的诗，我们采用的基本上都是古人的言说方式，而我们的古代文论往往是感悟式的、印象式的，带有极大的模糊性，很多东西我们难以阐述清楚。引进西方理论以后，我们发现，李白的诗很浪漫，"浪漫"这个词是西方来的，杜甫的诗很现实，于是，在这时候我们就开始用浪漫主义、现实主义、浪漫的、现实的、夸张的、想象的、史诗的……这些概念来批评李白、杜甫的诗歌。虽然我们把李白定义为浪漫主义、把杜甫定义为现实主义是不恰当的，但另一方面我们用浪漫、现实这些概念来批评、来研究李白、杜甫、屈原、《诗经》《楚辞》，这的确推动了我们的文学批评和文学研究。我们不能照搬西方的文学理论，但西方文论的话语方式及研究方法，对我们认识文学、谈论文学、研究文学是很有帮助的。但是很多人对西方文学理论的认识是不足的，比如，在后现代主义理论引进后，很多人仅仅是把后现代主义理论看做是个标签，这种看法其实是很有问题的。后现代主义理论是在非常多的新的文学现象的基础上总结起来的，但它并不是现在才产生的，中西方的古代文学作品中就有一些后现代主义的技法，只是当时这些方面我们没有注意，或者说，我们视而不见。后来在理论上突破以后，我们发现，后现代、解构、矛盾、分裂、二元对立等诸多因素在传统文学中就有。而后现代主义对这些文学现象进行了理论上的总结，它是具有合理性的，我们不能简单地把它视为是西方人在玩花样、变戏法。在后现代理论被引进过来之后，它实际上对我们的研究是起了很大作用的，其中包括我们对鲁迅作品的理解。在以前，《故事新编》一般被视为是鲁迅所有的作品中最差的。何以如此？因为我们过去用的是现实主义，浪漫主义，或现代派的标准去评判《故事新编》，这是不合适的。有的人甚至把《故事新编》定义为历史小说，这种看法是很荒谬的！《故事新编》怎么可以被看作是历史小说呢？而当我们引入后现代主义理论后，再读《故事新编》，我们发现是鲁迅非常了不起，他所写的东西具有超前性，人们在50年以后才看明白，这种看明白，不是从它的本身看明白，而是在后现代理论借鉴过来之后。现在很多人都认为鲁迅所有的作品里面写得最好的是《铸剑》，过去我们是不会这样认为的。所以，西方的文学理论，我们不要把它视为是标签，不要把理论的引入与运用简单地看作是崇洋媚外，我们要从合理性的这个角度来看。西方的文学理论对我们的文学批评和文学研究的贡献是很大的，我们要客观的看待。

此外，它对我们的文学创作也是有作用的。20世纪80年代以来，我们的文学创作之所以取得这么大的进步，除了我们的作家在创作上积极向西方借鉴学习、开拓创新外，其实西方文论的引入对我们的文学创作也是有很大影响的。我们对各种文学理论，各种文学思潮的推介，不可能不对作家们的创作有所触动，事实上很多作家不仅看西方的文学作品，他们也看西方的文学理论、小说理论。随便翻阅一下当代作家的创作谈，可以发现不少当代作家都曾读过西方的文学理论，并且他们当中有的人对西方文学理论的研究并不亚于批评家，甚至有过之而无不及。而在实际创作中有不少的当代作家还曾以西方的文学理论、心理学理论为指导，开展自己的创作。而西方文论的引入对那些学习模仿西方作家，对西方的作家作品存在疑惑的作家也是很有帮助的，西方文论的引入有利于他们更好的认清学习的对象，取长补短，提升自己的写作。

谢文兴：学习借鉴西方的文学理论固然重要，但是建设属于我们自己的新的文学理论体系也很是迫切，您觉得我们可以从哪些方面建设中国的新的文学理论体系？

高　玉：要建设新的中国文学理论体系，首先需要我们处理好西方文学理论、中国古代文论和中国现代传统文学理论之间的关系。西方文论、中国现代文论、中国古代文论是三种不同体系的文论，它们既有交融和重合的一面，也有矛盾和冲突的一面。建构新的中国文学理论体系需要我们对各种文学理论体系进行整合，在整合的过程中我们要求同存异，对这些文学理论进行新的阐释和生发。

但建设中国新的文学理论更需要的是我们的创新。要建设新的文学理论体系，继承传统文学理论和学习外国文学理论只是我们进行文论建设的前提和基础。要建设新的文学理论，我们不仅需要继承和学习，更需要创造，因此，我们应该在充分借鉴吸收人类文明成果的基础上，从具体的文学实践、文学批评以及哲学中去进行创新，进行突破，总结出属于我们自己的理论话语，进而建构出具有民族性、中国性和世界性的新的文学理论体系。

谢文兴：新时期以来，我国的文学理论发展迅速，与之相对应的，我们的文学批评也得到了很大发展。在您看来，新时期以来我们的文学批评呈现出来的最大的特点是什么？

高　玉：新时期以来我们的文学批评可以说是很繁荣的，取得了很大的发展的，这种发展所呈现出来的最大特点就是多元化。在80年代以前我们的文学批评基本上就是现实主义，浪漫主义和"两结合"，就是前苏联那一套。那时候我们的文学批评中基本上是连批判现实主义都没有。并且，那个时候我们文学批评和政治的关系密切，我们的文学批评带有浓重的政治色彩，将文学批评和政治联系起来是很有必要的，但是，文学批评不应该只是政治批评，不应该只是社会批评，它应该是多方面的。而80年代以后我们的文学批评取得了很大进步，我们的文学批评呈现出了多元化的局面。80年代至今，几乎西方所有重要的文学批评都被我们采用过、引进过，比如说，精神分析、新批评、原型批评、结构主义、叙事学、解释学、接受理论、解构主义、女性主义批评、后现代主义、新历史主义、后殖民主义、文化批评等理论都被我们的文学批评采用过，并且这些理论在我们的文学批评实践中还有不少成功的范例。文学批评的多元化、文学批评的遍地开花是新时期以来我们文学批评的最大特点，这对繁荣我们的文学批评也是很重要的。

谢文兴：事物都有正反两个方面，当西方文论对我们的文学批评产生影响，我们的批评取得众多突破的同时，您认为当代文学批评存在着哪些问题？

高　玉：在取得成就的同时，我们的文学批评确实还存在着很多问题，这个我们必须承认。这些问题主要来自于两个方面的，一方面是世俗的。中国是一个人情社会。在面对各种文学现象的时候，批评家除了要进行文学上的考虑外，常常还要进行各种世俗化的考虑，比如说不得罪人，不得罪作家等。再者，我们的很多文学批评活动都是作家或者是与作家有关的文学单位在运作推动。这常常出现一种情况，就是某个作家是某个省的，这个省的人往往就会给这个作家开作品研讨会，或者是作家和某个批评家关系好，批评家就筹划推动给与他关系好的作家办作品研讨会。这样一来，主办方或作家在邀请批评家时其实就有预设的成分在里边，如果批评家来了之后是批评作家的，那么主办方在面子上挂不住，作家也不高兴。所以，面对作家，面对单位，批评家即使有想法，有意见，有很尖锐的观点，也不太好表达。当我们还没有形成西方那种批评风气的时候，我们的文学批评大多数都是在说好话，这种好话有时说得不痛不痒，无关紧要。如果作品好，批评家赞美作品，说好话那是没有问题的，但是如果一个作品不好，作家写得不好，批评家还是说好话，那么批评家是没有底气的，作家也是没有底气的。这个时候批评家如果被迫地去为作品叫好，违心地为作品叫好，作为一个批评家，他本身是要受到损害的，我们的文学批评也是要受到损害的。而批评家受到损害，批评受到损害的同时，作家其实也受到了损害。但这种现象在中国当代文学中是很常见的。

另一方面是批评家素养的问题。当今的很多作家和读者对批评家的批评是不认同的，为什么？这主要与我们的批评家自身存在的问题有关。我们现在很多批评家的批评都是在纸上谈兵，他们抓不住作品的实质，对文学作品没有很好的感悟。他们的批评是教条的、僵化的。所以，有时候批评家的批评看起来头头是道，但是他们的批评却往往与所批评的对象却没有多大关系，他们的批评常常出现驴唇不对马嘴的情况。这种状况下作家怎么可能认同批评家的批评？作家虽然不会说他们的作品是如何写的，但其实在写作中他们对自己的作品的好坏优劣是有感觉的，是有评判的。但是如果批评家对作家作品的评判与作家本人的感觉、与读者的评判都是错位的，批评家的批评如何让读者信服？又怎么能让作家信服？批评的不到位，批评的阴差阳错，批评和作品本身的这种错位，是批评家不被作家和读者认同的很重要的一个原因。

谢文兴：作家和读者的不认同是当代文学批评的危机之一，在您看来，引起当代文学批评危机的原因有哪些？

高　玉：造成文学批评危机的原因是多方面，我主要谈几点我的看法。首先，批评家对文学作品缺乏感悟能力是当代文学批评产生危机的重要原因。"春江水暖鸭先知"，对新的文学现象、文学思潮，批评家应该是最敏感的。如果一个批评家老对文学作品与文学现象的敏感度滞后于读者，那么从严格意义上来说这样的批评家是有问题的，是不合格的。但现实是当下我们的很多批评家对文学作品、文学现象和文学思潮是不敏感的。现在我们大多数的批评家都是从学院里面出来的，他们知道很多理论和术语，但他们往往缺乏对文学作品的感悟力。因此，当面对新的文学作品后，批评家们就常常将所学的旧知识往新的文学作品上套，这怎么行呢？缺乏感悟力的文学批评还能叫作文学批评吗？当批评家对作品缺乏感悟力之后，他们的批评往往看不到作品中具有实质性的东西，说不到重点，说不到根本。其实，文学批评除了影响作家以外，它实际上应该还有一个功能，就是影响一般的读者。当一般的读者读到一个文学作品产生困惑后，他们就希望找一些批评的文章来看，为他们答疑解惑，进而加深对作品的理解。但是当我们的批评家缺乏感悟，所讲的东西和作家所写的、读者所想的完全不是一回事儿，说不到重点，我们的批评沦为做样子的时候，我们还要这个批评来干什么？这个批评家还有什么作用？所以对作品缺乏感悟、不好好读作品，是我们当代文学批评的危机的很重要的一个原因。

其次，当下我们的很多批评家个人素养不够，他们对文学理论，对文学理论的前沿，不了解，不理解，对文学史不熟悉，这也是造成当代文学批评危机的一个重要原因。文学批评研究对批评家的素养的要求是很高的，文学批评除了需要较强的文学感悟能力之外，还需要我们批评家对文学史熟悉，对文学理论熟悉。当新的文学作品、文学思潮出来之后，他们要能迅速作出判断：作家写出的作品是新的？旧的？当下的文学思潮，文学现象与文学史上哪些思潮、哪些现象最接近？比如，阿来的《瞻对》出版后，有的人把《瞻对》定义为纪实文学，还有的人把它吹捧得不得了，认为它是绝对的创新，认为它是具有开创性的，这些看法都是很有问题的。《瞻对》怎么可能是纪实文学呢？《瞻对》发表的时候被定义为"非虚构"，但是它肯定不属于报告文学。《瞻对》是小说，与历史有关，但它并不是历史小说。同时，"非虚构"也不是现在才产生的，如果批评家对外国文学史稍微熟悉一些的话，他们就不会胡乱吹捧，美国小说《根》就是"非虚构"，在文学史上"非虚构"作品还不少，怎么能够胡乱吹捧，夸张地说《瞻对》是绝对的创新呢？有好些批评家不了解外国文学作品，不懂外国文学作品，当中国作家模仿外国作家创造出作品以后，他们就胡乱吹捧，这是很有问题的，同时也是被作家瞧不起的，莫言就曾提到过，他模仿外国作品之后批评家们没看出来，胡说了一气，认为他是在创新，但对他作品的真正的独创性却没有看出来。实际上，我们的批评家如果素养过硬，了解文学理论，了解中外文学作品，多读外国文学作品的话是不会犯这种低级错误的。批评家素养的缺乏是我们当代文学批评的危机原因之一。

第三，当下的很多批评家对当下的文学创作是不熟悉的。一个合格的批评家，一个好的批评家，是需要阅读大量的文学作品的。现在，每天都会产生很多文学作品，去年，我们仅出版的长篇小说就有几千部。批评家要在大量阅读的基础上才能对当下的文学现象进行总结。批评家表面上看起来似乎一个晚上就可以写一篇批评文章，但是批评家在批评背后要做的工作是很多的。现在每年都有大量的文学作品出现，都有大量的文学新人出现，这就要求我们的批评家要大量地付出，他们不仅要大量地阅读各种文学理论、文学史，还要大量阅读文学作品。但事实上，现在我们大多数的批评家太过悠闲，他们经常借开研讨会之名到处游山玩水，赶各种"场子"，他们不怎么读书，却特别敢批评，特别能批评，他们读了三五个作品就敢概括，敢归纳。所以，当下的文学批评在国内、国外没有影响，不被人认同，批评被人瞧不起，产生危机，与批评家自身的原因有关。当下的文学批评要改变，批评的现状要改变，文学批评要被作家认同，要被读者认同，文学批评更多地要从自身找原因。

谢文兴："打铁还需自身硬"，在您看来当代文学批评如果想获得作家和读者的认同和尊重，批评家需要从哪些方面去努力？

高　玉：首先，批评家应该有一种敬业精神。批评家千万不能把批评看得很简单，也不能把文学批评当作是实现个人名利的一种方式，好的批评家应该像作家一样，要有一种为文学批评这个职业，这个行业，这个事业献身的精神。为了名利去做学术，学术是做不好的，批评也一样。有的人个人素质不好，做文学史研究难以做出成果，哲学素养不够，难以做文学理论研究，于是就转身去做文学批评。他们把批评看作是一种走捷径的方式，看作是一种可以偷懒的方式。这是极其错误的。从某种程度上来说，其实做文学批评所要求的批评家的付出，甚至高于文学史研究，高于文学理论研究。所以，文学批评家首先要敬业，要有对批评这种职业的正确认识。

其次，批评家应该努力提高自己的学识和修养。批评家要想做好文学批评，必须要有过硬的学识和修养。文学批评对批评家需要具有的素养是多方面的，具体来说，文学批评对批评家素质的要求跟对文学史家的要求是不一样的，现代文学研究有时只要把所研究的问题限制在狭小的范围之内就行，而文学批评不是这样；批评家需要大量阅读文史哲方面的书籍，他们要对历史熟悉，对文学理论熟悉，对中外文学熟悉，对文学史知识更要轻车熟路，还需要较强的哲学的功底，文学批评要求批评家打破学科的界限，不能局限于某个具体的学科之内。今天的学科分工导致很多人都是偏于一隅的，他们大多在一个小范围内打转，有时在小范围内打转也是能做出成果的，但如果批评家将自己局限在一个小范围内转圈，批评是做不好的。

同时，文学批评要求批评家要关注现实，对现实要敏感。批评家如果只是将自己关在书斋里，"两耳不闻窗外事"，对政治，对当下的社会生活、社会变化缺乏敏感，批评也是做不好的。文学批评需要批评家对作品、对美、对文学的异常敏感，同时文学批评对于批评家的语言文字的要求是很高的，批评文字要精准、要活泼、要生动、要风趣、要幽默、这种批评文章看起来好写，其实是很难写的。真正的好的批评，应该是充满了灵气的，充满聪明才智的，它应该能言别人所不能言，或是把别人想得到却说不出来，或者是只可意会不可言传的东西说出来，这不是短期之内能够达到的。所以，文学批评对批评家的内在条件和外在条件要求都非常高，当一个人准备做文学批评或是投身文学批评时需要自我衡量。

谢文兴：刚才您谈到文学批评和文学史研究是有很大不同的，它们有何不同？

高　玉：文学史研究是一种比较纯粹的历史层面的研究，它以总结文学规律、进行文学教育为主，它的作用也主要是通过对文学史的教育来达到对文学的教育。文学批评不一样，它和文学史研究不同，我们有个词叫"在场"，某种意义上来说文学批评就是一种在场研究，就是说文学批评参与了当代文学的进程。文学批评除了我们前面说的可以对文学现象进行总结、将其上升到文学理论层面外，它更重要的是影响作家本人。比如，如果我们给贾平凹办一次作品研讨会，一般这个时候贾平凹本人也会到场。那么批评家在谈论贾平凹作品的优点和缺点的时候，它对贾平凹也是有影响的，这种影响会在贾平凹未来的创作中表现出来。所以，文学批评实际上是积极地参与到我们当下的文学进程来了，这是它很重要的品性。但文学史研究就不是这样了，比如，我们研究鲁迅，鲁迅的作品实实在在放在那儿，无论我们谈论鲁迅的作品好或者还是不好，谈论鲁迅有什么问题，其实都是在总结文学史，都是在进行文学史研究，这对鲁迅的创作没有任何意义了。鲁迅去世后，我们谈论他的作品好或者是不好，我们都没办法影响鲁迅了。还有的作家已经老了，他们不再写作了，我们对他们也是没有影响的。但文学批评不一样，虽然当下的很多作家不承认批评家，对文学批评不以为然，但实际上他们还是在看文学批评的。这种看不管是有意识的还是无意识的，对他们都还是有影响的，那么这种影响最后都会反映到他的创作中去。

谢文兴：您能对当代文学批评的整体情况作一个评价吗？

高　玉：当代的文学批评有不少成功的例子，比如，我们对"新写实"小说的评论，对"朦胧诗"的评论，包括我们"80后"小说的评论，都是比较成功的。池莉的《烦恼人生》出来后，大家都觉得好，但是却说不出来它好在何处，后来批评家对它进行研究，发现这部小说实际上采用了一种新的写作方法，这种写作方法既不同于现实主义写作，也不同于浪漫主义写作，它也不同于自然主义写作。它究竟是什么主义？批评家把它命名为"新写实"，后来"新写实"小说产生了很多的精品，并形成了蔚为大观的一个派别，成为了20世纪80年代以来中国文学史上最重要的一个流派。这个流派从形成到产生重大影响就与批评家的总结有很大的关系，"朦胧诗"也是这样的。那么这种总结，这种通过对文学现象的批评，它是会反过来推动我们的文学理论的发展，会推动我们的文学创作的。

但是现在总体而言，我们的文学批评还是很落后的。现在批评界形成了很多怪现象，比如说，容易批评的作家作品和文学现象大家都蜂拥而上去进行批评，而不容易批评的作家作品就不批评，难以言说的作家作品，批评家就集体"失语"，大家都沉默。现在我们的文学批评会面对许多新问题、新现象，这其中有的问题和现象中西方都没有先例可供我们借鉴，面对这种情况，我们应该怎么处理，这就需要我们的批评来突破。我们都认为残雪的作品写得好，但是残雪的作品究竟好在何处？残雪小说的突破究竟在哪里？这种突破可能带来什么？到目前为止，我们的批评家都是沉默的，都是"失语"的，残雪现象在西方没有，在中国古代没有，在现代也没，于是我们的批评家不知道怎样评价。这其实就是批评的问题，是我们的批评还比较落后的一种表现。

谢文兴：刚才您谈到了批评家的"失语"以及批评的落后是当下文学批评面临的一个比较严重的问题。那么您认为当下的文学批评界应该怎样来突破这种困境？

高　玉：当下的文学批评要取得突破，我觉得话语建设特别是文论话语建设、批评话语建设很重要。近两百年来，我们在政治、经济、科技、文化等诸多方面都在向西方学习，这是必需的，也是必要的。在文论上，在批评上我们向西方学习，对我们自身的文论建设和发展是有益的。但是在向西方学习之后，我们应该在学习西方的基础上往前再走一步，引领世界。过去我们总是跟在西方后面亦步亦趋，经过多年的学习之后，现在我们在很多方面与西方已经处于同一水平线上了，此时，我们不应该原地踏步，而是应该大胆地往前走，走在西方前面去。但是，由于我们长期地向西方学习，参照西方，已经形成了一种惯例，面对新事物，面对没有可资借鉴的参照标准，我们就不知道该何去何从。我们应该打破这种局面，大胆地往前走。文学上我们要创造，西方有的，我们要延伸，西方没有的，我们要创造。现在看来，莫言就是成功的例子，他学习马尔克斯、福克纳，而又在马尔克斯福克纳的基础上再往前走。在往前走的路上莫言实际上是一个孤独者，他的前边没有可资借鉴的对象，但在西方作家的基础上继续往前走为莫言赢得了世界性的尊重。现在出现了什么情况呢？东、西方的一些作家已经开始在向莫言学习了。在文学上我们学习西方并在西方基础的继续往前走取得了很大的成功，莫言是其中的典型，贾平凹、刘震云这一批作家，也是这样。那么在文论上、在批评上我们也应该这样。西方没有的东西，我们现在要创造，比如，面对残雪这样的作家，我们要找到自己的话语方式，建立出属于我们自己的新话语模式。我们要在文论上有突破，在批评上有突破，世界上没有的东西，我们要有，要创造。而我们有的东西，我们要致力推广，让它为世界所认同。

谢文兴：从您的谈话中可以感觉得到您对我们的文学批评还是充满信心的，那么请问您是怎么看待中国当代文学批评的未来的？

高　玉：虽然当下的文学批评存在着诸多问题，以后会面临什么问题我们也不甚清楚，但是我觉得对我们的文学批评还是要有信心，要往好的方面努力。在文学批评上，我们应该要有创新意识，创造出一些独一无二的、能够引领世界潮流的东西。我们应该建立一些中国式的具有我们民族性的、世界性的批评话语、批评理论和批评流派。在这个过程中，有可能我们的很多话语，很多流派会销声匿迹，但有的理论和话语最后肯定会被世界认可，会对世界的文学批评和文学理论产生影响，那么这个时候我们的文学批评、文学创作、文学理论就都走到了世界前面。在我个人看来，中国的突破，中国的复兴，文学艺术上走在世界的前面肯定比科技等领域更快。虽然我们的科技进步也很快，但是想在科学技术方面走在世界的前面，引领世界，难度非常大，还需要很长的时间，但我们的文化走在世界的前面，我们的文学走在世界的前面，我们的文论、文学理论走在世界的前面，思想、哲学走在世界的前面这是完全有可能的，因为我们在这些方面积淀足、基础好，莫言获得代表中国获得诺贝尔奖就是其中一例。我觉得，"中国梦"的实现很可能也首先是在文化上的实现，中国的复兴也很有可能首先是在文化上突破。但是突破就意味着创造，就意味着创新，而当下中国的文学批评、文学理论现在最缺乏的就是创新精神，这就需要我们的批评家、文学理论家、文学史家付出大量的心血来做这个事情，在做的同时我们要有信心，要自信。我们不是讲理论自信、道路自信、制度自信吗？在文化上我们也要自信，在文学理论和文学批评上我们也同样要自信。

后　记

受中国文联出版社朱庆社长和邓友女主任的委托，由我们编选一本当代文艺理论家对话集《当代文艺理论家如是说》，收入中国文联出版社隆重推出的《中国艺术学文库》。这本文艺理论对话集以中国当代文艺理论界至今仍然活跃的中老年文艺理论家为主，并基本按照文艺理论家的年龄大小排序。在中国当代文艺理论界，不少文艺理论家追求人际关系的和谐甚于追求真理，不敢正视并解决文艺理论分歧，而是搁置这些文艺理论分歧，以至于文艺理论争鸣越来越难开展，新生力量的成长也越来越艰难。中国当代文艺理论家在文艺理论发展上是存在分歧的，当代文艺理论界只有正视并解决这种文艺理论分歧，才有助于当代文艺理论的有序发展。因而，我们在选编中既不扬此抑彼，也不党同伐异，而是尽力保存这些文艺理论分歧。

这本文艺理论对话集的不少对话在报刊上刊登后反响强烈，在推动当代文艺理论的有序发展上起到了很好的作用。不少文艺理论专家和学子认为这些对话连缀起来实际上是一部中国当代文艺理论发展简史，并且是一部仍在延续的文艺理论发展史，很鲜活，很有冲击力。这次结集出版虽不能群贤毕至，但大致反映了中国当代文艺理论所取得的成就。人们从中可以看到当代文艺理论家是如何发现和解决文艺理论问题的？是如何介入文艺实践的？是如何洞明世事的？这虽不敢与柏拉图的《文艺对话集》《歌德谈话录》媲美，但却自有接地气的优势。

最后，还得感谢这些参与文艺理论对话的专家和学子的倾力支持，还得感谢王斐博士在编校中的辛勤劳动。这本文艺理论对话集无疑是集体劳动的结晶。

王文革　李明军　熊元义
2014 年 12 月 18 日